Werner Steinberg

Ikebana
oder Blumen für den Fremden

Und nebenbei: Ein Mord

Werner
Steinberg

Ikebana oder Blumen für den Fremden

Roman

Und nebenbei: Ein Mord

Kriminalroman

Mitteldeutscher Verlag
Halle · Leipzig

Inhalt

ISBN 3-354-00233-6

3. Auflage
Lizenz-Nr. 444-300/89/87 · 7001
Printed in the German Democratic Republic
Gesamtausstattung: Hans-Joachim Schauß
Gesamtherstellung: Karl-Marx-Werk Pößneck V 15/30
Best.-Nr. 639 145 7

01600

Ikebana
oder Blumen
für den Fremden

Roman

1. Kapitel

1 Als Pierre Larrotte die Lichtschleuse durchschreitet und die riesige Glastür des Ginza Tokyu Hotels lautlos aufschwingt, fühlt er sich erleichtert wie jeden Abend, wenn er den glühenden Straßen der Stadt entrinnt und in die Anonymität der air-conditioned Räume eintaucht, gesegnet sei der Schweizer Architekt, gesegnet seien die Schweizer Hoteliers, die diesen schalldichten Kubus aus dem Lärm der Zehnmillionenstadt herausschnitten! Die Glastür gleitet hinter ihm zu, die Pagen verneigen sich wie vor einem Diplomaten, obwohl sie doch wissen, daß er nur ein französischer Zeitungskorrespondent ist, aber das mindert die Höflichkeit um kein Gran, und Pierre Larrotte empfindet es angenehm wie jeden Abend, wenn er an ihnen vorübergeht, scheinbar ohne sie zu bemerken, auch das gehört dazu.

Dagegen sieht er sehr wohl Okiku, den Polizeikommissar, der zum Schutze der Fremden bestimmt ist, vielleicht und wahrscheinlich auch zu ihrer Überwachung; er sitzt aufrecht wie stets auf einer der lederbezogenen Polsterbänke in der hall, aber Okiku wiederum bemerkt Larrotte nicht, oder vielmehr: will ihn nicht bemerken, denn selbstverständlich mustert er unauffällig jeden Eintretenden. Also hat Okiku ein besonderes Anliegen an ihn und will ihn aus Höflichkeit nicht gleich bei seinem Eintritt damit überfallen, also ist es vermutlich ein unangenehmes Anliegen. Pierre Larrotte unterläßt daher selbstverständlich den Gruß, zu dem er die Hand schon heben wollte, und begibt sich nach links in den Speiseraum.

Er wählt eines der kleinen Tischchen im Hintergrund, Okiku soll Gelegenheit haben, sich ihm in aller Unschuld zu nähern, pro

forma nimmt er die schmale glänzende Speisekarte zur Hand, aber er liest nicht darin, er wird einen kalten Imbiß nehmen wie jeden Abend und ein schäumendes kühles Bier wie stets, und auf dieses Bier freut er sich schon. Es ist ein Labsal. Bier hat er immer gern gemocht, schon vor drei Jahren in Köln im ‹Gambrinus›, oder ist das vier Jahre her, es ist gleichgültig, da steht vor ihm schon Hatsue, eine der kleinen Kellnerinnen, und verneigt sich tief, und nochmals verneigt sie sich tief und sieht ihn dienstbeflissen und erwartungsvoll an, als wüßte nicht auch sie, was er bestellen wird; es ist ein Ritus, der vollzogen wird.
Aber Larrotte freut sich, daß er gerade heute, da ihm vermutlich noch eine unangenehme Begegnung mit Okiku bevorsteht, von der kleinen Hatsue bedient wird, denn unter allen den jungen Mädchen ist Hatsue die einzige, mit der ihn ein kleines persönliches Erlebnis verbindet, das geschah bald nach seiner Ankunft in Tokio. Damals war es ebenso heiß wie heute, das Thermometer wies vierzig Grad im Schatten, und die Luft war dazu noch feucht, er hatte Appetit auf ein Eis, und da sein Englisch noch unvollkommen war, bestellte er einfach *ice* und richtete damit bei Hatsue eine leichte Verheerung an. Ratlos notierte sie seinen Wunsch, konferierte danach mit dem Oberkellner, kehrte wieder zurück, erkundigte sich verwirrt ein zweites Mal, er versuchte sich verständlicher zu machen, schließlich griff der Oberkellner selbst ein, war dann ebenso ratlos und offerierte ihm ein Wasserglas mit sauberen kleinen Eiswürfeln darin, und Hatsue und der Oberkellner fühlten sich offenbar ganz im Unrecht, als er das Glas freundlich zurückwies; erst eine Stunde später fiel ihm ein, daß er hätte *ice-cream* verlangen müssen, er tat es am folgenden Abend, und immer erinnert er sich des schalkhaften Aufleuchtens in Hatsues schwarzen Augen, als sie, die natürlich das Englische vollkommen beherrscht, ihn so bei einer kleinen Unkenntnis ertappte.
Larrotte zieht die ‹Asahi Evening News› aus der Jackettasche, seine allabendliche Lektüre, auch das ist ein Ritus, denn die meisten Meldungen sind ihm schon aus dem Kabinettspresseklub bekannt, diesem großen Umschlagplatz aller möglichen Nachrichten, und während er in der Zeitung blättert, bedankt er sich mit einem Lächeln bei Hatsue, die ihm das Essen serviert und das

Glas schäumenden Biers; er ergreift es und trinkt in gierigen Zügen und empfindet dabei eine endgültige Erleichterung: Hier ist er zu Hause!
Eine schickliche Zeit später taucht tatsächlich, wie Larrotte es erwartet hat, Okiku auf, tritt mit höflichem Gruß an seinen Tisch und entschuldigt sich, ihn stören zu müssen, und Larrotte bittet ihn, Platz zu nehmen, und legt die Zeitung beiseite.
Okiku nähert sich den Sechzigern, in seinem schwarzen Haar zeigen sich graue Strähnen, und sein kleines zerfurchtes Gesicht sieht noch sorgenvoller aus, als es sonst auszusehen pflegt, er unterläßt alle Umschweife und sagt: «Monsieur Larrotte, es ist zwar nur eine Formsache, aber sie wird Sie belasten, ich habe mich zu entschuldigen, doch wir haben heute Ihren Freund Schünzel gefunden . . .»
«Herr Schünzel ist ein Bekannter von mir, ich möchte ihn nicht meinen Freund nennen», wehrt sich Larrotte gegen eine mögliche Intimität, denn er haßt Intimitäten, und erst nachdem er das gesagt hat, fällt ihm die Seltsamkeit der Bemerkung Okikus auf, und er fragt: «Wo haben Sie ihn gefunden, Herr Okiku?»
«Nun, nicht ich», berichtigt der bescheiden, «sondern einer unserer Leute, fünfzig, sechzig Meter vom Hotel entfernt, in Richtung Ginza, er war tot.»

2 Gerade noch rechtzeitig war es Pierre Larrotte gelungen, seine kurze Pfeife zu stopfen und zu entzünden. Jetzt ist er dankbar dafür, denn der Fahrer des Kommissars rast genauso wahnwitzig wie die Tokioter Taxichauffeure, deren Fahrweise Larrotte immer noch so erschreckt wie am ersten Tage, wenn sie sich nicht dem Linksverkehr einschmiegen, sondern rücksichtslos und in verderblichem Tempo fahren, in der Straßenmitte möglichst oder, wenn es angeht, sogar die rechte Fahrbahn entlangschmettern, ununterbrochen Hupsignale blökend, die niemand beachtet; er kauert in der rechten Ecke des Fonds, starrt hinaus in das wilde Getriebe und weiß neben sich Kommissar Okiku, aufrecht, starr, nach vorn blickend, schweigend.
Okiku war sparsam mit Mitteilungen gewesen — nur eben, daß Schünzel tot aufgefunden und ins Leichenschauhaus verbracht

worden war, verriet er und verknüpfte das mit der Bitte, Larrotte möge ihn begleiten, um den Verstorbenen zu identifizieren. Eine Formsache, die vorgeschrieben und auch gegenüber der Botschaft der Bundesrepublik Deutschland erforderlich sei, da die für die Überführung zu sorgen habe; Larrotte fragte nicht weiter und erklärte sich einverstanden.

Noch ist es hell draußen, die gehackten Bewegungen der ersten Leuchtreklamen, die sich unaufhörlich wiederholen, wirken sinnlos und gespenstisch, und als der Fahrer den Fuß auf die Bremse haut, um einer Gefahr zu entgehen, und Okiku ebenso wie Larrotte nach vorn geschleudert wird, schließt der Korrespondent die Augen und läßt sie geschlossen, bis der Wagen sein Ziel erreicht hat.

Die hallenden Gänge, der antiseptische Geruch, die nackt strahlenden Birnen: an vielen Türen gehen sie vorüber, der Kommissar knapp hinter Larrotte, der fröstelt, weil die Luft unterkühlt ist – als strahlten die erkalteten Leichen eisig durch Mauern und Türen. Der Korrespondent hat den rechten Arm angewinkelt, in der Faust steckt der trockene, schwarze Pfeifenkopf.

Okiku öffnet endlich eine der Türen, er läßt Larrotte höflich den Vortritt, der Raum ist länglich und niedrig und scheint noch kälter zu sein als die Gänge; eine fahrbare Trage, weiß gedeckt, steht irgendwo und daneben ein weißgekleideter Mann, der den Eindruck eines Arztes erweckt, aber offenbar keiner ist, denn der Kommissar erteilt ihm leise einen Befehl. Der Mann begibt sich an die gegenüberliegende Wand, Larrotte gewahrt eine Art Schalttafel, auf der ein Druckknopf betätigt wird, und gleich darauf schiebt sich langsam aus einer anderen Wand eine Trage heraus, unter dem Leinentuch zeichnet sich der Umriß eines menschlichen Körpers ab, Larrotte umklammert fester den Pfeifenkopf. Der Kommissar geht dorthin, behutsam lüftet er das Tuch, widerwillig schaut Larrotte darunter, nickt, sagt: «Ja, das ist Schünzel», sofort zieht Okiku das Tuch wieder darüber, und der Leichnam verschwindet in seinem Kühlfach. Larrotte ist an gefrorenes Geflügel erinnert, es schüttelt ihn, und er denkt: Ja, das ist Schünzel, ja, das war Schünzel, so groß und so blond, bald wird er verwesen, und Ingeborg wird es niemals erfahren.

Draußen ist es dunkler geworden, die beiden Männer stehen nebeneinander, der Himmel flackert unruhig und wolkig im Widerschein der Leuchtreklamen, die aus dem Stadtkern emporstrahlen, und Larrotte fragt leise: «Ein Unfall?»

«Nein», erwidert Okiku, «kein Unfall, zweifellos nicht.» Es scheint, als erwarte er eine weitere Frage, ein dumpfes Gefühl sagt aber Larrotte, daß er sie nicht stellen dürfe, und so bemerkt der Kommissar schließlich: «Wir nehmen an, daß es eine plötzliche Herzschwäche war, die ungewohnte Hitze dürfte sie verursacht haben, der Arzt ist nach einer ersten Untersuchung der gleichen Meinung, so schließen wir Mordverdacht aus. Der Körper wird freigegeben, sobald die Sektion erfolgt ist, auch die Sektion ist nur eine Formsache. Ich bin Ihnen sehr verbunden, Monsieur Larrotte, daß Sie die Mühe auf sich genommen haben, schließlich ist er ein Fremder für Sie, nicht einmal ein Landsmann. Aber uns sind Sie sehr dienlich gewesen, ich darf versichern, daß wir das nicht vergessen werden!»

Das alles ist liebenswürdig und höflich; daß er vorher Schünzel Larrottes Freund nannte, wird nicht mehr erwähnt, und ebenso höflich und umständlich erwidert Larrotte, das sei eine Bagatelle gewesen, nicht weiter erwähnenswert. Die Worte gleiten unbedacht aus ihm heraus, und dabei denkt er: Und Ingeborg wird es niemals erfahren.

Erst im Wagen bemerkt er, daß er den erkalteten Pfeifenkopf immer noch umklammert hält, hastig stopft er ihn und saugt die blaffende Flamme des Feuerzeugs hinein, während das Auto durch die Straßen stürzt und schließlich hinein in die Ginza, in dieses überwältigend zuckende blinkende rasende Feuer der Reklamen, wolkenkratzerhoch werden Hauswände in wogende Wellen verwandelt, bis Schlag Mitternacht alles erlischt, als drücke die Nacht ihren Daumen darauf; denn dann schließen die Hunderte von Bars, und Reklame wird nutzlos.

Gleich darauf sind sie vor dem Hotel angelangt, der Kommissar verneigt, entschuldigt, bedankt sich, Larrotte ist allein, hat Sehnsucht nach einem weiteren Bier, das ihm Hatsue zierlich geduldig freundlich wie immer kredenzt, und während er den ersten durstigen Zug tut, denkt er: Wenn Okiku einen Mordverdacht hegt, wenn er etwa mich selber verdächtigt – er würde es niemals äußern, die Scherereien wären noch größer für ihn, der Nutzen

gleich Null. Er setzt das Glas ab und fragt sich: War es wirklich ein Herzschlag?
Er sieht Schünzel vor sich: groß blond laut, ja, auch laut. Und immer freundlich, entgegenkommend, hilfsbereit, prall von Leben sozusagen, der sieghafte Typ, sieghaft auch gegenüber Frauen, und die Frauen als selbstverständliches Geschenk hinnehmend, ohne sich je zu binden, so war es auch damals bei Ingeborg, bedenkenlos, unbekümmert. Der nahm sich das Seine vom Tische des Lebens, er nahm sich auch das, was ihm nicht gehörte, er eignete es sich einfach an, und wie er selbst keinen Schmerz empfand, vermochte er sich offenbar auch nicht vorzustellen, daß er einem anderen Schmerz zufügte, Larrotte etwa, als es damals um Ingeborg ging ... Larrotte merkt, wie seine Gedanken zerflattern, er müht sich um Konzentration und kommt zu dem Schluß: Dem hat die Hitze nichts angetan, einem Herzschlag ist Schünzel nicht erlegen ... also kein natürlicher Tod? Aber: Was geht es ihn eigentlich an, es darf ihm gleichgültig sein, jetzt, da es zu spät ist, in doppelter Hinsicht zu spät, irreparabel alles und endgültig und besiegelt.
Larrotte hebt ein wenig die Linke, schon ist Hatsue neben ihm, er zahlt und achtet dieses Mal nicht auf ihr feines Lächeln, denn er überlegt, daß es ja doch Mord sein muß, wenn ein natürlicher Tod so unwahrscheinlich ist, und er kann sich auch durchaus denken, daß es Leute gibt, die Gründe hatten, den strahlenden sieghaften Menschen zum Verstummen zu bringen. Während er den Speiseraum verläßt und den Aufzug herbeiruft und auf ihn wartet, fällt ihm ein, daß selbst bei ihm ein überzeugendes Motiv zu finden wäre, machte sich jemand die Mühe, die Vergangenheit zu überprüfen. Der Aufzug summt leise, Larrotte steigt aus, er wandert den Gang zu seinem Zimmer entlang, es trägt die Nummer 222, die Zwei ist seine Glückszahl, vor der Tür bleibt er stehen, um aufzuschließen, aber er schließt nicht auf, denn in diesem Augenblick vernimmt er Gelächter, und in einer unerklärlichen Gedankenverbindung kommt ihm ein, er wolle noch einen Blick in Schünzels Zimmer werfen, jedenfalls in das Zimmer, das bisher Schünzel gehört und aus dem er sich für immer weggemacht hatte.

3 In dem sonst lautlosen Ginza Tokyu Hotel – lärmschluckender Fußbodenbelag, schalldichte Wände und Decken – ist gelegentlich dieses Gelächter zu hören; niemand vermag das zu verhindern, auch die Manager des Hauses nicht, die darin möglicherweise eine Störung sehen, in diesem hellen freundlichen kindhaften Gelächter, das Larrotte jedesmal froh stimmt. So ist es auch jetzt, nur daß sich eine Spur Nachdenklichkeit dareinmischt, denn zu den Zimmermädchen, die so unbekümmert lachen, zählt auch Yohyo, deren Nachnamen Larrotte ausnahmsweise kennt, Yohyo Tajiri, und Yohyo war es, die kurz nach Schünzels Ankunft dessen erster japanischer Irrtum geworden war.

Als sich Pierre Larrotte dem kleinen Zimmer nähert, das den Mädchen als Aufenthaltsraum dient, stieben sie lautlos davon, leichte Blumenflocken, die im Winde verfliegen, Yohyo erwartet ihn und verneigt sich, sie betreut sein Zimmer, seit er hier wohnt, sie ahnt seine Wünsche, bevor er sie ausspricht; vielleicht kommt das daher, denkt Larrotte, daß sie geübter ist, denn sie ist ein wenig älter als die anderen, sie wird fast dreißig sein, aber wer vermöchte das der zierlichen Gestalt anzusehen? Schünzel damals konnte es jedenfalls nicht, er hielt sie für zwanzig.

Larrotte bittet, einen Blick in Schünzels Zimmer werfen zu dürfen, und es scheint ihm, als zögere Yohyo den Bruchteil einer Sekunde, aber er muß sich wohl getäuscht haben, denn schon neigt sie sich und weht vor ihm her und schließt ihm die Tür mit der Nummer 267 auf und bleibt auf dem Flur stehen, während Larrotte das Zimmer betritt – und zurückschreckt.

Denn es ist nicht mehr Schünzels Zimmer, seine Sachen sind daraus entfernt, es ist einer der vierhundert nüchternen und beinahe kahlen Räume des Ginza Tokyu Hotels, bald wird es irgendeinen anderen Gast aufnehmen, der nichts von Schünzels Existenz weiß, winzig das blanke Bad gleich links neben der Tür, das niedrige helle Holzbett sorglich eingedeckt, der Schrank zweifellos leer, das kleine Radio auf dem Nachttischchen tot, auf dem Sessel nicht Schünzels Jacke, die er stets dorthin zu werfen pflegte, nicht einmal der Geruch seiner Zigaretten schwebt noch spurhaft im Raume, Schünzel ist hier vertrieben, er liegt reglos, eingefrostet und weißlakenbedeckt weitab, und die Blumen, die auf dem

Tisch stehen, gelten sicherlich nicht mehr ihm, sondern dem nächsten Gast. Yohyo beherrscht Ikebana, die Kunst der Anordnung von Blumen, besonders gut, diese Arrangements stehen in allen Zimmern, sie gehören zum Service des Hotels: Gruß aus Japan.

Da stutzt Larrotte.

Scheinbar absichtslos tut er die paar Schritte zu dem kleinen Tisch hin, bleibt davor stehen und betrachtet das Arrangement; es erstaunt ihn, daß darin keinerlei Blätter zu finden sind, keinerlei Knospen, sondern nur voll erblühte Nelken in wohlabgewogenen Farbschattierungen. Die prächtigsten Blumen auf kräftigen Stielen vereinigen sich in der Mitte zur Shin-Linie des Himmels, und seltsam ist, daß die Soe-Gruppe, die den Menschen versinnbildlicht, sich nicht zur Shin-Linie hinneigt, sondern zur dritten, niedrigsten, der Erdgruppe, und auffallend weiterhin ist, daß die Soe-Blüten nicht nur weit geöffnet sind, sondern die äußersten Blätter sich schon aus dem Blütenkopf zu lösen beginnen, bald werden sie fallen und hinabtaumeln, aber noch sehen sie wundervoll aus, diese Blumen.

Keinesfalls kann dieses Arrangement für den neuen Gast bestimmt sein, das weiß Larrotte auf einmal, denn so bestechend dieser voll erblühte Strauß auf einen Europäer wirken mag, für den Japaner bedeutet er Vergehen und Tod.

Tod!

Larrotte blickt sich nach Yohyo Tajiri um, sie steht immer noch an der gleichen Stelle bei der Tür, als warte sie nur auf seine Rückkehr, um hinter ihm höflich und endgültig das Zimmer zu verschließen.

Da will er die Probe machen, er streckt die Hand aus, um eine der Blumen an sich zu nehmen, und dabei beugt er sich vor und spürt plötzlich einen Geruch, der nichts mit dem Duft der Blumen zu tun hat, sondern wie ein feiner stechender Strahl ist, und ehe er die Blüte angerührt hat, ist Yohyo lautlos neben ihm und bittet ihn, das zu unterlassen, dem Wasser sei künstlicher Dünger beigemengt, nicht gut für die Hand, für den Menschen, nicht gut, das erläutert sie sachlich und scheinbar ohne jede Gefühlsregung, aber Larrotte weiß genug.

Er läßt die Hand sinken, richtet sich auf und sagt in einem Ton, der ihm selbst zugleich mahnend und zärtlich erscheint: «Du solltest besorgt dafür sein, Yohyo, daß diese Blumen verschwinden, wirf sie schnell in den Müll, sie werden bald welken», und ist froh darüber, daß die englische Sprache keinen Unterschied für du und für Sie kennt, denn in seinen Gedanken hat er Yohyo dieses Mal du genannt.

Yohyo verneigt sich, folgsam und brav, sie wird seinen Rat befolgen, als wäre es ein Befehl, und als er zur Tür hinausgeht, weiß er, daß Schünzel keines natürlichen Todes gestorben ist.

Nur: Wie ist es dazu gekommen?

2. Kapitel

1 Vor drei Monaten hatte es begonnen, oder hatte es vor drei Jahren begonnen? Das weiß Pierre Larrotte mit Sicherheit nicht zu sagen, immer schlägt ja die Vergangenheit unversehens, erschreckend oder beglückend in die Gegenwart durch wie ein elektrischer Funke, Licht gibt es oder Feuer, Erleuchtung oder Vernichtung, Leben oder Tod, Erhellung auf jeden Fall. Doch wie es vor drei Monaten war, das allerdings weiß Larrotte genau, denn es fing an am dritten März, einem Montag, am Hina-Matsuri, dem Tage der Puppen, es war überraschend kühl, der Himmel mit einem feinen Wolkengespinst verdeckt. Larrotte pendelte durch die Ginza, das war seine Art, diesen Tag zu feiern, denn er hatte Anlaß zum Feiern: Genau drei Jahre wiederum war es her, daß er in Tokio eintraf, und er erinnert sich noch jenes ganz frühen Morgens. Auch damals war der Himmel bewölkt, vom Flugzeug aus blickte er durch das Bullauge auf eine Art schräg gestaffeltes graues Schiefergestein, das dort, wo die Sonne unter dem Horizont qualmte, von rötlichem Widerschein angerostet war, aber die Sonne stand noch nicht so hoch, daß sie den schneeigen Gipfel des Fujiyama erreicht hätte, der, leicht umdunstet, aber doch reinweiß, sich fremd und seltsam erhob. Als das Flugzeug sich endlich träge zu senken begann, die Schieferwolken durchbrach, die plötzlich zerfaserten, wurde unklares Land sichtbar. Sei mir gegrüßt, du mein Nippon, hatte Larrotte emphatisch gedacht, obwohl ihm solche Gefühle nicht lagen, aber er meinte, nun weit genug von dem Ungemach entfernt zu sein, das ihn in Köln betroffen. Rumpelnd setzte das Flugzeug auf der Rollbahn auf, der Flugplatz war menschenleer, vier Uhr morgens, und die

Abfertigung ebenso grau und kühl wie der Morgen, die japanischen Beamten standen auf kleinen Podesten, nie würde er das vergessen: wie er das Gepäck vorwies und das Geld und den Paß und wie das Taxi ihn gleich an diesem seinem ersten Tage über die Hochstraße der Stadt entgegenschmiß, dem roten Gestänge des gewaltigen Fernsehturmes entgegen, hinein in die noch stumme Pracht der Ginza ....

... die sich ihm, am dritten Jahrestag seiner Ankunft, wieder erschließt, als er – es ist gegen neunzehn Uhr – an den prunkenden Auslagen der Geschäfte entlangpendelt, die ihre Werbung ganz auf diesen Tag der Puppen eingestellt haben, um die Fremden zum Kauf zu verlocken. Denn die Ginza ist die Straße der Fremden in Tokio, der Europäer, der Amerikaner, die nicht zu widerstehen vermögen und die entzückt sind, wenn sie ein winziges Andenken erwerben; das wird ihnen von den zierlichen, kimonogewandeten Verkäuferinnen auf eine ebenso liebliche wie vertrackte Art in buntbedrucktes Seidenpapier gewickelt und mit Bändchen kunstvoll umschnürt und unter zahlreichen Verbeugungen überreicht, als wäre eine gewaltige Transaktion vor sich gegangen, für die man sich vielmals zu bedanken habe. Ja, die Auslagen stehen voller höfisch gewandeter Puppen, Kaiser und Kaiserin, Minister, Hofdamen, Musiker, und sie bieten Südfrüchte dar oder feinziselierten Schmuck oder Krawatten und Schirme; auch jetzt noch ergötzt sich Larrotte daran, obgleich er weiß, daß zehn Meter weiter, um eine Ecke herum, eine der armseligen bürgersteiglosen japanischen Gassen mit ihren kümmerlichen Holzhäusern und winzigen schaufensterlosen Geschäften beginnt, denen freilich die bunten Flatterbänder der Reklamen, die zahllos herunterhängen, etwas Freundlichkeit verleihen. Dorthin aber strebt Larrotte jetzt nicht, vielmehr begibt er sich am Ende der Ginza über die Brücke hin zu seinem Hotel, zu seiner neuen Heimat seit drei Jahren, um dort in gelassener Gleichgültigkeit den Rest des Tages zu verbringen, die ‹Asahi Evening News› knistert behaglich in seiner Jacketttasche.

Noch etwas anderes knistert darin: ein Brief, der ihn aus der Vergangenheit erreichte, aber Larrotte ist entschlossen, ihn nicht zu öffnen, obwohl er ihn schon acht oder zehn Tage mit sich herumträgt, er will die Vergangenheit unter Verschluß halten – eines Tages wird er ihn wegwerfen.

Wie üblich erbittet er also bei Hatsue sein bescheidenes Abendbrot und sein köstliches helles Bier, wie üblich entfaltet er die Zeitung, und während er die Nachrichten überfliegt und den Leitartikel meidet, stopft er die kurze Pfeife und setzt sie genüßlich in Brand. Dieser Tag wird verlaufen wie die rund tausend Tage zuvor, er wird später in sein Zimmer, das mit der Glücksnummer 222, gehen, wird die Temperatur um einen Grad oder zwei wärmer einstellen, wird sich duschen, und dann wird es Zeit sein, sich auf den Bettrand zu kauern und den Fernseher einzuschalten und aus der Fülle der bunten Programme diejenigen herauszuwählen, die Nachrichten und Informationen vermitteln, gegen Mitternacht wird er einen Freund bei der ‹Yomiuri Shimbun›, der großen japanischen Zeitung, anrufen, wird fragen: «Neue Depeschen?», wird hören: ja oder nein, wird einige Stichworte notieren und überlegen, ob dies alles eine Meldung für seine Zeitung wert sei, ein linksbürgerliches Blatt in Paris, und wird vermutlich zu dem Schluß kommen, daß es nicht lohne, denn er hat sich daran gewöhnt, nur alle drei Tage einen Artikel, zwei, drei Maschinenseiten, durchzugeben, dann allerdings gedrängt voll mit Fakten. Sie staunen in Paris über die Fülle von Arbeit, die darin stecken muß, und sie ahnen nicht, daß es geschickte Aneinanderreihung von Meldungen ist, die er im Presseklub oder aus dem Fernseher nebenbei auflas und am Bettrand in die Schreibmaschine tippte, und sie ahnen nicht, daß, unauffällig eingeflochten, Informationen enthalten sind, die er halblegal von Freunden erhielt, die weit links von der Regierung stehen; das verschafft ihm Genugtuung, und sie bewundern ihn und lassen ihn in Tokio, mehr will er ja nicht, und machen aus seinem Bericht einen Zweispalter auf der fünften Seite, weil es ihnen genügt, in Japan einen eigenen Korrespondenten zu haben, dessen Namen sie im Impressum aufführen können neben dem Vermerk ‹Sitz Tokio›, das hebt das Image, das gibt Weltweite, und die Konkurrenz hat keinen Vorsprung.

Larrotte legt die Zeitung beiseite und beginnt zu essen, dabei schaut er sich in der Halle um, die das übliche Bild bietet: Europäer, Amerikaner, wenige Japaner, die Gespräche werden leise

geführt, die Mädchen huschen anmutig an die Tische und wieder zurück zur Küche, um dort ihre Bestellung aufzugeben. Diese Küche ist nur durch eine riesige Glaswand von dem Speiseraum getrennt, Larrotte sieht wie jeden Abend die Köche die Speisen zubereiten, die Töpfe rücken und rühren, die Würze beifügen, alles lautlos, sauber, angenehm appetitlich, eine Zurschaustellung der Gastlichkeit. Larrotte hebt sein Bierglas an den Mund – und stellt es wieder hin, ohne zu trinken . . .
. . . es ist die einzige Geste der Überraschung, die er sich gestattet, denn überrascht ist er, betroffen, ja, getroffen: An der Eingangstür steht Schünzel und sieht sich suchend um.
Mit seiner großen Gestalt steht er da, blond, freundlich und selbstverständlich, als gehöre er hierher und nicht nach Köln, Bonn oder Düsseldorf, und er ist erstklassig gekleidet, darauf hat er immer Wert gelegt. Plötzlich entdeckt er Larrotte, sein Gesicht strahlt auf, als hätte er einen Jugendfreund einen Busenfreund einen Nahvertrauten wiedergefunden, fehlt nur, daß er die Arme ausbreitet, aber das tut er natürlich nicht, dazu ist er zu wohlerzogen, allein das gestattet er sich: beschwingt und ein wenig schneller als üblich zu Larrottes Tisch hinzueilen.
Daß Larrotte den anderen Bruchteile von Sekunden eher bemerkt hat, genügt, um ihn zu einem Ausdruck der Gleichmütigkeit finden zu lassen, er tut, als gewahre er Schünzel erst, da der wenige Schritte vor ihm ist, und nun erhebt er sich etwas und beugt den Oberkörper zur Begrüßung leicht vor und setzt sich sofort wieder und spielt an seiner Pfeife herum, als wolle er sie gleich in Brand setzen. Es ist das alles ganz so, als sei Schünzel zum allabendlichen Stammtisch gekommen, keine große Überraschung, man nimmt voneinander Notiz und spricht über ein Fußballmatch oder das Wetter, wie es einem gerade einkommt.
Schünzel versteht das sofort, er läßt sich also einfach an Larrottes Tisch nieder und vergewissert sich: «Sie haben doch meinen Brief bekommen?»
Larrotte nickt nur, während er an der Pfeife saugt und sich sehnlich wünscht, daß er ihn gelesen hätte, und danach fragt er: «Guten Flug gehabt?»
Das bestätigt der andere und setzt das Spiel fort: «Was ißt man am besten?», schaut auf Larrottes Teller und fügt hinzu: «Kalt?

Nein, ich muß etwas Kräftiges haben! Aber das Bier ist einwandfrei . . .», er lacht, «wie in Köln seligen Angedenkens!»
Seligen Angedenkens, unseligen . . . Larrotte äußert nichts dazu, er überlegt, was Schünzel hierhergeführt haben könne, Verdacht regt sich.
«Wo wohnen Sie?»
Seltsame Frage, Schünzel lächelt und beugt sich vor.
«Selbstredend hier, das ist doch praktisch, so Tür an Tür beinahe, wir können uns oft sehen und sprechen, ohne daß der eine dem andern lästig fällt, ohne Umstände, meine ich, beim Essen oder so, und das kommt mir sehr zupaß, denn, offen gestanden, ich bin auf Sie angewiesen, das schrieb ich ja in meinem Briefe, ohne Sie hätte ich nicht gewagt, diese Mission zu übernehmen, ich lege mein Schicksal in Ihre Hand!»
Das ist Schünzel, denkt Larrotte, unverfroren und scheinbar ergeben, er legt das Schicksal in meine Hand und weiß doch genau, daß er selbst für mich Schicksal gewesen ist; das hindert ihn nicht, wie ihn noch nie etwas gehindert hat. Larrotte fragt jedoch nicht, welche Mission Schünzel übernommen habe, er ist wirklich nicht neugierig darauf, wie Schünzel hierhergekommen ist, es ist ihm gleichgültig, und Schünzel soll das merken.
Also pocht er seine Pfeife aus, stochert mit einem Draht die brökkelige schwarze Masse aus dem Kopf heraus, faltet die Zeitung, steckt sie umständlich ein, erhebt sich und bemerkt beiläufig: «Wir sehen uns ja wieder . . .»
Und während Hatsue unter den wohlgefälligen Augen Schünzels bereits das flambierte Steak anrichtet, hört er, schon im Weggehen, dessen Worte: «Aber vergessen Sie mich nicht, Larrotte!»

2 Vergessen! Wie könnte ihn Larrotte vergessen, der jetzt keinen Fernseher einschaltet, keine Schreibmaschine auf die Knie hebt, sondern auf der Bettkante hockt, verloren an der Pfeife saugt und sich an alles erinnert, als sei es gestern gewesen, nein, heute, aufgetaucht mit Schünzel die ganze verfluchte Vergangenheit, die er loswerden wollte, los zu sein glaubte, nun hockt sie neben ihm auf der Bettkante, blond, groß, unbekümmert, und mit ihr hockt da, blasser freilich, gleich einer vergehenden Fotografie

und ohne die Spur einer Sehnsucht betrachtet, eine Frau namens Ingeborg, betrachtet nicht ohne Bitternis und Schmerz, der so peinigend ist, daß Larrotte schwerfällig aufsteht, läutet und sich ein Bier kommen läßt, diesen schäumenden Trost. Wenn er genug davon getrunken hat, kann er vielleicht vergessen – bis morgen.

Es gelingt ihm nicht, denn keineswegs trinkt er Vergessen aus diesem Bier, umgekehrt ist es, er trinkt Erinnerung daraus; Ingeborg nämlich mochte es nicht, wenn er Bier trank, das ihn müde machte zugegebenermaßen, aber so angenehm schläfrig eben, nein, sie zog Pernod vor, den er wiederum wegen des Geruchs nach Anis nicht mochte, der aber zugegebenermaßen die Nachtgespräche belebte, und an Nachtgespräche war Ingeborg gewöhnt. Damals war sie Cutterin beim Kölner Rundfunk und ganz in jener eifrig diskutierenden, sich um ein Nichts erhitzenden Gesellschaft gefangen, die sich um dieses unablässig tönende redende Instrument zu versammeln pflegt, aus den Plänen für neue Sendungen und aus den Gesprächen über neue Flirts und Tragödien und Komödien ihre permanente Nahrung zieht. Und doch war es gerade Bier gewesen und Pernod, bei denen sie sich kennengelernt hatten, im Kölner Rundfunkhaus, in der Kantine, und es ging auf Mitternacht eines eiskalten, schneevollen Wintertags.

Das war vor sieben Jahren, 1963, am 8. Januar – Larrotte hat dieses Datum nicht vergessen, wie er verwundert feststellt; damals lebte er in Köln und zeichnete als Bonner Korrespondent für die gleiche Zeitung, für die er jetzt arbeitet, und nebenbei schrieb er für eine Zeitschrift mit unbedeutender Auflage Berichte aus der Bundesrepublik. Ziemlich skeptische Berichte, denn er sah die Entwicklung zur Wohlgenährtheit – diese schlaff machende, überheblich stimmende Mastkur – mit den ratlosen Augen eines heimatlosen Linken und den erbitterten Augen eines Franzosen; jene kleine Zeitschrift hatte ihn damals gebeten, über den westdeutschen Rundfunk zu berichten, und er hatte Kontakte zum Kölner Funkhaus hergestellt, war auch freundlich aufgenommen worden, denn dort gab es eine ganze Reihe Gleichgesinnter, wenn man über solche Anschauungen auch nur im engeren Kreise sprach.

Die Unterredungen hatten lange gedauert, eigentlich wollte Lar-

rotte heimfahren, er war ziemlich müde, aber ein Wortredakteur aus der Sparte Literatur wollte ihn nicht fortlassen, weil er froh war, seinem Herzen Luft machen zu können. Larrotte mochte sich dem nicht entziehen, so gelangten sie schließlich in die Kantine, der junge Mann mit den dünnen Haaren und den fanatischen Augen redete pausenlos, und Larrotte rauchte seine Pfeife, das tat er damals schon, und trank Bier, nickte und schwieg, was ihm um so leichter fiel, als ihm gegenüber Ingeborg saß und durch einen Halm an ihrem Pernod nippte. Allein saß sie da, lauschte aufmerksam den Reden des jungen Mannes, verlor an Larrotte keinen Blick, der so um so mehr Gelegenheit hatte, sie zu betrachten, und das tat er ausgiebig; denn Ingeborg bezauberte ihn von der ersten Sekunde an, sie war wenig über zwanzig, die leicht gewellten braunen Haare trug sie kurz geschnitten und strich sie mit einer unwillkürlichen Bewegung immer wieder hinter die zierlichen Ohren zurück, die dunklen Augen waren groß und aufmerksam, sie schimmerten feucht, der nicht zu kleine Mund, die wohlgeformten Lippen verrieten Intelligenz und Liebenswürdigkeit – Larrotte zählte sie zu jenen Mädchen, die bei aller Sanftmut und Anschmiegsamkeit, das bemerkte er sehr wohl, ihr Leben selbständig zu gestalten und eigene Entscheidungen zu fällen gewohnt sind. Er fühlte sich von ihr merkwürdig angezogen, es ging etwas wie ein magnetischer Strom von ihr aus, er, der sich niemals gebunden hatte und schon auf die Vierzig zuging, hatte so etwas noch nie erlebt, und vielleicht war es auch nur die winzige Narbe, von der Ingeborgs linke Augenbraue kaum merklich verunziert war, die in ihm das Gefühl wachrief, sie sei trotz aller Selbstbewußtheit eben doch schutzbedürftig; zum Schluß fiel ihm nichts Besseres ein, als sie dumm zu fragen, ob sie Französin sei, da sie offenbar den Pernod liebe.
Sie lächelte ein freimütiges Lächeln, und sie bekannte sich trotzig als Schwäbin, was man ihrer Sprachmelodie bemerkenswerterweise nicht anhörte, und damit war ein belangloses Gespräch nun doch in Gang gekommen. Larrottes Begleiter aber, dessen Satz durch die Frage rücksichtslos unterbrochen worden war, erhob sich und zog sich mit leisem Groll zurück, nicht ohne Larrotte seine Begleitung anzutragen, die der jedoch ablehnte, denn er sah, daß Ingeborgs Glas noch zu einem Drittel gefüllt war. So

blieb er sitzen und erklärte, noch Appetit auf ein weiteres Bier zu haben, das er dann allerdings stehenließ.
Worüber sie damals gesprochen hatten, das fällt Larrotte nicht mehr ein, doch dankend nahm sie es an, als er ihr anbot, sie mit dem graugrünen Käfer, den er fuhr, heimzubringen; der Käfer war dick verschneit, als sie herauskamen, die Batterie schwach, der Motor leierte leer, sie saßen nebeneinander in dem kalten Auto wie in einer winzigen Hütte aus Schnee, nur die vordere Scheibe hatte Larrotte eilig davon befreit. Schließlich sprang der Motor doch an, und sie fuhren vorsichtig durch das nächtliche Köln, wo der Frost die Straßen völlig menschenleer gefegt hatte, und weil Larrotte, übers Lenkrad vorgebeugt, angestrengt aufpassen mußte, unterhielten sie sich nicht mehr; Larrotte war sich jedoch des Mädchens ständig bewußt, das stumm neben ihm hockte, mit der Hand den Kragen der kurzen schwarzen Pelzjacke zuhaltend, und wieder nahm er das unablässige, sanfte, schmerzhafte Ziehen des magnetischen Stroms wahr.
Endlich hielt er vor ihrer Haustür, das Mädchen stieg mit kurzem Gruß aus, der Schlag schlug mit dumpfem Geräusch zu, sie entschwand seinen Blicken, die Seitenscheiben waren immer noch schneeverklebt, an ein Wiedersehen war nicht zu denken, es schmerzte Larrotte, doch er wäre sich töricht vorgekommen, wenn er dieser flüchtigen Begegnung eine tiefere Bedeutung beigemessen hätte. Er drehte den Zündschlüssel um, der Anlasser rappelte, er rappelte wieder, aber der Motor sprang nicht an, die kurze Fahrt hatte der Batterie nichts genützt. Larrotte versuchte es nochmals, fand sich aber bereits damit ab, den eisigen Weg durch die nächtliche Stadt zu Fuß machen zu müssen, als es plötzlich an die Seitenscheibe klopfte.
Da stand nun unerwartet das Mädchen!
Sie hatte seine vergeblichen Versuche bemerkt, sie stand also in der Tür, niedergebeugt, die Hand am Kragen der Pelzjacke, bereits frierend, und sagte entschlossen: «Ich bin daran schuld! Sonst wären Sie schon zu Hause! Es tut mir wirklich leid – wollen Sie sich für den Heimweg mit einer Tasse heißen Tee erwärmen?»

3 Das Bier ist ausgetrunken, Larrotte spürt jene angenehme Schläfrigkeit, die er liebt; in diesem Zustande schweifen seine Gedanken frei, er läßt sich auf das Bett zurücksinken, liegt da, die Arme hinter sich verschränkt, die Beine baumeln an der Bettkante hinunter; obwohl er die leichten dünnwandigen Holzladen nicht vor das Fenster gezogen hat, ist es dunkel im Raume, die schwachgezeichneten Silhouetten der Häuser draußen stehen gegen einen Himmel, der vom Widerschein der Leuchtreklamen nur ganz schwach opalisiert. Genauso war es damals in Köln in der Dachkammer gewesen, die Ingeborg bewohnte, aber das war später, als sie den Tee getrunken hatten, das Wasser hatte sie primitiv mit einem kleinen Tauchsieder erhitzt, sie wohnte hier in Untermiete, die teuer genug war, doch anderes war nicht möglich, ihre Eltern lebten ein gemütvolles Beamtendasein in Echterdingen; am Stuttgarter Rundfunk und in Baden-Baden hatte sich ihr keine Chance geboten, so war sie hierhergezogen, Zugvogel, freizügig, unbehaust. Übrigens bemerkte Larrotte erst jetzt, hier oben, daß sie klein von Gestalt war, sich sehr aufrecht hielt und klare Bewegungen bevorzugte, und er, der beinahe Vierzigjährige, erschrak fast, als sich gleichsam zufällig herausstellte, daß er sie in genau der gleichen Weise anzog wie sie ihn, und nach der ersten flüchtigen Berührung war nichts mehr zu verhindern, über diese Gewalt hatten sie keine Gewalt, es war ein Außersichsein; selbst hier, einen Erddurchmesser von ihr getrennt, mehr als tausend Tage von ihr entfernt, empfindet Larrotte das noch.
Er bewohnte damals eine kleine Zweizimmerwohnung außerhalb des Stadtkerns in der Gottfriedstraße, das vierstöckige Haus war auf einem Ruinengrundstück neu errichtet worden, die Räume waren genormt, die Küche natürlich winzig, aber alles angenehm komfortabel, sogar ein Fahrstuhl führte hoch; dort zu wohnen war wundervoll unverbindlich, die Nachbarn waren eigentlich Fremde, und niemand wunderte sich, daß einige Tage später Larrotte nicht mehr allein dort lebte, sondern eine junge Frau bei ihm war. Äußerlich änderte sich ja auch kaum etwas im Tageslauf, nur daß Ingeborg jetzt morgens einkaufte, was sie benötigten, ihre Arbeit begann meistens später am Tage, und er faulenzte seine Korrespondententätigkeit nach wie vor von seinem Schreibtischsessel aus, denn damals hatte er sich schon angewöhnt, dem

turbulenten Nachrichtentreiben möglichst fernzubleiben; Ankünfte bedeutender und unbedeutender Regierungsgäste auf dem Köln-Bonner Flughafen Wahn beobachtete er am Fernsehschirm, er las ein paar Zeitungen, rief einen Freund beim ‹Kölner Anzeiger› an, fragte nach neuen Telegrammen und überlegte, ob dies berichtenswert sei oder nicht.
Nicht zufälligerweise war Larrotte in diesen Lebensstil geraten, er war ihm von der Zeit angepaßt worden, das war ein jahrelanger Weg gewesen, und es hatte ganz anders begonnen, denn er, Jahrgang vierundzwanzig, hatte die Besetzung Frankreichs mit vollem Bewußtsein erlebt und hatte sich, wie Tausende junger Franzosen, dagegen gewehrt, war in den Untergrund gegangen und galt dort bald als zäh, zuverlässig und zum Äußersten entschlossen, Maschinenpistole und Haftdynamit waren ihm vertrauter Umgang, und selbstverständlich gliederte er sich in die Befreiungsarmee ein. Ebenso selbstverständlich fand er seinen politischen Standpunkt weit links, da er die bürgerliche Regierung für die Katastrophe, die Frankreich betroffen hatte, verantwortlich machte; geladen mit diesen Inspirationen, kam er in die französisch besetzte Zone und wirkte als Offizier in der Presseabteilung in Baden-Baden, nun darauf bedacht, die wenigen demokratischen und antifaschistischen Kräfte in Deutschland zu unterstützen und zu fördern; er taktierte für seine Jugend erstaunlich geschickt, nur verlor er trotzdem allmählich an Boden; das war nicht seine Schuld, sondern eine Folge der allgemeinen Entwicklung, in Frankreich fiel die Volksfront, die bürgerlichen Kräfte stabilisierten sich, in Deutschland entstand die Bundesrepublik, die Besatzungszonen lösten sich auf, die Restauration begann. Zu diesem Zeitpunkt wurde Larrotte nach Frankreich zurückberufen und aus dem Heeresdienst entlassen; jetzt erst nahm er sein Studium auf, wurde Lehrer, vernachlässigte aber seine zahlreichen Kontakte in Westdeutschland nicht, er hatte seine Neigung für den Journalismus entdeckt, und als ihm die Chance geboten wurde, als Bonner Korrespondent tätig zu sein, zog er nach Köln – und war sich keineswegs völlig klar darüber, wie sehr sich hier die Verhältnisse bereits geändert hatten; bald war er weitgehend isoliert, doch wäre er das nicht gewesen, hätte seine Begegnung mit Ingeborg vermutlich einen ganz anderen Verlauf

genommen, und es mag sogar sein, daß er unfähig gewesen wäre, sie so intensiv zu erleben.
Anfangs nämlich war seine kleine Wohnung noch gelegentlicher Treffpunkt algerischer Freiheitskämpfer gewesen, die hier Verbindungen zu verschiedenen Linksgruppen Frankreichs erneuerten, und insofern hatte Larrotte mit dem politischen Geschehen engen Kontakt, seine Anteilnahme wurde ständig aufgefrischt, er sah Ziele vor sich, für die es sich lohnte, etwas aufs Spiel zu setzen; aber nachdem Algerien selbständig geworden war, hörten diese Besuche auf, Larrottes französische Freunde kehrten ins bürgerliche Dasein zurück, die Beteiligung an dem Geschehen in Bonn erschien ihm von einem bestimmten Zeitpunkt an nur noch betriebsamer Leerlauf zu sein, und so beschränkten sich seine menschlichen Begegnungen, ohne daß er sich dieser Verarmung bewußt wurde, immer mehr auf das Lokal ‹Gambrinus›, wohin er allabendlich zu gehen pflegte, um sein Bier zu trinken, aus dem bald mehrere Biere wurden, was dann zu diesem angenehmen Hindämmern führte. Im ‹Gambrinus› traf Larrotte Leute der verschiedensten Gesellschaftsschichten, er nahm an ihrem Geschwätz teil, ob es nun der Gemüsemann war oder der Ingenieur, und allmählich hielt er dieses Geschwätze sogar für das Leben.
Insofern hatte er sich dem Lebenskreis Ingeborgs genähert, denn bei aller Selbstbewußtheit dieses Mädchens war nicht zu verkennen, daß auch sie in einem betrieblichen Leerlauf rotierte, in einem technischen und schöngeistigen Gerede, in dem großen Bla-bla, wie es nun einmal zur Atmosphäre der Rundfunkhäuser gehört, und also paßten sie zusammen, sie ergänzten sich nicht, aber sie rieben sich auch nicht auf, sie konnten sich völlig ungebunden und unbehindert in ihrem erotischen Bereich ergehen, konnten sich diesen Triebkräften hingeben als fast den einzigen, die sie zu jener Zeit bewegten, und es trat der Augenblick ein, da Larrotte es als Lebenserfüllung betrachtete, wenn Ingeborg frühmorgens, das kurze Haar noch feucht und ein wenig verwirrt vom kräftig duftenden Bad, im leichtgeöffneten Morgenmantel barfuß durch die Wohnung ging und das Frühstück bereitete.
Über ihre Gefühle redeten sie kaum, so daß es Larrotte, wie er sich später gestand, verborgen blieb, was das junge Mädchen bewegte, sich so eng an den viel Älteren anzuschließen. War es

wirklich nur dieser magnetische Strom, der sie beide durchfuhr, wenn sie einander auch nur die Hand reichten? Das mochte anfangs genügt haben, wahrscheinlich kam später hinzu, daß es gerade Larrottes Lebensstil war, der Ingeborg anzog und band, diese scheinbar souveräne Verfügung über die Zeit, die nicht eingeteilt war in Berufsstunden und Muße, sondern sich zu einem einheitlichen Lebensraum weitete, nein, hätte weiten können, wären die Zeitumstände dem günstiger gewesen; das alles kam Ingeborgs eigener Lebensführung entgegen, denn wenn sie auch hübsch anzuschauen und zweifellos intelligent war, so bewirkte sie mit ihrer Tätigkeit eigentlich nichts, es fehlte ihr jede Bindung an das alltägliche Leben, sie schmiegte sich in das Getriebe des Rundfunks reibungslos ein. Es kann nicht verschwiegen werden, daß ihr infolgedessen die Zuneigung Larrottes, immerhin eines französischen Berichterstatters, den Anschein einer Bedeutung verlieh, die sie in Wirklichkeit nicht besaß.
Der einzige Punkt, den sie bemängelte, ja den sie geschmacklos fand, waren seine Besuche im ‹Gambrinus›-Keller, wo er eines Tages sogar die Ehrenmitgliedschaft zuerkannt erhielt wegen der Regelmäßigkeit, mit der er erschien. Zwar störte es sie nicht, daß er dort stundenlang pfeifesaugend, biertrinkend, sich unterhaltend hockte, aber es stieß sie ab, daß er nach Bier roch, wenn er nach Hause kam – ein Geruch, den sie nicht ausstehen konnte und plebejisch nannte; doch diese Besuche ließ er sich nicht nehmen, wohl aus dem dunklen Gefühl heraus, daß sie seine wenigen lebendigen Verbindungen zu anderen Menschen bedeuteten.
Beinahe freischwebend lebten sie so miteinander in Raum und Zeit, erfüllten und genügten einander, und für Larrotte war es schlechterdings unvorstellbar, daß sich daran je etwas ändern könnte, wenngleich dann und wann der unbehagliche Gedanke in ihm auftauchte, daß er sich unaufhaltsam dem Alter näherte; er überschritt schon die Vierzig, aber noch war das keine Gefahr, und wenn sie beieinander waren, Larrotte und Ingeborg, war zwischen ihnen auch nicht der feinste Haarriß spürbar. Nie tauchte die Frage einer gesetzlichen Bindung auf, das hätte ihrer beider Charakter nicht entsprochen, sie waren in einer stillschweigenden Übereinkunft vereinigt, und das schien ihnen mehr wert als Stempel und Dokument, und weil dies alles so selbstver-

ständlich und ohne Spannung verlief, wurde sich Larrotte nicht bewußt, daß Ingeborgs Bedeutung für sein eigenes Leben im gleichen Maße wuchs, wie seine Bindungen an die Menschen und Ereignisse der Zeit abnahmen und sich zu dünnen Gesprächen im ‹Gambrinus› verflüchtigten, daß Ingeborgs Wesen in alle die Lükken eindrang und sie fugenlos ausfüllte, die entstanden waren durch das Ausscheiden der Freunde. Larrotte saugte sich mit ihr voll wie ein Schwamm mit Wasser, sie machte die Prallheit seines Daseins aus, sofern man von so etwas sprechen konnte, es war eine Symbiose, so dachte er manchmal, bei der einer den andern bedingte, und absterben müßten beide, würden sie voneinander geschnitten. Wer auch sollte sie schneiden und scheiden, daran war nicht zu denken, er hatte kein Verlangen nach einer anderen Frau, und Ingeborg begegnete im Funkhause so vielen jungen Männern, die anziehend wirkten, aber auf sie wirkten sie nicht anziehend, sie ging an ihnen mit freundlicher Gleichgültigkeit vorüber, und hätte Larrotte gewußt, daß sie dort allmählich den Spitznamen ‹die kleine Eisportion› bekommen hatte, so wäre er in seinen Gefühlen noch bestärkt worden; jedenfalls war nicht daran zu denken und nicht zu befürchten, daß irgendein Schünzel käme.
Aber Schünzel kam.

3. Kapitel

1 Der Sommer war sehr heiß aufgeblüht, aber ebenso rasch verwelkt wie eine Treibhausrose, Nebel drang in die Straßen, die Autos fuhren gespenstisch mit Abblendlichtern, die Baumkronen im Universitätsviertel lösten sich in grauen Rauch auf, Laub faulte braun in den Gossen, erste leichte Nachtfröste kälteten den Boden, aber von alledem bemerkte Larrotte an jenem vierzehnten November nichts, als er vormittags an seinem Schreibtisch saß, pfeifesaugend, umgeben von Zeitungen, die er gleichmütig überflog und seitwärts zur Erde gleiten ließ. Nichts ereignete sich, ein völlig gleichgültiger Tag, und Ingeborg würde spät heimkommen heute; Larrotte lehnte sich zurück und legte die Füße auf die Schreibtischplatte, so las er halb liegend, er würde die Stunden umbringen müssen, die einzige Abwechslung ‹Gambrinus›, aber auch das hatte noch sehr lange Zeit, da läutete das Telefon.
Widerwillig beugte Larrotte sich vor, griff den Hörer, lehnte sich wieder zurück und zog dabei an der Schnur den Apparat über die halbe Schreibtischplatte, er grunzte nur, erklärte dann entschlossen: «Der Name sagt mir nichts!», wollte auflegen, aber die Stimme hielt ihn fest, eine entgegenkommende, beständige Stimme, bestimmt auf ihrem Wunsche bestehend, eine Reihe von klaren Argumenten darbietend und erst ganz zum Schluß vermerkend: «Dabei könnte es für Ihre Arbeit vielleicht interessant werden, die Ansichten Ihrer Kollegen zu erfahren, ich würde keinen Grund sehen, sie zu verschweigen.»
Larrotte antwortete zunächst nicht, es entstand eine Pause, der andere schien sich jedoch gewiß zu sein, daß Larrotte noch am Apparat war, er wartete geduldig, bis Larrotte sich räusperte, da

aber ließ er ihn nicht zu Worte kommen, sondern schlug sofort vor: «Wenn es Ihnen recht wäre, tauche ich morgen am frühen Nachmittag auf, das würde auch in meinen Zeitplan passen, wenn Sie also notieren wollten: Schünzel, Düsseldorf.»
Und Larrotte nahm das zur Kenntnis und bestätigte es, und erst als er den Hörer wieder aufgelegt hatte, ärgerte er sich und kam sich überspielt vor, ja, erwog sogar, ob er am nächsten Tag einfach nicht anwesend sein sollte. Mochte dieser Herr Schünzel vergeblich läuten, war doch nichts anderes als ein besserer Hausierer, der den Leuten freilich nicht das Geld, sondern die Meinungen aus der Tasche zog, so ein Umfrager! Welche Bedeutung konnte es schon haben, wenn seine Auftraggeber wußten, welche Ansichten er, Larrotte, von dem Entwicklungsstand der Elektronik in der Bundesrepublik hatte – darum ging es ja wohl –, demnächst würden sie sich noch um sein Liebesleben kümmern, und so dachte er sich in aufrichtigen Zorn hinein, das Empfinden des französischen Bürgers gewann die Oberhand, der sich nicht gern in seinen Kochtopf gucken läßt, aber auch in anderer Leute Töpfe nicht hineinschaut. Endlich war er entschlossen, nicht die Türe zu öffnen, und gleich darauf ärgerte es ihn, daß er dieser Bagatelle so viel Bedeutung zumaß; er erhob sich und holte aus dem Kühlschrank eine Flasche Bier, worauf er sich wieder in seine Zeitungen vertiefte und sogar den Regen überhörte, der plötzlich mit riesigen Tropfen an die Scheiben schlug, hart, als seien es Hagelkörner.
Als Ingeborg spätabends heimkehrte, saß Larrotte vor dem Fernsehschirm, bequem neben sich sein Bier, schläfrig und entspannt, er war froh, ihre Schritte zu hören, die Sendung über Nordafrika war verlogen und ärgerte ihn, er war für die Unterbrechung dankbar; als Ingeborg quer durch die Stube auf ihn zukam, wandte er ihr den Kopf zu, sie fragte, wie sie immer fragte: «Neues, Pierre?» Er antwortete, wie er immer antwortete: «Was soll es Neues geben, chérie?», und als sie neben ihm stand, legte er den Arm um sie, zog sie zu sich nieder, um sie zu küssen, denn ihn verlangte nach ihr, aber sie widerstrebte plötzlich: «Nein, Pierre, dein Bier ist mir heute wirklich zuwider!» und verließ ihn.

2 Am nächsten Morgen erwachte Larrotte bleischwer, es war kalt, er konnte sich nicht erinnern, die Zentralheizung abgestellt zu haben, aber er hatte sie abgestellt, sie fühlte sich an wie eine Leiche, der Nebel war durch Fenster- und Türritzen gedrungen, Larrotte merkte es beim Atmen, er sah durch die Scheiben hinaus und konnte nicht hinaussehen, weil der Nebel so dicht davor herumlungerte. Larrotte fühlte sich in die abstruse Stimmung einer Wagnerschen Oper versetzt, er haßte Wagner, angewidert wandte er sich ab und tappte, immer noch im Schlafanzug, durch die Wohnung, dabei rieb er sein stachliges Kinn; erst allmählich wurde ihm bewußt, daß er Ingeborg suchte, er suchte sie aus unerfindlichen Gründen, doch Ingeborg war nicht da, hatte sie denn schon Dienst? Nein, ausdrücklich hatte sie einen arbeitsfreien Tag vermerkt, plötzlich fand sich Larrotte an der Entreetür, und er erschrak.
Er erschrak, weil er sich allein fühlte, ganz plötzlich, als hätte ihn Ingeborg verlassen; er schüttelte den Kopf: Natürlich hatte sie ihn nicht verlassen, sie war eben im Augenblick abwesend, irgendwann würde sie wiederkommen; erst jetzt spürte Larrotte unter seinen Fingern die Stoppeln und tappte ins Bad, duschte, rasierte sich, rieb die Wangen mit For men, nun war er wach und frisch, nur der Dampf im Bad, das kein Fenster besaß, störte ihn, weil er an den Nebel draußen erinnerte. So ließ er die Tür offen, räumte die Couch ab und begann sich anzukleiden; doch bevor er damit fertig war, hörte er die Schlüssel in der Entreetür, richtete sich auf und sah Ingeborg entgegen.
Sie kam herein, straff, aufrecht, die kurzen dunklen Haare vom Wind angenehm verwirrt, die Wangen frisch gerötet, sie sah so gesund und jung aus, daß es Larrotte bestürzte; sie sagte: «Es ist herrlich kalt draußen, meine Lungen sind richtig sauber geworden nach der Stickluft im Funkhaus; hör mal, wollen wir uns nicht ein Sektfrühstück genehmigen, ich hätte Appetit drauf; mein Gott, Pierre, du schläfst ja noch!» Und dabei schwenkte sie leicht das Netz mit frischen Brötchen, denen anzusehen war, wie knusprig sie schmecken mußten.
Doch Larrotte mochte kein Sektfrühstück, und so blieb es wie jeden Morgen, Ingeborg aß Brötchen mit Butter, die Brötchen waren noch warm, und die Butterflocken schmolzen darauf, Lar-

rotte verzehrte pflichtbewußt eine trockene Hälfte, die er mühsam hinunterwürgte, und er trank Bier dazu, und somit begann dieser Tag, wie jeder begonnen hatte, und würde verlaufen, wie jeder verlaufen war. Ingeborg lag auf der Couch, die Beine übereinandergeschlagen, wippend der linke Fuß, sie spielte sich ein bißchen Beat vor und dazwischen Bach, und sie blätterte in Bölls ‹Ende einer Dienstfahrt›, die Erzählung war gerade herausgekommen. Ingeborg rief zu Larrotte hinüber, der an seinem Schreibtisch saß: «Finde ich nicht sehr aufregend», und klappte das Buch zu, er antwortete unaufmerksam: «Böll macht sich immer noch Illusionen. Wollen wir essen gehen?»
Er sagte das, um ihr eine Freude zu bereiten, denn ihm selbst graute vor den Nebelschwaden draußen, die gelblich geworden waren. Ingeborg aber sprang mit Schwung auf, das Buch rutschte hinter die Couch, sie glitten im Fahrstuhl abwärts, und der Nebel war so gelb, daß er fast den Volkswagen verbarg, der halb auf dem Bürgersteig geparkt schlief. Larrotte musterte ihn zärtlich besorgt, es war immer noch der alte Käfer, der vor fast drei Jahren nicht angesprungen war, er liebte ihn deshalb, aber wegen des Nebels benutzten sie ihn nicht, sondern wanderten Arm in Arm mit ziemlich raschen Schritten durch die Straßen, sie speisten brav im ‹Gürzenich›, beide aßen Forelle blau, sie mochten leichte Sachen und hatten den gleichen Eßgeschmack, und danach machten sie einen Schaufensterbummel, der Ingeborg so fesselte wie die meisten Frauen und den Larrotte im Gegensatz zu vielen Männern mit größter Geduld über sich ergehen ließ, an der Pfeife saugend und dann und wann ein beifälliges oder teilnahmsloses «Hm!» ausstoßend. Als sie wieder in ihrer Wohnung waren, hatte Larrotte das angenehme Gefühl, dies sei doch noch ein guter Tag geworden, ein Aaltag, wie Ingeborg so etwas zu nennen pflegte, wenn sie mit Behagen nichts tun durfte; vielleicht würden sie abends ins Kino gehen oder ins Theater, jedenfalls etwas Leichtes, so etwas, das zu Forelle blau passen mußte, höchstens etwas Prickelndes; möglicherweise würde er abends Appetit auf ein Glas Sekt haben, meinte Larrotte, doch jetzt war es noch nicht vierzehn Uhr.
Larrotte wollte sich gerade seiner Schuhe entledigen, da läutete es, er stutzte, die Stimme klang bekannt und gleichzeitig fremd,

jedenfalls störte sie ihn; gleich darauf führte Ingeborg einen jungen Mann ins Zimmer, groß, blond und strahlend, er blieb vor Larrotte stehen, der sich, einen Schuh in der Hand, leicht geniert fühlte, und nannte seinen Namen: «Schünzel», und Ingeborg sagte: «Ich wußte gar nicht, daß du Besuch erwartest, Pierre?», und Schünzel sagte: «Es war eine schreckliche Fahrt von Düsseldorf her, drei Auffahrtunfälle in dem Nebel, ich bin froh, daß ich heil an mein Ziel gelangt bin, aber Kinder und Narren haben ihren Engel!», und Larrotte sagte immer noch nichts, er verwünschte Schünzel in jeden einzelnen der drei Auffahrtunfälle, mühsam schnürte er den Schuh wieder zu; er hörte Ingeborg sagen: «Nehmen Sie Platz, Herr Schünzel» und «Sie trinken doch sicher was?»,
und Schünzels fröhliche Stimme: «Gern, gnädige Frau»,
und Ingeborg: «Kognak? Bier?»,
und Schünzel: «Ich darf doch nicht, ich fahre»,
und Ingeborg: «Ach, Sie bleiben sicherlich einige Zeit, bis dahin ist das verflogen!»,
und Schünzel: «Also dann, Whisky bitte, falls Sie so was haben?»,
und Ingeborg: «Pur?»,
und Schünzel: «Lieber mit Soda!»
Jetzt endlich hatte Larrotte seinen Schuh zugeschnürt, tauchte grimmig empor und sagte: «Und mir ein Bier, chérie!», worauf sie, schon im Abwenden, sofort erwiderte: «Ungern, aber wenn du willst . . .»
Larrotte sah sich Schünzel allein gegenüber, der ihn ungeniert musterte und, ohne eine Pause zuzulassen, erklärte: «Ich bin stolz darauf, hier zu sitzen, Monsieur Larrotte, ich mache die Befragung für ‹infratest›, dort kennt Sie jemand, und der hat mir erklärt: Mit Larrotte kommst du nicht ins Gespräch, der lebt zurückgezogen und ist ungesprächig! Und gerade deshalb hat man mich angesetzt», er lachte, «man hält mich für kontaktfreudig oder so, und es kam denen bei ‹infratest› sehr darauf an, daß Sie zu der Befragung bereit wären, wir möchten ein möglichst vollständiges Ergebnis, also einen repräsentativen Querschnitt aller derjenigen, die von der Bundesrepublik aus ihre Meinung ins Ausland hineinstrahlen, dazu zählen selbstredend die wichtigen Korrespondenten . . .»

Larrotte, der die versteckte Schmeichelei *wichtige Korrespondenten* selbstverständlich bemerkte, unterbrach ihn abrupt: «Also, fragen Sie!»
In diesem Augenblick brachte Ingeborg den Whisky und stellte das Bier vor Larrotte, der es sich sogleich mißlaunig einschenkte; sie zog sich auf die Couch zurück und kauerte dort mit angezogenen Beinen, der Böll rutschte noch weiter hinunter und fiel mit leisem Puff auf die Erde; Schünzel, in dessen Rücken sie hockte, kümmerte sich nicht darum, sondern entnahm seiner Aktentasche einen Stoß DIN-A4-Blätter, die er umsichtig auf dem kleinen Tisch ausbreitete, zog einen Kugelschreiber und begann zu fragen und zu notieren, es ging querbeet von Waschmaschinen zu Computern, Larrotte antwortete, ohne nachzudenken, aber Schünzel nickte nur, als bekäme er ständig bedeutungsschwere Auskünfte; Ingeborg kauerte reglos und starrte in Schünzels Rücken, sie schien fasziniert, Larrotte begriff nicht, wovon sie fasziniert sein könnte, er vermochte keinen Blick von ihr aufzufangen.
Die Befragung dauerte über eine Stunde, dann schloß Schünzel seine Akten, Larrotte verschwand im Bad und hoffte, seine Mißstimmung loszuwerden, wenn Schünzel gegangen wäre, aber Schünzel ging nicht; als Larrotte ins Zimmer zurückkam, hatte Schünzel Ingeborg in ein angeregtes Gespräch verwickelt, sie hatte ihren Platz gewechselt und hockte am Tisch auf einem Sessel, bequem, die schönen Beine ebenso angezogen wie auf der Couch; in dieser Hockstellung glich sie mit ihrer zierlichen Figur beinahe einer Japanerin, fand Larrotte, aber er schwieg, goß sich ein neues Bier ein, und je lebhafter das Gespräch wurde und Ingeborgs Fragen neugieriger und teilnahmsvoller, um so mehr verbiesterte er, und der Nebel drückte sich gelb wie giftiges Gas gegen die Scheiben.
Immerhin war Larrotte gezwungen zuzuhören, schließlich konnte er seine Ohren nicht verstopfen; nachdem Schünzel ein paar spaßig vorgetragene Informationen über die Meinungsforschung gegeben, von Nasenzählen und geplanten Todesdaten gesprochen hatte, wendete es sich ins Persönliche, wobei sich, was Larrotte widerwillig mit Hochachtung konstatierte, herausstellte, daß Schünzel keineswegs nur ‹ein besserer Laufbursche› war, der

im Auftrage von ‹infratest› die angegebenen Adressen abklapperte. Nein, solche Befragungen führte er mehr zu seinem privaten Vergnügen durch, er hatte damit als Student begonnen, um sich «ein paar Brötchen nebenbei» zu verdienen, und dann hatte sich ergeben, daß es für ihn «ein ganz lukrativer Job» wurde, als nämlich der Verantwortliche bei ‹infratest› feststellte, daß die Zahl der Fehlkontakte bei Schünzel auffallend gering war, mit anderen Worten: daß Schünzel im Gegensatz zu anderen Interviewern höchst selten eine Befragung verweigert wurde, ihm waren die Türen nicht verschlossen, und freimütig bekannte er, daß ihm so allmählich eine besondere Begabung, mit Menschen ins Gespräch zu kommen, bewußt geworden sei, er ahne über andere eigentlich immer mehr, als er über sie wisse.
«Ach», sagte Ingeborg, «ein geheimer Verführer?»
«Nein», erwiderte Schünzel sogleich, er möchte sich lieber nicht mit jener Kategorie Vance Packards gleichsetzen lassen, eher empfinde er sich als «geheimen Entdecker», und beide, Ingeborg und Schünzel, lachten, und Larrotte hatte das unbehagliche Gefühl, daß Schünzel mehr über die Beziehungen zwischen ihm und Ingeborg wisse, als er verriet, denn nach wie vor blieb er bei allem Geplätscher des Gesprächs distanziert und förmlich und nannte sie gnädige Frau. Sie ließ es sich zu Larrottes Erstaunen offenbar gern gefallen, und Larrotte konnte auch nicht behaupten, daß es ‹die Tour billiger Handlungsreisender› wäre, eher schon die selbstverständliche Höflichkeit des Akademikers, der Schünzel ja tatsächlich war, denn er hatte ein Ingenieurstudium an der Stuttgarter TH hinter sich (und sprach übrigens mit Hochachtung von Professor Eugen Kogon, was Larrotte erstaunte und ihm gefiel), hatte seine theoretischen Kenntnisse an den Universitäten München und Köln («Zu dieser Stadt habe ich immer eine innere Beziehung gehabt, ich habe sie liebgewonnen, das verrate ich aber nicht jedem!») vertieft und bereitete jetzt angeblich seinen Doktor vor, wenn er auch das Thema seiner Arbeit nicht preisgab («Ich möchte Sie wirklich nicht mit einem rabulistischen Titel verstören, gnädige Frau!») – wies sich also auf jeden Fall als überaus tätiger Mensch aus. Als Ingeborg erstaunt zwischenfragte, wieso er sich ausgerechnet in Düsseldorf stationiert habe, redete er von seiner Neigung für Welträumigkeit, und überdies sei er als Inge-

nieur in der Maschinenfabrik Jagenberg beschäftigt. Hier schien es Larrotte, als würde Schünzel einen Augenblick nachdenklich, als verberge sich hinter dem Namen Jagenberg mehr an Plänen und Zielen; doch davon, falls das so war, schwieg Schünzel, er wechselte das Thema und sprach gewandt über das letzte Kommödchen-Programm, wobei er vermerkte: «An literarischen Kräften hat Düsseldorf ja nicht viel aufzuweisen, da haben Sie es in Köln besser, in der Stadt Bölls und Schallücks und Schroers; Sie kennen sie bestimmt persönlich gut, Monsieur Larrotte?»
Er brachte ihn so scheinbar mit ins Gespräch, achtete auf dessen zustimmendes Grunzen indessen nicht und sagte nachdenklich ins Leere: «Böll ist übrigens der einzige, der mich abgewiesen hat», und Larrotte erntete einen unwilligen Blick Ingeborgs, als er sagte: «Das will mir einleuchten.»
Schünzel verstand natürlich, als Larrotte zu offensichtlich auf die Armbanduhr schaute, und obwohl Ingeborg ein gemeinsames Abendbrot vorschlug und Schünzels Abschied offensichtlich bedauerte, ließ er sich nicht zurückhalten, verwies auf den brauenden Nebel und verabschiedete sich.
Als Larrotte in das Zimmer zurückkehrte, sagte Ingeborg: «Der ist wirklich vielseitig interessiert, steht mitten im Leben, ich habe eine ganze Menge gelernt.»
Larrotte erwiderte spöttisch: «Was denn? Daß ich Böll kenne? Das war doch ein bißchen billig. Wenn er mich befragen wollte, hat er sich natürlich über meine Arbeit informiert, und daß ich erst vor vier Wochen über Böll und Schallück geschrieben und ihre Antworten auf meine Fragen teils zitiert habe . . .» Er beendete den Satz nicht.
Ingeborg schien das nicht gehört zu haben, sie lag quer über der Couch und fischte den Böll-Band hervor; als sie wieder auftauchte, hatte sie einen roten Kopf, sie sagte: «Ein bißchen Gesellschaft tut uns ganz gut, findest du nicht? Wir leben doch sehr zurückgezogen!»
Während Larrotte seine Pfeife entzündete, entschloß er sich, darauf nicht zu antworten, er sagte nur: «Gott sei Dank sehen wir den nicht wieder!»

3 Den hätten wir geschafft, dachte Schünzel befriedigt, als er in seinem Renault saß, den er das häßliche Entlein nannte. Er ließ den Scheibenwischer eilig die Nebeltropfen wegfegen, die Sicht war trotzdem schlecht, im vergehenden Tageslicht war der Nebel am undurchdringlichsten, er lagerte wie quellende Watte um den Wagen, doch Schünzel blieb unbekümmert, er kannte die Strecke Köln-Düsseldorf genau, und so ließ er den Renault mit einem fröhlichen Satz anspringen und schoß sich in die glimmende Scheinwerferkette der Autos. Es war ihm gelungen, Larrotte zu befragen! Schünzel betrieb das tatsächlich nur wie einen Sport, ein Hobby, nein, mehr, ein Training der Kontaktnahme, nichts im Leben war so wertvoll, wie geschickt Kontakte herzustellen, die Psyche des andern zu erkennen und darauf einzugehen und sich selbst dabei sympathisch zu machen – wenn ihm das möglicherweise bei Larrotte auch nicht ganz gelungen war, hockte der doch da wie ein Schildkrot, klein, dicklich, die kurze Pfeife im Maul, und wenn er daran zog, bildete sich im linken Mundwinkel ein Speichelflöckchen. Möglicherweise wäre er sogar gescheitert, hätte Larrotte stumm wie ein Fisch dagesessen und auf alle Fragen geschwiegen, aber da war die Kleine, die war beeindruckt, schwarzer Teufel mit Pfeffer zwischen den Schenkeln, rätselhaft, was sie an dem Alten fand, und Schünzel schüttelte unwillkürlich den Kopf, während er über die langhin geschwungene Rheinbrücke fuhr ans andere Ufer hinüber; er starrte angestrengt geradeaus, ein Lastzug überholte ihn mit irritierendem Gedonner und sog im Schlepp ungeduldig gehemmte Personenwagen nach, aber das störte ihn nicht – diesen Wunsch jedenfalls hatte er nie verspürt: andere auf törichte Art zu überholen. Seine Stärke war, geduldig und gleichmäßig einem neuen, oft noch unsichtbaren Ziel entgegenzufahren; im richtigen Augenblick freilich, wenn es dann wirklich aufs Überholen ankam, konnte er ungehemmt Gas geben. Das war auch der Grund, warum er sich für die Maschinenfabrik Jagenberg in Düsseldorf entschieden hatte; nach Abschluß seines Studiums erhielt er zwar ein weit höher dotiertes Angebot aus Eßlingen, aber was hätte er in Eßlingen gesollt, dort wäre er brav die Sprossen der Ingenieursleiter aufwärts gestiegen. Doch hier in Düsseldorf war das Feld, auf dem er jagen wollte, hier war ein Industriezentrum, Bankenzentrum, Verwaltungs-

zentrum ungeahnter Ausmaße. Schünzel roch erst allmählich hinein, und befriedigt fand er seine Ahnungen bestätigt; seine technische Befähigung war nicht so bedeutend, wußte er, daß er als Ingenieur Spitzenleistungen vollbringen würde, aber perfektionierte theoretische und praktische Kenntnisse der Technik plus seinem psychologischen Spürsinn plus seinen gewandten Umgangsformen eröffneten ihm die Bereiche des Lobby managements marketings, und dort würde er den Konkurrenten wiederum wegen seines technischen Wissens überlegen sein, das jene oft sträflich vernachlässigten; Schünzel war fest überzeugt, daß man sich in naher Zukunft nicht mehr ebensogut für Parfüms wie für chemische Ausrüstungen würde einsetzen können – seine Stunde würde also kommen.
Das alles war in ihm, mit Vollgas nahm er eine Steigung auf der Autobahn, die dünne Aktentasche auf dem Sitz neben ihm plapperte unaufhörlich mit dem linken Schloß, das er nicht zugedrückt hatte; ohne es zu hören, hörte es Schünzel mit Behagen: Den hätten wir geschafft! Wie viele hätten sich an Larrotte die Zähne ausgebissen, an dessen vertrotztem Schweigen, doch er hatte ihn zum Reden gebracht. Man würde es bei ‹infratest› wieder einmal bemerken, und wenn er auch keine großen Absichten mit ‹infratest› hatte, würde es ihm eines Tages doch dienlich sein, dort in hervorragendem Rufe zu stehen, falls man sich hinter der vorgehaltenen Hand nach ihm erkundigte. Er trat hart auf die Bremse, der Wagen rutschte entsetzlich dicht an den Blechberg eines Auffahrtunfalls heran, mit zehn oder zwanzig Zentimeter Abstand entwischte er gerade noch auf die linke Fahrbahn und konnte sich hier zwischen zwei Lastwagen klemmen, nun brach ihm doch Schweiß aus, das Leben war gefährlich, doch gleich darauf lächelte er, fünf Zentimeter hätten auch noch genügt!
Schünzel wohnte im Zentrum Düsseldorfs in einem Appartementhaus, anderthalb Zimmer und Kochnische, raffiniert mit allen technischen Finessen versehen, das gehört nun einmal dazu. Befriedigt öffnete er die Tür, den Packen Nachmittagspost warf er auf den Couchtisch, die plappernde Aktentasche deponierte er behutsam auf seinem Schreibtisch, heute würde er nicht mehr arbeiten, die Fahrerei hatte ihn doch angestrengt; er ging ins Bad und klatschte sich ein paar Hände eiskalten Wassers ins Gesicht,

dann schwankte er zwischen Whisky und Kaffee, entschied sich für Kaffee und braute ihn türkisch und stellte die Kanne neben die Briefe, die er wieder einsammelte und in der Hand fächerte, um sie durchzusehen, während er dann und wann einen Schluck des brennheißen Getränks genoß. Die energische, großräumige Handschrift auf dem Büttenumschlag war ihm bekannt, er riß ihn auf, keine Zeile, aber ein Foto, Daphne-Maria, groß langhaarig blond, mit verschattetem Antlitz, madonnenhaft geneigtem Haupt; diese Geste war Mode, vorgestern erst war sie bei ihm gewesen, also prompt, stellte er anerkennend fest, drehte das Foto um: *Every day for you*, na ja, er konnte sich beherrschen, jeden Tag – das wäre ihm zuviel, einmal in vier Wochen genügte, so schön war sie nun auch wieder nicht, wenn sie auch angekleidet toll aussah, aber sonst konvenierte sie ihm nicht so, fand er; ihre Brüste waren zu weich und groß, dazu birnenförmig, das mochte er nicht, da hatte die Kleine von dem Larrotte sicher was Süßes, Festes zu bieten, wie die nur auf den Larrotte verfallen war; seine Gedanken beschäftigten sich unwillkürlich mit jenem Mädchen, und er bedauerte ein bißchen, daß sie nicht in Düsseldorf lebte, sie war der Typ, der ihn ansprach. Er war sicher, daß sie ein paar Wochen manchen Spaß miteinander hätten haben können, er liebte keine großen Sentimentalitäten, und das entsprach zweifellos ihrer Neigung, und nach ihren Fragen zu urteilen, war sie neugierig, warum also nicht auch auf ihn? Da bemerkte er, daß er das Foto Daphne-Marias immer noch in der Hand hielt, er warf es verächtlich beiseite und verstand sich selber nicht mehr, da ihn doch schon der sentimentale Vorname abstieß – wie hatte Larrotte seine Kleine genannt, Ingeborg, ein handfester Name wie das ganze Persönchen!

Schünzel zündete sich eine Zigarette an, er schlürfte noch einen kleinen Schluck Mokka, nutzlosen Gedanken hing er ungern nach, das zog einen nur in die Vergangenheit, und er wollte bewußt in der Gegenwart leben und in der Zukunft, also adieu, Ingeborg! Nie würde er sie wiedersehn.

4. Kapitel

1 «Willst du nun nach Tokio gehen?» hörte Larrotte Ingeborg fragen und spürte mit leisem Schauder ihre Haut, als sie sich an ihn schmiegte. Es war frühmorgens und noch dunkel, und sie war zu ihm auf seine Couch gekommen, das hatte sie in den letzten Monaten selten getan; er umfaßte sie fester und schwieg und hörte sie drängender fragen: «Ist doch ein großartiges Angebot und eine riesige Chance für dich, Pierre», und da er immer noch schwieg, fügte sie endlich hinzu: «Auf mich brauchst du keine Rücksicht zu nehmen, Pierre, ich war dir noch nie im Wege!»
Das klang alles selbstverständlich und tapfer, Larrotte wußte natürlich, daß es gar nicht so war, sondern Bangigkeit war da, schließlich lebten sie schon lange so unverbindlich miteinander und doch so verbunden, immer noch pulsierte der geheimnisvolle magnetische Strom zwischen ihnen, unwillkürlich fragte Larrotte: «Würdest du mitkommen, chérie?»
Es war eine Zeitlang still, er spürte ihr kurzes Haar an seinem Halse, es kitzelte ihn ein wenig, und er rückte ein Stückchen zur Seite; er hörte sie sagen: «Du weißt gut, daß das unmöglich ist, Pierre, schließlich ist Tokio nicht Köln, es würde unendliche Komplikationen geben!»
Freilich wußte er das, aber er hatte trotzdem gefragt. Gestern war dieser Brief aus Paris eingetroffen; wie es seine Gewohnheit war, hatte er ihn gleichgültig ungeöffnet liegengelassen, später hatte Ingeborg damit gespielt, darauf geschaut und plötzlich elektrisiert bemerkt: «Vom Chefredakteur!», also mußte es schon etwas Wichtiges sein. Er riß den Umschlag auf, zwei Seiten maschinenbeschrieben, er überflog sie, ließ die Bogen sinken und sagte:

«Der Korrespondent in Tokio ist gestorben, Eugène Tardeau, Herzschlag, aus, man bietet mir seinen Posten an», er biß auf den Pfeifenstiel, «sie halten mich für sehr tüchtig!»
«Wunderbar!» war ihre Antwort gewesen, dann hatten sie nicht mehr davon geredet bis zu dieser ganz frühen Stunde, aber Larrotte fragte sich zum ersten Male, seit sie zusammen lebten, warum er diese Verbindung nicht endgültig machte, warum kein ordentliches Papier, warum keinen Stempel darauf; das hatte ihn immerfort bewegt, denn eine Trennung von Ingeborg vermochte er sich nicht vorzustellen, so sagte er jetzt: «Unmöglich ist das natürlich nicht, wir brauchen nur zu heiraten; das kommt allein auf dich an, chérie!»
Wenn er geglaubt hatte, sie würde sich noch enger an ihn schmiegen, vielleicht zärtlich sein oder wild, vielleicht auch übermütig und mit den Beinen strampeln oder irgend so etwas – nein, ganz still lag sie da, er hatte sogar das Gefühl, es sei irgend etwas zwischen ihrer Haut und der seinen, ein Hauch nur, unverständlich, daß er sie trennen könnte, Ingeborg lag noch ebenso nahe bei ihm.
Doch gleich darauf war sie nicht mehr bei ihm: Unvermittelt glitt sie aus den Kissen und stand auf.
Sie ging indessen nicht weg, blieb nackt vor der Couch stehen, er sah sie als Schattenriß gegen das nun etwas erhellte Fenster, es war ein trauriger Ton in ihrer Stimme, als sie sagte: «Das ist lieb von dir, Pierre, sehr lieb, daß du das sagst, aber es geht nicht», dann war sogleich die Traurigkeit weg. «Ich habe Appetit auf Frühstück, möchtest du auch, Pierre?»
Er antwortete, es fiel ihm schwer und klang schmerzlich: «Aber ja!»
Sofort verschwand lautlos ihr Schattenriß, in der Kochnische flammte das Licht auf, er sah gerade noch ihren Nacken und ihren Arm, ihre goldbraune Haut, dann war sie ins Bad weggehuscht.
Sie frühstückten schweigend und ordentlich wie ein Ehepaar, er unterdrückte den Wunsch nach seinem Glas Bier, nur konnte er es nicht unterlassen, einmal seine Hand über die ihre zu decken, die absichtslos auf der Tischdecke lag, Ingeborg entzog sie ihm gleich.

Später – mit ihren dunklen Augen sah sie ihn nicht an, blickte beiseite – sagte sie so ernsthaft, wie er es an ihr kaum gewohnt war: «Offen gestanden, Pierre, ich habe mir das gestern schon selber überlegt. Du darfst mir nicht böse sein, ich will nicht. Ich will dich nicht heiraten. Weißt du, es ist alles schön und gut zwischen uns, wirklich und aufrichtig, ich würde es nicht sagen, wenn's nicht so wäre, du kennst mich ja. Ich bin auch überzeugt, daß es noch manches Jahr so sein kann. Nur, wie viele Jahre, das weiß ich nicht. Ich kann das einfach nicht überschauen, mir fehlt die Erfahrung, natürlich.»
Darauf schwieg er, bis sie sich gezwungen sah fortzusetzen: «Du bist viel älter als ich, nicht wahr, im Augenblick ist das nichts, bis gestern habe ich überhaupt nicht daran gedacht, es ist mir nicht bewußt gewesen, jetzt denke ich daran, und ich bin mir meiner heute sicher und vermutlich auch noch eine lange Zeit, nur wie lange, das ist mir unbekannt. Vielleicht tritt es niemals ein, nur, wenn es einträte, möchte ich ebenso wieder gehen können, wie ich gekommen bin.»
Jetzt sah sie ihn an, er erwiderte nichts, sie sagte dann noch: «Überlege es dir nur genau, ich habe schon recht, Pierre, und so, wie es ist, wird es am besten sein, wenn du nach Tokio gehst, die Chance bieten sie dir kein zweites Mal.»
Es war so hell, wie es an einem Novembertag eben sein kann, der Morgen war klar, der Himmel, den sie durchs Fenster sehen konnten, von jenem etwas wässerigen Blau, wie es unverhangene Novemberhimmel an sich haben, die Sonne war noch nicht über die Hauskante drüben geglitten, doch die weißliche Färbung verhieß sie. Larrotte schaute zu, wie sich Ingeborg dicht an das Fenster setzte und, wie sie es oft zu tun pflegte, einen winzigen Spiegel gegen das Fensterkreuz lehnte, ihren Mund mit dem bläßlichen, fast eine Spur lilafarbenen Stift färbte, die Lippen einzog, um die Farbe zu verwischen, die Konturen sorgfältig nachzeichnete, den Augenbrauenstift nahm und den Brauen den deutlichen Schwung gab; bei dem allem war sie ganz konzentriert, sie überprüfte sich nochmals, packte den Kram zusammen, ging quer durch die Stube, Larrotte folgte ihr mit den Blicken, er hörte sie im Korridor, dann sah sie noch einmal durch den Türspalt zurück, sie hatte jetzt die schwarze Pelzjacke an, die sie mit der Lin-

ken am Kragen zuhielt, und sagte: «Tschüs, Pierre, ich muß mich eilen, und überleg's dir noch einmal gut!» Schon war sie verschwunden.
Bevor er die Entreetür klappen hörte, konnte er gerade noch rufen: «Ich bleibe in Köln, chérie!» Das war ein fester Entschluß, er hoffte, daß sie seine Worte noch gehört hätte.

2 Also war wohl nach diesem Zwischenfall – und mehr Bedeutung konnte man jenem Brief doch nicht zumessen – alles wieder in der besten Ordnung, jedenfalls verlief beider Leben in den nächsten Tagen genau wie bisher, oder es schien jedenfalls so; obwohl sie wenig empfänglich für Sentimentalitäten waren, drang irgend etwas von der festlichen Vorbereitung der Weihnachtszeit bis in ihre Wohnung, und sei es nur, daß sie sich nach Geschenken fragten, die dem anderen Freude bereiten könnten, und Ingeborg war in dieser Zeit zärtlicher, als sie es seit langem gewesen war. So hatte jener Brief sogar in der günstigsten Weise den Gleichmut, auf den sich ihr langes Beieinandersein inzwischen eingependelt hatte, durchbrochen, ihre Gespräche waren lebhafter geworden, als hätte das Stück Papier aus Paris ihnen neue Nahrung gebracht, und in der Tat war es auch so, denn unwillkürlich begann sich Larrotte für Japan zu interessieren, und dabei stellte er fest, wie erstaunlich gering seine Kenntnisse von jenem Lande waren. Er häufte Lektüre um sich, und je mehr er las, um so undurchdringlicher und unerklärlicher erschien ihm alles, und doch hätte er zuvor ohne Bedenken an einer Gesprächsrunde etwa im Rundfunk oder Fernsehen teilgenommen, die sich mit fernöstlichen Problemen beschäftigte; jetzt aber erschrak er geradezu, wenn er an solche Vermessenheit dachte. Ebenso wie er schien auch Ingeborg Anteil zu nehmen an dem, was unfaßbar fern von ihnen geschah; freilich blieb das alles so eindeutig bestimmt und begrenzt wie das Interesse eines Mondforschers, der niemals den verwegenen Traum träumt, als Astronaut den fernen Trabanten zu betreten.
Allerdings verschwand der ominöse Brief nicht, der das alles ausgelöst hatte, er fuhr vielmehr zwischen Larrottes Papieren umher, immer wieder hielten er oder Ingeborg ihn unversehens in der

Hand, ohne daß es einem der beiden eingefallen wäre, ihn endgültig abzulegen. Larrotte hatte zwar sogleich am nächsten Tage nach Paris geantwortet, doch diese Antwort war zögernd und hinhaltend, auf jeden Fall unentschieden ausgefallen. Einleuchtenderweise, so erläuterte er Ingeborg, könnte er dieses großartige Angebot nicht kurzerhand ablehnen, ohne sich Bedenkzeit auszubitten, weil das sowohl bei der Chefredaktion als auch bei der Verlagsleitung einen schlechten Eindruck hervorrufen würde; so schnell weist man so bedeutendes Vertrauen nicht zurück, das macht nur ein leichtfertiger Mensch, und Larrotte galt bisher als überaus zuverlässig und seriös, diesen Ruf wollte er auf jeden Fall behalten, es war, wie er Ingeborg erklärte, die sicherste Garantie, auf unabsehbare Zeit in Köln zu bleiben; sie sah ihn zwar merkwürdig an, so schien es ihm jedenfalls, akzeptierte aber stillschweigend seinen Entschluß, und er fügte hinzu, in vierzehn Tagen etwa werde er endgültig absagen.
Freilich blieb in Larrotte eine untergründige Unruhe, über die er sich keine Rechenschaft ablegte, denn zum ersten Male seit seiner Begegnung mit Ingeborg war ihr Verhältnis zueinander von ihr in Frage gestellt worden. Was er nie getan hatte, mußte er jetzt tun: damit rechnen, sie verschwände eines Tages aus seinem Dasein – das war ihm vorerst unvorstellbar, und er drängte solche Gedanken auch sofort zurück, weil er sich sagen konnte, Ingeborg selbst hatte das in eine unbestimmte Ferne hinausgeschoben, auch war es keineswegs sicher; möglich jedoch war es, und plötzlich, wenn er einen Artikel redigierte, ja, wenn er telefonierte, ertappte er sich dabei, daß er überlegte, wie ein Leben ohne sie aussehen würde, noch dazu, wenn er gealtert war, dann völlig allein und verlassen und unausgefüllt von seinem Beruf, leer also. Solche Überlegungen führten zu nichts als einem stummen Entsetzen, das ihn allerdings nicht überwältigte, weil er rechtzeitig davor floh in seine Arbeit, in den ‹Gambrinus› oder in eine Umarmung.
Die Tage blieben frostklar; eigentlich war alles belebter und freundlicher geworden, fand Larrotte, Ingeborg war angeregter und auch leidenschaftlicher, als sie es vordem gewesen war, wie in einer weit zurückliegenden Zeit also, sie plauderte viel über die Ereignisse im Funkhaus, und eines Abends brachte sie einen Strauß Nelken mit, der schon ein wenig zerrupft aussah und ge-

gen die Kälte nachlässig durch ein Blatt zerknittertes Zeitungspapier geschützt war; sie warf ihn gleichgültig auf die Garderobe, holte ihn erst viel später wieder herbei, knüllte das Papier zusammen und sagte bedauernd: «Sie haben trotzdem was abgekriegt, lange werden sie nicht halten!»
Sie nahm ein leeres Marmeladenglas, füllte es mit Wasser und stopfte den Strauß hinein, für Blumensträuße hatte sie niemals viel Sinn gehabt, Larrotte verzichtete deshalb bald darauf, ihr Blumen zu schenken, er brachte ihr Kekse mit, die knabberte sie gern, wenn sie auf der Couch lag und las, und er mußte dann immer an Eichhörnchen denken.
Er fragte: «Wer war denn der Kavalier?»
Und sie erwiderte: «Irgend so ein Verehrer, die laufen zu Dutzenden 'rum, das weißt du ja!» Sie sah dabei nicht einmal auf; schon am nächsten Tage lösten sich einzelne der feinen Fiederblätter, Ingeborg betrachtete den Strauß kritisch, nahm ihn aus dem Glas und warf ihn bedenkenlos in den Müllschlucker. Larrotte tat es leid, aber er sagte nichts, so konnte Ingeborg eben auch sein, damit hatte er sich abgefunden, und er wurde erst aufmerksam, als sie bereits am nächsten Tage wiederum mit Blumen anrückte, diesmal waren es keine Nelken, es war ein winziges Sträußchen nur: eine einzige lilafarbene Orchidee, die sie auch freundlicher behandelte, sie hatte gleich eine kleine Glasvase mitgebracht; aber mehr ereignete sich nicht, Blumen brachte sie nicht mehr heim, und Larrotte kaufte ihr einen riesigen Karton XOX.

3 Drei Tage später, nachmittags, sah Larrotte die XOX-Schachtel herumliegen, sie war leer, nur ein paar Krümel trieben sich darin herum; er entschloß sich, und er lächelte dabei, Ingeborg eine neue zu kaufen; das tat er auch, aber wider Erwarten war Ingeborg zum Abend nicht zurückgekehrt, also zog er es vor, einen Happen im ‹Gambrinus› zu sich zu nehmen, dabei blieb es nicht, ein paar Glas Bier kamen dazu, denn es war da ein Großhändler in Schokoladewaren, der berichtete interessant von seiner Tätigkeit und dem allgemeinen Trend, der aufwärtsging, allerdings in Richtung auf teuere Marken und Aufmachung. Lar-

rotte fand seine Meinung über die Bundesrepublik wieder einmal bestätigt, die Leute wollen sich nur süß und satt fressen, ihre einzige Furcht: das könnte einmal aufhören; es ging gegen Mitternacht, in der Erinnerung an Ingeborg ließ er das letzte Glas halbgeleert stehen. Aber Ingeborg war immer noch nicht da.
Außergewöhnlich oder gar irgendwie beunruhigend war das nicht, denn oft mußte sie noch spät Dienst tun, oder sie wurde von jenem Geschwätz aufgehalten, dem sie sich nicht entziehen wollte, das gehörte zu ihrem Beruf. Larrotte beklagte nur, daß sie die XOX noch nicht gefunden hatte, er legte die bunte Schachtel verlockend auf den Tisch; dann überlegte er, ob er schlafen gehen sollte, das Bier hatte ihn schwer gemacht, er mochte auch den stillen Vorwurf in ihren Augen nicht lesen, er wußte ja, daß er in diesem Zustande im Kreise redete und sich zu oft wiederholte, also duschte er noch und legte sich nieder, aber kaum hatte er das Licht gelöscht, hörte er draußen den Schlüssel.
Da sie annahm, er schliefe schon, ließ sie die Stube dunkel, etwas Helligkeit fiel erst vom Korridor, dann von der Küche, dann vom Bad herein, das genügte, er regte sich auch nicht, blinzelte nur, und obwohl er so trunkmüde war, erfreute ihn das graziöse Bild: wie sie den Pullover über den Kopf zog, die Haare sich dabei verstrubbelten, wie sie sich dehnte und streckte und ungeniert gähnte, so richtig herzhaft, ehe sie in den Schlafanzug schlüpfte; auf Zehenspitzen ging sie noch einmal zum Tisch, das Papier der XOX-Schachtel knisterte, dann huschte sie ins Bad, er hörte die Kissen rascheln und schlief ein.
Larrotte erwachte ziemlich spät, und er blieb noch eine geraume Weile mit geschlossenen Augen liegen, ohne zu wissen, wie spät es sei, er war auch nicht neugierig darauf; doch allmählich drang der Tag in ihn ein, und jetzt lauschte er auf die vertrauten Geräusche, die Ingeborg zu verursachen pflegte, aber sie blieben aus; vielleicht war sie Brötchen holen gegangen, sie aß so gern knusprige Brötchen, konnte sogar zu Mittag ein solches Brötchen dazuknabbern; er entschloß sich, noch länger mit geschlossenen Augen liegenzubleiben und zu warten, und tat es, die Zeit verstrich jedoch, nichts regte sich, er begann sich zu langweilen und dachte, es könnte nicht schaden, aufzustehn und sich frisch zu machen.

Der Kopf, der ihm im Bad aus dem Spiegel entgegensah, machte einen grauen Eindruck, Larrotte beugte sich vor, wirklich, ins Schwarz seiner Haare mischten sich graue Spuren, eine unangenehme Morgenbegrüßung; er rasierte sich und wusch scharf nach, und immer noch hörte er keine Geräusche.
Er räusperte seine Kehle frei und begab sich ins Zimmer hinüber, die XOX-Schachtel lag auf dem Tisch, aber sie war aufgebrochen. Natürlich, dachte Larrotte freundlich, das hält sie auch um Mitternacht nicht aus, er griff danach, um den Tisch fürs Frühstück frei zu machen, da entdeckte er: Nichts war der Schachtel entnommen, aber ein Zettel steckte daran; er las, mit ihrer großzügigen Handschrift hatte Ingeborg vermerkt:
«Pierre, es war schön mit dir all die Zeit, aber geh nach Tokio. Ich habe dich verlassen, damit du es weißt, ich habe mich mit Schünzel liiert. Mach's gut! Ingeborg.»
Larrotte nahm ein Gebäckröllchen aus der Schachtel und knabberte es auf, den Zettel zerknüllte er und warf ihn in den Papierkorb, das Bier, das er sich danach einschenkte, schmeckte ihm nicht.

5. Kapitel

1 Schünzels Luftpostbrief hatte Larrotte in Tokio nicht geöffnet, weil er von der ersten Sekunde an Ingeborgs Zeilen für endgültig gehalten hatte. Mit dieser Sekunde war ihm nämlich, erhellt wie von einem Blitzlicht, klar geworden, warum sie sich so entschieden hatte. Es war sicher nicht nur sein Alter, woran sie dachte, sondern Schünzels Besuch mußte ihr deutlich gemacht haben, wie völlig abgeschnitten vom Leben ihr Dasein an der Seite Larrottes verlief, wie wenig an Anregungen und Erlebnissen er ihr bot, wie passiv er alles hinnahm. Und war Larrotte in dieser Sekunde abgestoßen von dem Gedanken, daß sie sich ausgerechnet diesen Schünzel gewählt hatte, so begriff er später, daß sie in Schünzel den Mann sah, der mit leichter Hand und doch auch mit Entschlußkraft sich das eroberte, was er haben wollte – war es nicht sogar bei dem läppischen Interview so gewesen?
Jedenfalls war Ingeborg aus Larrottes Leben verschwunden und sollte verschwunden bleiben, und wenn Schünzel ihm schrieb, konnten seine Sätze möglicherweise Informationen über sie enthalten, die er nicht zur Kenntnis zu nehmen gewillt war. Ob sie lebte oder gestorben war, atmete oder nicht – nie mehr würde er ihre Haut berühren dürfen nie mehr verzaubert sein nie mehr geliebt; nicht zuletzt deshalb hatte er sich noch am gleichen Tage an die Maschine gesetzt und seinem Chefredakteur mitgeteilt, er nehme die Sendung Tokio an, ja, er gehe mit großen Erwartungen hin, was natürlich gelogen war, aber wie sollte er nun noch ohne Lüge sein Leben bestehen, allein? Jetzt freilich, wie er so quer über dem Bett in seinem Tokioter Hotel liegt, scheint ihm alles vergeblich gewesen zu sein. War das Messer nicht scharf ge-

nug gewesen, mit dem er die Nabelschnur durchschnitten hatte? – Indessen war es ihm doch gelungen, alle Träume zu ersticken, und wie hätte er ahnen können, daß Schünzels Brief ihn selbst ankündigte?

Larrotte knipst die kleine Nachttischlampe an, er wühlt mit den Fingern in der Jackentasche, es knistert Schünzels Brief, also soll er, zu spät freilich, doch noch gelesen werden. Larrotte reißt den bläulichen Luftpostumschlag auf, überfliegt die Zeilen, getippt natürlich und das Farbband so schwach, daß er den verfluchten Brief dicht vor die Augen halten muß, kein Wort über Ingeborg.

Schünzel drunten in der Halle hat sein flambiertes Steak mit Appetit verzehrt, er pflegt ernsthaft zu speisen, und während er ißt, gestattet er seinen Gedanken nicht, abzuschweifen und sich um anderes zu kümmern. Nun aber sitzt er leicht zurückgelehnt, läßt seine hellen Augen wandern, nimmt mit Wohlgefallen die kleinen Japanerinnen wahr, beschäftigt sich in Gedanken jedoch mit Larrottes Reaktion: Brach der nicht etwas unvermittelt auf? Eigentlich war ein freundliches Geschwätz zu erwarten gewesen, er hatte angenommen, Larrotte werde neugierig sein auf das, was sich in Westeuropa ereignet hatte, immerhin waren drei Jahre vergangen und mehr, seit der es verlassen hatte, und der Bericht eines Augenzeugen ist lebendiger als eine Zeitungsnotiz oder sonst eine Information, und man kann Fragen stellen und Antworten erhalten – nichts von alledem; es würde aber wichtig für ihn sein, dahinterzukommen, was Larrotte an ihm stören mag, denn er benötigt dringend ein gutes Einvernehmen mit ihm, wenn er seine Aufgabe hier lösen will, das weiß Schünzel genau, nun, es wird ihm schon einfallen, plötzlich fällt es ihm ein: Ingeborg.

Ist es denn möglich, daß Larrotte ihm dieses Zwischenspiel, diese Zwischenspielerei, nachträgt – auch heute noch? Bisher war Schünzel überhaupt nicht auf den Gedanken verfallen, daß er dem andern irgend etwas auch nur Unerfreuliches zufügte, denn schon damals, als sich das alles ereignete, hatte er sich von jeder Schuld frei gefühlt; in der Tat war es nur ein Zufall gewesen, daß er nach jenem ersten Besuch bei Larrotte gleich wieder nach Köln fahren mußte und ganz gewiß ohne jeden Gedanken an Ingeborg, und Zufall war es gewesen, daß er sie gesichtet hatte, als er um eine Straßenecke bog, und nur weil sie so verfroren aussah in ihrem Pelzjäckchen, hatte er freundlich angehalten, sich aus dem Schlag gelehnt und sie zur Mitfahrt eingeladen; er hätte es damals auch mit Larrotte so gemacht und mit jedem anderen, ohne einen anderen Hintergedanken als – Freundlichkeit zahlt sich aus. Ingeborg war eingestiegen, er hatte sie zum Funkhaus gebracht, und da war immer noch nichts zwischen ihnen gewesen, er hatte keinen Gedanken an sie verwendet, aber als er sich verabschieden wollte, sah er sie so neben dem Wagen stehen, leicht vorgebeugt, ihre sanft verwirrten dunklen Haare, ihre schmiegsame feste Gestalt, ein unbeschreibbarer Eindruck von Frische, ein handfestes erfreuliches Persönchen, das alles wurde ihm sekundenschnell bewußt, und vor sich sah er im selben Augenblick das Foto Daphne-Marias. Gleich bat er Ingeborg um eine Begegnung, gleich wurde sie ihm gewährt, gleich wußte er, daß er sie gewinnen würde, sie hätte sonst nein gesagt; das Triumphgefühl gegenüber Larrotte war so geringfügig, daß Schünzel sich damals keine Gedanken, jetzt keine Vorwürfe machen konnte, und da er und Ingeborg bereits im Einverständnis waren, verlief alles ohne Zwischenfall ohne Sentimentalität ohne große Worte und selbstverständlich ohne Schwüre und dergleichen lächerliche Emotionen. Er hatte seine Freude an ihr, sie war voller Temperament und Erfindungsgabe und Überraschungen, wenn er zurückdenkt: unaufdringlich und angenehm schamlos und unverbindlich dazu – so etwas war für ihn geschaffen, das beschwerte nicht und befriedigte doch.

Allerdings hatte er Ingeborg gegenüber erwähnt, ein wenig störe es ihn schon, daß sie gleichzeitig an Larrotte gebunden sei, deswegen habe er Verhältnisse mit verheirateten Frauen stets gemieden; er sagte es, obgleich es nicht stimmte, möglicherweise wollte er ihre Neigung doch auf eine kleine Probe stellen, vielleicht war auch eine winzige Tücke gegen Larrotte dabei, den er nicht ausstehen konnte, aber wenn, dann wirklich nur eine winzige, nicht nennenswert wahrhaftig. Ingeborg antwortete sofort, sie werde sich von Larrotte trennen, es liege ihr nicht, jemanden zu betrügen oder gar beide; noch jetzt erinnert sich Schünzel, daß sie damals beiseite sah, als wollte sie einer Gefühlsregung die Bedeutung nehmen, und sagte: «Ich liebe dich eben, Holger.» Obgleich das wie nebenbei und nur als Erläuterung vermerkt wurde und sie nie wieder darauf zu sprechen kam, störte es ihn doch (deshalb erinnert er sich jetzt auch daran), und für einen Sekundenblitz hatte er überlegt, ob es nicht tunlich wäre, die Verbindung gleich wieder abzubrechen, und wenn Schünzel nun befürchten muß, Larrotte trage ihm etwas nach, so möchte er jetzt noch bereuen, daß er der jähen Regung nicht nachgegeben hat, weil er angenehme Stunden vor sich sah.

Schünzel lächelt vor sich hin, er dehnt sich und lehnt sich etwas zurück. Weiß Gott, es waren angenehme Stunden gewesen, sehr angenehme und erfreuliche, sie sahen sich jede Woche ein-, zweimal, das erfrischte ihn wie ein gut temperiertes Bad, es beschwingte ihn, und damals hatte er das nötig, denn gerade in jener Zeit stieg die Arbeitsfülle fast unerträglich – nicht nur in seinem Betrieb, sondern vor allem auch deswegen, weil er, der sich selbst einen ‹zähen Burschen› nannte, die eigene Fortbildung intensiv weiterbetrieb und nicht nachließ darin. Es war Tiefstapelei, wenn er sagte, er ‹nasche die Spitzen ab›, vergleichbar vielleicht einer wählerischen Ziege; es war kein Naschen: Schünzel tastete ab, in welcher Richtung bestimmte technische Entwicklungen aller Wahrscheinlichkeit nach weitergeführt werden würden.

Nicht etwa, daß er die Absicht gehabt hätte, an solchen Punkten seine eigene Arbeitskraft einzusetzen, er war nicht der Typ des ‹stillen Werkers und Schaffers›; er beobachtete vielmehr das Bemühen westdeutscher Konzerne, sich nicht völlig überspielen zu lassen von Entwicklungen in Amerika, beobachtete die Anstrengungen der Lobbies, die Bundesregierung zur Unterstützung einzuschalten, wußte, daß dabei alle Mittel recht sein würden, begriff sich selbst als einen, der zu spielen verstand und der auf seine Stunde vorbereitet sein mußte.

Allmählich empfand er dabei Ingeborg als Hindernis, nicht etwa, daß sie ihn mehr beanspruchte als zuvor oder daß sie Wünsche geäußert hätte, die er nicht erfüllen wollte, so war es keineswegs, ihr Zusammensein blieb auf seine ein, zwei Besuche wöchentlich beschränkt, er nahm sie auch gelegentlich in seine Wohnung nach Düsseldorf mit, das war angenehmer und bequemer, denn sie hauste nun wieder in einer möblierten Dachkammer, verwechslungsgleich jener, in der Larrotte sie kennengelernt hatte; aber

Schünzel spürte, daß die Intensität ihrer Gefühle für ihn wuchs und daß sie allmählich ein Ausmaß erreichten, das ihn unangenehm berührte, weil er sich selbst darin zu verstricken fürchtete, und das hätte Bindung bedeutet. Jeder Besuch bei ihr erschien ihm schließlich wie ein Hechtsprung ins Wasser, in das er tief eintauchte bis zur Bewußtlosigkeit, und erst wenn er wieder in seinem häßlichen Entlein saß auf dem Rückweg nach Düsseldorf, tauchte er daraus hervor, ganz allmählich wurde es heller um ihn, bis er durch die Oberfläche brach, aber in diesen letzten Sekunden fürchtete er stets, daß ihm die Luft wegbliebe; so stand es runde drei Wintermonate nach ihrer ersten Begegnung.
Sie bestrickte ihn, aber er wollte sich nicht verstricken.
Er schützte, billig genug, eine längere Reise nach Hamburg und Hannover vor, er werde sich melden, sobald er zurückgekehrt sei; er meldete sich nicht.
Ihn kränkte es, daß Ingeborg keinen Versuch unternahm, wieder mit ihm in Verbindung zu kommen, obgleich es ihn gleichzeitig erleichterte, sie war für ihn wie gestorben.
Das war alles gewesen damals, eine Bagatelle, eine Episode – sollte es möglich sein, daß Larrotte ihm das kleine Vergnügen verargte? Schünzel hält es für undenkbar, doch immerhin: Falls Larrotte morgen darauf zu sprechen kommen sollte, kann er ihm mit gutem Gewissen sagen: ‹Ingeborg? Ach, die kleine Dunkle, die eine Weile mit Ihnen liiert war? Im Vertrauen, unter uns Männern, sie hat es mir leicht gemacht damals, zu leicht, wenn Sie wissen, was ich meine; ich habe sie sofort wieder abgeschrieben.›

2 Solche kleinen Zwischenfälle wie das befremdliche Benehmen Larrottes sind zu geringfügig, als daß sie Schünzel beeindrucken oder gar verstören könnten; er hat die Möglichkeiten erwogen, auf die das zurückzuführen sein könnte, und nun wird er abwarten, was sich ergibt; er besitzt das Selbstvertrauen, sich zu sagen: Er werde dann schon die richtigen Worte finden.
Mit einem letzten wohlgefälligen Nicken zu Hatsue, der kleinen Kellnerin, erhebt er sich und geht mit langen schlendernden Schritten quer durch den Eßsaal, die Empfangshalle hindurch zu

den Fahrstühlen; er fühlt sich wohl, das Milieu ist ihm vertraut, diese lautlose, gleichsam geölte Höflichkeit der Hotels, er findet, das sei immer gleich, und ob da nun italienische, französische oder japanische Boys Dienst tun, das bleibt sich gleich.
Ja, Schünzel fühlt sich frisch, tatkräftig, elastisch; er legt seine Kleidung sorglich zusammen, stellt sich vor den Spiegel, macht ein paar Freiübungen, das versäumt er nie, und dabei ist er mit sich zufrieden, mit diesem Körper auch, wohlgebildet und wohlgenährt und weder hager noch fettverunstaltet; er stellt sich in die Wanne und dreht die Dusche an, der heiße Strahl rötet die Haut, Schünzel spürt, wie sie durchblutet, und danach schreckt er sich eiskalt ab, frottiert sich wieder warm und liegt dann gerade auf dem Rücken in dem Bett, keine Gedanken verschwendet er mehr, er schläft sofort ein.
Larrotte hingegen grübelt darüber nach, mit welchen Absichten Schünzel nach Tokio gekommen sein könnte, denn daß er Absichten haben muß, scheint ihm sicher, Schünzel kommt nirgendwo ohne Absichten hin, und wenn er ausgerechnet ihn hier aufsucht, soll vermutlich er dabei eine Rolle spielen. Als Larrotte das plötzlich ganz deutlich ist, erhebt er sich, er läßt das Zimmer im Dunkeln, kramt nach seiner Pfeife, stopft sie, zündet sie an, rötliches Flämmchen flackernd und verlöschend, tritt ans Fenster, schwacher Widerschein der Leuchtreklamen. Leuchtfeuer: Ah, das also ist es, das Leuchtfeuer soll er sein für Schünzel in diesem Lande, das für den fremd und unbekannt ist. Das also ist es, es kann nicht anders sein, Schünzel ist unverfroren genug, das zu erwarten. Larrotte wendet sich um, er legt den kleinen runden Glimmpunkt der Pfeife auf den Ascher und atmet tief auf. Wenn Schünzel das erwartet, soll er nicht enttäuscht werden, der blonde Narr und Sieger.
Der Sieger! Wie Larrotte dieses Wort denkt, wird ihm Schünzel durchsichtig wie auf einem Röntgenbild. Das ist nicht nur der Mann, der ihm Ingeborg wegnahm, nein, er steht für alle jene, die kühl und ohne Gewissen in das Eigentum der anderen eindringen und es stehlen und danach ihr gutes Recht darauf behaupten. Sahen sie nicht so aus, die seinerzeit in Frankreich einmarschierten? Vor Larrotte tauchen jene Szenen auf, und augenblicks ist ihm, als hätten alle die Marschierer nur einen Namen

gehabt: Schünzel! Und wenn diese Schünzels siegen, dann deshalb, weil die Larrottes sie siegen lassen, weil die Larrottes die Waffen strecken, weil die Larrottes kapitulieren, unentschlossen, nachdenklich, biersüffelnd. Von diesem Augenblick an geht es Larrotte nicht mehr nur um die Vergangenheit, die Ingeborg heißt – es geht ihm um die Gegenwart, es geht ihm um eine Kraftprobe zwischen den Schünzels und den Larrottes, und er ist entschlossen, diese Kraftprobe zu bestehen.
Auf einmal ist Larrotte gelassen; er erinnert sich, wie er damals, vierundvierzig war das, in einem Tunnel eine Haftladung anzubringen hatte, ein deutscher Truppentransporter sollte die Strecke benutzen; er hörte das Rauschen der Schienen, das Stampfen darin, und sah schon im winzigen Loch drüben die Spielzeuglokomotive auftauchen und begann zu laufen zu rennen, Tosen füllte den Tunnel. Larrotte entkam, und dann: draußen, im Wiesensumpf liegend, auf dem Bauch, keuchend, die Nässe sogar am halbgeöffneten Munde spürend, und danach der gewaltige Krach der hallende Donner, mühsam hatte er den Kopf gehoben und gewandt, immer noch auf dem Bauche, immer noch die Hände in den Wiesensumpf gekrampft, und viel später wälzte die dicke Rauchwolke langsam sich aus dem Tunnelloch.
Am Fenster steht Larrotte. Er lächelt.
Jählings verlischt draußen der Widerschein. Tokio schweigt. Es ist Mitternacht.

3 Larrotte erhebt sich spät, mit nackten Füßen tappt er auf dem angenehm elastischen Fußboden zum Fenster und schiebt die hölzernen leichtbeweglichen Schutztafeln nach rechts und links zurück, die anstelle von Vorhängen Lärm Licht Hitze abhalten, dann dehnt er sich gemächlich, duscht, kleidet sich an und verläßt den Raum. Er geht nicht sogleich zum Fahrstuhl, sondern schlendert, die tote Pfeife zwischen die Zähne geklemmt, den Korridor entlang, er sieht die japanischen Mädchen schon beim lautlosen Aufräumen der Zimmer, dort beugt sich Yohyo über einen Eimer; sie sieht ihn, verneigt sich und erwartet einen Auftrag, aber er bleibt nur nachdenklich vor ihr stehen und sagt fragend: «Mister Schünzel?»

Sie sieht ihn ernsthaft mit ihren dunklen Augen an, die halb verdeckt sind von dem überhängenden Lid, und sucht zu erraten, was Larrotte meint, doch der schweigt und deutet nur mit dem Pfeifenstiel auf verschiedene Türen; da begreift sie, geht vor ihm her und öffnet eine der Türen. Larrotte tritt ein, sieht sich um und findet, das Zimmer sei so blond, freundlich und sauber wie Schünzel selbst.
Auf dem Tische steht die Schale schon mit dem neuen Blumenarrangement, Yohyo beherrscht die Kunst des Ikebana bewundernswert. Larrotte vermutet, daß sie sich sogar bemüht, dem Wesen eines jeden Gastes gerecht zu werden; hier nun im Zimmer Schünzels hat sie auf alle Knospen verzichtet, hat nur Zweige gewählt, hold geschwungen, bizarr, aber wenig verflochten. Was mag sich Yohyo dabei gedacht haben? Das Rätsel kann Larrotte nicht lösen, er will es auch nicht versuchen, er nickt nur anerkennend, die Linien der Zweige sind wirklich sehr schön, und er geht, ohne Yohyo noch einmal anzusehen, verläßt rasch den Raum, den Korridor. Was hat er sich von diesem Besuch versprochen?
Schünzel sitzt frisch rasiert, besitzergreifend in der Eßhalle, Larrotte entdeckt ihn sofort; Schünzel ist nicht zu übersehen, er hat bereits gefrühstückt, zwei leere Eierschalen kleben in den Bechern, aber die Kaffeetasse ist noch halbvoll; Schünzel erhebt sich, kommt ihm entgegen, strahlt, faßt ihn um die Schulter, geleitet ihn zum Tische.
«Freut mich, daß wir uns so bald wiedersehen, Monsieur Larrotte, na, nehmen Sie erst mal was zu sich, vor dem Frühstück ist man ein halber Mensch!»
Larrotte nickt und bestellt sich ein Bier; Schünzel ist sich nicht ganz sicher, ob das ein Affront sein soll, er überspielt die Peinlichkeit gelenkig.
«Ich gehe gleich in medias res, Zeit ist Geld. Wie Sie ja wissen, bin ich Ingenieur, und Sie werden sich gewiß erinnern, daß ich mich mit Nasenzählen beschäftigt habe.»
Larrotte nickt, er erinnert sich, erinnert sich sehr genau.
«Irgend jemand hat gefunden, daß ich auch einen ganz guten Stil schreibe, flüssig, eingängig . . .», Schünzel macht eine abwertende Handbewegung, «nicht journalistisch gekonnt, um Gottes

willen, das maße ich mir nicht an, ich kenne meine Grenzen, aber doch so, daß das, was ich sagen will, deutlich herauskommt, einprägsam. Und darum geht es bei meiner offiziellen Mission.» Er macht eine Pause des Nachdenkens.
Das Wort ‹offiziell› ist Larrotte nicht entgangen, er wartet.
«Die Elektronik-Lobby ist auf mich zugekommen, sie wollen Druck auf die Regierung ausüben, für die Forschung umfangreichere Mittel als bisher zur Verfügung zu stellen. Warum soll die Industrie alles finanzieren, nicht wahr? Nun sitzt zwar in Bonn der Wissenschaftsminister mit seinen Experten, und natürlich kennen die die Wurst genau, um die es geht. Der Lobby kommt es aber darauf an, die unbedarften Abgeordneten zu impfen. Wir haben zwar einen Buhmann in dieser Richtung, das sind die Vereinigten Staaten, doch der wirkt nicht im gewünschten Maße. Die stereotype Antwort lautet nämlich: ‹Wissen wir alles, nur können wir's nicht ändern. Verglichen mit den USA, haben wir einfach nicht den Fonds, aus dem wir für so gewaltige Unternehmungen schöpfen könnten. Wir müssen uns damit abfinden, daß weit in die Zukunft hinein zwei Supermächte das Geschehen bestimmen, die USA und die Sowjetunion.› Aus.»
«Aus», wiederholt Larrotte und wirkt in diesem Augenblick auf Schünzel geradezu dümmlich, kein Wunder, daß Ingeborg diesen kleinen dicklichen biersaufenden pfeifesaugenden Mann seinetwegen verlassen hat, aber einer mit so einer dicken Haut dürfte das kaum bemerkt haben.
Heiter fährt Schünzel fort: «Deshalb wollen sie einen andern Buhmann aufbauen, Japan.» Er beugt sich vor, spricht eindringlicher: «Welche Voraussetzungen hatte dieses Land fünfundvierzig? Doch schlechtere als Westdeutschland, und später war es ebenso, wenn ich nur an die verzweifelte Rohstofflage denke, Japan muß runde hundert Prozent seines Bedarfs an Baumwolle, Wolle, Gummi, Öl, Eisenerz importieren, dazu die gewaltigen Mengen von Lebensmitteln – trotzdem haben die Japaner den Anschluß gefunden, und vermutlich werden sie die einzigen sein, die dem amerikanischen Standard sich annähern können.»
Das ist Larrotte alles gut bekannt, davon kann nur jemand beeindruckt sein, der sich erst kürzlich damit vertraut gemacht hat, er unterdrückt ein Lächeln und nickt ernsthaft.

«Nun ja», bemerkt Schünzel selbstgefällig und gibt sich den Anschein der Bescheidenheit, «die Wahl ist auf mich gefallen. Ich soll mich hier umschauen und dann eindrücklich darüber schreiben. Eingängig. Natürlich müssen Sachinformationen gegeben werden, die Leute wollen Argumente zum Diskutieren haben, nur müssen die Informationen in Zusammenhänge gestellt werden, die nützlich sind, und schließlich: Auf die Verpackung kommt es an!»
Er blickt Larrotte verschwörerisch an, Blick unter Dioskuren, aber Larrotte schielt angestrengt auf den Pfeifenkopf und drückt den Tabak vorsichtig mit dem Daumen fest. So leicht ist Larrotte nicht einzubeziehen, diesen Eindruck soll Schünzel haben, und diesen Eindruck hat Schünzel.
Augenblicks gibt er sich einen besorgten Ausdruck, beugt sich vor, fragt leise: «Monsieur Larrotte, ich hoffe, Sie tragen mir Vergangenes nicht nach?»
«Oh?» macht Larrotte. «Nachtragen? Ich? Aber was denn, Herr Schünzel? Wir haben uns in Köln doch nur ein einziges Mal gesehen, oder irre ich mich?»
«Nein, nein», lächelt Schünzel nun seinerseits seinen Einwurf hinweg, «aber es gibt ja so was, Liebe auf den ersten Blick, Antipathie auf den ersten Blick . . .»
Er stockt; wie konnte er das so irrsinnig formulieren, ist er von allen guten Geistern verlassen? Er fügt hastig hinzu: «Aber ich freue mich natürlich sehr, wenn Sie die gleiche Sympathie für mich empfinden, wie es bei mir für Sie der Fall ist, Monsieur Larrotte, wirklich, glauben Sie mir, ich bewundere die Franzosen, die heitere Lebensweise, die klare Denkarbeit, die großzügige Auffassung im erotischen Bezirk, den wir Deutschen doch so gerne vermulmen und verqualmen . . .»
Schünzel atmet auf: Gut so, das wäre geschafft, denn Larrotte nickt beifällig und geschmeichelt, so scheint ihm – und weiß nicht, daß der angewidert ist.
Larrotte erbittet ein zweites Bier, er kann warten, er hat früher schon warten können, und hier hat sich diese Fähigkeit weiter ausgebildet. Kommen lassen, den Schünzel kommen lassen, denkt er.
Schünzel jedoch kommt nicht; das, was in ihm vorgeht, ist seiner

freimütigen Miene nicht anzusehen. Selbst Larrotte kann nicht bemerken, daß in Schünzel plötzlich Mißtrauen erwacht ist – soll er seine Karten aufdecken und möglicherweise das Spiel verlieren, bevor er es richtig begonnen hat? Welche Trümpfe hat er in der Hand? Eigentlich keine, er muß sie sich erst verschaffen, dieser Larrotte soll ihm dazu verhelfen, doch dazu müßte er ihn erst ausstechen, und auf einmal weiß Schünzel nicht, wie er das tun soll; da hat er ihm nun vorgeplauscht, was sie auch der japanischen Botschaft vorgeplauscht haben, Exkursion nach Tokio, wissenschaftlicher Überblick, und daraufhin hat er sein Visum erhalten, nur daraufhin, nicht auf die verdeckten Karten, und er kann von Glück sagen, daß die mißtrauische japanische Regierung nicht Unrat witterte. Sie sind vorsichtig hierzulande, sie sind gewarnt, das japanische Wirtschaftswunder brennt so hell, daß es Motten anlockt, er, Schünzel, will keine solche Motte sein, die sich vielleicht die Flügel verbrennt, und deshalb muß er auch gegenüber Larrotte zurückhaltend bleiben. Weiß der Teufel, welche japanischen Freunde und Freundinnen der in den Jahren hier gewonnen hat, die will er ihm vermutlich nicht zum Fraße vorwerfen – verflucht, warum hat er niemals bedacht, wie Larrotte sich bestechen ließe? Es ist ihm alles so selbstverständlich gewesen – ich werde in Tokio landen, ich werde ihn im Hotel aufsuchen, ich werde ihm mein Lügenmärchen erzählen und dann hellauf lachen und meine Karten aufdecken und ihn zum Komplizen machen – aber wie?
Er mustert Larrotte kritisch, der so unbeweglich und unbewegt dasitzt, und weiß nicht, daß Larrotte ihn genauso mustert, freilich nicht mit seinen Augen, die dunkel sind und müde, sondern gleichsam innerlich. Dabei ist ihm sicher, daß dieses Bild Schünzels, das er sieht, von ihm selbst lackiert ist, das ist Schünzel nicht; harmloser Spaziergänger, Sonntagsjäger auf technische Überblicke, dazu schickt man ihn nicht nach Tokio. Ja, das ist es, fällt Larrotte ein, jemand muß ihn geschickt haben, aber wer und wozu?

6. Kapitel

1 Die Taxis lauern auf die Gäste des Ginza Tokyu Hotels, die Fahrer wissen, daß das riesige Areal Hochhäuser Holzhäuser anders nicht zu bewältigen ist für einen, der sich nicht auskennt, und wie sollen sie sich auskennen, die Fremden, da so viele Straßen keine Schilder tragen, die Hausnummern nicht in schöner Linie rechts und links entlanglaufen, sondern in wirrem Zickzack hinüber, herüber, vor, zurück, denn die Hausnummern werden verteilt nach dem Alter der Gebäude, wer hier nicht geboren ist, weiß das nicht. Also lauern die Fahrer, und mit Erfolg, stehen verborgen mit ihren Wagen seitlich des Hotels und gleiten vor, wenn sich die lautlose Schwingtür öffnet; und auch als Larrotte und Schünzel ins Freie treten, rutscht lautlos ein Taxi voran, doch da Schünzel abwehrend den Kopf schüttelt, rutscht es ebenso folgsam zurück, ohne Protest Lärm Geschrei selbstverständlich.

Die Sonne fällt die beiden ungleichen Männer an, wie ein hitziges Tier stürzt sie sich über sie, und obgleich sie die Jacken auf Larrottes Rat in ihren Zimmern gelassen haben, sind sie gleich naß von Schweiß, unter den Armen und über den Leibern kleben die Hemden fest, und große dunkle Flecke bilden sich dort.

Schünzel hatte gesagt: «Ich glaube, Monsieur Larrotte, ich sollte mir einen ersten Eindruck von der Stadt, den Menschen verschaffen, einfach die Atmosphäre kennenlernen, meinen Sie nicht auch?» Und als Larrotte vage die Hand bewegte, fuhr er eindringlich fort: «Ich meine schon, das wäre notwendig für mich. Freilich, es wird auch nicht viel anders sein als in jeder Großstadt, das ist doch stets das gleiche, aber immerhin, die Prägung ist

wohl ein bißchen anders, und man muß ja die Münze kennen, mit der man zahlt.»
Er hatte gelächelt, das war ein erster Hinweis, doch Larrotte schien ihn nicht zu begreifen.
So fuhr Schünzel fort: «Wenn Sie den Bärenführer spielen würden, wäre ich Ihnen sehr verbunden, Monsieur, natürlich weiß ich, wie sehr Sie in Anspruch genommen sein dürften, ich spreche die Bitte auch nur im Hinblick auf unsere alte Bekanntschaft und meine Hilflosigkeit aus . . .» Er ließ die Stimme verklingen, es schien ihm die Passage geglückt.
Larrotte nickte, Schünzel winkte der Kellnerin, sagte: «Begreife ich nicht, daß die Preise nicht auf den Speisekarten stehen, die können einen doch übers Ohr hauen, wie sie wollen.»
«Oh», sagte Larrotte und nahm endlich für einen Augenblick die Pfeife aus dem Mund, «die hauen Sie nicht übers Ohr, Herr Schünzel, die wollen freilich auch nicht übers Ohr gehauen werden, nur, wissen Sie, von Geld zu sprechen gilt in Japan als unhöflich.»
«Nanu», wunderte sich Schünzel, während er zahlte, «aber man braucht ja schließlich nicht darüber zu reden, man kann es auch so machen», und er schob der Kellnerin ein paar Yen über den Tisch hin, die nahm sie mit einer Verbeugung.
«Sehen Sie!» sagte Schünzel triumphierend und fegte die restlichen Yen in sein Portemonnaie.
Nun laufen die beiden Männer schweigend nebeneinanderher die kurze Straße bis zur Ginza hinüber, hier sind nicht viele Passanten; Larrotte merkt mit Behagen, wie schnell Schünzel angestrengt ist in dieser wölfischen Hitze, aber er hat ihm bedeutet, sie müßten laufen – was erkennt man schon von einem Taxi aus! –, und Schünzel, der bequeme, hat sich gefügt; sie überqueren die kleine Kanalbrücke seitlich des Hotels, und die Ginza umbraust sie mächtig, die Stromschnellen der Autos strudeln wild entlang, und Ameisengewühl der Menschen, und an der Kreuzung das beinahe jugendstilgeschwungene Blechschild mit den lateinisch geschriebenen Buchstaben GINZA, und Schünzel bleibt vor einem Obstgeschäft stehen, dessen Auslagen bis auf den Bürgersteig quellen, jede Frucht in zärtliches Seidenpapier gehüllt, und die Bananen gelb und prächtig herausragend, und ein überwälti-

gender Duft, und Schünzel sagt, erdrückt von dieser Fülle und Pracht: «Da schmeiße ich sogar die Kö in Düsseldorf weg, Larrotte!» Er wendet sich plötzlich zu ihm hin und sagt verblüfft: «Dieses Volk ist ja wirklich gefährlich, wenn man bedenkt, daß sie da auf ihren Inseln hocken, hundert Millionen, und es werden immer mehr, und fangen ihre Fische und bauen im Wasser den Reis an und haben sonst eigentlich nichts, eine kolossale Leistung, finden Sie nicht auch?»
Schünzel scheint überwältigt, Larrotte bemerkt es befriedigt, er bestätigt: «Ja, eine Leistung, sie ist teuer erkauft.»
Er erklärt das nicht, doch später geleitet er Schünzel unmerklich in die japanischen Gassen mit den niedrigen Häusern, weißgetüncht oder braunhölzern, die Sonne klebt giftig daran, hinter den Scheiben unten, doch auch im ersten Stock sind unzählige Gegenstände sichtbar, man erkennt von draußen Stangen und Büchsen und Papier und Bekleidung, aber einen so ärmlichen Eindruck das macht – wo nur irgend möglich, ist ein Geschäft etabliert, Schuhe Geschirr Unterwäsche Bücher Pornographie.
Schünzel sieht Larrotte an und fragt: «Wovon leben denn nur diese unzähligen Läden? Die Kaufkraft ist doch vergleichsweise gering, die Sparquote unfaßbar hoch?»
«Das stimmt alles», erwidert Larrotte, «dazu kommt, daß die Wohnungsnot groß ist, oft lebt eine mehrköpfige Familie hier in einem einzigen Zimmer, trotzdem werden frühmorgens die Matten beiseite geräumt, die Holzwände umgestellt, es wird ein Laden daraus gemacht, denn wenn nur ein einziges Paar Schuhe am Tag verkauft wird, ist das ein zusätzlicher Verdienst.» Er fügt überlegt hinzu: «Wissen Sie, was die Zimmermädchen bei uns im Hotel verdienen? Vielleicht haben Sie bemerkt, daß sie perfekt englisch sprechen.»
Schünzel schüttelt den Kopf.
»Achtzig Mark ungefähr im Monat und freie Station.»
Darauf schweigt Schünzel, doch Larrotte bemerkt sehr wohl, daß in ihm etwas vorgeht, und Larrotte denkt zufrieden: Das wußte ich ja genau!
Der Geruch einer Fischbratküche weht heran, sie ist in einer Seitengasse untergebracht, die kaum zwei Meter breit ist; wasserhelle bläuliche Wolken steigen aus einer brodelnden Pfanne, der

Japaner, der sie bedient, hockt an der Hauswand mit dem Rükken zur Straße.
«Köstlichkeiten!» behauptet Larrotte ernsthaft. «Und landesüblich. Sie sollten sie probieren.»
Schünzel mustert mißtrauisch den hockenden Koch.
«Ja», sagt Larrotte, «Rinderpansen oder geröstete Innereien mit Knoblauchsoße, und Schildkröteneier, das Stück zu zwei Yen, und Misosuppe und dazu zwei oder drei Schälchen Sake?»
Er tritt hinter den Garkoch, Schünzel versteht nicht, was Larrotte sagt, aber gleich bietet ihm der Mann ein Schälchen, auf dem Fisch liegt, und eine bräunliche Tunke fließt darum, zwei Stäbchen sind dabei, und Schünzel steht mit dem Schälchen und starrt angewidert darauf, spürt plötzlich die unbarmherzige Sonne, die über ihn donnert, und spürt ebenso plötzlich den Magen, der sich bewegt. Da bückt er sich und schiebt die Mahlzeit lautlos neben die Füße des Kochs zurück, geht ganz schnell aus der Gasse hinaus; schließlich bleibt er stehen, dreht sich um und fragt Larrotte: «Wollten Sie mich vergiften?» Das ist scherzhaft gesagt, doch Larrotte hört den bösen Unterton.
Später nehmen sie ein Taxi, das schleudert sie durch die Straßen und rempelt die beiden Männer gegeneinander, die Hupe gellt, die Bremse schreit auf, eingekeilt stehen sie zwischen anderen Wagen, langsam löst sich das Knäuel, Schünzel ist blaß, aber gefaßt, das alles ist nicht geeignet fürs Nachdenken, außerdem schwitzt er sehr, das Hemd klebt ihm am Leibe; er bewundert die Japaner, auch den Chauffeur, sie sind so unberührt reinlich mit ihren blauen Hosen und den blütenweißen Hemden darüber, auch die Mädchen und Frauen sahen frisch aus, nicht sehr elegant, findet Schünzel, aber liebreizend in ihren Kleidchen und Fähnchen und mit ihrem schnellen Gang. Sie gleiten eine Seitenstraße entlang, unvermittelt ist da plötzlich ein Park, das Taxi macht eine Kurve, es hält am Fuße des Fernsehturms, der Chauffeur drückt auf einen Knopf, der Schlag öffnet sich, Larrotte und Schünzel kriechen gebeugt hinaus, stehen wieder in der kochenden Sonne, und Schünzel starrt an dem überwältigenden Stahlgerüst aufwärts. Mennigerot bohrt es sich in den blaßblauen Himmel, und zwischen seinen Füßen kauert ein mehrstöckiges Gebäude, die weißgetünchten Wände blenden, Schünzel kneift die

Augen zusammen; dann bemerkt er neben sich etwas wie einen abgezäunten Grasgarten, und darin stehen erzene Hunde.
Sie stehen da unbewegt in der Sonne, so stehen sie auch im Regen, sie sind von mittlerer Größe und gedrungenem Wuchs, mit leicht lockigem Fell und allen den Gebärden, wie sie Hunde an sich haben, ihre Farbe ist ein dunkles Bronze, jeden Augenblick könnte die Verzauberung brechen; sie springen bellen rennen, doch noch sind sie gebannt; am Steinsockel hinter ihnen befindet sich eine Tafel mit japanischen Schriftzeichen.
Es ist ein so unvermuteter Anblick, daß Schünzel darüber nachdenken muß, er fragt die Hunde: «Was bedeuten sie denn?»
Larrotte zuckt die Schultern, er weiß es nicht, er hat nie danach gefragt.
«Hunde, die bellen, beißen nicht!» sagt Schünzel, lacht und wendet sich ab.
«Die bellen nicht», entgegnet Larrotte.
Schünzel stockt, er dreht sich zu Larrotte zurück. «Aasfresser», sagt er und fügt scheinbar zusammenhanglos hinzu: «Die Japaner haben noch nach fünfundvierzig ihre Waren in alle Welt unter falschen Herkommensbezeichnungen verkauft, made in England, made in Germany, je nachdem, was ihnen am günstigsten erschien, so sind sie in fremde Märkte eingedrungen, und jetzt sind sie da!»
«Sie sind da», bestätigt Larrotte und setzt hinzu: «Aber sie sind mit ganz anderen Waren da, als zunächst erwartet wurde, denn ihre optischen Geräte Fahrräder Transistorenradios Uhren, die können Sie auch in Westeuropa kaufen», er verzieht spöttisch den Mund, «sogar Schirmchen, nicht wahr, Herr Schünzel?»
Der schweigt, sie stehen vor den Aufzügen, die im Innern des Fernsehturms hinauf in die Aussichtsetagen gleiten und zu dem Café, doch bevor sie einsteigen, wendet sich Schünzel unvermutet an Larrotte, sieht ihn bedeutungsvoll an, sagt: «Und Computer, vergessen Sie die Computer nicht, noch sind sie nicht da, aber wenn sie einmal kommen . . .»
Der Fahrstuhl hält, die Tür schiebt sich auf, beim Einsteigen erwidert Larrotte: «Soweit sind wir noch nicht . . .» Er sagt ‹wir›, ohne es zu bemerken, und Schünzel entgegnet: «Wer weiß . . .?», läßt den Satz verklingen und schaut hinaus, der Fahrstuhl hebt

sich, jetzt hat er das Gebäude verlassen und steigt im Stahlkern weiter, die Stadt sinkt abwärts, Tokio breitet sich aus, unendlich unübersehbar eine Landkarte, allmählich nur noch milchig gefärbt, und Larrotte denkt: Wer weiß . . . das bedeutet mehr, ich wette, da ist vergraben, was Schünzel verschweigt, er wird es ausgraben müssen, ich brauche nur Geduld zu haben, ich habe Geduld!
Im obersten Stockwerk des Aussichtsplateaus steigen sie aus. So lange ist Larrotte jetzt in Tokio, immer wieder läßt er sich hier herauftragen, immer wieder wird er verzaubert von diesem mächtigen Anblick der Stadt, die sich hinwölbt zum Horizont, kaum gegliedert durch Straßen, da und dort nur schneiden die Schluchten sich ein zwischen Hochhäusern und neuerdings modernen Wohnmaschinen, kaum gegliedert durch den kanalisierten Fluß, dessen Schwung jetzt ein Arm der Hochstraße ausnutzt, sich anschmiegend mitgleitend – ein schmaler blattloser Zweig, in anmutiger Bewegung, wie die Japaner ihn lieben, dazwischen jedoch das Gewimmel der Hütten wie verstreuter Kies und die grünen Inseln der Parks und zehn Millionen Menschen, getrieben von gespannter Energie.
In diesem Augenblick ist Larrotte ganz allein, hält mit den Händen das eiserne Geländer umklammert und starrt hinunter in Faszination und unerklärlicher Liebe zu diesem so fremden Geschöpf, dieser Stadt, sucht zu verstehen und weiß, daß er im tiefsten nicht verstehen kann.
Er zuckt zusammen. Schünzel hat seine Schulter berührt, sagt: «Das ist wahrhaftig großartig, ich hätte mir nicht träumen lassen . . .» und verstummt und weiß selbst nicht, was er nicht fassen kann mit diesen armseligen Worten ‹großartig› und ‹nicht hätte träumen lassen›. Er scheint weniger selbstsicher, als er sonst immer ist.
Aber gerade weil er gepackt ist, sagte Larrotte trocken: «Wir sollten was trinken, meinen Sie nicht auch?»
Schünzel nickt, dann sitzen sie am Tisch, Larrotte bestellt sein geliebtes Bier, Schünzel zögert und entscheidet sich endlich für Kaffee, da hat er Gelegenheit, gedankenvoll minutenlang den Zucker umzurühren, kann in die Tasse blicken, kann unauffällig überlegen, braucht Larrotte nicht anzusehen; er schüttet aus dem

Näpfchen die dicke Sahne nach, lehnt sich zurück, seufzt hörbar und sagt: «Da habe ich mir eine schöne Sache aufschwatzen lassen, ich sehe schon, ich werde dafür mehr Zeit benötigen, als ich ursprünglich eingeplant habe, nein, wissen Sie, Monsieur Larrotte, wie Sie das hier jahrelang aushalten können, wirklich, da ist mir Düsseldorf lieber, dort ist alles vertraut, aber hier . . .»
Larrotte schweigt. Er genießt, daß es Schünzel sichtlich schwerfällt, einen Übergang zu finden zu dem, was er tatsächlich sagen möchte, und Larrotte weiß, daß seine völlig unbeteiligte Miene den anderen nicht ermutigt, freilich auch nicht entmutigt, Schünzel ist wohl überhaupt nicht wirklich zu entmutigen.
Das meint Larrotte. Indessen bedarf Schünzel keiner Ermutigung; er bedenkt nur, wie er in diesem Augenblick Larrotte, den er so genau zu kennen glaubt, anpacken soll, er bastelt daran, welche der vielen Rollen aus dem großen Repertoire, das er beherrscht, Larrotte am meisten beeindrucken könnte, und da Larrotte für Freimut und Freundschaft empfänglich ist, so wird er ihm eben Freimut und Freundschaft vorgaukeln, mag jene Ingeborg auch immer noch unsichtbar zwischen ihnen stehen.
Schünzel sagt also: «Ich habe gemeint, Monsieur Larrotte, es würde mir gelingen, allein die notwendigen Verbindungen zu bekommen, die ich brauche, aber schon jetzt weiß ich, daß es nicht so ist, und wenn Sie mir nicht helfen, kann ich mir eigentlich das nächste Flugzeug nehmen und via Kanada in die heimischen Gefilde zurückfliegen.»
Als hätte Larrotte nicht richtig begriffen, erwidert er: «Dann rate ich zur andern Route: Manila-Bombay-Karachi-Abadan-Beirut-Rom-Zürich, die ist zwar viel länger, aber da Sie schon einmal hier sind – freilich werden es nur flüchtige Eindrücke sein, doch . . .», er preßt den Tabak nach, «ich werde Karachi nicht vergessen, ein Weltflughafen, und dann rollt die Maschine über ein Grasfeld, und Sie sitzen in einer Budike, die Hitze hat Ihnen die Sprache verschlagen, Sie können kaum atmen, die riesigen Propeller an der Decke mahlen mühsam die Luft, fächeln natürlich keine Kühle, Sie bestellen sich eine Coke, gehen hinaus, blikken über die Steppe, da steht eine schwarzgekleidete schwarzverschleierte winzige Mutterfrau inmitten der brennenden Glut und

trägt ihren Säugling auf den Armen, der lutscht eine halbe Zitrone . . .»

Ungeduldig hört Schünzel daran vorbei: Wohin will ihn Larrotte entführen, weg von seinem Ziel jedenfalls; er reißt sich zusammen, fängt Larrottes Abschweifung geschickt auf, ein sentimentaler Mensch, sagt: «Sehr interessant. Und ich glaube, Monsieur Larrotte, wir können den unterentwickelten Ländern wirklich nur helfen, wenn wir uns selbst auf den höchsten industriellen Stand bringen. Die Bundesrepublik hat ein umfangreiches Hilfsprogramm, wie Sie wissen, und ich halte es für egoistisch und kurzsichtig, wenn es zwischen den Industrienationen nicht zu einem freien Austausch ihrer Spitzenentwicklungen käme. Deshalb benötigen wir auch Informationen über den Stand der Computer-Industrie hier.»

«Ach!» spielt Larrotte Überraschung, dann klopft er die Pfeife aus. «Aber wissen Sie, Herr Schünzel, da werde ich Ihnen wenig helfen können, ich verstehe nichts von diesen unheimlichen Dingern, ich bin ein technischer Idiot, von Computern habe ich keine Ahnung.»

«Mag sein, Monsieur Larrotte», antwortet Schünzel nachdenklich und rührt den längst aufgelösten Zucker in seiner Tasse um, «aber ist es nicht unser aller Pflicht, uns in solchen Fällen äußersten Notstands selbst zu überwinden? Und ein äußerster Notstand ist wohl das, was Sie mir zum Beispiel von Karachi schilderten. Deshalb allein habe ich es übernommen, die Studie anzufertigen, von der ich Ihnen erzählte. Nur auf diesem Wege läßt sich die gefährliche Geheimnistuerei durchbrechen. Im Rahmen einer solchen Studie kann ich die Informationen erhalten, die wir benötigen, um die Not in der Welt lindern zu helfen. Außerdem mußte ich einen plausiblen Grund haben, mich hier aufzuhalten. Uns ist natürlich bekannt, wie argwöhnisch die japanische Industrie und auch Regierungsstellen den Aufenthalt ausländischer Techniker beobachten; Sie wissen sicher, daß nicht selten eine Genehmigung grundsätzlich versagt oder das Visum nicht verlängert wurde. Tatsächlich sind die Japaner von ihren besten Freunden an der Nase herumgeführt worden: Die Amerikaner haben ihnen für schweres Geld Patente verkauft, die kurz darauf überholt waren, weil sie selbst schon andere Verfahren in der Schublade hatten. Aber wie dem auch sei, ich sage dies nur zur Erklärung, ich habe mich Ihnen gegenüber aufrichtig verhalten, und ich beabsichtige, dies auch weiterhin zu tun.»

Daß diese Situation grotesk ist, empfindet nur Larrotte. Während die Sonne über die Stadt schmilzt, über die zehn Millionen Menschen hin, die abgeschnellt vom Leben wie Pfeile vom Bogen ihr Dasein durchschießen, sitzen sie hier oben bei Kaffee und Bier und plauschen über merkwürdige Dinge; ihr Gespräch hat zu tun mit den Menschen dort unten, die diesen Fernsehturm errichteten und die Hundeherde aufstellten, die Schnellstraßen durch Tokio schleuderten und Sake trinken, die in einer unerhörten Anspannung plötzlich ausstrahlen in alle Welt von ihren steinigen Inseln her und die in gleicher Anspannung, Schutzschilde vor den Körpern, das Parlament stürmen; und dazwischen geht Hatsue zierlich und lächelnd und sich verbeugend, und die Ginza flammt über sie hin, und sie sitzen hier oben bei Kaffee und Bier und blikken darüber weg.

Er schweigt; Schünzel sieht aus, als sammle er seine Gedanken, und tatsächlich bedenkt er, ob er Larrotte gewonnen, ob er ‹es ihm schmackhaft gemacht› habe, so nennt er das.

In diesem Augenblick ist ihm, als trete er aus jener entscheidenden Szene heraus, die sich vor mehr als drei Monaten in einem Zimmer in Düsseldorf abspielte, aber es ist so, als verlasse er jenen Raum gerade erst, als stehe er noch in der Tür, er weiß alles, was in seinem Rücken ist, während Larrotte sich vor dieser Tür befindet und nicht in jenen Raum hineinsehen kann, und wie weit er, Schünzel, ihn hineinblicken lassen wird, das muß sich noch zeigen, einen Spalt wird er vielleicht öffnen, und jetzt, auf dieser verglasten Terrasse des Tokioter Fernsehturms, hört er deutlich jenen entscheidenden Satz, der ihn hierhertrieb.

2 «Wir haben beschlossen, Herr Schünzel, Ihnen eine Mission vorzuschlagen, die psychologisches Einfühlungsvermögen und Fingerspitzengefühl verlangt, außerdem profunde Kenntnisse auf dem Gebiet der Mikroelektronik, eine Mission, die Ausdruck unseres außerordentlichen Vertrauens ist, wobei absolute Diskretion als eine Selbstverständlichkeit betrachtet wird, eine Mission,

von der selbst in unserem Hause nur vier oder fünf leitende Herren informiert sind, eine Mission, die, sofern Sie einverstanden sind, Sie nach Japan führen würde.»
Der das sagte, war Dr. Müller-Stortkamp, und obwohl er absichtlich nüchtern die Sätze wählte und dazu eine leicht näselnde Stimme besaß, gab das wiederholte Wort ‹Mission› dem Gespräch außerordentliche Bedeutung, jedenfalls empfand Schünzel das so, empfand er es einen Augenblick lang sogar atembeklemmend, und er mußte sich von diesem Eindruck erst freilächeln; es war ihm klar, daß diese vorerst nebulosen Erklärungen einen harten Kern enthielten, der sich zwar noch nicht enthüllt hatte, aber mit Sicherheit enthüllt werden würde.
Er erwiderte nichts, deutete nur mit einer Geste sein Einverständnis an, einer bescheidenen Geste sozusagen, er bewegte leicht die Hände gegeneinander, als wollte er damit um weitere Ausführungen bitten; dabei betrachtete er Dr. Müller-Stortkamp, diesen gewieften Manager, gefürchtet und bewundert zugleich, von dem sogar jene, die er mit einiger Geschicklichkeit aus dem Konzern katapultiert hatte, weil er sie, wie er zu sagen pflegte, nicht für ‹fotogen› hielt, bei allem Zorn doch mit Hochachtung sprachen.
Also hält er mich für fotogen, dachte Schünzel und war stolz wie auf eine Auszeichnung; diesen Begriff hatte Dr. Müller-Stortkamp, der irgendwann auch mit der Werbefilmbranche zu tun gehabt hatte, von dort übernommen, und er verstand darunter zweierlei: der Mitarbeiter des Konzerns mußte sich einmal reibungslos dem Betriebsklima einfügen, und er mußte zum andern genau in das Image passen, das sich dem Publikum einprägen sollte – etwa so, pflegte Müller-Stortkamp zu sagen, wie die Allgemeine Elektrizitäts-Gesellschaft ihre Firmen-Abkürzung AEG sehr geschickt zu dem Slogan AUS ERFAHRUNG GUT umgemünzt habe.
«Zweifellos kommt Ihnen unser Vorschlag überraschend», fuhr der Doktor, wie ihn seine Freunde nannten, leise näselnd fort, beinahe klang es gelangweilt, «aber es ist Ihnen bekannt, daß wir wichtige Entscheidungen nur nach gründlicher Überprüfung treffen, wir haben uns also ziemlich lange, genau gesagt, seit mehr als zweiundeinhalb Jahren, mit Ihrer Person beschäftigt.»
«Und das Ergebnis?» fragte Schünzel und machte sein Gesicht

freudig, obwohl er bei dem Gedanken fröstelte, daß ihm in dieser Zeit ein Fehler hätte unterlaufen können.
Der Doktor schien diese Frage erwartet zu haben. Trotzdem veränderte sich sein Gesichtsausdruck nicht. Er nahm sie zur Kenntnis wie eine Aktennotiz.
Schünzel war wieder einmal beeindruckt von der ruhigen Überlegenheit, mit der Dr. Müller-Stortkamp alle Probleme behandelte; ihn schien nichts überraschen oder gar erschüttern zu können, immer trug er sein gleichmäßig ruhiges Gebaren zur Schau, immer, selbst wenn er lachte, war etwas wie ein dünner Film zwischen ihm und dem andern, durchsichtig, aber undurchdringlich.
So war es auch jetzt. Dr. Müller-Stortkamp lehnte sich weder zurück, noch beugte er sich vor, er tat nicht die randlose Brille von den Augen, um an den Gläsern herumzuwischen, er erhob sich nicht, um aus dem Fenster zu blicken oder einen Whisky zu holen – nichts dergleichen. Er saß unbewegt da. Die zierlichen Hände lagen vor ihm auf der Tischplatte, gepflegte Hände mit wohlgeformten, ein wenig gekrümmten, glänzend polierten Nägeln, rosig und mit einem winzigen weißlichen Mond versehen; und hinter dem Tisch der Oberkörper, nicht hager, nicht feist gewölbt, sondern in angenehmer Sicherheit, der Anzug gediegen grau, mit vornehmen Streifen, aber keine modische Uhrkette im Knopfloch, kein Ziertüchlein, das hätte geckenhaft wirken können; das Antlitz gesundfarben, jedoch nicht playboybraun, die sanfte Fülle der Wangen glattrasiert selbstverständlich und ohne Bartzierat (wir haben nichts zu verbergen, zu verschönen, wir geben uns glatt und blank), Nase und Mund wie eingepaßt, in Größe und Form ebenmäßig, hinter der randlosen Brille, die scharf wirkte, aufmerksam die Augen, wach, ohne Gedanken zu spiegeln, nur Aufmerksamkeit eben, das Haar kurz und gescheitelt, so sehr bereits ins Grau übergehend, daß die ursprüngliche Farbe nur als schwarz oder dunkel vermutet werden konnte, aber das Grau gab den Ausschlag. Fremde schätzten das Alter des Doktors auf sechsundvierzig bis achtundvierzig, also gesetzt, seriös, gar nicht mehr füllenhaft, ganz sicher und ganz bewußt, in Wahrheit war er vorgestern neununddreißig geworden, doch das wußte auch Schünzel nicht.
Müller-Stortkamp antwortete: «Wäre das Ergebnis ein anderes,

Herr Schünzel, säßen Sie nicht hier. Sie hätten niemals davon erfahren, daß wir uns für Ihre Person interessieren.»
Freilich hatte Schünzel etwas anderes hören wollen, etwas Schmeichelhaftes, wenn auch nur angedeutet, über diesen oder jenen Charakterzug, dieses oder jenes Verhalten – nichts davon. Er verbarg seine Enttäuschung gründlich, so daß Dr. Müller-Stortkamp von ihr nichts bemerken konnte, in dieser Hinsicht war Schünzel ihm ebenbürtig. Er verneigte sich leicht, deutete gerade nur einen Dank an. Der Doktor wehrte ihn nicht ab.
Er sagte: «Nach der Währungsreform, als wir unsere Industrie aufbauten, waren die USA unser Leitbild. Unsere Bemühungen haben wir lange Zeit an ihnen gemessen. Dabei wäre uns beinahe entgangen, daß sich von einem bestimmten Zeitpunkt an im Fernen Osten etwas höchst Bedeutsames tat – daß nämlich Japan eine tiefgreifende Umstrukturierung seiner Industrie vornahm. Als wir es bemerkten, haben wir freilich unsere ganze Aufmerksamkeit darauf gerichtet, und unsere Informationen beweisen eindeutig und erschreckend, daß Japan dabei ist, an ganz bestimmten Punkten der industriellen Entwicklung über die Vereinigten Staaten hinaus vorzustoßen. Das gilt natürlich nicht für die ganze Bandbreite, kann es auch nicht. Es genügt jedoch, wenn ein Staat an einigen wesentlichen Stellen die Entwicklung bestimmt. Eine für uns alarmierende Lage!»
«Im ganzen gesehen», setzte er nach kurzem Überlegen hinzu, so, als zögerte er, ein solches Zugeständnis überhaupt verlauten zu lassen, «sind wir überrundet – nicht heute, aber mit Sicherheit morgen oder übermorgen, und unser Kalkül mit einem Gesamteuropa geht zu langsam auf, als daß wir darauf warten könnten, denn möglicherweise sind wir dann bereits aus der Konkurrenz geworfen. Für uns ergab sich die Frage: Was tun, was jetzt sofort tun?»
Er machte wieder eine kleine Zäsur, fuhr dann unbeirrt fort: «Wir könnten es wie unsere japanischen Freunde machen, Patente, Verfahren erwerben. Aber wir benötigen nicht die Entwicklung von heute oder bestenfalls von morgen, sondern von übermorgen, und diese Entwicklung, Herr Schünzel, die kann man nicht kaufen. Hätten wir sie, auch wir würden sie nicht verkaufen, man verkauft nicht seine Zukunft.»

Das war ganz nüchtern gesagt, ohne Pathos, als Feststellung nur. Alles blieb unbestimmt, aber Schünzel wußte, daß die Worte des Doktors trotzdem eine genaue Bedeutung haben mußten, verständlich nur im Zusammenhang mit dem folgenden. Also fragte er nicht dazwischen, also verhielt er sich still und hörte weiter reglos zu.
«Ich gestehe», bemerkte Dr. Müller-Stortkamp, «daß uns ein glücklicher Umstand entgegenkam. Sie wissen wohl, daß die Hitachi zwei Vertretungen in Düsseldorf besitzt, wobei für uns nur die der Muttergesellschaft in der Graf-Adolf-Straße interessant war.»
Nun beglückwünschte sich Schünzel zu seiner reglosen Aufmerksamkeit; sie enthob ihn der Notwendigkeit, seine Unkenntnis einzugestehen. Ihn überkam plötzlich ein gieriges Verlangen nach einer Zigarette: jetzt einmal tief den Rauch inhalieren können, ihn langsam wieder von sich geben ... Die Gier war so heftig, daß er versucht war, den Doktor um die Erlaubnis zu bitten, rauchen zu dürfen – er bezwang sich nur mühsam.
Aber er bezwang sich. Dr. Müller-Stortkamp war Nichtraucher, war Nichttrinker, nie ließ er sich zu dergleichen Schwächen verführen, und es hätte sein können, daß Schünzel ihm plötzlich nicht mehr als das erschienen wäre, was er ‹fotogen› nannte, daß er sich nach seiner Ansicht nicht mehr nahtlos in den Plan, den er haben mußte, einfügte, daß da ein winziger Haarriß entstünde.
Während der Doktor ein Blatt vor sich hinlegte, auf dem der grafische Aufriß eines Unternehmens gegeben war, spürte Schünzel immer noch diesen wahnwitzigen Drang, seinem Verlangen nachzugeben, er mußte seine ganze Entschlossenheit darauf verwenden, ihn niederzuzwingen.
«Es wird Ihnen geläufig sein», sagte Dr. Müller-Stortkamp mit seiner leisen näselnden Stimme, «was es mit Hitachi auf sich hat. Ich darf trotzdem in Ihre Erinnerung zurückrufen, daß wir es mit einem bedeutenden Konzern zu tun haben, der typisch japanisch strukturiert ist. Er hat eine so breit gefächerte Produktionpalette, wie sie bei europäischen Konzernen nicht üblich ist; zu seinen Aktionären gehören die japanischen Großbanken, die direkten Einfluß auf die Entwicklung nehmen, und er ist das Unternehmen eines alten Mannes, der Ehrenpräsident, Chikara Kurata, ist

neunundachtzig geboren . . .» Hier hob der Doktor den Blick vom Papier, und es folgte die einzige Bemerkung, die eine persönlich gefärbte Meinung ausdrückte: «Ich bitte Sie, neunundachtzig! Der ist jetzt achtzig Jahre alt, was hat der Mann alles überstanden und überlebt, trotzdem hemmt er nicht die Entwicklung, im Gegenteil . . . das ist schlechthin bewundernswert.»
Schünzel fühlte sich ungeduldig werden. Was hatte das alles mit ihm zu tun? Was ging es ihn an? Wie konnte sich der Doktor solche Weitschweifigkeit gestatten? Und wenn es der Wunsch war, der uneingestandene, dachte Schünzel spöttisch, es einmal viele Jahre später jenem Alten gleichtun zu können – es würde dem Doktor nie gelingen, eines Tages würde er abgelöst werden, genauso wie er ablöste, mit guter Pension, ganz gewiß, aber ohne jeden Einfluß.
«Hitachi», sagte Müller-Stortkamp unvermittelt, «gehört zu den sieben japanischen Unternehmen, die Computer entwickeln.»
Er schwieg.
Er sagte und sah auf das Blatt: «Hitachi hat zwei Forschungsinstitute gegründet, von denen sich eines mit der Weiterentwicklung der Computer beschäftigt. Sie machen dort genau das, was wir bräuchten: Sie erforschen den Trend, um eines Tages mit einer entscheidenden Weiterentwicklung dazusein.»
Schünzel fragte absichtlich knapp: «In welcher Richtung, bitte?»
«Das wollen wir von Ihnen wissen!» erwiderte Dr. Müller-Stortkamp genau.
Dann schwiegen beide.
Nach diesem Satz begriff Schünzel, was von ihm erwartet wurde, er begriff es nicht in aller Schärfe, jedoch in den Umrissen, und er fürchtete, eine solche Aufgabe nicht lösen zu können. Ihm war bekannt, wie geheim solche Entwicklungen gehalten wurden, in Japan wie in aller Welt; in diese Geheimnisse eindringen zu wollen, war nicht ungefährlich, nein: es war gefährlich, und niemand würde ihm helfen, wenn er in Gefahr geriet, weil niemand gestehen würde, ihn mit einer Ausspähung beauftragt zu haben – auch so etwas würde nicht ‹fotogen› sein . . .
Andererseits wußte Schünzel, daß er einen weiten Satz aufwärts machen konnte, wenn er einen solchen Auftrag auch nur übernahm; selbst wenn es ihm nicht gelingen sollte, ihn vollständig

auszuführen, hätte er nach seiner Rückkehr berufliche Chancen, die er bei einem normalen Berufsweg nie geboten bekommen würde.
Er hatte den Blick gesenkt, er hörte die leise näselnde Stimme des Doktors: «Die Indiskretion eines Mitarbeiters der Düsseldorfer Hitachi-Vertretung hat uns überhaupt erst darauf aufmerksam gemacht, aber der Mann ist selbstverständlich über keinerlei Details orientiert. Er meint, es könnte um eine weitere Perfektion der Integrierten Schaltkreise gehen oder um die Vervollkommnung der Speichersysteme. Beides sagt im Grunde genommen nicht viel. Bei uns hat jemand die Vermutung ausgesprochen, es könnte versucht werden, Speicher- und Rechensysteme unmittelbar miteinander zu koppeln, und wenn sich da Ansätze für einen gangbaren Weg zeigten . . .» Er beendete den Satz nicht.
Vielmehr fügte er, scheinbar unvermittelt, hinzu: «Und wenn Sie so wollen, handelt es sich bei uns um Notwehr. Wie Sie wissen, haben die Japaner nicht gezögert, ihren Erzeugnissen falsche Herkunftsbezeichnungen, made in Great Britain, made in USA, beizugeben, um auf fremde Märkte zu gelangen. Diese primitiven Methoden, die bis zu gewissen Grenzen erfolgreich waren, haben sie aufgegeben. Ihre neuen Methoden, in fremde Märkte einzubrechen und auch uns zu verdrängen, sind skrupellos genug, aber wer könnte ihnen das Dumping in jedem Falle wirklich nachweisen?»
Das war richtig, und trotzdem war es ein dünner Bluff, empfand Schünzel, ein Bluff, der moralische Bedenken aus dem Wege räumen sollte; die hatte er aber gar nicht, das hätte der Doktor wissen dürfen – es ging um ganz anderes.
Wieder flammte der Drang nach einer Zigarette in Schünzel auf. Jetzt war das Gespräch an eine entscheidende Stelle gekommen, der Doktor hatte die Katze aus dem Sack gelassen, und die Katze trug eine Schelle, die klingelte ganz laut.
Auf einmal war es in Schünzel, als müßte er jetzt erproben, ob diese Schelle wieder zu läuten aufhörte, wenn er dem Doktor im letzten Augenblick nicht behagte. Also beschloß er, auch auf die Gefahr hin, frech, ja aufsässig zu wirken, nun doch die ersehnte Zigarette anzuzünden, er entnahm sie plebejisch nicht einem Etui, sondern einer simplen Pappschachtel, absichtlich umständ-

lich fummelte er mit den Streichhölzern herum, entleerte die Streichholzschachtel in die hohle Hand, steckte die Hölzer achtlos in die Jackentasche und tippte die Asche in die Schachtel.
Und auf alles dies reagierte Müller-Stortkamp nicht. Er saß da wie zuvor, schweigend nur, die kleinen Hände vor sich auf dem Tisch, und betrachtete Schünzels Tun durch seine randlose Brille, als ginge ihn das nichts an, und von da an wußte Schünzel triumphierend, daß irgendwer, der den Doktor zu diesen Verhandlungen beauftragt hatte, viel auf ihn setzte.
Zugleich allerdings sagte ihm ein deutliches Gefühl: Nicht zuviel wagen, behutsam taktieren, zeigen, daß du die Sache begreifst.
Er fragte: «Wäre es möglich, daß die Richtung eine ganz andere ist? Das bietet sich doch an! Das Schwerfällige sind die Speicher, möglicherweise treibt Hitachi die Entwicklung von Bändern und Trommeln weg, strebt ein ganz neues Speicherverfahren an, raumsparender, schneller . . .»
«Ich habe ein umfangreiches Dossier vorbereiten lassen, darin ist alles festgehalten, was wir an technischen Vorgängen eruieren konnten», sagte Müller-Stortkamp. Er erhob sich, entnahm einem Schrank ein gewichtiges Aktenstück und reichte es Schünzel, der es neugierig durchblätterte.
«Natürlich», erläuterte Müller-Stortkamp, während er sich niederließ, «finden Sie die Lösung des Rätsels darin nicht, Sie finden nur Spuren, und es würde Ihre Sache sein, herauszubekommen, was wirklich gespielt wird.»
Unruhig sagte Schünzel: «Ich nehme an, daß in Tokio oder wo immer gewisse Kontakte für mich vorbereitet werden . . .», und während er das sagte, als sei es eine selbstverständliche und nüchterne Feststellung, glaubte er bereits selbst nicht daran.
Sofort erhielt er die Antwort: «Keineswegs.»
«Ich wäre also auf mich allein gestellt?»
«So ist es.»
Eben noch war Schünzel seiner Sache sicher gewesen – jetzt sah er sich hinausgeschickt in eine Wüste, allein, ohne Hilfsmittel, und enttäuscht und ergrimmt begriff er, was ihm da zugemutet wurde. Wie sollte er eine solche Expedition mit Erfolg durchführen? In dem Spiel, das gespielt werden sollte, war er also nicht, wie er angenommen hatte, die hochbewertete Karte, das As, der

Trumpf, von dem man erwartete, daß sie unbedingt stechen würde, so gewiß war man sich seines Wertes durchaus nicht, vielmehr wollte man ihn einfach erproben, und versagte er – nun gut, den Verlust würde man verschmerzen können!
Ihn in die Wüste zu schicken! Schünzel fühlte sich hilflos und zornig zugleich; nach dem Vertrauensmann bei der Düsseldorfer Hitachi brauchte er nicht zu fragen, man würde ihm den Namen verschweigen, da war er sicher. In Japan kannte man keinen oder wollte ihm keinen nennen – wie also sollte er es anstellen? Was der Doktor ihm da offeriert hatte, war kein Angebot, es war eine Zumutung, nichts als eine billige Zumutung, und wenn sie noch so hoch dotiert werden sollte!
Schünzel quetschte die halbe Zigarette in die Streichholzschachtel, häßlich krümmte sie sich zusammen, es war ihm gleichgültig, er war dabei, abzusagen und aufzustehen und hinauszugehen und dies alles hier zu vergessen ...
Müller-Stortkamp mochte ahnen, was in Schünzel vorging. Überlegen sagte er: «Natürlich tun wir alles, um Sie auf Ihre Aufgabe vorzubereiten. Wir werden Sie unauffällig bei drei Japanexperten einführen, von ihnen erhalten Sie alle Informationen, die Ihnen nützlich sein könnten. Nur einen direkten Kontakt, den können wir Ihnen aus begreiflichen Gründen nicht vermitteln.»
In diesem Augenblick erinnerte sich Schünzel, gehört zu haben, daß Larrotte als Korrespondent nach Tokio gegangen sei. Er wußte sofort, dies sei eine seiner Sternsekunden, jetzt durfte er nicht nachdenken, jetzt mußte er zupacken, noch immer hatte mit solchen glücklichen Einfällen für ihn ein Erfolg begonnen.
Er gestattete sich ein Lächeln, sagte freundlich: «Das wird ein teurer Spaß!» Absichtlich sagte er es so burschikos und ohne kaufmännischen Nachdruck.
Dr. Müller-Stortkamp begriff, daß dies als Herausforderung gemeint war. Zurückhaltend entgegnete er: «Natürlich kennen wir die Marktlage. Danach haben wir unseren Preis eingerichtet, Herr Schünzel.»
Wenig später trat Schünzel aus dem Verwaltungsgebäude, vor den Türen blieb er auf dem Podest stehen, mechanisch und zufrieden schlug er den Mantelkragen hoch, es schneite, die Flokken waren dick und weich, die Stufen der breiten Treppe, die Dä-

cher der parkenden Autos, die Bürgersteige, ja, die Hüte und Schultern der Menschen trugen gemütliche weiße Wattedecken und Wattebäusche, es war eine Kinderbuch-Winterlandschaft; vollkommen töricht fragte sich Schünzel, ob es jetzt auch in Tokio schneien möge. Er war sich seiner Sache nicht sicher, sehr sicher aber fühlte er sich der anderen Sache, die er soeben hinter sich gebracht hatte, wahrhaftig kannten sie die Marktlage gut, wahrhaftig hatten sie danach ihren Preis eingerichtet. Wie immer die Dinge ausgehen mochten: Er, Schünzel, würde gewinnen.
Behaglich steckte er die Hände in die Taschen des Mantels, dann ließ er sich langsam von Stufe zu Stufe hinunterfallen, auf der schneebedeckten Treppe hinterließen seine Schuhe häßliche braune Spuren.

3 Das alles ist in Schünzel hier oben auf dem Tokioter Fernsehturm, dessen Aussichtskorb von der Sonne mit brennenden Stahlseilen festgehalten zu sein scheint; selbstredend berichtet er davon nichts Larrotte, er verschweigt ihm das Wesentliche und redet nur unklar von einem ‹Auftrag›, und dieser sein Auftrag, so hintergründig untergründig abgründig er ist, verwandelt sich in eine Botschaft, getragen vom edlen Bestreben, Europa nicht absinken zu lassen in ein zweitklassiges Territorium, sondern gerecht zu werden seinen Leistungen in Kultur, Wissenschaft, Technik und Wirtschaft, nicht Untergang des Abendlandes, sondern Neuaufgang, um den Menschen in den unterentwickelten Ländern zu helfen – eine Mission also; dies feierliche Wort übernimmt Schünzel von Dr. Müller-Stortkamp.
Larrotte scheint so vor sich hin zu schläfern, typisch französisch, denkt Schünzel mit Abscheu, indessen irrt er, Larrotte ist ganz wach.
Er hat bereits nach Schünzels ersten Sätzen begriffen, was der erreichen will, und ist es nicht das gleiche, was er immer zu erreichen suchte und stets mit den gleichen Methoden – ob es nun in Köln war oder ob es hier ist in Japan, wo er ein Geheimnis wegstehlen will und wieder ohne alle Skrupel?
Schünzel endet. Er hat die Ellenbogen aufgestützt, die Hände gefaltet und reibt sie so gegeneinander.

«Na», sagt er munter, «Monsieur Larrotte, ist es zu kühn, Sie um Hilfestellung bei einem solchen Unternehmen zu bitten?» Er bringt Konzernnamen ins Spiel, fügt hinzu: «Zweifellos können Sie mir doch eine Verbindung verschaffen, sagen wir, zur Nippon Electric oder zur Fujitsu. Oder auch zu Hitachi? Sie kennen doch sicherlich informierte Leute.»

Larrotte läßt ihn nicht weiterreden. Er hat seinen Plan, und deshalb sagt er: «Was ich selbst für Sie tun kann, das werde ich gern tun, nur wird es nicht allzuviel sein.»

«Wer weiß, wer weiß . . .», bemerkt Schünzel zufrieden.

Larrotte ist nach diesem kurzen Geplänkel ganz klar, was er tun wird; Schünzel will hier einhergehen wie in Europa, dies Japan hält er nur für einen fernliegenden Splitter jenes Geländes, ihn kümmert es nicht, wie die Menschen hier denken und empfinden und welche Geschichte sie haben und welche Erfahrungen, Meinungen und Gefühle, er mißt alles mit jenem Maßstab, der genormt in Paris liegt und nach dem jedes Meter genau hundert Zentimeter hat und ein Zentimeter genau zehn Millimeter, und davon darf nichts abweichen, sonst geht die Rechnung nicht auf. Nie käme es Schünzel in den Sinn, daß anderswo anders gemessen wird und ein Meter vielleicht vierundneunzig Zentimeter hat oder einhundertundzwei und daß Rechnungen nicht aufgehen, wenn man die alte Elle daran legt, daß ein falsches Ergebnis herauskommt, und daß niemand voraussagen kann, wie es aussehen wird. Also wird er, Larrotte, ihn nicht korrigieren, wird ihm keine Wegweiser aufstellen, sondern wird ihn laufenlassen auf dem Weg, den er einschlagen will, und wird ihn auf diesem Wege noch befördern – zu einem falschen Ziel hin, und er wird gelassen zusehen, wo Schünzel hingelangt. Und vielleicht, denkt Larrotte, stellt sich dann plötzlich heraus, daß auch Schünzels Metermaß aus Düsseldorf oder Köln nicht stimmt und daß jetzt, nach drei Jahren, ein anderes Ergebnis entsteht, weil auch er, Larrotte, nicht mit jener Elle zu messen ist . . .

Er fragt: «Hitachi? Aber das ist ein riesiger Konzern, fünfzig-, sechzigtausend Beschäftigte . . .»

«Ich weiß», nickt Schünzel, «aber gerade darum. Unter fünfzig-, sechzigtausend finden sich welche, oder es findet sich wenigstens einer, der einsichtig ist.»

Larrotte antwortet zögernd: «Hitachi hat die Systeme nenko-sei und shushin-koyo, das muß man einkalkulieren.» Er spricht bereits so, wie Schünzel denken muß.

«Natürlich», bestätigt Schünzel und ist sehr zufrieden darüber, daß er Larrotte so schnell gewonnen hat, «das kalkulieren wir ein. Wenn wir schon jemanden finden, der bereit ist, für unsere gute Sache einzustehen, so halte ich es für recht und billig, daß wir ihn vor Schaden bewahren oder daß wir ihn entsprechend entschädigen. Das ist doch ganz selbstverständlich.» Erst dann fragt er: «Übrigens, wieso sind Ihrer Meinung nach die Japaner zu so merkwürdigen Regelungen gekommen?»

«Die Unsicherheit ihres Daseins», sagt Larrotte, «sitzt ihnen im Blut, Hiroshima ist noch darin und die Fischzüge, die von den Explosionen im Pazifik verseucht waren, und die Wirtschaft, die nur mit Tricks exportieren konnte, und die Rohstoffe, die ihnen fehlen, und die Arbeitslosigkeit, die nicht so sehr lange her ist, und der geringe Verdienst, der nur reichte für eine Handvoll Fisch und eine Handvoll Reis, und die fehlende soziale Sicherheit, daß die ganze Familie für den Erkrankten zu sorgen hat, und all dies . . . es würde zu weit führen.»

Ihn langweilt plötzlich seine Erklärung, er sagt abrupt: «Shushin-koyo heißt ‹Anstellung auf Lebenszeit› und nenko-sei ‹Gehalt nach Dauer der Betriebszugehörigkeit›, und das betrifft alle Führungskräfte vom Werkmeister bis zum Manager, sie haben sozusagen ausgesorgt, sie wissen, daß sie nicht auf die Straße fliegen, sie verdienen oft das Mehrfache von dem, was ein kleiner oder mittlerer Betrieb für die gleiche Arbeit bezahlt, also halten sie ihrem Konzern die Treue, denn es ist, so wie sie denken, ihr eigener Konzern geworden, sie gehören dazu, untrennbar — ja, und das ist für unseren Fall das Schwierige, wie wollen Sie einen Stein daraus brechen?»

«Aber wer redet denn davon!» antwortet Schünzel. «Wir müssen den Betreffenden überzeugen, daß er in weiterem Sinne auch seinem eigenen Land und damit seinem Konzern und seiner Sicherheit hilft, wenn er uns unterstützt. Denn wenn die unterentwickelten Länder einmal über uns kommen sollten, dann kämen sie auch über Japan, und dann . . .»

Schünzel bewegt vage die Hand, er empfindet unzufrieden die

Brüchigkeit seines Arguments, und er ist gleich darauf sehr froh, daß Larrotte das nicht zu bemerken scheint; denn der sagt, als hätte er nicht richtig zugehört: «Und es handelt sich auch nicht um die fünfzig-, sechzigtausend von Hitachi, sondern um die vielleicht zweitausend, die in den beiden Forschungszentren beschäftigt sind, und dort auch wieder nur um eine Handvoll, weil die anderen nichts von der Sache wissen oder bestenfalls unverwendbare Teilstücke, nicht das Umfassende, das wir benötigen!»

«Oha!» macht Schünzel bewundernd und stellt befriedigt fest, daß Larrotte bereits von ‹wir› spricht. «Sie gehen die Sache richtig an, Sie kreisen ein, was in Frage kommt.»

Larrotte läßt sich durch diesen Zwischenwurf nicht stören, er erinnert sich an eine Aktionärsversammlung von Hitachi, die schon fast ein Jahr zurückliegt; man hatte die Gäste in ein Hotel eingeladen, es war das ‹Imperial›, das als einziges das schreckliche Erdbeben von 1923 überstanden hatte, aus grauem Stein die Fassade und in alter japanischer Architektur und das teuerste Hotel natürlich in Tokio.

Als Larrottes Taxi von der Straße abbog, ließ der galonierte Diener eine weithin gespannte rote Seidenkordel zur Erde gleiten und neigte sich höflich dazu, und dann glitt das Taxi die Anfahrt hinüber und hinauf, der Schlag wurde geöffnet, er wurde hineingeleitet und war sogleich inmitten all der Höflichkeit völlig fremd und ausgesondert in seinem grauen Anzug; die japanischen Gäste kamen feierlich in alter Tracht, prachtvoll die Kimonos der Damen, dezent die der Herren, das war keine Aktionärsversammlung, erschien es ihm damals – er erinnert sich gut –, sondern ein seltsam befremdendes Puppenfest, doch der Ehrenpräsident, der Uralte, Chikara Kurata, der durch den Saal trippelte hinüber zu seinem Ehrensitz, hin durch eine schweigende Woge der Verneigungen, er trug einen Cut.

Der geschäftliche Teil der Versammlung vollzog sich nach dem Ritus, der überall auf der Welt bei Aktiengesellschaften üblich ist, aber angesichts der feierlichen Kleidung der Anwesenden wirkte er befremdlich; im Verschleiern der Vorgänge, das gestand sich Larrotte damals schon ein, war der Aufsichtsratsvorsitzende noch weit geschickter als seine europäischen Kollegen. Larrottes Versuch, wenigstens eine Spur der Geschäfte Entwicklungen Investi-

tionen Pläne aufzuspüren, war geendet wie der Versuch eines Blinden, einen Blick in ein Haus, durch ein Fenster zu tun, dessen Laden geschlossen sind. Und hätte er nicht seine Freunde in den Gewerkschaften gehabt, die ihn stillschweigend informierten, so hätte er darauf verzichten müssen, über diese Versammlung zu berichten; übrigens fragte danach auch niemand, aber gefragt wurde, das wußte Larrotte, ob er anwesend gewesen war, und er würde auch künftig bei solchen Gelegenheiten anwesend sein müssen, selbst wenn das ohne jedes Ergebnis blieb, denn es hätte als sehr unhöflich gegolten, wäre er der Einladung nicht gefolgt.
Die Erinnerung an jene Aktionärsversammlung steigt jetzt nur deshalb in Larrotte auf, weil er bei dem anschließenden Essen Saburo Kasugai kennengelernt hatte; was heißt ‹kennengelernt›, er hätte bei Tisch an seiner Seite gesessen und gespeist, sie hatten einige wenige Worte gewechselt, wie es sich gehörte, das war alles gewesen. Daß aber Saburo Kasugai anwesend war, bedeutete eine hohe Ehre für ihn und mußte etwas Besonderes auf sich haben, denn Kasugai war kein Aktionär, er war Angestellter, weiter nichts; später hörte Larrotte zufällig, daß Kasugai in einem der beiden Forschungszentren von Hitachi tätig sei, und wenn einer etwas wissen mußte, dann konnte er es sein, an ihn müßte Schünzel verwiesen werden; aber Larrotte muß lächeln, wenn er daran denkt.
«Warum lächeln Sie?» fragt Schünzel.
Larrotte schüttelt den Kopf. «Müßig zu erklären, ich dachte an Lustiges», doch das Lustige würde, wie er meinte, erst eintreten, wenn die beiden Männer einander gegenübersäßen; denn ebensowenig wie er sich den raschen, straffen Schünzel eingefügt in jene Versammlung vorstellen konnte, ebensowenig konnte er ihn sich als Gesprächspartner des Japaners denken.
Kasugai mußte bereits die Fünfzig überschritten haben, er war auffällig klein und neigte zur Fülle, seine Hände waren Puppenhände, und sein Gesicht war ein winziges Puppengesicht, aber völlig verrunzelt, mit Runzeln, die wirr durcheinanderliefen, zerknittert schien es, als habe es jemand wie ein Stück Papier in der Hand zusammengeballt, nur die Haare darüber machten es ruhig: lackschwarze Haare, die in langen, gleichmäßigen Strähnen leicht gewellt bis an die Ohren reichten und genau über der Mitte

der Stirn den Ansatz eines Scheitels aufwiesen. Das ganze Gesicht war wie verriegelt zugeschlossen vermauert, das verursachten die Augen; die Falte des oberen Lides hing ungewöhnlich tief nieder, bedeckte die Iris, überlappte sogar ein Stück der Pupille und schien sich nicht hochheben zu können, so daß es Larrotte rätselhaft blieb, wie Kasugai überhaupt etwas wahrnehmen konnte, und sein regloses Dasitzen erweckte auch den Eindruck, als nähme er nichts wahr.
«Ja», sagt Larotte und schiebt endlich das Bierglas von sich, «ich glaube jemanden zu kennen, Herr Schünzel, der von dem, was wir wissen wollen, Kenntnis hat.»
Schünzel neigt sich vor. «Wirklich?» fragt er begeistert.
Larrotte hebt die Schultern. «Wie ich ihn ansprechen soll, das weiß ich noch nicht. Ich muß einen plausiblen Grund finden, lassen Sie mich darüber nachdenken!»
«Solange Sie wollen!» erwidert Schünzel großartig. Er zahlt. Bevor sie in einem der Fahrstühle abwärts gleiten, tritt Schünzel noch einmal an die Verglasung und blickt über die Stadt hin; seine ganze Gestalt, seine Gebärden drücken jetzt Zuversicht aus. Larrotte betrachtet ihn schweigend.
Drunten die Hunde stehen immer noch reglos, festgebannt mitten in ihren Bewegungen, nur die Sonne hat sich weitergeschoben, und Schatten werfen sich nun über die Tiere, aber das kümmert sie nicht.
Larrotte winkt ein Taxi herbei, das ein Stückchen entfernt zusammen mit anderen auf Touristen lauert. Sie steigen ein, und Larrotte nennt den Namen des Hotels.
Schünzel nickt Zustimmung. «Ein guter Gedanke, Monsieur Larrotte, ich habe einen Appetit, ich könnte halb Tokio verspeisen!»
«Das will ich glauben», erwidert Larrotte trocken, «und als Vorspeise würde ich Sushi empfehlen.»
«Wohl auch eine japanische Spezialität?» erkundigt sich Schünzel.
«Ja», sagt Larrotte und denkt: Die japanischen Spezialitäten werden dir schon deinen deutschen Appetit verderben, und er sieht Schünzel vor sich, die angesäuerten kalten Reisschnitten, mit Rohfisch belegt, verzehrend.
Schünzel tut einen merkwürdigen Gedankensprung. «Sagen Sie,

Monsieur Larrotte», fragt er, «warum tragen die japanischen Frauen hier in den Straßen kaum noch Kimonos, warum tragen sie europäische Fähnchen?»
Larrotte erklärt es nicht, aber er weiß, warum Schünzel das fragt und was er von dieser Frage zu halten hat.

7. Kapitel

1 Sofort nach dem Essen entschuldigt sich Larrotte, er gibt vor, arbeiten zu müssen, man erwarte in Paris seinen Bericht; er verläßt Schünzels entleertes Gesicht voll Erleichterung, es wäre ihm unerträglich gewesen, noch weitere Stunden mit ihm verbringen zu müssen. Er geht in sein Zimmer, stellt den tankisotschi um zwei Grad kühler, läßt sich auf sein Bett gleiten, liegt da langgestreckt, die Arme über den Kopf, und spürt den Luftzug des versteckten Ventilators nun deutlich über sich hinstreichen, seine Haut schauert leicht, er schließt die Augen, und er vergißt dann Schünzel völlig; es ist Larrottes Begabung, so etwas zeitweise vergessen zu können.
Schünzel hingegen beginnt sich zu langweilen, er sitzt noch lange in der Eßhalle herum und schaut auf die anderen Gäste, beobachtet sie aber nicht, schaut nur so hin, weil er nichts anderes zu tun hat; mit Freizeit weiß Schünzel nichts anzufangen, unvorstellbar für ihn, auf einer Wiese zu liegen, die Hände unter dem Kopfe verschränkt, in den Himmel zu blicken, Wolken treiben zu sehen und Bienen summen zu hören und Käferbrummen im Moos, nein, das ist nichts für Schünzel, er muß etwas tun, muß seine Stunden vollstopfen mit Handlungen wie einen Sack mit Altpapier, also hatte er in Düsseldorf für die nichtstuerischen Zeiten ein Kätzchen bereit, damit zu spielen, also fällt jetzt sein Blick auf Hatsue, die heute bedient, zierlich lautlos freundlich. Wie lieblich sie sich verneigen, diese kleinen Japanerinnen, und das niederhängende Lid, das halbverdeckte Auge erscheint Schünzel reizvoll – da ist sie wieder, die treibende Neugier, zu spielen mit Kätzchen, wie blickt das Auge, wenn der Mund stöhnt, er spürt

was, der Schünzel, ein dumpfes Verlangen – warum tragen sie kaum noch Kimonos?
Schünzel erhebt sich, schlendert absichtslos durch den Saal, steht absichtslos in der Halle draußen und sieht sich um, aber lautlos und steif ist das alles, und die fünf Boys blicken ihn diensteifrig an, warten auf einen Wink; ihnen will er keine Winke geben, er geht auf die Straße hinaus, Sonnenglut fällt ihn gleich wieder an, der Schweißfleck auf der Brust unter den Armen verbreitert sich, es gelingt Schünzel gerade noch, dem angleitenden Taxi zu entkommen, dann steht er auf der Ginza-Brücke.
Schünzel weiß nichts mit sich anzufangen, der Reiz der Neuheit ist schon vorüber, wozu soll er noch in Auslagen starren, auf Krawatten Schirme Radios Obst, was gibt's da zu staunen? Er kann es erwerben, wann immer er will, aber warum tragen die Mädchen die Frauen hier auf der Silbernen Straße keine Kimonos?
Offenbar hat der Schlepper einen sicheren Blick für europäische amerikanische Männer, immer ist er einen halben Schritt hinter Schünzel, und Schünzel hört ihn eindringlich flüstern: «Was suchen Sie für Fleisch mein Herr ich habe alles zu bieten braunes weißes und gelbes Fleisch was suchen Sie für Haare mein Herr schwarze rote blonde braune ich besitze die ganze Kollektion ich bin ganz sicher Sie finden was Sie sich wünschen ich kann alle Ihre Wünsche erfüllen.»
Er flüstert dringlich: «Schauen Sie sich die Fotos an kommen Sie mit um die Ecke da will ich sie Ihnen zeigen.»
Schünzel schweigt, aber in ihm regt sich etwas, er lauscht begierig und hört: «Was suchen Sie für Fleisch mein Herr ich zeigen Ihnen die Fotos suchen sich die Mädchen aus zwei oder drei oder wenn Sie wollen auch vier und dann zeige ich Ihnen die Mädchen ganz wie sie sind und Sie können wählen was Sie sich wünschen.»
Da endlich hält Schünzel den Schritt an und wendet sich um, der Japaner, der ihm das Angebot machte, lächelt ihn plump an, Schünzel schüttelt den Kopf, er knurrt: «Lassen Sie mich in Ruhe, verstanden!» Er knurrt es grob, fängt einen forschend verzweifelten Blick auf, dann ist der Schlepper verweht in der Menge.

Es läßt sich nicht vermeiden, daß Larotte abends mit Schünzel speist, und Schünzel fragt gleich: «Nun, Monsieur Larrotte, konnten Sie schon mit diesem Kasugai Kontakt aufnehmen?» Er sagt ‹mit diesem Kasugai›.
Larrotte fühlt sich angewidert, er entgegnet nur: «Wie stellen Sie sich denn das vor!»
«Mein Gott», sagt Schünzel großspurig, «gibt es denn in Tokio kein Telefon?»
Was soll Larrotte darauf erwidern? Er erinnert sich deutlich, wie Schünzel ihn damals von Düsseldorf aus in Köln anrief mit dieser unbekümmerten Jungenstimme, aber was würde Kasugai entgegnen? Doch nur sehr höflich, es wäre ihm eine Ehre, Herrn Schünzel zu sehen und zu sprechen, indessen möge man ihm verzeihen, es bedrücke ihn sehr, im Augenblick sei es unmöglich.
Larrotte sagt: «Und außerdem: Wo sollte ich ihn anrufen? Er hat zu Hause kein Telefon, das würde ihn bei der Arbeit stören.»
Schünzel sagt: «Dann muß ich wohl bei ihm aufkreuzen!»
Den ganzen Nachmittag hat Larrotte darüber nachgegrübelt, auf welche Weise er Kasugai und Schünzel miteinander bekannt machen könnte, ohne daß es aufdringlich, unhöflich wirkte, er hat keine Lösung gefunden, und nun: aufkreuzen! Ärgerlich sagt er: «Wie soll denn das vor sich gehen? In das Forschungszentrum erhalten Sie keinen Einlaß, und es in der Wohnung zu versuchen, wäre außerordentlich unhöflich, zumal Sie die Bräuche nicht alle kennen!»
«Ach ja!» macht Schünzel und meint dann leichthin: «Dann werde ich mich gedulden, bis Sie etwas ausfindig gemacht haben, Monsieur Larrotte», aber den Blick, den er ihm zuwirft, kann Larrotte lesen, und er weiß, daß Schünzel es eines Tages auf seine Art versuchen wird, also soll er nur!
Später knüpft Schünzel unvermittelt an diese Gesprächsfetzen an und sagt verbindlich: «Bräuche! Da pflichte ich Ihnen bei, Monsieur Larrotte, ich müßte sie kennenlernen, sie scheinen wirklich ungewöhnlich zu sein, und man eckt da leicht an. Sie kennen sich hier aus, könnten Sie mir nicht sagen, wo man an echt japanischem Leben teilnehmen kann?» Er blickt auf die Uhr. «Es ist gerade erst dreißig vor zehn, ich würde meinen . . .» Er verschweigt,

was er meint, doch Larrotte versteht ihn auch so und friert innerlich zusammen.
Aber er bemüht sich um unverfänglichen Tonfall: «Tragen Sie Ihren Wunsch dem Empfangschef vor, sie haben hier einen unglaublichen Service!»
Noch zögert Schünzel: «Meinen Sie wirklich?»
«Gewiß!» Larrotte nickt und sieht dann Schünzel nach, der gemessen davonschlendert.
Draußen ist Zwielicht schon, noch werfen die Scheinwerfer der Autos keinen Schimmer auf die Straße, sind nur erhellte Scheiben; Schünzel schwingt sich in das Taxi, der Chauffeur fährt ab, ohne zu fragen wohin, dann beugt Schünzel sich vor und reicht ihm über die Schulter einen winzigen Zettel, und während der Chauffeur halsbrecherisch zwischen zwei Wagen hindurchschießt, nur die Linke am Steuer, hält er in der Rechten den Zettel vor die Augen und liest und steckt ihn gleichgültig ein.
Schünzel sitzt behaglich im Fond.
Er war nicht verlegen, als er dem Empfangschef seinen Wunsch vortrug, Schünzel pflegt nie verlegen zu sein, und die ernste Miene des Mannes blieb höflich und unbewegt, ja verständnisvoll, dann griff er den Zettel, notierte einiges darauf, reichte ihn Schünzel und bat, ihn dem Chauffeur zu geben, da die Taxifahrer bedauerlicherweise nur ein paar wenige Worte Englisch verstünden; auch das würde sich mit der Zeit selbstverständlich noch ändern.
An einer Ecke der Ginza stockt das Taxi und muß den Strom der anderen Autos vorüberlassen, da bemerkt Schünzel einen zweiten Wagen, der neben seinem stehenbleibt, dicht Fenster an Fenster, und dort sitzt im Fond eine Japanerin im Kimono und blickt unablässig zu ihm hinüber, und als sie sieht, daß er sie anschaut, hebt sie die rechte Hand und macht lockende Bewegungen damit, als wollte sie ihn zu sich herüberziehen; Schünzel beugt sich vor, aber das Mädchen verharrt unbewegt, sitzt statuenhaft da, und nur die Hand lockt und lockt; da ruckt das Taxi an, gleitet weg.
Fast bedauert es Schünzel, auf diese Weise einem Abenteuer entzogen worden zu sein, ein merkwürdiges Gefühl bemächtigt sich seiner, um ihn wird es dunkel, die Ginza ist verlassen, in enge Gassen gelangen sie nun, die Fenster sind nur wie von Petroleum-

licht erhellt, so ein gelber Schein, und Laternen gibt es nur wenige.
Wie lange wollen sie noch so fahren? Allmählich wird es Schünzel geradezu unheimlich, er tippt den Chauffeur auf die Schulter und sucht ihn durch Gesten zu fragen, wann sie ans Ziel gelangen; der versteht auch, zieht den Zettel hervor, wedelt damit in der Luft, nickt heftig und hupt plötzlich laut, weil eine Katze silbergrau vorbeistrudelt durch das Scheinwerferlicht, weg ist sie.
Da hält das Taxi; auf dieser Gasse ist gar kein Verkehr, rechts von ihnen, soviel kann Schünzel erkennen, schüttet sich ein Bahndamm auf, links stehen flüchtig zusammengeschlagene Häuser, übel aufgeschmückt mit ein paar billigen Reklamefähnchen, und da und dort eine rote Laterne. Schünzel wird schlecht, als er das sieht, wozu bleibt der Wagen hier stehen, fragt er sich, er hat den Verdacht, sie befänden sich in dem riesigen Hurenviertel Joschiwara, und um nichts in der Welt würde er hier das Taxi verlassen wollen, so schreckt das ihn ab, der teure Anzüge liebt und dezente Parfüms und sauber gescheiteltes Haar; vorn hockt der Chauffeur reglos; nun wirklich erbost, pocht ihn Schünzel auf die Schulter, es ist beinahe ein Schlag, aber der Mann rührt sich nicht, da begreift Schünzel den Grund: Das Taxi mit der Mamasan ist wieder neben ihm, diesmal steht ihr Wagen einen halben Meter von seinem entfernt, das Mädchen beugt sich zum Schlag und drückt ihn halb auf, als wollte sie Schünzel einladen umzusteigen, und bei dieser vorwärts beugenden Bewegung öffnet sich ihr Kimono über der Brust, doch sofort rafft die Mamasan ihn gleichsam erschrocken zusammen, als sei das unwillentlich geschehen; doch natürlich war es nicht unwillentlich, er aber will keine Mamasan, kein käufliches Mädchen, und sei es noch so bezaubernd, also schüttelt er abweisend den Kopf, und als habe es nur dieses Zeichens bedurft, endet die winkende Bewegung, das Mädchen setzt sich zurück, jetzt ist sie im Innern des Wagens nur noch schattenhaft sichtbar, der Wagen gleitet an und vorüber und verschwindet.
Auch Schünzels Taxi bewegt sich weiter, aber sehr langsam, es fährt nur noch zwei-, dreihundert Meter und bleibt wieder stehen, vor ihnen rechts ist eine Unterführung des Bahndamms, aus ihr heraus, in sie hinein quellen Autos; zunächst glaubt Schünzel,

sein Chauffeur könne nicht einbiegen, doch da wendet der, und Schünzel sieht überrascht, daß dort kein flüchtig zusammengenageltes Gebäude steht, sondern ein zweistöckiges, sauber verputztes Haus, an dessen Front sich eine Leuchtschrift befindet.
Obwohl Schünzel jede Regung von Sentimentalität völlig fremd ist, trifft ihn das Wort mitten in der befremdenden Stadt Tokio doch seltsam; denn in linksgeneigter dünner Sütterlinschrift steht über dem Eingang in roten Buchstaben das deutsche Wort LIEBE.
Unter dem roten L befindet sich der Eingang, es ist eine nicht sehr breite einflügelige Tür, die aus einem schmalen Metallrahmen besteht, in den dickes grünliches Glas eingelassen ist, und sie ist schwach von innen beleuchtet. In diesem kargen Licht, diffus das grünliche Glas durchscheinend, steht unbewegt der Schattenriß einer zierlichen Japanerin, die den Arm mit dem weiten Kimonoärmel ausgestreckt und die Hand offenbar auf dem Türgriff liegen hat.
Es ist eine gar nicht aufdringliche, sondern eine geradezu zärtliche Gebärde, und Schünzel, eben noch entschlossen, keiner billigen Verlockung nachzugeben, auf keinen plumpen Trick hereinzufallen, bezahlt und steigt aus, und im gleichen Augenblick ist das Taxi durch die Unterführung hinweg verschwunden.
Während dort der Verkehr flutet, auch viele Fußgänger eilen, ist die Gasse, an deren Ende das Haus mit der bemerkenswerten Inschrift steht, völlig vereinsamt, und die reglose Japanerin hinter der Tür wirkt auf Schünzel wie die Figur eines Puppenspiels.
Langsam geht er hinüber.
In dem Augenblick, da er unmittelbar vor der grünverglasten Tür steht, öffnet sie sich wie auf einen geheimen Befehl, und Schünzel tritt ein.

2 Wenn Schünzel zu Larrotte geäußert hatte, er wolle japanische Sitten kennenlernen, so scheint sich das zu verwirklichen, denn als er eintritt, schließt sich hinter ihm lautlos die grünverglaste Tür, das Mädchen, sehr jung, ist gleichsam kein menschliches Wesen, es ist ein Ding, eine mechanische Türschließe, es sieht ihn nicht an, es verbeugt sich nicht, es steht wartend auf den nächsten

Besucher, und Schünzel ist irritiert, weil er weiß, das Mädchen tut das stundenlang, ja, es hat den Anschein, als schlafe es nicht und sei Tag und Nacht nur damit beschäftigt. Ehe Schünzel das zu Ende denken kann, nähert sich ihm eine ältere Mamasan und neigt sich tief und läßt sich dann zierlich auf ihre Knie sinken, um ihm die Schuhe zu lösen, und er steht europäisch riesig über ihr, angeflogen vom Gefühl der Peinlichkeit und hilflos lächelnd; während sie ihm die Pantoffeln an die Füße schiebt, mit einer geradezu demütigen und zugleich liebkosenden Gebärde, als habe er kostbare Füße, bewundert er unwillkürlich ihren Kimono aus blasser Seide, der mit seltsamen geometrischen Figuren in scharf abgesetzten Farben bemalt ist, wodurch der Eindruck ständiger Bewegung entsteht, auch wenn das Mädchen sich überhaupt nicht regt.

Obwohl er an ihren Augen die Fältchen bemerkt, die auch der Puder nicht zu verdecken vermag, spürt Schünzel plötzlich Verlangen erwachen, Verlangen nach ihrem Körper, diese Neugier und Begierde des europäischen Mannes, einen fremden Körper zu besitzen zu erobern zu unterjochen, einen Körper mit unbekannten Lüsten, der ungeahnte Genüsse verspricht, die Tünche fällt von Schünzel, die Lüge, fremde Sitten kennenlernen zu wollen; er lächelt dumm und begehrlich.

Zu seiner Überraschung redet ihn das Mädchen in deutscher Sprache an, die hart klingt in ihrem Munde: «Wir freuen uns sehr, Sie bei uns zu begrüßen, Herr Doktor, wir wollen uns bemühen, daß Sie sich in unserem Hause wohl fühlen. Wünschen Sie japanisch zu speisen oder europäisch?»

Obwohl Schünzel überhaupt nicht die Absicht gehabt hat, noch einmal zu essen, erwidert er wie unter einem Zwang: «Japanisch, wenn ich bitten dürfte.»

Sie verneigt sich und geht vor ihm her, in einen zweiten Raum, der niedrig, aber ziemlich groß ist, und Schünzels Blick fällt zuerst auf einen halbkreisförmigen niedrigen Podest, zu dessen linker Seite zwei Japaner mit untergeschlagenen Beinen kauern, shamisen im Arm, diese dreiseitigen Gitarren, mit Katzenfell bezogen, und während sie darauf spielen, für Schünzels Ohren überaus mißtönend, verneigen sie sich mehrere Male gegen ihn hin, so daß er versucht ist, sich wie unter einem Zwang gleichfalls

zu verneigen, er unterläßt es dann aber und nickt nur freundlich mit dem Kopf.
Bunt bemalte Trennwände teilen rundum geschickt Kabinen ab, in die man nicht hineinschauen kann, die Mamasan schiebt einen dieser shoje in seinen Schienen beiseite, und Schünzels Augen bietet sich ein zugleich befremdendes und anheimelndes winziges Zimmer dar; der Boden ist nicht nur mit Matten, sondern mit einer Vielzahl Kissen belegt, die indessen nicht daliegen wie bunte Kleckse, sondern ausschließlich Blautöne in vielen Abstufungen aufweisen, sie stechen seltsam ab vom Blumenarrangement in der Wandnische, das wiederum nur aus Zweigen mit wenigen goldgelben Knospen gesteckt ist. Das alles fasziniert Schünzel so, daß er, der Daseinsfreudige, zusammenfährt, als die Mamasan ihn leicht mahnend berührt und auf die Kissen weist; da erst sieht er den japanischen Tisch, quadratisch, fein sandelholzfarben lackiert und auf nur spannenhohen Beinen stehend, also entschließt er sich und läßt sich dort verlegen und ein wenig mißtrauisch nieder, wobei er die Beine kreuzt; es scheint ihm dieser japanische Sitz einfach dazu zu gehören.
Nun entfernt sich die Mamasan; Schünzel spürt seine Beine unangenehm gespannt, und im Augenblick wünscht er, in seinem Hotel geblieben zu sein, aber da kehrt die Mamasan schon zurück, und mit sich führt sie drei junge Mädchen, gleichfalls in Kimonos gekleidet, die sich vor Schünzel verbeugen; der weiß nicht, wie er sich verhalten soll, doch die Mamasan fragt ihn, von wem bedient zu werden er wünsche, und sie erläutert, daß sie ihm, der zum ersten Male ihr Etablissement betrete, jene drei Mädchen ausgewählt habe, die von den Gästen als besonders willig und zärtlich gepriesen würden.
Mit blödem Lächeln, das er selbst in seinem Gesicht ganz fremd spürt, trifft er aufs Geratewohl seine Wahl und bleibt mit dem Mädchen allein.
Sie spricht nur wenige Sätze Deutsch, es sind Standardsätze, und der erste lautet, sie bedanke sich und fühle sich hoch geehrt, daß seine Wahl sie getroffen habe, und ob er gestatte, daß sie das Essen serviere.
Natürlich willigt Schünzel ein, doch als das Mädchen sogleich entschwindet, muß er sich eine gelinde Enttäuschung gestehen.

Er kommt allerdings nicht dazu, darüber nachzudenken, denn Masago – diesen Namen hatte sie selbst noch einmal genannt, und er hatte ihn sich krampfhaft eingeprägt – kehrt bereits lautlos zurück, ein winziges Tablett tragend mit zwei winzigen Teeschälchen und einer winzigen Teekanne. Sie kauert sich graziös auf die Kissen, indem sie die Beine geschickt seitlich an die Oberschenkel zieht, und gießt ihm und sich selbst das Getränk ein, und während er an dem glutheißen und starken gelben Tee vorsichtig nippt, hat er Zeit, sie zu betrachten, die sehr jung zu sein scheint, aber nun doch nicht so zart aussieht, wie es ihm zunächst vorgekommen war, sondern eher kräftig; mit beiden Händen hält er das Teeschälchen und starrt sie darüber hinweg unverwandt und unverschämt an, sie sitzt sehr gerade, mit durchgedrücktem Rükken, und obwohl der Kimono weitfaltig fällt und sich über der Schärpe bauscht, glaubt er plötzlich ihren Körper zu sehen, einen jungen, elastischen Körper mit straffen Brüsten und deutlichen Schenkeln; er setzt die Teeschale ab und greift über den Tisch, um ihre Hand zu streicheln.

Zu einer innigeren Zärtlichkeit kann es nicht kommen, Masago erhebt sich und entfernt sich mit dem Teegeschirr.

Dann werden Schünzel zwei Schälchen und die Eßstäbchen serviert, er starrt indigniert darauf: Auf der einen Schale liegt gedünsteter Fisch, den er jedoch nicht kennt und der ihn befremdlich anmutet, und in dem Näpfchen befindet sich eine bräunliche Soße. Ratlos sieht er zu dem Mädchen hinüber, das ihm ermutigend zulächelt und ihm vorführt, wie er die Stäbchen zu halten habe, er macht es folgsam nach und ist innerlich zornig auf sich, weil er sich ungeschickt dabei anstellt, immer wieder gleiten ihm die beiden Stäbchen durcheinander; schließlich bringt Masago Sake, der Reiswein wird in einer silbernen Flasche serviert, er ist lau und ölig, und Schünzel nippt höchst widerwillig davon, schiebt ihn schließlich entschlossen beiseite und erklärt unumwunden, er wünsche einen Whisky.

Er bekommt seinen Whisky, und Masago schenkt sich gleichfalls ein, dieses zarte Mädchengebilde verträgt einen kräftigen Schluck. Jetzt kommt der gemütliche Teil, denkt Schünzel zufrieden, vor allem, weil sich Masago neben ihm niederläßt, um ihm einige Zärtlichkeiten zu gestatten, denen sie sich freilich wie-

der entzieht, um neue Getränke zu holen, denn es bleibt nicht bei Whisky; auch sie äußert jetzt freimütig Wünsche, und Schünzel zeigt sich großzügig; nicht nur der Alkohol, sondern auch das Stückchen glatte Haut, das er unter ihrem Kimonoschnitt ergattert und geküßt hat, benebelt seine Sinne.
Endlich liegt Masago in seinem Arm, seinen deutlichen Versuchen, sie über seinen Schoß zu ziehen, widerstrebt sie mit lieblicher Entschlossenheit, um ihre kunstvolle Frisur nicht zu zerstören; immerhin hat Schünzel den Kimono von der rechten Schulter streifen können – und von welch bewundernswerter Schulter! –, er verflucht die Gewandung, diese unendlich lange Schärpe, kunstvoll geschlungen zu diesem scheinbar so losen und doch so fest gelegten Kimono, der jeden Zugriff verwehrt, es sei denn, man löse ihn ganz, aber auch das vermag Schünzel nicht, seine Hände zittern, der Kopf des Mädchens liegt jetzt an seiner Brust, seine Augen sehen das korallenrötlich gefärbte linke Ohrläppchen, erspähen noch ein Stückchen der golden geschminkten Lippen, wilde Entschlossenheit ist in Schünzel, er wähnt sich am Ziele. Er sieht nichts und hört nichts als dieses käufliche Mädchen aus Japan, das er begehrt und besitzen will, das sich ihm anschmiegt und dabei entzieht. Was ihn so treibt, ist untergründig, ist dies: Das ist fremd, das kenne ich nicht, das nehme ich mir, es gehört mir, diese verdammten Japse!
Da, durch all den Nebel dringt doch plötzlich sanft die Stimme der Mamasan: «Ich bedaure so sehr, stören zu müssen. Aber es ist Mitternacht und Polizeistunde, wir sind leider gezwungen, jetzt unser Haus zu schließen.»
Schünzel weiß nicht, wie das gekommen ist: Aber Masago hockt neben ihm mit angezogenen Beinen, als hätte er sie nie begehrt, sie ist so puppenhaft unberührt wie zuvor mit ihrer kunstvoll getürmten Frisur, ihrem glatten, lächelnden Gesicht, ihrem schön fallenden Kimono. Unwillkürlich streicht sich Schünzel über die Haare, um sie zu ordnen, und er wäre nicht Schünzel, faßte er sich nicht sogleich, seine Enttäuschung unterdrückt er und fragt: «Masago und ich möchten gern noch zusammen sein . . .»
«Gewiß, wenn Sie es wünschen, Herr Doktor . . .» Das klingt so selbstverständlich, kein Einwand, keine Frage, sie setzt nur

hinzu: «Masago wird Sie gern in ihr Zimmerchen mitnehmen ...»
Dabei verbeugt sie sich, und unauffällig schiebt sie ein kleines Tablett auf den Tisch, das Schünzel bisher nicht bemerkte, weil der weite Kimonoärmel es verbarg.
Schünzel ist es gewohnt, viel Alkohol zu trinken, aber jetzt schwimmt ihm doch seine Umgebung weg, und er greift nach dem Kuvert, diesem festen, hellen Rechteck. Er entnimmt ihm die Rechnung, das Formular ist fein gedruckt, und in sanftroter Sütterlinschrift darüber LIEBE, darunter viele japanische Schriftzeichen; sein Blick fällt auf die Summe, es sind 9735 Yen, er starrt darauf, erinnert sich schwach, daß der Wechselkurs phantastisch ist, begreift aber auch gleich, daß er geneppt wurde, weiß sofort, daß er keinen Streit will, aber Masago nicht mehr mag, ist also nüchtern genug, um seine Dollar-Reiseschecks aus der Brusttasche zu nesteln. Die Mamasan verneigt sich, hat schon das Wechselgeld parat; da liegt es auf dem schwarzen Tablett, sogar Sen-Münzen sind dabei, die Schünzel verächtlich zurückschiebt.
Wenig später steht er draußen, es ist Mitternacht, Tokio ist erloschen, es gibt keine LIEBE mehr, im Dunst der Großstadt hängt der Mond unscharf, verschwommen wie in einem Sumpf, die Luft dringt warm in Schünzels Lungen, er glaubt den leisen süßen Geruch der Tausende Fischbratküchen darin wahrzunehmen, es widert ihn an.
Diese Gasse am Bahndamm ist ganz unbelebt; Schünzel scheint hier der einzige Mensch zu sein, auch die kleinen Laternen vor den verkommenen Bars sind erloschen, bittere Ohnmacht und Wut erfüllen ihn, als er zur Unterführung hinübergeht, immer in dem unsinnigen Gefühl, sein Anzug sei nicht in Ordnung, so daß er an sich herumtastet.
Nur eine Erinnerung hat er, und es ist eine höhnische Erinnerung an eine Niederlage, er trägt sie im linken Arm und wirft sie nicht weg: einen Strauß weit aufgeblühter Blumen, den ihm Masago zum Abschied überreichte; er nahm ihn, ohne sie anzusehen. Jetzt trägt er ihn mit sich, leise knistert das Zellophan, in das die Blumen gehüllt sind, und wenn er den Strauß nicht einfach wegschleudert, so deshalb, weil in ihm eine Stimme sagt, er habe da-

für bezahlt und mehr als genug, und was er bezahlt habe, das sei sein Eigentum, das behalte er eben.
Auf der Rückfahrt ins Ginza-Hotel befürchtet Schünzel dumpf, er werde Larrotte dort noch treffen, und ist dann erleichtert, als der nicht zu sehen ist; dieses Hotel in seiner Lautlosigkeit und Höflichkeit und Dienstbarkeit nimmt ihn auf, als sei nichts geschehen, und was ist denn geschehen? Nichts ist geschehen als eine kleine Niederlage, er verzeiht sie sich nicht, er wird sie niemandem verzeihen, der Fahrstuhl trägt ihn hinauf, er betritt das angenehm temperierte Zimmer; nun erst überkommt ihn eine Art plötzlicher Ermattung, und Schünzel läßt sich, nachdem er den Strauß auf das Tischchen geworfen hat, in einen Sessel sinken und schließt die Augen.
So sitzt er geraume Zeit, ohne zu sehen zu denken zu hören.
Dann atmet er endlich auf, schiebt sich mit einem Ruck aus dem Sessel und öffnet dabei die Augen. Jetzt hat er den dringenden Wunsch zu baden.
Da fällt sein Blick auf den Strauß, übergroß scheint er ihm, wie er da auf dem Tisch liegt, aufreizend bunt und gräßlich prachtvoll.
Das schäbige Spiel, das mit ihm gespielt wurde, ist Schünzel mit eins gegenwärtig und ebenso, wie schäbig seine Niederlage ist.
Er greift nach dem Strauß. Loswerden will er ihn und die Erinnerung, die daran haftet. Er schaut sich um. In der Ecke seines Zimmers steht ein kleiner Papierkorb aus Bast. Er versucht den Strauß hineinzustopfen, er tritt einen Schritt zurück, aber er muß wieder hinsehen, und da wirkt das bunte Gebilde auf ihn noch herausfordernder als zuvor. In seiner halben Trunkenheit verwandelt sich der Bastkorb in einen steifen, viel zu hohen Stehkragen und der Strauß in einen Clownskopf, der ihn verhöhnt, einfach mit seiner Anwesenheit verhöhnt.
Schünzel zerrt die Blumen wieder aus dem Korb heraus. Er geht zur Tür und drückt auf die Klingel.
Sekunden später pocht es zaghaft an die Tür.
Er öffnet.
Yohyo, die heute Nachtdienst hat, steht draußen, sieht ihn mit ihren dunklen geschrägten Augen an und verbeugt sich dienstbereit.

Schünzel packt den Strauß, den er im Arm hielt, mit beiden Händen und drückt ihn an ihre Brust, so daß sie zugreifen muß.
Das verständnislose Antlitz!
Da sagt Schünzel kurz und grob: «For you!», zieht die Tür zu und erhascht gerade noch den überraschten, freudig aufleuchtenden Blick Yohyos.
Ihn überfällt bleierne Müdigkeit, mit trägen Bewegungen zerrt er die Jacke von den Schultern und schmeißt sie sorglos auf den Sessel.
Er geht hinüber ins Bad, läßt heißes Wasser ein, prüft die Temperatur mit der Hand, die sich rötet; Schünzel badet gern sehr heiß, er wird die schale Erinnerung abbrühen.
In diesem Augenblick pocht es zaghaft an die Tür.
Verwundert trocknet Schünzel die Hände ab. Sollte es Larrotte sein? Aber was könnte Larrotte nach Mitternacht bei ihm wollen?
Er öffnet die Tür einen Spalt.
Vor ihm steht Yohyo, das Zimmermädchen, und hält in der Hand eine winzige Vase, darin stecken drei rote Nelken, nicht ganz erblüht, die Blüten stammen offensichtlich aus dem prächtigen Strauß, den Schünzel ihr kurz zuvor in den Arm drückte, und Yohyo verneigt sich und überreicht ihm die Vase.
Unwillkürlich greift Schünzel danach, hat plötzlich eine verwandelte Erinnerung in der Hand, ein anmutiges Dankeschön, und er ist sich unsicher, wie er es deuten soll. Was kann er dem flachen Antlitz Yohyos schon ablesen, er ist nicht gewohnt, verriegelte Gesichter zu enträtseln, und möglicherweise birgt es gar keine Rätsel.
Jedenfalls hat er nun die Vase in der Hand, Yohyo verbeugt sich abermals tief, und Schünzel nickt und lächelt und sagt: «Thank you very much!»
Später betrachtet Schünzel vom Bett aus die drei Blüten, er hat gebadet und fühlt sich angenehm schläfrig, die unfreundlichen Gefühle sind verflogen. Warum hat ihm Yohyo diese Blumen überreicht? Das muß einen Grund haben, und als Schünzel einschlummert, träumt er von einem leichten Sieg.

3 Zwar fühlt sich Yohyo Tajiri an diesem Morgen ziemlich müde, denn sie hat die ganze Nacht über Dienst getan und frühmorgens aufzuräumen begonnen, aber sie ist guter Stimmung; einige der Gäste waren sehr zeitig aufgebrochen, um die weiten Strecken nach Nord und Süd in den Fernzügen und Flugzeugen zurückzulegen, und Yohyo hat also einen großen Teil ihrer Arbeit schon hinter sich bringen können, die Zimmer sind bereits aufgeräumt bis auf das eine, aus dem ihr mitten in der Nacht der riesige Blumenstrauß entgegengestreckt wurde, den sie zwar nicht mag, weil er so traurig weit aufgeblühte Blüten enthält, für den sie aber doch sehr dankbar ist, denn er ist ihr ein Ausdruck der Anerkennung des Herrn Schünzel für die lautlose Sauberkeit, um die sie sich immer bemüht. Vielleicht wird er sie sogar gelegentlich gegenüber dem Geschäftsführer, dem sehr strengen Herrn Kawamoto, loben, das wäre dann natürlich ein ganz besonderes Glück für Yohyo.
Und dem Herrn Kawamoto würde mit einem solchen Lobe auch eine Freude bereitet, denn er hat sie seinerzeit selbst angestellt, wie er es nach sorgfältiger Prüfung mit allen Zimmermädchen tut, er hat sie angestellt, obschon sie wenig Hoffnung auf diese Stellung hatte, nachdem ihr Vater verstorben war.
Er war Professor für Englisch an einem Gymnasium in Niigata gewesen, und obgleich der Posten in dieser Provinzstadt sehr schmal dotiert war, hatte er auf die Ausbildung seiner Kinder, eines Sohnes und einer Tochter, den größten Wert gelegt und sie in strengem Glauben an den Kaiser und seine Göttlichkeit erzogen; noch heute erinnert sich Yohyo an das tiefe Schweigen, das im Hause zu herrschen hatte, wenn der Vater daheim war und über den Vorbereitungen zu seinem Unterricht hockte, sie erinnert sich aber auch noch an das Meer, auf das sie von ihrem Häuschen sehen konnte, an die warmen, regenreichen Sommer, an die glasklaren Winter, und in ihrer Kindheit schien es ihr, als würde sie immer in Niigata bleiben, sich dort verheiraten und ein ähnliches Leben wie ihre Eltern führen.
Später kam sie manchmal auf den Gedanken, ihr Vater sei schon gestorben, als die Amerikaner das Land besetzten und den Kaiser zwangen, seiner Göttlichkeit abzuschwören; damit vermochte der Vater sich nicht abzufinden, zwar führte er nach wie vor die

strengen Regeln im Haus durch, aber manchmal, so erinnert sich Yohyo, saß er völlig gedankenverloren da und machte den Eindruck eines Uralten, dem es nicht mehr gelingt, seine Gedanken auf einen Punkt zu richten; der Übergang in den Tod war lautlos, war eigentlich nur ein Weggehen und Verlassen gewesen, kein greller Einschnitt. Für die Kinder bedeutete er jedoch viel, denn war bisher ihr Leben schon ärmlich gewesen, so wurde es jetzt arm, da sie nur einen Onkel besaßen, der sie zwar unterstützte, dessen Einkommen aber so gering war, daß es für seine eigene Familie kaum reichte; er war Buchhalter, in seiner Firma zwar angesehen, unter den Mitbürgern ebenfalls, ein überaus gewissenhafter Mensch, aber ohne Aussichten auf irgendeinen Aufstieg, den er sich auch nicht mehr erhoffte.
Yohyo war acht Jahre jünger als ihr Bruder, der nun das Regiment im Hause zu führen hatte, ein unruhiger Geist, der nach dem Tode des Vaters an allem Überkommenen zu zweifeln begann, und es galt in Niigata als der Gipfel der Abenteuerlust, daß er nach Tokio ging, um dort das Ingenieurstudium zu beginnen; sie hörten nur kärglich von ihm.
Es erschien Yohyo auch nur natürlich, daß die jungen Männer, die für sie Interesse gezeigt hatten, nach dem Tode des Vaters eine abwartende Haltung einnahmen, um zu sehen, wie sich diese zusammengeschmolzene Familie weiterentwickeln würde, zumal von dem Bruder nur wenig zu vernehmen war; trotzdem schwand natürlich ihre Hoffnung, einmal ein ähnliches Leben wie ihre Eltern führen zu können, und als der Bruder sie eines Tages besuchte und ihr aufgeregt vorschlug, sie solle mit ihm nach Tokio kommen, um dort zu studieren, willigte sie schließlich ein, obwohl ihr Onkel damit nicht einverstanden war, seiner Ansicht nach hatten Mädchen auf Universitäten nichts zu suchen.
Diese erste nennenswerte Reise führte Yohyo nicht nur von der Küste des Japanischen Meeres zur Küste des Pazifischen Ozeans, sondern in eine bestürzend fremde Welt, die schon begann, als sie auf dem Tokioter Hauptbahnhof ausstieg und sich in dem Gewimmel der ein- und ausfahrenden Züge, den gewaltigen Menschenhaufen verlor, die zu den Abteilen drängten; da stand sie mit ihrem Köfferchen, gekleidet in ihren besten Kimono, und keiner kümmerte sich um sie, sie wagte niemanden zu fragen,

und wäre dann nicht doch noch ihr Bruder erschienen, so hätte sie damals diesen Ausbruchsversuch wohl schon aufgegeben.
Dem Bruder jedoch widersetzte sie sich nicht, er trat jetzt an die Stelle ihres Vaters, ihm fügte sie sich ergeben und widerstandslos, und sie verbarg ihr Erschrecken, als er sie mit der Straßenbahn in das Randgebiet Tokios führte, zu der einzigen Stelle in der unmäßig anschwellenden Stadt, wo noch eine Unterkunft zu finden war; Yohyo war keinen Komfort gewohnt, daheim badete die Familie noch wie früher in dem Badefaß, aber was sie hier vorfand, war ein Slum: Nachlässig zusammengezimmerte Hütten, ausrangierte Eisenbahnwaggons galten schon als vornehm. Für sie hatte der Bruder eine Unterkunft bei einer Kommilitonin besorgt, in einem Raum, vier Quadratmeter groß, mit einem Fußboden aus gestampftem Lehm.
Keiner der jungen Leute, die hier zu Hunderten lebten, nahm von ihrem Erscheinen Kenntnis, sie war da, und damit war es gut. War Yohyo schon auf dem Hauptbahnhof völlig verschreckt gewesen, so entsetzte sie sich hier geradezu. Diese Studenten und Studentinnen verachteten alle Traditionen, sie lachten über den Kaiser, verhöhnten die Regierung, verspotteten die Religion, hier hörte sie Worte wie Marxismus und Frustration, Leitbilder und Lenin, Management und Establishment, und sie konnte sich unter diesen Worten nichts vorstellen, hatte auch keinerlei Verlangen danach, sie zu verstehen, sie fror einfach nur, wenn sie sie hörte, und sie fror auch, wenn sie die Gestalten sah: junge Männer mit Bärten jeglicher Art, junge Mädchen in Hippykleidung, die in Verachtung jeglicher Konventionen sich miteinander verbanden und wieder voneinander lösten. Yohyo erschrak, als ihr Bruder sie in einen Diskussionsklub einführte, in dem Gruppen mit großer Disziplin und Energie über ihr unverständliche Dinge debattierten, über einen Satz, der an eine Tafel geschrieben wurde, und die Gegen-Sätze, die von andern geäußert und dann ebenfalls notiert wurden, bis ein vielfältiges Wortgebilde entstand, unter das man einen Strich zog, mit dem Versuch einer zusammenfassenden und gleichzeitig eliminierenden Addition.
Sie begriff nicht, wozu das nützen sollte, und sie mußte an ihren Vater denken, als der Bruder sie zu einer Demonstration mitnahm, die sich gegen die Stationierung der Amerikaner auf Hok-

kaido richtete. Mädchen und Männer waren da, mit Holzschilden ausgerüstet, sie hatten Schutztücher vor den Mund gebunden, trugen Schlagstangen mit sich und rannten untergehakt in langen Ketten durch die Straßen, wilde Schreie ausstoßend, bis es an einer Mauer von eisenstirnigen Polizisten zu einer Straßenschlacht kam, die sie verloren.
Dem Bruder gegenüber wagte sie die Bedenken nicht zu äußern; ihm hatte sie sich zu fügen, er war das Familienoberhaupt, nachdem der Onkel ihr ferngerückt war.
Möglicherweise hätte sie sich in diesen neuen Lebensstil doch noch gefunden, wenn nicht das geplante Studium zunichte gemacht worden wäre. Schon ihr Bruder hatte es nicht erreicht, sich an einer der renommierten Hochschulen immatrikulieren zu lassen, es war dies mit zu hohen Kosten verbunden, er war so an eines der zweitrangigen Technika abgedrängt worden, wo er seine Prüfungen allerdings mit beachtlichem Erfolg bestand. Yohyo selbst hatte sich für das Studium der Anglistik entschieden, weil sie von dem Vater zusätzlichen Privatunterricht in der englischen Sprache erhalten hatte; an einer der Frauen-Universitäten zu studieren, riet der Bruder ihr ab, weil dies noch eine feudalistische Einrichtung sei und die Absolventinnen derartiger Hochschulen stets nur untergeordnete Stellungen bekleiden dürften. Bei der Aufnahmeprüfung an einer normalen Universität fiel sie durch, da die Professoren die Zahl der Studentinnen rigoros begrenzten, sie huldigten in der Mehrzahl der Ansicht, die geistigen Anlagen befähigten Frauen nicht zum Studium.
Der Bruder verbarg nur mühsam seine Ratlosigkeit; sie selbst wollte ihn nicht kränken mit dem Vorschlag, nach Niigata zurückzukehren, so etwas hätte seiner Autorität und seinem Rufe Abbruch getan; aber wie sehnte sie sich nach dem winzigen Hause, wie sehnte sie sich nach dem Blick über das Japanische Meer, nach den ruhigen Straßen und den gelassenen Bewohnern, die sich so gemessen bewegten!
In dieser Situation hörte sie, das Ginza Tokyu Hotel suche Serviererinnen und Stubenmädchen mit perfekten Englischkenntnissen, damit sie sich mit den ausländischen Gästen gut verständigen könnten; bebend bewarb sich Yohyo, und es war der Herr Kawamoto selbst, der sie streng examinierte. Sie wußte, daß die größte

Klippe die Frage nach ihrer Familie war, denn in einem so renommierten Hotel, das ihr schon durch sein imposantes Äußeres Furcht einflößte, würde man sicherlich keine Angestellten engagieren, die nicht eine tadellose intakte Familie aufweisen konnten; in der Tat machte Herr Kawamoto ein höchst bedenkliches Gesicht, als sie ihm vom Tode ihres Vaters berichtete; er schien jedoch ein wenig zufriedener, als sie von dem Onkel erzählte, und notierte sich sogar dessen Anschrift; den Ausschlag gab aber wohl, daß die Prüfung ihrer Englischkenntnisse ihn befriedigte, er versteckte nicht einmal seine Begeisterung. Herr Kawamoto stellte sie ein, sie durfte mit drei anderen Mädchen in einer Dachkammer des Ginza wohnen, erhielt freie Station und achtzig Mark Entlohnung monatlich.
Immer würde Yohyo dem Herrn Kawamoto für seine Großzügigkeit dankbar sein!
Schon deswegen begegnet sie seinen Gästen – denn es sind seine Gäste und nicht die des Hotels – mit der größten Liebenswürdigkeit und Geduld, sie freut sich, wenn die Zimmer belegt sind, und selbstverständlich fragt sie nie nach der Zahl der Stunden, die sie zu arbeiten hat, denn das Wohlergehen des Unternehmens ist die beste Garantie für ihr eigenes Wohlergehen, so empfindet sie es jedenfalls; sie hat keinen anderen Wunsch, als diese Stellung behalten zu dürfen, sie wäre auch nie so kühn gewesen, mit einem Aufstieg zu rechnen, denn selbstredend sind alle gehobenen Posten, etwa die am Empfang, mit Männern besetzt, und daran würde sich nichts ändern.
So ist Yohyo jetzt ratlos, was sie tun soll, da so spät am Vormittag Herrn Schünzels Zimmer immer noch verschlossen ist; sie möchte den Spender des Blumenstraußes nicht stören, möchte aber auch Herrn Kawamoto damit erfreuen, daß alles aufgeräumt ist, und nach einigem Zögern stellt sie sich vor die Zimmertür, sich den Anschein gebend, als hätte sie dort noch Staub zu beseitigen, und lauscht in das Zimmer hinein.
Sie freut sich, als sie Geräusche vernimmt, offenbar ist der Herr bereits aufgestanden, sie wartet noch einige Minuten, dann schließt sie auf und späht hinein; zunächst sieht sie niemanden, bis sie merkt, daß die Geräusche aus dem Bad kommen, durch den Spalt sieht sie Schünzel mit aufgereckten Armen in der

Wanne stehen und sich duschen, dabei findet Yohyo selbstredend nichts, denn daheim badete ihre Familie und die des Onkels immer gemeinsam, einer nach dem anderen, in dem Badefaß, das ist alles ganz natürlich – also nimmt sie ihr Eimerchen und ihre Besen und Lappen, tritt ein, zieht die Tür hinter sich zu und beginnt schnell und lautlos aufzuräumen. Sie ist wie stets in ihre Arbeit ganz vertieft, nur darauf bedacht, sie mit der größten Sorgfalt auszuführen.
Weit beugt sie sich über das Bett, um liebevoll die Decke zurechtzustreichen, da erschrickt sie furchtbar, sie wird von Armen umschlungen, und als sie den Kopf wendet, sieht sie das Gesicht Schünzels, das ihr erneuten Schrecken einjagt, weil es von der Hitze des Wassers ganz gerötet ist, die Haare hat er nur getrocknet und nicht gekämmt, er sieht wild und verheerend aus, der Mann, zwar hat er den Bademantel übergezogen, aber nicht geschlossen, und so spürt sie seinen Körper, der ihr in diesem Augenblick groß wie der eines Riesen erscheint.
Schünzel drückt sein Gesicht in ihren Nacken und versucht sie zu küssen, und im Augenblick wehrt sie sich nicht, weil sie sich fürchtet und weil sie gleichzeitig Angst hat, er werde sich über sie bei Herrn Kawamoto beschweren, aber als Schünzel sie grob auf das Bett schleudern will, wirft sie sich doch herum, trifft mit dem Ellenbogen so schmerzhaft sein Gesicht, daß er zurückzuckt, und diesen Augenblick benutzt Yohyo, um sich zu befreien.
Was geht in Schünzel vor? In ihm ist eine Mischung von Wut und blindem Erstaunen. Hat Yohyo ihm nicht die drei Nelken geschenkt? Da stehen sie noch in der kleinen Vase, ein deutliches Zeichen. Welches Mädchen in einem Düsseldorfer Hotel würde ihm drei rote Nelken überreichen, wenn es nicht ihn damit meinte? Er kann sich nicht irren! Und warum kam sie soeben in sein Zimmer? Welches Mädchen räumt Zimmer auf, wenn der Mann nackt in der Wanne steht, mit erhobenen Armen, falls es nicht ihn meint?
Offener konnte sie nicht sagen, was sie erwartet, was sie gewähren wollte, was ziert sie sich!
Yohyo aber hat noch nicht begriffen; da ist ein Riese über sie gekommen, hat sie gepackt, und sein rotes Gesicht, sein wei-

ßes Fleisch! In eine Zimmerecke ist sie geflüchtet, steht dort an die Wand gepreßt, so klein, winzig, eine Puppe, die ein Kind weggeworfen hat; gerade noch halten kann sie sich mit den ausgebreiteten Armen an der glatten Mauer, daß sie nicht umsinkt, so erschrocken ist sie, und sie muß weinen; dabei verzerrt sie ihr Gesicht nicht, nur die Tränen rinnen aus den Augenwinkeln, und sie starrt Schünzel an, der in der Mitte des Zimmers steht, mürrisch seinen Bademantel schließt, den Gürtel festwürgt, er sieht vor sich hin, Yohyo spürt: sein rotes Gesicht ist ganz böse.

Endlich blickt er auf; blickt sie an mit seinen schrecklich großen schrecklich blauen schrecklich gläsernen Augen, sie hört: «What do you want, little whore?» Absichtlich spricht er das Englisch gemein aus, daß es klingt wie ‹Gossenhure›, sie spürt, er will sie demütigen, und da hebt er die rechte Hand, macht mit Daumen und Zeigefinger die Bewegung des Geldzählens und sagt etwas, und obwohl er es deutsch sagt, begreift sie den Sinn.

«Wieviel willst du, mein Schätzchen, zweitausend Yen? Mehr als hundert bist du nicht wert, aber gar nichts bekommst du, du Biest!»

Er geht langsam auf sie zu, Yohyo hat nur noch Angst, sie weiß nicht warum, so schlimm ist das doch nicht, natürlich wäre er nicht der erste Mann, den sie hat, aber das rote Gesicht die große Gestalt das weiße fremde Fleisch – sie will nur entkommen, sie schaut nach der Tür.

Schünzel merkt das und sagt roh: «Nein, mein Schätzchen! Und wenn ich abschließe!» Auch das sagt er deutsch, aber er schließt nicht ab, er erkennt, wie groß ihre Angst ist; die Tür zuzuriegeln, dessen bedarf's nicht. Langsam bewegt er sich auf sie zu, schweigend, eine zweite Niederlage wird er jetzt nicht einstecken; sein Begehren ist mit Haß untermischt, und triumphierend stellt er fest, daß sie wirklich nicht flüchten kann, und wie sie da so kläglich an der Wand klebt, kleine Motte nur und nicht mehr, findet er sie auf einmal wieder reizend entzückend und, gerade weil sie so hilflos ist, lieblich. Er wird sie auf jeden Fall nehmen!

Wenn sie nur zu weinen aufhörte!

Vielleicht versiegen die Tränen; er will ihr nicht weh tun, und er

will nicht nur sein Spiel mit ihr treiben, dahin bringen will er sie, daß sie selber Gespielin wird.
Schünzel streckt seine Hand nach ihr aus.
Yohyo regt sich nicht, sie schaut ihn nur an.
In diesem Augenblick klopft es an die Tür.

8. Kapitel

1 Larrotte fällt es wirklich schwer, mit Schünzel zu reden, aber er ist entschlossen, das Spiel weiterzuspielen; doch noch geht er stumm neben ihm her, klein, rundlich, ein wenig schwitzend, die Pfeife in der Faust. Um völlig ungestört reden zu können, hat Larrotte diesen kleinen japanischen Park gewählt in der Nähe eines der riesigen lärmenden Vergnügungszentren, wie es sie nur in den Vereinigten Staaten gibt. Überall in der Stadt finden sich solche japanischen Parks, das ist wie ein Wunder, und selbst Schünzel hört zu reden auf, als sie ihn betreten: mit einem Schlage verändert sich die Welt.

Schünzel schien verblüfft. Als wäre hinter ihnen eine Tür zugeschlagen. Nach zwei Schritten: Verstummt der bellende Lärm der Straßen, und die Luft nun erfüllt von dem ohrensausenden Sirren der Zikaden, die Milliarden zu sein scheinen, nur ein einziger interferierender Ton, ein Insekten-Heulen; und nicht wie in einem Französischen Garten waren die Büsche und Bäume ins Lichte hineingestutzt und die Wegfiguren geometrisch ausgemessen, nein, es war eine Wildnis, indessen eine geheim geordnete, in der die einander überlagernden, die einander bedrängenden Gesträuche wie in zu enge Formen hineingewuchert waren und die Wege auf eine vertrackte labyrinthische Weise einander nachliefen.

«Verdammt!», staunte Schünzel, und Larrotte dachte schadenfroh, er würde noch viel zu staunen haben in diesem Lande und würde, wie Larrotte es vorausgesehen hatte, sich zweifellos verlaufen, wie er sich offensichtlich schon gestern abend und heute morgen verlaufen hatte, obgleich er Larrotte natürlich nichts verraten oder gestanden hatte; aber Larrotte hatte das Bild genügt,

das er sah, als er die Zimmertür öffnete, nachdem er auf sein Pochen keine Antwort erhalten hatte.
Da war der erregte Schünzel gewesen, der ihm den Kopf zuwandte, da war die verängstigte Yohyo, die ihn mit tränenüberströmtem Gesicht nur ansah, aber nichts verlauten ließ.
«Verzeihung!» sagte Larrotte, als habe er ein zu trautes Beisammensein gestört.
Schünzel lachte sich frei. «Mein Gott», sagte er, «was sich Ihnen für ein Anblick bietet, Monsieur Larrotte! Was müssen Sie denken! Die Kleine da ist süß, aber ganz unverständig. Sie hat mir nämlich nach Mitternacht . . .», er verbesserte sich sofort, «nach dem Abendbrot, meine ich, noch die drei Nelken dort geschenkt, ich war zu müde, mich zu bedanken, und wollte es jetzt nachholen mit einem Kuß auf die Wange. Das hat sie mißverstanden, sie dachte vermutlich, ich wollte sie vergewaltigen oder was weiß ich . . .» Plötzlich kam ein böser Unterton in seine Worte: «Denkt das japanische Pflänzchen, ich würde mich mit so was abgeben?»
Darauf erwiderte Larrotte nichts, er sagte nur zu Yohyo: «Warte draußen, bis Herr Schünzel angezogen ist, dann kannst du weiter aufräumen.»
Sie verschwand.
Schünzels Gesichtsausdruck verriet, daß er sich auf eine weitere Frage Larrottes vorbereitete, aber der tat, als hätte er den Vorfall bereits vergessen, und bemerkte nur beiläufig: «Wir treffen uns nachmittags im Hotel. Ich habe mir überlegt, wie Sie Herrn Kasugai kennenlernen können – die einzige Möglichkeit. Aber darüber unterhalten wir uns noch.»
Schünzel fing sich sofort, er sagte: «Einverstanden. Sagen wir, gegen sechzehn Uhr?»
Draußen ging Larrotte in die Mädchenkammer, Yohyo war dort, wie er es vermutet hatte, und versuchte, ihrer Tränen Herr zu werden, er berührte ihre Schulter, sagte: «Vergiß es, Yohyo, er wird es nicht mehr versuchen!»
Sie hob den Kopf. «Aber Herr Kawamoto . . .»
«Er wird auch Herrn Kawamoto nichts sagen», versicherte Larrotte.
Schünzel hat die kargen Erfahrungen längst vergessen, als sie in dem Park sich ergehen, Larrotte sind sie gegenwärtig.

«Kasu», beginnt er, «können wir im Forschungszentrum weder anrufen noch aufsuchen. Auch daheim kann man ihn nicht aufstöbern, es würde als unhöflich gelten.»
«Mein Gott», erwidert Schünzel, «ist es nicht sehr umständlich, Monsieur Larrotte, entschuldigen Sie schon, daß wir hier in diesem Park umherlaufen, damit Sie mir das sagen? Das wäre doch auch im Hotel möglich gewesen.»
«Sicher», stimmt Larrotte zu und faßt seine Pfeife fester, «wir hätten uns in den Speiseraum setzen können oder auch in die Bar, wenn Ihnen das lieber gewesen wäre. Aber täuschen Sie sich nicht darüber, daß Sie erst dann als harmlos betrachtet werden, wenn Sie sich als harmlos erwiesen haben!»
«Wie meinen Sie das, Larrotte?»
«Daß Sie von dem Augenblick an, als Sie das Flugzeug verlassen haben, sanft, aber unaufhörlich beobachtet werden. In Tokio gibt es eine ganz ausgezeichnete Fremdenpolizei.»
Da Schünzel schweigt, fügt er hinzu: «Ich lebe länger als drei Jahre hier, wie Sie wissen, und ich habe mich gewiß nicht verdächtig gemacht mit meinen kärglichen Berichten. Aber selbst mir stößt es zu, daß irgendein in eine Zeitung vertiefter Herr im Vestibül sitzt, wenn ich komme oder gehe. Nur kenne ich die Herren ja, es ist also mehr als eine Warnung gemeint.»
Dabei verschweigt Larrotte nun allerdings, daß er dergleichen nur dann erlebt, wenn er wieder einmal mit Gewerkschaftern oder Mitgliedern des Studentenverbandes Zenga-kuren zusammen war, für deren Protestaktionen er Sympathie empfindet, die sich aus seiner eigenen Untergrundtätigkeit herleitet; in ihren Anschauungen erkennt er außerdem Alternativen zur Politik der Regierung.
«Na ja», erwidert Schünzel hochmütig, «trotzdem finde ich es verdammt umständlich. Schließlich hätten wir uns auch in Ihrem oder meinem Zimmer treffen können.»
«Freilich», erwidert Larrotte sofort, «wenn Sie sicher sind, daß dort nicht längst ein Abhörgerät installiert ist . . .»
Schünzel ist nun doch getroffen, er sieht ihn irritiert an.
«Meinen Sie, Monsieur Larrotte?» Die Ungläubigkeit in seiner Stimme klingt gekünstelt. Und wirklich sagt er: «Das wäre natürlich unangenehm, ich meine, diese dumme Sache heute mor-

gen ...» Er bricht ab, plötzlich fürchtet er, sich zu verraten, sich etwas zu vergeben. Er zuckt die Schultern.
«Ach», macht Larrotte gleichmütig, «das wäre gar nicht so schlecht. Wenn man diese Szene so mißverstünde, als hätten Sie da ... nun, anbändeln wollen, Herr Schünzel, dann wäre das nur gut. Denn, wissen Sie, jemand, der, sagen wir, ernstlich etwas ermitteln wollte, der würde sich natürlich nicht so eine Blöße geben. Sie würden also gerade deshalb für harmlos gehalten werden!»
Der Schlag hat gesessen, das spürt Larrotte. Sie stehen jetzt an einem kleinen Teich, der zwischen moosüberwucherte Felsbrokken eingeklemmt ist, Taiminibambus, Stielblütengras, Silberbeerengebüsch, Seidelbast und Yabukojis umwuchern ihn dicht, Zitronenbäume umsäumen ihn eng, das Wasser ist ganz verborgen unter den breiten Seerosenblättern, deren Blüten als weiße und blaßrosa Sterne dicht darüber verstreut sind, kein Himmel wird widergespiegelt.
«Na gut», gibt sich Schünzel einen burschikosen Ruck, um die peinliche Stimmung zu unterbrechen, «schießen Sie los! Wie wollen Sie also die Bekanntschaft mit Kasugai vermitteln?»
«Wir müssen ihn wie zufällig treffen», meint Larrotte, «ihm begegnen und ihn dann in ein Café einladen oder besser noch in ein stilles Lokal zu einem Essen.»
«Schön und gut», erwidert Schünzel wach, «aber Sie schlagen sich doch mit Ihrer eigenen Argumentation, Monsieur Larrotte. Glauben Sie denn, daß ein solches Treffen unbemerkt bliebe, vor allem, daß wir da unseren Gegenstand offen verhandeln könnten, falls wir wirklich überrascht werden?»
«Unbemerkt?» fragt Larrotte. «Zweifellos nicht, aber es müßte nicht unbedingt Verdacht erregen, schließlich werden wir ja Ihren Auftrag heraustrompeten, so laut wir können, und im Rahmen dieses Auftrags ist die Begegnung mit Kasugai völlig verständlich. Doch falls Sie meinen, Ihren Gegenstand offen verhandeln zu können, wie Sie es ausdrücken – lieber Himmel, Herr Schünzel, da müssen Sie sich einer ganz anderen Verhandlungstaktik bedienen. Wenn Sie mit Kasugai überhaupt zurechtkommen wollen, dann werden wir nicht viel mehr als Höflichkeitsfloskeln am ersten Tage austauschen und am zweiten auch noch

nicht mehr und wahrscheinlich am dritten ebenfalls nicht, und ob Sie in sechs Monaten offen reden können oder in neun und ob überhaupt ... das muß man geduldig abwarten!»

Schünzel denkt, das solle ihm Larrotte überlassen, Schünzel denkt, ihm könne niemand einreden, die Japaner seien zu ihren technischen Hochleistungen fähig, wenn sie sechs oder neun Monate mit Höflichkeitsbezeigungen zubrächten, und er begeift nicht, daß hier ein halbes Volk sich starrstirnig auf den Weg gemacht hat, den technischen Krieg zu gewinnen, nachdem es den faschistischen verloren hat – nein, Schünzel wischt den Einwand mit einer Handbewegung beiseite und sagt und kann dabei seine Arroganz nicht verbergen: «Das alles gefällt mir, offen gestanden, nicht sehr, dieser Umstand, diese Zufälligkeit der Begegnung, diese Verabredung im Kaffeehaus – warum machen wir beide uns jetzt nicht auf, Monsieur Larrotte, und gehen geradewegs zu Kasugais Wohnung, um in seinen vier Wänden uns auszusprechen?»

Mit einemmal ist Larrotte es müde, Schünzel davon überzeugen zu wollen, daß er mit dieser Methode nichts erreichen werde; das ist, als käme er von einem anderen, lichtjahreweit entfernten Stern – gut, dort mag man das so machen, aber hier verhält man sich anders, und warum sollte er denn auch Schünzel belehren? Welcher Unsinn, gerade das soll er doch: reden und handeln wie von einem anderen Stern!

Also begnügt sich Larrotte mit dem schwachen Einwurf: «Herr Kasugai und seine Gattin werden Sie als einen Fremden eben nur ungern im eigenen Hause empfangen. Das ist alles. Im übrigen wird man höflich zu Ihnen sein.»

Wider Erwarten fügt sich Schünzel der Einsicht Larrottes, schließlich ist er auf dessen guten Willen angewiesen, und er denkt, in die Wohnung Kasugais könne er immer noch gehen, sofern er es für angebracht halte, also sagt er, wenn auch deutlich mürrisch, damit Larrotte seine Mißstimmung merkt: «Schön! Warten wir also auf den großen Herrn Kasugai!»

Nicht ohne Absicht hat Larrotte zu diesem Gespräch den kleinen Park gewählt. Das Forschungszentrum, in dem Kasugai arbeitet, befindet sich nahebei, sie haben es in zwanzig Minuten erreicht. Es macht keinen imposanten Eindruck, Schünzel verzieht gering-

schätzig das Gesicht: Da stehen mehrere lange, zweigeschossige Gebäude gerade ausgerichtet parallel zueinander, sie sind durch gedeckte Gänge miteinander verbunden, im Hintergrund sieht man eine große verglaste Halle, offenbar ein Werksraum oder Maschinenraum oder dergleichen, und das gesamte Gelände ist eingemauert mit einer doppelten Mauer und abgesperrt durch ein eisernes Tor, neben dem sich ein Pförtnerhaus befindet; es mutet das alles fast an wie ein modernes Gefängnis, nur daß der ganze Komplex zweihundert Meter von der Straße abgerückt und dieser Zwischenraum aufgegliedert ist in Anfahrtsstraßen und Parkplätze, die voll stehen mit Hondas, Nissans und Toyotas.
«Und nun?» fragt Schünzel und sieht Larrotte triumphierend an.
Der weiß, was die Frage bedeutet, und ist in der Tat verlegen, denn wie soll man unverfänglich auf diesem straßendurchzogenen parkplatzbespickten asphaltierten Gelände mit irgend jemandem zufällig zusammentreffen? Es ist schwer, sich diesen Anschein zu geben.
«Fragen wir einfach den Pförtner!» sagt er kurz entschlossen.
«Na also!» bemerkt Schünzel befriedigt, dann stehen sie vor dem Glasfenster, das durch Eisengestänge gesichert ist, und Larrotte fragt: «Wenn Sie bitte erlauben, so wollen wir nur fragen, wann Arbeitsschluß ist.»
Ungerührt erwidert der Pförtner: «Verzeihen Sie bitte, aber wir haben keinen Arbeitsschluß hier.»
Wütend sagt Schünzel dazwischen: «Na, irgendwann müssen die Herrn doch heimgehen!»
Seltsam sieht ihn der Pförtner an und erklärt sanft: «Gewiß, wenn die Arbeit getan ist!» und schließt sachte das Fenster.
«Und nun?» fragt Schünzel Larrotte, und es klingt rebellisch.
«Wir warten!» entscheidet Larrotte, und so gehen die beiden Männer hinüber zu den Parkplätzen und schlendern über den glutheißen Asphalt hin und her und hin und her, es will kein Ende nehmen, sie schweigen, Schünzel voll Zorn, Larrotte geduldig, und die Sonne nimmt sie auf in eine Wolke von peinigender Hitze, die riesig über dem Vorplatz und den Gebäuden steht, und zwischendurch knurrt Schünzel: «Irgend etwas an diesem Volk erscheint mir irre, da muß man ja aufpassen, daß man nicht selbst irre wird!»

Muß man aufpassen, denkt Larrotte und schweigt weiter.
Wenn aber Schünzel sähe, was er nicht sehen kann und was er nie wird sehen können, fände er sich in seiner Meinung bestätigt und gäbe es vielleicht auf, so zu handeln, wie zu handeln er gewohnt ist, ja, möglicherweise reiste er sogar ab, so aber bleibt er hier und pendelt mit Larrotte durch den Hitzeberg unaufhörlich.

2 Denn Saburo Kasugai hockt da in einem viereckigen nüchternen schmucklosen weißgetünchten Raum, hockt da auf den Knien, das Gesäß auf den Fersen, hockt da in einem grauen Kimono neben vierzehn anderen Leitern der wissenschaftlichen Abteilungen dieses Unternehmens, ihre Gesichter sind in sich gekehrt und auf den Direktor gerichtet, der vor ihrem Halbkreise ebenso hockt, unterschieden von ihnen nur dadurch, daß er auf einem blauen Kissen hockt; sie alle haben die Arme überkreuzt und schleudern sie in die Luft und kreuzen sie wieder und neigen sich vor bis auf den Fußboden, wenn die Exerzitien beginnen; denn dies sind Exerzitien, die sie morgen mit den Mitarbeitern ihrer Abteilungen durchführen werden. Jeden Satz spricht der Direktor vor, und sie rufen ihm nach diese Sätze:
«Lang lebe unser Kaiser Hirohito wir danken unserm Kaiser Hirohito wir danken der Regierung unseres Kaisers Hirohito wir danken unserem Unternehmen Hitachi ihnen verdanken wir unsere Arbeit unseren Wohlstand und unser Glück wir danken ihnen durch ausdauernde Arbeit wir danken ihnen durch bessere Arbeit wir danken ihnen durch neue Erfindungen wir wollen beitragen zum Gedeihen unseres Unternehmens Hitachi unserer Regierung unseres Kaisers!»
Und so tönen die Sätze fort, und alle Sätze sind wohldurchdacht und sprechen von Dankbarkeit Arbeit Glück, und zum Schluß pausiert der Direktor und schaut in die ernstverschlossenen Gesichter der fünfzehn Männer – Wissenschaftler sind es, die großartige Leistungen vollbrachten, berühmt sind sie in Japan, Europa und den USA, und nun kauern sie hier voller Ergebenheit und Entschlossenheit – und der Direktor ruft: «Durch befreites Lachen danken wir allen!» Da beugen und biegen die Männer sich, sie wälzen sich fast und stoßen tosendes Gelächter aus sich heraus.

Laut lacht auch Kasugai, er ist nicht mehr jung, die Exerzitien strengen ihn an, aber das spürt er kaum, er hat vielen Grund zum Lachen, es ist ihm manches auch wider Erwarten geglückt in den letzten zwei Jahren, er hat überhaupt Glück gehabt, er muß dankbar sein, das empfindet er tief zuinnerst, in diesem Raume fühlt er sich wohl, vor dem verehrten Direktor, an der Seite der anderen Männer, er biegt sich vor Lachen.
Und draußen geht Schünzel auf und nieder unter der Hitzeglocke und wartet auf das Ende der Arbeit.
Nicht nur Kasugai selbst hat viel Glück gehabt, auch seine Familie, eine zahlreiche und angesehene Familie, seit Jahrzehnten ansässig in Tokio, Kaufleute zumeist, ein paar Wissenschaftler zweiten Grades, und wenn die Familie auch nicht reich war, so war sie doch wohlhabend; schon 1903 hatte sie sich im Stadtteil Hondscho in der Nähe des Sumidagawaflusses ein kleines Backsteinhaus errichtet, damals war das noch ein Außenbezirk, inzwischen ist er längst von Gebäuden überwuchert, auch um das kleine Haus sind andere Häuser entstanden, so daß es nicht mehr direkt an der Straße liegt, sondern eingekesselt ist, aber einen winzigen Garten konnte die Familie sich retten. Und wieder hatten sie Glück, das große Erdbeben von dreiundzwanzig vernichtete das Häuschen nicht, hinterließ lediglich einen Sprung in der Mauer, der verputzt werden konnte, und heute noch lebt Kasugai mit seiner Frau darin, auch seine Mutter und ihr Vater, zwei Uralte, haben dort ihren Wohnsitz, doch die beiden Söhne, gleichfalls bei Hitachi angestellt, wohnen seit vier Jahren in Siedlungsblocks mit Fernheizung und Müllschluckern.
Sechzehn geboren und Reifeprüfung und Studienbeginn und dann Krieg, und Kasugai hob die Schwurhand für den göttlichen Kaiser freiwillig und geriet in den Dschungelkrieg auf den Philippinen; mit Grauen und Stolz erinnert er sich, wie er allein zurückblieb im kochenden Sumpf, verletzt an der Schulter, den Körper voll Fieber; tierhaft krümmte er sich nahe einem Tümpel, trank das Wasser, besessen von der Angst, verseucht zu werden, trank es doch, wurde nicht verseucht und wartete auf den Tod.
Das vergißt sich nicht.
Von Kämpfen merkte er drei Tage lang überhaupt nichts, aber in der vierten Nacht hörte er fremde Laute, das war der Gegner, der

sich durch den Busch schlug und hackte, weit auseinandergezogen die halbe Kompanie, und er lag da und lauerte und horchte, bis nahe ihm Zweige krachten und er im knappen Mond das Gesicht unter schiefsitzendem Stahlhelm erkannte als flachhelle Scheibe; er wartete, gehetztes, sterbendes Tier, und wurde nicht bemerkt, und dann – auch das vergißt Kasugai nicht –, als der Mann gebückt an ihm vorbeischlich, der oft geübte Sprung, der oft geübte Griff um den Hals, der oft geübte Stoß mit dem Dolch durch die Halsschlagader, weich zuerst, dann knirschend – darauf ist Kasugai stolz, es war Krieg für den immer noch göttlichen Kaiser.

Am Tage darauf stießen eigene Kräfte vor, eine japanische Patrouille entdeckte ihn dreiviertel verreckt, sie schleppten ihn in Sicherheit, er wurde nach Japan geflogen, lag lange im Lazarett und kehrte kriegsuntauglich und hoch dekoriert in das kleine Backsteinhaus zu den Eltern zurück, die beide noch lebten. Mitten im Kriegsgeschehen, Anfang vierundvierzig, nahm er das Studium wieder auf, hochgeachtet auch von den Professoren, und er setzte seine ganze Kraft verbissen darein, glänzende Leistungen zu vollbringen. Inzwischen hatten die Eltern bedachtsam Umschau gehalten, und er durfte Nobuko kennenlernen, Nobuko Koiku, die ihm zwar nicht gefiel, weil er schlanke Frauen bevorzugte und sie zur Rundlichkeit neigte, damals schon; ihre Familie aber war ebenso angesehen wie die seine, und die Heirat – sie fand siebenundvierzig statt – war angesichts seiner Tapferkeit eine große Ehre für sie.

Doch es gab das Jahr fünfundvierzig, es gab die Atombombe auf Hiroshima, es gab die Kapitulation und die Entgöttlichung des Kaisers, die von den Amerikanern erzwungen wurde, und Kasugai haßt sie seither. Sie haben, dieser Meinung ist er, heimtückisch sein Vaterland in die Knie gezwungen. Und sie halten Jahr um Jahr Okinawa besetzt, haben es gestohlen, haben ihre Atombomben darauf stationiert, er haßt sie. Doch er brach innerlich nicht wie sein Vater zusammen, ihm war das Verpflichtung, noch mehr für sein Land zu tun, er beendete sein Studium mit Glanz, und als sein Vater bei dem Konzern Hitachi vorstellig wurde, der damals noch zersplittert und ohne große Bedeutung war, stellte man ihn sofort ein: ein Mann, der sich bewährt hatte.

Mit Genugtuung verfolgte Kasugai, wie die Konzerne sich wieder verflochten, nicht mehr über die alten Familien, sondern über die Banken, wobei sie nach außen klugerweise für ihre Betriebe den Anschein der Selbständigkeit streng zu wahren wußten.
Und mit Genugtuung konstatierte Kasugai, daß nun gerade das seinem Lande zugute kam, womit die Amerikaner die Macht hatten brechen wollen: Da ein eigenes Heer verboten war und der Kaiser und das Parlament nur eine verhältnismäßig kleine ‹Verteidigungsmacht› beriefen, waren die Rüstungsausgaben im Staatshaushalt relativ gering, die Gelder kamen als Kredite den Konzernen zugute, so daß allmählich eine Wirtschaftsmacht entstand, die in Jahr und Tag diesen Amerikanern gefährlich werden würde.
Und sie sollte ihnen gefährlich werden, das war Kasugais innigster Wunsch! Das war die Revanche – nicht mit dem Schwert, mit der Ware würde Japan siegen!
Kasugai wirft die Arme in die Luft, er schüttelt den Oberkörper, er lacht schallend, er bricht gemeinsam mit den anderen in immer erneutes Gelächter aus, er wird morgen als Abteilungsleiter auf einem seidenen Kissen sitzen und seinen siebenundachtzig Mitarbeitern die gleichen Sprüche vorsprechen, wird sich an ihrer Dienstbereitschaft ergötzen und wird zu lachen beginnen, und sie werden mit ihm lachen, das weiß er.
Mit diesem Gelächter werden sie siegen!
Nicht heute, nicht morgen. Kasugai will keinen Kommunismus, weil er davon für die Größe des Vaterlandes fürchtet, also billigt er jetzt noch die Abhängigkeit von den Vereinigten Staaten, die ihnen Rohstoffe und Patente liefern – blind, daß sie die Natter großziehen, die sie beißen wird, und deshalb hält sich Kasugai für einen klugen Mann.
Die Exerzitien sind beendet; der Direktor erhebt sich, er verläßt den Raum, die fünfzehn Männer verbeugen sich tief vor ihm, es ist wie ein Schachtelhalmfeld, durch das der Wind fährt, und er geht mit leichtem Neigen des Kopfes hinaus.
Schweigend kehren die Abteilungsleiter in ihre Räume zurück, selbstverständlich verläßt kein Mitarbeiter vor ihnen die Arbeit; Kasugai räumt sorgsam seine Arbeitsgeräte zusammen, er verschließt Papiere im Panzerschrank, blickt flüchtig zum Fenster

hinaus, der Himmel ist hell und heiß, dann verläßt er würdevoll das Gebäude, gefolgt von seiner Sekretärin Tsu Kubo, und überquert unter der Hitzeglocke den Hof, seine Miene ist unverändert und beherrscht wie stets.
Plötzlich bleibt Schünzel stehen und blickt den kleineren Larrotte an: «Wie lange wollen wir hier aushalten, kommt es Ihnen nicht selbst unklug vor, Monsieur Larrotte?»
Tatsächlich hat auch Larrotte zu zweifeln begonnen, es ist mehr die Fragwürdigkeit dieser ziellosen Wanderung, die ihn beunruhigt, denn sicherlich wird ihr zögerndes Schlendern von dem Pförtner beobachtet. Was wird er denken? Doch in diesem Augenblick bemerkt er Bewegung auf den Höfen vor den Gebäuden, es nimmt sich geradezu wie ein Sturmangriff aus, so schnell gehen die Männer, ohne miteinander zu sprechen, auf den Ausgang zu, und der Pförtner läßt das Gatter beiseite gleiten; Larrotte faßt nach Schünzels Arm, denn unter den Herausströmenden hat er Saburo Kasugai bemerkt.
Schünzel vermag zu arrangieren, das muß Larrotte anerkennen; jetzt, da es darauf ankommt, ist Schünzel hellwach und tut genau das Richtige, dirigiert sich mit ihm so geschickt in die Wolke der Männer hinein, daß es nun wirklich harmlos und unverfänglich aussieht und Kasugai vermutlich keinerlei Verdacht schöpfen wird.
Riesig steht Schünzel dann vor Kasugai, diesem auffallend kleinen, fülligen Mann, schaut hinab auf die lackschwarzen Haare, gewellt bis zu den Ohren, genau über der Stirn ist der Ansatz des Scheitels, und Larrotte ahnt, was es in Schünzel denkt, der strahlend lächelt: Mit dem werde ich doch wohl fertig werden, so bedeutend sieht dieser Kasugai nicht aus, auch nicht verschlagen, man kann diesem winzigen Gesicht nichts ablesen. Larrotte stellt die Männer einander vor, und erst in diesem Augenblick bemerkt er hinter Kasugai eine stumme wartende Frau, bemerkt sie, weil sich Schünzels Gesichtsausdruck kaum merkbar verändert hat; da tritt Kasugai schon beiseite und erklärt mit einer Bewegung der Hand: «Fräulein Kubo, meine Sekretärin.»
Tsu Kubo verneigt sich tief, wie es in Japan üblich ist, aber Schünzel vermag seinen Blick kaum von ihr zu lösen, wie es sich schickt; er muß sich selber zur Ordnung rufen, so überrascht ist

er. Denn dies ist nicht eine kleine übliche Sekretärin, so eine, die zu Kasugai paßte, altjüngferlich vertrocknet vielleicht, mit einer dunkelgerandeten Brille vor den scheuen Augen; was er hier sieht, ist eine junge Dame, groß für eine Japanerin, die Augen freimütig und abwartend, die dunklen Haare von den feinen Schläfen zurückgestrichen und im Nacken zu einem Knoten gebunden, der kurze, doch nicht zu kurze pastellfarbene Rock läßt erstaunlich schlanke Beine sehen, der ebenfalls pastellfarbene schmucklose Pulli beweist, daß sie sich ihrer Reize bewußt ist und sie keineswegs zu verbergen trachtet.

Doch genauer mustern kann er sie nicht, schon hat sie sich verabschiedet und verläßt die Gruppe mit schnellen Schritten, und Schünzel zwingt sich, ihr nicht nachzusehen, den Namen hat er sich gemerkt, Tsu Kubo, er paßt zu ihr.

Larrotte tut, als habe er das winzige Intermezzo nicht bemerkt, er wendet sich an Kasugai, der sich sehr ernsthaft und höflich anhört, was Larrotte zu erzählen hat: Daß er sich glücklich schätze, ihn zufällig getroffen zu haben, daß er sich erlaube, ihm seinen deutschen Freund vorzustellen, daß er ihn bitte, behilflich zu sein bei der Lösung einer Aufgabe, die auch Japan rühmen werde, wie er nicht zweifle ...

Kasugai bleibt unbewegt, er blickt vor sich hin, weder Larrotte noch Schünzel in die Augen, so daß Schünzel allmählich an dem Erfolg von Larrottes Einreden zu zweifeln beginnt und überrascht ist, als Kasugai endlich nickt, sie seiner Bereitwilligkeit versichert, ihnen sogar anbietet, sie mit seinem Wagen, einem Honda, in das Hotel zu fahren oder wohin sie möchten. Ebenso selbstverständlich dankt Larrotte für das Angebot, so daß sie in der Hitzeglocke auf dem entleerten Platz immer noch stehen und Larrotte schließlich Kasugai für einen der nächsten Tage in ein Café einlädt.

Doch der zögert sichtlich und macht schließlich den Gegenvorschlag für ein Abendessen in einem Hotel, in dem er stets mit Gästen zu speisen pflege, dort kenne man ihn, und man werde einen Raum reservieren, in dem sie ungestört miteinander reden könnten – Schünzels Augen blitzen auf.

Kasugai zieht den Schlag seines Honda zu, und Schünzel und Larrotte sehen freundlich zu, wie er scharf zurücksetzt und in

entschlossenem Tempo davonfährt, so daß Schünzel spöttisch sagt: «Wie mit jugendlicher Hand!» Dann wendet er sich direkt an Larrotte und fragt ihn skeptisch: «Wird er wirklich anrufen?»
«Ja», erwidert Larrotte, «schon aus Höflichkeit pflegen sie zu halten, was sie versprechen, und das ist angenehm, nur . . . ob er Ihnen irgend etwas sagen wird, das kann man nicht wissen!»
«Na», meint Schünzel «wenn er zu allem solche Bandwurmsätze benötigt, dann sehe ich schwarz!»
Und nach einer kurzen Pause – Larrotte merkt, daß Schünzel irgendeinen Plan, den er nicht kennt, im Hinterhalt hat – fügt er hinzu: «Dann würde ich den Bandwurm eben abschneiden müssen, köpfen oder schwänzen, je nachdem!»

3 Vorerst ist davon allerdings nicht die Rede, die Tage vergehen, Kasugai meldet sich nicht, und Schünzel wird ungeduldig, zumal ihm Larrotte, der ja doch keine Auskunft geben könnte, auszuweichen sucht.
Aber was nützt Schünzel seine Ungeduld? Nun endlich merkt er wenigstens äußerlich, wie fremd er hier ist, tatsächlich ist er auf Larrotte angewiesen, und voll Groll stellt er fest, daß der nicht die Absicht hat, ihm zu einem anderen Wege zu verhelfen; er vertröstet ihn, er rät ihm zur Geduld, das ist alles – und dabei dieses gleichmütige Gesicht und dieses verdammte Pfeifesaugen, manchmal möchte Schünzel ihm ins Gesicht schlagen.
Jetzt stößt ihm die Erinnerung an Ingeborg auf, jetzt hofft er sogar, Larrotte seinerzeit weh getan zu haben, jetzt bedauert er, etwas Ähnliches nicht ein zweites Mal tun zu können; aber soweit er es beobachtet, lebt Larrotte hier still vor sich hin, wie ein Mönch, denkt Schünzel hämisch und gönnt es ihm und mißgönnt es ihm zugleich.
Schünzel schlägt die Zeit tot, indem er in der Stadt umherstreift, und eins fällt ihm auf: daß die weiblichen Schaufensterpuppen nicht japanisch aussehen, sondern europäisch oder amerikanisch, wie man will; darüber wundert er sich, auch Larrotte vermag ihm dieses Rätsel nicht zu lösen, und gerade deshalb wird Schünzel um so aufmerksamer, jetzt streunt er nur noch umher, um ein einziges Mal eine japanische Schaufensterpuppe zu entdecken. Es

gelingt ihm nicht, alle haben sie weißrosa Gesichter und große blaue Augen und die manierierten Gesten, die sie auch in Düsseldorf oder sonstwo zur Schau tragen; das ist Grund genug für Schünzel, sich darüber Gedanken zu machen, auch wenn sie noch zu keinem Ziele führen.
Er vermutet geheime Sehnsüchte japanischer Frauen, dem europäischen Typ zu gleichen, vor allem große Augen zu haben, die vieles aussprechen können; er beobachtet beim Essen Hatsue, wenn sie bedient; ihre Augen mögen sonderbar sein und in dieser Hinsicht auch eigenartig und schön, aber Gefühle auszudrücken verhindern die überhängenden Lider – also doch Sehnsüchte? Unwillkürlich erinnert er sich Tsu Kubos, der Sekretärin Kasugais. Sie sah wahrhaftig nicht sehnsüchtig aus. Oder doch? Verbirgt sie es nur hinter unbewegtem Gesicht, wie alle diese Japanerinnen?
Sehnsüchte, ja, die könnte man nutzen, aber wie?
Dann setzt unvermutet heftiger Regen ein, es bleibt dabei warm, die Stadt dampft, lauer Wind bockt um die Ecken der Häuser, das Fenster von Schünzels Zimmer ist blind, mit einemmal hat das Herumschlendern ein Ende; Schünzel ist gezwungen, im Hotel zu hocken, nie ist er ins Theater gegangen, er will es auch hier nicht tun; er hat in Düsseldorf eine japanische Vorstellung gesehen, wohl eine Oper oder etwas Ähnliches, da mußte er hingehen, weil alle hingingen, er denkt nur mit Grauen daran, damals war es ihm mühsam genug, freundlich zu lächeln und am Gespräch darüber teilzunehmen, so sehr waren seine Ohren gequält und sein Geist gelangweilt, nein, er wird sich hüten, so etwas im Original aufzustöbern; lieber sitzt er im Zimmer, hockt er im Eßraum und denkt nach, macht Pläne, verwirft Pläne, alles erscheint ihm sehr unvollkommen, merkwürdig nur, daß durch diese Überlegungen immer wieder die Schaufensterpuppen wandern, die europäischen. Schünzel wundert sich selbst darüber.
Die Halbträume drängen sich ihm um so heftiger auf, je mehr Zeit verstreicht, ohne daß Kasugai sich meldet; Schünzel bezweifelt, daß er überhaupt noch von sich hören lassen werde, was gilt ihm da schon die Ansicht Larrottes, dieses rauchenden, biertrinkenden Kauzes, der nicht einmal seine Freundin festhalten konnte oder wollte, was will der schon wissen von anderen Men-

schen, noch dazu hier in Tokio? Vermutlich hat Kasugai die Begegnung vergessen, kaum daß er in seinem Honda saß.
Freilich kann Schünzel nicht wissen, daß dieses Gespräch keineswegs vergessen wurde, im Gegenteil, Kasugai beschäftigte sich stumm am ganzen Abend damit, und am nächsten Tag bat er um Audienz bei seinem Direktor und saß ihm gegenüber, dem überraschend großen, ganz flachgesichtigen Mann mit der riesigen Glatze, der sich Kasugais Bericht anhörte und nachdachte und schließlich entschied: «Es war klug von Ihnen, Herr Kasugai, sich so zu verhalten. Es fällt mir auf, daß Herr Schünzel aus Düsseldorf kommt. In Düsseldorf hat Hitachi zwei Vertretungen.» Er hielt inne, er überlegte. «Natürlich braucht das nichts zu bedeuten. Es könnte aber etwas bedeuten. Und wenn es etwas bedeutet, so müßten wir erfahren, *was* es bedeuten soll. Wir müssen uns also fragen, wie wir das erfahren könnten. Wer, sagten Sie, hat die Bekanntschaft vermittelt?»
Kasugai nannte Larrotte und versuchte zu erklären, welche Tätigkeit Larrotte hier ausübte.
«Und er ist harmlos?» fragte der Direktor.
«Ich nehme es an», meinte Kasugai, «aber ich kenne ihn ja nur flüchtig. Doch wenn er länger als drei Jahre hier ist, müßte die Fremdenpolizei über ihn Bescheid wissen.»
«Ja», bestätigte der Direktor, «die Fremdenpolizei müßte es wissen.» Er machte eine Pause, dann schloß er: «Herr Kasugai, ich spreche Ihnen unseren Dank aus, und ich werde Sie bescheiden, wie Sie sich weiter zu verhalten haben.»
Sechs Tage nach diesem Gespräch betrat gegen Mittag Larrotte die Hotelhalle und gewahrte Okiku, den Kommissar, wie üblich hinter einer Zeitung versteckt; Larrotte spürte an diesem Tage keine Lust, sich auf die üblichen Umschweife einzulassen, er ging sofort zu Okiku, legte dem scheinbar Vertieften die Hand auf die Schulter und fragte geradezu: «Wollen Sie *mich* sprechen, Herr Okiku?»
Okiku sprang auf, sein Gesicht drückte Entsetzen aus und die Empörung der Höflichkeit.
«Aber, Monsieur Larrotte, wir kennen uns seit Jahren, alle Formalitäten sind längst erledigt, Sie spüren doch, daß wir Ihnen vertrauen, oder spüren Sie es nicht?»

Larrotte lächelte. «Soweit Sie es mich wissen lassen, spüre ich das!»
Okiku schien über diese Bestätigung erleichtert, er sagte: «Nein, Monsieur Larrotte, ich ziehe die üblichen Erkundigungen über neue Gäste ein. Routine! Ich mache es nicht gern, aber es ist Vorschrift.»
«Zweifellos», bestätigte Larrotte, «und die Informationen finden Sie in der Zeitung?»
Kommissar Okiku verzog das Gesicht nicht, obgleich die Äußerung Larrottes offensichtlich eine Kränkung bedeutete, er erwiderte: «Woher, Monsieur Larrotte, beziehen Sie denn Ihre Informationen?»
Das war geschickt gekontert, mußte Larrotte zugeben, er mußte lachen und meinte: «Da Sie mich nicht sprechen wollen, Herr Okiku, werde ich mich auf mein Zimmer verfügen.»
«Wie Sie wünschen», antwortete Okiku, aber bevor Larrotte sich umwenden konnte, fragte er: «Sie kennen Herrn Schünzel aus Deutschland?»
Und ob ich ihn kenne, war Larrotte versucht zu entgegnen, doch er sagte: «Flüchtig, Kommissar, ganz flüchtig.»
«Dann werden Sie mir auch nicht sagen können, ob der Auftrag, von dem er spricht, der einzige Auftrag ist, den er hat?»
«Nein», antwortete Larrotte, «das kann ich Ihnen nicht sagen!» Und er fügte hinzu: «Und ich würde es Ihnen auch nicht sagen, Herr Okiku, weil ich wünsche, daß Herr Schünzel mit seinen Aufträgen selbst zu Rande kommt.»
»Gewiß», erwiderte Okiku höflich, «aber die Begegnung mit Herrn Kasugai haben doch Sie vermittelt, oder irre ich?»
Aha, dachte Larrotte und sagte: «Sie irren, Herr Okiku, ich habe das nicht vermittelt, wir sind zufällig aufeinandergetroffen.»
«Natürlich», meinte der Kommissar, «das haben Sie Herrn Kasugai wohl auch gesagt. Und falls Herr Kasugai mit Herrn Schünzel ein zweites Mal zusammentrifft, dann natürlich nicht zufällig, werden Sie dabeisein, nicht wahr?»
«Nein», antwortete Larrotte, «an mehr als an zufälligen Bekanntschaften bin ich nicht interessiert.»
Okiku hätte es als unhöflich empfunden zu widersprechen, aber an der Art der Handbewegung, mit der er sich über die angegrau-

ten Haare strich, merkte Larrotte sehr wohl, daß er ihm seine Äußerung nicht abnahm, er hielt es also für notwendig hinzuzufügen: «Ich bin Korrespondent, Kommissar, wie Sie wissen, und ich möchte es bleiben.» Er zog seine trockene Pfeife aus der Rocktasche, begann sie zu stopfen und fügte hinzu: «Ich rede mit allen möglichen Leuten, Herr Okiku, ich rede auch mit kommunistischen Studenten, das ist Ihnen ja bekannt, ich rede mit Herrn Kasugai und mit Herrn Schünzel; aber ich *rede* nur, ich handle nicht, ich habe – und auch in Japan sagt man das heutzutage so – hier meinen Job, er befriedigt mich, ich fühle mich in Tokio wohl, und ich habe nicht das geringste Verlangen, als unerwünschter Ausländer nach Frankreich abgeschoben zu werden.»
Während Larrotte das ausführt, ist ihm bewußt, daß alles dies nur stimmt für die erste Zeit hier in Tokio; damals war er auf einer Flucht vor dem Leben, auf einer Flucht vor sich selbst. Doch fast unbemerkt von ihm selber war in seiner Haltung eine Änderung vor sich gegangen: Je ausführlicher die Informationen waren, die er sich von Gewerkschaftern und Studenten holte, um so einsichtiger war er geworden, und je mehr seine Einsicht wuchs, um so mehr nahm er Anteil, so daß er schließlich ohne große Worte Kontakte zwischen verschiedenen Gruppen herstellte, um sie zu einheitlichem Handeln zu veranlassen. Das allerdings verschwieg er Okiku sorgfältig.
Das Stopfen der Pfeife war bei Larrotte ein Unternehmen, das er mit großer Sorgfalt durchzuführen pflegte, jetzt war es abgeschlossen, er setzte die Pfeife in Brand, und durch die auf und nieder zuckende Flamme des Streichholzes sah er, die Stirn gerunzelt, Okiku in die Augen, der hielt dem Blick stand, wich nicht aus und erwiderte: «Ich habe daran nie gezweifelt», und wenn Larrotte auch seinerseits daran zweifelte, daß das nie der Fall gewesen sei, so war er jetzt doch überzeugt davon, daß Okiku unterstellte, er, Larrotte, wünsche sich in Schünzels Pläne nicht weiter einzulassen.
Also verabschiedete er sich und ging zum Fahrstuhl hinüber, und bevor sich dessen Tür lautlos zuschob, bemerkte er noch, wie der Kommissar die Zeitung einsteckte und sich zum Ausgang des Hotels begab, ohne die Informationen einzuziehen, von denen er gesprochen hatte.

Eigentlich nahm Larrotte an, nun bald von Kasugai verständigt zu werden, der Anruf kommt aber erst am dritten Regentage; Kasugai entschuldigt sich für sein langes Schweigen mit einer dringenden Reise und bittet für den folgenden Abend Schünzel in das Hotel Mamanka, es liegt im Asakusa-Stadtbezirk, einem ‹gutbürgerlichen› Viertel, wie Larrotte später Schünzel sagt.
‹Gutbürgerlich›, diesen Eindruck hat Schünzel auch von dem Hotel, als er aus dem Taxi steigt, es ist ein siebenstöckiger Bau mit grauer Fassade, der unmittelbar an dem Bürgersteig steht. Kasugai erwartet ihn bereits am Eingang und begrüßt ihn mit zurückhaltender Würde, bittet, ihm zu folgen, er habe ein Zimmer reservieren lassen, sie würden also nicht in der Halle speisen; dann ist es sehr bald für Schünzel verwirrend, denn Kasugai führt ihn durch eine Reihe von schmalen Gängen, wo sich Schünzel niemals zurechtgefunden hätte, bis sie endlich bei einem Fahrstuhl anlangen, Kasugai komplimentiert Schünzel hinein, sie finden sich wieder in verwinkelten Gängen, bis sie schließlich eine Nische erreichen, von der eine Tür abführt. Seitlich davon stehen mehrere Paar Sandalen, Kasugai schlüpft gewandt aus den Schuhen und in solche Sandalen, und er bedeutet Schünzel, ein Gleiches zu tun; doch für den ist das schwierig, diese Sandalen sind für japanische Füße bestimmt, also klein und zierlich, und passen ihm nicht, er muß sich schließlich damit begnügen, sie nur an den Zehen hängen zu haben; dann stößt Kasugai die Tür endlich auf.
Das Zimmerchen erinnert Schünzel peinlich an die LIEBE, denn es ist japanisch hergerichtet; was ihn jedoch am meisten verblüfft, ja sogar zurückschrecken läßt, sind zwei Männer, die dort bereits wartend sitzen und bei seinem Anblick aufspringen und sich verneigen.
Saburo Kasugai scheint dieses Zurückschrecken nicht zu bemerken, erst jetzt erklärt er – und Schünzel wundert sich, warum er das bisher verschwiegen habe –, er selbst sei zu unbedeutend und vermöge Schünzel kaum die gewünschten Auskünfte zu geben, deshalb habe er diese beiden Herren – Schünzel versteht ihre Namen nicht – hergebeten. Was bleibt Schünzel übrig, als sich lächelnd damit abzufinden, ihnen die Hand zu reichen und sich zu setzen?
Schünzel scheint es die gleiche Speisenfolge wie in der LIEBE zu

sein, alle Arten und auf jede Weise zubereiteter Fisch, dazu in Holznäpfchen die unappetitlich aussehenden Tunken und Soßen, vor denen ihm graut, bei der einen oder anderen Portion Fisch liegen ein paar Flöckchen Reis, körnig gekocht und doppelt schwierig, mit den Stäbchen aufzunehmen, und während er sich damit abquält, Fisch zu zupfen und in die Soßen zu tauchen, muß er Kasugais wohlgesetzten Reden lauschen, der sich preist, ihn in Tokio begrüßen zu dürfen, und der außerdem ein Loblied auf westdeutsche Technik und Forschung singt; die beiden anderen nicken dazu.
Zwischendurch hat Schünzel Zeit, sie zu betrachten und sich ihre Gesichter einzuprägen; die Männer mögen Mitte Dreißig sein, der eine hat einen ausgesprochen gelblichen Teint und wuchtige Kinnladen, der andere macht einen blassen, fast ätherischen Eindruck mit seiner hohen und steilen Stirn, die ins dunkle Haar gleichsam nach rückwärts abzubrechen scheint.
Er hat das Gefühl, man erwarte auch von ihm Äußerungen, und so bemüht er sich, in einer gleich blumigen Sprache seinerseits Japan, seine Menschen, dieses Tokio und natürlich die Wirtschaft, Technik und Wissenschaft gebührend zu feiern, wobei er allerdings in diesen geschwungenen Satzgirlanden einige handfeste Fragen versteckt und verdeckt, die sich auf Computer beziehen. Die beiden anderen Gäste spenden Beifall.
Und dann wundert sich Schünzel: Kasugai erläutert, jener mit den Nußknackerkinnbacken verstehe nicht Englisch, und er gestatte sich, die bedeutenden Worte zu übersetzen. Nun kann zwar die Akklamation reine Höflichkeit sein und ist es gewiß, daß indessen ein hervorragender Techniker die englische Sprache nicht beherrschen soll, mutet Schünzel höchst merkwürdig an. Was aber bleibt ihm anderes übrig, als diese Tatsache freundlich zu akzeptieren?
Er ist entschlossen, jetzt nicht aufzugeben, und immer wieder versucht er während der langgedehnten Speisenfolge Fragen zu stellen, die Fallen sind, Fragen zu stellen, deren Beantwortung ihn an seine Aufgabe heranführen soll; er macht sogar Andeutungen, die auf finanzielle Gewinne schließen lassen können, aber keiner der drei wird aufmerksamer als üblich, keiner entschließt sich, über Redensarten hinauszugehen. Das einzige, was Schün-

zel klipp und klar erfährt, ist: Japan habe sich stets in einer verzweifelten Lage befunden, vieles sei nur von daher zu verstehen, und ebenfalls zum Verzweifeln sei es, daß sich ihr Land völlig an die Vereinigten Staaten anschließen müsse, wolle es nicht bolschewisiert werden, und das wolle es nicht, das aber bedeute, daß man auf die Lieferungen von Rohstoffen aus den USA angewiesen sei, weil man aus China oder der Sowjetunion nichts mehr beziehen könne, daß man ferner in den Vereinigten Staaten den größten Käufer hätte, was ein Widerspruch in sich selbst sei, denn die USA stellten ja die gleichen hochwertigen Industriegüter her, die Japan selber herstelle und verkaufen wolle; man sähe also einen Zusammenstoß voraus, und wie es danach weitergehen solle, wisse man nicht, es müsse jedoch weitergehen; und ob Schünzel meine, daß Westeuropa bereit wäre, diese Industriegüter aufzunehmen, nicht nur Transistorradios und Taschenschirme, sondern beispielsweise auch, da Schünzel doch schon davon geredet habe, Computer, weil in der Bundesrepublik eo ipso nicht viel zu erwarten sei, da das Budget von Siemens nur hundertfünfundzwanzig Millionen Dollar betrage, das der amerikanischen IBM aber fünf Milliarden in vier Jahren.
Schünzel spürt: Diese Frage zielt auf seinen Auftrag, nun wird er vorsichtiger. Das könne er nicht wissen, möglich sei es immerhin, wenngleich er – das sei natürlich nur seine persönliche Meinung – eine Art Partnerschaft vorzöge zwischen Westdeutschland und Japan, gerade hinsichtlich der Computer . . . Er läßt den Satz verklingen, findet ihn deutlich genug für denjenigen, der ihn verstehen will.
An dieser Stelle fragt der mit den Nußknackerkinnbacken plötzlich etwas in japanisch, das Schünzel stets hart und wie aus einem Schnellfeuergewehr abgeschossen klingt, und Kasugai übersetzt, ob Herr Schünzel in der Bundesrepublik wohl bei der Firma Siemens beschäftigt sei.
Schünzel stutzt: Wie kam der andere an dieser Stelle darauf, da er doch das Vorhergehende nicht verstanden haben konnte, denn es war auf englisch gesagt worden? Er faßt sich aber gleich und erwidert klar: «Nein, und ich bedauere das sehr, ich würde von Computern gern mehr verstehen.»
Damit hat er von sich aus die Brücke abgebrochen, die von den

drei andern nicht betreten wurde; da er erklärt, von Computern nichts zu verstehen, erübrigt es sich, weiter darüber zu sprechen, und Schünzel verhält sich so, weil er begriffen hat, daß man ihn ablaufen ließ, wie er es nennt. Er würde sich etwas Neues einfallen lassen müssen, er verflucht Larrotte und dessen langweilige Taktik, und er spürt in sich eine verbissene Entschlossenheit – und hebt seinen Sake-Becher, lächelt und trinkt auf das Wohl der anderen mit der Bitte, sich verabschieden zu dürfen.
Kasugai begleitet ihn vor die Tür in die Nische, Schünzel zieht seine Schuhe an, und während er gebückt die Bänder schlingt, fragt er scheinbar nebenbei: «Das Gespräch war für mich sehr informativ, Herr Kasugai, einiges würde ich indessen gern vertiefen, und ich wäre glücklich, könnten wir uns darüber unter vier Augen unterhalten ... gelegentlich ... wäre das möglich?»
Mit den letzten Worten schickt er einen fragenden Blick zu Kasugai hinauf, um in dessen Miene zu lesen, doch das kleine verrunzelte Gesicht bleibt unbewegt, als Kasugai sagt: «Ich muß übermorgen nach dem Norden reisen, ich hoffe, später Ihren Wunsch erfüllen zu können.»
Schünzel spürt deutlich das Hinhaltende, Zurückhaltende, er erhebt sich mit einem Ruck, denkt: übermorgen? Ich komme dir zuvor!, denkt: übermorgen? und sieht eine dieser blöden verrenkten europäischen Schaufensterpuppen auftauchen und gleich wieder verschwinden; er verabschiedet sich, Kasugai begleitet ihn bis zum Fahrstuhl, und Schünzel fährt hinab, plötzlich ist er ganz allein.
Es muß ziemlich spät geworden sein, später, als er angenommen hatte, denn die Gänge, an denen der Fahrstuhl vorbeigleitet, sind bereits dunkel. Schünzel schaut auf die Uhr, aber sie ist stehengeblieben, auf einmal ist er unsicher, wo er aussteigen muß, es kommt ihm vor, als fahre er schon unendlich lange; hastig drückt er auf den Knopf, hält den Fahrstuhl an, der sich schüttelt wie ein naß gewordener Hund; auch dieser Gang ist schwarz, er tritt hinaus und blickt sich um, kann indessen nichts erkennen, so tastet er sich an der Wand weiter, voller Empörung jetzt, daß ihn Kasugai in diese unbelebte Finsternis entlassen hat. Da sind die Knicke des Ganges, aber Schünzel weiß wirklich nicht, wohin er gehen soll, als der Gang sich gabelt; er bleibt zögernd stehen, seine ange-

strengten Augen sehen keinerlei Lichtschimmer, also muß er sich doch verirrt haben, vermutlich ist es die falsche Etage, er wendet sich um und versucht, zu seinem Ausgangspunkt zurückzugelangen.

Schünzel entdeckt endlich das schmale erhellte Rechteck des Fahrstuhls, noch ziemlich weit entfernt, er atmet auf. Als er wieder nach oben gleitet, achtet er argwöhnisch darauf, daß er nur jene Etage nicht verfehle, in der sie das Essen eingenommen haben; da ist es, das Stockwerk, hastig hält er den Fahrstuhl an, und wenig später steht er in der Nische, immer noch sind da drei Paar Straßenschuhe und ein Paar der winzigen Sandalen; behutsam stößt Schünzel die Tür einen schmalen Spalt auf und verharrt so.

Die Stimmung dort hat sich geändert, und das verblüfft ihn außerordentlich, nichts Feierliches ist mehr dabei, die drei Männer reden angeregt und aufgeregt durcheinander, die Worte spritzen wie Feuergarben, und rund um den Tisch sind jetzt alle die Näpfchen und Schüsselchen drapiert, aus denen schon vorher Fischflocken, Reisbröckchen gezupft und Soßen getunkt wurden, ein Teil davon ist bereits rücksichtslos leer gegessen, und die Männer sind offensichtlich dabei, auch die anderen Reste zu verzehren, dazu genießen sie Sake, ohne sich zuzutrinken.

Auf Schünzel machen sie einen verächtlichen Eindruck, den von Verhungernden, die sich im letzten Augenblick den Bauch vollschlagen; der mit den Nußknackerkinnbacken bemerkt ihn als erster und starrt ihn an, und die anderen beiden werden aufmerksam, als er beharrlich schweigt; sie blicken sich um, Kasugai springt erschrocken auf.

Ihm ist es offenbar peinlich, bei dem überrascht zu werden, was Schünzel ‹ein gefräßiges Mahl› nennt, aber Schünzel tut, als habe er nichts gesehen, und bittet, ihn zum Ausgang zu bringen. Als er mit Kasugai im Fahrstuhl ist, fragt Schünzel, wo er ihn erreichen könne, und Kasugai, in seiner augenblicklichen Verwirrung, verfällt auf keine Ausflucht, sondern überreicht ihm eine Visitenkarte; Schünzel betrachtet sie flüchtig, stellt befriedigt fest, daß sowohl die Anschrift des Forschungszentrums als auch die Privatanschrift Kasugais darauf angegeben sind, und steckt sie ein.

Noch ist's nicht Mitternacht; Tokio glänzt und gleißt, und während das Taxi Schünzel durch die Straßen schleudert, umfaßt er mit seinen Fingern die kleine harte Visitenkarte und erinnert sich, daß Kasugai behauptete, übermorgen nach dem Norden fahren zu müssen. Mag das nun wahr sein oder gelogen, Schünzel wird sich auf diese Spanne verlassen, er ist entschlossen, sie zu nutzen, und er weiß schon wie.

9. Kapitel

1 Darauf ist Schünzel nicht gefaßt: Er ist durch den Flur jenes Hauses gegangen, hinter dem das Backsteingebäude der Familie Kasugai stehen soll, aber was er zunächst gewahrt, ist kein Haus, sondern ein winziger Garten.
Diese Anlage zieht alle Aufmerksamkeit auf sich, denn sie ähnelt einem heiligen Hain; den Hintergrund bilden Nadelgehölze verschiedener Größe, die sich zu einer dichten und ziemlich dunklen Wand drängen, darin bleiben allerdings einige hellbräunliche Stämme sichtbar, gleichsam als schlanke geschmeidige Pfeiler; vor den Gehölzen befinden sich zahllose Büschel aus sich spreizenden schmalen und scharfen Blättern von dem verschiedensten Grün und gespickt mit bunten Blüten, die kleinsten wie Wildtulpen, die größten handtellergroß, weiß und glockenförmig auf höheren Stielen, sie scheinen nach einem geheimen Gesetz geordnet zu sein; rechts davon erhebt sich eine gedunkelte sandsteinerne Pagode schulterhoch, mit den geschwungenen Dächern fünffach gestaffelt, also einem kostbaren Heiligtum nachgebildet, und links davon stehen drei Tafeln verschiedener Größe, Grabsteinen ähnlich, ebenfalls aus nachgedunkeltem Sandstein, und aus diesen Tafeln sind im Relief orientalische Gottheiten herausgearbeitet, Brustbilder, ein großes im Hintergrund, zwei kleinere davor. Schünzel vermutet, sie könnten Buddha darstellen, doch genau weiß er das nicht, er hat sich niemals mit dergleichen beschäftigt.
Unwillkürlich gerät er in eine Stimmung, in die er nicht geraten wollte, etwas Stilles, Düsteres strahlt von der Anlage aus, bemächtigt sich des Betrachters; Schünzel rätselt lange, wie er die Pagode und jene Bilder in Verbindung mit Kasugai bringen

könnte, und er fragt sich, ob er daraus nützliche Schlüsse zu ziehen vermöchte, aber er kommt zu keinem Ergebnis.
Plötzlich ist Schünzel, als spüre er einen Blick im Rücken, er dreht sich schnell um, tatsächlich steht dort gegenüber dem Gartengehege das Backsteinhaus, und ihm scheint, als wäre hinter einem der Fenster eine flüchtige Bewegung, er schaut schärfer hin, denkt dann, er könne sich auch getäuscht haben.
Nun erst mustert er dieses Haus, denn allmählich findet er zu sich selbst zurück. Einer seiner Grundsätze ist es stets gewesen, die Wohngelegenheiten der Menschen zu prüfen, weil sie viel von dem verraten, wie Menschen beschaffen sind, aber er käme nur zu einem Schluß, wüßte er mehr über das Land, in dem er jetzt lebt; so findet er das, was er sieht, einfach nur ‹erstaunlich›. Zwar ist es ein Backsteinhaus, aber das Dach ist wie bei einem Tempel vierfach gezipfelt und mit Schilf oder Stroh gedeckt, das kann Schünzel nicht unterscheiden, weil es vermoost und verwittert ist, die Fenster sind breit, jedoch nicht hoch, und von den dreien an der Seite, die er betrachtet, sind zwei zugehängt mit Holzrahmen, straff bespannt mit Papier. So steht das Gebilde, das ihn winzig anmutet wie ein Hexenhaus, fremd mitten zwischen den hohen Häusern, und rückt nicht vom Platz.
Schünzel fährt mit der Zunge über die Lippen – eine Angewohnheit aus der Zeit, da er im Auftrage der Nasenzähler Leute befragte – und geht über den schmalen Hof zum Eingang; keine Klingel, kein Klopfer, aufs lackierte Holz der Tür sind ein paar japanische Schriftzeichen gepinselt; Schünzel pocht leise mit den Knöcheln der Rechten an, er hat noch die Hand erhoben, da wird die Tür geöffnet, und Kasugai steht vor ihm.
Er scheint nicht verwundert zu sein, Schünzel mutmaßt, daß er ihn längst gesichtet hat, Kasugai bittet ihn herein, da ist ein winziger schmuckloser Vorraum, in dem Schünzel Mantel und Hut ablegt, und Kasugai steht, als erwarte er noch etwas; erschrocken bemerkt Schünzel schließlich, daß er beinahe vergessen hätte, sich seiner beschmutzten Schuhe zu entledigen, und mit einiger Hast bückt er sich und holt das nach, und Kasugai stößt schließlich vor ihm die nächste Tür auf. Es ist ein 9-Matten-Raum, in den sie jetzt kommen, nach hinten sind shojes aufgestellt, in Schienen gleitende papierbespannte Holzrahmen, auf denen

schwertschwingende Samurai dargestellt sind; durch diese verschiebbaren Trennwände werden weitere Räume abgegrenzt.
Das Zimmer ist japanisch eingerichtet, die Familie Kasugai hat seit je darauf verzichtet, einen europäisch möblierten Empfangsraum zu besitzen; Schünzel weiß es, es wird ihm nichts anderes übrigbleiben, als auf einem der zahlreichen Kissen Platz zu nehmen, doch dazu kommt es vorerst nicht. In der Mitte des Raums begrüßt ihn die Hausfrau, indem sie sich tief verneigt, so daß ihre herunterhängenden Hände fast den Fußboden berühren. So allerdings hat Schünzel sich den Empfang nicht vorgestellt, er weiß, es wird ihm schwer werden, zu sprechen, wie er es sich vornahm – er weiß, er wird es tun.
Kasugai bittet ihn, Platz zu nehmen, sie lassen sich nieder, einander gegenüber; Schünzel, um bequemer zu sitzen, streckt die Beine weit von sich, Kasugai tut natürlich, als ob er es nicht sehe, aber er sieht es; die Hausfrau hat den Raum verlassen, doch bevor ein Gespräch in Gang kommt, erscheint sie wieder mit einem Tablett, auf dem das Teegerät und die Schalen stehen, sie setzt es zwischen den beiden Männern nieder und bedient sie wie eine Magd. Dabei hat Schünzel Gelegenheit, sie zu betrachten; sie erscheint ihm mit ihrem sorgenvollen Gesicht und den weißen Strähnen im aufgesteckten Haar viel älter als ihr Mann, obgleich das nicht der Fall ist; beide aber passen in diesen Raum, stellt Schünzel fest, passen zu diesen Kissen, zu dem niedrigen Teetisch, zu der Nische an der gegenüberliegenden Wand mit dem Blumenarrangement darin, zu den fünf Bassins mit leise wedelnden, reglos stehenden Zierfischen im leicht grünlichen Wasser, zu dem Hausaltar mit den holzgeschnitzten, bemalten Figuren, die er nicht zu deuten weiß, zu der Stille, die alles beherrscht; unvorstellbar für Schünzel und nicht zu vereinen: daß in diesem Raum ein Wissenschaftler und Techniker lebt.
Er nippt am glühheißen Tee, der trocken schmeckt, spröde und bitter.
Schünzel spürt, wie ihn diese Atmosphäre einfangen will, dagegen sträubt er sich. Er hat sich das alles genau überlegt, er muß die Barriere befremdender Höflichkeit überwinden, er muß Kasugai zwingen, zur Sache zu kommen, wie er das nennt; denn Kasugai wird verreisen, und vorher sollten sie zu einer Überein-

kunft gelangen. Er muß also auch den Bann hier, den er als gekünstelt empfindet, brechen. Gut, er wird deutlich sprechen, Zeugen sind nicht vorhanden, die Zierfische schweigen. Er sagt: «Offen gestanden, Herr Kasugai, war das Gespräch im Hotel für mich unergiebig. Gestatten Sie mir, genau zu umreißen, worauf es mir ankommt.»

Kasugai, die Teeschale in der Hand, verbeugt sich. Ist dies Zustimmung?

Jedenfalls ermutigt es Schünzel, sogleich fortzufahren: «Meine These ist: Wir ziehen an einem Strang, wir in Westeuropa, Sie hier in Japan. Vom Bolschewismus wollen wir nicht reden, die Gefahr kennen wir. Und daß Amerika nur praktischen Erwägungen folgen wird, liegt auf der Hand, diese praktischen Erwägungen aber lauten: Die wirtschaftliche Vormachtstellung in der westlichen Welt nicht nur zu halten, sondern auszubauen.»

Er merkt nicht, daß er von der ‹westlichen Welt› spricht – endet dieser Westen nicht auch vor den Toren Japans?

Wieder ist Kasugais Frau neben ihnen und schenkt Tee nach, die beiden Männer schweigen solange, sie zieht sich zurück, Schünzel sieht die sanften Schläge der Fische, er fährt fort: «Wenn das aber so ist, sollte es zu einer Zusammenarbeit zwischen uns kommen, damit wir uns gegenseitig stärken. Das ist eine einfache Rechnung, sie geht auf.»

So leicht geht sie nicht auf, Kasugai erwidert: «Die Hitachi hat neunzehnhundertsiebenundsechzig unserem Electronic Industry Council zehn Computermodelle, an denen ich nicht unbeteiligt war, vorgeschlagen. Der EIC hat aber die Entscheidung über die Registrierung aufgeschoben, Herr Schünzel. Das heißt, unsere Entwicklungen hängen noch so weit zurück, daß sie für Sie uninteressant sind. Was hätten wir Ihnen zu bieten?»

Schünzel lächelt überlegen, er ist orientiert, das wird er Kasugai zeigen. Er sagt in die leicht geschlitzten Augen seines Gegenübers: «Aber dieser Aufschub ist nur erfolgt, weil Hitachi nicht nachweisen konnte, daß neunzig Prozent aller Teile der Geräte in Japan produziert wurden, und dieser Nachweis ist notwendig, soll die Registrierung der Computer erfolgen und Hitachi dafür Staatsaufträge bekommen.»

Kasugais Gesicht ist undurchdringlich, er hebt die Teetasse und nippt einen Schluck.
«Weiter», sagt Schünzel, «wissen wir beide, daß es für uns in der Bundesrepublik ganz uninteressant ist, ob die Teile in Japan hergestellt werden oder nicht – im Gegenteil, wir könnten uns an der Zubringerproduktion beteiligen.»
Kasugai schweigt und denkt, daß Schünzel doch zweifellos nicht mit *ihm* über die gemeinsame Produktion von Computern zu verhandeln gedenke, solche Gespräche werden ganz offiziell geführt und nicht bei einer Schale Tee; mißbilligend blickt er auf Schünzels ausgestreckte Füße, diesen Blick kann er nicht verbergen.
Unwillkürlich zieht Schünzel die überkreuzten Füße enger an sich und hockt nun noch unbequemer da und sagt: «Außerdem hat der EIC inzwischen neun der zehn Computer akzeptiert und Aufträge vom Fernmeldewesen sind erteilt.» Er zögert, er setzt hinzu: «Und wenn ich nicht irre, auch vom Ministerium für die Landesverteidigung.»
Kasugai hebt leicht die Schultern. «Es ehrt mich, wie hoch Sie mich schätzen, Herr Schünzel, aber davon ist mir wirklich nichts bekannt. Sie wissen so viel, Sie wissen zweifellos auch, daß die Hitachi mehr als sechzigtausend Menschen beschäftigt, ich bin einer davon, einer von sechzigtausend, ein Sechzigtausendstel, was kann ich da wissen.»
«Sechzigtausend», wiederholt Schünzel, «aber nicht in der Computer-Industrie.»
«Das stimmt wohl», meint Kasugai unbestimmt.
Schünzel beugt sich ein wenig vor, auch er hält die Teeschale in der Hand und rührt dabei mit dem kleinen Löffel Zucker um.
«Außerdem kommt es nicht darauf an, was heute produziert wird, sondern was für übermorgen geplant ist.»
Kasugai schweigt aufmerksam.
«Vielleicht», sagt Schünzel nun seinerseits vage, «beschäftigt sich Ihr Forschungszentrum mit den Integrierten Schaltkreisen, sie sind entwicklungsfähig, es ist vorstellbar, sie auf noch engerem Raum zusammenzudrängen, sie vielleicht zu verdoppeln oder zu vervielfachen, man könnte noch kleinere Geräte bauen, Taschencomputer, wenn ich übertreiben darf . . .», er begeistert sich auf einmal an dieser Vorstellung, «Computer, die jedermann wie

seine Taschenuhr bei sich trägt.» Plötzlich erscheint ihm das komisch, er lacht und fügt abwertend hinzu: «Na ja ... in der Richtung jedenfalls!»
Der Teelöffel Kasugais klirrt leise, als er die Schale absetzt, wieder ist seine Frau lautlos neben ihm und ängstlich besorgt ums Nachfüllen.
Beide Männer warten ab, bis sie ihren Dienst getan hat, erst dann sagt Kasugai grüblerisch: «Ich habe gehört, daß in den Vereinigten Staaten Forschungen auch in diesem Sinne weitergetrieben werden. Ich sehe darin nicht die Zukunft, jedenfalls nicht die nächste. Denn wie klein wir auch die Computer selber herstellen, belastend bleiben einfach die Speichergeräte, diese vergleichsweise zahllosen und riesigen Bänder und Trommeln, wie Sie wissen, mit ihrer Schwerfälligkeit.»
«Ah», hakt Schünzel sofort ein, «in dieser Richtung bemühen Sie sich also in Ihrem Forschungszentrum? Sehr interessant!»
«Ja, sehr interessant.»
Aber danach kommt nichts, Kasugai bietet den Anblick, als habe ihm jemand den Mund zugestopft.
Schünzel indessen empfindet große Erleichterung: Er hat den Nerv gefunden, er hat den Nerv berührt, Kasugai ist zusammengezuckt, es war unübersehbar.
«Das Problem liegt natürlich auf der Hand», erwägt Schünzel betulich, «überall im einschlägigen Schrifttum ist ja darauf hingewiesen. Nur gibt es meines Wissens keine Vorstellung, wie man es lösen könnte.»
«Man könnte vielleicht ...», sagt Kasugai dunkel und nicht mehr, und es bleibt unklar, ob das eine ganz allgemeine Bemerkung ist oder ob sich dahinter eine feste Vorstellung versteckt, ja – so argwöhnt Schünzel – möglicherweise sogar eine Lösung. Am ganzen Körper spürt er ein kitzelndes Vibrieren, als durchzöge ihn ein schwacher elektrischer Strom.
Schon will er weiterbohren, den Nerv völlig bloßlegen, mag es auch schmerzen, da trommelt es plötzlich laut an die Fensterscheiben, beide Männer schauen unwillkürlich dorthin, riesige Regentropfen schlagen dumpf an das Glas, breite geriffelte Wasserstreifen fahren hinunter, Kasugais Ehefrau ist bereits im Zimmer, jetzt erst bemerkt Schünzel die große Zahl vielfältig geform-

ter zartfarbener Lampen, sie knipst sie an, dann ist sie an den Fenstern und verhängt sie mit Rahmen; jetzt sind die beiden Männer wie eingeschlossen in dieses Stück japanische Welt, und Schünzel weiß einige Augenblicke lang nichts mehr zu sagen, es bedarf großer Bemühung, das Gespräch wieder in Gang zu bringen, dieses für Schünzel immer noch zu einseitige Gespräch; er sagt: «Es geht also um die Speicher?»
Kasugai beugt sich über seine Teeschale, schlürft, bleibt so vorgebeugt, sagt: «Man könnte sich vielleicht vorstellen, Speicher und Integrierte Schaltkreise zu koppeln, sie auf assoziativen Bahnen zu verbinden. Das würde voraussetzen, daß man von der Kapselung der Schaltkreise wegkommt, die sie starr und auch empfindlich macht, obwohl das als Schutz gedacht ist. Es wäre an eine elastische Masse zu denken, an eine gehirnähnliche Struktur des Ganzen.»
Das Vibrieren in Schünzels Körper geht über in ein süßliches Ziehen, das ihn völlig erfaßt, er glaubt sich nah seinem Ziel, er fragt hastig: «Den prinzipiellen Weg zumindest haben Sie gefunden?» und weiß, welche gewaltige umwälzende Bedeutung eine solche Lösung hätte. Sie würde eine neue Computergeneration einleiten, die von längerer Lebensdauer sein würde als die bisherigen, vermutlich würde sie die Entwicklung der nächsten fünfzig, hundert Jahre bestimmen, aber zu seiner Überraschung lächelt Kasugai plötzlich ein Lächeln, das Schünzel häßlich erscheint; die Augen, die dunklen, mit denen er jetzt Schünzel genau ansieht, wirken auf den nicht listig, sondern verschlagen, und trotzdem: Untadelig höflich erwidert er: «Man kann spekulieren. Wenn wir wüßten, wie wir eine solche Struktur realisieren könnten, würden wir sogar die Amerikaner auffordern, sich den Sitten zu fügen und nicht nach Belieben und uneingeladen in unser Land zu kommen.»
Das ist ein Tiefschlag, empfindet Schünzel, aber er darf nicht zeigen, daß er ihn erhalten hat, er darf sich nicht krümmen, er muß ihn einstecken, ohne gezeichnet zu sein, und sogar Kasugai, der genau weiß, wie hart er zugeschlagen und welche Stelle er getroffen hat, muß sich gestehen, daß Schünzel das meisterhaft fertigbringt; nicht einmal die Teeschale in seiner Hand zeigt an, daß ihn ein leichtes Beben befallen haben könnte, nichts, gar nichts, es

ist, als hätte Kasugai danebengeschlagen, vielleicht einen Sandsack getroffen, keineswegs einen Menschen; und Kasugai überlegt blitzschnell, warum er sich überhaupt auf dieses Gespräch eingelassen habe, doch er gedenkt eines anderen Gesprächs, das ihm nicht erlaubt, Schünzel von der Schwelle zu weisen, das ihm befiehlt, ihm hier gastgeberisch gegenüberzusitzen, ihn von der Frau bedienen zu lassen und den großen Menschen auf seinen geliebten Matten hinzunehmen, die exquisit aus feiner Seide geknüpft sind, nicht jeder hat solche Matten vorzuweisen. Sekundenlang ist es ganz still im Zimmer, die Regentropfen tosen nicht mehr an die Scheiben, die Zierfische bewegen lautlos ihre Schleierschwänze, grünlich, mit verwischten Schatten, hängt das abgeschirmte Licht in den Bassins.
Das Vibrieren ist weg, das süßliche Ziehen ist weg, Schünzel fühlt sich kalt, er lächelt, und daß es ein steinernes Lächeln ist, kann niemand erkennen, freundlich verzieht es den Mund mit den vollen, schön geschwungenen Lippen, er setzt langsam behutsam die Teeschale ab, obwohl sie noch halb gefüllt ist, er streicht sacht mit der Linken über das blonde Haar, dessen Wellen im Lampenschimmer wie mit Blattgold ausgelegt sind, er sagt: «Vermutungen und Träumereien einzuheimsen, bin ich weder nach Tokio noch zu Ihnen gekommen, Herr Kasugai, und Sie sind viel zu klug, als daß Sie mir ernsthaft Tee-Ersatz statt wirklichen Tees anbieten», er deutet auf seine Schale, «dieser hier schmeckt köstlich.»
Auf einmal ist die Szene bewegt, und wäre Larrotte anwesend, würde er an eine der zahlreichen Sporthallen denken, die überall in Tokio errichtet sind, hohe Stahlhallen, rundum verglast, und in der Mitte, im diesig gefilterten Licht, trainieren die Judokämpfer. Zweifellos war die Bemerkung Kasugais wie der Griff eines Judokämpfers gedacht – am Gürtel gepackt den Gegner, ein Schlag mit dem Fuß, ein Sturz –, aber Schünzel ist nicht gestürzt, er steht da, die Hände am Gürtel des andern, und er weiß ganz genau: Jetzt gilt es anzugreifen, nicht mehr nur elastisch zurückzuweichen, nein, genau und mit aller Kraft zuzupacken; er sagt: «Ich werde mir ganz gewiß japanischen Tee mit heimnehmen, und ich hoffe, auch das japanische Rezept von der Hausfrau verraten zu bekommen, nur möchte ich, davon abgesehen, meinen

Auftrag erfüllen. Sprechen wir offen, Herr Kasugai, wie es unter Männern üblich ist: Was hat Hitachi auf dem Gebiet der Computer entwickelt oder in der Entwicklung?»
Würdevoll entgegnet Saburo Kasugai: «Ich werde unseren Herrn Direktor bitten, bei dem Herrn Präsidenten Kenichiro Komai die Erlaubnis zu erwirken, Ihnen Auskunft zu geben. Sobald ich diese Erlaubnis habe, werde ich Ihnen mit allen Details zu Diensten sein.»
Schünzel starrt sein Gegenüber verblüfft an, dann hält er es für das beste, schallend aufzulachen. Auf deutsch sagt er: «Kleiner Schäker!» und setzt ernst hinzu: «Ich befürchte nur, Herr Kasugai, daß Sie eine solche Erlaubnis nie erhalten würden.» Er denkt jetzt nicht mehr daran, die Fährte zu verlassen.
Kasugai erwidert: «Das entzieht sich meiner Entscheidung.»
«Nehmen wir einmal an», fährt Schünzel gedehnt fort, «Sie erhielten eine solche Genehmigung nicht, dann würde ich also auch keine Auskünfte bekommen.»
Darauf schweigt Kasugai, er blickt in seine Teeschale, als gäbe es nichts Wichtigeres, sie ist leer, er sieht zur Tür, da erscheint schon lautlos seine Frau und bedient den Gast und bedient ihn, und Schünzel empfindet sie jetzt als ausgesprochen lästig, er möchte sie verscheuchen wie eine dieser Motten, die starrsinnig und lautlos immer wieder eine Lampe umflattern.
«Ich würde also keine Auskunft bekommen, würde nach Europa zurückfahren, und alles wäre vergeblich gewesen.» Schünzel zieht es vor, sich nun plump auszudrücken, er sagt: «Ihnen wäre nicht geholfen, mir wäre nicht geholfen.»
Kasugai zieht schweigend die raupendicken schwarzen Augenbrauen hoch.
«Ich bin mir darüber klar», sagt Schünzel, «daß mit der Auskunft, die ich erhoffe, eine gewisse Arbeit verbunden ist, und sie stellt zudem einen ganz erheblichen ideellen Wert dar. Freilich können wir das nicht alles so vergüten, wie es der Fall sein möchte, aber eine nicht unerhebliche Menge Dollars stehen mir zur Verfügung. So können Sie gegebenenfalls auch Mitarbeiter entschädigen, die Sie zur Zusammenstellung des Materials zweifellos benötigen. Über die Details werden wir uns bestimmt verständigen.»

So, jetzt liegt die Karte auf dem Tisch, und Kasugai schließt die Augen, als blende sie ihn.
Schünzel nimmt an, gewonnen zu haben, er wird nun seinen Stich noch erläutern müssen, er bietet an: «Ich müßte erstens wissen, in welcher Richtung ganz allgemein entwickelt wird, und zweitens brauche ich das Verfahren; ich nehme fast an, daß die Patentschrift bereits vorbereitet ist, eine Kopie davon würde genügen.»
Saburo Kasugai macht jetzt einen eigenartigen Eindruck: Er sitzt da mit überkreuzten Beinen, die Hände liegen locker auf den Knien, der Oberkörper ist gerade aufgerichtet, das Gesicht bleibt unbeweglich, die Augen hält er weiterhin geschlossen, er sieht aus wie eine alte Maske, und diese verblüffende Ähnlichkeit wäre vollständig, wenn die Augenbrauenraupen nicht in einer ganz leisen, fast unmerklichen Bewegung wären.
Schünzel wartet geduldig ab, er weiß, daß der andere Zeit zum Überlegen haben muß, und um diesen Sekunden ihre Dramatik zu nehmen, rührt er mit leise klirrendem Löffel Zucker um und führt die Schale mit leichten Geräuschen zum Mund und nimmt einen Schluck, gerade so, als unterhielten sie sich über das Wetter oder einen japanischen Park.
Kasugais Lippen kräuseln sich, die Augen bleiben geschlossen, Schünzel hört: «Wir zeichnen mit einem Laserstrahl die Informationen in einen Kristall ein und tasten sie damit wieder ab, dadurch können wir auf die Magnetbänder und Trommeln verzichten und pressen den Raum auf ein Minimum zusammen. Patentreif ist das noch nicht, uns scheint, daß wir einen geeigneteren Kristall herstellen könnten, vielleicht auch anstelle des Kristalls etwas anderes nehmen sollten, da forschen wir noch. Im Prinzip funktioniert das Verfahren, und dieses Prinzip ist schriftlich niedergelegt, ich selbst habe es formuliert.»
«Na wunderbar!» ruft Schünzel jetzt doch erleichtert und ist sich seiner Sache vollkommen sicher, er überlegt einen Augenblick und holt in das verschlossene verriegelte Gesicht Kasugais hinein eine Versicherung nach, die er vergessen hatte. «Die mündliche Information gefährdet Ihre Position nicht, Herr Kasugai. Die Überreichung der Papiere könnte das, aber wir sind daran nicht interessiert, ganz im Gegenteil: Wir wollen Sie uns auch für die

Zukunft als Informanten erhalten, und deshalb werden wir bestrebt sein, Diskretion zu wahren und Sie in keiner Weise zu gefährden.» Er gibt sich den Anschein der Bedeutung: «Ich bin autorisiert, Ihnen das zu versichern.»
Immer noch mit geschlossenen Augen sitzt Kasugai da, und dann murmelt er plötzlich so leise, daß Schünzel sich vorbeugen muß: «Die Papiere liegen in meinem Büro in meinem Tresor, ich verreise morgen früh nach dem Norden, ich kann Ihnen also jetzt die Papiere nicht geben.»
Er öffnet die Augen und sieht Schünzel an.
Der winkt mit der Hand ab. «Aber das hat doch Zeit, Herr Kasugai! Ich warte eben die paar Tage.»
«Ich werde vier Wochen unterwegs sein», erwidert Kasugai ernst, «und wenn ich zurückkehre, werde ich Ihnen die Papiere nicht aushändigen, ich bin kein billiger Verräter, und Sie haben mich sehr beleidigt, indem Sie mich dafür hielten, ja, Sie haben mich tief gekränkt.»
Da ist er, der Griff, der Schünzel auf die Matte wirft! Er spürt es geradezu, wie er ein wenig hochgehoben wurde, den Boden unter den Füßen verlor und haltlos hinstürzte, ohne etwas dagegen tun zu können. Er fühlt, daß er vor Zorn blaß wird. Er sagt verständnislos: «Aber Sie haben mir doch schon eine Information gegeben, dabei haben Sie nichts gefunden!»
Kasugai streicht bedachtsam sein Kinn, als hätte er einen Spitzbart, sein Mund kräuselt sich, ehe er erwidert: «Mit dieser Information können Sie nichts anfangen, Herr Schünzel, das wissen wir beide!»
«Ja», bestätigt Schünzel und hält sich nur mühsam im Zaum, «das wissen wir beide.» In der gleichen Sekunde erhebt er sich, er verneigt sich, er sagt mit schallender Stimme, um diese stumme Weihe, wie er es wütend innerlich nennt, zu zerstören: «Und herzlichen Dank für die liebenswürdige Gastfreundschaft!»
Auch Kasugai hat sich erhoben, auch Kasugai verneigt sich, und er hält sich so an das Ritual, daß er sich viel tiefer verneigt als der große Schünzel, und ganz plötzlich ist auch die Frau hergehuscht, verbeugt sich ergeben und verharrt in dieser Haltung, bis Schünzel den Raum verlassen hat.
Stumm sieht Kasugai zu, wie Schünzel seinen Mantel vom Haken

reißt und hineinfährt, er öffnet ihm höflich die Tür, Schünzel tritt hinaus, er sieht sich nicht mehr um.
Dann steht er draußen mit zusammengepreßten Lippen, er betrachtet das Haus, alle Fenster sind verhängt, er betrachtet mürrisch den winzigen Garten, die Pagode, die drei Steinreliefs glänzen silbergrau vom Regen, sie sehen edel aus inmitten der schwertstarr gebogenen Blätter der Zwiebelpflanzen, deren Blüten jetzt von der Nässe wie von innen her phosphoreszieren.
Im Haus rollt die Hausfrau die kostbaren Matten zusammen, die von Schünzels schmutzigem Wesen befleckt wurden, die leeren Stellen des gedielten, ungestrichenen Fußbodens sind weißgescheuert, sie nehmen sich nackt aus, obszön geradezu, und die Hausfrau eilt hinter die Trennwände und bringt auf dem Arm neue Matten herbei und rollt sie aus, während Kasugai vor einem der Bassins steht und in die sanfte Bewegung der Zierfische und der Wasserpflanzen starrt.
Draußen geht Schünzel, die Hände in den Taschen des Mantels und den Mantel so um sich zusammenziehend, durch den Torausgang des vorderen Hauses und denkt: Natürlich genial, eine solche Lösung, aber recht hat der Hund, das nützt uns gar nichts. Na, der täuscht sich aber in Schünzel, der täuscht sich, ich habe von ihm eine ganz andere Information erhalten, doch weiß er nicht, daß er mir die gegeben hat.
Auf einmal ist er wieder fröhlich und zuversichtlich.

2 Der Raum sieht aus wie alle Räume in allen Polizeidienststellen aller Welt: nüchtern, mit Schreibtisch und Schränken und Besuchertisch und Besucherstühlen, die unbequem sind, und Akten, die herumliegen oder gestößelt sind, und natürlich mit einem Aschenbecher und einem Telefon und einer unschönen Vase – manchmal mit, manchmal ohne Blumen –, die den Eindruck des Persönlichen oder des Heimischen vermitteln soll, es aber nicht tut. Besser würfe man sie in den Müll, so verlogen ist sie, aber nirgendwo auf der Welt wird sie in den Müll geworfen.
Drei Männer sitzen um den Besuchertisch, es ist dreiundzwanzig Uhr, keiner der drei scheint müde zu sein, ihre Gesichter sind gespannt, sie lauschen einem Tonbandgerät, das vor ihnen steht.

«. . . und wenn ich zurückkehre, werde ich Ihnen die Papiere nicht aushändigen, ich bin kein billiger Verräter, und Sie haben mich sehr beleidigt, indem Sie mich dafür hielten, ja, Sie haben mich tief gekränkt. – Aber Sie haben mir doch schon eine Information gegeben, dabei haben Sie nichts gefunden. – Mit dieser Information können Sie nichts anfangen, Herr Schünzel, das wissen wir beide. – Ja, das wissen wir beide. Und herzlichen Dank für die liebenswürdige Gastfreundschaft.»
Die Taste knackt leise, Kommissar Okiku hat das Gerät abgestellt. Er sieht den Mann mit den Nußknackerkinnbacken an und sagt lobend: «Herr Hashimoto, Sie hatten mit Ihrer Vermutung recht! Die Werkspolizei ist in solchen Dingen wirklich ausgezeichnet orientiert und vermag die richtigen Schlüsse zu ziehen!»
Hashimoto, der Leiter der Werkspolizei, die in den Hitachi-Werken eine unauffällige und genaue Kontrolle ausübt, verbeugt sich erfreut.
Okiku wendet sich an Kasugai: «Sie haben Ihre Sache gut gemacht. In der nächsten Zeit müssen Sie für Schünzel unerreichbar sein. Er glaubt ja an die vier Wochen, doch drei Tage genügen. Vorsichtshalber sprengen Sie aus, Sie seien vier Wochen verreist. Auch Ihre Sekretärin darf nichts anderes erfahren.»
«Gut», erklärt sich Kasugai einverstanden, «in meinem Vertrag ist vorgesehen, daß ich jede Woche einen Tag in aller Ruhe zu Hause arbeiten darf, aber in der letzten Zeit konnte ich davon keinen Gebrauch machen. Jetzt werde ich das nachholen!»
Eigentlich möchte Kasugai fragen, warum er sich so verhalten soll, da doch nun alles geklärt zu sein scheint – man kennt Schünzels Auftrag, und dieser Auftrag ist gescheitert –, indessen verbietet ihm die Höflichkeit, verbietet die Würde, etwa neugierig zu erscheinen.
Hashimoto schaut ihn unverwandt an und versteht ihn, er lächelt jetzt und sagt mit hartem Akzent: «Leute wie Schünzel geben nicht auf, Leute wie Schünzel sind Stehaufmännchen, die suchen einen neuen Weg. Und gestatten Sie mir, Sie auf eine Stelle des Gesprächs aufmerksam zu machen . . .»
Schnell drückt er die Rücktaste des Geräts, die Worte gurgeln in die Münder zurück, dann drückt er wieder, und Kasugai hört sich selber murmeln: «Die Papiere liegen in meinem Büro in mei-

nem Tresor, ich verreise morgen früh nach dem Norden, ich kann Ihnen also die Papiere nicht geben.»
Er sieht verständnislos Okiku an, der Kommissar nickt, Hashimoto läßt das kurze Stückchen noch einmal in Kasugais Mund zurückgurgeln und es ihn dann wieder ausspucken: «Die Papiere liegen in meinem Büro in meinem Tresor, ich verreise morgen früh nach dem Norden, ich kann Ihnen also die Papiere nicht geben.»
«Das ist klar», sagt der lebendige Kasugai, «ich kann sie ihm nicht geben, also hat er verspielt.»
Hashimoto blickt den Kommissar an, dann Kasugai, er erklärt: «Sie nicht, Herr Kasugai, aber irgendein anderer vielleicht!»
«Ich habe einen Fehler gemacht!» gibt Kasugai zu und sieht bedrückt aus.
Der Kommissar schüttelt tröstend den Kopf. «Man muß es nicht so nennen. Ich würde eher sagen, Sie haben eine Spur gelegt, eine Fährte gesetzt, auf der wird er jetzt weiterschnüffeln. Freilich», setzt er sorgenvoll hinzu, «*wie* er das machen will, das ahnen wir nicht.»

3 Schünzel ist ein findiger Mensch, *er* weiß schon längst, wie er es anpacken will, er hat einen Schlüssel in der Tasche, der Schlüssel wird passen.
Es ist frühmorgens, im gestreiften Schlafanzug liegt er auf dem Bett und führt den elektrischen Rasierapparat gelassen über Wangen und Kinn, prüft mit der linken Hand sorglich die Glätte, rasiert da und dort nochmals nach und legt den Apparat befriedigt in den Nachttisch zurück.
Jetzt erst erhebt er sich, stellt mit der gleichen Bewegung das kleine Radio an, läßt sich mit angenehm unaufdringlichen Schlagermelodien umgeben, geht bloßfüßig zum Fenster und schiebt die Rahmen zurück. Draußen ist wieder Sonnenschein, er blickt auf die Straße hinunter, nur da und dort breiten sich noch unregelmäßige dunkle Stellen, er steht und starrt, sieht Taxis vor das Portal gleiten und wieder wegfahren, das geschäftige Treiben hat längst begonnen, aber er hat Zeit, er wird sich Zeit lassen, immer mit der Ruhe.

Das Wasser strudelt in die Wanne, er will nicht duschen, will ein Bad nehmen, tut es, spielt ein wenig mit dem Schaum der BLAUEN SÜDSEE, spült ihn sich an Brust Hals Wangen und fühlt ihn angenehm prickelnd zergehen.
Danach kleidet er sich sorgfältig an, überlegt einen Augenblick, ruft das Zimmermädchen, es ist Yohyo, er sieht sie nicht an, sitzt am Tisch und verlangt ein Kännchen Mokka, Yohyo bringt es mit vielen Verneigungen, dekoriert das Gedeck, er sieht Yohyo nicht an, die kleine Bestie soll nicht denken, er wolle sich noch irgendwie mit ihr beschäftigen. Als sie verschwunden ist, gießt er die Sahne ins Kännchen, entblättert die Zuckerstücke und betrachtet befriedigt die hübsch bedruckten Papierchen, steckt eins sogar als Andenken ein, rührt dann alles um und läßt den sanftbraunen Mokkastrahl in die Tasse laufen.
Nach seiner Rückkehr hat er die Begegnung mit Kasugai noch einmal gründlich bedacht und schließlich gefunden, so übel sei das gar nicht gewesen. Gelogen hat Kasugai nicht, davon ist Schünzel überzeugt, also wird das, was er ihm als Forschungsweg mitteilte, stimmen; das ist ein erster, wenn auch geringer Erfolg, immerhin kann er ihn nach Düsseldorf melden, man wird dort erkennen, daß er nicht untätig ist. Nach der kurzen Zeit überhaupt schon etwas erreicht zu haben, ist erstaunlich; wenn er den Bericht noch ein bißchen aufputzt – und das wird er tun, darauf versteht er sich –, wird man sich in Düsseldorf seiner wohlwollend erinnern.
Mit Kasugai derzeit noch etwas zu versuchen, erscheint Schünzel unergiebig, der Mann ist aus Stein, freilich, man kann auch Steine erweichen, aber da muß etwas ganz anderes passieren, also wird er ihn zunächst aus dem Spiel lassen müssen, und Vulkan zu spielen, um den Stein zu erweichen, hält er überdies für unzweckmäßig, es erregt zuviel Aufmerksamkeit.
Bleibt also das andere. Jetzt, da Schünzel den ersten Schluck Mokka nimmt, nickt er sich selbst noch einmal bestätigend zu. Das andere, denkt er, hat Kasugai übersehen; Schünzel lächelt zufrieden: Den Schlüssel, den er besitzt, hat Kasugai verloren, er wird den Verlust nicht bemerken, da er den Schlüssel selbst nicht benötigt.
Zudem ist er verreist, vier Wochen abwesend also!

Nun endlich fühlt Schünzel sich fit, er holt das Telefon vom Nachttisch, stellt es vor sich hin, greift den Hörer, wählt eine Zahl, lehnt sich geruhsam abwartend zurück und legt die Beine auf den Tisch.
Während das Rufzeichen tönt, zieht er aus der Jackentasche die kleine Visitenkarte und vergewissert sich: Ja, die Nummer hat sich ihm so eingeprägt, daß er sie richtig wählte.
Da meldet sich auch schon die Vermittlung Hitachi.
Schünzel bittet gedehnt, man möge englisch sprechen, und dann verlangt er Herrn Kasugai.
Wieder einige Sekunden später meldet sich eine weibliche Stimme, die ihm hastig vorkommt, unangenehm hastig, aber möglicherweise ist es nur die japanische Sprache, die ihn irreführt, er hält es jedenfalls für nötig, absichtlich lässig zu reden: «Bitte, sprechen Sie englisch.» Er schaltet eine winzige Pause dazwischen, dann fragt er: «Spreche ich mit Fräulein Tsu Kubo?»
Die Stimme bestätigt es ihm, auf einmal ist die Stimme angenehm, Schünzel sieht Tsu Kubo vor sich, er sagt: «Wir haben uns kürzlich kennengelernt, mein Name ist Holger Schünzel, ich buchstabiere: h-o-l-g-e-r-s-c-h-u-e-n-z-e-l.» Schünzel wartet. Er wird nach seinem Wunsch gefragt, er antwortet: «Ich hatte gestern ein ausgedehntes und sehr angenehmes Gespräch mit Herrn Kasugai. Leider konnte er mir infolge seiner Reise nicht mehr Zeit widmen. Ich komme aus Düsseldorf, Fräulein Kubo, aus Deutschland, und mir ist Japan völlig fremd. Nur deshalb wage ich es, Sie zu bitten, mir einige Auskünfte zu geben.»
Bis dahin hat er ununterbrochen gesprochen, jetzt macht er eine Pause, und die angenehme Stimme Tsu Kubos fragt entgegenkommend: «Aber gern, soweit mir das möglich ist. Fragen Sie, bitte!»
Schünzel atmet auf, alles okay, er sagt leichthin: «Per Telefon fragt sich das schlecht.»
Nach einer winzigen Pause fährt er sehr schnell fort, als sei ihm dieser Einfall gerade erst gekommen: «Wäre es sehr aufdringlich, wenn ich Sie bäte, Sie nach dem Dienst zum Abendessen einladen zu dürfen?»
Die Pause, die nun folgt, ist so lang, daß Schünzel schon glaubt, unterbrochen worden zu sein, er will bereits neu wählen, da hört

er Tsu Kubo: «Ich nehme an, Herr Schünzel. Um sechzehn Uhr werde ich an der Pforte sein!»
«Pünktlich!» versichert Schünzel und gibt seiner Stimme einen begeisterten Klang. «Ja?»
Befriedigt hängt er ab. Was sagte Larrotte? Er täuscht sich, er ist ein Narr, ein Idealist, überall auf der Welt reagieren die Menschen gleich, reagieren die Frauen gleich, auch in Japan; Schünzel drückt seine Zigarette aus und springt aus dem Sessel.
Wieder hat er ein Ziel, er sieht sich dem Erfolg nahe, ihm ist behaglich zumute, draußen auf dem Gang klopft er im Vorbeigehen sogar Yohyo leicht auf die Schulter und sagt auf deutsch: «Na, Kleine, immer noch böse?» und geht weiter, frühstückt ein zweites Mal unten in aller Ruhe und überlegt dabei, wie es weitergehen werde. Er weiß nur, wohin er gelangen will, einen Feldzugsplan hat er nicht, lediglich seine Taktik, der Augenblick wird alles entscheiden, ihn beherrscht das sichere Gefühl, daß alles zu seinem Besten entschieden werden wird.
Heute ist es nicht so heiß wie in den ersten Tagen nach seiner Ankunft, auch regnet es nicht mehr, doch die Luft ist von Feuchtigkeit geschwängert, faule Zeit, denkt Schünzel behaglich, er ist in bester Laune, er ist übermütig, draußen vor dem Hotel zögert er sogar, ob er sich nicht in einer Rikscha umhertragen lassen solle, eine oder zwei davon warten stets zwischen den Taxis auf Hotelgäste; Schünzel hat beobachtet, daß es insbesondere die Amerikaner lieben, in die dunklen verzierten Kästen zu steigen und sich von den barfüßigen, schnell trabenden Männern hinwegtragen zu lassen, aber er kommt davon ab. Schließlich bin ich kein Snob, ich brauche wahrhaftig keinen snob-appeal!
Nachmittags wandert er pünktlich vor dem Tor von Hitachi auf und nieder, sieht dann den Strom der Menschen sich aus den Gebäuden ergießen und erkennt gleich die schlanke Gestalt Tsu Kubos; er erwartet sie, und sie kommt geradewegs auf ihn zu und reicht ihm freimütig die Hand, keine Spur von Verneigungen, keine Spur von Befangenheit, sie sieht ihn fragend an.
Er spielt den Heiteren, während er angestrengt darüber nachdenkt, wie er am besten sein Ziel erreichen könnte, und sagt: «Ich überlasse mich Ihrer Führung, ich kenne mich kaum aus, ein nettes Lokal, ja?»

Sie nickt, als sei das selbstverständlich, und während sie ziemlich schnell nebeneinanderher gehen, sagt sie unbefangen: «Ich freue mich auf den Abend, ich werde gern etwas von Europa hören, von Berlin und Rom und . . .» Sie stockt.

Er ergänzt und meint es irgendwie doppeldeutig, irgendwie anzüglich: «. . . und von Paris.»

«Ja, und von Paris», ergänzt sie sich, aber bei ihr klingt ‹Paris› genauso, als sagte sie ‹München›.

Später muß sich Schünzel gestehen, daß Tsu Kubo sein Angebot durchaus wahrzunehmen wußte, sie nannte dem Chauffeur als Ziel das ‹Jaomatsu›, und als sie dorthin gelangten, ahnte Schünzel, daß sie in eines der teuersten Vergnügungsviertel Tokios geraten waren, darauf deuteten die langen seidenen Bänder mit Werbelockungen und die Leuchtreklamen hin, die, obwohl noch heller Tag war, doch schon flimmerten. Das alles war nicht billig aufgemacht, sondern vornehm und zurückhaltend, aber eben teuer; das Taxi hielt vor einem Gelände, das einem kleinen Park ähnlich sah, sie stiegen aus, und es erwies sich, daß überall Pavillons versteckt lagen, in denen man sitzen und speisen konnte, den Blick in die vielfältigen Bäume Sträucher Blüten, auf die winzigen Teiche mit Goldfischen und Seerosen gerichtet, man konnte sich auf gewundenen Wegen ergehen, unter Trauerbast versteckt standen Bänke und vor protzenden Magnolienbeeten auch, selbst der nüchterne Schünzel mußte bestätigen, es sei ein verwirrender und bezaubernder Anblick, man konnte die Welt vergessen; aber Schünzel vergaß sie nicht, und als er mit einem kritischen Blick auf die Speisekarte festgestellt hatte, daß es auch hier als unvornehm galt, Preise zu nennen, verfügte er sich bei erster passender Gelegenheit in die Toilette, um seine Brieftasche zu überprüfen: Gott sei Dank, er hatte genügend Reisedollars eingesteckt!

Die Stunden sind ungetrübt, ja, Schünzel gibt sich selber zu, daß er erfreuliche und vergnügliche Stunden verbringt, Tsu Kubo ist eine gute Lauscherin, er darf viel erzählen, das tut er gern, berichtet von Düsseldorf München Hamburg, berichtet von Paris und von Rom, sie sagt: «Ja, wir hier auf unserer Insel», es klingt bitter, er merkt: Sie hat Sehnsucht, die Welt kennenzulernen, aber sie weiß auch, daß dies kaum möglich ist. Jeder Fernflug kostet so viele Dollars, und Frauen verdienen nur wenig.

«Wieviel?» fragt Schünzel, sie runzelt die schöne glatte Stirn ein wenig, doch nicht wegen seiner Frage, sie rechnet erst um, dann gesteht sie: «Knapp einhundert Dollar.»
Vierhundert Mark, denkt er erstaunt und sagt: «Dafür würde bei uns keiner arbeiten – noch dazu in solcher Position!»
Sie sagt: «Ich bin froh, denn es ist eine interessante Arbeit, ich habe Chemie studiert, doch Frauen im Werk will hier niemand haben. Es ist für eine japanische Frau ein ganz ausgefallenes Studium, aber an dieser Stelle kann ich die Kenntnisse doch verwerten, wenn auch . . .»
Es ist erst einundzwanzig Uhr, der Himmel ist noch sehr hell, die Sonne steckt hinter hohen Pinien, der Mond schwimmt schon, dünn widergespiegelt, im kleinen Teich, an dem sie stehen, viertels verdeckt von einem Seerosenblatt, so hat es den Anschein, als leuchte er schwach aus der Tiefe heraus.
Schünzel empfindet, dies alles müsse er nützen; er fragt: «Ich möchte Sie Tsu nennen dürfen.» Er hat den Eindruck, daß sie dies nicht gehört hat, jedenfalls erwidert sie nichts. Schünzel fragt: «Tsu?»
Da wendet sie ihm ihr schönes Gesicht zu und fragt: «Ja?»
Damit scheint es besiegelt.
Schünzel durchflutet eine Welle der Befriedigung, er denkt: wie sich das alles fügt, und er ist von sich selber begeistert, er wagt es sogar, mit seiner Hand leicht ihren Ellenbogen zu berühren, doch darauf reagiert sie nicht, aber er merkt, daß sie auch nicht zurückzuckt. Okay, denkt er entzückt, alles okay, gleichzeitig aber warnt er sich vor dem verdammten feinen Mond tief unten im Gewässer unterm Seerosenblatt, und er spürt, er müsse sich heut vor romantischen Anwandlungen hüten, er verpönt sie, sie lenken vom Ziel ab, und das Ziel bleibt ein Aktenstück.
Indessen spricht er jetzt nicht davon, zwar fragt ihn Tsu Kubo, welche Auskünfte er von Kasugai wünschte, aber er redet nur ganz allgemein von japanischen Sitten.
Tsu wendet sich von dem Teich ab, sie sagt unvermittelt: «Ich möchte heim.»
Schünzel fügt sich sofort. Nur nicht drängen, warnt er sich, alles, was notwendig ist, muß bei einer zweiten Begegnung getan werden, also schlendert er neben ihr dem Ausgang zu, faßt da-

bei leicht ihren Arm, will sie ansehen, aber sie hat den Kopf gesenkt.
«Ja, Tsu», sagt er leise, «das war ein schöner Abend, das hatte ich mir nicht erhofft», wartet jedoch keine Antwort ab, sondern winkt sofort einem Taxi, sie steigen ein, er lehnt sich zurück, Tsu gibt die Adresse an.
Er findet, sie sei jetzt sehr still, unverwandt sieht sie zum Fenster hinaus, und Schünzel, obgleich er sich bezähmt, bedauert doch, daß dieses Rendezvous schon zu Ende sein soll.
Er stellt fest, daß sie nicht in den Stadtkern fahren, sie gleiten durch merkwürdig gegensätzliche Viertel, Straßen mit Wohnmaschinen wechseln mit Zeilen japanischer Holzhäuser, und ein wenig gespannt ist er schon, wohin Tsu ihn führen wird, wie sie wohnt, er hat das dumpfe Gefühl, daß dies manches entscheiden könnte.
Sie gelangen in eine Siedlung fünfstöckiger neuer Häuser, von denen jedes mehrere Eingänge hat, sie sind ganz in dem phantasielosen europäischen Einheitsstil errichtet, eins könnte man mit dem andern verwechseln; das Taxi hält.
«Wir sind da!» sagt Tsu und sieht ihn an, bereit auszusteigen, er hält ihr den Schlag auf, und noch die Art, wie sie geschmeidig hinausklettert, erfüllt ihn mit Wohlgefallen, und er bedauert etwas, daß er einen Plan hat, und denkt: Wirklich ein reizendes Geschöpf!
Er begleitet sie bis zur Haustür, durch deren mattierte Scheibe schon die Treppenbeleuchtung scheint, Tsu faßt die Klinke, die Tür ist nicht verschlossen, sie drückt sie einen Spalt breit auf, und als Schünzel noch überlegt, ob es zweckmäßig und stilvoll sei, sich mit einem Handkuß oder einem freundschaftlichen Händedruck zu verabschieden, hört er sie unvermittelt fragen: «Wenn Sie noch Appetit auf Tee hätten . . .?»

10. Kapitel

1 Hitachi hat diese Siedlung wie viele andere errichtet, es wohnen hier Werkmeister Ingenieure persönliche Sekretärinnen — alles, was zur mittleren Leitungsschicht gezählt wird. Hitachi hat das Programm der Lebensstellung wohldurchdacht. Nicht nur das mit den Jahren der Betriebszugehörigkeit kräftig steigende Einkommen ist vorgesehen, nicht nur die Garantie des Arbeitsplatzes, wodurch die Gewerkschaften besänftigt und Lohnkämpfe ausgeschaltet werden, sondern ebenso die praktische Wohngelegenheit, die alle hier Lebenden klar als Bevorzugte kennzeichnet. Tsu nennt im fünften Stock eine winzige Einzimmerwohnung mit Koch- und Schlafnische und Bad ihr eigen.

Tsus Vater ist Ingenieur im Süden des Landes, er hat sich zeitig von überkommenen Vorstellungen gelöst und hält nur nach außen hin noch die Traditionen aufrecht, um nicht in Verruf zu geraten, denn er weiß natürlich, wie verderblich ein solcher Verruf für die ganze Familie sein kann; er weiß auch, daß es nur möglich ist, in diesem verquickten System sozial aufzusteigen, wenn man sich an die Großunternehmen hängt, und das war der Grund, warum er die einzige Tochter Tsu möglichst frühzeitig aus den beengten Verhältnissen der Mittelstadt zu lösen trachtete. Er lenkte ihre Aufmerksamkeit und ihr Interesse auf die Naturwissenschaften, experimentierte in bescheidenem Maße daheim vor ihren Augen, zauberte chemische Mixturen, und mit diesem sachlichen Zauber weckte er in Tsu eine Vorliebe für die Chemie. Sofort nach der Reifeprüfung schickte er die Tochter auf eine Tokioter Universität, und zwar wußte er sie auf einer jener Männer-Universitäten unterzubringen, die unter dem Ein-

fluß der amerikanischen Besatzung zwar seit fünfundvierzig auch für Frauen geöffnet waren, sich aber mit allen denkbaren Formalitäten gegen die Aufnahme von Mädchen sperrten; ebenso hielten es viele Eltern für untunlich, ihre Töchter in solcher unschicklichen Art zu erziehen, so daß diese Universitäten einen Frauenanteil von kaum zehn Prozent aufwiesen.
Auf der Universität fand Tsu bald Anschluß an jene nüchternen harten illusionslosen jungen Männer, die sich ausschließlich ihrem Studium widmeten, sich um politische Auseinandersetzungen nicht kümmerten, nicht einmal an den Wahlen zum Studentenverband Zenga-kuren teilnahmen, auch jede Aktion der Studenten gegen den Krieg in Vietnam, gegen die Stationierung von A- und H-Bomben auf Okinawa verwarfen, ja, sie verdammten dergleichen, weil sie darin eine Gefährdung ihres eigenen sozialen Aufstiegs sahen.
Ihr Einfluß auf Tsu war so stark, daß sie bald genauso dachte und allen Fleiß daransetzte, die permanenten Zwischenprüfungen ausgezeichnet zu bestehen; das gelang ihr, und außerdem wußte sie um ihren weiblichen Reiz, sie verstand, ihn genau dosiert einzusetzen, sie betrachtete ihn als eine Waffe im Lebenskampf, und deshalb pflegte sie sich besonnen und legte großen Wert auf ihre Kleidung, wobei sie alles vermied, was nach billigem Sex-Appeal hätte aussehen können.
Sie wußte, daß sie keine Aussicht auf eine Stellung hatte, die ihrer fachlichen Qualifikation entsprach, so etwas blieb nach wie vor den Männern vorbehalten; denn mochten ihre Prüfungen so gut ausfallen wie immer, untergründig war in den Personalchefs die Überzeugung, daß Frauen weniger Gehirn als Männer hätten. Deshalb trainierte Tsu nebenbei hart ihre Fertigkeiten in Stenografie und Maschineschreiben, und als Hitachi an der Uni den Einstellungsplan auslegte und darin auch eine Sekretärinnenstelle anbot, war sie die einzige, die sich darum bewarb.
Über den Verlauf der Einstellungsgespräche informierte sie sich genau, hielt auch für den Notfall das Angebot bereit, ihr Vater werde vorsprechen, um die Güte der Familie zu bekunden, indessen waren nicht nur ihre Leistungen, sondern auch ihr Auftreten so überzeugend, daß sie die Stelle bekam und man auf den Besuch des Vaters verzichtete – eine Tatsache, die sie als ganz be-

sondere Auszeichnung empfand und die sie anspornte, in der gleichen Art wie bisher weiterzuleben.
Natürlich hatte sie Liebschaften, wenn man das überhaupt so nennen will, denn sie suchte sich dafür junge Männer vom gleichen Schlag wie sie, und von vornherein waren sich die Beteiligten darin einig, daß diese Begegnungen nur zeitweilig und nicht von Dauer sein würden, weil sonst das berufliche Fortkommen gehindert werden könnte.
Es waren sozusagen hygienische und ästhetische Liebschaften, die genauso vorbereitet und durchgeführt wurden wie das Studium, sorgfältig geplant und bedacht, und sie endeten stets mit dem dritten oder vierten körperlichen Genuß, hatten keinerlei Nachwirkungen auf die beiden Partner, die sich danach ebenso kühl freundschaftlich begegneten wie zuvor.
Nur sich selbst gestand Tsu ein, daß sie ein heißes Temperament und oft ein glühendes Verlangen besaß, doch sie suchte das so gut wie nur irgend möglich zu unterdrücken, weil es ihre normalen Lebenskreise zu stören drohte und weil sie fürchtete, dadurch ihre Unabhängigkeit zu verlieren.
Denn unabhängig fühlte sie sich trotz aller Bindungen, sie konnte aufrecht gehen, spürte sie – gerade, weil sie nicht auf das blickte, was um sie herum vorging, und über das, was in zehn oder zwanzig Jahren sein würde, machte sie sich keine Gedanken.
Auch ihr Verhältnis zu Kasugai war von dieser kühlen Sachlichkeit bestimmt, sie wußte nicht, ob er ihre Lebensart billigte, da seine eigenen Empfindungen in vielem offensichtlich andere als die ihren waren, doch das blieb für beide gleichgültig, entscheidend waren nur zwei Dinge: daß ihre Arbeit völlig synchron verlief und daß private Anliegen niemals die Hitachi-Pforte durchdrangen.
Manchmal, wenn sie in ihrer Einzimmerwohnung abends hockte, Platten spielte oder Radio hörte, fragte sie sich, ob Kasugai innerlich wirklich so unbeteiligt an ihr sei, wie es den Anschein hatte, und diese Frage legte sie sich ausschließlich deshalb vor, weil von ihrer Beantwortung abhing, wie weit sie in einer Herausforderung, die irgendwann doch einmal notwendig werden konnte, gehen dürfte. Sie kam nie zu einem gültigen Schluß; auf keinen Fall, dessen war sie sich sicher, würde er jemals auch nur

den geringsten Versuch machen, sich ihr zu nähern, mied es ja sogar, ihr die Hand zu geben, wenn er kam, sie begrüßten sich immer noch mit höflichen, wenn auch nicht mehr ganz so tiefen Verbeugungen wie anfangs; indessen war es ihr manchmal vorgekommen, daß er nicht als Vorgesetzter, sondern als Mann an sie denke, wenn er sie beim Diktat unter seinen dunklen Bleistiftbrauen hervor nachdenklich anstarrte, gerade so, als überlege er eine Textstelle, während er in Wirklichkeit ganz etwas anderes erwog.

Wahrscheinlich wäre Kasugai erstaunt gewesen, hätte er jemals ihre Winzigwohnung betreten, die sie ganz nach europäischem, modernem Vorbild eingerichtet hatte, weil sie das bequemer fand; so hatte sie ihre Schlafkoje nicht abgeteilt, wie das üblich und vorgedacht war, sondern eine blaubezogene Couch hineingestellt, davor einen Tisch mit Glasplatte und zwei Stuhlsessel für gelegentliche Gäste, und daneben befand sich eine Stehlampe mit einem lichten Tütenschirm.

Dominierend allerdings waren die vielen Bücher, eine ganze Wandseite wurde von einem vollgepfropften Regal gefüllt, auch über der Couch hatte Tsu griffbequem zwei Bretter anbringen lassen, die sie selbst weiß lackiert hatte, es hatte ihr Spaß gemacht, und dort lagen die für das abendliche Studium bestimmten Bücher.

Auf einer Art niedrigem Regal zwischen den beiden Fenstern standen der Radioapparat und der Plattenspieler, und in Fächern darunter lagen die Platten, wobei sich Tsu sämtlicher Musik enthielt, die sie als ‹schnulzig› deklarierte, auch gewisse Stücke Richard Wagners entgingen dieser Klassifizierung nicht, ganz zu schweigen von Schlagern und Beat; Tsu bevorzugte herbe Musik, alles eigentlich, was zu Bach hin tendierte, den sie sehr hochschätzte und von dessen Stücken sie hervorragende Aufnahmen besaß.

Dort befand sich übrigens auch ein wenig benutzter kleiner Fernseher, mit dem sie gelegentlich wissenschaftliche Sendungen heranholte, und das obligate Telefon, das Hitachi in alle Appartements hatte installieren lassen, um die Mitarbeiter jederzeit erreichen zu können.

Das alles fiel auf; verborgen hingegen blieb eine kleine Auswahl

deutlicher Alkoholika, die gewissen seltenen Stunden vorbehalten und dezent in einem Wandschrank versteckt waren.
Als Schünzel das Appartement betreten hatte, war er angenehm berührt gewesen: Das waren genau die Räume, in denen in der Bundesrepublik jene desodorierten hübschen Wesen zu leben pflegten, deren Seelenhygiene nicht anstrengend war, die man mit der Hand fangen konnte wie Löwenzahnsamen und ebenso wieder entlassen, ohne daß die geringste Spur zurückblieb.
«Du hast es gemütlich hier, Tsu», faßt er seinen Eindruck zusammen, und weil ihm das englische Wort für ‹gemütlich› nicht einfällt, sagt er es deutsch und ist dann genötigt, es kompliziert zu umschreiben, wobei sie ihm aufmerksam zuhört, bis sie schließlich kurzerhand übersetzt: «Snug or cozy.»
Beide müssen lachen, zuerst Schünzel, dann auch Tsu, und wenn es je eine innere Spannung zwischen ihnen gab, ist sie jetzt fortgelacht. Schünzel darf erzählen, er tut es gern, er plaudert, die Beine übereinandergeschlagen, lässig zurückgelehnt, die Hand um das Glas, sie hört ihm aufmerksam zu, fragt nicht dumm, sondern klug, zufrieden stellt er fest, daß sie sich nicht auf die Bla-bla-Ebene begibt, und er notiert für sich, daß es erfreulich wäre, diese Frau zu besitzen, sozusagen als eine Art Nebenerwerb, denn selbstverständlich weiß Schünzel bei allem Geplausche immer genau, was er will, und das ist viel.
Gerade weil sie so kühl erscheint, ist sie so reizend, die Tsu, und mittendrin sagt er plötzlich: «Ich würde dich gerne im Kimono sehen, der müßte dir doch auch stehen?»
Sie zieht verächtlich die Mundwinkel, sagt geradezu: «Ich bin doch auch so schön, oder muß ich mich verkleiden?»
Er versteht das nicht, zunächst jedenfalls nicht, zuckt die Schultern. «Es paßt doch nach Tokio.» Diese Auskunft empfindet er selbst als unintelligent, und hastig setzt er hinzu: «Hier ist alles so anders!»
Das ist auch nicht intelligenter, aber Tsu fängt den Ball sofort auf, offenbar hat sie längst darüber nachgedacht und sich entschieden, denn sie erwidert sofort: «Das ist richtig, und das hasse ich. Lebte ich in Ludwigshafen, wäre ich eine anerkannte Chemikerin bei der Badischen Anilin. Da ich in Tokio lebe, bin ich Sekretärin und werde es vermutlich bleiben!»

Das klingt bitter, und in diesem Augenblick sind ihm wieder aufdringlich nah jene europäischen Schaufensterpuppen, er hört Tsu und sieht dabei immer die verdrehten Geschöpfe mit den lächerlich trunkenen Lidschatten, den verruchten.
«Ich besitze einen einzigen Kimono, mit dem ich mich nur dann bekleide, wenn Hitachi es verlangt, verstehst du? Ich darf dann nicht als extravagant auffallen, und das würde schon sein, wenn ich mich so anziehe wie jetzt. Als Arbeitskleidung akzeptieren sie Rock und Pullover, so rückständig sind sie nicht. Aber bei feierlichen Anlässen muß die Tradition gepflegt werden: Vergiß nie, daß du Japanerin bist und keine Chemikerin werden kannst!»
Auch das klingt Schünzel gut in den Ohren, er vermutet jene herbe Distanz zwischen der ehrgeizigen Frau und Hitachi, die er für seine Zwecke nutzen kann; scheinbar unvermittelt fragt er: «Tsu, würdest du eigentlich einen Europäer heiraten?»
Sie stutzt, sie schaut ihn an.
«Ja», bekräftigt er, «beispielsweise einen Bundesrepublikaner, beispielsweise mich?»
Sie lacht keineswegs, sie stellt sachlich fest: «Das ist eine hypothetische Frage», sie denkt ernsthaft nach, erhebt sich und legt eine Platte auf, Bach selbstredend, sie lauscht eine Weile, dann geht sie gedankenverloren, und das erscheint Schünzel an ihr fremd und doch wieder anziehend, zu der Couch zurück, setzt sich selbstvergessen, erwacht und sagt: «Ich hasse wirklich unsere Tradition, weil sie mich hemmt, ich kann nicht das werden, was ich werden möchte. Aber ich kann mir auch wieder nicht vorstellen, daß ich auf diese Tradition verzichten könnte, auf die Parks, weißt du, auf Judo, so albern es klingt, auf die Pagoden, auch auf Kasugai nicht, auf alles das nicht. Müßte ich bis an mein Lebensende in Europa oder Amerika sein, würde ich sicher immerfort daran zurückdenken müssen, und das würde mich von innen heraus hindern, das zu werden, was ich mir vorstelle, ebenso wie es mich jetzt von außen her hindert. Das ist kaum zu begreifen, es ist eine verzweifelte Sache. Aber ich fürchte, das geht allen japanischen Frauen so. Japan für immer zu verlassen ist unvorstellbar, denn im Grunde liegt gerade in unseren Hindernissen auch unsere Stärke. Nein, ich glaube, selbst wenn ich dich liebte, würde ich dich nicht heiraten, weil ich Japan verlassen müßte.»

Er erfaßt die Gelegenheit, fragt: «. . . wenn du mich liebtest?» und packt sie mit der Linken leicht im Nacken.
Sie schüttelt ihn zwar nicht ab, aber sie sagt: «Ich bin nicht sentimental, vergiß das nicht.»
«Nein», sagt er gespielt mürrisch, «das vergesse ich nicht», und gibt sie frei, zündet sich eine Zigarette an und fragt scheinbar sachlich: «Aber die Schaufensterpuppen bei euch, warum sind sie europäisch, warum nicht japanisch?»
Sie zuckt leicht die Schultern. «Ich glaube», entgegnet sie, «wir wünschen uns Europa in Japan, unmöglich natürlich, ein verrückter Wunsch, aber so sind wir vermutlich.»
Die Schaufensterpuppen! Da hat er sie endlich im Spiel, er sagt: «Europa in Japan, aber dazu müßtet ihr erst wissen, was Europa ist, so träumt ihr doch nur davon oder lest darüber – was ist das schon! Die Wirklichkeit ist immer anders!»
«Sicher», erwidert sie trocken, «so ist es. Und gerade deshalb habe ich den Wunsch, Europa kennenzulernen, hinzufliegen, mir alles anzusehen, vielleicht auch zwei drei Jahre dort zu bleiben, aber immer zu wissen, daß ich hierher zurückkehre.»
«Als Sekretärin!» sagt er.
«Als Sekretärin!» bestätigt sie.
«Also», sagt Schünzel so langsam, als überlege er seine Worte beim Sprechen, doch so ist es nicht, er hat sich schon alles überlegt, während Tsu redete, er hat schon alles überschlagen und verrechnet. «Also ja», sagt er und denkt: fünfzehnhundert Dollar, in diesem Fall eine Lappalie, und wenn es zweitausend wären, und fährt fort: «Und wenn ich dich zu einem Trip nach Europa einladen würde, Tsu, wie denkst du darüber?»

2 Kommissar Okiku gähnt ungeniert, er schaut auf die Uhr, noch eine Stunde bis Mitternacht; da stützt er die Ellenbogen auf den Tisch und reibt die Augen mit den Händen.
«Kommissar», sagt Hashimoto und hat einen mürrischen Zug um den Mund, «warum gehen Sie nicht heim? Eingreifen können Sie sowieso nicht, das ist doch unsere Sache. Die Werkspolizei darf sich die Hände dreckig machen . . . Ich begreife nur nicht, warum die Fremdenpolizei die Sache nicht offiziell übernimmt!»

Okiku schaut Hashimoto müde an. «Es wird nicht gewünscht, daß wir unsere Gäste zwingen, das Land zu verlassen. Es sieht besser aus, wenn sie es aus eigenem Antriebe tun. Wir sind eine Demokratie.»
Hashimoto zuckt die rechte Schulter.
«Es ist ein Prinzip», sagt Okiku, «und das akzeptieren wir. Und es ist die Strafe dafür, daß wir ihn überhaupt hereingelassen haben. Da haben mal wieder welche nicht Bescheid gewußt, das ist schlecht. Ein Grund, die Genehmigung zu versagen, hätte sich immer leicht finden lassen. Aber bis jetzt haben wir überhaupt keine gesetzliche Handhabe, ihn auszuweisen. Und im übrigen ist es ja wirklich Sache der Werkspolizei, Betriebsspionage zu verhindern.»
Erbost entgegnet Hashimoto: «Unsere Sache also, na gut! Dann frage ich mich nur, warum Sie bei uns im Betrieb sitzen?»
Diese Frage beantwortet Okiku nicht; er könnte erwidern, er sei sich nicht sicher, daß alles reibungslos verlaufen werde, doch er will Hashimoto nicht erzürnen. So sagt er erst nach einiger Zeit behutsam: «Vielleicht hätte es genügt, diese Akten besser so zu sichern, daß Schünzel keinesfalls heran könnte.»
«Das kann er auch jetzt nicht», antwortet Hashimoto grimmig. «Nicht, wenn er nicht einen Mittelsmann findet, aber wer garantiert uns, daß er nicht doch einen auftut? Schließlich dürfte er gut bezahlen.» Er senkt die Stimme und lächelt schief. «Außerdem, Kommissar, wollen Sie doch wohl erreichen, daß Schünzel Japan verläßt?»
«Jaja», seufzt Okiku.
«Na also!» triumphiert Hashimoto.
Da entschließt sich Okiku endlich, er steht auf und sagt: «Also: dann nicht allzuviel Ärger, und auf baldigen Anruf!»
Hashimoto erhebt sich und verneigt sich, während Okiku zur Tür geht, von dort freundlich zurücknickt und dann rasch den Raum verläßt.
Ergeben läßt sich Hashimoto wieder nieder, er wird warten, er hat warten gelernt. Aus der Tasche nimmt er eine halb gerauchte Zigarette, den Rest seiner geliebten ‹Hope›, prüft, ob sie noch brauchbar ist, und steckt sie widerwillig in den Mund; während er raucht, schließt er halb die Augen, er sieht beinahe aus wie ein

dösender Hund, aber die Augen sind auf den Telefonapparat gerichtet, der schweigt und schweigt; der Mann mit den Nußknakkerkinnbacken hat aufgehört zu denken, jetzt ist es sein Beruf zu warten, und das tut er.

3 Schünzel muß die Treppenbeleuchtung drücken, langsam steigt er die Stufen hinunter, erfüllt von Zufriedenheit; noch vor wenigen Stunden hätte er nicht zu hoffen gewagt, daß keine Schwierigkeiten entstünden, es sind keine entstanden, und er überlegt, ob er das jenen Schaufensterpuppen zu verdanken hat. Wozu Schaufensterpuppen in Tokio nicht gut sein können! Sogar mit Computern haben sie zu tun! Würde er nicht fürchten, daß es im Treppenhaus zu laut hallt, würde er sich nichts daraus machen, wenigstens einmal schallend herauszulachen, aber Tsu hat ihn ermahnt, leise hinunterzugehen, es sei nicht zweckmäßig, wenn ihn jemand sähe, sie alle hier sind ja bei Hitachi beschäftigt. Dann steht er draußen vor dem Haus und blickt sich um, kurz nach Mitternacht, alles ist schwarz, nur die Straßenlaternen tupfen ihre Helligkeit in das Dunkel, einsam ist es hier und stumm, doch er ist nicht unsicher. Tsu hat ihm erklärt, er müsse sich nach rechts wenden und dann stets geradeaus gehen, das wird er tun; bedächtig setzt er sich in Bewegung, er fühlt sich nicht müde, nein, er ist das, was er ‹aufgekratzt› nennt.
Tsu hatte sofort gefragt: «Als deine Freundin?»
Er antwortete: «Das entscheidest du selbst.» Er sah sie an, sagte: «Aber das wäre nicht die Hauptsache, Tsu.»
In diesem Augenblick war endlich die Bach-Platte zu Ende, sie hatte ihn gräßlich gestört.
«Was also ist die Hauptsache?» fragte sie und lehnte sich auf der Couch mit über den Kopf gehobenen Armen so zurück, daß er merkte, sie wollte ihm darstellen, wie gut sie beschaffen war, und er mußte sich gestehen, daß sie es war, weiß Gott, es wäre nicht übel, sie außerdem zur Freundin zu haben.
Diesen Gedanken verdrängte er sofort energisch, schließlich war er Schünzel, und Schünzel war nicht der Mann, der auf solche plumpen Tricks hereinfiel, er antwortete: «Kasugai ist vier Wochen verreist, Tsu. Was ich dir jetzt sage, ist eine Sache des Ver-

trauens, und indem ich es dir sage, weißt du, wie sehr ich dir vertraue. Du kannst mich natürlich enttäuschen, dann habe ich eine böse Quittung bekommen, die werde ich einstecken, aber ich weiß genau, daß du mir eine solche Quittung nicht geben wirst.»
Er hielt inne, er wollte seine Worte wirken lassen, ihnen suggestive Macht verleihen.
Tsu schwieg.
Er sagte: «Du wirst mit mir nach Europa fahren, gut. Wir können uns darüber einigen, was alles du sehen willst, meinetwegen Düsseldorf, meinetwegen Paris, meinetwegen Rom, und ich schwatze dir nichts vor, wir werden die Route festlegen, wir werden die Kosten errechnen, wenigstens im Überschlag, und ich gebe dir die Reisedollars auf die Hand, so daß du von mir völlig unabhängig bist, und ohne Quittung! – Natürlich», fuhr er gedankenvoll fort und sah vor sich hin, sah Tsu absichtlich nicht mehr an, «gibt es auf dieser Welt nichts ohne Gegenleistung, das ist dir klar!»
Jäh hob er den Kopf, sie nickte Einverständnis.
«Ich benötige die Unterlagen für die Weiterentwicklung der Computer. Darüber habe ich mit Kasugai gesprochen. Zu diesen Unterlagen hast du doch Zugang.»
Sie sagte halblaut: «Die Akte liegt im Safe des Büros. Wenn Kasugai da ist, nimmt er sie einmal in der Woche mit nach Hause, dann arbeitet er daheim, jeden Dienstag ist das so. Aber jetzt hat er sie dagelassen, er ist ja verreist.»
Schünzel atmete auf. Er sagte: «Ich will nicht vier Wochen warten, um nochmals mit Kasugai zu verhandeln. Ich muß das Ergebnis so schnell wie möglich nach Düsseldorf bringen. Ich könnte diese vier Wochen benutzen, um hinüberzurutschen, die Unterlagen abzugeben und wieder zurückzukommen.» Absichtlich sprach er salopp.
Sie zog die Beine auf die Couch, jetzt saß sie so da, wie Japanerinnen zu sitzen pflegen, sie machte den Eindruck, als wäre sie in sich versunken und erwäge das Für und Wider. Schünzel fiel plötzlich die große Stille hier draußen auf, er nahm das Schweigen wahr und war davon überrascht, so aufdringlich hatte er Schweigen noch niemals erlebt, es war geradezu körperhaft, als stünde es im Zimmer, nein, als erfülle es den Raum, sei in alle

Winkel gedrungen, in alle Ritzen, durch alle Schlüssellöcher, sauge sich in seinen Anzug, er spürte es auf seiner Haut, das war ein bedrohlicher Zustand, er rüttelte ungemütlich die Schultern, es ließ sich nicht abschütteln.
Endlich sah Tsu auf, musterte ihn nachdenklich, sagte: «Ich würde es vorziehen, als deine Geliebte hinüberzufliegen, indessen ... ich sehe ein, daß dies zuwenig ist, andererseits ... ist das, was du erwartest, nicht zuviel?» Sie schien zu zaudern. «Was ich aufs Spiel setze! Eine sichere Stellung, eine ungetrübte Zukunft, Ansehen auch, die kleine Wohnung – wenn dein Plan mißlingt, habe ich alles verloren. Und eingetauscht?» Sie überlegt. «Die Reise – ja! Ein paar Monate unfaßbares Erleben, ich sage es so, denn es wird so sein – nur: Reicht das für den Rest meines Lebens? Ich ...», sagte sie, faßte nach dem deckenden Augenlid und schob es ein wenig hoch, «werde immer und ewig Japanerin bleiben, da kannst du so viele Schaufensterpuppen vor mir aufstellen, wie du willst. Ich bin trocken genug, um das zu wissen.»
Schünzel begriff, daß es jetzt auf den Bruchteil eines Millimeters ankam, sollten die Zahnräder ineinandergreifen und nicht knirschend auseinanderfahren, er antwortete sofort: «Tsu, dir möchte ich wirklich gönnen, daß du nicht mehr nur träumen mußt. Etwas kann ich noch dazu tun. In Düsseldorf kenne ich einen ganz ausgezeichneten Chirurgen, der mit großem Erfolg Schönheitsoperationen durchführt.» Schünzel tat, als sähe er etwas vor sich. «Ich kannte ein junges Mädchen, eine Schönheit, aber entstellt durch eine Hasenscharte. Als ich sie nach dem Eingriff wiedertraf, war sie makellos.» Er lachte lautlos. «Sie hat einen Jungen geheiratet, der eine Million schwer ist. Eine Hasenscharte hätte der bei aller Liebe nicht genommen.»
Er sah Tsu an, ihm schien, als hätte sich ihr Gesicht verfinstert.
«Was hast du?» fragte er besorgt.
«Oh, nichts», erwiderte sie, «Hasenscharte, es ist vielleicht mein verborgenster Gedanke, so eine Entstellung, das Lid ...»
Er spürte, daß sie zum ersten Male die Kontrolle über sich verlor, er ahnte, was ein europäisches Antlitz für sie bedeutete: keine körperliche, eine gesellschaftliche Entstellung; daß es so tief in ihr saß, bestärkte ihn, er sagte nachdrücklich: «Die Kosten für einen solchen Eingriff übernehmen wir zusätzlich, Tsu.»

Schünzel wartete einen Augenblick, er wollte sein Angebot wirken lassen. Nach einer Weile sagte er leise: «Du mußt wissen, ob dir das meinen Vorschlag wert ist. Du kannst nein sagen, dann werde ich dir nicht böse sein, werde gehen, wir können uns wiedersehen, wenn du willst, unverbindlich natürlich, in vier Wochen erreiche ich sowieso, was ich jetzt erreichen könnte.» Er zuckte die Schultern. «Offen gestanden – ein wenig habe ich es um deinetwillen so eilig, meinen Leuten kann ich schon klarmachen, daß die vier Wochen deine Unkosten wert sind. Ich möchte eben gern etwas für dich tun, und wenn es nur als Dank für diesen Abend wäre.»
So ließ sich Tsu freilich nicht fangen, sofort erwiderte sie: «Damit wir uns richtig verstehen – entweder machen wir ein reelles Geschäft, Wert und Gegenwert, oder gar keins. Der Tausch gegen Sentimentalitäten ist immer ein Verlust.»
«Ein reelles Geschäft!» erwiderte er prompt.
Nun kam sie ihm entschlossen vor, so schnell antwortete sie: «Also einverstanden. Was habe ich zu tun?»
«Du packst morgen die Papiere ein und schickst sie in mein Hotel, das ist alles.»
«Und meine Reise?» Das klang mißtrauisch.
«Mein Gott, Tsu», antwortete er, «so viel Vertrauen wirst du doch zu mir haben . . .»
«Ja», entgegnete sie, «nur hast du selbst von einem reellen Geschäft gesprochen, und da sollten solche Dinge klar sein.»
«Ich würde dir schon jetzt die Schecks geben, aber ich habe wirklich nicht so viel bei mir, darauf war ich nicht gefaßt», sagte er.
«Man sollte auf alles gefaßt sein, nicht wahr», meinte sie kühl. «Mein Vorschlag: Du schreibst mir eine Art Schuldschein für die Reisekosten, weil ich dir Geld geliehen habe. Morgen schickst du mir die Schecks, ich schicke dir die Papiere und den Schein.»
«Das klingt ganz gut», erwiderte er ironisch, «doch nun erinnere ich dich selbst: reelles Geschäft! Was habe ich gegen deinen Schuldschein als Faustpfand?»
Sie hob die Hand zum Augenlid und lüftete es etwas.
«Schön und gut», Schünzel lächelte, «aber zuwenig.»
Sie schien zu überlegen, dann schlug sie zögernd vor: «Wie wäre es mit dem Safeschlüssel?»

Sofort war Schünzel hellwach. Mißtrauisch erwiderte er: «Den brauchst du doch, meine Liebe, wenn du die Papiere herausnehmen willst.»
Tsu sah ihn spöttisch an. «Ich fürchte, du unterschätzt mich. Für die drei Minuten, die ich benötige, um den Safe zu öffnen, leihe ich mir den Schlüssel, der bei der Direktion liegt. Das merkt kein Mensch!»
Sie sagte eindringlich: «Ich muß nur ganz sicher sein, daß ich meinen umgehend zurückbekomme!»
«Also gut!» entschied sich Schünzel. «Du bekommst den Schuldschein, mir gibst du deinen Safeschlüssel als Sicherheit. Und sobald ich deine Sendung habe, schicke ich ihn dir retour. Das können wir alles durch Boten machen, dann geht das Zug um Zug.»
Da erhob sich Tsu, zögerte nicht mehr, ging quer durch den Raum zu dem kleinen Regal, nahm die Handtasche, die sie darauf abgelegt hatte, und kramte darin, und wie sie das tat, sah sie zugleich entschlossen und traurig aus, und in diesem Augenblick spürte Schünzel, daß er sie doch sehr mochte; merkwürdigerweise wurde ihm das gerade jetzt bewußt, als er erreicht hatte, was er zu erreichen trachtete, und das andere eigentlich unerreichbar geworden war; da war kein Flirt mehr zu erwarten, keine Liebelei, keine Liebschaft und keine Liebe, dies alles war endgültig vorbei; er zog aus der Brusttasche einen kleinen Kalender, riß ein Blatt heraus, kritzelte eine Quittung darauf, überlegte bei der Summe, entschied sich für 1500 Dollar, dachte instinktiv: Trotz allem – Vorsicht! und legte den kleinen Fetzen auf die Tischplatte.
Tsu Kubo kam herüber, jetzt nicht mehr Tsu, sondern Fräulein Kubo, nahm das angerissene Blatt, las aufmerksam, was Schünzel geschrieben hatte, faltete es quer und legte den kleinen Schlüssel an die Stelle, wo vorher der Zettel gelegen hatte. Schünzel ergriff ihn rasch, doch nicht zu hastig, steckte ihn zuerst in die Jackentasche, nahm ihn wieder heraus, knipste sein Portemonnaie auf und tat ihn dort sorglicher hinein; dann stand er auf.
«Das wär's», sagte er.
«Das wär's», antwortete Fräulein Kubo und sah ihn hochmütig an.
Und nun geht er also, von Lichtklecks zu Lichtklecks, mit langsa-

men langen Schritten, die Rechte steckt in der Hosentasche, er umschließt mit ihr das Portemonnaie, umschließt den Safeschlüssel, umschließt seinen Sieg, er hat ihn fest in der Hand. Vergessen ist Tsu Kubo, jetzt nur noch eine Figur im Spiel, ein Springer ein Turm eine Dame, gesetzt sind die Figuren, das Spiel ist eröffnet mit Zug und Gegenzug ... mit langen langsamen Schritten, Schünzel geht im Wohlgefühl nach dieser geglückten Eröffnung, in aller Gelassenheit wird er die weiteren Züge tun können, *er* ist's, der dieses Spiel beherrscht, Larrotte, diesem Trottel, zum Trotz.

Die Katze, grau in der Nacht, geschmeidig und lautlos, ausdehnend den Körper schlank lang und lautlos, die weichen Ballen der Tatzen biegsam, springt sie, grau und lautlos, die grünen Lichter groß und starr auf ihr Opfer gerichtet, springt sie von hoch herab oder weit heran, schwebend jedenfalls und gestreckt und lautlos, die blitzenden Krallen, federnd und fliegend schattenhaft dunkel und lautlos. Unsichtbar.

Beschwingt schreitet Schünzel aus, seine Hand spielt mit dem Portemonnaie, Tsu Kubo ist vergessen, irgendwann wird er sie vielleicht wiedersehen als eine Fremde, eine Person, die ihm etwas übergibt, und er wird fliegen, zurück nach Düsseldorf, ein paar Blätter Papier in der Brusttasche. Wie billig das alles ist.

Freilich wundert er sich, daß hier überhaupt kein Verkehr ist, die Häuser werden seltener, die Laternen spärlicher, er beginnt Müdigkeit zu spüren, die Spannung verfällt, die ihn antrieb, er müht sich, den Weg zu erkennen, den er mit dem Taxi herfuhr, aber er vermag sich nicht zu erinnern. Hat sie wirklich ‹nach rechts› gesagt? Ja, ganz zweifellos, ich habe sie nicht mißverstanden! Also geht er weiter und versucht unter einer Laterne die Armbanduhr zu entziffern, er hält sie dicht vor die Augen, und daß es beinahe eins ist, das sieht er, aber die Katze sieht er nicht, die graue schattengleiche lautlose, die mit den weiten geschmeidigen Sprüngen, mit den starrgrünen Lichtern, mit den blitzenden Haken der Krallen, fliegend mit langgestrecktem zähem Körper, die Tatze erhoben. Die sieht er nicht hört er nicht fühlt er nicht, so daß ihn der Schlag nur trifft wie eines elektrischen Stromstoßes unerhörte Spannung, nicht einmal das Bewußtsein ist da, einen Schlag erfahren zu haben, augenblicks ist alles erloschen, die

Nacht wie die Laternen, Schünzel stürzt geradeaus hin auf das Pflaster wie ein gefällter Mast, da liegt er nun, vom Wangenknochen, der auf die Erde schellte, rinnt Blut; doch das fühlt er nicht, er spürt keinen Schmerz, gar nichts, nur Dunkelheit.

Weit von sich, nach vorn gestreckt, liegen seine Arme, aus ihm herausgestoßen gleichsam, doch jetzt lose, wie in den Gelenken gebrochen, nur die rechte Hand umklammert etwas, umklammert die Beute auch jetzt noch.

Es ist zehn Minuten nach ein Uhr.

11. Kapitel

1 Auch an diesem schön aufstrahlenden Morgen tut Larrotte seine Arbeit lässig wie stets, sitzt mit der Pfeife im Mund im Speiseraum, hat ein halb ausgesüffeltes Bier vor sich stehen und sortiert seine Post, kein Brief aus Paris ist dabei, das befriedigt ihn, Briefe aus Paris bringen stets entweder neue Mühen oder auch Ärger. Kein Brief aus Paris – das bedeutet, daß man dort mit ihm zufrieden ist, mehr wünscht er sich nicht, er zieht stark an der Pfeife, drei Einladungen allerdings, er notiert die Termine, das wird ihm Zeit rauben, zumal wenn er nichts über diese Veranstaltungen berichtet, und er wird natürlich nichts darüber berichten. Doch er muß hingehen, das gehört sich so, er wird brav dasitzen, freundlich den Minister grüßen, beflissen, das gehört sich ebenfalls so, wird tun, als wäre er aufmerksam, wird nicht hinhören, sondern vor sich hin denken. Ärgerlich ist es, so sinnlos die Zeit verstreichen zu lassen – von dieser Vorstellung hat er sich immer noch nicht lösen können, daß die Zeit verstreiche, seine Zeit.
Mit einem großen Schluck trinkt er den Rest des Biers aus, rafft die Papiere zusammen, um auf sein Zimmer zu gehen, doch auf dem Gang hält er inne, bleibt stehen und lauscht; es scheint ihm, als höre er aus der Kammer der Mädchen leise, doch heftig streitende Stimmen.
Larrotte schwankt, ob er sich darum kümmern solle, es ist nicht seine Sache, gewiß nicht, aber er mag Yohyo, und so begibt er sich dorthin.
Und Yohyo, die sonst nie zu streiten pflegt, streitet tatsächlich, und sie, sonst so weich und nachgiebig, ängstlich auch, hat einen unvermuteten Ausdruck von Entschlossenheit in ihrem Gesicht.

Sie steht einem noch jungen Mann gegenüber, Larrotte erkennt ihn sofort, es ist Sochan Tajiri, der Bruder, der Yohyo vor Jahren aus ihrer Geborgenheit nach Tokio entführte.
Die beiden sind so in einen Streit vertieft, daß sie zunächst Larrotte nicht bemerken; er bleibt lässig an den Türpfosten gelehnt stehen und hört zu, und mit seinem geringen Japanisch versteht er jedenfalls so viel, daß Sochan Tajiri beabsichtigt, seine Anstellung aufzugeben, obwohl er keine andere in Aussicht hat, einfach weil er es satt hat, weil er es leid ist, weil er nicht mehr mag. So ist Sochan Tajiri eben, er gibt augenblicklichen Regungen nach, voll eines unbestimmten untergründigen Zorns, der unvermutet und heftig auszubrechen pflegt, und sein Gesicht plakatiert das geradezu, ein Gesicht mit einem messerschmalen bitteren Mund und engstehenden unruhigen Augen, die hin und her fahren, als suchten sie einen Halt, ohne ihn wirklich finden zu wollen; die leicht nach vorn geklappten Ohren, die aussehen, als lausche Tajiri auf Stimmen, die nicht für ihn bestimmt sind, auch die kurzgeschnittenen verstrubbelten ungekämmten Haare, fast wie bei einer Kasperlperücke, zeugen von Unrast, fehlt nur noch, daß er eine Pritsche schwänge, um mit klatschenden Schlägen seine ziellosen Proteste zu unterstreichen.
Allerdings sind diese Proteste zu einem erheblichen Teil berechtigt, denn Sochan Tajiri erreichte nicht, was er sich vorgenommen hatte, als er nach Tokio gekommen war, um hier zu studieren; er mußte sich mit dem Studium an einem Technikum begnügen, weil er keine Aufnahme an einer Universität fand; einem Technikum noch dazu, dessen Ausbildung schmalspurig war und den Interessen ganz bestimmter Betriebe diente, die technischen Nachwuchs billig einkaufen wollten. Das sah Tajiri natürlich von Anbeginn an, er vermochte es indessen nicht zu ändern, schwur sich aber und verkündete das auch laut, daß ihn das alles nicht scheren werde; er wolle vielmehr beweisen, daß es trotz dieser ungünstigen Ausgangslage möglich sei, an die richtige Stelle zu gelangen, wobei er sich freilich zunächst unter ‹richtiger Stelle› nichts scharf Umrissenes vorzustellen wußte. Immerhin ging er mit verzweifeltem Eifer an die Arbeit, wobei ihn gleich wieder hinderte, daß er in jenen Studenten-Slum mußte, wo er auch Yohyo kurze Zeit untergebracht hatte; hier war es beinahe un-

möglich, in Ruhe zu arbeiten, nicht nur, weil er mit fünf anderen Studenten der verschiedensten Disziplinen und Semester die gleiche 8-Matten-Bude teilen mußte, so daß sie keine richtigen Arbeitsplätze hatten und oft genug durch Besuchergewäsch behindert waren, sondern auch, weil jetzt alle möglichen neuen Ideen auf ihn eindrangen, ihm nahegebracht wurden, angefangen von den kraß rechtsstehenden und faschistisch zu nennenden Samurai-Studentengruppen bis hin zu Anarchisten Stirnerscher und Bakuninscher Prägung. Tajiri las politische Schriften und fand sich angezogen von ‹Der Einzige und sein Eigentum›, das seinen Wunschträumen Nahrung gab, weil er sein eigenes Wesen als schrankenlos entfesseltes Individuum sich am besten vorzustellen vermochte, was ihn jedoch nicht hinderte, kurze Zeit auch Unterschlupf bei der kommunistischen Zelle innerhalb von Zenga-kuren zu suchen, die er indessen sehr bald wieder mied, weil ihm ihre straffe Gliederung zuwider war und die Überlegtheit, mit der sie sich von aussichtslos scheinenden Protestaktionen fernhielt.
Seine Misere bedrückte ihn, feuerte aber zugleich seine Überheblichkeit an, er mischte sich unter viele Cliquen, doch wenn er dort nicht sehr bald – und das gelang ihm niemals, weil er zu wirr redete und handelte – eine dominierende Rolle spielte, verließ er sie mit drohenden Reden, in denen er alle anderen als Halbidioten abstempelte; er versuchte es zeitweilig sogar mit Intrigen, aber da ihm auch dazu die Ausdauer und die verschwörerische Stummheit fehlten, die Geduld, auf seine Stunde zu warten, brachen solche Versuche stets bald zusammen.
Seine Schwester hatte er ebenfalls nur aus einer Laune heraus nach Tokio geholt, er überließ sie bald sich selbst, war schließlich sogar froh, daß sie in dem Hotel jene Stelle gefunden hatte, wenn er auch wütend dagegen wetterte; selten nur sah sie ihn dort, er überließ sie sich selbst.
Zuweilen spielte er auch die shamisen und dichtete selber miserable Protestsongs, trat öffentlich auf und erntete geringen Beifall, mischte sich in dieser Zeit auch unter die Gammler und Hippies, lebte ein paar Wochen mit einem Blumenmädchen zusammen, versuchte mit ihr gemeinsam das Haschischrauchen und schmiß sie aus seiner Bude, als er feststellte, daß sie ohne sein Wissen mit einer ganzen Reihe von Kommilitonen des Beischlafs frönte.

Bald verrieten die fahrigen Handbewegungen, mit denen er sich bei jeder Gelegenheit gleichsam verzweifelt durch die Haare fuhr, als wollte er sie ausraufen, verrieten auch die gewaltsam geweiteten Augen, wenn er plötzlich mitten in dieser Bewegung innehielt, daß seine Nerven überbeansprucht waren; unter solchen Umständen mußte es wie ein Wunder erscheinen, daß er alle Zwischenprüfungen nicht nur bestand, sondern mit hervorragenden Ergebnissen ablegte, ja, daß er darüber hinaus eine Art Privatstudium absolvierte, weil ihm im fünften Semester klargeworden war, daß er allein mit der Ausbildung, die dieses Technikum vermittelte, niemals Anstellung bei einem der hervorragenden Konzerne finden würde.

Das aber wollte er, mußte er, das hatte er sich fanatisch vorgenommen, denn damit konnte er alle negativen Meinungen über sich widerlegen, es war die einzige Chance für ihn; mitten in diesem fünften Semester ließ er denn auch alle Nebenbeschäftigungen, alle politischen Engagements fahren, die ihm, wie er meinte, sowieso keinen Ruhm eintragen würden und keinen Erfolg. Er kannte jetzt nur noch seine Bücher und seine Versuche; es blieben ihm aber die wirre Rede, nun häufig durch ein scheinbar unmotiviertes Stottern gebrochen, und jene haarraufende Handbewegung, genug, ihn absonderlich erscheinen zu lassen.

Wovon er eigentlich lebte, hätte er selbst kaum zu sagen gewußt, denn die Unterstützung des Onkels war unwesentlich und blieb oftmals aus, da dessen Gehalt nur gering war und für unvorhergesehene Notfälle in der Familie nicht ausreichte; also machte Tajiri Gelegenheitsarbeiten da und dort, und dabei war er sich für nichts zu schade. Allerdings rechnete ihm das niemand zum Lobe an.

Tajiri verlängerte sein Studium selbst um drei Semester, weil ihm klar war, daß seine Kenntnisse noch unzureichend, seine Fertigkeiten nicht genügend ausgebildet waren; in dieser letzten Zeit sah er sich bereits nach einer ihm geeignet erscheinenden Position um, bemerkte auch tatsächlich, wie die Wirtschaftsstruktur Japans von den Großbanken planmäßig gewandelt wurde, welche Schwerpunkte man bildete, und er konzentrierte seine Studienarbeit auf die Mikroelektronik, einen Zweig, in dem dringend neue Kräfte benötigt wurden.

Als er sein Studium beendet hatte und seine Stunde gekommen glaubte, begnügte er sich nicht mit den Stellenausschreibungen an seinem Technikum, sondern sah auch die an den hochgeachteten Universitäten ein, dabei reizte ihn der Hitachi-Konzern, und er verfaßte ein Bewerbungsschreiben, in dem er hemmungslos seine Begabung und seine Kenntnisse herausstrich, und zwar mit solcher Suggestivkraft, daß er eines Tages aufgefordert wurde, sich vorzustellen.

Niemand sagte ihm, welchen Eindruck er gemacht hatte; man fragte ihn nach seiner Familie, diese Frage suchte er zu umgehen – mit Glück, wie ihm schien –, während er in Wahrheit gerade damit Argwohn erweckte, aber noch war er nicht abgeschrieben. Er landete schließlich im Büro Kasugais, übrigens bevor Tsu Kubo dort als Sekretärin tätig war, und Saburo Kasugai unterzog Tajiri einer Prüfung, die sich sowohl auf Sachfragen bezog als eben auch wieder auf seine Familie, und wenn Tajiri bisher den Fragen nach seiner Familie wenigstens scheinbar hatte ausweichen können, bei Kasugai war das unmöglich, der beharrte auf Auskünften, der notierte sich Anschriften, der – darüber war sich Tajiri in stummem Zorn sehr bald klar – würde auch nachfragen. Genau an dieser kritischen Stelle gab Tajiri es auf, er erhob und verneigte sich und sagte hochmütig, er habe Fähigkeiten und Leistungen zu verkaufen, jedoch keinen Familienklüngel; wenn man hier so rückständig sei, verzichte er auf weitere Bemühungen – und er ging, das Messer der völligen Niederlage im Herzen.

Er ging nach Hause, hockte sich auf sein Mattenlager, brach in einen Tränenstrom aus, und als ihn einer der Studenten mitleidig ansprach und an der Schulter rüttelte, sprang er auf und schlug auf ihn ein, so daß alles in einer handfesten Prügelei endete, die ihn ernüchterte.

Geduckt wie ein geschlagener Hund begab er sich ins Technikum und bewarb sich nun um eine der dort ausgeschriebenen Stellen, völlig gleichgültig, ob er angenommen würde oder nicht, vielleicht wurde er gerade deshalb akzeptiert, weil seine Antworten nun aller Aggressivität entbehrten. Er wurde als Jungingenieur von der Tokyu Engineering eingestellt, einem zweitrangigen Unternehmen mit knapp neunhundert Beschäftigten, das, ihm zum Hohn, für den Hitachi-Konzern Zulieferungen durchführte.

Das war das Ende seiner Träume; hier gab es weder Lohn nach Dauer der Betriebszugehörigkeit noch eine garantierte Lebensstellung, hier gab es weder einen erheblichen beruflichen Aufstieg noch die Möglichkeit, sich durch Forschungen und Entwicklungen auszuzeichnen, er würde eben eine Zeitlang Jungingenieur sein und dann Ingenieur werden und bleiben, falls diese Firma nicht eines Tages unter dem Preisdruck, den Hitachi erbarmungslos ausübte, zusammenbrach. Das einzige Gute, das es bei der Tokyu Engineering Ltd. gab, war eine exakt organisierte Gewerkschaft, die sich nicht nur mit Lohnstreit begnügte, sondern sich auch politisch deutlich nach links profilierte; gerade diesen Vorzug jedoch nutzte Tajiri nicht, er vermochte darin keinen Nutzen zu sehen, jedenfalls nicht für ihn persönlich, und höhnisch verzichtete er darauf, etwa Gewerkschaftsversammlungen zu besuchen und sich, wie er es nannte, Strohdrescherei anzuhören.

Und nun hat er es satt und steht vor seiner Schwester und verteidigt seinen Entschluß, die Tokyu Engineering Ltd. zu verlassen und irgend etwas anderes zu tun.

Wozu erklärt er das seiner Schwester? denkt Larrotte verwundert, doch wenig später wundert er sich nicht mehr, denn Yohyo sagt: «Wenn du grundlos kündigst, kriegst du keine Unterstützung, deshalb kommst du zu mir, und wenn du in Not bist, werde ich dir immer helfen, ich bin deine Schwester, und das ist meine Pflicht, aber es ist nicht gerecht, das von mir zu erwarten, ohne daß es nötig ist, nicht wahr?»

Aber Sochan Tajiri ist solchen Argumenten unzugänglich, er macht sich steif, wirft ihr vor: «Wem verdankst du denn diese Stellung hier, Yohyo, wer hat dich nach Tokio geholt?»

Dieses Gespräch wird, das weiß Larrotte, mit einer Kapitulation Yohyos enden; deshalb räuspert er sich, beide verstummen und sehen ihn an, und kaum daß Yohyo erkennt, wer da steht, verneigt sie sich, und auch Sochan Tajiri fühlt sich bemüßigt, eine Verbeugung wenigstens anzudeuten, schließlich ist er ein gut erzogener Mann.

In das Schweigen hinein bittet Larrotte: «Ich brauche auf mein Zimmer eine Dose Bier, Yohyo, ich habe zu arbeiten.»

In diesem Augenblick macht ihn ein Geräusch beim Fahrstuhl

aufmerksam, es sind stockend-schlurfende Schritte, die er hört; immer noch an den Türpfosten gelehnt, wendet er den Kopf und erblickt Schünzel, der, angestrengt und ohne irgendwohin zu schauen, nur vor sich hin starrend, seinem Zimmer zustrebt. Daß der Anzug beschmutzt ist, bemerkt Larrotte erst später; was ihn erschreckt, ist ein Pflaster, das sich von der Schläfe bis übers Ohr zieht, er eilt zu Schünzel, faßt ihn unter den Arm und sagt: «Was ist denn passiert, sind Sie überfahren worden?»
Das klingt wirklich besorgt, wütend knurrt Schünzel zurück: «Das kann man wohl sagen!» und macht nicht den Eindruck, als wäre er für Larrottes Hilfe dankbar.
Er muß stehenbleiben, um Atem zu schöpfen, da haben auch Yohyo und Tajiri bemerkt, was geschehen ist, und kommen zu Hilfe, und Yohyo sieht sehr erschrocken aus.
Ein Verdacht wird in Larrotte wach, er fragt leise: «Sind Sie angefallen worden, Schünzel?»
Der sieht ihn tückisch an und erwidert grob: «Unsinn, Larrotte! Ich war nachts unterwegs, es war dunkel, ich bin gestolpert und wohl mit dem Schädel gegen eine Laterne gedonnert, heute morgen hat man mich aufgeklaubt und in ein Krankenhaus gebracht.» Er atmet tief auf, er sagt: «Ist ja nicht weiter schlimm, ich vertrage schon einen Stoß, nur mein Gehirn brennt» und steht immer noch und befiehlt plötzlich: «Da helfen Sie mir doch endlich, fassen Sie zu, ich will in mein Zimmer, verdammt!»
Auf einmal wird Larrotte wütend – wozu soll er mit diesem Burschen Mitleid haben, diesem Strauchdieb? –, grimmig faßt er ihn fester und rücksichtslos und zerrt ihn voran und sieht mit Genugtuung, daß Schünzel die Zähne zusammenpreßt, also hat er mehr Schmerzen, als er zugeben will.
Yohyo zieht ihm die Schuhe aus, sie und ihr Bruder legen ihn behutsam auf das Bett, während Larrotte sich zurückgezogen hat und am Türpfosten lehnt, nur hat er die Tür geschlossen.
Kaum liegt Schünzel, fordert er: «Das Telefon!» Sochan Tajiri reicht es ihm vom Nachttisch hinüber, aber wie der beigefarbene Kasten auf der Bettdecke steht, grübelt Schünzel plötzlich, dann verlangt er sein Notizbuch aus der Jackettasche und blättert darin, die Lippen zusammengepreßt; schließlich, das Büchlein in der Linken, wählt er mit der Rechten, und noch an der Heftig-

keit, mit der er das tut, erkennt man seinen Zorn. Er sagt: «Reden Sie mit mir englisch, ich bin kein Japs!», und wieder: «Verstehen Sie mich nicht, Sie haben mich doch sonst verstanden, reden Sie englisch!»
Er lauscht, er schüttelt den Kopf, während Larrotte aus dem entfernten Hörer eine leise weibliche Stimme knistern hört. Schünzel wirft einen schrägen Blick zu Larrotte und verstummt, er schüttelt den Hörer, als könne er diese unaufhörlich leise knatternde Stimme herausschütteln, er sieht Tajiri an, der verwunderlicherweise achtungsvoll neben dem Bett steht, dienstbeflissen beinahe, und befiehlt ihm: «Erklären Sie der da mal, daß ich Fräulein Kubo zu sprechen wünsche!»
Sochan Tajiri nimmt den Hörer, der Apparat bleibt auf dem Bett stehen, und spricht schnell und mit entschiedener Betonung, lauscht der Antwort, bedeckt die Muschel mit der Hand und sieht fragend Schünzel an.
«Sie sagen, die Dame wäre verreist.»
«Wie lange?» fragt Schünzel.
Und wieder redet Tajiri japanisch und bedeckt wieder die Muschel und sagt: «Vier Wochen mindestens.»
Schünzels Gesicht verzerrt sich, und wenn er nicht im Bett läge, würde er jetzt mit dem Fuß aufstampfen, dieses Gefühl hat Larrotte, und Schünzel befiehlt: «Sagen Sie diesen Gangstern, ich will jemanden sprechen, der Englisch versteht!»
An dieser Stelle beginnt Larrotte zu ahnen, daß etwas vorgefallen ist, das mit Schünzels Auftrag zusammenhängt; er klopft laut ungezogen demonstrativ die leere Pfeife am Türpfosten aus, es gibt für ihn keinen Zweifel daran, daß Schünzel eine erste Quittung erhalten hat, Genugtuung erfüllt ihn darüber, daß Schünzel auf dem Weg, der seinem Wesen entspricht, wieder einmal gestolpert ist – so glatt gehen die Rechnungen in Tokio nicht auf wie in Düsseldorf. Das Pflaster überm Ohr wird Schünzel nicht abhalten von seinem Vorhaben, das ist Larrotte klar, also mag er weitermachen, wie er will. Larrotte wendet sich und verläßt den Raum, so daß er nicht mehr hört, wie Tajiri, wieder den Hörer abdeckend, sagt: «Sie behaupten, bei ihnen verstünde niemand Englisch, es müsse wohl alles ein Irrtum sein . . .»

2 «Das haben Sie alles sehr gut gemacht, Fräulein Kubo», sagt Hashimoto, als Tsu den Hörer langsam auflegt.
Sie sieht ihn an. «Es war wohl nicht ganz anständig?» fragt sie zurück, aber nicht unsicher, sondern in heimlichem Triumph.
Er erwidert: «Wie sollten wir ihm sonst beikommen? Eine Ausweisung kam nicht in Frage. Nun kann er darüber nachdenken, wie man sich in einem anderen Land benimmt. Ich hoffe, er *wird* darüber nachdenken und uns weitere Scherereien ersparen!»
Es entsteht eine Pause, ehe er fortfährt. «Für den Versuch, uns zu bestehlen, ist er eigentlich noch ganz gut weggekommen. Er wird Schädelschmerzen haben, weiter nichts, hoffentlich heftige! Vielleicht ist es sogar eine leichte Gehirnerschütterung, das wäre nicht schlecht, verdient hat er es . . . So», bricht er plötzlich seine Erwägungen ab, «und nun kommen wir zum letzten Teil unseres Unternehmens!»
«Gewiß», erwidert Tsu Kubo geschäftlich.
Aus der Tasche holt Hashimoto einen kleinen Schlüssel, er hält ihn vor sich in die Luft, betrachtet ihn und sagt: «Das ist der Vielumworbene!» und legt ihn behutsam auf die Tischplatte, und Tsu Kubo, mit unbewegter Miene, zieht die Schublade auf, öffnet die kleine Kassette, die sich darin befindet, und birgt dort den Schlüssel, und ebenso langsam und sorgfältig verschließt sie alles.
Noch wartet Hashimoto, er sagt: «Wir möchten den Tausch beenden, Fräulein Kubo, wir möchten nicht, daß Restbestände übrigbleiben. Ich glaube nicht, daß Sie diesen Schlüssel an Schünzel ohne weiteres auslieferten.»
«Nein», erwidert sie und rührt sich nicht.
«Also», sagt Hashimoto entschlossen, «wie steht es damit? Ich nehme an, eine Art Pfand?» Und dann leichthin: «Keine Sorge, er erhält es nicht zurück, wir nehmen es in Verwahrung – für alle Fälle!»
Da erhebt sich Tsu Kubo, geht zum Schrank hinüber, in dem sich die Handtasche befindet, und entnimmt ihr jenen kleinen, aus einem Notizbuch herausgefetzten Zettel mit der Handschrift Schünzels, sie wirft ihn auf die Tischplatte, sie sagt nur: «Da!»
Hashimoto ergreift ihn und liest ihn aufmerksam, studiert ihn beinahe, dann, immer noch den Zettel in der Hand, blickt er Tsu Kubo an und fragt: «Traurig?»

«Ach», sagt sie, und dann entschlossen: «Ein bißchen schon! Es war ein schöner Traum!»
«Das verstehe ich», antwortete er, und während er den Zettel sorgfältig mit zwei Fingern knifft und ihn in seine Brieftasche rutschen läßt, meint er: «Ein gefährlicher Traum!»
Darauf schweigt sie. Was soll es auch noch zu reden geben? Auf jeden Fall wird sie Sekretärin bleiben, wird weiter in der Firma Hitachi aufsteigen, wo sie noch mehr Vertrauen genießen wird als bisher; das aber wird alles sein bis ans Ende ihres Lebens; niemals wird sie ein Flugzeug besteigen, um über die halbe Welt zu fliegen und dann Europa zu sehen, Düsseldorf München Hamburg, ja, und Paris und Rom, stets werden das nur Namen bleiben, in ihren Ohren wird sie den Klang haben, den Schall, ihr wird bleiben der Traum aller Schaufensterpuppen, ihr werden bleiben die leichtgeschlitzten Augen.

3 Und wenn das Schünzel bisher nicht deutlich war, jetzt ist es ihm klar, er läßt seinen Kopf auf das Kissen zurücksinken, der dröhnt, aber zwischen dem Dröhnen weiß er, daß er sein Ziel wieder nicht erreicht hat; warum und wodurch und wieso — das kann er nicht fassen, und die Einzelheiten sind ihm offen gestanden auch ganz gleichgültig; wenn er etwas empfindet, dann Haß auf Tsu Kubo, die er in seinem brennenden Hirn mit den bösesten Schimpfworten belegt, mit Drohungen bedenkt, von denen er doch genau weiß, wie gegenstandslos sie sind; denn so wie er auf der mitternächtlichen Straße ohnmächtig lag, so liegt er auch hier im Hotel ohnmächtig auf seinem Bett. Yohyo und Sochan Tajiri stehen stumm achtungsvoll verständnislos da und schauen ihn an, wie er die Augen geschlossen hält, gewärtig, daß er sie öffnen und einen Wunsch oder Befehl äußern werde, und Yohyo hat das Bier für Larrotte tatsächlich vergessen.
Wie er so daliegt, ist Schünzel wirklich ratlos, und wenn er nicht krampfhaft nachdächte, was er noch tun könnte, wäre er tatsächlich entmutigt; untergründig ist dieses Gefühl in ihm, aber es kann nicht durchdringen, und plötzlich fällt ihm sein Zettel, seine Quittung ein. Wenn Tsu Kubo ihm den präsentiert! Dann erschlage ich sie, denkt er voll Haß und weiß, sie wird es nicht wa-

gen, das nicht! Aber auch so ist der Zettel schlimm genug, das einzige Indiz, ein Beweisstück, das er nicht entkräften könnte, würde es ihm einmal vorgelegt werden; ihn könnte nur sichern, erhielte er es von Tsu Kubo zurück; aber dafür sieht er im Augenblick gar keine Möglichkeit.

Verschlagen wurde Schünzel in ein nun gefährliches Abenteuer, und so verschlagen er ist, so wenig Rat weiß er sich jetzt; es ist ihm nicht nur, als seien alle Handgriffe abgebrochen, an denen er sich festgehalten hatte – nein, es ist ihm, als seien seine Hände abgefallen und er habe nichts mehr zum Zugreifen. Eigentlich könnte er noch ein paar Stunden so mit geschlossenen Augen auf seinem Bett ruhen, er hat nichts zu versäumen, außerdem schmerzt ihn der Schädel; das beste wäre zweifellos, sich dem Nichtstun und Nichtdenken hinzugeben, doch sogar in seinem taumeligen Zustand blitzt auf einmal die Erinnerung an das Gespräch in Düsseldorf auf, und mit eins ist ihm gegenwärtig, worum das Spiel geht, er darf das Spiel nicht verlieren, seine große Chance! Doch auch das weiß er, daß er es nur gewinnen kann, wenn er schnell handelt, und mag es waghalsig sein, aber wie soll er handeln mit abgefallenen Händen?

Angestrengt öffnet er die Lider halb, und dann öffnet er sie weiter, denn rechts und links seines Bettes sieht er zwei Menschen stehen, Yohyo und einen Fremden, die hatte er ganz vergessen, wozu stehen sie da?

Er richtet sich auf, stützt sich auf den Ellenbogen ab, er muß wieder denken können, er befiehlt Yohyo: «Einen Kaffee, stark, schwarz!», wartet gar keine Antwort ab, sondern wendet sich sofort an den Fremden: «Wer sind denn Sie?»

Das hat den Ton von ‹Was suchen Sie hier eigentlich, Sie haben hier nichts zu suchen!›, doch erstaunlicherweise reagiert Tajiri nicht, wie er es sonst tun würde; vielleicht nimmt er an, daß Schünzel nicht genau wisse, was er rede, er antwortet also ziemlich sanft und bereitwillig: «Ich heiße Tajiri und bin der Bruder Yohyo Tajiris.»

So, das hat Schünzel begriffen, aber das andere noch nicht. «Was tun Sie denn . . .?» fragt er, dabei vergißt er das Wort ‹hier›, so hatte er es gemeint, und es ergibt sich ein Mißverständnis; Tajiri glaubt nach seinem Beruf gefragt worden zu sein, und nun schon widerwillig erwidert er: «Ingenieur!» Im gleichen Augenblick wird Schünzel aufmerksam. Er betrachtet den Mann genau, natürlich vermag er sich von ihm kein Bild zu machen. Immerhin beginnt er wieder gelassener zu reagieren, der Schock ist überwunden, und er nimmt sich vor, sich diesen Tajiri genauer anzusehen, diesen Ingenieur. Er muß jetzt jede Möglichkeit prüfen, die Zeit drängt.

Also erhebt er sich behutsam, noch schmerzt der Kopf, er sieht an sich herunter, stellt fest, daß seine Hose beschmutzt ist, nimmt eine andere aus dem Schrank und beginnt sich umzukleiden; ebenso prüft er die Jacke und wirft sie mit einer unwilligen Bewegung in eine Ecke, nachdem er seine Brieftasche herausgenommen hat. Immer noch steht Tajiri wartend da, Schünzel tut, als beachte er ihn nicht, sondern begibt sich ins Badezimmer, prüft die Rasur seines Gesichts, fährt ein paarmal mit dem Elektrorasierer darüber, prüft den Sitz der Krawatte und schließlich das Pflaster über dem Ohr, dessen Zustand ihn offensichtlich wenig befriedigt, denn er verzieht angewidert den Mund, läßt es jedoch kleben, weil er kein anderes hat.

Noch ist er mit sich beschäftigt, als Yohyo hereinkommt, er deutet nur mit dem Daumen zum Tischchen, sie stellt das Tablett hin, er streckt den Kopf aus dem Bad, nun erst scheint er Tajiri wieder zu sehen, er fragt ihn: «Auch einen Kaffee? Oder was Alkoholisches? Ich möchte mit Ihnen reden!»

Dumpf spürt Tajiri, hier spinne sich etwas an, er hat sein Gespräch mit Yohyo vergessen, seinen Entschluß, aus der Tokyu Engineering Ltd. auszuscheiden, er antwortet knapp: «Sake am besten!», und Schünzel bestellt ihn bei Yohyo, die ihn gleich darauf hereinbringt. Sie verneigt sich vor dem Bruder, der plötzlich in einen Gast verwandelt wurde; der prüft die Temperatur des Sake und nickt Zustimmung.

Die beiden Männer sitzen einander gegenüber, noch redet Schünzel nicht, er schlürft seinen Kaffee, zündet sich eine Zigarette an, denkt dann erst daran, Tajiri eine anzubieten, schlürft wieder einen Schluck, er fühlt sich schon wohler.

Yohyo geht in ihre Kammer zurück und wundert sich darüber, daß sie sich traurig fühlt, denn dafür ist kein Grund vorhanden, im Gegenteil, sie müßte froh sein, daß der Bruder offenbar seinen

Plan, die Firma zu verlassen, vergessen hat. So ist Zeit zum Überlegen gewonnen, und wie sie den Bruder kennt, wird er nach dieser heftigen Aufwallung eine geraume Weile auf sein Vorhaben nicht mehr zurückkommen. Warum also ist Yohyo traurig?
Drinnen hat Schünzel seine Tasse hingestellt, noch einmal nach dem üblen Pflaster getastet, sich bequem zurückgelehnt und ein Gespräch begonnen, das knapp hin und her geht.
«Sie sind Ingenieur?»
«Ja.»
«Bei welcher Firma?»
«Tokyu Engineering.»
«Kenne ich nicht.»
«Das glaube ich.»
«Unbedeutend also?»
«Ja.»
«Und was produzieren Sie?»
«Kein klares Programm. Was angefordert wird.»
«Angefordert – von wem?»
«Hitachi.»
Schünzel macht ein gleichgültiges Gesicht, aber Spannung durchdringt ihn. «Ist das ein Zubringerbetrieb für Hitachi?»
Sochan Tajiri verzieht abschätzig den Mund. «Ja. Wie viele andere. Das ist unser Unglück.»
Augenblicks entschließt sich Schünzel, auch weiterhin den unbeteiligt Interessierten zu markieren, er will diesem Tajiri keine Trümpfe in die Hand spielen, jetzt und in Zukunft nicht, diesem unwirsch aussehenden Mann, dessen Schwester er in unangenehmer Erinnerung hat; weiß der Teufel, ob der sich nicht auch wie eine Jungfrau benimmt, also Vorsicht!
Darum beginnt er abermals das Schauspiel, die Kaffeetasse an den Mund zu heben und einen weiteren Schluck zu schlürfen, obwohl er am liebsten aufspringen und den andern an der Schulter schütteln möchte, herausschütteln aus ihm alles, was er an Informationen benötigt, denn er spürt wieder einen Griff in der Hand, an dem er sich hochziehen, an dem er sich in das Flugzeug schwingen könnte – vielleicht.
«Warum ist das Ihr Unglück?» fragt er.
Tajiri zuckt die Schultern, in ihm war eine ganz unbestimmte, un-

beschreibbare Hoffnung aufgeflackert, und würde er jetzt gefragt, er vermöchte nicht den Grund anzugeben; indessen war es ganz einfach – manchmal überkamen ihn solche Gefühlsanwandlungen, die ebenso rasch wieder abebbten, und jetzt ebbt dieses Gefühl ab. Tajiri denkt sogar flüchtig daran, daß es besser wäre, das Gespräch mit der Schwester fortzusetzen, doch nun kann er dieses Zimmer nicht verlassen, er nimmt einen Schluck Sake, erst danach legt er die Hand prüfend an die Silberflasche und zollt Yohyo Anerkennung: «Genau die richtige Temperatur, Yohyo versteht ihr Geschäft!» Er erklärt: «Wir können nicht die Produktion entwickeln, die unter unseren technischen Gegebenheiten die günstigste, die profitabelste wäre. Wir sind mit unserer kleinen Bude . . .»

Schünzel unterbricht ihn: «Wieviel Beschäftigte?»

«Knapp neunhundert», erhält er zur Antwort, und dazu nickt Schünzel verständnisvoll: Er weiß, daß dies jene ungünstige Größenordnung ist, die zwar eine Pleite verhindert, die aber nicht ausreicht, um zielgerechte Marktforschung zu treiben und die Produktion danach einzurichten, weil es an Investitionsmitteln mangelt und die Bankkredite zu sehr belasten.

Tajiri hat seinen Gedankengang vergessen, als er Schünzels Frage beantwortete, er sitzt verloren da, Schünzel begreift, daß er ihn anstoßen muß; das ist offenbar ein Mensch, der einen Anstoß braucht, um vorwärts zu gehen, aber dann schießt er vermutlich voran und über das Ziel hinaus, so schätzt er ihn ein, und gerade deshalb mahnt er sich zur äußersten Vorsicht; er hilft: «Was sind Sie also mit Ihrer kleinen Bude?»

Da stößt Tajiris Aggressivität plötzlich durch, er fragt laut zurück: «Wozu wollen Sie das wissen?»

Aber solche Situationen kennt Schünzel, da ist er der Überlegene, weil er die Ruhe behält, also zuckt er die Schultern und sagt mit gespielter Gleichgültigkeit: «Wir können unser Gespräch auch abbrechen, wenn Sie wollen . . .»

Darauf erwidert Tajiri nichts, er starrt nur mürrisch in seinen Sake-Becher.

«Wir können es aber auch fortsetzen», fährt Schünzel fort, «ich bin ebenfalls aus der Branche, deshalb interessiert mich das. Sie wissen ja selbst, daß man sich gern informiert, wie die Entwicklung in andern Ländern verläuft. – Nun ja, wie Sie wollen.»

Gerade, daß Schünzel ihm alles so völlig anheimstellt, treibt Tajiri an, nun doch zu reden, er sagt: «Wir sind mit unserer kleinen Bude einfach darauf angewiesen, daß wir von Hitachi Serienaufträge bekommen, und wir dürfen uns nicht weiter darum kümmern, ob diese Serien für uns günstig laufen oder nicht. Es ist also mal so, mal so, doch insgesamt gesehen fressen sie uns auf. Das wollen sie aber gar nicht, sie wollen uns nicht übernehmen, dann müßten sie nämlich mit größerem Gewinn produzieren, dann müßten sie investieren, und niemals könnten sie die Serien so billig herausquetschen, wie wir es tun.» Er wiederholt gepreßt: «Herausquetschen – das ist genau der richtige Ausdruck!»

«Na gut», meint Schünzel leichthin, «aber was kann das Sie kratzen? Sie haben dort Ihren Job!»

«Schöner Job!» fährt Tajiri hoch. «Forschung fällt aus wegen Nebel! Wir improvisieren bloß, und zwar auf die primitivste Weise, verändern da was und dort was, damit die Bude weiterläuft und die Produktion bringt. Wir montieren da was dran, dort was ab, ich bin kein Ingenieur, ich bin ein Flickschuster!»

Aha, denkt Schünzel, und dann redet er zu: «Aber vermutlich sind Sie bei Ihrer Firma ein höher geschätzter Mitarbeiter als in irgendeinem Konzern, wo Sie nur einer unter Hunderten und Tausenden wären.»

«Geschätzter Mitarbeiter!» faucht Tajiri. «Das nützt mir einen Dreck! Niemand garantiert mir meine Stellung; macht die Bude zu – und das macht sie eines Tages –, liege ich auf der Straße. Keiner fragt dann nach mir. Und eine andere Stellung nach dieser – da habe ich nicht gerade den besten beruflichen Ausweis! Und selbst wenn wir noch ein paar Jahre durchhalten: Jetzt habe ich vierzig Prozent des Gehalts, das ich bei einem Konzern hätte, und je älter ich werde, um so mehr vergrößert sich der Abstand. Nein, ich streue mir keinen Sand in die Augen!»

Obwohl Schünzel erst kurze Zeit in Tokio ist, empfindet er doch, wie ungewöhnlich solche derben Äußerungen für einen Japaner sind, ungehörig eigentlich. Aber gerade das ermutigt ihn, das Gespräch fortzusetzen, wenn er auch noch keine Vorstellung davon hat, wohin es treiben könnte. Immerhin weiß er jetzt schon, daß

Tajiri sich sozial degradiert fühlt und daß er kein demütiger Mensch ist, nein, das ganz bestimmt nicht. Schünzel ist geübt, Menschen einzuordnen, und Tajiri schätzt er als einen Menschen ein, der aufsässig ist, also für gewagte Unternehmungen brauchbar; aber unberechenbar, also mit Vorsicht und Abstand zu behandeln.
Schünzel nickt scheinbar schwermütig, als gehe ihm Tajiris Schicksal zu Herzen, er tut, als zögere er, und fragt behutsam: «Und Ihre Prüfungen? Waren die Ergebnisse nicht so, daß Sie in einem Großbetrieb hätten ankommen können nach Ihrem Studium?»
«Meine Prüfungen», sagt Tajiri grimmig, und seine Augen werden pechschwarz vor Wut, «waren so, daß mich in Europa jeder mit Handkuß genommen hätte! Hier aber, in Japan, da gelten andere Gesetze, da hat man die ganze Familie anzuschleppen und vorzustellen, da wird nicht der einzelne Mann, da wird nicht die Leistung engagiert, sondern das Familienoberhaupt und der gesamte Klüngel. Und dann, natürlich, muß man hübsch brav sein und alle Feste so feiern, wie sie seit Jahrtausenden gefallen sind.»
Das lenkt von der Sache ab, findet Schünzel, er fragt geradezu: «Was anderes, Herr Tajiri! Für welchen Hitachi-Betrieb produziert denn die Tokyu Engineering?»
Vor Haß möchte Tajiri am liebsten gähnen und vor Langeweile, er leiert herunter: «Für die Hitachi Construction Machinery, die Hitachi Machinery and Woodworking, die Hitachy Metals, die Daido Machinery, für die Yagi Antenna, ich weiß nicht für wen noch, die haben doch rund vierzig Unternehmen.»
«Jaja», sagt Schünzel, «jaja.» Und als fiele ihm das zufällig ein: «Mit den elektronischen Sachen haben Sie nichts zu tun?»
Das ist sehr allgemein ausgedrückt, absichtlich macht das Schünzel so, dieser junge Mann darf nicht erkennen, worauf er hinauswill, und er wird dieses Gespräch heute nicht bis zu Ende treiben, das dann wirklich ein Ende sein könnte, sondern nur bis zu seinem Anfang.
Um so erstaunter ist er, als Tajiri auffällig knapp und erbost erwidert: «Nein!» Schünzel ist sich fast sicher, daß dies in irgendeiner Hinsicht gelogen ist, er weiß nur noch nicht, in welcher, aber er zweifelt nicht, daß er es bald herausbekommen wird, denn dieses

kurze Gespräch hat ihm schon viel über den jungen Mann verraten; beinahe erscheint es ihm unter seiner Würde, ihn noch weiter herauszulocken, so leicht kommt ihm das vor, er ist schwierigeres Wild gewohnt. Dabei täuscht er sich nicht darüber, daß dieser besessene und unberechenbare junge Mann auch sehr schwierig werden könnte, dann nämlich, wenn er plötzlichen Einfällen folgt. Es gibt keine Leine, die lang genug wäre, ihn daran zu halten. Trotzdem: die verdammte Quittung in den Händen Tsu Kubos oder von wer weiß wem, sie zwingt ihn auch zu handeln, er kann sich seine Handlanger nicht auswählen, es ist nicht mehr die Zeit, abzuwägen und zu bedenken, es ist die Stunde des Zugreifens, und wenn er sich diesen Tajiri greifen muß!
Ganz abrupt faßt er nach dem Pflaster, drückt daran herum, steht auf, geht ins Bad, und während das zunächst nur als Ablenkung gedacht war, interessiert es ihn plötzlich, und er beginnt, es langsam abzulösen.
Von der Schläfe über das Ohr zieht sich, soweit er es erkennen kann, eine längliche Geschwulst, die sich zu verfärben beginnt, häßlich zu verfärben, wie er ärgerlich feststellt, und inmitten dieser Aufhügelung ist die Haut ein Stück gerissen, eine Platzwunde also, und er denkt: Glück gehabt, das hätte eine anständige Gehirnerschütterung geben können; er ruft ins Zimmer hinüber: «Herr Tajiri, es wäre sehr freundlich von Ihnen, könnten Sie mir ein neues Pflaster besorgen!»
Und siehe da: Tajiri erhebt sich und geht widerspruchslos aus der Tür; draußen freilich fällt ihm ein, daß dies ein ungewöhnlicher Wunsch ist, wie man ihn an einen Gast, und als solchen betrachtet er sich, nicht zu richten hätte; er findet Yohyo und herrscht sie wegen des Pflasters an, er aber ist es, der es sorglich und vorwurfsvoll Schünzel bringt.
Der klebt es sich über das Ohr, und in einem Anfall, den Weltmännischen zu spielen, meint er: «Ach, eine Sorte von Kavaliersdelikt! Das habe ich einer Dame zu verdanken. Wenn man sie sieht, möchte man ihr solche Gewalttätigkeit nicht zutrauen!»
Er zögert, in einer vagen Hoffnung setzt er hinzu: «Tsu Kubo. Sie kennen sie nicht zufällig?»
«Nein», erwidert Tajiri, ihm ist das so gleichgültig.
Weil das Gespräch nun einmal so läuft, läßt Schünzel es weiter-

läppern und bemerkt: «Ja, diese Tsu Kubo! Eine schöne Frau, eine intelligente Frau, nebenbei bemerkt, Chemikerin und sicherlich eine qualifizierte, hatte ich den Eindruck, *aber*...!»
Er deutet ein Lachen an, das soll sich ausnehmen, als habe er mit dieser Tsu Kubo ein Verhältnis gehabt und sei vielleicht überfordert worden, mag Tajiri sich ausdenken, wie das gewesen sein könnte. Er setzt hinzu: «Die ist übrigens bei Hitachi beschäftigt, Sekretärin eines gewissen Saburo Kasugai.»
Plötzlich sieht er Tajiri auf sich zukommen, langsam, mit tigerhaft schleichendem Gang, als wolle er ihn angreifen. Schünzel weicht erschrocken Schritt um Schritt bis an die Wand zurück und flüstert dabei: «Mann, was ist mit Ihnen, sind Sie verrückt?» und hat im Augenblick tödliche Angst, es wirklich mit einem Wahnsinnigen zu tun zu haben, mit einem, der ihm wer weiß warum an die Kehle gehen und sie zudrücken wird, ehe er noch einen Hilfeschrei ausstoßen kann.
Aber ebenso unvermittelt hält Tajiri inne, richtet sich auf und ist plötzlich entspannt. Er sagt: «Mit dem habe ich noch eine Rechnung zu begleichen!»
«Was!» stößt Schünzel hervor, und auf einmal spürt er wieder einen Handgriff, er wird ihn packen.
«Der ist schuld», sagt Tajiri voll Haß, «daß ich der dreckige Flickschuster bin, der ich bin!»
«Vielleicht», sagt Schünzel gedehnt, «sollten wir über das alles einmal in aller Ruhe reden?»

12. Kapitel

1 Und so schleichen die Tage dahin, träge müde gleichgültig, da gleicht einer dem andern, als sei er ein Abziehbild des vergangenen, nichts Erregendes geschieht mehr, und mit Gleichmut sieht Tsu Kubo der Zukunft entgegen, in der wieder ein Tag dem anderen gleichen wird wie ein Abziehbild, nur daß die Jahreszeiten wechseln, die Wolken am Himmel, trügerische Gebilde, sich aufbäumend oder dünn dahinfahrend; und manchmal wird der Mond in ihr Fenster scheinen, wenn sie vergißt, den deckenden Rahmen vorzuschieben, absichtlich vergißt, weil einer bei ihr ist, den sie sehen will, nicht im scharfschneidenden elektrischen Licht, sondern im bläulich dösenden unscharfen des Mondes; doch auch da, weiß sie, wird sich das gleichen, was sie erlebt, und wenn ein paar Jahre vergangen sind, da ist es gleichfalls nicht mehr als ein Abziehbild, an das sie sich erinnert, bis sie schließlich den Namen vergißt, das Aussehn und längst das Gefühl.
Was vorher nicht über sie schattete, das schattet jetzt, eine kleine Traurigkeit, die allem beigemischt ist, der Tropfen Wermut, der alles bitter macht, kaum spürbar manchmal, aber doch spürbar, den feinsten Nerven der Zunge entgeht das nicht. So weiß nun Tsu Kubo viel klarer als jemals zuvor, daß ein Traum bleiben wird und eine Sehnsucht, was sie, das sonst so klare Geschöpf, sich eben doch für irgendwann einmal erhoffte: dieses Paris und Rom und Venedig und Hamburg, greifbar und zu durchschreiten, mitten zwischen den so viel größeren Menschen, da sein und keine Schaufensterpuppen mehr um sich haben, sondern großäugige Frauen und Männer, deren einer sie vielleicht als Geschmeide kauft; wer weiß, es mag sein, es hat einer diesen Ge-

schmack, sie würde eine gute Geliebte sein, eine vorzügliche Kennerin . . . ach, sie wird es nicht sein, Tsu Kubo, die Sekretärin hier in Tokio.

Die letzten Spuren des Regens, die Tümpel und Pfützen sind längst aufgesogen, der Sommer ist glühend, für sie war es eine Erholung, ins Shirokiya zu gehen, in das große Warenhaus, das air conditioned ist und trotz der Fülle der Menschen eine erholsame Temperatur hat; dort hat sie zwei Stückchen Seife gekauft, Parfüms mag sie nicht, aber in Seifen ist sie vernarrt, sie hat schon Hunderte Sorten erprobt, aus allen Ländern der Welt werden sie angeboten, nun trägt sie das winzige, sorglich verschnürte Päckchen neben ihrer Handtasche an der Schlaufe des Fadens, die sie über den Mittelfinger gehängt hat.

Während sie sonst eigentlich gern in ihrer kleinen Wohnung hockt, Musik hört und liest, stößt sie heute der Gedanke daran ab, und sie schlendert noch durch den Hybiapark, den einzigen nach europäischem Muster in Tokio; doch sie findet ihn wenig erholsam; weil die großen Bäume ausgelichtet sind, heizt die Sonne, als wären ihre Strahlen durch ein Brennglas gebündelt, und der barfüßige Bauer, der erschöpft auf einer Bank schläft, das geknotete Bündel neben sich, wird das zu spüren bekommen, wenn er erwacht.

Fast menschenleer ist der Park, auch keine Grillen schrillen hier, nur die Sonne ist da zwischen den reglosen Bäumen und der vom Blattwerk durchwirkte scharfblaue Himmel. Tsu geht langsam, die Strahlen der Sonne spürt sie nun wie eine Last auf den Schultern, in den Achselhöhlen fühlt sie den Schweiß; das ist ihr unbehaglich, und sie wünscht sich, in ihrer Wanne zu stehen und laues Wasser über sich rinnen zu lassen; als ihr eine junge Japanerin begegnet, klein und mit zu kurzen, stämmigen, ein wenig gekrümmten Beinen, die ihr Baby in dem um den Hals geschlungenen Tuch vor ihrer Brust trägt, hat Tsu Kubo die heftige Sehnsucht, wenn sie so in der Wanne stehe, das Wasser in Schlingen und Schlieren rinnend über ihre glatte Haut, möge einer in ihrer Wohnung sein und sie bewundernd betrachten und – vielleicht – sehnsüchtig und liebevoll; aber diese Vorstellung tut sie gleich darauf unwillig ab.

Als sie den Hybiapark verläßt und am breiten Palastgraben entlanggeht, der inmitten der Stadt eine Insel schafft, auf der, zwischen Bäumen und Sträuchern geborgen, das kaiserliche Domizil sich befindet, wendet sie sich um in dem unbestimmten Gefühl, einer starre in ihren Nacken; aber sie hat sich getäuscht, da geht zwar ein junger Mann zwanzig oder dreißig Meter hinter ihr, er beachtet sie jedoch nicht, sondern blickt gelegentlich in eine Zeitschrift.

Dann ist Tsu Kubo des ziellosen Schlenderns müde, in der Nähe des Parlaments besteigt sie einen Omnibus, um nach Hause zu fahren.

In der Wohnung bemächtigt sich ihrer endlich wieder das Gefühl des Stolzes auf diesen ihren Besitz, das ist ihr Reich, ihr Eigentum, sie wird nicht duschen, sie wird ein Bad nehmen, sie wird ausgiebig die beiden neuen Seifen erproben, die sie erworben hat, also läßt sie Wasser in die Wanne plätschern; sie setzt sich dann aber erst einmal bequem auf ihre Couch, um in Ruhe eine Zigarette zu genießen; sie ist jetzt völlig gedankenentleert, während sie halb zurückgelehnt auf den rechten Ellenbogen sich stützt, mit der linken Hand das Stäbchen selten zum Munde führt und den Rauch langsam aus dem Munde entläßt, so daß er als dünner grauer Schleier vor ihren Augen quirlt.

Dabei hört sie das Rauschen und Gurgeln von drüben, und eigentlich möchte sie jetzt eine halbe Stunde so sitzen und diese Geräusche vernehmen, aber sie wird sich aufraffen, damit die Wanne nicht überläuft; in diesem Augenblick klingelt die Flurglocke. Tsu Kubo ist sofort da, sie erhebt sich, drückt den Zigarettenrest im Ascher krumm und begibt sich zur Tür.

Ein junger Mann steht da, nennt seinen Namen, den sie nicht versteht, gibt an, ihr eine eilige Mitteilung machen zu müssen, und bittet um Einlaß, und als sie zögert, fügt er hinzu, es handle sich um Hitachi; da öffnet sie vollends, denn es könnte ja sein, daß sie ein wichtiges Schriftstück bearbeiten soll, dergleichen kommt gelegentlich vor, und zu diesem Zwecke hat sie eine Reiseschreibmaschine daheim.

Er tritt ein, ist sehr höflich, sie bietet ihm Platz, entschuldigt sich aber, weil sie das Wasser abstellen muß, aufhört also das Geräusch und Geplätscher, und sie sitzt ihm gegenüber und wundert sich, daß er zunächst nicht redet und auf etwas zu warten scheint;

in dieser Minute betrachtet sie ihn genauer, und er gefällt ihr, gefällt ihr mehr, als andere ihr gefielen, weil er anders aussieht mit seinem verwirrten Haar und den unsteten Augen, nicht so ordentlich, nicht so zielgerichtet, eigentlich einer, der einem zusehen könnte, wenn man im Bad steht und das Wasser über Schultern und Brüste rinnen läßt, die Augen geschlossen und dabei doch genau sehend den Mann. Wie heißt er?
Doch ehe sie ihn fragen kann, sagt er leise und außerordentlich höflich: «Ich bin gebeten worden, die Quittung bei Ihnen abzuholen, Fräulein Kubo, das ist alles, ich will Sie nicht aufhalten.»
Sie friert plötzlich, sie fragt: «Welche Quittung?»
«Nun, die für den Schlüssel!»
«Für welchen Schlüssel?» Sie ist auf einmal fest entschlossen, nichts zu wissen, nichts zuzugeben, nur Gegenfragen zu stellen.
«Den Sie aushändigten, jenen Schlüssel.»
«Ach, ich weiß nicht, wovon Sie sprechen, aber wenn ich ihn aushändigte und eine Quittung dafür erhielt, so stimmt doch alles?»
«Sie ließen sich den Schlüssel wiedergeben, Fräulein Kubo, und Sie vergaßen die Quittung. Ich bin hier, um sie zu holen.»
Tsu Kubo schweigt, sie will nachdenken, dabei sieht sie den jungen Mann an; auch wenn sie eine unbestimmte Angst spürt, gefällt er ihr, offen gestanden, immer noch, und er ist ja auch zurückhaltend, ist artig, und brav sitzt er da an dem Tisch und sieht sie abwartend an, sie aber schweigt, weil sie sich unschlüssig ist.
Da zuckt er leicht die Schultern und meint: «Es war nicht so einfach, Sie überhaupt zu finden, Fräulein Kubo. Ihre Telefonnummer steht nicht im Buch, wahrscheinlich sind Sie nur über die Firma erreichbar, und Ihre Adresse wußten wir nicht, in der Nacht sind alle Katzen grau, und Herr Schünzel konnte sich vom Taxi her an den Weg nicht mehr erinnern.»
Herr Schünzel. Jetzt sind die Fronten klar.
«Ja», sagt Tsu und dehnt das Wort unnatürlich in die Länge, um Zeit zu gewinnen, denn noch immer weiß sie nicht, was sie sagen und tun könnte, um damit dem Gespräch ein Ende zu bereiten; sie bestätigt: «Tatsächlich, mein Telefon läuft über meinen Betrieb.»
In diesem Augenblick fällt ihr etwas ein, sie steht lässig auf, blickt sich um, murmelt: «Meine Zigaretten . . .», als suche sie die, und

wendet sich zum Telefonapparat hin, dabei überlegt sie hastig, ob sie den Notruf nehmen solle oder die Nummer des Betriebs, das dauert länger, sie müßte ein paarmal wählen ...
... aber bevor sie sich entscheiden kann, ist dieser junge Mensch schon mit lautlosen Schritten vor ihr, packt das Kabel und reißt es mit kurzem Ruck aus der Dose. Tsu sieht ihn entsetzt an, er tut, als bemerke er das nicht, er sitzt schon wieder auf seinem Platz und sagt leise: «Ihre Zigaretten liegen hier auf dem Tisch, Fräulein Kubo!», und nur daran, daß er mit Ring- und Mittelfinger der Rechten unhörbar auf die Tischplatte trommelt, ist zu merken, daß er erregt ist.
Was bleibt Tsu anderes übrig, als sich wieder zu setzen? Sie tut's und wartet, und jetzt hat sie wirklich Angst.
Sie hört ihn sagen: «Solche Dinge haben doch keinen Zweck!» Er redet ihr zu – so klingt das: «Und wenn Sie das wieder versuchen, müßte ich es noch deutlicher machen, und das will ich wirklich nicht. Sie haben ein Geschäft vorgehabt, Fräulein Kubo, und es war Ihnen klar, was Sie taten. Aber als Sie das Geschäft abschlossen, wußten Sie schon, daß Sie es nicht machen wollten, und das war unanständig, Sie hätten von vornherein nein sagen müssen. Aber so sind die Menschen, und Sie sind genau so. Sie sind von dem Geschäft zurückgetreten, milde ausgedrückt, obwohl man es viel schärfer sagen könnte, und Sie haben sich den Schlüssel, den Sie verkauft hatten, zurückholen lassen.»
Er zieht die Lippen von den Zähnen, das soll ein Lächeln andeuten, und jetzt erst sieht Tsu Kubo, daß er in Wirklichkeit häßlich ist, die Lippen sind schmal, die Zähne unregelmäßig und verdorben; er fährt ruhig fort: «Wäre man gerecht, müßten Sie bei diesem Rücktausch genauso eine Gehirnerschütterung bekommen, wie sie Herr Schünzel hat – nur, damit Sie es wissen. Aber wir verzichten darauf. Auf die Quittung jedoch verzichten wir nicht, keinesfalls!»
Plötzlich ist sein Gesicht böse, er herrscht sie an: «Geben Sie sie her! Lassen Sie die verdammten Quertreibereien, das Herumgerede, geben Sie sie her!»
«Ich habe sie nicht», sagt Tsu Kubo und sieht ihm an, daß er ihr nicht glaubt, sie verstärkt ihre Worte: «Ich habe sie wirklich

nicht! Ich würde sie Ihnen sofort geben, Sie haben ja recht, aber ich habe sie nicht!»
«Ich glaube Ihnen kein Wort, Ihnen sollte man überhaupt kein Wort glauben!» Das klingt höhnisch, und die einzige Beruhigung für Tsu Kubo ist, daß der junge Mann dabei still auf seinem Platz sitzt und sich dort nicht mehr wegrühren zu wollen scheint.
Sie hebt die Hände. Sie sagt: «Ich schwöre es Ihnen. Ich habe die Quittung abgegeben!»
«Wem?» fragt er.
«Der Werkspolizei», sagt sie, und hastig: «Ich mußte das tun, sie hatte mich auch zu dem ganzen Tauschgeschäft veranlaßt, ich von mir aus hätte überhaupt nicht . . .»
Weiterreden kann sie nicht, blitzschnell hat sich der junge Mann über den Tisch gebeugt und so, mit ausgestrecktem Arm, ihr die Faust mitten auf den Mund geschlagen, mit Kraft, sie kann nicht einmal aufschreien, die Lippen bluten, entsetzt spürt sie zwei Zähne auf der Zunge, die Tränen stürzen aus ihren Augen, die Hände preßt sie über den Mund, sie krümmt sich zusammen, erwartet den nächsten Schlag, der kommt nicht, nur: «Dir glaube ich kein Wort, du bist genauso ein dreckiges Schwein wie dein dreckiger Kasugai, lügen und betrügen und eine hochmütige Fresse ziehen . . .» Er unterbricht sich. «Quatsch! Gib die Quittung her, dann gehe ich sofort!»
Sie versucht ihn anzusehen, aber durch die Tränen kann sie ihn nicht erkennen, das Blut in ihrem Munde, die zwei Zähne, die ihr immer noch mehr Entsetzen einflößen als alles andere, sie spürt sie auf der Zunge, da liegen sie, diese zwei Zähne, er wird wieder zuschlagen, fürchtet sie, also muß sie reden, erklären, irgend etwas tun, aber zunächst muß sie das Blut loswerden aus ihrem Munde; sie bemüht sich, ihm das durch Gesten verständlich zu machen, denn sprechen kann sie ja nicht, und steht auf; weil sie ins Bad gehen will, um den Mund zu spülen, um sich zu reinigen, um . . . da ist der nächste Schlag hart und trocken genau auf das rechte Ohr, so daß sie nach links auf den Stuhl zurückkippt, sie meint, der Schädel sei ihr zersprungen, kann nur noch denken, daß sie das Blut loswerden muß, speit es samt den beiden Zähnen seitlich von sich auf den Fußboden und spürt voll Ekel, daß sie sich Kinn und Pullover dabei besudelt.

Die Lippen sind aufgesprungen, geschwollen, trotzdem versucht sie zu reden, und jetzt ist sie nur noch ein Gefäß, das mit Angst und sonst keinem Empfinden gefüllt ist, und die Angst preßt zwischen den zerschundenen Lippen undeutlich hervor: «Ich schwöre es, die haben die Quittung, aber warten Sie hier, ich gehe sofort hin, ich hole die Quittung, ich bringe niemanden mit, ich schwöre es doch . . .» Sie merkt selbst, wie unsinnig ihr Gerede ist, sie bricht ab und schluchzt laut und hat solche Angst.
Er sagt langsam: «Du gehst nicht zur Polizei! Du stehst jetzt auf und holst die Quittung aus dem Versteck, ich bin sicher, daß du sie hast! Denn damit wolltest du erpressen, das ist alles! Du stehst auf!»
Nicht nur langsam redet er, sondern auch kalt und ohne alle Betonung, und das ist das Schreckliche für Tsu Kubo: daß er nicht brüllt, sondern leise spricht, indessen so unausweichlich, als nähere sich ihr eine stählerne Maschine, unaufhaltsam. Da weiß sie, was Todesangst ist.
Das Entsetzlichste für sie jedoch ist, daß diese Todesangst von etwas anderem, eigentlich etwas Lächerlichem, durchdrungen ist, von dem Bewußtsein, daß ihr zwei Zähne ausgeschlagen wurden; sie fühlt die Lücke mit der Zunge trotz aller Schmerzen, es sind die zwei linken Schneidezähne, die fehlen, die jetzt neben ihr auf dem Boden blutbesudelt liegen, sie wird sie ersetzen lassen müssen, sie wird künstliche . . .
Wieder ist der Mund voll Blut, sie spuckt den Schleim abermals aus, sie hört: «Aufstehn, aufstehn, eins-zwei-drei!»
Sie versucht sich zu erheben, das Zimmer schwankt, schwankt um das Gesicht dieses jungen Mannes wie um eine Achse, nur dieses Gesicht kann sie noch durch den Tränenschleier erkennen.
«Siehst du, wie gut das geht! Und nun die Quittung, die Quittung . . .»
Schwarze Wolken, von lila und rotem Feuer durchspickt, dringen in ihre Augen, in ihren Ohren saust es, wie ein sich entfernendes vielfältiges Echo hört sie «Quittung, Quittung, Quitt . . .»
Sie greift ins Leere, bekommt zufällig die Sessellehne zu fassen, krümmt sich und erbricht sich irgendwohin, es ist ihr egal, so egal ist ihr alles, sie hört sich selbst dabei dumpf stöhnen.
Dann ist sie ausgepumpt. Vielleicht ist noch Blut in ihrem Mund,

das merkt sie nicht. Der Magen jedenfalls gibt nichts mehr her, er würgt noch, das ist alles.
Als sie den Kopf ein wenig hebt, die Lider etwas öffnet mit aller Kraftanstrengung, ist dieses schmallippige Gesicht mit den verwirrten Haaren, den unsteten Augen unmittelbar vor ihr, entsetzlich groß erschreckend böse, nein, diese Augen sind nicht unstet mehr, sondern starr und grausam.
Undeutlich, als hätte sie in den Ohren Wattepfropfen, vernimmt sie: «Tröste dich nur, du siehst auch nicht anders aus als Schünzel, nur daß Schünzel den Schlüssel gegeben hat, und deshalb gibst du mir die Quittung.»
Offenbar wartet er auf eine Reaktion, denn er spricht nicht weiter, und Tsu Kubo möchte ja reagieren, alle ihre Willenskraft verwendet sie darauf, sich irgendwie zu bewegen, wenigstens so zu tun, als sei sie ihm zu Willen, als wolle sie diese teuflische Quittung hervorkramen aus der Tasche aus einer Schublade, irgendwoher, sie würde Zeit gewinnen, sie würde diesen Augen entgehen und diesen Schlägen, nur Zeit gewinnen muß sie, Zeit gewinnen.
Sie hört nicht, daß sie röchelt, weil sie nicht weiß, daß der Schlag auch ihre Nase zertrümmerte.
Sie glaubt sich aufzurichten, durch das Zimmer zu taumeln, die Richtung ist ihr egal, sie wird irgendwas fassen, eine Schublade ziehen oder sonst was, sie wird dem Befehle folgen, sie wird die Quittung finden, sie muß die Quittung haben, das muß ja so sein, der Bettler auf der Bank im Hybiapark, die nackten Füße, der knallblaue Himmel, die Frau, das Kind in der Tuchschlinge, die Hände halten das Kind, der Palastgraben, das Wasser, der Blick im Nacken, die Zeitschrift, der junge Mann . . . obgleich sie nicht mehr zu denken vermag, weiß sie, daß dies der junge Mann ist, der ihr folgte, sie hört Worte, aber sie kann sie nicht verstehen, nicht mehr nur Wattepfropfen sind in ihren Ohren, der ganze Kopf ist mit einem dicken Wolltuch umwickelt, sie vermag nicht einmal mehr das Blut auszuspucken, das ihr wieder im Munde quillt, sie strengt sich an, den Befehl zu verstehen, sie versteht ihn nicht, aber sie greift mit der Hand nach vorn, um die Quittung zu fassen, die Quittung.

2 Immer war es so gewesen, daß Tsu Kubo einige Minuten vor ihrem Chef den Dienst antrat; wenn er in sein Zimmer kam, fand er bereits alles wohlvorbereitet vor, peinlich genau die Dinge geordnet und arbeitsbereit, wie er es verlangte, liebte und schätzte, denn er wollte keine Zeit verlieren, er geizte mit seiner Zeit, und er war imstande, sich innerhalb von Sekunden völlig auf ein Problem zu konzentrieren, daran durfte ihn nichts hindern, und nicht zum wenigsten wegen dieser Präzision lobte er bei sich Tsu Kubo, wenn er es auch niemals verlauten ließ; nie hätte sie aus seinem Verhalten schließen können, was sie ihm bedeutete, für seine Arbeit bedeutete, die kleine hübsche blanke Maschine Tsu Kubo; wirklich nannte er sie bei sich spaßeshalber manchmal ‹das Maschinchen› und verband damit den Begriff des Exakten Sauberen Blitzenden, ein hohes Lob im stillen, weil er Hitachi als eine ebenso komplizierte wie reibungslose Zusammensetzung von fünfundsechzigtausend Menschenmaschinen empfand, und in dieses Gefüge paßte sich Tsu Kubo nahtlos ein, wie ihm schien, und trug dazu bei, daß auch er sich nahtlos einpaßte, ein höheres Lob konnte es nicht geben.
Immer war es so gewesen, und was Kasugai empfand, als am ersten Tag nach seiner Rückkehr nicht wie gewöhnlich frühmorgens Tsu Kubo an ihrem Schreibtisch saß, aufstand und sich verneigte, ist schwer zu beschreiben; es war ein Gemisch aus Verblüffung Besorgnis Empörung, das er sich natürlich nicht anmerken ließ; wie üblich ging er in sein Zimmer, und nichts lag an dem Platz, da es zu liegen hatte, es war kränkend, diese Unordnung in aller Ordnung, er setzte sich und wußte zunächst nicht, was er beginnen sollte, allein das Lineal an seinen Ort zu legen war eine ungewohnte Überwindung.
Er entschloß sich, so zu tun, als hätte sich nichts verändert, also nicht Notiz zu nehmen von Tsu Kubos Abwesenheit, indessen erwies sich jetzt, daß er ohne dieses geölte, zuarbeitende Maschinchen eben auch nicht ungehindert arbeiten konnte; dazu kam, daß er es nicht fertigbrachte, die Gedanken darüber zu unterdrücken, was sie nun eigentlich von ihrem Arbeitsplatz fernhalten mochte, denn noch niemals hatte sie gefehlt, selbstredend nicht unbegründet, aber auch nicht begründet, nie war jemand aus ihrer Verwandtschaft gestorben, nie war sie krank gewesen, es

war, als gehörte sich das bei ihr einfach nicht, und ohne Zweifel war auszuschließen, daß sie etwa seine angebliche vierwöchige Abwesenheit unverschämt ausnutzte; je mehr Kasugai darüber nachdachte, um so mehr gewann in seinem Gefühlsgemisch die Besorgnis die Oberhand: Es mußte schon ein sehr triftiger Grund sein, der sie veranlaßt hatte, nicht zu kommen, und diesen Grund wollte er erfahren, also rief er sie an.

Jedenfalls versuchte er es und hielt verblüfft den Hörer wohl eine Minute ans Ohr, ehe ihm klar wurde, daß die Nummer besetzt war und er nicht, wie erwartet, Tsu Kubos Stimme hören konnte; diese Tatsache bestärkte ihn in der Annahme, daß eine sehr dringliche Angelegenheit sie zurückhalten mußte, wahrscheinlich eben doch ein Todesfall, der ein Telefonat verlangte.

Oder sogar mehrere Gespräche, denn immer, wenn er in der Folge wieder anzurufen versuchte, ertönte dieses Besetztzeichen, dieser leise plärrende Laut, der ihn schließlich so beunruhigte, daß er überlegte, ob er das Fehlen nun nicht doch dem Direktor melden müsse, immerhin waren mehr als zwei Stunden seit Arbeitsbeginn verstrichen, also entschloß er sich dazu, wenn auch ungern, indessen hätte Tsu Kubo wenigstens bei ihm anrufen müssen, um sich zu entschuldigen; daß sie es nicht tat, war mehr als eine Nachlässigkeit, das war eine Vernachlässigung, und allmählich wurde er zornig.

Natürlich nahm der Direktor die Meldung gelassen entgegen und entschied per Telefon, Kasugai solle ihn nachmittags unterrichten, wie die Sache ausgegangen sei, also vermochte sich Kasugai nicht zu konzentrieren; immer wenn die Tür sich öffnete, erwartete er Tsu Kubo zu sehen, immer wenn das Telefon schrillte, erwartete er ihre Stimme zu hören, und stets wurde er enttäuscht, bis er es schließlich aufgab, den Versuch zu weiterer Arbeit zu machen, es würde sowieso nichts daraus werden, und in immer kürzeren Abständen rief er selbst bei Tsu Kubo an.

Das war so unnatürlich, daß er schließlich die Störstelle des Fernmeldeamts benachrichtigte, von da bekam er nach kurzer Zeit die unbefriedigende Auskunft, der Hörer wäre abgelegt, mehr könne man nicht feststellen; also drängte sich ihm als einziger bedrükkender Schluß auf, Tsu Kubo müsse erkrankt sein, und zwar so schwer, daß sie unfähig sei, ans Telefon zu gehen, daß sie wahr-

scheinlich versucht habe anzurufen und möglicherweise ohnmächtig neben dem Apparat zusammengebrochen sei und dort noch liege, hilflos fiebernd ohnmächtig.
Dieses Bild prägte sich ihm so ein, daß er es nicht mehr loswerden konnte, und um endlich Gewißheit zu erhalten, beauftragte er einen Bürodiener, hinzufahren und nachzusehen, und obgleich nunmehr in absehbarer Zeit der Fall geklärt sein mußte, konnte er es in seiner Nervosität doch nicht unterlassen, wieder und wieder den Anruf zu versuchen, wieder und wieder vergeblich, bis endlich der Mann zurückkehrte, den Kasugai geradezu anfuhr: «Was ist? Sprechen Sie doch!» Das geschah in einer so ungewohnt unmöglichen Weise, daß der Mann ihn erschrocken und erstaunt ansah, dann die Schultern zuckte und mitteilte: «Es öffnet niemand! Es scheint niemand anwesend zu sein!»
Ratlos saß Kasugai da, rieb seine Stirn, hob und senkte gedankenverloren die Bleistiftbrauen und grübelte, was nun zu tun sei, und wunderte sich darüber, daß er grübelte, denn schließlich war Tsu Kubo lediglich eine Sekretärin, seine Sekretärin zwar, aber nicht mehr; was bedeutete es schon, wenn sie einmal fehlte, es würde sich alles aufklären . . . nichts würde sich aufklären, und es bedeutete viel, daß sie fehlte, es war ungewöhnlich, auffallend; beängstigend, und als Kasugai bei diesem Begriff angelangt war, suchte er den Direktor auf, um ihm alles vorzutragen, und der Direktor entschied, die Werkspolizei zu benachrichtigen, denn falls Tsu Kubo, was zu vermuten war, wirklich krank und ohnmächtig neben ihrem Telefon lag, mußte ihr irgendwie geholfen werden; Hitachi sorgte schließlich für seine Angestellten.

. . . nun, vier Tage nachdem Kommissar Homma von der Mordkommission Kasugai von dem Tod Tsu Kubos, von dem wahrscheinlichen Mord Mitteilung gemacht hatte, erscheint der Kommissar ein zweites Mal, und Kasugai möchte ihn am liebsten mit der Frage überfallen: «Haben Sie ihn endlich?», bezähmt sich natürlich und bietet einen Sessel an, um zigarettenrauchend abzuwarten, was Homma ihm zu eröffnen habe.
Homma, ein mürrischer Vierziger, der die widerwärtige Angewohnheit hat, sich die nackte Schädeldecke zu kratzen und dann seine Fingernägel zu betrachten, als könne er darunter Spuren

finden, die den Fall aufklären helfen, ein abstoßender Mensch, wie Kasugai findet, Homma also erläutert: «Die Untersuchung hat ergeben, daß der Tod gegen Mitternacht eingetreten sein muß. Offensichtlich hat ein Kampf zwischen dem Mörder und seinem Opfer stattgefunden, daher die Spuren im Gesicht. Es scheint nicht mit einem Gegenstand zugeschlagen worden zu sein, sondern nur mit der Faust, aber das kann nicht als sicher gelten. Obgleich die Verletzungen schwer waren, sind sie nicht für den Tod verantwortlich zu machen. Vielmehr ist das Opfer vermutlich ohnmächtig geworden und so mit dem Schädel auf die Sessellehne geschlagen, daß das Genick gebrochen ist. Es ist auch vorstellbar, daß der Täter sie auf die Lehne geschleudert hat. Allerdings ist das unwahrscheinlich, denn es fehlen alle Merkmale von gewalttätigen Handgriffen, es müßten sich am Körper, vielleicht an den Schultern, eben doch Druckstellen finden. Auch Würgemale sind nicht festzustellen.»
Kasugai möchte das alles gar nicht wissen, er ist zwar ein phantasieloser, nüchterner Mensch, aber das Bild des ermordeten Mädchens drängt sich ihm doch auf, weil er Tsu Kubo nur völlig adrett, sorgfältig gekleidet, peinlich sauber kannte.
Der Kommissar kratzt den Schädel, sieht die Nägel an, fährt fort: «Die Frage nach dem Täter. Das ist die Frage nach dem Motiv. Nichts deutet bisher darauf hin, daß Tsu Kubo irgendwelche Feinde hatte, warum auch? Von allen Seiten wird sie nur mit Lob bedacht, es sind keinerlei Beobachtungen gemacht worden, die darauf schließen lassen könnten, daß ihr irgend jemand übelwollte. Wir sind auch dem Hinweis nachgegangen, den wir hier erhielten, die Sache mit der Ausspähung.» Jetzt blickt er auf und sieht Kasugai starr an. «Ich muß Ihnen aufrichtig sagen, daß ich nicht gern mit der Fremdenpolizei in Kontakt trete, weil sich unsere Aufgabenbereiche des öfteren überschneiden. Nun gut, die Auskunft, die wir erhalten haben, ist eindeutig. Dieser Herr Schünzel hat damit nichts zu tun, sein Alibi steht fest, er war während der fraglichen Zeit ständig im Hotel, zuerst im Speisesaal, später in seinem Zimmer, das hat er erst morgens verlassen. Es ist auch nicht anzunehmen, daß er mit dem Täter in Verbindung steht, denn erstens ist schlecht vorstellbar, daß er einen Fremden in seine Sache einweihen würde, zweitens ist er erst kurze Zeit in

Tokio und kann kaum jemanden aus der Unterwelt mit einem solchen Racheakt beauftragt haben, und darum müßte es sich ja handeln, wir haben zudem die Zimmermädchen und den Direktor befragt, sie haben keinen Besucher bei Schünzel gesehen oder bemerkt, und drittens kämen doch dann in erster Linie Sie selbst, Herr Kasugai, als Opfer in Frage und nicht ein Mensch in einer so untergeordneten Stellung wie diese Tsu Kubo.»

Hier möchte Kasugai am liebsten dazwischenfahren, er bezähmt sich.

Homma beobachtet ihn genau, aber er kann Kasugai keine Gefühlsregung anmerken, also fährt der Kommissar ungerührt und absichtlich lässig fort: «Bleibt nur das Alltagsmotiv Sex. Eifersucht oder dergleichen, erotische Abweisung, was weiß ich. Das ist eine breite Palette, man glaubt gar nicht, wozu der Mensch fähig ist, wenn es sich um Primitivgefühle handelt.» Er atmet auf, er sagt: «Na schön. Die Hausbewohner schildern die Tsu Kubo als ruhiges, verträgliches und höfliches Mädchen, sehr entgegenkommend – ich meine: ganz allgemein; nicht speziell –, hilfsbereit auch. Sie zeichnen ein anziehendes Bild. Nach Herrenbesuchen gefragt, geben sie übereinstimmend die Auskunft: Sie hätten nichts Auffälliges bemerkt, dann und wann habe die Tsu Kubo wohl Besuch gehabt, zwei wollen beobachtet haben, daß solche Besuche erst frühmorgens weggingen. Selten. Eigentlich ein bißchen zu selten für eine so attraktive junge Frau. Jedenfalls hat es sich dabei nicht etwa immer um denselben gehandelt, einen Freund oder Verlobten, der sie regelmäßig besucht hätte. Es scheinen mehr Zufallsbekanntschaften gewesen zu sein. Also, wie gesagt, durchaus im Rahmen des Üblichen und nichts Auffälliges. Das beweist allerdings nichts, denn auch ein einmaliges Abenteuer kann zu einem Verbrechen führen, vielleicht gerade ein einmaliges, wo sie den Mann möglicherweise nicht kannte.» Homma hebt scheinbar ratlos die Schultern, er sagt: «Konkrete Angaben fehlen uns. Die Schlußfolgerungen und die Nachforschungen werden dadurch erschwert, daß an dem bewußten Abend niemand einen Besuch beobachtet hat, lediglich eine Hausbewohnerin sah einen Mann das Haus betreten, kurz nachdem Tsu Kubo gekommen war, sie meint, er müßte an ihrer Wohnung geklingelt haben, ist sich indessen nicht sicher, vermag

auch keine Personenbeschreibung zu geben, außer ein paar ganz allgemeinen Merkmalen, die uns nicht viel helfen.»
Wieder kratzt sich Homma die Schädeldecke und macht eine Pause, er seufzt sogar. «Dagegen spricht wiederum, daß das Opfer nicht vergewaltigt wurde, keine Zeichen davon, auch die Kleidung ist in dieser Hinsicht in Ordnung. Ein Geschlechtsakt, der kurz vorher stattgefunden haben könnte, ist ebenfalls auszuschließen. Ach ja . . . und keinerlei Spuren! Keine Fingerabdrücke, die nicht harmlos zu erklären wären. Am Pullover fand sich ein drei Zentimeter langes schwarzes Haar, die Blutgruppe haben wir feststellen lassen. Es ist nicht die des Mädchens, aber das führt uns nicht weiter. Das Haar könnte von dem Täter stammen, aber geradesogut von einem Liebhaber, mit dem sie sich herumgeknutscht hat irgendwann.»
Kasugai ist im Begriff, in aller Form dagegen zu protestieren, auf diese Art ein Bild von dieser so sauberen, exakten jungen Dame zu entwerfen, da fängt er einen schrägen Blick des Kommissars auf, und dieser Blick veranlaßt ihn, weiter zu schweigen, es ist ein verdächtig forschender Blick, der Kasugai in eine unbestimmte Unruhe versetzt.
«Ja», sagt Homma ruhig, «da ist alles drin. Wir haben einen Brief gefunden . . .» Er nimmt seine Aktentasche, zieht einen Schnellhefter heraus, blättert darin, reicht Kasugai ein Blatt, der faßt beinahe gierig danach, aber bevor er es packen kann, zieht es der Kommissar ein Stückchen zurück, so daß Kasugais Hand dumm im Leeren stehenbleibt, doch gleich darauf gibt Homma ihm den Brief wirklich und sagt: «Sie dürfen ihn lesen», und Kasugai liest eine heftige und plumpe Liebeserklärung, stellenweise geradezu pornographisch, er schüttelt den Kopf beim Lesen, er versteht Tsu Kubo nicht, er begreift kaum noch etwas, er läßt das Blatt sinken und sieht Homma ratlos an, der lächelt schief und nimmt den Brief zurück, während er sagt: «Den jungen Mann haben wir gegriffen, aber der Brief ist fast drei Jahre alt, und der Mensch konnte beweisen, daß er seither mit der Dame nichts mehr zu tun hatte. Warum hat sie den Brief aufbewahrt? Vielleicht hatte sie ihn vergessen, vielleicht hat sie ihn gelesen, wenn sie allein war und eine Erinnerung brauchte . . .» Er zuckt die Schultern.

Und plötzlich fragt er: «Sagen Sie, Herr Kasugai, wann haben Sie Tsu Kubo zum letzten Male gesehen?»
Die Frage schockiert Kasugai, aber er gibt gehorsam Auskunft: «Vor sieben Tagen, bevor ich daheim blieb.»
«Später nicht mehr?»
«Aber nein, Kommissar!»
«Na schön, Routinefragen, wie man zu sagen pflegt, Sie verstehen.»
«Aber das haben Sie mich bereits gefragt!»
«Ich weiß. Das war vor drei Tagen, nicht wahr? Und was taten Sie an jenem Abend und in jener Nacht?»
Kasugai weiß, daß es keinen Zweck hat, widerspenstig zu sein, er ergibt sich: «Ich bin sofort nach Hause gegangen und zu Hause geblieben, gegen elf habe ich mich schlafen gelegt, und früh bin ich wie üblich hierhergekommen, das war der Tag, an dem Fräulein Tsu Kubo nicht kam.»
«Und dafür haben Sie keine Zeugen?»
«Meine Frau!»
Homma seufzt. Er fragt: «Und irgend jemand anderes aus Ihrer Umgebung? Könnte jemand mit ihr ein Verhältnis gehabt haben? Haben Sie irgend etwas beobachtet?»
Wahrheitsgemäß müßte Kasugai antworten, er hielte es überhaupt für ausgeschlossen, daß Tsu Kubo mit irgend jemandem ein Verhältnis gehabt hatte, indessen hat ihn der Brief eines andern belehrt, er zuckt die Schultern und sagt ermattet: «Ich glaube es nicht, ich habe jedenfalls nichts bemerkt!»
Einen Augenblick überlegt Homma, und er reibt sich dabei den nackten Schädel, ob er Kasugais Blutgruppe verlangen solle; aber er entschließt sich, davon abzusehen, denn wenn er auch immer wieder auf solche Verhältnisse gestoßen ist und sie ihm durchaus üblich, ja fast legitim erscheinen, so möchte er in diesem Falle doch annehmen, daß Kasugai und die Ermordete keinerlei private Beziehungen miteinander hatten; alle Auskünfte, die er eingezogen hat, schließen das aus, besonders die offizielle Auskunft von Hitachi, in der die hervorragenden Verdienste Kasugais um spezielle Forschungen beinahe ungewöhnlich hervorgehoben werden und ausdrücklich darauf verwiesen wird, daß solche Ergebnisse nur dann zustande kommen könnten, wenn

der Betreffende mit völliger Konzentration daran gearbeitet habe.
Also knipst Homma bedächtig die beiden Schlösser seiner Aktentasche zu, er läßt sich Zeit damit und fragt nur noch: «Hatte die Tsu Kubo bei Hitachi Aufgaben, die über die üblichen Arbeiten einer Sekretärin hinausgingen?»
Kasugai erwägt diese Frage, sie setzt ihn in Verlegenheit. Was sind die üblichen Aufgaben einer Sekretärin? Er meint zögernd: «Sie hatte Zugang zu meinen Forschungen und Entwicklungen, ich meine, zu denen meiner Abteilung, sie war für den Verschluß verantwortlich, aber in diesem Falle gehörte das zu den üblichen Aufgaben.»
Homma lächelt über diese Akribie der Angaben, er erhebt sich, um zu gehen, und bemerkt lediglich: «Ich möchte Ihnen raten, einige Zeit besondere Vorsicht walten zu lassen hinsichtlich aller Dinge, mit denen Ihre Sekretärin zu tun hatte. Ich glaube zwar nicht, daß irgendeine Gefahr besteht, aber wissen kann man das nie.» Er blickt auf, und plötzlich wütend, sagt er: «Am einfachsten wäre ein Sexualmord gewesen, da wüßte man doch, woran man sich halten kann!»

3 Nach jenem Ereignis oder Zwischenfall, von dem Holger Schünzel noch nichts wußte, wartete er vergeblich auf ein Zeichen Sochan Tajiris, auf seinen Besuch, einen Anruf vielleicht, jedenfalls auf eine Mitteilung, aus der sich entnehmen ließe, wie das Gespräch mit Tsu Kubo verlaufen war; aber nichts dergleichen, einfach nur Schweigen, der Mann war wie aus der Welt weggewischt; manchmal glaubte Schünzel, in der Mädchenkammer bei Yohyo eine Männerstimme zu hören; näherte er sich ihr jedoch, so war da gar nichts, und allmählich war er sich unsicher, ob er nicht einem Narren auf den Leim gegangen sei, einer Großfresse, vielleicht oder sogar einem Betrüger und Erpresser, der eines Tages selbst auftauchen würde, ganz unvermittelt, mit einem Papier in der Hand, oder der einen andern schicken mochte, wer konnte das wissen – auf jeden Fall dünkte ihn jetzt diese ganze Geschichte äußerst heikel, und er war nahe daran, sich Larrotte zu offenbaren. Doch wenn er den dann unten sitzen

sah, die kurzen Beine übereinandergeschlagen, sein Bier süffelnd, zeitunglesend, hielt er es für besser, überhaupt nicht darüber zu sprechen, auch nicht in Andeutungen, zumal er sich der halben Warnungen Larrottes erinnerte und der umständlichen Weisungen, die er doch verschmäht hatte. Außerdem mochte Tajiri aus irgendeinem Grunde Zeit benötigen – möglicherweise, weil das Papier nicht gleich zur Hand war – und sich deshalb vorerst nicht bei ihm melden; Späheraugen und Lauscherohren gab es zweifellos überall, das hatte ihm ja Larrotte verraten, und Tajiri mußte das ebenfalls wissen, er war ein beschlagener Mensch, so jedenfalls schätzte Schünzel ihn insgesamt ein, beschlagen und verschlagen, wenn auch manchmal infolge seiner ungezügelten Ausbrüche ungeschickt.

So kam es, daß Schünzel erst durch einen zufälligen Blick in die ‹Asahi Evening News› von dem Tod Tsus erfuhr, wobei in dem Bericht dahingestellt war, ob es sich um Mord oder Totschlag handelte, jedenfalls aber um ein Gewaltverbrechen; von dem Täter wurde nichts verraten. Schünzel indessen zweifelte nicht eine Sekunde lang, daß dies auf Tajiris Konto zu schreiben war.

Die Notiz zu überfliegen und Schlußfolgerungen daran zu knüpfen war Augenblickssache, und Schünzel erschrak so, daß ihm die rechte Hand zu zittern begann und er sie erst nach Minuten unter Kontrolle bekam, nachdem er zwei Glas eiskalten Sodawassers hinuntergestürzt hatte.

Was war da geschehen? Das widersprach allen Abmachungen, das war ein unverantwortlicher Alleingang, das war ein Messer in seinen Rücken!

Denn wie das nun immer vor sich gegangen sein mochte, Schünzel sah die Gefahr, die auf ihn zukam, es blieb ihm unfaßbar, daß sich Tajiri dazu hatte hinreißen lassen. Hatte er vielleicht diesen Mord von Anbeginn so geplant und ihm aus Schonung nur verschwiegen? War es ein Totschlag, eine Affekthandlung, die dem unbeherrschten Menschen durchaus zuzutrauen war? War es eine jäh herausbrechende sexuelle Gier, die sich an dem Mädchen und der Einsamkeit rundum entzündete und zum Tode führte? Auch das schien Schünzel nicht ausgeschlossen, doch was er auch erwog, es war letztlich gleichgültig, denn er wußte: wurde Tajiri gefaßt, so würde das Papier eine Rolle spielen, und spielte das Pa-

pier eine Rolle, dann auch der, der es ausgestellt hatte, und das war er, Schünzel.
Er mußte sich darauf vorbereiten, daß sie zu ihm kommen, ihn vielleicht sogleich unter dem Verdacht der Anstiftung, der Mittäterschaft verhaften würden; panische Angst erfaßte ihn, und er ertappte sich dabei, wie er in der Rezeption Auskünfte über die nächsten und besten Flugverbindungen nach Europa einholte.
Ertappte sich dabei, und noch während des Frage-und-Antwort-Spiels sagte er sich, daß dies als Flucht und als bester Beweis für Mittäterschaft angesehen, daß der Antrag auf Auslieferung folgen, daß diesem Antrag möglicherweise entsprochen werden würde und dann der Eklat vollständiger wäre, als wenn er sich hier in Tokio zur Verfügung hielte.
So dachte er bereits: zur Verfügung hielte, als wenn man ihm Hausarrest oder ähnliches angeordnet hätte; soweit war es noch nicht, dachte er ruhiger weiter, und er prüfte, was die Folgen sein würden, bliebe er hier.
Allmählich gewann der überlegene Schünzel wieder die Oberhand, der gewandte und geschickte Menschenbehandler; wenn das Papier eine Rolle spielte, so sagte er sich, wäre es ungünstig, die Ausstellung abzuleugnen, zumindest wußte Kasugai davon, er würde es zweifellos bezeugen; ein Leugnen würde ihn von vornherein unglaubwürdig machen, hier konnte also die Verteidigung nicht einsetzen, vielmehr mußte er das wie eine Selbstverständlichkeit zugeben, sich wundern, wieso man sich darüber wunderte, eine handelsübliche Einrichtung, nicht ganz gesetzmäßig vielleicht, aber wieso eigentlich nicht? Das waren Transaktionen, wie sie alltäglich vorgenommen wurden, man machte sich nicht viele Gedanken dabei, wenn man nur das Ziel erreichte. Nun gut, das konnte er alles mit Eleganz hinplaudern, und dann würde er diesen Haken schlagen müssen: Selbstredend hatte er Sochan Tajiri kennengelernt, diesen jungen unbeherrschten Mann, und zwar bei dem Besuch seiner Schwester Yohyo, Larrotte könne das bestätigen. Nach einem Sturz auf der Straße sei es ihm damals übel gegangen, alle drei hätten ihm in das Zimmer geholfen, schließlich sei er mit Tajiri allein gewesen, der wirklich, das müsse er ausdrücklich betonen, sehr um ihn besorgt gewesen sei; dadurch habe er mehr Anteil an dessen Schicksal genommen,

als er, offen gestanden, sonst Anteil zu nehmen pflege, so daß sie in ein eingehenderes Gespräch gekommen seien, das durch ähnliche Berufsinteressen erheblich Nahrung erhalten habe; ihn selbst habe der technische Stand Japans interessiert, er habe sich einige zweckdienliche Auskünfte versprochen, seinen Auftrag habe er den Behörden schon bei Beantragung des Visums bekanntgegeben, bitte, man könne sich überzeugen, und umgekehrt habe Tajiri den westeuropäischen Standard kennenlernen wollen, auch dies sei begreiflich, sie hätten ein weiteres Gespräch verabredet, er selbst sei durch den Sturz zu sehr demoliert gewesen – ja, ‹demoliert› wollte er sagen, ein wenig mit Selbstverspottung, das zog erfahrungsgemäß immer, und danach würde er die drei Begegnungen genau schildern, zu denen es später mit Tajiri noch gekommen war, genau die Zeit, genau das Café, alles nachweisbar, sie sollten ruhig Zeugen suchen und vernehmen, jede seiner Angaben würde sich bestätigen und damit seine Glaubwürdigkeit untermauert werden; und er würde berichten, daß er Tajiri auch von seiner geplanten Transaktion mit Kasugai erzählt habe, flüchtig zwar, doch immerhin so, daß also nur noch der Schluß zu ziehen wäre, Tajiri habe dann auf eigene Faust ein Gangsterstück versucht; welches Ziel der junge Mann verfolgte, könne er nicht wissen, er sei kein Gedankenleser, das herauszubekommen sei eben Sache der Polizei.

An diesem Punkt atmete Schünzel auf, gewiß würden unangenehme Stunden und Tage auf ihn zukommen, aber keine gefährlichen, denn stellte man Aussage gegen Aussage, so hatte die seine zweifellos mehr Beweiskraft als die Tajiris, dieses haltlosen Menschen, der vermutlich auch bei seinen Vernehmungen sich zu unangemessenen Äußerungen hinreißen lassen würde.

Nachdem er das, was er nun bereits ‹seinen Fall› nannte, soweit durchdacht hatte, beruhigte sich Schünzel, die Gefahr schien ihm weitergerückt, es gehört zu seiner Taktik, nicht mehr länger darüber nachzudenken, die Details mußten bei der Vernehmung vorgebracht werden; er wußte aus Erfahrung, daß sie echter klangen, wenn sie mitten im Gespräch erfunden wurden.

Was jetzt noch in ihm steckte, war etwas ganz anderes: Der Handgriff, an dem er sich festhalten wollte, um sein Ziel zu erreichen, war gebrochen, und einen anderen hatte er nicht; vermut-

lich würde er auch keinen finden, wenn die Sache mit Tajiri aufkam; denn wer würde dann noch mit ihm hier vertraulich verhandeln wollen? Das aber bedeutete, daß er sein Ziel nicht erreichen würde, auch Larrotte würde ihm nicht mehr hilfreich sein wollen und können, und die schmale Information, die er mit nach Düsseldorf brachte, würde Dr. Müller-Stortkamp bestenfalls ein mitleidiges Lächeln entlocken: Damit hast du dich abspeisen lassen, mein Sohn? Ich habe mich in dir getäuscht, gehe du wieder als kleiner Ingenieur in die Industrie oder, besser noch, zähle Nasen!
Zeit verstrich, Morgen um Morgen schlug Schünzel ohne Hast die ‹Asahi Evening News› auf, unauffällig entnahm er ihr die Informationen über den Mord an Tsu Kubo, sie beruhigten ihn immer mehr, die Mordkommission schien im dunkeln zu tappen, von Tajiri kein Wort, nicht einmal eine Personenbeschreibung, und allmählich versickerte die Sensation und verlor sich in anderen aufsehenerregenden Nachrichten.
Um so kräftiger trat für Schünzel wieder sein alter Plan in den Vordergrund, sein Auftrag, denn je mehr das andere verblaßte, um so größer wurde sein Appetit und um so dringlicher der Wunsch, sein Ziel doch noch auf einem anderen Wege zu erreichen, und wie anfangs wurde ihm erneut bewußt, daß dies über seine Zukunft entscheiden dürfte.
Elf Tage später, Schünzel sitzt beim Frühstück, Larrotte ist noch auf seinem Zimmer, da wird er in die Rezeption gerufen, er hat ein ungutes Gefühl – erwartet ihn dort ein Polizeibeamter? Eilig tupft er die Mundwinkel ab, wirft die geknüllte Serviette auf den Tisch und geht mit langen Schritten hinaus; seine Befürchtung, das stellt er gleich fest, war unnötig, das erleichtert ihn, lediglich ein Telefonat ist für ihn bereit, er wird in die Zelle gebeten, und nachdem er sich gemeldet hat, kommt sofort die Antwort: «Hier ist Tajiri!»
«Mann!» entfährt es Schünzel entrüstet. «Sind Sie wahnsinnig geworden?»
Doch er kann nicht weiterreden, die Stimme hat es eilig, Schünzel lauscht.
Dabei überlegt er angestrengt, und als Tajiri schweigt, sagt er entschieden: «Nein, Tajiri, so machen wir das nicht! Geben Sie acht, das machen wir anders!»

13. Kapitel

1 Larrotte ist noch verschlafen, als er den Gang entlanggeht, es ist jenes gemütliche Verschlafensein, das sich bei ihm einstellt, wenn er keine Aufgaben vor sich hat, und heute ist das so, es liegt keine einzige Einladung vor, der zu folgen er aus Höflichkeit gezwungen wäre, und um Schünzel kümmert er sich nicht; zwar ist ihm rätselhaft, was der treiben mag und wie er seine Aufgabe lösen will, aber er hat nicht die Absicht, sich mit Kreuzworträtseln zu beschäftigen.
Die Tür zu Yohyos Kammer ist angelehnt, und als er daran vorbeigehen will, öffnet sie sich, fast sieht es aus, als hätte ihn jemand erwartet; unwillkürlich schaut er hin, und da steht Yohyo, und ihrem Gesichtsausdruck liest er ab, daß sie zu schüchtern ist, ihn anzureden, deshalb bleibt er stehen.
Sie rührt sich nicht, also tritt er zu ihr. «Hast du irgendwelche Wünsche, Yohyo?»
«Er war da!» flüstert sie zurück.
«Wer?»
«Sochan!»
Larrotte begreift nicht, was bemerkenswert oder sonderbar dabei sein soll, daß sich Sochan Tajiri hier einfand; zwar sind stets lange Zeiträume vergangen, ehe er ihn wieder einmal und dann nur flüchtig gesehen hat, aber gelegentlich besucht er doch die Schwester, und zumal jetzt, da er aus seiner Arbeit ausscheiden und dafür Yohyos Zustimmung gewinnen will, erscheint das nur natürlich.
Aber Yohyos Gesicht verrät eine unerklärliche Beängstigung, und deshalb sagt Larrotte: «Soll ich noch einmal mit ihm reden,

damit er seine Stellung lieber behält?» Anders kann er sich Yohyos Verhalten nicht deuten.
Heftig schüttelt sie den Kopf, sie flüstert: «Er behält sie ja!» und sieht dabei aus, als wolle sie gleich zu weinen beginnen.
Larrotte rührt das Vertrauen des Mädchens, er sieht sich um, sie sind allein, er sagt: «Gehen wir zu dir, es stört uns dort niemand!» Gleich gibt sie die Tür frei, und er tritt ein. «Also rede!» sagt er absichtlich kurz, als erteile er einen Befehl, denn er will sich Umwege ersparen.
Er hat den Eindruck, daß Yohyo zittert, aber genau könnte er es nicht sagen, er wartet also und sieht sie an, bis sie sich gefaßt hat und leise meint: «Er war bei mir, und er hat nur gesagt, daß er bei seiner Firma bleibt, aber er hatte ganz vergessen, daß er kündigen wollte, und erst, als ich ihn daran erinnerte, machte er so mit der Hand . . .», sie macht es nach, eine kurze abschätzige Bewegung, als werfe man etwas Wertloses in den Papierkorb, «und lachte, es sei ganz egal, was er tue, er habe einen Steigbügel gefunden, um auf den Gaul zu kommen. Ich habe gar nichts verstanden, nur, daß er etwas vorhat, und deshalb habe ich Angst, denn immer, wenn er etwas vorgehabt hat, war es schlimm, und es wäre auch besser gewesen, wenn er mich nicht nach Tokio geholt hätte», und als sie das sagt, stockt sie, stutzt sichtlich über ihre eigenen Worte und verneigt sich und sagt mit einem Ausdruck, den Larrotte nicht nur ‹höflich› nennen kann, nein, den er, der jeglichen Sentimentalitäten Abholde, bei sich selbst zu seiner eigenen Überraschung als kindliche Verschämtheit bezeichnen muß: «Allerdings wäre mir nicht die Ehre zuteil geworden, Sie, Herr Larrotte, kennenlernen zu dürfen», und so umständlich und beinahe höfisch das gesagt ist, so echt ist es doch, und Larrotte kann nicht einmal darüber lächeln, sondern muß Yohyo die Hand auf die Schulter legen, eine Vertraulichkeit, die er sich, seit er in Tokio ist, niemals gestattet hat.
Ruhig sagt er: «Du weißt, Yohyo, daß er immer irgendwelche Einfälle hat, tagtäglich andere, und denen folgt er. Das ist keine Tränen wert und keinen Kummer. Beruhige dich. Vielleicht will er morgen schon wieder kündigen und kommt, um dir das zu sagen, und dann bist du deshalb traurig. Nein, mache dir keine Gedanken. Und ich fürchte auch, es würde wenig Zweck haben,

wenn ich versuchte, ihn zu beeinflussen, denn je mehr man ihn zu beeinflussen sucht, um so starrsinniger tut er das, was er selbst für richtig hält. Kümmere dich nicht um ihn!»

«Er ist mein Bruder», sagt sie leise und schaut seitwärts, und Larrotte ist klar, wieviel mehr das hier bedeutet als in Europa, hier, wo jedes Familienmitglied für das andere verantwortlich ist, sich mitfreuen darf, wenn es Grund zur Freude gibt, aber auch mitleiden muß, wenn es Kummer und Not zu ertragen gilt.

Er, Larrotte, kann das nicht ändern, das wird Jahrzehnte und möglicherweise noch länger dauern, ehe solche Bande zerreißen, jedes Wort ist vertan.

Eigentlich nur, um die Unterredung abzuschließen und gehen zu können, fragt er: «Warum kam er denn überhaupt?» und meint Sochan Tajiri.

«Er war so voll Begeisterung», sagt sie, «daß er zu irgend jemanden reden mußte, und ich dürfte Ihnen gar nichts von seinem Besuch erzählen, er hat mir verboten, zu jemandem darüber zu sprechen, vor allem nicht zu Herrn Schünzel, der es nicht will, daß Sochan in das Hotel kommt, und deshalb hat sich Herr Schünzel auch mit ihm im Hybiapark getroffen.»

Die Hand mit der Pfeife, die er zum Mund heben wollte, bleibt in der Luft stehen. «Mit Schünzel?» fragt Larrotte.

Yohyo nickt.

«Ach!» sagt Larrotte da nur und denkt, dies sei nun allerdings sonderbar, er sieht keinen Grund für eine Unterredung zwischen beiden im Hybiapark, es sei denn ... abwesend und ohne das Mädchen noch anzusehen, meint er: «Jaja, ich werde mich darum kümmern, laß nur.» Plötzlich hat er einen Verdacht, er will ihn prüfen; unbehaglich empfindet er, es könne vorbei sein mit seiner Untätigkeit, allerdings müsse der Verdacht sich bestätigen. Wenig später fährt er mit dem Fahrstuhl abwärts, jetzt saugt er die Pfeife doch, ohne es zu wissen, und sitzt im Eßsaal an seinem Tisch, wo er so abwesend ist, daß er sogar Hatsue übersieht, die dienstbereit auf seine Bestellung wartet, obwohl sie ja weiß, daß er nichts anderes bestellen wird als das, was er jeden Morgen zu bestellen pflegt. Endlich ruckt er zusammen und entläßt das Mädchen mit einem knappen: «Wie üblich!» und findet für Schünzel das simple Wort, das ihm so lange gefehlt hat: ein

Dieb – gleichgültig, ob er in Köln die Ingeborg stahl oder hier ein Geheimnis zu stehlen beabsichtigt, immer ist es dasselbe, obgleich ...

... warum führt Schünzel solche geheimnisvollen Gespräche mit Tajiri? Wie wird dieser unglückselige junge Mann da eingemischt? Eine billig gekaufte Karte, die teurer stechen soll, möglicherweise ...

Larrotte vermag sich von solchen Überlegungen nicht loszureißen, jetzt ist es für ihn keine Frage mehr, daß er handeln muß, er ist Korrespondent, und wenn Korrespondenten schweigen, verschweigen, sind sie Komplizen, und sei es auch nur eines kleinen oder auch großen Diebes; nicht umsonst hat Larrotte auch hier in Tokio unübliche Kontakte gesucht, um Informationen zu erhalten, Kontakte mit Leuten, die dem Mann ähnlich sind, der er einmal war, als er Haftladungen montierte; das ist lange her, aber diese Kontakte ...

Übrigens will er heute wieder einen solchen Kontakt ausnutzen, denn der japanische Ministerpräsident wird nach Washington fahren, um wegen der Rückgabe von Okinawa zu verhandeln; Larrotte ist sicher, daß man Okinawa eintauschen wird, zuviel Lärm hat es darum gegeben, aber eintauschen wogegen? Das weiß er nicht, deshalb wird er sich informieren bei denen, die es besser wissen.

Als seine Überlegungen soweit gediehen sind, koppelt er sie mit dem Entschluß, daß auch er bei dieser Gelegenheit eine Information geben werde – eine Information betreffend Tajiri, betreffend Schünzel, den Dieb.

2 Während Schünzel durch den Hybiapark schlenderte, suchte er den Eindruck des Spazierens zu erwecken und überlegte dabei, wie er Tajiri begegnen wollte.

Den Vorschlag Tajiris, ihn im Hotel zu besuchen, hatte er heftig zurückgewiesen; zwar hatte er seinerzeit, als Larrotte ihn darauf hinwies, sein Zimmer durchforscht und keinerlei Anzeichen einer Abhöranlage entdeckt, aber die Gefahr der Zeugenschaft bliebe, sogar mehr als gewöhnlich, da Yohyo dort arbeitete. Also hatte er Tajiri in diesen Park befohlen, nicht in einen japanischen mit un-

durchdringlichen Verstecken für geheime Beobachter, sondern in diesen europäischen mit den weiten Rasenflächen, den weit voneinander gesetzten schweren Bäumen, den unbequemen Bänken dazwischen. Hier würde sie niemand belauschen oder auch nur beobachten können. Wieder einmal blickte sich Schünzel um und stellte befriedigt fest: Kein Schatten folgte ihm.
Dann sah er Tajiri – er lag fast auf einer Bank, die Beine weit von sich gestreckt, den Oberkörper zurückgebogen, die Ellenbogen hinter die Lehne geklemmt; jederzeit, so meinte Schünzel, würde er behaupten können, ihm hier zufällig begegnet zu sein, nicht einmal zu dem Zwecke, Informationen einzuholen.
Tajiri sah ihm entgegen, er rekelte sich auf, Schünzel verweigerte ihm die Hand, als sähe er Tajiris ausgestreckte Rechte nicht, er setzte sich, wartete, bis auch Tajiri saß, wartete noch länger und sagte schließlich: «Sie sind wahnsinnig, mich anzurufen; wollen Sie, daß die Hunde von Ihrer Fährte auf meine geraten? Sie gefährden uns *beide*!»
Sochan Tajiri verzog höhnisch den rechten Mundwinkel, aber er nahm den Vorwurf mit stoischer Ruhe hin, seine Augen verrieten Schünzel nicht, was er dachte.
Der hatte sich vorgenommen, alles von Tajiri zu erfahren, was er wissen mußte, und ihn ganz in seine Hand zu bekommen, er war also entschlossen, sofort auf sein Ziel loszugehen.
«Sie haben Tsu Kubo ermordet! Warum?» fragte Schünzel hart und genau.
Tajiri hob ein wenig die Brauen, er antwortete bedacht: «Ich habe in der Zeitung gelesen, daß sie ermordet wurde, und es hat mich erschüttert. Sie war eine schöne Frau.» Er betrachtete seine Finger, die ausgestreckt auf den Knien lagen. «Ich habe damals mit ihr bis kurz vor Mitternacht verhandelt und hatte den Eindruck, auch ich sei ihr sympathisch.» Er zuckte die Schultern. «Kurz nachdem ich sie verlassen hatte, muß ihr Mörder erschienen sein.»
Schünzel kniff die Augen zusammen. «Sie lügen», sagte er und sprach besonders kühl und langsam, «wenn Sie nicht lügen, geben Sie mir die Quittung, Tajiri! Sie haben ja deswegen mit Tsu Kubo verhandelt.»
«Die Quittung», erwiderte Tajiri sachlich, «konnte sie mir nicht

aushändigen. Sie hatte den guten Willen dazu, das kann ich Ihnen versichern. Aber es war unmöglich. Sie war nur eine Figur in dem Spiel, sie hat sich von der Polizei mißbrauchen lassen, und Sie dürfen mir glauben, ich habe ihr klargemacht, wie unanständig dies war. Hätte sie die Mitwirkung verweigert, wäre dieser unnötige Überfall auf Sie unterblieben. Man hätte sich alle Scherereien erspart. Nein, nein, Tsu Kubo war kein Unschuldslamm, gewiß nicht. Immerhin: Sie hat es eingesehen. Und als ich ihr Ihren Zustand schilderte, ging ihr das nahe. Tatsächlich und so unglaubhaft das klingt, Herr Schünzel, sie hatte irgendeine Neigung zu Ihnen gefaßt, haben Sie ihr irgendwelche Hoffnungen gemacht?»

Das war eine Finte, sie traf Schünzels Magen, Tajiri war selbst überrascht.

Schünzel blies ein wenig zu schauspielerisch die Backen auf, er sagte ein wenig zu schauspielerisch: «Irgendwelche Hoffnungen! Ich möchte wissen, welche!» Und setzte sofort nach: «Die Quittung! Was ist mit der Quittung?»

Fast unmerklich schüttelte Tajiri den Kopf, aber doch so viel, daß Schünzel es bemerken konnte, es sollte ein Verwundern über so viel Unverständnis andeuten. Tajiri antwortete: «Ihre Quittung hat Tsu Kubo der Polizei übergeben. Vermutlich sollte sie nur als Faustpfand dienen. Jedenfalls hat mir Tsu Kubo versichert, sie werde sie zurückfordern unter einem Vorwand und sie mir zurückgeben. Ich sollte sie drei Tage später wieder aufsuchen. Ja, und dann las ich das in der Zeitung . . .»

«Die Legende wird Ihnen niemand abnehmen.» Schünzel hatte sich gefaßt.

«Ich bestreite ja nicht, dort gewesen zu sein, aber für das, was nachher passiert ist, kann man mich nicht zur Rechenschaft ziehen. Ja, wenn man irgendwelche Beweise hätte, doch die *kann* man nicht haben! Und überdies . . .», nun gestattete sich Tajiri sogar die Andeutung eines Lächelns, «hätte man mich längst vernommen, wenn man überhaupt wüßte, daß ich dort war. Und hinzugehen habe ich schließlich keine Veranlassung.»

Schünzel gestand sich, daß dies alles gut überlegt war; waren tatsächlich keine Spuren zurückgeblieben, und das schien der Fall zu sein, und gab es keine zwingenderen Indizien als den Besuch

Tajiris bei Tsu Kubo, so würde man nicht einmal ein Verfahren gegen ihn eröffnen; das erleichterte Schünzel, und er bewunderte Tajiri sogar wegen der Ruhe, mit der er seine Argumente vortrug, wegen dieser Gelassenheit, die er dem jungen Mann niemals zugetraut hätte; welche Verwandlung, unerwartet unvorhersehbar, konnte in einem Mörder vorgehen, umgekehrt gerade auch, wie das Beispiel bewies, anders, als es üblich und zu vermuten war, und daß Tajiri der Mörder war, das stand für Schünzel nach wie vor fest, diese Überzeugung war nicht zu erschüttern.
Immerhin bot er Tajiri eine Zigarette an, das war eine versöhnliche Geste, begann selbst zu rauchen, blies gedankenverloren den Rauch von sich und sagte schließlich: «Wie das auch sein mag, auf jeden Fall war es ungeschickt und unvorsichtig von Ihnen, mich im Hotel aufsuchen zu wollen.»
Er sah Tajiri scharf an, um festzustellen, ob sein Vorwurf träfe und er dadurch seine Überlegenheit wiederhergestellt habe, und der Vorwurf mußte getroffen haben, stellte Schünzel befriedigt fest, denn wenn Tajiri auch verstockt schwieg, so merkte er dessen innere Erregung doch daran, daß der seine Zigarette um eine Spur zu hastig rauchte.
Sochan Tajiri hatte sich entschlossen, nicht nur diesen, auch alle anderen Vorwürfe einzustecken, denn was immer Schünzel vorzubringen haben mochte, im Grunde genommen mußte er ratlos sein, denn was hatte er erreicht? Nichts; seine Quittung lag irgendwo wohlverwahrt und konnte jederzeit gezückt werden wie eine Pistole, und dann würde sich Schünzel an die Wand stellen und beide Arme heben müssen, und nicht nur das, er würde leere Hände heben müssen, wie nämlich sollte er an jenes Dokument gelangen, das Kasugai besaß?
Im Grunde genommen war Sochan Tajiri also der Überlegene, und dessen war er sich deutlich bewußt, triumphierend geradezu, so daß er jetzt, ohne mit einem höhnischen Ton seine Worte zu unterlegen, fragen konnte: «Damit ist meine Mission wohl beendet, Sie benötigen mich nicht mehr?»
Er hatte Schünzel unterschätzt, der sofort erwiderte: «Nein, Tajiri, ich benötige Sie nicht mehr!», und das klang so fest und entschlossen, daß mit eins Tajiris Selbstbewußtsein zusammenfiel und er alle Mühe hatte, das zu verbergen.

«Dann werde ich gehen!» sagte er und warf die Zigarette weg, und Schünzel ließ ihn tatsächlich aufstehen und reichte ihm nicht die Hand.
Dann erst, als Tajiri sich abwenden wollte, sagte Schünzel: «Es sind doch Sie, der alles verdorben hat! Wie soll ich mich jetzt noch rühren, nachdem Sie diese törichte Sache unternommen haben? Selbst wenn man nicht auf Sie verfällt oder keine Beweise gegen Sie vorlegen könnte, wird man mich doch beobachten, und ich kann es nicht riskieren, mit Ihnen in Verbindung zu bleiben, denn sobald ich dieses Dokument von Ihnen erhielte, würde man es bei mir vermuten, und wie sollte ich es von Ihnen erhalten, da Sie doch jetzt schon gar nicht mehr in dessen Besitz kommen können?»
Beide wußten, daß diese Frage nur scheinbar rhetorisch war und daß Schünzel in Wirklichkeit noch einmal prüfte, ob eine Chance vorhanden wäre, nur wollte nicht er reden, das sollte Tajiri tun, und das wollte nun wieder Tajiri nicht; immerhin blieb er stehen, er sagte: «Vermuten ist eine Sache für sich, lassen Sie die Leute doch vermuten, was kann es Ihnen schaden? Nehmen wir einmal an, irgendwie kämen Sie zu diesem Dokument! Sie werden es nicht herumliegen lassen, sondern bei sich tragen, nehme ich an. Sie werden es nicht mit auf die Reise nehmen, sondern ganz unverfänglich mit der Post nach der Bundesrepublik schicken, nehme ich an. Prüfen Sie selbst, welche Möglichkeit die Polizei hat, ich sage Ihnen: gar keine! Verhaften kann man Sie ohne Beweise nicht, Leibesvisitation unterbleibt gefälligst, unserer Regierung liegt nichts daran, ein solches Aufsehen zu erregen und dann möglicherweise Sie mit vielen Entschuldigungen wieder zu entlassen, sofort würde ‹Polizeistaat!› gerufen, ganz abgesehen davon, daß es diplomatische Verwicklungen geben könnte, auf jeden Fall eine heikle und unangenehme Situation, nein, das wird man nicht riskieren. Die zweite Möglichkeit ist eine Durchsuchung pro forma durch den Zoll bei der Abreise: Da tragen Sie nichts bei sich, das könnten Sie unter Protest über sich ergehen lassen. Inzwischen flöge längst ein Briefumschlag durch die Luft, ganz harmlos; oder schwömme ebenso harmlos auf dem Ozean.»
Tajiri berauschte sich selbst an seiner Phantasie, er konnte dem Drang, das Bild auszuschmücken, nicht widerstehen, er schlug

vor: «Ich würde sogar so einen bläulichen oder rosa Briefumschlag nehmen, wie man sie für Liebesbriefe benutzt, stellen Sie sich das einmal vor, und dann, wenn Sie wieder in Düsseldorf eintreffen, erwartet Sie dieser Liebesbrief schon . . .» Er vermochte ein Kichern nicht zu unterdrücken, das war eine seltsame Musik zu diesem Thema und, wie Schünzel empfand, eine abstoßende. Deshalb sagte er abweisend: «Mir ist nach Witzen nicht zumute», überlegte aber gleichzeitig, daß hinter Tajiris Sätzen mehr stekken mußte, daß sie nicht nur Geschwätz sein konnten, immerhin hatte sich der Mann, wenn auch abwegig, so doch entschlossen gezeigt in einem Maße, das er selbst nicht hatte vermuten können, wer konnte also wissen, ob er nicht auch jetzt einen brauchbaren Plan hatte? Ja, so mußte es sein, Schünzel war sich dessen beinahe sicher, anders wäre Tajiri hier nicht erschienen, also setzte er um eine Spur freundlicher hinzu: «Im Prinzip haben Sie recht, dunkel bleibt, wie ich zu diesem Liebesbrief kommen soll! Das Dokument, um das es sich handelt, liegt im Safe bei Hitachi, einmal in der Woche allerdings arbeitet Kasugai zu Hause, und zwar dienstags, dann könnte es sich auch dort befinden. Das ist alles, was ich feststellen konnte.»
Von dieser Stunde an ist Tajiri der Überlegene, und nicht berühren würde es ihn, zu wissen, daß gerade jetzt Larrotte einfällt, er könne eine Information geben betreffend Tajiri, betreffend Schünzel, den Dieb, und der überlegene Tajiri sagt: «Wenn alles klappt, Herr Schünzel, werde ich eines Tages frühmorgens bei meiner Schwester auftauchen, und dann werde ich an Ihre Tür klopfen, und wir werden Zug um Zug tauschen. Daß ich Ihnen mehr verrate, werden Sie von mir nicht erwarten, so dumm bin ich nicht. Übrigens ist es auch für Sie besser, wenn Sie nichts wissen; fragt man Sie, können Sie stets die Schultern zucken.»
Das alles wird für Schünzel völlig unsicher, er mutmaßt sogar, daß ein Teil Großsprecherei dabei sei, andererseits muß Tajiri entschlossen sein, er hatte ihm ja verraten, daß er Kasugai für den Schuldigen an seinem gescheiterten Leben hielt.
Tajiri scheint seine Gedanken lesen zu können, er sagt: «Irren Sie sich nicht, Herr Schünzel, ich *werde* eines Tages vor Ihrer Tür stehen, nicht ohne jene Blätter!» Er sagt leichthin: «Ich habe nicht viel aufs Spiel zu setzen, aber was ich habe, das setze ich! Natür-

lich geht es mir um Geld bei der Sache, es ist nicht meine Schuld, daß ich Monat um Monat zuwenig bekam, jetzt hole ich mir, was man mir vorenthalten hat; aber es geht mir nicht nur um Geld, es geht mir auch um den vornehmen Herrn Kasugai!»
Schünzel sieht den dunkelglühenden Ausdruck in Tajiris Augen, den offenen Haß, das ist ein so fanatischer Ausdruck, daß Schünzel das Gesicht verzieht.
Aber Tajiri bemerkt die Reaktion überhaupt nicht. «Ich stelle mir vor, wie er seine entleerte Kassette oder was weiß ich, wo er das Zeug aufbewahrt, zu präsentieren gezwungen ist, und man wird ihm zu verstehen geben, daß er nicht zum Wohle von Hitachi gehandelt habe, ja, gegen das Wohl und gegen das Wohl des Vaterlands. Alles das, was er andern vorwirft, wird man ihm vorwerfen, er wird fortan einen Makel mit sich tragen, ein Brandmal, glauben Sie mir, bei uns ist das so, ob er Schuld hat oder nicht. Und vielleicht wird man überlegen, ob man nicht doch jüngere fähige Köpfe beschäftigen sollte, die man zurückgewiesen hat, Köpfe, die sich ihr Gehirn nicht rauben lassen.» Plötzlich bricht er ab.
«Das interessiert mich nicht», sagt Schünzel knapp, und wirklich will und mag und kann er nichts mehr davon hören. «Sie bringen mir die Papiere, und Sie erhalten Ihren Lohn. Dann sehen wir uns nie mehr wieder!»
Tajiri starrt ihn an. «Ja», sagt er, «ich bringe die Papiere, dann will ich Sie nie mehr wiedersehen!»
Und ohne sich zu verneigen, dreht er sich um, verläßt er Schünzel, wandert durch diesen europäischen Park immer geradeaus, einen Plan im Kopf, Entschlossenheit im Herzen.

3 Es ist dies eine Nacht, die keine Nacht ist, weil der Mond sie blendend erhellt, ein runder voller weißer Mond, starr und strahlend über dem Lande und den Städten stehend, verjagt freilich auf der Ginza und anderswo vom flackernden Geblinzel, vom Zucken und stummen Tosen der Leuchtreklamen, ausruhend sich in den abseitigen Gassen, die überall sind, dort sein Silber hinlagernd, aufhäufend, daß Larrotte glaubt hindurchzuwaten, so hoch liegt es da und so hell, und selbst die Schatten sind keine

Schatten, sie scheinen mit bläulichem Schnee aufgeschüttet zu sein, ein sonderbarer Abend, eine sonderbare Nacht.
Eine vertauschte, eine verzauberte, eine unwirkliche Welt, empfindet Larrotte, die selten nur wahrgenommen wird in ihrem Glanz und in ihrer Stille, in ihrem Frieden, zu einer Zeit, da die Tauben weit hinten am Horizont fliegen und die Adler im Zenit; es ist übrigens warm, Larrotte hat das Jackett über den linken Unterarm geworfen, er geht langsam, er genießt den Anblick.
In seinem Rücken hört er noch das dumpfe Tamtam der Trommeln buddhistischer Priester, sie rufen nicht zu Andacht und Verehrung, sie rufen zu Empörung; immer wieder fasziniert Larrotte, daß sie mitziehen in den lockeren Märschen des Protests, so auch vorhin: Da stand er am Rande der Straße und sah zu, wie der Zug sich vorüberbewegte in losen Reihen, Fahnen und Transparente tragend, die Frauen und Männer schärpengeschmückt, und dazwischen die Priester, die mitdemonstrierten gegen die Reise des Ministerpräsidenten nach den USA, die dagegen protestierten, obgleich er doch zurückholen will das besetzte Okinawa nach Japan, obgleich er erhalten wird zweifellos die enteignete Insel, und auch da, als Larrotte am Rande stand und zuschaute, wußte er, wie anders dieses andere Land war als die Bundesrepublik, wo einer nur zu rufen brauchte: ‹Ich bin ein Berliner!›, und die hysterischen Schreie fielen ihm zu, wohlausgeklügelt von den geheimen Verführern, vorausberechnet mit kühlem Kalkül, das da immer stimmte und hier niemals stimmt unter den dumpfen, aufrüttelnden Trommelschlägen – wo in Europa wäre das denkbar?
Das spürt Larrotte noch im Rücken, als er durch den Mondsee hindurchwatet, die Beine unsinnig übermäßig hebt, als sei da wirklich ein Tümpel, da verklingen die Tamtamschläge, und sie sind es doch auch, die ihn zu seinem Ziele hintreiben.

Um diese Zeit wandert Saburo Kasugai in seinem Zimmer auf und nieder, es ist vollgeraucht, er geht wie durch Wolken, unzufrieden mit sich, er hat heute daheim arbeiten wollen, es ist ihm nicht gelungen, er vermochte sich nicht zu konzentrieren, nun hat er reißende Kopfschmerzen und denkt daran, daß er auch bei Hitachi nicht so ungestört arbeiten kann, wie er es gewohnt ist, denn Tsu Kubo fehlt ihm mehr, als er es sich je vorgestellt hatte; zwar hat er seit Tagen eine neue Sekretärin, ein ältliches und äußerst beflissenes Wesen, die ihn aber nervös macht, weil sie in ihrer Ängstlichkeit, alles auch wirklich recht und richtig zu machen und nichts zu verabsäumen, hundertmal betulich fragt, wo keine Frage notwendig wäre, zehnmal das, was sie getan hat, mitteilt, die stumme Angst in den Augen, er könne Einwände dagegen haben, und weiß genau, daß er daran nichts ändern kann, jetzt nicht und in den nächsten Jahren nicht, denn diese Sekretärin ist ausgewählt, ist eine Auserwählte unter dreiundsechzig Bewerberinnen, man hat sie unter das Mikroskop genommen, man hat ihre Familie unter das Mikroskop genommen, lupenrein alles, und noch ihre Ältlichkeit, ihre Pedanterie, ihre Häßlichkeit sind Trümpfe, niemals wird sie das Opfer eines Sexualverbrechens werden – darauf haben sich übrigens inzwischen alle im Fall Tsu Kubo geeinigt, niemals, und dabei blickte man ihn an, als trüge auch er daran Schuld, und die Folgen sind diese wölfischen Kopfschmerzen.

Mitten im Zimmer und in diesen Gedanken bleibt Kasugai stehen, er durchblinzelt die graugetrübte Luft und entschließt sich, das Fenster zu öffnen, schiebt die Holzrahmen sorglich zur Seite, alles, was er tut, tut er sorglich, und schaut hinaus und gewahrt jetzt erst erstaunt den vollen Mondschein, der über dem kleinen Hain liegt, den Fenstern gegenüber, der darin nistet, der die Pagode und die drei Reliefs mit Silberbronze bepinselt und an die Äste der Büsche und Bäume weiße Blumen gesteckt und silberne Gehänge genestelt hat, die bis auf den Rasen reichen; nur in den Bäumen hinter der Pagode bleibt es schattendunkel, und Kasugai atmet tief die deutliche Luft ein, zieht sich einen Schritt in den Raum zurück und betrachtet den grauen Rauch, der sich durch das obere Teil des Fensters hinausquirlt; schon jetzt fühlt er sich erleichtert, als zöge der Kopfschmerz mit dem Rauch hinaus, und allmählich tröstet er sich wegen dieser neuen alten Sekretärin und atmet tief auf und denkt, es werde schon alles wieder ins Lot kommen.

Schünzel hingegen merkt nichts von der Nacht und ihrem Mond, er liegt im Bett, er hat sich zeitig niedergelegt, er will sich entspannen und dem Nachdenken entfliehen, deshalb hat er auf dem Tisch den kleinen Fernsehschirm so zurechtgerückt, daß er ihn bequem betrachten kann, und ein Programm ausgewählt, das eine japanische Show darbietet mit viel Tanz und viel Gesang; durch halbgeschlossene Lider betrachtet er die wechselnden Bilder auf dem sacht flimmernden Schirm, zart fließende Farben und plötzlich ein greller Kontrast, grünrot das Kleid der Sängerin, der geraffte Regenbogen, der zerstückelte Regenbogen, und Schauer von Darbietungen, exakt, grell, die Stimmen einschmeichelnd und geschmeidig die Leiber und entblößt, da ist kein uraltes Japan, da ist Westeuropa und doch anders dressiert, Computermechanismen, die Gesichter maskenstarr lächelnd, amerikanisches Showgeschäft perfektioniert. Da ist die Besessenheit spürbar, auch auf diesem Gebiet das äußerst Erreichbare zu erlangen; Schünzel bewundert's, und darüber vergißt er, was hinter ihm liegt, was vor ihm liegt, sowieso ist er kein Mann, der grübelt – immerhin, denkt er, die Japse! –, und diese Bewunderung ist so, wie sie die Welt erfüllte im zweiten Weltkrieg, wenn sie hörte von den Kamikatsefliegern, die sich in den Gegner und den Tod stürzten, Bewunderung und Schauder und Abscheu.

Sochan Tajiri hat gesehen, wie Kasugai das Fenster öffnete, und als der hinausschaute und gerade zu ihm hinüber, duckte er sich, um nicht entdeckt zu werden, aber gleich darauf ist er wieder sicher, seiner selbst sicher, seiner Sache sicher, und richtet sich auf, er steht genau hinter der besilberten Pagode, die ihn fast verdeckt, und übrigens ist er mitten in die Baumschatten getaucht, so daß er ganz dunkel gefärbt ist in der Fülle des Mondlichts ringsumher; frech blickt er mitten ins Zimmer Kasugais, sieht den Mann zurücktreten und dem Kräuselrauch nachschauen, vermag sogar dessen Gesicht zu erkennen und denkt befriedigt: Selbst wenn er entdeckt würde, hier vermöchte niemand zu sagen, wie er aussieht, denn übers Gesicht ist ein Strumpf gezogen; so wird er geduldig abwarten seine Stunde, aussehend wie ein Untier und Mörder.

14. Kapitel

1 Obgleich Pierre Larrotte immer tiefer in die Nacht eintaucht, die Gassen fast menschenleer werden und er sich in einem Arbeiterviertel befindet, bewegt er sich mit einiger Vorsicht voran, weil er nicht wünscht, daß er auf diesem Wege, den er in den letzten drei Jahren oft und nicht ohne Nutzen ging, beobachtet werde. Nicht allein bei ihm liegt dafür der Grund, obwohl in sein Gehirn eingegraben ist, er müsse alles vermeiden, was nach gefährlicher Parteinahme aussehe oder doch als solche gedeutet werden könne, weil es der Grund werden könne für seinen Abschub nach Europa – nein, er ist so behutsam, weil er Yasuo Nomura nicht gefährden darf, der hier ein Versteck gefunden hat wie ein Maulwurf, dessen Gang bisher nicht entdeckt wurde. Wie ein Maulwurf: Da und dort im Lande und auch in Tokio wirft sich plötzlich die unbeweglich erscheinende Erde auf als verräterisches Zeichen, daß Nomura am Werke war, und nichts fürchtet die Regierung so sehr wie diese Bewegung, zaghaft zwar und geringfügig, aber wer weiß, wann eines Tages ein Erdbeben ausbricht.

Der Himmel kommt Larrotte zu Hilfe, eine schmale und dicke Wolkenbank schiebt sich träg vor den Mond und düstert sein Licht, als solle verhüllt werden, was hier zu sehen ist, diese unschönen Häuser und Hütten, die ungepflegt langsam verrotten, denn keiner hat Geld oder Zeit, die er dafür aufwenden könnte. Larrotte bleibt stehen. Unmittelbar von der Gasse aus öffnet sich ein verwinkelter Hof, doch der Zugang ist mit vielen langen aufgerichteten Brettern verstellt, Material des Tischlers, und auch der Hof ist mit wirren Stapeln verrammelt, so daß die hölzerne

kleine Veranda, silbergrau vor Alter, die seitlich an einem der Häuser klebt, von außen unsichtbar ist.
Larrotte blickt sich um, er ist allein, langsam schiebt er sich in den Hof, um die Stapel herum, rempelt den einen, erschrickt, weil ein Brett herunterrasselt, genau vor seine Füße, er wartet und tastet sich wieder voran, alles um ihn her scheint tot zu sein, so still ist es, und auch die Veranda tot, unbeleuchtet, und die schmale Tür verschlossen. Larrotte ist enttäuscht, denn es scheint, als sei Yasuo Nomura abwesend, wer kann wissen, wo er gerade dabei ist, einen Hügel aufzuwerfen.
Immerhin gibt Larrotte das seit langem vereinbarte Pochzeichen, und nach einiger Zeit wiederholt er es, da knarrt der Schlüssel, da rülpst die Tür in den Angeln und öffnet sich, und Larrotte steht dicht vor der Stimme Yasuo Nomuras, die sagt: «Komm 'rein, Pierre, du bist der zweite Gast!»

Immer noch flimmert der Fernsehschirm, immer noch strecken und beugen japanische Girls exakt ihre Beine, endlos scheinende Reihe lächelnder gleicher Gesichter, schwingender Arme, schlanker beweglicher Körper und straffer Brüste, getaucht in verzehrende Farben, doch Holger Schünzel sieht es nicht mehr, er ist eingeschlafen, er schläft tief und fest, als sei er einer der Gerechten.

Allmählich verdämmert Saburo Kasugais Kopfschmerz, wohltuend füllt die frische Luft den Raum, er hockt auf der Matte und vor ihm seine Frau, die ihm liebevoll noch ein Abendschälchen Tee zubereitet, sie gilt als Meisterin in dieser Zeremonie, und so häßlich sie ist, so gealtert auch, immer noch sieht ihr Kasugai gern dabei zu, denn dann sind ihre Bewegungen zierlich und jung.
Auch der Ärger über seine gehemmte Arbeit ist verflogen, so friedlich ist alles, genußvoll führt er die Schale zum Mund und nimmt einen Schluck; nebenan, verdeckt durch die verschiebbare Wand, hört er später seine Frau kramen, er weiß, daß sie die Schlafmatten ausbreitet, noch immer und trotz seines Alters zieht er es vor, spartanisch zu schlafen, wie es alte Sitte ist.
Er stellt die Schale zurück, erhebt sich und geht in sein Arbeits-

zimmer, einen kleinen abgeteilten Raum, die Wände bis an die Decke von Regalen bedeckt, die mit Büchern gespickt sind, ein Schreibtisch vors Fenster geschoben und davor ein lehnenloser Hocker, auch bei der geistigen Arbeit will er seinen Körper spüren; nun hat er indessen nicht mehr vor, sich über die Bücher zu beugen, nein, er will sich nur vergewissern, ob das Papier noch vorhanden ist, das er für seine Arbeit mitgebracht hat, und obgleich diese Prüfung unsinnig ist, denn es muß ja da sein, zieht er die mittlere Schublade auf, da liegt ein großer graubrauner Umschlag, unverschlossen, er nimmt ihn heraus, drückt die Lasche auseinander und schaut hinein, die Blätter sind vorhanden!
Kasugai knipst beruhigt die scharfstrahlende Bürolampe aus, die an den Schreibtisch geklammert ist, und begibt sich in den Schlafraum, schon sind die Matten entrollt.

Sochan Tajiri steht draußen hinter dem Abbild des Tempels, durch das Fenster hat er Kasugai beobachten können, bis zu jenem Augenblick, da er den Raum verließ; jetzt ist das Zimmer leer.
Nachdem sich vor den Mond diese schmale dunkle Wolkenbank schob, ist das Silber aus dem Hofe verschwunden, doch Tajiri mißtraut dem Anblick, denn durch das Maschengewirk des Strumpfes, den er über den Schädel gezogen hat, sieht die Welt seltsam fremd und verändert aus, er blickt zum Himmel auf, der ihm beinahe schwarz erscheint, und um sich zu vergewissern, schiebt er den Strumpf bis über die Augen zurück.
Es bleibt dabei, der Mond ist bedeckt, der winzige Garten, der schmale Hof sind düster geworden, die beste Gelegenheit, hinüberzuhuschen, das tut er eilig, und dann drückt er sich neben einem der Fenster dicht an die Wand; so wartet er und lauscht, ob drinnen Geräusche vernehmbar sind, es bleibt alles still.
Den Rücken an die steinerne Wand gepreßt, die Hände flach darangelegt, reckt er den Kopf und blickt in das Zimmer, erschrickt im gleichen Augenblick, fährt zurück und zieht hastig den Strumpf wieder übers Gesicht, das noch unbedeckt war; es ist die einzige Sekunde, in der sein Herz schneller pocht.
Dicht an der Wand wartet er weiter, wenig später hört er aus dem Raum Schritte, gleich darauf verlischt das Lichtviereck, das im

Hofe lag, die Schritte entfernen sich wieder, Tajiri wartet noch immer.
Es braucht einige Zeit, bis ein Mensch einschläft.

2 Yasuo Nomura hat die Petroleumlampe entzündet, die Flamme blakt trübe, er dreht den Docht herunter.
Larrotte sieht, daß der Raum immer noch so ausschaut wie früher, vollgestellt und bestapelt mit allerlei Gerümpel, so als würde er nur zum Abstellen benutzt und sei nicht seit Jahren das Quartier eines Mannes.
Eines Mannes, der zu etwas ganz anderem bestimmt zu sein schien als zu dem Vegetieren in einer schäbigen Veranda. Denn der jetzt zweiunddreißigjährige Yasuo Nomura stammt aus einer angesehenen Juristenfamilie Tokios. Sein Vater beherrscht das Gebiet der Jurisprudenz nahezu vollkommen und gilt als einer der gewandtesten Gesetzesinterpreten. Dazu kommt noch seine Weltmännischkeit, die ihn bei jeder Gelegenheit zu einem beliebten und geehrten Gast macht, zumal er sich, wenn auch keine tiefgreifende, so doch umfassende Kenntnis der Literatur, der Architektur und der Musik angeeignet hat, und wie viele gebildete Japaner dichtet er in seinen Mußestunden Haiku-Verse, indessen hat er es im Gegensatz zu den allzu vielen in der Perfektion der Fünf-sieben-fünf-Silben-Gedichte so weit gebracht, daß einige Zeitungen seine Strophen gern aufnehmen, und man munkelt sogar, daß ein Verlag eine kleine Sammlung seiner Verse herausgeben wolle.
So war es nur natürlich, daß auch Yasuo Nomura für das Jurastudium bestimmt wurde, und da er intelligent war, sagte man ihm eine glänzende Karriere voraus. Was seine Umgebung nicht ahnte, war der innere Gegensatz, den er zum Vater empfand. Denn es war ihm bald offenbar geworden, daß da nur eine schimmernde Oberfläche zur Schau gestellt wurde, sehr geschickt, wie er zugeben mußte, aber doch nur eine Oberfläche, unter der er in Gesprächen nicht viel vorfand, und bald erkannte er, daß der ganze Wille des Vaters allein darauf gerichtet war, gesellschaftliches Ansehen zu erringen, um in seinem Beruf immer höher fortschreiten zu können. Die Zucht, an die Yasuo gewohnt war, ver-

hinderte allerdings zunächst einen offenen Ausbruch der Gegensätze, vielmehr schien er sich in allem dem Willen des Vaters zu fügen.
Das blieb so bis zu dem Beginn seines Studiums, als er mit aufbegehrenden Kommilitonen zusammentraf, die erbarmungslos logisch zu argumentieren wußten, und Logik bestach ihn immer. Und gerade als Student der Rechtsgelehrsamkeit empörte ihn zutiefst der schäbige Rechtstrick, mit dem eine Wehrmacht, deren Bildung durch die Verfassung von 1945 verboten war, nun als ‹Landesverteidigungsmacht› wiederaufgebaut wurde. Was, so fragte er sich, ist unter solchen Umständen überhaupt noch rechtsmäßig, was nicht wiederherstellbar, sofern man ein anderes Etikett daraufklebt?
Yasuo Nomura zählte zu jenen Menschen, die ihre Überzeugungen durch Taten auszudrücken suchen, und als Ende der fünfziger Jahre Studenten den großen Sturm auf das Parlament unternahmen, in das Gebäude eindrangen und der Polizei Schlachten lieferten, war er unter ihnen, und zwar, wie es seiner Veranlagung entsprach, keineswegs nur als Mitläufer.
Es gelang ihm, eine Gruppe um sich zu sammeln, die im Augenblick, als die Polizei die Oberhand zu gewinnen schien, sich in einem der Parlamentsräume verbarrikadierte und sich mit solchem Erfolg verteidigte, daß zeitweise der Angriff nicht nur ab-, sondern zurückgeschlagen wurde. Da indessen die gesamte Aktion organisatorisch nicht genügend durchdacht und vorbereitet war, insbesondere der Kontakt zu der Arbeiterschaft fehlte, brach die als Aufstand gedachte Revolte schließlich zusammen.
Yasuo Nomura entging der Verhaftung, nicht aber der Verfolgung, denn bei den polizeilichen Verhören wurde sein Name immer wieder genannt; da er sich bei Freunden versteckt hielt, erließ man schließlich einen Haftbefehl gegen ihn.
Hätte er sich zu diesem Zeitpunkt an seinen Vater gewandt, wäre es dem vielleicht möglich gewesen, die Verfolgung zu unterdrükken, sein Einfluß hätte genügt; aber das wäre, wie Yasuo wußte, mit der Forderung nach völliger Unterwerfung verbunden gewesen, und unterwerfen wollte sich der Jüngling nicht, dieser schmalgliederige, zarte Mensch mit dem buschigen schwarzen Haar über der auffallend hohen Stirn, also versäumte er den

Zeitpunkt, zu dem eine Versöhnung noch möglich gewesen wäre.

Bis zu diesen Ereignissen war Nomuras politische Einstellung nur von einer unbestimmten Empörung erfüllt, die sich ziellos gegen die eine und andere Erscheinung wandte und planlos losschlug, ohne die Möglichkeit des Erfolgs zu berechnen; von dem Augenblick an aber, da er in ein illegales Dasein gedrückt wurde, begann sich das zu ändern, eine Änderung, die nicht rasch und ohne Widersprüche vor sich ging, sondern von schmerzlicher Erfahrung zu schmerzlicher Erfahrung sich vollzog, so daß er eine ganze Reihe politischer Linksgruppen durchlief, ehe er erkannte, daß eine Änderung der Verhältnisse ohne die politisch organisierte Arbeiterschaft nicht möglich wäre, und er sich den Kommunisten anschloß; die nahmen ihn nicht ohne Zögern auf, ihr Vertrauen erwarb er sich erst allmählich, indem er sich als beständiger zäher ruhiger Organisator erwies.

Larrotte zollt ihm hohe Achtung, er vermag einzuschätzen, was Nomura aufgegeben hat, der seither in dieser elenden Veranda lebt, studiert, arbeitet, nichts als seine Aufgabe kennt – das Opfer beeindruckt Larrotte immer wieder, wenn er den jungen Mann betrachtet, der so gar nicht in diese Holzverschalung, so gar nicht zu dieser blakenden Petroleumlampe passen will; er sagt: «Ich habe eben eine Demonstration gegen Satos Reise nach den Staaten gesehen, warum wollt ihr sie verhindern? Jahrelang habt ihr Lärm wegen der Rückgabe Okinawas geschlagen, Sato wird die Insel zurückholen, und nun seid ihr dagegen. Wer soll solche Widersprüche begreifen?»

Nomura nickt, er ist solche Fragen gewohnt, er sagt: «Vielleicht sollte dir nicht gerade ein Kommunist antworten, das sieht so gefärbt aus, füchte ich. Lasse es dir von Shinji erklären!»

Jetzt erst bemerkt Larrotte Shinji Kasamtsui, der in einer Ecke der Veranda schattenverborgen gehockt hat, und es stößt ihn, daß er den Gewerkschafter Kasamtsui, Mitglied der mächtigen Sozialistischen Partei, hier vorfindet; was spinnt sich da an?

Kasamtsui kommt ihm entgegen und verneigt sich, Larrotte vermag sich keinen größeren Gegensatz zu Nomura vorzustellen; in dem trübsinnigen, verwischte Schatten werfenden Licht drängt sich ihm das besonders auf, dieser vierzigjährige Kasamtsui ist klein krummbeinig breitschulterig, sein Gesicht ungegliedert und füllig, und die schwarze Hornbrille mit den breiten Bügeln und überdicken Gläsern verwandelt seine Augen in Striche, die sich schwer zu öffnen scheinen, und darüber das kurzgeschnittene eisengraue Haar – er sieht zehn Jahre älter aus, als er ist; er sieht alt aus.

Er sagt zurückhaltend: «Das ist doch einfach zu erklären. Wir haben Hiroshima zum Sinnbild unseres Kampfs gegen die Bombe gemacht, und als die Kraft des Volkes sich immer mehr dieses Sinnbilds bemächtigte, da vergaß der Kronprinz plötzlich seine kaiserliche Zurückhaltung und stellte sich am Jahrestag des Bombenabwurfs auf den Marktplatz von Hiroshima und sprach zu hunderttausend Menschen – er wollte uns Hiroshima stehlen. Wir haben Okinawa zum Sinnbild unseres Kampfs um die Unabhängigkeit Japans gemacht, und nun, da sich die Massen des Volks dieses Sinnbilds bemächtigten, fliegt Sato nach den USA, er will uns Okinawa nicht wiedergeben, er will es uns stehlen.»

«Dazu ist mehr zu sagen», meint Larrotte, «das sind allgemeine Ansichten, ich brauche Details. Ich muß wissen: Welche Bedingungen will Sato wirklich erzielen? Warum verhandeln die USA überhaupt?»

Yasuo Nomura lächelt geduldig, er wird keine Gelegenheit vorübergehen lassen, anderen Menschen zu Einsichten zu verhelfen, er sieht Kasamtsui an und antwortet: «Wir hatten zwar anderes vor, aber die Nacht ist noch lang. Trinken wir einen Schluck Sake, und erklären wir unserm französischen Freund, wie wir die Lage sehen», und als wolle er sich entschuldigen, setzt er hinzu: «Und die Lage ist so verdreht, daß manchmal *wir* verdreht erscheinen müssen!»

Während die drei Männer um einen Tisch sitzen, der aus rohen Brettern zusammengenagelt ist, eine Schale Sake trinken und in Ruhe miteinander reden, schätzt Larrotte sich glücklich, gerade zu einem Zeitpunkt Yasuo Nomura aufgesucht zu haben, da er Shinji Kasamtsui bei ihm antraf, denn Kasamtsui ist Leiter der Unabhängigen Gewerkschaft bei der Tokyu Engineering Ltd., und während des ganzen Gesprächs ist untergründig in Larrotte, was er noch zu sagen haben wird betreffend Schünzel, den Dieb, betreffend Sochan Tajiri.

Nicht die Überzeugung, daß seine Zeit schon gekommen sei, sondern die Tatsache, daß die verfluchte Wolkenbank so schmal ist und der Mond bereits wieder hell ihren Rand versilbert und bald durchdringen und dann mit aller Gewalt in den winzigen Hof fallen wird, veranlaßt Sochan Tajiri, seine Wartestellung aufzugeben, denn er fürchtet, dann entdeckt zu werden – wer weiß, von wem –, und mag er sich noch so eng an die Mauer schmiegen.

Er schiebt den Strumpf von seinem Untiergesicht, wendet sich und zieht sich das kleine Stückchen im Klimmzug zum Fenster empor, so hängt er dort wie ein Hampelmann und starrt mit entblößten Augen in den dunklen Raum, vermag kaum etwas zu unterscheiden, doch wichtiger ist ihm zu lauschen, und befriedigt stellt er fest, daß nichts zu hören ist, nicht einmal Atemzüge; noch ist der Mond verborgen, Tajiri läßt sich auf die Erde zurückfallen und stemmt sich dann mit einem kräftigen Schwung auf die Fensterbank, noch einmal horcht er, um endlich katzenleise ins Zimmer zu gleiten; hier sieht er sich um.

Wenigstens teilweise kennt er den Raum ja, denn als er beleuchtet war, blickte er von draußen hinein, so ist das nun kein Erforschen, sondern mehr ein Vergewissern, als er sich lautlos hindurchtastet und alles berührt, die Lampen die Blumen die Fischbassins, und er beugt sich sogar, um die Matten zu befühlen, bis er schließlich meint, jeden Quadratzentimeter zu wissen, da ist nichts verborgen.

Es ist ein Wagnis, das er unternimmt; aber es verspricht Erfolg, Schünzel wußte von Tsu Kubo, wann Kasugai daheim arbeitet. Dies ist so ein Tag. Also ist es möglich, daß er über Nacht jene Blätter in seinem Hause aufbewahrt.

Sochan Tajiri steht ganz still, der Mondschein ist plötzlich ins offene Fenster geplatzt und hat ihn wahrhaftig erschreckt, aber es geschieht nichts; so bewegt er sich weiter, zögernd überlegend, nach welcher Seite er sich wenden müsse, denn irgendwo muß das Ehepaar Kasugai schlafen, aber wo? Er muß es aufs Geratewohl versuchen und schiebt sich durch eine Tür, läßt den schmalen Kegel der Taschenlampe aufblenden, und dann weiß er, wenn irgendwo, so wird er hier finden, was er sucht! Er ist in das Arbeitszimmer geraten, ein flüchtiger Schwenk der Taschenlampe über die Bücherborde, möglich, daß die Papiere da versteckt wurden, aber zuvor dieser Schreibtisch hier, der Kegel gleitet über die Platte, die abgeräumt und ganz kahl ist, danach zieht Tajiri den mittleren Schub auf; von diesem Augenblick an werden seine Bewegungen hastig, er legt die Taschenlampe so auf die Schreibtischplatte, daß der angeschnittene Lichtkegel gerade noch in die Schublade fällt, danach entnimmt er dem obersten Fach den in der Mitte geknickten Briefumschlag, den unbeschrifteten, und zieht die Bogen heraus, die er schräg gegen das schmale Licht hält; er blättert hastig darin, wenige Blicke genügen, das ist sein Fund!

Trotzdem bleibt er kühl, er birgt die Bogen in seiner Jacke, klopft noch einmal auf die Innentasche, ob sie auch richtig und fest darin stecken, dann sucht er ein paar leere Blätter Papier, findet sie im Seitenschränkchen des Schreibtisches, tut sie in den geknickten Umschlag, biegt nun alles zusammen und legt es in die Schublade zurück, streicht noch einmal sorglich mit der Hand darüber, fast liebkosend sieht das aus, und schiebt danach die Lade zu.

In diesem Augenblick hat er alles vergessen, seine ganze verdammte Vergangenheit, die schreckliche Begegnung mit Tsu Kubo, die Tafel ist nicht mehr beschriftet; der Schwamm ist darübergefahren, die schwarze Fläche wartet auf neue Zeichen, und diesen Zeichenbeginn trägt er an seiner Brust.

Die Vorsicht vergißt er nicht, mit dem Lichtkegel gräbt er sich einen Weg durch das Dunkel des Arbeitszimmers hin bis zur Tür und geht diesen Weg, die Tür läßt sich geräuschlos aufschieben, Tajiri ist sehr zufrieden, er steht in dem großen Raum, der flimmert vom Mondlicht, sicherheitshalber löscht er die Taschenlampe, von draußen könnte man solchen Spuk erspähen, auch so scheint es ihm hell genug, er tastet sich weiter zum Fenster hin, und in diesem Augenblick stößt er gegen ein Fischbassin, das laut aufklirrt.

Er zuckt zusammen und verharrt reglos.

Saburo Kasugais Ehefrau hat einen leichten Schlaf, und das Geräusch macht sie erwachen, sie fährt mit dem Oberkörper auf und beugt sich ins Dunkel vor, aber sie hört nichts mehr, alles bleibt stumm, indessen kann sie das nicht beruhigen, sie hat das sichere

Gefühl, daß sie nicht grundlos erwacht ist, und sie überlegt, ob sie ihren Mann wecken solle, doch der schläft tief, er schnarcht sogar ein bißchen, wenn er ausatmet, und so entschließt sie sich voll Angst und Demut, selbst nachzusehen, ob Verdächtiges in ihrem Hause vorgeht; sie schiebt die Decke zurück, erhebt sich und sucht ein paar Sachen zusammen, die sie sich umhängt, absichtlich will sie aber nicht leise sein, sie bemüht sich, sogar in ihren Pantoffeln laut zu schlurfen, als sie zur Tür geht.
Sochan Tajiri vernimmt dieses Schlurfen, er faßt nach dem Dolch, den er unter der Jacke verborgen hat, einen gekrümmten scharfgeschliffenen Dolch, dessen Silbergriff fein ziseliert ist, und er krümmt sich zusammen, sprungbereit.

3 «Wenn die Räuber die Räuber berauben», sagt Yasuo Nomura, nachdem Larrotte alles berichtet hat, was er von Schünzel und Tajiri weiß oder ahnt, «so sollen sie sich berauben. Ich halte es nicht für unsere Sache, unsere Zeit damit zu verschwenden, einem der Räuber zu helfen. Ob Konzerne bei uns oder anderswo in der Welt, es bleiben Konzerne. Nein, ich brauche alle Kraft, den Protest gegen diese verdammte Amerikareise stärken zu helfen. Sei mir nicht böse, Pierre, aber ich fürchte, du läßt dich da von persönlichen Motiven bewegen.»
Larrotte sieht den Jüngeren an, er spürt ein unangenehmes Zukken im Augenlid und fragt sich, was Nomura denn alles von ihm weiß, ohne wirklich etwas von ihm zu wissen.
Shinji Kasamtsui nimmt seine dickgerandete Hornbrille ab und reibt mit Daumen und Zeigefinger die zusammengekniffenen Augen; das tut er stets, wenn er nachdenkt, und auch dann, wenn er zu widersprechen beabsichtigt; er sagt: «Ganz so wie Larrotte kann ich die Sache auch nicht sehen. Mit Yasuo stimme ich im Prinzip überein. Aber in diesem besonderen Fall gilt es einiges zu bedenken.»
So ist Kasamtsui; nie entscheidet er etwas sofort, er nimmt sich bedächtig Zeit, wandert mit seinen Gedanken Wege und Umwege, ehe er einen Entschluß faßt, fällt kein Urteil, bevor er nicht das Ding von allen Seiten betrachtet hat; und Larrotte, dem gleichfalls die Hast nicht liegt, der ebenso wie Kasamtsui kein un-

rastiger Mensch ist, mag ihn deshalb und versteht ihn, den viele nicht verstehen, weil ihnen seine sorgsame Art umständlich, ja trödelig erscheint.

Doch wer sollte nicht umständlich, ja trödelig jeden Schritt, den er tut, erwägen aus Furcht vor dem Schicksal, den so ein Schritt heraufrufen kann, denn Kasamtsui hat das Schicksal unverschuldet grausam erfahren. Da war er gerade sechzehn Jahre alt, als es zuschlug, unvermittelt und ganz ohne Vorbereitung, ohne drohende Signale, an einem glücklichen Tag, denn sein Vater war aus dem Krieg auf Urlaub gekommen, zerfurcht das Gesicht noch von den Anstrengungen, aber voll Freude über die kurze Heimkehr, er trat unerwartet und unangekündigt ein, und gerade deshalb strahlte der Tag besonders hell auf für die Mutter und ihn und seine fünf Geschwister, strahlte über auf die zahlreiche Verwandtschaft; noch in der gleichen Stunde versammelten sich alle zu einem festlichen Essen, das übermütig verlief, obgleich es im Grunde genommen kärglich war, denn was gab es im Jahr fünfundvierzig schon aufzutischen? Doch für den wölfisch ausgehungerten Mann war auch der getrocknete Tintenfisch, der billige, noch Delikatesse; er hatte ihn übrigens immer gern gemocht, Tintenfisch, Zeichen der Armut.

Denn die Familie war arm, kleine Reisbauern aus den Dörfern ringsum, ein täglich gefährdetes Dasein, saßen sie doch auf ihren winzigen Feldern am Rande jener jahrhundertealten Bewässerungsanlagen, und hatten sie Streit mit größeren Bauern, oder waren sie ihnen nicht so gefügig, wie die sich das dachten, konnten sie, die am Beginn der Bewässerungsanlage ihre Felder besaßen, den Ärmeren das Wasser absperren, und Trockenheit überm Reis bedeutete Elend und Tod; es gab kein Gesetz, das sie anrufen konnten, und auch der Vater Kasamtsuis, der einzige, der sein Dorf verlassen hatte und Textilarbeiter geworden war, fürchtete die jahrhundertealte Tradition, denn falls die Fabrik in einer Krise Arbeiter entließ, würde er auf sein Dorf zurückkehren müssen, und hätte er in der Stadt seinen guten Ruf verloren, würde auch seinen Eltern das Wasser versagt werden; so mied er sorglich, was seinem Ruf hätte schaden können, und dazu gehörte jeder Streit in der Fabrik, dazu gehörte jede politische Neigung, die nicht des göttlichen Kaisers war; geduckt leben er-

schien ihm wie vielen Seinesgleichen als einzige Möglichkeit, überhaupt zu leben.
Für Shinji Kasamtsui, den Sechzehnjährigen, war dies alles selbstverständlich; er war in dieses So-Leben hineingeboren, hatte nichts anderes kennengelernt, für ihn waren das selbstredend eherne Gesetze, die nicht verletzt werden durften, und daß der Vater nicht mehr auf dem Dorf, sondern in der Fabrik arbeitete, war schon Erleichterung, auch Shinji war seit seiner Schulentlassung in der gleichen Fabrik, man hatte ihn gern genommen, denn der Vater war als eifriger, zuverlässiger, ja unermüdlicher Arbeiter bekannt, und vom Sohn versprach man sich das gleiche, und zweifellos wäre sein Dasein genauso verlaufen, wie es vorgezeichnet zu sein schien bis zu seinem Tode, wäre nicht jener zweite Tag nach der Heimkehr des Vaters gewesen.
An jenem Tag fiel die Bombe.
Shinji Kasamtsuis Familie wurde vernichtet, er, der sich bei einem Freund hinter den Hügeln im Schatten der Bombe aufhielt, war der einzige, der dieser Vernichtung entkam.
Vielleicht hätte er den Schock überwunden, vielleicht hätte er den Schock betäubt im Laufe der Zeit, wie so viele andere, die sich in tumultuarische Vergnügungen stürzten, doch er sollte erfahren, daß die Bombe nicht nur eine Sache von Minuten oder Tagen war, sondern daß er gezwungen blieb, mit dieser längst krepierten Bombe zu leben, daß dieses krepierte Tier ihn begleitete über Jahre hinweg und wohin er auch ging.
Die Fabrik, in der er gearbeitet hatte, war zerstört, die Dorffamilie war vernichtet, er wandte sich später in seiner Verzweiflung nach Tokio, um dort Arbeit zu finden, aber wo er es auch versuchte, überall wies man ihn zurück, wenn er gestehen mußte, keine Familie zu besitzen, denn ein Mensch ohne Familie ist kein Mensch, er ist ein Wesen, in dem alle Teufeleien verborgen sein können, wer weiß, wann sie ausbrechen, denn ein Mensch ohne Familie ist nicht erzogen; nicht, daß man ihm dies gesagt hätte, aber er wurde nicht eingestellt, und bald begriff er, wie man dachte; das waren schwere Jahre, er trieb sich herum, lungerte und hungerte und lebte im Unrat, im Abfall am Rande der Stadt, bis er schließlich in einer Fabrik mit dem Räumen des Kehrichts beschäftigt wurde, er fiel auf durch sein sorgfältiges Wesen, das

er sich bewahrt hatte, und konnte nach Jahren schließlich als ungelernter Arbeiter in der Tokyu Engineering beginnen; das war neunundfünfzig, als die Konjunktur heftiger wurde.
Gerade weil er schmerzhaft erfahren hatte, was es hieß, keine Familie zu besitzen, suchte er eine zu gründen, jetzt schien ihm der Zeitpunkt zur Heirat gekommen, doch die Mädchen, denen er sich näherte, und deren Eltern wurden scheelblickig, wenn sie erfuhren, daß er an jenem Tag im Schatten der Bombe gesessen hatte, denn inzwischen war erwiesen, daß die Schäden verborgen bleiben konnten, aber daß sie zutiefst saßen, in dem Geschlecht nämlich, und daß die Nachkommen solcher Schattenmänner und Schattenfrauen nicht selten tot geboren wurden oder mißgestaltet; je mehr solche Fälle und je mehr Abweisungen er erfuhr, um so mehr mißtraute er selbst seinen Hoden, und als er endlich — das war fünfundsechzig, und er näherte sich bereits den Vierzig — ein tapferes Mädchen fand, daß dieses Wagnis auf sich nahm, war ihrer beider Angst, die sie sich zudem einander nicht gestehen durften, unbeschreiblich, ob seine Lenden überhaupt zu zeugen vermöchten oder ob nicht schon der Samen verdorben sei, und als die junge Frau dann schwanger war, war dies keine Erleichterung, sondern nur der Sturz aus einer Angst in die größere, ob das Kind lebendig und wohlgestalt zur Welt kommen werde wie andere Kinder, mit vollständigen Ärmchen und Beinchen, mit gutgebildetem Schädel und mit sehenden Augen, ja, mit sehenden Augen!
Die ängstliche Sorge der Eltern auch nach der Geburt, dies Prüfen des Gewichts Tag um Tag, das kritische Beobachten jeder Regung des ersten Tastens und Greifens, des Lallens — vermutlich würde die Last nie völlig von ihren Schultern genommen werden, denn inzwischen weiß Shinji Kasamtsui, weiß auch seine Frau, daß die Bombe Geschlechter überspringt und geheimnisvoll und fürchterlich wühlend die Gebärmutter der kleinen Tochter verwüsten kann; wann wird man das wissen?
Das Schicksal Shinji Kasamtsuis blieb indessen nicht seine private Malaise; je länger er es betrachtete, um so deutlicher wurde ihm die Erkenntnis, wie unnatürlich eine solche Verwüstung des Menschen durch den Menschen sei und daß es gelte, solchen Untaten Einhalt zu gebieten und die Ungeborenen davor zu behü-

ten; er sah, daß die, welche sein Land so gebrandmarkt hatten, es für immer als ihr Eigentum sichern wollten – nicht nur, daß sie sich Okinawa herausrissen, um darauf in unmittelbarer Nähe der Betroffenen wiederum Atombomben zu horten, nein, auch die Wirtschaft drehten sie um, wandten das Gesicht Japans mit festem Griff ab von seinen natürlichen Partnern und machten es zum unnatürlichen Partner der Vereinigten Staaten; von dorther mußte Japan über den langen Wasserweg auch seine Massenrohstoffe beziehen, und um sie bezahlen zu können, war es gezwungen, auf dem amerikanischen Markt seine Waren abzusetzen, auf einem Markt, für den Amerikas Industrie die gleichen Waren produzierte wie Japan, so daß sein Export dorthin ständig bedroht war; unnatürlich wie die Bombe erschien Kasamtsui diese Verquickung nichtsynchroner Wirtschaften, und als einziger Ausweg erschien ihm bald die Wiederherstellung der Beziehungen zu China und zur Sowjetunion, um von dort Rohstoffe zu kaufen, um dorthin die Produkte der Hochindustrie zu liefern, in diesem Falle sinnvolle Ergänzung komplementärer Wirtschaften auf Jahrzehnte hinaus.
Deshalb schloß er sich der Sozialistischen Partei an, die ähnliche Ziele verfolgte, deshalb nahm er teil am gewerkschaftlichen Kampf und wurde dank seiner Ruhe und Überlegenheit schließlich bei der Tokyu Engineering Vorsitzender der Unabhängigen Gewerkschaft.
Nur auf dem Hintergrund dieses Lebens ist verständlich, daß der Mann, dessen Gesicht unter den eisengrauen Borsten nicht aussieht wie vier Jahrzehnte, sondern wie ein halbes Jahrhundert, jetzt in dieser elenden Baracke neben der blakenden Funzel bedächtig sagt: «Da gilt es einiges zu bedenken» und fortfährt: «Es ist nämlich nicht einzusehen, daß wir Japaner mit unseren Entwicklungen die westdeutsche Industrie kräftigen sollen, damit sie um so besser mit uns konkurrieren kann. Das schlägt auf die Arbeiter bei uns zurück.»
Nomura zuckt gleichmütig die Schultern, er erwidert: «Wir können doch mit einer so außergewöhnlichen Aktion nicht verhindern, was im Kern dieser Systeme liegt, Shinji, das mußt du begreifen, irgendwo wird der Gegensatz immer ausbrechen.»
Kasamtsui kennt dieses Argument, und trotzdem grübelt er noch,

und eigentlich begreift Larrotte das nicht, denn zweifellos hat Nomura recht, und Schünzels Fischzug wird also gelingen.
Plötzlich fragt ihn Kasamtsui: «Aber warum kümmerst *du* dich darum?»
Larrotte trifft die Frage genau dort, wo er verwundbar ist, er klebt ein Pflaster darüber und erklärt abweisend: «Es kümmert mich nicht!» und weiß, daß er lügt, denn den Gedanken, daß er Korrespondent sei und Informationen zu empfangen und zu geben habe und daß es damit getan sei, hat er gesprengt in dem Augenblick, als er in Schünzels Geschick eingriff.
Kasamtsui sieht ihn an, forschend, dünkt es Larrotte, und bemerkt schließlich: «Mich wundert's, daß Hitachi diese Sache entwickelt hat. Eher hätte ich vermutet, daß die Toshiba eines Tages ein ähnliches System anbieten würde, denn sie hat nicht nur doppelt soviel Finanzkraft wie Hitachi, sie hat auch Integrierte Schaltkreise entwickelt, die kleiner als die amerikanischen und ihnen also überlegen sind. Außerdem ist Toshiba mit der General Electric liiert . . .» In dem Augenblick, in dem er das ausspricht, kommt ihm ein Einfall; eifriger, als es sonst seine Art ist, sagt er: «Auf dem Gebiet der Computer gibt es überhaupt nur einen einzigen Konzern, der nicht mit amerikanischen Konzernen zusammenarbeitet, das ist die Fujitsu! Und die Leute dort, mögen sie sechzehnmal Kapitalisten sein, Nomura, die haben die Zeichen der Zeit oder, wenn du willst, der Zukunft erkannt – die Fujitsu hat zwanzig Computer nach Bulgarien geliefert, sie liefert Computer nach der Sowjetunion und den unterentwickelten Ländern – wie, Larrotte, wenn wir Fujitsu die Sache in die Hand spielen würden? Da bleibt die Erfindung im Land und ist außerdem nützlich.»
«Wenn», mischt sich Nomura ein, «unsere Aktion bei der Engineering nicht darunter leidet, Shinji! Dazu ist sie zu wichtig.» Das klingt warnend.
«Sie wird nicht leiden», antwortet Kasamtsui sofort und doch wohlüberlegt.
Larrotte ist zufrieden. Bei diesem ruhigen Gespräch spürt er, wie er nicht mehr nur Beobachtender, sondern Teilnehmender ist. Er beißt fest auf den Pfeifenstiel, als er endlich erwidert: «Das fällt mir schwer, Kasamtsui, und wenn es ungünstig ausgeht, muß ich

euch und euer Land verlassen, wie du weißt. Doch vielleicht geht es günstig aus. Ich will es mit dir versuchen!»
«Na schön», sagt Namura, «dann knobelt mal aus, ihr beiden, was zu tun wäre, wenn . . .»
Das ‹wenn› läßt er offen, und in der Tat gibt es so viele Wenn, daß dafür die gültige Lösung zu finden kaum möglich erscheint.

Kasugais alternde Gattin hört das Schlurfen ihrer Pantoffeln, es macht sie unsicher und ängstlich, denn es klingt ihr wie eine Warnung, also bleibt sie vor der Tür zögernd stehen, ehe sie sich entschließt, sie zu öffnen, sie knarrt laut und wiederum warnend, so daß die Frau sehr vorsichtig ihren Kopf in das Zimmer mit den geöffneten Fenstern steckt und im ersten Augenblick gar nichts erkennen kann, nicht die Lampen, nicht die Blumen, nicht die Fischbassins, weil das helle Mondlicht sie, die aus tiefdunklem Schlaf kommt, blendet, aber die sich verengenden Pupillen gewöhnen sich allmählich an die Helligkeit, und sie nimmt alle die Gegenstände wahr, die ihr vertraut sind, und sie kann keinen ihr fremden Körper erspähen, etwa einen Mann, der geduckt steht mit einem Untiergesicht und einem Dolch in der Hand.
Sie fühlt sich sehr erleichtert, doch sie ist ein sorgsamer Mensch, und deshalb schlurft sie durch den ganzen Raum, betastet dieses und jenes und überzeugt sich, daß alles an seinem Platz steht oder liegt, ja, sie geht zu einem der Fenster und beugt sich hinaus, hell ist es draußen, der Mond ist gewandert, aber der kleine Garten liegt immer noch in seinem Schein, und übergroß wirkt jetzt die Pagode, wirken die Figuren, ein langer ruhiger Atem geht davon aus.
Obwohl das so ist wie stets, schiebt die Frau die Rahmen vor die Fenster, nun ist es im Zimmer ganz dunkel, schwarz, und sie muß sich hindurchtasten, zurück zu ihrer Lagerstatt, zurück zu ihrem Mann; behutsam, um ihn nicht zu stören, läßt sie sich nieder, streckt sich auf ihrem Lager aus, horcht auf den Atem neben sich, der kräftig und deutlich geht mit einem leichten Rasseln beim Ausatmen, da schließt sie die Augen, und es vergeht nur kurze Zeit, dann schläft sie auch.

Sochan Tajiri eilt nicht, er geht gemessenen Schritts durch die Straßen der Stadt und meidet das Mondlicht nicht, es kann ihm nichts antun, jeder darf ihm ins Gesicht sehen, von dem die Untiermaske abgezogen ist.
Mit Genuß erinnert er sich daran, wie er durchs Fenster entwischte, schnell gewandt lautlos, und durch den blendendweißen Hof entfuhr, durch den dunklen Hauseingang – ein heller Schatten, ein weißlicher Fisch, er bewundert sich selbst darob.
Manchmal, wie er so gemessen dahingeht, fühlt er mit der Hand nach der Brusttasche und spürt darin etwas Längliches, Dünnes und glaubt, es sei ihm gelungen, mit einem Satz aus seinem bisherigen Dasein hinauszuspringen.

Weitab in einem Zimmer des Tokyu Ginza Hotels schläft Holger Schünzel den Schlaf des Gerechten.

15. Kapitel

1 Saburo Kasugai erwacht erfrischt, nichts mehr spürt er von seinem Kopfschmerz, er erhebt sich, nimmt sein Frühstück, steckt den Briefumschlag in seine Aktentasche, knipst sie sorgfältig zu und verläßt das Haus, begibt sich dann aufrecht und durchaus selbstbewußt zu seinem Honda, den er auf der Straße geparkt hat, rückt sich behaglich hinter dem Steuer zurecht, er fährt gern Auto, gibt Gas und treibt den Wagen schnell in die Geschwindigkeit, die ihm ein jugendliches Gefühl vermittelt; in der Tat vermag er seinen Wagen fast so sicher und gewandt zu führen wie einer der verwegenen Tokioter Taxichauffeure, und mit einer eleganten Kurve biegt er schließlich auf dem Parkplatz vor seiner Arbeitsstelle ein, klemmt die Aktentasche fest unter den Arm und steigt gemessen in sein Büro hinauf, wo ihn die ängstliche altjüngferliche Sekretärin dienstbereit erwartet – es ist wie jeden Tag. Ihre tiefe Verneigung beachtet er nicht; daß er darüber ergrimmt ist, verbirgt er, ergrimmt, weil ihm das zu deutlich ankündigt alle die kleinen Unannehmlichkeiten und Unbequemlichkeiten, die ihn über Stunden quälen werden und die ihn erinnern an die, die ihm fehlt – Tsu Kubo; doch sonst fehlt ihm nichts, in seinem Büro legt er die Aktentasche auf den Schreibtisch, betrachtet sie sekundenlang versunken, darin ist seine Kostbarkeit, andächtig fast drückt er die Schlösser auf, entnimmt jenen großen gelblichen Briefumschlag, betätigt den Summer und befiehlt dem ältlichen Mädchen: «Legen Sie das in den Safe!» Das geschieht. Beruhigt wendet sich Kasugai seinem Alltag zu und ahnt nicht, daß statt des Geheimnisses nur leere Blätter in jenem Safe verschlossen sind, ahnt nicht, was geschehen ist in dieser Nacht.

In diesem Augenblick verläßt Sochan Tajiri das Zimmer Schünzels in einem inneren Zustand, den er an sich selber nicht kennt; er, der kalt zu sein vermag ebenso wie hitzig, ist hineingestürzt in ratlose Unsicherheit, in eine heulende Wut, die kein Ziel kennt; er mit der schlagenden Faust, er mit dem Untiergesicht, er, der fliegende Silberfisch, er, der endlich den Schatz besitzt, der ihn frei machen sollte von aller Unbill, meinte plötzlich, daß der Kurs unerwartet hinabgestürzt war ins fast Wertlose.
Den Rest der Nacht, nachdem er an Kasugais Honda vorübergeflüchtet und in einen ruhigen Siegesschritt gefallen war, verbrachte Tajiri schlaflos; noch nie in seinem Leben war er von einem solchen Jubelgefühl erfüllt gewesen, so gewaltig, daß es ihn an den Rand der Unbedachtsamkeit riß, noch zur Dunkelzeit Schünzel aus dem Schlaf zu rütteln, ihm jene Blätter zu präsentieren und seinen Lohn zu fordern; immer erneut mußte er sich mühsam bezwingen, aber das konnte er nicht lassen, die Papiere zu betrachten mit liebkosenden Augen, sie mit bebenden Händen zu streicheln, ja, sie an den Mund zu führen und mit zarten Küssen zu bedecken, da gab es keine Erinnerung mehr an eine Tsu Kubo, da war ihm völlig gleichgültig der Name Kasugai, alle Erinnerungen daran, was vor Urzeiten, so erschien es ihm, geschehen war, erloschen, verschwanden ins Nichts, waren niemals gewesen, dies war die Stunde, so empfand er, seiner neuen Geburt, von dieser Nacht an würde sein unabhängiges Leben beginnen.
Tajiri erwog sogar, ob es zweckmäßig sei, die Blätter dem Schünzel zu liefern; ließe sich nicht, so überlegte er, für ihn selbst hier in Japan noch mehr damit beginnen? Konnte er nicht vortäuschen, das Ergebnis dieser Forschung sei *sein* Ergebnis? Doch solche Überlegungen mußte er verwerfen, sosehr ihn das auch schmerzte, denn jedermann würde in kürzester Zeit wissen, woher die Federn stammten, mit denen er sich schmückte, nein, er mußte auf diese Federn verzichten.
Immerhin tröstete ihn, daß ihn nur eine Handspanne Zeit von seinem Siege trennte, immer wieder blickte er auf die Uhr, rechnete nach Minuten, rechnete nach Sekunden, ließ vor seinen Augen das winzige Spinnenbein des Sekundenzeigers seine irrsinnigen Runden drehen, und jede Umrundung erleichterte ihn, weil sie ihn näher an sein Ziel rückte.

Die Warnung Schünzels, das Verbot, ihn im Hotel aufzusuchen, bestanden für Tajiri nicht mehr; er konnte sich in seiner zitternden Ungeduld nicht danach richten, er verschwendete keinen Gedanken daran, und er konnte nur lachen über Schünzels Übervorsicht, ihm ein Kennwort aufzugeben, das er benutzen sollte, wenn er ihn anriefe. Nein, jetzt in dieser Stunde, sofort wollte mußte er die Blätter, die er erobert hatte, ummünzen in sein neues Leben, da gab es kein Zögern, und bereits gegen halb sieben fand er sich vor der Rezeption ein, der Empfangschef zögerte, so früh Holger Schünzel anzurufen, tat es jedoch, für ihn selber unbegreiflich, unter dem glühenden Blick Tajiris, der ihm drohend erschien; doch und zu seinem Erstaunen erklärte sich Schünzel nach stockendem Zögern bereit, Tajiri zu empfangen.
Das leise Klirren der Telefonklingel hatte Schünzel tatsächlich aus seinem gesegneten Schlafe geschreckt, und als er hörte, daß Tajiri ihn sprechen wollte, hätte er ihn in einem Anfall von Wut schlagen mögen, doch gleich bezähmte er sich, es war jetzt nichts mehr zu ändern; selbst wenn er Tajiri abwies, hätte ihn der Empfangschef doch gesehen; außerdem würde er, sollte Tajiri Erfolg gehabt haben, sofort aus Tokio verschwinden, après nous le déluge; unter dem Schock war er gleich hellwach, sprang aus dem Bett, schlug nicht einmal die Decke zurück, schob den Rahmen vom Fenster und zog seinen Bademantel über den Schlafanzug, und kaum war er damit fertig, ungewaschen und ungekämmt noch, klopfte es schon an der Tür; denn Tajiri hatte den immerhin langsamen Aufzug verschmäht und war in seiner Ungeduld die Treppe hinaufgestürmt; Schünzel drehte den Schlüssel um und öffnete.
Tajiri drang geradezu ein, und als Schünzel das erhitzte Gesicht des anderen sah, beschloß er augenblicks, kalt und mit Distanz zu verhandeln, denn einer mit so brennendem Antlitz, das wußte er, den hat man schnell in der Hand.
Ohne Verneigung, ohne ein Wort der Begrüßung schleuderte Tajiri aus sich heraus: «Ich hab's!»
Schünzel antwortete nicht, suchte umständlich nach Zigaretten und Streichhölzern, brannte sich absichtlich ebenso umständlich ein Stäbchen an, wies auf einen Stuhl und sagte gelassen: «Setzen Sie sich erst einmal!»

Tajiri stutzte, dann gab er nach; plötzlich hatte er ein brennendes Verlangen nach einer Zigarette, er übersah Schünzels Unhöflichkeit und bat darum, und Schünzel, ganz ruhig, ganz bedachtsam, bot ihm an und reichte ihm Feuer; dabei bemerkte er, daß Tajiris Hand bebte, und das stärkte ihn noch mehr, langsam ließ er sich auf dem Stuhl gegenüber nieder, schlug leicht die Beine übereinander, ordnete den Bademantel darüber, als gäbe es nichts Wichtigeres auf der Welt, und fragte: «Sie sind also im Besitz der Unterlagen?»
Im Augenblick widerstand Tajiri der Versuchung, die Blätter hervorzuziehen, er sagte: «Ja, und ich bin ziemlich sicher, daß bis jetzt niemand den Verlust bemerkt hat.»
«Das wäre schön», erwiderte Schünzel ruhig, «aber Sie sind sich nur *ziemlich* sicher?»
Darauf wollte sich Tajiri nicht mehr einlassen, er erklärte: «Das geht uns beide nichts an! Ob ja, ob nein – ich besitze die Blätter, und daß ich es bin, der sie besitzt, das weiß auf gar keinen Fall irgend jemand. Lassen wir sie doch suchen!» Das ‹wir› war ein schwacher Versuch, eine Art Kameraderie zwischen sich und Schünzel herzustellen, er wiederholte ihn nicht.
Schünzel sagte: «Zeigen Sie her!»
Doch nun zögerte Tajiri, es waren die entscheidenden Sekunden, empfand er, und er erwiderte: «Zug um Zug hatten wir vereinbart.»
«Sicher», Schünzel lächelte überlegen und fühlte sich ausgesprochen wohl, ja wohlig, «und dabei bleibt es, mein Wort. Nur: Sie müssen mir schon zugestehen, daß ich mich überzeuge, ob es auch die richtigen Unterlagen sind! Daß Sie Unterlagen haben, von denen Sie es annehmen, bezweifle ich ja gar nicht, nur müssen Sie begreifen, daß man eine so teure Katze nicht im Sack kaufen kann!»
Tajiri war ganz überzeugt gewesen, Schünzel werde in das gleiche Triumphgefühl verfallen, das ihn selber erfüllte; es enttäuschte ihn nicht nur, daß dies nicht der Fall war, es ernüchterte ihn und verblüffte ihn sogar, andererseits überzeugte ihn Schünzels Argument, und er zog die Blätter aus der Jackettasche, er hatte sie nicht einmal in einem Umschlag geborgen, er hatte sie nochmals geknickt, es war seine Beute, er besaß sie, er war sich

ihrer sicher, wozu sollte er sie besonders behüten? Schünzel griff danach über den Tisch.
Es dünkte Tajiri eine unendlich lange Zeit, während der Schünzel die Blätter prüfte; Tajiri versuchte, in Schünzels Gesicht zu lesen, doch das war ausdruckslos und unbewegt, mechanisch führte er den Rest der Zigarette an die Lippen, es war nur noch ein Stummel, er sog mühsam daran, endlich ließ Schünzel die Bogen sinken, behielt sie jedoch in der Hand.
«In Ordnung», sagte er in das angespannte Antlitz Tajiris hinein, «okay! Sie haben gute Arbeit geleistet, es ist das richtige und vollständige Material. Also können wir an den geschäftlichen Teil gehen, Zug um Zug, wie Sie sagten!»
Er ließ die Papiere auf die Tischplatte gleiten, lächelte dabei und erhob sich, und Tajiri empfand körperlich, wie die unheimliche Spannung ihn ganz plötzlich verließ, auch er vermochte jetzt zu lächeln.
Er beobachtete, wie Schünzel zum Nachttischchen ging, mit der Rechten die Schublade aufzog, mit der Linken das Radio anknipste, das sofort mit zartem Gedudel den ganzen Raum erfüllte, dann irgend etwas herausnahm, die Schublade wieder zustieß und zum Tisch zurückkehrte.
Mit den Fingerspitzen schob Schünzel zwei schmale Dokumente zu Tajiri hinüber, der zuerst nichts begriff, sie dann aufnahm, sie anschaute, sinken ließ, Schünzel anstarrte und hervorstieß: «Das verstehe ich nicht! Was soll das! Zweitausend Dollar statt fünfundzwanzig, und in Reiseschecks!»
Schünzel fragte erstaunt: «Reiseschecks? Was haben Sie dagegen, natürlich sind es Reiseschecks, die sind wie bares Geld!»
«Wenn ich die einlöse», sagte Tajiri heiser, «muß ich sie unterschreiben, und jeder kann fragen: Wie kommt Tajiri zu Reiseschecks?»
«Das ist richtig», bestätigte Schünzel sachlich, «daran habe ich nicht gedacht. Na ja», fügte er leichthin dazu, «das ist einfach zu reparieren, ich werde sie nachher in der Rezeption, nein, besser auf einer Bank einwechseln. Wann wollen Sie wiederkommen?»
Und bei diesen Worten streckte er wie unabsichtlich die Hand nach den Papieren aus.
Da aber war Tajiri schneller, er raffte die Blätter zusammen, er

sagte: «Nichts da! Gut, ich komme kurz nach siebzehn Uhr, ich muß bis dahin im Betrieb bleiben, ich kann es mir nicht leisten, gerade heute dort zu fehlen, verstehen Sie, aber ich komme nicht, um mir zweitausend zu holen, sondern fünfundzwanzigtausend, wie wir es vereinbart haben, das ist ein gültiger Vertrag!»
«Ein gültiger Vertrag», sagte Schünzel langsam, «trägt die Unterschriften der Vertragschließenden, sehen Sie, Herr Tajiri . . .», er bemühte sich um einen zuvorkommenden, geduldigen Ton, «ich habe ebenso wie Sie darauf verzichten müssen, die Art des Geschäfts bringt das mit sich. Doch gerade bei der Art des Geschäfts müssen Sie begreifen, daß ich augenblicklich nicht mehr als zweitausend Dollar einlösen kann. Das Fehlen der Dokumente wird man bald bemerken, man weiß, daß ich mich darum bemühte; würde ich jetzt fünfundzwanzigtausend flüssigmachen, würde ich ein wunderbares Indiz liefern. Wie sollte ich denn erklären, wozu ich diese gewaltige Summe benötige? Zwei, ja, die lassen sich leicht rechtfertigen.»
Ruhig setzte er hinzu: «Aber Vertrauen gegen Vertrauen! Ich habe keinen Grund, Sie zu übervorteilen, die Sache ist ihr Geld wert, außerdem zahle ich aus fremder Kasse. Wir lassen also, sagen wir, vier Wochen verstreichen, dann hat sich der Sturm gelegt, und Sie erhalten den Rest, so wahr ich Schünzel heiße!»
Sicherlich meinte es Schünzel ernst, aber Tajiri sah nur, daß ihm aus der Hand glitt, was er fest zu halten glaubte, in ihm war plötzlich Tsu Kubo, war der Silberfisch, er glaubte Schünzel nichts, der wollte ihn billig abspeisen, er schrie ihn an: «Zug um Zug! Ich will meine fünfundzwanzigtausend!»
In ihm war ein schreckliches Gewölle von Enttäuschung Wut Angst Haß, es wäre für ihn Erlösung gewesen, jetzt seine Fäuste zu entfesseln und alles das, was ihn erfüllte, in diese Schläge hineinzulegen, doch auch das durfte, konnte er nicht, er sagte mit verzerrtem Antlitz: «Von Raten war nie die Rede!»
Schünzel tat erstaunt: «Natürlich nicht, weil es eine Selbstverständlichkeit ist, wozu über Selbstverständlichkeiten reden?» Aber er wollte jetzt kein unnötiges Hindernis, er wollte es ebensowenig wie ein unnötiges Risiko, er sagte: «Seien Sie doch vernünftig, Tajiri! Die zweitausend vorerst sind ein ganz schöner Betrag, außerdem könnte ich fünfhundert zulegen, das läßt sich

schon machen, aber mehr als zwofünf – nein, jedenfalls nicht sofort!»
«Nein», wiederholte Tajiri in wilder Entschlossenheit, «nein, Schünzel!», und wurde ebenso unhöflich, wie er selbst behandelt wurde. «Behalten Sie Ihre Zwofünf, ich behalte das Dokument!»
Schünzel schloß sekundenlang die Augen, er mußte seine Überlegenheit behalten, er erwiderte kühl: «Wenn Sie wollen, Tajiri, ganz wie Sie wollen! Behalten Sie das Dokument. Nur – darf ich fragen, was Sie damit anfangen wollen?»
Selbstredend wußte Tajiri, daß es darauf keine Antwort gab, und in diesem Augenblick brach alles in ihm zusammen, brach er selbst zusammen, er atmete gequält auf, als werde er gepeinigt, und mit geschlossenen Augen sagte er: «Ich werde kurz nach siebzehn Uhr hier sein.»
Dann stand er auf, Schünzel sah ihm zu, wie er ein wenig taumelte, wie er unsicher auf die Tür zuschritt, sie verfehlte, sich korrigieren mußte und dann hinausfand.
Da weicht von Schünzel die Anspannung, er ist sehr erleichtert, der große Coup ist gelungen, das Risiko ist beschnitten, er wird seinen Erfolg in Düsseldorf melden können, gleich heute abend wird er einen Umschlag adressieren, einen bläulichen oder rosaroten, und wird den Liebesbrief auf die Reise schicken, weit weg, wie es Tajiri seinerzeit empfahl; Schünzel lächelt vor sich hin, geht zu seinem Bett zurück, hört erst jetzt wieder das freundliche Gedudel des Radios, streckt sich lang aus, die Hände unter dem Kopf, und glaubt sich am Ziel.
Draußen lehnt Tajiri immer noch an der Wand neben der Tür, im Augenblick ist er unfähig, auch nur einen Schritt weiter zu tun, der Gang schwankt um ihn, dreht sich wie ein Hohlzylinder und droht, ihm die Beine unter dem Leib wegzuziehen; so findet ihn Yohyo, die Schwester, faßt ihn am Arm, flüstert: «Sochan! Sochan! Was ist mit dir? Komm nur, komm!» und ist nur von Liebe Güte Furcht erfüllt; Tajiri schluckt Speichel herunter, wortlos versucht er, die Beine zu setzen, er schwankt dabei, doch schließlich gelingt es Yohyo, ihn bis in die Kammer zu bringen, ihm einen Schluck heißen starken Tees anzubieten; den nimmt er.
Jetzt erst bemerkt er, daß er die Blätter noch in der Hand hält, er starrt sie an, als kennte er sie nicht, und auf einmal schleudert er

hinaus: «Schau dir das an, schau es dir nur genau an; weißt du, was das ist? Das ist ein neues Leben, ein Leben für fünfundzwanzigtausend Dollar halte ich in der Hand. Ach was! Hunderttausend, eine Million ist es wert, vielleicht mehr, was weiß ich, aber fünfundzwanzigtausend sollte ich bekommen. Und jetzt? Er hat mich betrogen, dieser Mensch, dieser Schünzel, er will es haben für einen Dreck, und das Verfluchte ist, daß ich es ihm für einen Dreck geben muß!»

Da ist keine Rede davon, daß er Geduld haben mußte, und je mehr er davon redet, um so mehr steigert er sich in die Überzeugung hinein, Schünzel sei ein Betrüger, der ihn um das Seine bringen wolle – für Tajiri ist es ‹das Seine›.

Es hat ihn gepackt wie einen Krampf, er ahnt nicht, wie furchtbar sich sein Gesicht verzerrt, daß seine Hände klammernde Bewegungen machen, daß sein Oberkörper sich vor-und zurückbeugt; vor sich sieht er nur Yohyos unschuldiges Gesicht, und diese Unschuld reizt ihn noch mehr, wie kann man so unschuldig in dieser Welt leben? Er wird ihr diese Unschuld nehmen, der Schwester, seiner ganzen Familie wird er die Unschuld nehmen, er wird sie ins Namenlose hineinstoßen, daß jeder Fremde schaudernd vor ihr zurückschreckt, daß sogar die Bekannten und Freunde zurückschrecken; er sagt: «Da bin ich zum Mörder geworden, da bin ich zum Dieb geworden für zweitausend Piepen, für Schünzel!»

Als hätte dieses Geständnis, das ja keins ist, da er es jederzeit ableugnen kann, ihn erlöst, kommt sein Gesicht zur Ruhe, ermatten seine Hände, findet seine Gestalt zu sich selbst, er hört Yohyo sagen: «Das ist nicht wahr, Sochan, ich glaube dir nicht!» Er nickt dazu, das ist freilich unglaublich, und er erwidert: «Vielleicht bleibt es verborgen, aber es ist so!»

Gerade weil jetzt sein Gebaren, die Art, wie er die Worte ausspricht, in so grellem Gegensatz zu dem Vorherigen stehen, ist Yohyo plötzlich überzeugt, daß es stimmt: Dein Bruder ein Mörder, dein Bruder ein Dieb, für zweitausend Piepen, für Schünzel!

Sie sagt, und sie berührt ihn nicht mehr und sieht an ihm vorbei: «Trink deinen Tee aus, Sochan, und gehe!»

Als Larrotte wenig später, die Pfeife zwischen den Zähnen, ein paar Zeitungen in der Hand, aus seinem Zimmer kommt und den Gang entlangschlendert, wundert er sich darüber, daß er nicht das klingelnde Gelächter der Stubenmädchen hört, das sonst seinem Ohr so lieb und vertraut ist; eine merkwürdige Stille ist in dem Gang, ja, dumpf kommt es ihm vor, und obgleich nichts zu sehen ist, blickt er nach rechts und nach links, während er zum Aufzug hinübergeht, und kurz zuvor begegnet er Yohyo, und das erschreckt ihn nun geradezu, denn Yohyo lächelt ihn nicht an, wie sie es zaghaft stets tat und niemals versäumte, sie verneigt sich auch nicht, wie es sich gehört, sie sieht ihn nicht, obwohl sie ihn ansieht, ihr Gesicht ist starr wie eine Schauspielmaske; Larrotte bleibt stehen.
Jetzt beobachtet er Yohyo scharf.
Das Mädchen macht seine Arbeit, es geht mit einem Eimer entlang, es bückt sich und wischt etwas weg; es macht seine Arbeit wie eine aufgezogene Puppe, die nicht weiß, was sie tut, ein kleiner weiblicher Roboter, vorprogrammiert, der von Yohyo nur die Gestalt, das Antlitz geliehen hat.
Hier gilt es mehr zu sein als Informant und Chronist, Larrotte empfindet deutlich die Veränderung, die mit ihm vorgegangen ist, er fühlt wieder etwas, das mit Ingeborg aus seinem Leben für immer weggegangen zu sein schien; er klopft rücksichtslos die Pfeife an der Wand aus, die Funken stieben, vermischt mit schwärzlichen Tabakresten, zu Boden, er steckt die Pfeife in die eine Jackentasche, in die andere den Stoß gleichgültiger Zeitungen, und dann begibt er sich zu Yohyo und tut genau das, was zu tun ist: Er redet nicht, sondern legt, gleichgültig, ob ihnen Gäste begegnen mögen, den rechten Arm um ihre Schulter, drückt sie ein wenig an sich, daß sie Wärme und Vertrauen spüren möge, und geleitet sie so hinüber in ihre Kammer.
Dort führt er sie zu einem Stuhl und läßt sie sacht hingleiten, zieht sich einen zweiten herbei und setzt sich ihr so nahe gegenüber, daß seine Knie die ihren berühren, und faßt ihre beiden Hände, die birgt er in seinen, so sitzt er ihr unbeweglich lange Zeit gegenüber, einfach nur geduldig wartend, daß etwas auftaue in ihr, vielleicht durch den warmen Strom, den er durch seine Hände fließen fühlt, und siehe da: Die Maske, die nicht ihr Ge-

sicht sein kann, beginnt sich zu verändern, sie wird gleichsam weich, als wäre sie aus sich erwärmendem Wachs, und darunter kommt ihr Antlitz zum Vorschein, es dringt durch das Gewebe der Maske hindurch, zerstört das Gewebe, da sind wieder die feinen empfindsamen Fasern ihres Fleisches, da sind ihre Augen. Diese Augen sind tief und dunkel vor Jammer, und Larrotte faßt ihre Hände zum Trost eine Spur fester.
Trotzdem vermag Yohyo immer noch nicht zu sprechen.
Endlich steht Larrotte auf, Yohyo hockt vor ihm, den Kopf gesenkt, die Unterarme auf den Knien. Larrotte aber weiß, daß er sie endlich zum Reden bringen muß, und so sucht er ihre Stimmung zu zerstören, indem er kurz fordert: «Sag endlich, was los ist, wenn ich dir helfen soll!» Dabei greift er mit krassen Bewegungen in seine Jackentasche, holt Pfeife und lappigen Tabaksbeutel hervor, kramt mit zwei Fingern drin 'rum, stopft den Pfeifenkopf und saugt laut schmatzend das Feuer hinein.
Als sei sie vorwärts gestoßen worden, beginnt Yohyo zu sprechen, sie hat dabei keine Tränen in den Augen, sie sieht Larrotte auch nicht an, der stumm neben ihr steht und die Worte einfach anhört, sie redet nur, und sie berichtet, was sie von ihrem Bruder erfahren hat.
Schließlich schweigt sie, es entsteht eine geräumige Pause, in der viele Gedanken Platz haben, dann hebt Yohyo den Kopf, sieht Larrotte an und fragt: «Ist das wahr, daß Herr Schünzel . . .?» Sie beendet den Satz nicht.
Aber Larrotte weiß, was sie meint, er erwidert ihren Blick nicht, scheinbar gleichgültig klopft er nun hier an der Wand wieder die Pfeife aus, wieder stieben Funken und schwarzer Dreck, und er sagt: «Ja, Yohyo, das stimmt schon, das stimmt!»
Dann steckt er die Pfeife ein, und ohne weitere Erklärungen schlendert er, wie er es Tag um Tag tat, zu dem Fahrstuhl hinüber und läßt sich hinabtragen.

2 Erst als Larrotte den Hoteleingang verläßt, bemerkt er, daß es wieder ein unnatürlich heißer Tag werden wird, doch das ist er nun schon gewohnt, es belästigt ihn nicht; dem Taxi, das auf ihn zuschießt, winkt er ab, sein Weg ist nicht weit, er geht ihn mit un-

gewohnter Eile, das Stück bis hinüber zur Ginza, dann quer über die Silberstraße in eine der japanischen bürgersteiglosen Gassen; dort neben einer Buchhandlung, die primitiv in einer Umrandung aus Brettern Zeitschriften und pornographische Fotos feilbietet, findet er eins der ungefügen roten Telefone, mit denen die Straßen Tokios gespickt sind, er erwirbt eine Illustrierte, läßt sich aus dem Käfterchen das Telefonbuch reichen, sucht die Nummer heraus und ruft an, und es dauert lange, ehe er Shinji Kasamtsuis Stimme vernimmt, der bei der Tokyu Engineering nicht in irgendeinem Büro sitzt, sondern in der Werkshalle arbeitet, und von dem Lärm dieser Halle, Pochen Dröhnen Hämmern, ist ihr Telefonat durchschossen.
«Hallo!» ruft Kasamtsui.
«Ich bin's, Larrotte! Vor zwanzig Minuten hat Tajiri das Hotel verlassen. Ja, er war bei Schünzel und wollte ihm das Dokument bringen. Sie haben sich gestritten, er hat es noch nicht gegeben, er will nachmittags wiederkommen. Einzelheiten später! Er wird wohl zur Arbeit gehen, will vermutlich nachweisen, daß er nicht gefehlt hat. Von seiner Schwester hab' ich erfahren, daß er auch Tsu Kubo auf dem Gewissen hat. Alles klar?»
«Klar», hört er Kasamtsuis Stimme, «ich bin todmüde, ich habe die ganze Nacht gegraben . . .», Larrotte hört ihn leise lachen, «ja, wonach . . . das hat auch später Zeit. Jedenfalls weiß ich, was zu tun ist!»
Ruhig legt Larrotte den Hörer auf, er läßt die Hand noch eine Weile darauf liegen und sieht die Gasse entlang, ohne etwas zu sehen, er hat seine Arbeit getan, er hat den Panzer, der ihn umgab, durchbrochen; jetzt wird er seiner Pflicht nachgehen, wird sich in irgendeines der Pressezentren begeben, vielleicht am besten in das des Ministerpräsidenten, wird sich Informationen holen, wird Berichte schreiben, nicht zu viele, das ist sinnlos, nur gerade so viel, daß man ihn in Paris für einen fleißigen Korrespondenten hält; alles andere ist nicht mehr seine Sache.
Die Zeitschrift läßt er neben dem roten Telefon liegen; er lächelt, ohne es zu bemerken, dem Zeitungsverkäufer zu, der ihm nachsieht, wie er die Gasse entlanggeht und sich entfernt.

Nachdem Larrotte gegangen war, versuchte Yohyo Klarheit über das zu gewinnen, was geschehen war; aber alles, was sie zu erlangen vermochte, war nur eine Ahnung, doch die war schlimm genug; mochte nun stimmen, was der Bruder von sich selbst behauptet hatte, daß er ein Mörder ein Dieb sei, oder mochte es nicht ganz stimmen im wortwörtlichen Sinn, sondern anders gemeint sein – das war schließlich nicht entscheidend, nein, entscheidend war die Art, wie er bejammernswürdig aus Schünzels Zimmer getaumelt war, und allmählich sammelt sich in Yohyo eine Flut von Haß gegen diesen fremden Mann namens Schünzel, der sie überfiel und bedrohte, der den Bruder in einen Abgrund stieß.
Sicher hat sie den Bruder niemals wirklich geliebt, wenn man darunter die innige schwesterliche Zuneigung versteht, dazu war ihr das Wesen Sochans zu fremd, doch ihre Bindungen in die Familie sind nach jahrtausendealtem Überkommen so stark, daß sie sich selbst von allem betroffen fühlt, was den Bruder angeht.
Und wenn sie noch zauderte, so waren es jene Worte Larrottes: «Ja, Yohyo, das stimmt schon, das stimmt!», die ihr die Sicherheit gaben, daß Schünzel an all dem Unheil Schuld trug, das über den Bruder über sie über den Onkel und dessen Angehörige zu kommen droht.
Da ist sie entschlossen, die kleine Yohyo, sie lauscht an der Tür Nummer 267, dort ist alles noch still, denn Schünzel liegt leicht ermattet auf dem Bett und beginnt sich erst in seinen Triumph hinein zu erholen; Yohyo geht in ihre Kammer, unter den Blumen, die sie aus den Vasen entfernte, weil sie allzusehr sich zu weiten begannen, sucht sie die furchtbarsten Nelken aus, jene, die ihre Blätter weit spreizen, jene, die die Höhe des Lebens und damit Verfall und Ende bezeugen, und legt sie bereit, und sie sucht unter den Pulvern zur Pflege der Blumen und tut einige Prisen in seidenes Papier, dann begibt sie sich wieder in den Gang; aber von der Tür jenes Zimmers entfernt sie sich nicht weit.

Um diese Zeit hat Saburo Kasugai den Verlust des Dokuments längst bemerkt; aus einer unerklärlichen Unruhe heraus, die ihn plötzlich überkam, wollte er sich vergewissern, ob alles in Ordnung sei, und er schalt sich selbst einen Narren wegen dieses un-

begreiflichen Mißtrauens gegen sich selbst, ließ sich von der altjüngferlichen Sekretärin den Schlüssel zum Safe geben, stellte erleichtert fest, daß der Umschlag in seinem Fach lag, griff ihn, stellte ebenso erleichtert fest, daß die Blätter darin sich bauschten, zog sie dann heraus:
Sie waren leer.
Jetzt sitzt Kommissar Okiku, den die Werkspolizei benachrichtigt hat, ruhig vor ihm und läßt sich zum dritten Male berichten, was alles geschen ist; nichts ist geschehen, gar nichts, Kasugai hatte die Blätter bei sich geborgen, er wiederholt es, er zittert dabei, er versichert, sie mit nach Hause genommen zu haben, dort lagen sie im mittelsten Schube des Schreibtisches; er schwört, sie unversehrt entnommen und hierhergebracht zu haben, nur die Hände der Sekretärin als einzige fremde Hände haben den Umschlag berührt auf dem Wege von seinem Schreibtisch zum Safe, aber er saß ja hier, er sah ihr dabei zu, unmöglich, daß sie die Blätter vertauscht hat; auch Okiku ist dieser Ansicht, doch wie ist dieser Vorfall dann zu erklären?
Kasugai schweigt erschöpft, er blickt hilflos Okiku an, als könne der ihm Rettung bringen, Okiku jedoch blickt beiseite.
Endlich, nach einer langen Pause des Grübelns, fragt der Kommissar leise und ganz behutsam: «Sind Sie wirklich sicher, Herr Kasugai, daß Sie dieses Dokument nicht doch dem Herrn Schünzel überlassen haben? Vielleicht zu einer wissenschaftlichen Interpretation oder dergleichen?»
Diese Begründung, so höflich wie blöde, bringt Kasugai völlig aus der Fassung; nicht, daß er aufbegehrt, nicht, daß er mit der Faust auf den Tisch haut und laut Empörung schreit, nein, er stützt den Kopf in die Hände, er schließt die Augen, er flüstert: «Ich habe damit nichts zu tun, ich kann nicht mehr sagen, ich weiß nichts.»
Doch er weiß, wieviel Mißtrauen in Okikus Frage lag, er weiß auch, daß er es nicht entkräften kann, es sei denn, auf ebenso unbegreifliche Art fände das Dokument sich wieder ein; das wird nicht geschehen, er wird ein gebrochener Mann bleiben, dem mißtraut wird.
Nur um überhaupt etwas zu tun, bittet sich Okiku den Umschlag und die leeren Blätter aus, birgt alles sorgfältig in seiner Aktenta-

sche, erhebt und verneigt sich und verläßt den Raum und gesteht sich dabei, daß er dieses Rätsel nicht lösen kann.
Auf jeden Fall, wenn auch ohne jede Hoffnung auf einen Erfolg, gibt er in seiner Dienststelle Anweisung, sowohl den Saburo Kasugai als auch den Holger Schünzel zu überwachen, obgleich er fest davon überzeugt ist, das Dokument, nach dem er fahndet, fliege schon längst durch die Luft, unwiederbringlich weit davon, vielleicht wird man eines Tages wieder davon hören.

3 Vielleicht wird man tatsächlich eines Tages wieder von dem Dokument hören, anders indessen, als Kommissar Okiku vermutet.
Auf dem Wege zur Tokyu Engineering versuchte Sochan Tajiri, aus der völligen Wirrnis seiner Gefühle und Gedanken zu einem Entschluß zu kommen, er verirrte sich in Sackgassen und irrte wieder hinaus, nur um in eine andere Sackgasse zu geraten, aber immer erneut mußte er sich gestehen, daß dieser Schünzel die Trümpfe in seiner Hand hielt; das einzige, was zu tun möglich war: ihm das Dokument verweigern, aber das wäre eine lächerliche Rache gewesen, die nichts eintrug, denn dann konnte er diese Blätter zusammenknüllen und irgendwohin wegwerfen, und alles wäre vergeblich gewesen, der Besuch bei Tsu Kubo, der Besuch bei Kasugai, alles umsonst und keinerlei Rettung aus seinem verdammten Dasein.
Vollkommen entmutigt, gelangte Tajiri vor das Tor der Tokyu Engineering, und schon wie er den alten Pförtner sieht, der völlig gleichgültig seinen Betriebsausweis betrachtet und ihm eintrittgewährend zunickt, schon wie er den nackten Hof mit dem metallenen hinrostenden Gerümpel gewahrt, würgt ihn der Ekel; in dieser Bruchbude wird er also sein ganzes künftiges Leben verbringen müssen, so glaubt er, ohne Aussicht, jemals eine Stufe höher zu gelangen, Tag um Tag das gleiche, eintönig und aufregend zugleich, er wird sich noch glücklich schätzen dürfen, wenn er diese Stelle behalten darf bis in sein Alter; da berührt jemand seine Schulter, Tajiri fährt erschrocken herum wie ein ertappter Dieb.
Gleich ist er beruhigt, es ist nur Kasamtsui, vermutlich will der

ihn wieder einmal zu einer dieser zwecklosen Aktionen verleiten, ein Flugblatt zu unterzeichnen, in einen Teilstreik zu willigen, für die Atombombenopfer zu spenden oder dergleichen, er fährt ihn überheblich wie stets an: «Wo brennt's denn nun wieder?»
Kasamtsui bleibt beherrscht, es wird ihm schwer, denn seit je mag er den Ingenieur nicht, den er für hochmütig oberflächlich unsachlich hält, Eigenschaften, die er verabscheut, doch er kennt seine Schwäche, Abneigungen zu deutlich zu zeigen, er darf diese Schwäche nicht haben, er, der Menschen gewinnen will, und er kämpft sie auch jetzt nieder, obgleich es keineswegs darum geht, einen Menschen zu gewinnen; ruhig sagt er: «Ich würde Sie gern einen Augenblick sprechen, Herr Tajiri.»
Der sieht ihn abschätzig an. «Auch nicht einen Augenblick habe ich für Sie Zeit!»
«Das würde ich bedauern, denn es liegt wirklich in Ihrem Interesse . . .»
«. . . für Atombomben Geld zu spendieren!»
«Nicht *für,* sondern *gegen*», korrigiert ihn Kasamtsui gelassen, «und nicht spendieren, sondern spenden! Doch deswegen halte ich Sie nicht auf!»
«Weshalb also dann?» fragt Tajiri ungeduldig und will diesen Lästigen loswerden, er hat andere Sorgen, als ein Schwätzchen im glühheißen Hofe zwischen rostigem Schrott zu veranstalten.
«Wir», sagt Kasamtsui eindringlich leise, faßt Tajiri am Ärmel, beugt sich leicht vor und starrt ihm in die Augen, «mögen keine Diebe in diesem Betrieb!»
Tajiri ist es, als habe er einen Schlag mit dem Hammer vor die Stirn erhalten, ihm wird schlecht, so schlecht wie vor Schünzels Tür, kaum gelingt es ihm, sich an dem Gedanken festzuhalten, dieser Mensch könne ja nichts wissen, gar nichts; er würgt mühsam hervor: «Was soll das heißen?»
«Das soll heißen», sagt Kasamtsui ebenso eindringlich wie zuvor, «daß Sie mir das Dokument übergeben sollen – jetzt gleich!»

Holger Schünzel hat sich erhoben, hat sich gedehnt und gestreckt, weiß Gott, er ist mit sich zufrieden, bis vor kurzem hatte er an keinen Erfolg mehr glauben können, jetzt ist sein Erfolg größer, als er sich je hatte vorstellen können, die Abgespanntheit

ist verflogen, er ist siegessicher, und er geht nicht, er schreitet ins Bad hinüber, prüft die Temperatur des Wassers, streift den Schlafanzug ab, steigt unter die Dusche und dreht und wendet sich mit wohligen Gefühlen.
Yohyo Tajiri draußen hört das Geräusch des Wassers, sie ist so entschlossen, sie pocht an die Tür, natürlich erhält sie keinerlei Antwort, Schünzel unter dem angenehm brausenden rauschenden Wasser kann sie nicht hören; also öffnet sie und tritt ein, so harmlos scheint es, wie sie es seinerzeit tat, nur darauf bedacht, das Zimmer aufzuräumen, sie stellt den Eimer mit Wasser hin und geht durch den Raum und ordnet irgend etwas auf dem Tisch, das nicht zu ordnen ist.
Schünzel, noch unter der Dusche, läßt seine Arme sinken und sieht das Mädchen an, als es eintritt, dann ist es verschwunden hinter der Tür des Bads; er bleibt regungslos stehen, das angenehm warme Wasser spürt er nicht mehr, er überlegt, ob es möglich sei, daß dieses Mädchen nach jenem Erlebnis mit ihm – jenem bitteren Erlebnis, wie er sehr wohl weiß – so unschuldig ist, nochmals hereinzukommen, um ihre Arbeit zu tun, während er im Bad ist und sie das doch weiß; ist denn das denkbar?
Er faßt mit der Hand hinter sich und stellt beide Wasserhähne ab, das Rauschen verendet.
Nun hört er die kaum merkbaren Geräusche, die Yohyo verursacht, plötzlich muß er an Sochan Tajiri denken, der vor kurzer Zeit in diesem Raum wie vernichtet dasaß – soll er, Schünzel, es jetzt noch hinnehmen, daß ihm dieses kleine Mädchen, diese unwissende Schwester Tajiris, eine Niederlage bereitet? Das hat er nicht vergessen, er nimmt das Badetuch und frottiert sich hastig trocken, und nur Sekunden später hört Yohyo Tajiri hinter sich weiche Schritte, ihr Herz pocht wahrhaftig schneller, was wird geschehen? Sie ahnt es, sie hofft es, sie erwartet es, da geschieht es, sie spürt Schünzels Arme, die sich um sie legen, sie spürt seinen Körper, sie spürt seine Lippen an ihrem Hals.
Gegenwehr hat Schünzel erwartet, deshalb greift er fest zu und ist überrascht, daß sie kaum erfolgt, ein paar leere Bewegungen, das ist alles, kein Ruf, kein Schrei, nichts; er preßt Yohyo fester an sich, zieht sie von dem Tisch fort, zieht sie hinüber zu dem Bett, das noch verwühlt ist von seinem nächtlichen Schlaf, und

allmählich überkommt ihn, was zuvor nicht so war, das Begehren, die Begierde, er zerrt sie in die Kissen, nun ist er der Sieger, da liegt seine Beute, das schwarze Haar wirr auf dem weißen Laken, die Augen geschlossen; da nimmt er die Beute.

«Sie sind wahnsinnig, ich verstehe Sie nicht!» antwortet auf dem sonnenüberglühten Hof Sochan Tajiri dem Kasamtsui und ist tödlich erschrocken, als sei er überfallen worden und werde mit Waffen bedroht. «Lassen Sie mich los!» herrscht er ihn an und zerrt an seinem Ärmel, den Kasamtsui festhält, doch der folgt dem Befehl nicht.

Leise und eindringlich sagt er: «Ich kann Sie freilich loslassen, Herr Tajiri, aber es ist zu Ihrem Besten, wenn ich Sie festhalte. Denn bin nicht ich es, der Sie festhält, werden es bald andere sein.»

Tajiri tritt Schweiß auf die Stirn, wie vor Schünzels Tür fühlt er sich schwach werden; verfolgen ihn alle Teufeleien der Welt? Er sagt kaum hörbar: «Aber ich begreife nicht . . .»

Jetzt wird Tajiri nicht gehen, weiß Kasamtsui, gibt ihn frei und sagt leise: «Woher ich das weiß, ist gleichgültig; aber ich weiß, daß Sie das Dokument heute nacht entwendet haben, und ich weiß, daß Sie es bei sich tragen.»

Tajiri wehrt sich nicht, er macht nicht den Versuch des Widerspruchs, in diesem Augenblick ist er dazu unfähig, er macht jedoch auch keinerlei Anstalten, die Blätter diesem Kasamtsui zu überreichen, nein, er macht es wie ein Tier, das verfolgt wird: Er stellt sich tot!

Doch in diesem Falle ist gerade dieses Mittel ganz ungeeignet; mit dem Tod sollte gerade er nicht spielen.

Kasamtsui, der Nachtgräber, hat nicht die Absicht, etwa Gewalt anzuwenden, er wird den Widerstand, den Rest des Widerstands, der noch vorhanden ist, auf andere Weise brechen, und er weiß schon, auf welche.

«Schau'n Sie, Herr Ingenieur», sagt Kasamtsui überredend und sieht ihn durch seine überdicken Brillengläser fast mitleidig an, «es hat doch gar keinen Zweck, daß Sie sich sperren. Bis jetzt geht es nur um die Entwendung jenes Dokuments, und hören Sie gut zu, ich sage mit Absicht nicht ‹Diebstahl›! Ich sage: Entwen-

dung. Es könnte jedoch sein, daß es bald um eine andere Sache geht, und dann fürchte ich, fürchte ich für Sie ...»
Er verstummt.
Tajiri hört nicht mehr zu, er sieht auch nichts; er steht nur da mit gesenktem Kopf, läßt alles über sich ergehen, hat bloß einen einzigen Gedanken: jene Blätter, jenen kläglichen Rest seiner Beute, nicht herzugeben.
Kasamtsui zieht aus der Jackettasche ein Stück ausgeschnittenes Zeitungspapier, ein Foto ist darauf, auch das alles bemerkt Tajiri nicht, Kasamtsui betrachtet es gedankenvoll, dann hält er den Artikel so vor Tajiris erdgeneigtes Gesicht, daß er das Blatt sehen muß, sehen muß das Foto!
Und dann sagt er: «Tsu Kubo! Sie kannten sie! Sie, Herr Tajiri, waren der letzte Mensch, der sie lebend gesehen hat!»
Jetzt wehrt sich Sochan Tajiri nicht mehr, unheimlich ist ihm dieser Mensch, dieser Kasamtsui, unheimlich dessen Wissen; woher wußte er von dem Diebstahl, woher weiß er von jenem Tod? Aber er muß es ja wissen, denn wie sonst könnte er dies alles mit solcher unumstößlichen Sicherheit behaupten! Da kann man nichts wegreden, da kann man nichts weglachen, da vermag man nicht mehr überheblich oder herablassend zu sein, und wenn Tajiri an diesem Morgen schon einmal kapitulierte, so kann er genausogut nochmals kapitulieren.
Mit fühllosen Lippen fragt er: «Was wollen Sie von mir?» Die Worte sind so verstümmelt, daß Kasamtsui den Sinn der Frage nur ahnen kann.
Er erwidert: «Nichts, Tajiri, gar nichts! Nur die paar Blätter Papier – alles andere ist nicht meine Sache!»
Da greift Tajiri in seine Tasche und zieht die vierfach gefalteten Blätter heraus, seine Hand ist so kraftlos, daß sie diese Papiere gerade nur halten, nicht überreichen kann; Kasamtsui nimmt sie ihm ab.
Er steckt sie in einen Briefumschlag, den er vorbereitet hat – so sicher war er seiner Sache –, geht durch den Hof, läßt Sochan Tajiri stehen, wo er steht, überhäuft von Sonnenglut, mit gesenktem Kopf, und es ist Kasamtsui gleichgültig, wie lange der dort so stehenbleiben wird, was er denkt, was er fühlt, der ganze Mensch Tajiri ist ihm völlig gleichgültig, er geht über den Hof an dem

Pförtner vorbei zu einem Briefkasten an der Außenmauer; dorthinein steckt er den Brief.

So liegt nun Schünzel auf jenem Bett, zerwühlt die Kissen, die Decken, entblößt, ein zu großer Klumpen hellfarbenen Fleisches, heftig atmend und leicht erschöpft, ein Sieger, der außer Atem gekommen ist; er hat besessen, was er besitzen wollte, und ist enttäuscht; welchen Genuß hat er sich versprochen, Genüßling der? Welche auserlesene Speise, welchen Rausch unwirklicher Farben und Klänge, welche betäubenden Mittel? Er weiß das selbst nicht, nur, daß er es sich versprach, das andere, das ganz andere, ein unermeßliches Meer von Süßigkeit – doch wie er so daliegt, fühlt er Bitternis, denn nicht gewehrt hat sie sich, das ist wahr, aber geschenkt hat sie nichts, gar nichts ausgebreitet für ihn, dargeboten keine Liebkosung, er mußte sich nehmen das, was er wollte, und gerade das hatte er nicht gewollt.
Er will es nicht wahrhaben, und er hütet sich, die Enttäuschung zu zeigen, durch blinzelnde Lider betrachtet er Yohyo, die sich am Fußende des Bettes ankleidet, als sei nichts geschehen, zierlich und schwarz, nicht gemacht zum wütenden Begehren, aber zum Liebhaben und Liebkosen; das begreift Schünzel nicht, wird er niemals begreifen.
Dann ist sie fertig, jetzt erst sieht sie zu ihm hin, er hebt stumm und deshalb großsprecherisch die Rechte ein wenig und winkt ihr freundlich zu, als sei sie in Gnade entlassen.
Die Tür tut keinen Laut, als Yohyo das Zimmer verläßt.
Schünzel bleibt liegen, er ist müde, er fällt in eine Art Halbschlaf, doch er träumt nicht.

Schünzel weiß nicht zu sagen, ob viel Zeit verstrichen sei oder wenig, aber es ist nur eine ganz kurze Spanne vorüber, da öffnet sich die Tür erneut, und Yohyo kommt zurück, nicht mit leeren Händen, nein, gefüllt sind sie mit voll erblühten Nelken in allen nur erdenkbaren Farbschattierungen; ohne den Mann zu beachten, der ihr erstaunt zusieht, geht Yohyo zu der Blumenschale, entfernt das bisherige Arrangement und ordnet nun diese voll erblühten toll erblühten Nelken an, vereinigt die prächtigsten Blumen auf kräftigen Stielen in der Mitte zur Shin-Linie des Himmels, ordnet die Soe-Gruppe, die den Menschen versinnbildlicht, so an, daß sie sich nicht zur Shin-Linie hinneigt, sondern zur dritten, niedrigsten, zur Erdgruppe; und die Blüten der Soe-Gruppe sind so gereckt auferblüht, daß die äußersten Blütenblätter sich schon zu lösen beginnen, als würden sie bald fallen und herabtaumeln.

Sie tritt einen halben Schritt zurück, betrachtet mit geneigtem Kopf ihr Werk, biegt da etwas, ordnet dort etwas näher zueinander, ist schließlich zufrieden und streut ein Pulver ins Wasser; sollte er fragen, würde sie antworten, das diene dem Wachstum und dem Erhalt der Blumen; aber er fragt nicht.

Yohyo hat also ihr Werk beendet, sie geht zur Tür zurück, und dort bleibt sie stehen, und nun endlich lächelt sie zaghaft Schünzel an.

Dies zaghafte Lächeln ist es, das Schünzel von Anbeginn erwartet hatte, das ihm nicht geschenkt wurde, und jetzt, da er es, wenn auch verspätet, noch erntet, fühlt er sich geradezu übermütig, er springt aus dem Bett, nackt wie er ist, er lacht Yohyo an, geht zu dem Arrangement, betrachtet es, nickt ihm zu und zieht eine voll erblühte blutrote Nelke heraus, hebt sie wie grüßend gegen Yohyo hin, riecht ihren Duft und nimmt sie zwischen die Lippen.

Als er wieder zur Tür schaut, ist Yohyo verschwunden.

Er ist es zufrieden, er sieht nach der Uhr, die er auch jetzt am Handgelenk hat, denkt, es sei Zeit, zur Bank zu gehen, das Geschäft zu beenden, und kleidet sich an.

4 Als Schünzel sich angekleidet hat, bemerkt er erstaunt, daß er zu schwitzen beginnt, aus den Achselhöhlen rinnt ihm der Schweiß, er fühlt ihn kalt an der Haut, er hebt den rechten Arm und versucht darunterzuschauen, ob das Hemd dadurch beschmutzt sei, aber er kann nichts feststellen, und wenig später fühlt er den Schweiß auch im Nacken und auf der Brust, aber er hat eine Erklärung dafür: er hat sich wohl angestrengt, es ist eine kleine Quittung dafür, und er ist gerade deshalb ganz vergnügt, er scheint ihm seine Männlichkeit nur zu bescheinigen, dieser Schweiß; auch daß sich vermehrt Speichel bildet, wundert ihn nicht, er hat eben Durst bekommen, auch das ist natürlich, also

geht er ins Bad, schwingt sein Zahnputzglas mit warmem Wasser aus, füllt es mit kaltem nach und stürzt es schnell herunter; das tut ihm gut, ihm ist heiß, ja draußen brennt wieder die Sonne, das weiß er ja.
Noch einmal blickt er prüfend über das Zimmer hin, es ist alles in Ordnung, auf dem Tisch liegt die blutrote Nelke, ihm fällt etwas ein, er geht hin und holt sie, so verläßt er das Zimmer.
Irgendwo draußen im Gang sieht er Yohyo, sie blickt nur flüchtig zu ihm, das muß wohl so sein, sie will nicht, daß irgendwem diese Liebschaft auffällt, jedenfalls nimmt Schünzel das an, und zum Zeichen, daß er verstanden hat, hebt er grüßend die Nelke gegen sie und eilt dann mit langen Schritten zum Aufzug.
Der trägt ihn hinab; es muß doch eine Überanstrengung gewesen sein, denkt Schünzel, denn ihm wird schwindlig, er muß sich sogar an der messingnen Stange im Aufzug festhalten, es flimmert ihm so vor den Augen, daß er den winzigen Absatz im Parterre verfehlt und hinausstolpert und beinahe lang hinschlägt; aber noch kann er sich fangen.
Draußen dann donnert die Sonne gewaltig über ihn her, so gewaltig, daß er im Nu völlig naß ist, ein See bricht aus allen Poren, er fühlt sich sehr schlecht dabei und winkt das heranschießende Taxi kurz ab, er könnte es jetzt nicht ertragen, in dem engen, stikkigen Kasten zu sitzen, er spürt, er braucht Luft, sehr viel Luft, er wird gehen.
Und er geht den kurzen Weg auf die kleine Brücke zu, mit der die Ginza den Weg überquert, doch die Luft tut ihm nicht gut, wie er hoffte, die Hitze macht ihm zu schaffen, vor seinen Augen flimmert es so, daß er manches überhaupt nicht mehr zu erkennen vermag; da sind mitten im Blickfeld so seltsame bewegliche dunkelgraue Würmer mit roten und grünen Streifen, wenn er sie mit dem Blick zu erfassen versucht, gleiten sie weg, tauchen aber sofort erneut wieder auf, und das scheußlichste ist, daß diese Würmer sich so schnell vermehren, es sind schon richtige Knäuel, sie engen sein Sehfeld mehr und mehr ein.
Schünzel bleibt stehen.
Er zieht sein Taschentuch, schließt die Augen und betupft die Lider.
Dann öffnet er sie wieder, und für einen Moment scheint es bes-

ser geworden zu sein, aber gleich darauf wimmelt es erneut von diesem ungreifbaren Getier.

Und der Schweiß auf der Stirn!

Der rinnt ihm jetzt bis in die Augen, kalter Schweiß, der sauer riecht und salzig ist, er beißt in den Augen, daß sie tränen, die Tränen laufen über sein Gesicht bis zu den Mundwinkeln, unwillkürlich leckt er sie auf, aber weglecken kann er sie nicht, es kommen immer neue.

Da blickt Schünzel um sich.

Durch das Flirren vor seinen Augen versucht er zu ermessen, ob das Wegstück zur Ginza oder das zum Hotel länger sei, denn er erwägt, dorthin zurückzukehren, aber er kann es nicht ermessen, so bleibt er noch stehen und versucht zu überlegen.

Doch auch überlegen kann er nicht mehr, denn dieses seltsame gefährliche Gewürm scheint aus seinen Augäpfeln hinaufzuwandern bis in sein Hirn, das ihn plötzlich verzehrend schmerzt, und dazu der Schweiß der Schweiß!

Schritt um Schritt tut Schünzel weiter, er merkt nicht, daß es gar keine Schritte sind, sondern winzige Schrittchen, und er spürt auch nicht, daß er dabei schwankt wie ein Trunkener.

Dann kann er auch diese Schrittchen nicht mehr tun, es wird ihm schlecht, sein Magen scheint sich zu bewegen sich zu heben, dazu kommt ein übles Würgen in seiner Kehle, Schünzel steht jetzt still und schwankend auf einer Stelle, nicht weit von der Ginza, der Silberstraße, die er nicht mehr sehen kann; er würgt und würgt, er weiß nur noch, daß er Schmerzen hat, keine Luft bekommt, ihm speiübel ist.

Schünzel erbricht sich.

Dann stürzt er hin auf sein Gesicht, er zuckt ein paarmal, die Arme liegen weit hingestreckt auf dem Pflaster; in der linken Hand hält er die Nelke.

5 Diese Nelke erwähnt Kommissar Okiku in seinen Berichten nicht.

Und nebenbei: Ein Mord

Kriminalroman

1. Kapitel

1 Er pfiff leise vor innerem Vergnügen, der pensionierte Steuersekretär Alfons Krug, als er an jenem frühen Oktobermorgen seinem Kleingarten zustrebte. Er dachte ausschließlich an die ausgezeichnete Gare seines Komposthaufens, die er gestern festgestellt hatte.

Seit Krug pensioniert war und viel Zeit zum Nachdenken fand, hatte er entdeckt, daß er mit seinem Leben zufrieden sein konnte. Zwar waren seiner Ehe keine Kinder beschieden gewesen, und die Ehefrau war kurz nach dem zweiten Weltkrieg gestorben; aber war er dadurch nicht aller Verantwortung und Sorge für andere ledig geworden? Und wenn auch bei einem Bombenangriff das Haus zerstört worden war, in dem er gewohnt hatte – nur einige Möbelstücke hatte er retten können –, so hatte das wiederum zu dem zeitweisen Aufenthalt in einer Nissenhütte geführt, durch den bei allen Unannehmlichkeiten doch seine Liebe zum Kleingarten geweckt wurde. Er verfügte zudem über eine durchaus hinreichende Pension, neuerdings auch über eine kleine Zweizimmerwohnung in einem Altbau mit erträglichem Mietzins und über eine erstaunlich stabile Gesundheit. Krug, der nun Achtundsechzigjährige, war sich eines angenehmen Strohtods in biblischem Alter sicher.

Jetzt hatte er seine Wohnung in der Roonstraße hinter sich gelassen, war, wie üblich, am Kanal entlanggeschlendert und mit der Straßenbahnlinie 18 zu seinem Idyll in Groß-Borstel gefahren.

Die frühe Sonne schob sich kühl übern Horizont in den blaugrauen Morgen. In seinen grünen Lodenmantel gehüllt, marschierte Krug rüstig an dem rostigen Drahtzaun entlang, der die

Siedlung der Schrebergärten umschloß. Bis hierher drang kaum der Lärm der Hauptverkehrsstraße, und das gelegentliche Brummen eines Flugzeugs, das Fuhlsbüttel anflog oder von dort gestartet war, störte ihn nicht. Dieses Leben da draußen ging ihn nichts mehr an. Nein! Er würde heute die letzten Astern und Kohlstrünke auf den gedeihenden Kompost werfen und danach die Gartengeräte säubern und einrichten, um so für das Frühjahr gerüstet zu sein.
Alfons Krug öffnete die grüngestrichene Holzlattentür zu seinem Gärtchen, er sah unterm nackten Geäst des Kirschbaums seine Laube. Plötzlich änderte sich sein Verhalten. Er schloß das Türchen behutsam, schlich auf Zehenspitzen auf dem Plattenweg seiner Laube zu, umspannte mit der Rechten in der Tasche des Lodenmantels sein großes Schlüsselbund wie eine Waffe. Die Tür des Geräteschuppens war nur angelehnt, und durch den Spalt sah er den Rücken eines Fremden.
Der Mann bemerkte ihn nicht. Krug blieb drei, vier Schritte hinter ihm stehen. Er zog die Faust mit dem Schlüsselbund aus der Tasche und straffte sich. Der Fremde war ziemlich groß und trug einen dunkelgrauen Übergangsmantel von sportlichem Schnitt.
Der Einbrecher, für den Krug ihn hielt, bewegte sich nicht hastig; er schien nach irgend etwas zu wühlen, und Krug fragte sich sekundenlang vergeblich, was er eigentlich stehlen wollte.
«Halt!» rief Krug halblaut.
Der Fremde verharrte bewegungslos vorgebeugt. Er lauschte.
«Hände hoch!» rief Krug lauter.
Der Fremde hob die Hände nicht. Er richtete sich auf, drehte sich um und blieb so stehen.
Der Mann machte keinesfalls den Eindruck eines Kleingartenräubers. Er sah wohlhabend, er sah gepflegt, er sah seriös aus. Das füllige, weiche Gesicht war glattrasiert, die Augen blickten selbstbewußt, um die vollen Lippen spielte ein halbes Lächeln.
«Verzeihung», sagte er entgegenkommend. «Sie sind wohl der Besitzer der Laube?» Er wartete keine Antwort ab. «Die Situation muß Ihnen ungewöhnlich und verdächtig erscheinen, und ich muß Sie vielmals um Verzeihung bitten.» Er machte eine entschuldigende Bewegung mit dem rechten Arm. «Mir wurde plötz-

lich hundselend, als ich draußen vorbeiging, und ich suchte nur ein Glas Wasser oder irgend etwas dergleichen.»
Bei diesen Worten wollte er auf Krug zugehen, doch der hob die Rechte.
«Halt!» warnte er. «Bleiben Sie stehen!»
Der Fremde folgte zwar, aber er bemerkte unwillig: «Ich bitte Sie! Sie fürchten doch nicht etwa im Ernst . . .»
Alfons Krug war böse geworden: Störte doch dieser Mensch den Plan seines Tagesablaufs. Und, welch dumme Ausrede, in dem Geräteschuppen nach Wasser zu suchen! Außerdem erinnerte er sich, daß gerade in letzter Zeit in der Presse wieder von «Gentleman-Einbrechern» geredet wurde.
Aus seinem jahrzehntelangen Umgang mit säumigen Steuerzahlern wußte Krug, daß berufsmäßige Hinterzieher mit Eleganz und großer Sicherheit aufzutreten pflegten und ihnen nur mit deutlicher Schärfe beizukommen war.
Er antwortete: «Ich fürchte überhaupt nichts. Es wird Sache der Polizei sein festzustellen, was Sie hier wollten. Sie kommen mit aufs Revier!»
Der Fremde sah ihn nachdenklich an. Schließlich seufzte er ergeben: «Wie Sie wollen. Gestatten Sie nur, daß ich mein Eigentum mitnehme. Ich habe hier . . .», er wandte sich um, «ein paar Sachen hingelegt.»
Krug trat näher; dicht bei der Tür stand eine Aktentasche, und daneben lagen Papiere. «Bitte», sagte er.
Der Fremde bückte sich, kauerte nieder, stopfte die Papiere in die Tasche und wollte sich wieder aufrichten, als ein kreischender Krähenschwarm über den Garten taumelte.
Krug drehte sich um und sah ihm unwillig nach.
Im nächsten Augenblick lag er am Boden. Der Hut war über den Weg gerollt. Der nackte Hinterkopf mit dem dünnen weißen Haarkranz wies eine klaffende Wunde auf. Die Arme hatte Krug weit nach vorn gebreitet, er sah aus wie ein auf die Erde Gekreuzigter.
Der Fremde ging mit langen eiligen Schritten, ohne sich umzusehen, den Plattenweg entlang, trat durch die Gartenpforte, blickte nach rechts, schaute prüfend nach links und lief schnell, aber nicht wie ein Flüchtender, der Stadt zu. Unterm Arm trug er die

Aktentasche, deren Schlösser leise klapperten, weil er sie in der Hast nicht geschlossen hatte.
Der Himmel tönte sich mit einem kühlen oktoberlichen Blau; der Fremde war verschwunden, es war still.
Das Lattentürchen knarrte im kaum merklichen Wind.

2 Kriminalrat Adam war grausige Bilder gewohnt; vom simplen Totschlag im Suff bis zum sadistischen Sexualmord bot ihm die Hafenstadt Hamburg das, was er ironisch ‹meine Palette› nannte. So mutete ihn das Bild, das der Gekreuzigte im Schrebergarten bot, beinahe heimelig an.
Von der Sekunde an, als er am Tatort seinem Wagen entstiegen war, herrschte hier achtungsvolle, ja ergebene Ruhe, während er schweigsam, den Zigarillo zwischen Daumen und Zeigefinger der behandschuhten Rechten, den Garten abschritt, einen Blick in die Laube, auf den wackligen Tisch mit dem zerbeulten Teekessel und den mit grauen Decken mühsam gepolsterten Stuhl warf, die Tür des Geräteschuppens öffnete und sich ebenso über das Gerümpel beugte wie einige Stunden zuvor der Täter.
Inspektor Beckenbauer begleitete ihn, jedes Winks gewärtig. Er stellte keine Fragen, er gab keine Hinweise; er wußte, daß der Rat das nicht liebte. Beckenbauer wußte auch warum. Mit Hilfe seiner weltmännischen Art, den duftenden Zigarillo in der behandschuhten Rechten, fing Adam bei den Journalisten jeden Erfolg für sich ein.
Als er jetzt in der Mitte des Gärtleins stehenblieb und mit seinen grauen Augen nochmals prüfend über alles hinblickte, gestand sich Beckenbauer im stillen, daß er selbst neben dem Kriminalrat unbedeutend wirkte. Schuld war daran sein Äußeres – dieses blasse, längliche, mit Pickeln besäte Gesicht mit dem zu kleinen Mund und den leicht glotzenden Basedowaugen sowie die unsportlich wirkende, schlotterige Gestalt, der niemand einen vernichtenden Boxhieb zutraute. Er war nicht der Typ des Kriminalbeamten, wie man ihn sich gemeinhin vorstellte, und er war nicht fotogen. Kein Bildreporter würde vor seiner Physiognomie den Verschluß klicken lassen.
«Gehen wir da hinein», sagte der Kriminalrat und stiefelte bereits

in Krugs kümmerliche Laube. Selbstverständlich beanspruchte er den einzigen Stuhl.
Während Adam gedankenvoll die Asche des Zigarillos auf den Boden stäubte, warteten die Mitglieder der Mordkommission achtungsvoll auf die erste Äußerung. Sie drängten sich leicht fröstelnd um den Tisch, denn ein zottiger Nordwind hatte sich aufgemacht und blies durch die offene Tür, und die blassen Strahlen der Sonne wärmten nicht mehr.
Auch der ungeduldige und nervöse Arzt brach das Schweigen nicht.
Er wußte wie alle andern, daß Adam über eine intakte Leitung zu Schmidt-Schnauze verfügte und daß der Innensenator einer weiteren Karriere des weltmännischen Kriminalisten wohlwollend und förderlich gegenüberstand.
Adam schwenkte den Zigarillo und hob den Blick. «Also, Doktor, bitte Ihr Urteil», sagte er, und es klang wie eine Anordnung.
«Auch ohne Obduktion», schnarrte der Arzt, «läßt sich sagen, daß der Tod vor etwa zwei Stunden eingetreten ist, und zwar sofort. Der Mann hat nicht gelitten.»
Er verzog wie im Spott die Lippen.
«Der Schlag ist mit äußerster Kraft von hinten geführt worden, hat die Schädeldecke zertrümmert, vermutlich auch die Schädelbasis gebrochen. Mordinstrument ist ebenso zweifellos der Hammer.»
Der Kriminalrat nickte zufrieden. Er winkte Beckenbauer mit den Augen.
Der ergänzte den ärztlichen Bericht: «Der Hammer lag zwei Schritte hinter der Leiche, Blut- und Haarspuren stammen wohl von dem Ermordeten. Vermutlich wurde der Hammer von dem Täter der Werkzeugkiste entnommen, die im Geräteschuppen links neben der Tür steht. Am Hammerstiel fanden sich zahlreiche, zum Teil gute Fingerabdrücke; die Vergleiche müssen noch durchgeführt werden. Das Motiv für den Mord ist nicht bestimmbar. Es kann sich ebensogut um einen überraschten Einbrecher handeln als auch um eine von langer Hand vorbereitete Tat, bei der die Gewohnheiten des Ermordeten in Rechnung gestellt wurden.»
Beckenbauer schwieg. Der Kriminalrat starrte ihn an, und der In-

spektor hatte das ungute Gefühl, als erwartete er von ihm noch mehr. Er fügte hinzu: «Der Mord wurde durch Zufall entdeckt; eine Frau im Schrebergarten nebenan sah die Leiche und informierte das Revier.»

«Na schön», begnügte sich Adam, «führen Sie den Fall weiter, Beckenbauer. Allerdings . . .», er erhob sich, «möchte ich vor der Einbruchstheorie warnen. Es ist ein Erfahrungswert, daß Kleingarteneinbrüche von den kleinen Ganoven durchgeführt werden, und die greifen in der Regel nicht nach einem Hammer, wenn sie überrascht werden, die ergreifen das Hasenpanier, und dieser alte Herr da . . .», Adam stand jetzt in der Tür und sah zu der Leiche hinüber, die immer noch mit weit ausgebreiteten Armen auf der Erde lag, weil die Fotografen der Mordkommission noch bei ihren Aufnahmen waren, «dürfte so leichtfüßig nicht mehr gewesen sein, um bei einer Verfolgungsjagd Aussichten zu haben.» Er wandte sich um. «Meine Herren», sagte er kurz und lüftete den Hut, «meinen Dank! Ich erwarte Ihre Berichte. Ciao!» Und ohne den Gruß der andern abzuwarten, schritt er aufrecht und elastisch zu dem wartenden Wagen, der kurz darauf schnell und fast lautlos den Tatort verließ.

Wie der Rat auch, dachte Beckenbauer grimmig und mit einem unguten Gefühl in der Magengegend, während er seinen Vorgesetzten entkommen sah.

3 Der Inspektor war nicht gerade glücklich, daß ihm der Kriminalrat turnusmäßig den Fall Krug übertragen hatte. Er erkannte sofort, daß er eine undankbare Aufgabe übernehmen mußte. Einerseits hatte sich Adam so verhalten, als handelte es sich um eine unbedeutende Routinesache, andererseits aber hatte er mit der Bemerkung über die Kleingartendiebe von vornherein auf die Wahrscheinlichkeit eines geplanten Kapitalverbrechens aufmerksam gemacht. Die Entscheidung selbst hatte der Inspektor zu treffen!

Allerdings pflichtete Beckenbauer in diesem Punkt Adam bei: Es war höchst unwahrscheinlich, daß ein Kleingartendieb nach einem Hammer griff. Möglicherweise handelte es sich aber um einen Schwerverbrecher, der von der Polizei gesucht wurde und

hier einen harmlosen Unterschlupf gefunden hatte, in dem ihn der alte Steuersekretär überraschte. Beckenbauer rieb heftig das linke Ohr zwischen den Fingern, ein Zeichen, daß er angestrengt nachdachte. So konnte es sein, das war sogar vermutlich richtig, diesen Gedanken durfte er nicht außer acht lassen; gerade Hamburg, diese internationale Hafenstadt, war ein verlockendes Ziel, wenn jemand untertauchen wollte.
Beckenbauer spürte die Unruhe seiner Mitarbeiter. Er besprach kurz mit dem Arzt, daß die Leiche sofort zur Beerdigung freigegeben werden sollte, sofern der Obduktionsbefund weitgehend mit dem vorläufigen Untersuchungsergebnis übereinstimme, er überzeugte sich, daß die Fingerabdrücke nicht nur auf dem Hammerstiel, sondern auch auf Türklinken, am Türrahmen des Geräteschuppens, auf der Teekanne gesichert waren, er prüfte nochmals, ob auf dem Plattenweg, aber auch auf der Rasenrabatte und den umgeworfenen Beeten Spuren feststellbar wären, er veranlaßte zusätzlich einige Großaufnahmen und ordnete schließlich die Überführung der Leiche ins Schauhaus und die Aufhebung der Absperrung des Kleingartengeländes an.
Alles das ging ihm reibungslos von der Hand und schien tatsächlich nur Routine, wie alles, was Beckenbauer unternommen hatte, seit ihm die Sache übertragen worden war. Er hatte sofort den Einsatz von Spürhunden, die Abriegelung des gesamten Kleingartengeländes angeordnet, er hatte erste flüchtige Vernehmungen durchführen lassen und auch selbst durchgeführt, zunächst ausschließlich mit dem Ziel, Hinweise auf den Täter, auch nur auf auffällige Personen zu erhalten. Aber das war vergeblich gewesen; Hunde hatten zwar eine Spur verfolgt, aber war es die des Täters? Außerdem war sie schon an der Borsteler Chaussee ertrunken.
Und Augenzeugen? Der Inspektor fand es beinahe selbstverständlich, daß es sie nicht gab. Und er dachte nur mit Widerstreben an die Notwendigkeit, die Kleingartennachbarn einzuvernehmen. Sie würden ihn zweifellos mit allen möglichen unerheblichen Details, aber kaum mit einer sachdienlichen Information versehen. Nur mit Widerwillen erinnerte er sich des kurzen Gesprächs mit der Frau – wie hieß sie doch? Grüneiche! –, die über den Zaun geblickt und die Leiche entdeckt hatte. Aber diese Frau

mußte er nochmals hören, um ein ebenso ausführliches wie nichtsnutziges Protokoll anzufertigen.
Ausführlich – es war im Augenblick die einzige Rettung. Je dikker das Aktenbündel, das er abschließend dem Kriminalrat überreichen könnte, um so geringer die Wahrscheinlichkeit, daß es studiert, daß man ihm Vorwürfe wegen Nachlässigkeit machen würde.
Hinter sich hörte er die Stimme des Arztes: «Ich darf mich verabschieden?»
Er schrak zusammen, blickte sich um, murmelte: «Aber ja, aber ja, entschuldigen Sie . . .»
Und er entließ alle die Ungeduldigen – die beiden Fotografen, den Chemiker, den Beamten, der die Fingerabdrücke gesichert hatte, die Polizisten – und sah ihnen nach, wie sie eilig oder langsam verschwanden, zufrieden, endlich dieser langweiligen Aufgabe entronnen zu sein. Nur zwei Wachtmeister blieben zurück, die den Toten mit einem Tuch bedeckten und bis zur Abholung des Leichnams dableiben mußten, und jener Polizist vom Revier, der die Tatmeldung entgegengenommen und weitergeleitet hatte.
«Sie brauche ich noch», sagte Beckenbauer zu dem rotbäckigen, diensteifrigen jungen Mann, der straff vor ihm stand, «ich muß noch einmal diese Frau Grüneiche sprechen, die den Mord bei Ihnen gemeldet hat. Wo finde ich sie?»
Zu seiner Überraschung machte der Beamte eine knapp deutende Kopfbewegung, die gleichzeitig sagte: ‹Vorsicht! Unauffällig benehmen!›, und erwiderte: «Dort drüben im anstoßenden Schrebergarten. Die steht schon die ganze Zeit über am Zaun und gafft hier herüber.»
Das ‹gafft› war mit einem so abfälligen Klang gesprochen worden, daß Beckenbauer es unwillig vermerkte. «Ach», sagte er leise, «gafft sie!»
Der junge Mann errötete, erwiderte aber nichts und unterstrich so, daß er an seiner Meinung festhielt.
«Na, denn», sagte der Inspektor entschlossen, «wollen wir uns die Kronzeugin vorknöpfen.»
Er wandte sich mit einem Ruck in die Richtung um, die der Beamte angedeutet hatte, und ging mit schnellen Schritten auf diese Zeugin zu, die er bisher nur flüchtig gehört hatte, weil ihre

Aussage, dem Bericht des Reviers nach zu urteilen, unerheblich war.
Der Zaun, der die beiden Schrebergärten trennte, war aus Maschendraht; er mußte alt sein, denn er war an vielen Stellen durchgerostet und hing nur lose aufgefädelt an einem anderen verrosteten Draht. Davor war eine nackte Hecke, die erst kürzlich gepflanzt worden sein mußte, denn die einzelnen Sträucher ähnelten noch kleinen, struppigen Reisigbesen. Diese Hecke befand sich auf Krugs Seite.
Die Frau, die dort stand, war groß und knochig, und knochig und hager war ihr Gesicht. Sie war schwarz gekleidet, als trüge sie Trauer, und das streng gescheitelte weiße Haar unterstrich diesen bedrückenden Eindruck.
Seltsam war, daß sie sich allmählich zurückzog, je näher Beckenbauer dem Zaun kam; sie machte sich nicht die Mühe, diesen Rückzug zu kaschieren, sondern wandte sich neugierig immer wieder um. Und in dem Augenblick, als er den Zaun erreicht hatte, verschwand Frau Grüneiche in ihrer grüngestrichenen Laube, deren Fensterladen geschlossen waren.
Beckenbauer sprang mit einem Satz über die Hecke. Er pochte an die Tür. Es kam keine Antwort. Der Inspektor schenkte sich ein zweites Klopfen und zog sie auf. Die hagere Frau stand unmittelbar dahinter. Der kleine Raum war dunkel.
Der Inspektor wies seinen Ausweis vor und sagte: «Ich bin mit der Aufklärung des Mordes an Herrn Krug betraut. Könnten Sie mir dazu noch einige Auskünfte geben?»
Sie ging sofort in Abwehrstellung. «Nein», antwortete sie. «Ich weiß von nichts.»
«Nicht so bescheiden», sagte Beckenbauer. «Selbstredend wissen Sie, Frau Grüneiche. Sie waren es doch, die dankenswerterweise die Anzeige erstattete.» Er versuchte liebenswürdig zu sein. «Ohne Sie», sagte er, «läge der arme Herr Krug vielleicht noch jetzt unbemerkt in seinem Blute.»
«Der arme Herr!» sagte die Frau höhnisch. «So arm war der nun gar nicht.» Ihre Stimme bekam einen tückischen Ton. «Vom Finanzamt war der, und was hat er meinen seligen Mann gepiesackt! Tischler war er, mein Mann, und seine Einkommensteuer mußte er bei dem da machen.» Eine Kopfbewegung deutete in

Richtung der Stelle, an der die Leiche lag. «Und eine gute Pension hatte der auch. Nein, arm war der nicht.»
Der Inspektor begriff: Von dieser Frau würde er nicht viel zu hören bekommen. Er schwieg.
Jetzt trat sie aus der Laube. Sie sagte: «Und wenn ich die Meldung gemacht habe, Herr Kriminalrat – da kann doch nicht eine Leiche herumliegen, das ist gefährlich, die verfault, und Ratten kommen, da kann man ja krank werden, nicht wahr?»
«Gewiß», erwiderte Beckenbauer sanftmütig, «da kann man krank werden.» Und fügte, um seiner Pflicht nachzukommen, hinzu: «Den Täter haben Sie nicht zufällig gesehen? Oder einen Verdächtigen? Einen Mann oder auch eine Frau, die Ihnen begegnet sind, als Sie herkamen? Oder sonst irgend etwas?»
«Nein», sagte Frau Grüneiche, und ihre Haut nahm sich im falben Sonnenlicht aus wie ein Stück gegerbtes Leder. «Es ist mir auch egal.» Sie schwieg. Sie hob den Kopf, und dann fragte sie plötzlich: «Eine Belohnung ist wohl nicht ausgesetzt, Herr Kriminalrat?»
«Ach», sagte Beckenbauer scheinbar gleichgültig. «Nein. So wichtig ist uns das wieder nicht.» Er wandte sich zum Gehen. Dabei drehte er sich noch einmal um und murmelte: «Zumal es da gewisse Spuren gibt, Motive zumindest.» Er blieb eine Sekunde lang stehen und fragte direkt: «Fürchten Sie nicht, in die Sache hineingezogen zu werden, Frau Grüneiche? Wo Sie den Mann doch so haßten?»
Ohne eine Antwort abzuwarten, verschwand er. Er übersprang den niedrigen Drahtzaun und drehte sich nicht um.

4 Verärgert verließ Beckenbauer mit seinem Wagen den Tatort. Während er sich behutsam von der Alsterkrug-Chaussee aus über den Lokstedter Weg in den starken Wagenstrom des Eppendorfer Wegs einordnete, dachte er: Ich habe keine Lust. Ich habe ganz einfach keine Lust, mich mit diesem Fall Krug zu beschäftigen.
Dabei wußte er, daß dieser ‹Fall Krug› nur zu leicht zu einem ‹Fall Beckenbauer› werden konnte, dann nämlich, wenn der Täter nicht gestellt und überführt würde. Es gab bereits eine Serie

von Einbrüchen in Kleingärten, und die Presse hatte sich schon kritisch mit der Arbeit der Kripo beschäftigt. Und nun ein Mord! Außerdem ließ der Herbst gewöhnlich die Zahl der Kleingartenmarder anschwellen. Sein Schicksal konnte besiegelt sein. Adam, das wußte Beckenbauer, würde nicht zögern, ihn in solchem Falle den Geiern zum Fraß vorzuwerfen. Jeder ist sich selbst der Nächste. Kam also nur darauf an, ob die Geier Appetit haben würden.
Der Inspektor lenkte den Wagen zu Krugs Wohnung in der Roonstraße. Er liebte den Ortsteil Hoheluft nicht. Die Straßen waren eng, zu nahe wohnten die Menschen hier beieinander. Der Rauch der Valvo-Röhren-Werke lag über den Häusern, die zumeist vierstöckig waren. Nicht selten waren die Fassaden mit imitierten Säulen bestuckt, und an jedem Stockwerk klebten kleine, unsinnige Balkone.
Krugs Wohnung befand sich in der dritten Etage. Der Inspektor erbrach das Siegel und schloß auf.
Das Mobiliar machte einen düsteren Eindruck. Die Möbel mit den geschnörkelten Verzierungen waren dunkelbraun gebeizt, die seidenen Lampenschirme hatte die Zeit angestaubt und spröde gemacht. Verblaßte Fotografien hingen an den Wänden, standen auf Vertiko und Frisiertoilette – einem Prunkstück mit einem Trumeau in der Mitte und kleinen Schränkchen rechts und links mit winzigen flachen Schublädchen. Rechts und links neben dem Spiegel steckten zwei weiße Kerzen in Haltern, die sich am Ende winziger Scherengitter befanden. Sie ließen sich ausziehen und schwenken. Beckenbauer glaubte Krugs Gattin vor sich zu sehen, wie sie in ihren jungen Jahren vor diesem Spiegel saß und bei Kerzenlicht ihr Haar strählte. Selbstvergessen zog der Inspektor den einen Halter heraus, und es schien ihm, als blickte ihm aus dem Spiegel das Antlitz dieser jungen Frau entgegen, und über ihre Schulter schaute Alfons Krug, ein jüngerer Krug . . .
Auf einmal nahm dessen Gesicht die gealterten Züge des Toten an, der Inspektor schrak zusammen und fuhr herum: Hatte das Totengesicht nicht auf einmal die rechte Braue gehoben!
So nah, daß er beinahe die Brust des anderen berührte, fand sich Beckenbauer einem Mann gegenüber, der verblüffend dem pensionierten Steuersekretär glich.

Der Inspektor trat einen Schritt zur Seite. «Was wollen Sie hier», fuhr er den Fremden an, «die Wohnung ist versiegelt!»
Der Mann machte eine Handbewegung, als wollte er Beckenbauer am Rockaufschlag packen. «Sie!» knarrte er mit brunnentiefer Stimme. «Ist das der neueste Trick? Da war nichts versiegelt! Aber mit einem Dietrich einbrechen, wenn man weiß, daß der Eigentümer der Wohnung nicht da ist . . .»
Der Inspektor holte seinen Ausweis hervor und hielt ihn aufgeschlagen vor das Gesicht des andern.
«Mordkommission», sagte er kurz. «Haben Sie den Toten gekannt?»
«Den Toten?» fragte der Alte tonlos. «Was? Wie? Alfons soll ermordet sein? Das ist doch – nein . . .» Die Stimme erstickte.
Mit dem Fuß schob Beckenbauer einen Stuhl zurecht.
«Setzen Sie sich!» befahl er, und der andere sank haltlos hin.
Der Inspektor ging zum Fenster. Die Sonne stand jetzt so hoch, daß ein schmaler, kraftloser Strahl in die Stube fiel. Beckenbauer öffnete die Flügel. Die Luft, die hereindrang, war frisch und sauber.
«Also», sagte er, kehrte zu dem Tisch zurück, setzte sich ebenfalls, beugte sich vor und sprach zuredend: «Sie kannten Herrn Krug?»
Der Mann nickte. Er fragte leise: «Sagen Sie mir, was ist wirklich mit Alfons? Er war doch mein Freund!»
«Ihr Freund», erwiderte Beckenbauer behutsam, «lebt nicht mehr. Es war ein unerwarteter, ein plötzlicher Tod.»
Der Inspektor schilderte sehr rasch den Vorfall, damit der andere ihn nicht unterbrechen konnte, und schloß: «Meine Aufgabe ist es, Licht in das Dunkel zu bringen. Wenn Sie mir dabei helfen wollen . . .»
«Ja», sagte der Alte. «Ja, wenn ich kann . . .»
Beckenbauer zog sein Notizbuch. Der Freund Alfons Krugs hieß Krosanke, war seit Jahrzehnten der Wohnungsnachbar des Ermordeten und hatte dessen Frau noch gekannt.
Die beiden alten Männer halfen einander, abwechselnd kauften sie ein, und Krosanke betonte, wie pfenniggenau sein Freund gewesen wäre, ein sauberer Ehrenmann durch und durch. Oft, vor allem im Winter, hätten sie Karten miteinander gespielt, Königs-

skat, der ginge ja unter zweien; natürlich um nichts als um die Ehre.
Gelegentlich wäre er auch in Krugs Schrebergarten mitgegangen, aber nur selten, weil ihm das zu langweilig gewesen war. Ihm war es zu still dort draußen.
Eines war den weitschweifigen Berichten Krosankes unschwer zu entnehmen: Krug hatte keinerlei Verwandte, er hatte auch keinerlei Feinde und Neider, niemanden, der aus seinem Tod Vorteil hätte ziehen können. Für Krosanke war völlig unvorstellbar, welche Gründe der Mörder gehabt haben könnte.
Der Inspektor beschloß, hier im Hause noch einige Routinevernehmungen durchzuführen und zu veranlassen, aber er war fast sicher, daß dabei nichts herauskommen würde.
Nachdem er Krosanke noch die Anschrift des Schauhauses gegeben hatte, entließ er den alten Mann.
Der Inspektor durchstreifte die Wohnung, prüfte da einen Schub, hob dort eine Decke auf; der Anblick der Steinguttasse mit dem Kaffeesatz, aus der Krug morgens noch getrunken haben mußte, rührte ihn.
Er sah auf die Uhr: Zeit zum Mittagessen! Sorglich brachte er das Siegel an der Wohnungstür wieder an.

5 Nachmittags arbeitete Beckenbauer angestrengt; er sammelte die Ergebnisse der Ermittlungen und verglich sie; aber er mußte sich bei Dienstschluß gestehen, daß vor ihm ein Scherbenhaufen lag.
Die Fingerabdrücke auf dem Hammerstiel stammten ausschließlich von Krug. Fingerabdrücke in der Laube, auf dem Handwerkszeug, auf dem Geschirr, in der Wohnung verloren ihr Geheimnis. Entweder waren sie von Krug selbst oder von Nachbarn, darunter auch Krosanke.
Die Vernehmungen von Mitbewohnern, von den Inhabern der Geschäfte, in denen der Ermordete gekauft hatte, verstärkten nur die Umrisse des Bildes, das Krosanke gezeichnet hatte: Krug war ein leidlich zufriedener, ruhiger, manchmal ein wenig eigensinniger Mann gewesen, der nur mit Krosanke näheren Umgang gepflogen hatte. Er hatte keinen Streit gesucht, sein Besitztum war

zu gering, als daß jemand den Blick darauf geworfen haben konnte; eine Lebensversicherung hatte der Tote nicht geschlossen. Niemand konnte an seinem Tod interessiert sein – oder gar an einem zu schnellen Ende.
Die Schaffner der Straßenbahn und die Fahrer eines Taxistandes nahe der Ludolfstraße, die um die fragliche Zeit ihren Dienst versehen hatten, waren befragt worden – ohne Ergebnis. Sie erklärten es kurzerhand für völlig unmöglich, angesichts des Massenverkehrs irgend jemanden ohne den geringsten Anhaltspunkt als verdächtig zu benennen.
Der Arzt ließ das Ergebnis seiner Untersuchung vorerst telefonisch durchgeben. Beckenbauer machte sich während des Gesprächs Notizen. Krug war durch einen einzigen Hammerschlag von hinten getötet worden, der Tod war sofort eingetreten. Ein anderer Gegenstand als der aufgefundene Hammer kam nicht in Frage. Keine Anzeichen gab es, die darauf hätten schließen lassen, daß etwa ein tätlicher Streit vorangegangen wäre. Blut- und Haarspuren waren als ausschließlich zu Krug gehörig identifiziert worden. Die Lage der Leiche ließ darauf schließen, daß sie vor dem Eintreffen der Polizei nicht angerührt worden war. Der Täter hatte also entweder nur den Geräteschuppen durchsucht oder war sofort geflüchtet.
Scherbenhaufen.
Da war einer gekommen, den niemand gesehen hatte, da war einer gegangen, den niemand gesehen hatte, er hatte einen Menschen getötet und keine Spuren hinterlassen. Er war wie ein Luftzug gewesen, und diesen Luftzug sollte Beckenbauer ergreifen.
Der Inspektor war so müde, daß er keinen Gedanken mehr fassen konnte. Er öffnete die Tischlade, legte die Akten hinein, schloß die Schublade, zog den Schlüssel ab, steckte ihn ein.
Jetzt, angesichts dieses Nichts, erschien ihm die Vorstellung absurd, der Täter könnte mit Hilfe des komplizierten Apparates gefaßt werden, der zur Fahndung, Nachprüfung und Ermittlung eingesetzt worden war. Ein Mörder, der bei aller Schnelligkeit so exakt gearbeitet hatte, warf einem Kriminalisten eben nicht einmal das geringste Datum zu, das man in eine Maschine stecken könnte, um nach Sekunden oder Minuten festere Handhaben zu besitzen.

Beckenbauer verließ sein Zimmer und trödelte durch den vierten Stock des Präsidiums dem Fahrstuhl zu. Das Haus hatte sich bereits geleert, die nüchterne Helle des Ganges erweckte den Eindruck kühler Geschäftsmäßigkeit. Fast lautlos glitt der Fahrstuhl abwärts.

Obwohl es bereits zu dunkeln begann, war Hamburgs Zentrum noch menschenerfüllt. Der Inspektor achtete darauf nicht. Er stieg rasch in seinen unschönen, grasgrünen Käfer von Volkswagen, den er bei dem Präsidium geparkt hatte. Als er die Tür zuwarf, atmete er auf. Dem Kriminalrat war er nicht begegnet. Zwar pflegte Adam selten außerhalb des Dienstes ein Wort an seine Untergebenen zu richten, aber immerhin mußte Beckenbauer auf eine maliziöse Frage gefaßt sein, und er hätte nicht gewußt, was er antworten sollte. Die Wendigkeit jener Kollegen, die mit einem freundlichen Lächeln jede Falle umgingen, besaß er nicht.

Gemächlich lockerte er die Handbremse, gab Gas, ging in den ersten, den zweiten Gang und fuhr mit traumwandlerischer Sicherheit den Mühlendamm und den Winterhuder Weg entlang. Die Wagen, die unwillig an ihm vorbeischossen, beachtete er nicht. Immer noch beschäftigte ihn der vertrackte Fall Krug, er kam davon nicht los.

Erst nachdem er von der Hauptverkehrsstraße automatisch über den Borgweg in die Hindenburgstraße hineingeglitten war und sich plötzlich im Stadtpark befand, wurde ihm deutlich, welchen Weg ihm sein Unterbewußtsein diktiert hatte: So würde er nicht nach Hause gelangen, sondern nach jenem Tatort.

Immer noch fuhr er langsam und sah nachdenklich über die weiten Liegewiesen, die Kinderspielplätze, die Blumengärten hin, ohne eigentlich etwas wahrzunehmen, und erst als er den Park hinter sich gelassen hatte, wußte er genau, was er wollte. In der Nähe des Alsterkanals stellte er den Wagen ab, stieg aus und ging langsam in Richtung Tatort. Er beobachtete dabei sich selbst, und es fiel ihm auf, daß sich seine Schritte beinahe selbsttätig lenkten. Der Grund war, daß ihn zunächst eine Straßenkreuzung anlockte. Sie war stark beleuchtet und mit Verkehrszeichen bestückt, vermutlich, weil sie eine besondere Gefahrenquelle darstellte; denn über sie ging eine einseitige Ausfallstraße hinweg. Er

konnte das Straßenschild nicht lesen, dachte aber, es müßte die Alsterkrug-Chaussee sein.
Stand man dort, so wirkte sie beinahe wie eine Barriere; die Warnbake blinkte unablässig, Wagen auf Wagen schob sich dicht vorüber. Dann schalteten die Signale um; die Autos stoppten, die Fußgänger schwärmten hastig über die Straße; doch kaum hatten sie das jenseitige Trottoir erreicht, warnte sogleich wieder Gelb, blinkte die Bake, sperrte Rot den Überweg. Nachdenklich schaute der Inspektor einen Augenblick zurück, ehe er weiterging.
Nun aber geschah das Entgegengesetzte: Nicht mehr das Licht zog magnetisch an, sondern die wachsende Dunkelheit. Die Straßenbeleuchtung wurde schwächer, die Läden wurden spärlicher, die Abstände zwischen ihnen wuchsen.
Beckenbauer stopfte die Hände tiefer in die Manteltaschen und schritt eilig voran. Gleich mußte er um eine Ecke biegen.
Da war sie schon – und er zögerte überrascht. War die Straßenbeleuchtung bisher mäßig gewesen, so war sie nun schlecht. Nur weit entfernt voneinander standen Kandelaber, und das Licht genügte nicht, um die Abstände zwischen den Laternen zu überbrücken, dazwischen lag es wie dunkle Seen, in denen man untertauchte. Zudem war nur eine Straßenseite beleuchtet, weil der Weg hier nicht mehr gepflastert, sondern nur mit Schlacke befestigt war. Er führte an der Schrebergarten-Siedlung vorüber.
Beckenbauer stand vor der Pforte, die in die Siedlung führte. Er bemühte sich, jedes Geräusch zu vermeiden. Das Tor ließ sich leicht aufdrücken, es quietschte nicht einmal.
Der Inspektor wußte nicht, was er hier erwartete; denn die alte Sage, es ziehe den Täter immer wieder an den Ort seiner Tat zurück, war nur ein Märchen. Und das andere – hätte er mit größerer Aussicht auf Erfolg besser am Tage erledigt.
So gelangte er nah an Krugs Garten.
Er stockte.
Da war ein Geräusch, ein verdächtiges Geräusch! Es mochten Schritte sein, aber vorsichtige, und es waren lange Pausen dazwischen, und dann wieder Geraschel, das er nicht enträtseln konnte. Beckenbauer starrte über das Gelände. Er sah niemanden.

Beinahe hätte er unvermittelt gelacht. Wahrscheinlich waren es Mäuse, die ihr Winterquartier einrichteten.
Doch er lachte nicht, denn da schrie leise eine Türangel.
Der Inspektor griff nach dem Revolver, zog ihn aus der Tasche, entsicherte ihn, krümmte sich zusammen, tastete sich bis an den niederen Zaun, stieg sachte hinüber, schlich auf Krugs Hütte zu . . .
Am Rande des Fensters bemerkte er einen schwachen Schimmer, wie von einer Kerzenflamme; der Schimmer war unstet, verschwand, kam wieder. Beckenbauer tastete sich weiter.
Da trat er auf einen Rechen, der herumlag. Der Stiel fuhr geräuschvoll hoch. Wenig später verlosch das Licht. Die Lattentür wurde aufgestoßen, sie schepperte an die Laubenwand, schlug zurück.
Beckenbauer hob den Revolver.
Ein verwischter Schatten, eine Gestalt, stand in der Tür; der halbe Mond ließ das Gesicht nur als hellere Scheibe erkennen. Dieses Gesicht war dem Inspektor zugewandt.
Ohne Rücksicht sprang er voran. In derselben Sekunde wandte sich die Gestalt zur Flucht, lief hinweg über die Beete.
Der Zweig eines nackten Strauchs peitschte Beckenbauers Gesicht, traf schmerzhaft das linke Auge. Der Inspektor mußte anhalten. Er sah nichts mehr.
Er hörte die Geräusche des Flüchtenden, er hatte plötzlich scheußliche Angst, der werde ihm entkommen, er schrie dreimal: «Stehenbleiben oder ich schieße!»
Als das Geräusch nicht verstummte, feuerte Beckenbauer einen Warnschuß in die Luft. Genau gleichzeitig wollte die Gestalt über den niedrigen Drahtzaun in den Nachbargarten springen, stolperte und stürzte hin.
Beckenbauer riß die Augen auf, er konnte wieder sehen. Mit langen Sätzen stürmte er über die Beete. Der dunkle Schatten hatte die Flucht aufgegeben, lag reglos, die Arme weit ausgebreitet, das Gesicht zur Erde gewandt – er sah fast aus wie der Ermordete.
Breitbeinig, den Revolver im Anschlag, stand jetzt der Inspektor daneben. Er sagte nichts, er wartete.
Doch als sich nichts rührte, beugte er sich vor, drehte mit schnel-

lem festem Griff den Kopf zur Seite, ließ ihn wieder los, richtete sich langsam auf und sagte: «Das habe ich geahnt.»
Er sicherte den Revolver und steckte ihn ein. Dann rief er barsch: «Machen Sie kein Theater! Stehen Sie auf! Kommen Sie!»

2. Kapitel

1 Kriminalrat Adam, interimistischer Leiter des Hamburger Morddezernats, erwachte am folgenden Morgen mit leichtem Kopfschmerz.

Vielleicht, dachte er besorgt, hatte er doch etwas zu sehr dem Sekt zugesprochen, vielleicht aber kam es auch daher, daß er sich Sorgen machte, Sorgen, weil er zufällig und nebenbei erfahren hatte, daß sich sein bisheriger Vorgesetzter, mit dessen Rückkehr ins Amt er nicht mehr gerechnet hatte, wider Erwarten auf dem Wege der Besserung befände; Davos hatte in acht Monaten bei dessen akuter Tuberkulose Wunder gewirkt.

Er dehnte sich in seinem Bett. Sollte jener zurückkehren, dachte er bekümmert, würde es mit seiner interimistischen Leitung, die alle für endgültig angesehen hatten, vorbei und seine Karriere wieder in die Ferne gerückt sein.

Falls nicht, grübelte er, die Regierungskrise in Bonn zu seinem Besten ausschlüge. Schmidt-Schnauze, der das gestrige Beisammensein mit einigen vertrauten Mitarbeitern arrangiert hatte, um sie en passant über die Lage zu informieren, hatte sich betont forsch, schnodderig und zuversichtlich gegeben. Aber gerade das gab Anlaß zu Bedenken, denn der Innensenator zog dieses Mäntelchen immer dann an, wenn der Wind aus einer anderen Richtung zu wehen drohte, als er es wünschte.

Natürlich hatte er zu Schmidt-Schnauze Vertrauen: Der hatte sich mit unwahrscheinlichem Geschick und dem richtigen Instinkt für ‹public relations› in das Führungsgremium der SPD hochgespielt. Indessen lag sein Handicap darin, daß er weiter den Draufgänger markieren mußte, wollte er auf lange Sicht im Spiel

bleiben, und er würde diese Rolle nur dann weiter spielen können, wenn die CDU in eine massive Opposition ginge.
Im Augenblick schien das noch wahrscheinlich, weil die Führung der SPD mit dem Gedanken der Neuwahl spielte oder aber ersatzweise eine Koalition mit Gigolo Mende erwog.
Indessen, wer konnte wissen, welche Kräfte hinter den Kulissen am Werk waren? Wer konnte wissen, was Schmidt-Schnauze mit der Bemerkung gemeint hatte: «Mit den Wölfen werde ich nicht heulen!» Wer waren die Wölfe?
Der Kriminalrat grübelte. Hoffentlich war es nicht jene SPD-Gruppe, die heimlich eine Koalitionsmöglichkeit mit der CDU testete. Denn käme sie zustande, würde Schmidt-Schnauze nicht Bonner Minister werden, sondern auf seine bessere Chance warten. Würde er aber nicht Minister, dann konnte er seinen bewährten Kriminalrat Adam nicht ans Bundeskriminalamt nachziehen.
Adam tastete nach dem Nachttisch; die Uhr zeigte fünf vor sieben.
Gewöhnlich ruhte er noch eine Stunde länger, aber heute trieb es ihn. Er stand auf.
Im Bad rasierte er sich und nahm seine ausgiebige Morgendusche, die er mit einem kalten Guß zu beenden pflegte; er war der Meinung, das hielte elastisch und jung. Dann massierte er die Kopfhaut mit Dralles Haarwasser und behandelte das Gesicht mit Cremes und den Wässern von Hatric, die ihm Margrit, an die er im Augenblick nicht denken wollte, geschenkt hatte: «Bevor es eine andere tut!»
Am Frühstückstisch war er bereits wieder selbstsicher.
Draußen war es noch kühl. Der Mercedes 220 S, den er auf dem Bürgersteig in zweiter Reihe geparkt hatte, sprang an, und Adam lenkte ihn mit akrobatischem Genuß zwischen einem Opel Rekord und einem Ford Taunus haarscharf hindurch.

2 Inspektor Beckenbauer wunderte sich nicht, als er gegen neun Uhr dreißig zum Bericht befohlen wurde.
Er faßte eine dünne grüne Mappe, die er zu diesem Zweck vorbereitet hatte, und begab sich durch die langen Gänge zum Zimmer des Kriminalrats.

«Der Fall Krug», sagte Adam zerstreut und blätterte in einem Aktenstück, ehe er es endgültig beiseite schob, «sind Sie damit weitergekommen?»
Auf diese direkte Frage erwiderte Beckenbauer vorsichtigerweise nichts, sondern berichtete sachlich und monoton, was er veranlaßt hatte und welche Ergebnisse eingelaufen waren.
Er endete seinen Vortrag mit dem Hinweis darauf, er hielte es für unumgänglich und zweckdienlich, den Fall der Öffentlichkeit zu übergeben und um deren Mithilfe zu ersuchen.
«Mit andern Worten», fuhr Adam dazwischen, «Sie haben nicht den geringsten Anhaltspunkt!» Beinahe klang das wie ein Vorwurf.
Der Inspektor schwieg.
«Herr Beckenbauer», sagte der Kriminalrat mit Schärfe, «Sie haben mir zwanzig Minuten Vortrag gehalten, aber das Ergebnis ist gleich Null.»
«Ja», erwiderte Beckenbauer, «falls Sie nicht dieses für ein Ergebnis nehmen wollen.»
Er schlug die grüne Mappe auf, entnahm ihr ein Blatt DIN A4 und reichte es Adam.
Der Rat beugte sich vor, nahm es, las, wendete es hin und her, drehte es um und ließ es auf die Tischplatte sinken. Er sah den Inspektor an.
«Wo haben Sie denn das her, Beckenbauer?» fragte er, und in seiner Stimme waren Erstaunen und Hochachtung.
«Je nun . . .» Der Inspektor zuckte die Schultern und erwiderte gleichmütig: «Das ist eben das Ergebnis meiner Ermittlungen.»
Adam hob das Blatt wieder an, betrachtete es nochmals genau und sagte: «Ein Stück aus einer Gerichtsakte oder so ähnlich, will mir scheinen. Wie sind Sie dazu gekommen?»
«Zufall», sagte Beckenbauer, «oder beinahe Zufall, wie Sie wollen, Herr Kriminalrat.»

3 Am Abend zuvor war dieser Zufall vor dem Inspektor her in eine Gartenlaube gegangen.
Elektrisches Licht gab es hier nicht. Beckenbauer knipste die Stablampe an. Das häßliche, hagere Gesicht der Grüneiche,

in das er scharf hineinleuchtete, war zugleich angstvoll und trotzig.
Der Inspektor wartete sekundenlang, ehe er sagte: «Was war heute morgen meine Ansicht? Sie haben sich durch den Einbruch in Krugs Garten nicht gerade entlastet.»
Die Frau hob die knochige Rechte vor die Augen. «Ich habe nicht gestohlen», wehrte sie sich.
«Ich habe das auch nicht gesagt», erklärte Beckenbauer ungerührt. «Ich habe gesagt, Sie sind eingebrochen. Zwischen Einbruch und Einbruchsdiebstahl gibt es einen Unterschied. Genau wie zwischen Diebstahl und Mord, Frau Grüneiche.»
Ihre Hand fiel schlaff von den Augen. «Nein», stieß sie hervor, «nein, das ist nicht Ihr Ernst!»
Der Inspektor antwortete nicht.
Das Gesicht der Frau Grüneiche wurde aggressiv, wurde starr, und dann schienen ihre Gesichtszüge zu schmelzen. Sie seufzte, wandte sich ab, holte hinter einer Sitzbank eine Petroleumlampe hervor, zündete den Docht an, schraubte ihn herunter.
«Na», sagte Beckenbauer befriedigt und steckte die Stablampe ein, «dann wollen wir uns mal setzen. Was wollten Sie drüben?»
Sie zuckte die Schultern. «Nichts», erwiderte sie.
«Wenn man nichts will, bricht man nicht ein», sagte er.
«Ach Gott, ich war neugierig.»
«Neugierig? Worauf? Der Mann ist tot, die Leiche weggeschafft – was kann da noch Neugierde erregen?»
Sie schwieg.
Beckenbauer hatte den Eindruck, sie enthalte ihm irgend etwas vor. Er sagte: «Reden Sie, reden Sie, Frau! Sie schweigen sich um Ihren Kopf!»
«Aber, Herr Kommissar», sagte sie und war plötzlich wieder beredt, «das müssen Sie verstehen. Der hat meinen Mann gepeinigt, der Krug, und der hat nie mit mir gesprochen ...» Sie stockte.
«Na weiter», befahl der Inspektor, «Sie waren also neugierig. Aber worauf denn nur, zum Donnerwetter! Das verstehe ich nicht.»
«Können Sie vielleicht auch nicht verstehen», sagte sie und schaute auf ihre Hände, die sie vor sich auf der Tischplatte gefaltet hatte. Die dürren Finger arbeiteten nervös. «Aber, wissen Sie,

zu uns war er so gemein, mit seiner Steuer, er hat meinen Mann richtig erpreßt . . .»
«Erpressung», sagte Beckenbauer gelassen, «ist ein hübsches Motiv für einen Mord.»
«Nicht erpreßt, bedrängt, meine ich», verbesserte sie sich, und ihre Finger arbeiteten schneller. «Und hier und überall hat er immer den Ehrenmann gespielt und . . .» Sie wußte nicht weiter. Jetzt waren ihre Finger ruhig; aber die Hände preßten einander so sehr, daß die rote, aufgesprungene Haut weiß wurde.
«Sie hielten es für unmöglich, daß ein Mann so tadellos ist», sagte Beckenbauer und war auf die Antwort gespannt.
«Ja», stieß sie hervor, «unmöglich! Das *ist* unmöglich! Das . . .»
«Na schön», beruhigte er sie, «solange er lebte, wäre es für Sie vielleicht ein Vergnügen gewesen oder, sagen wir besser, eine Genugtuung, wenn Sie einen Fleck auf seiner Weste gefunden hätten . . .»
«Ja», sagte sie, «ja!»
«. . . aber nun ist er tot», fuhr der Inspektor fort, «was nützt Ihnen da so ein Fleck?»
Sie sah beiseite. Dann antwortete sie: «Die Leute hatten Hochachtung vor ihm, und von mir haben sie immer gesagt, ich klatsche und bin bösartig . . . und . . .»
Die Petroleumlampe blakte, Beckenbauer schraubte den Docht ein wenig tiefer. Trotzdem stieg ein dünner Rußfaden schwankend aus dem Zylinder.
Der Inspektor betrachtete die Frau: Haß, Enttäuschung, Bitterkeit hatten ihr Gesicht entstellt. War es wirklich abwegig, anzunehmen, daß sie auch mit einem Hammer zuschlagen könnte?
«Frau Grüneiche», begann Beckenbauer wieder, «nehmen wir einmal an, Sie waren in Krugs Garten . . .»
Sie fuhr auf. «Aber ich war nicht darin!»
«Nun, Sie sind ja eben von dort gekommen», berichtigte er sie, «und so wollen wir ruhig einmal annehmen, daß Sie auch heute morgen dort waren.» Er wehrte mit einer Handbewegung ab. «Nein, nein! Nicht um etwas zu entwenden, zu stehlen oder dergleichen, aber um irgend etwas zu finden, was Sie dem Krug vorwerfen konnten. Vielleicht ist Ihre Neugierde gereizt worden, ge-

rade weil er Ihnen den Zutritt verwehrte. Möglicherweise schöpften Sie einen Verdacht.»
Frau Grüneiche starrte ihn an.
Beckenbauer fiel etwas ein. Er blickte weg, schlug ein Bein über das andere, spielte mit einem Bleistift, ließ ihn auf der Tischplatte hüpfen.
«Wie war es mit Frauen?» fragte er gleichsam sich selbst. «Krugs Gattin ist vor Jahren verstorben, er war Witwer; aber als sie starb, war er keineswegs aus dem Alter heraus, wo . . .» Er hob den Kopf, sah wieder die Frau an. Leise und eindringlich sagte er: «Ich glaube, Sie hofften Spuren zu finden, die darauf hindeuteten. Krugs Laube wäre ja der ideale Platz für solche Dinge gewesen, niemand hätte ihn beobachtet. Fremde hielt er sich vom Leibe . . .»
Sie rührte sich nicht.
Beckenbauer sprang auf, stützte sich mit beiden Händen auf den Tischrand, beugte sich vor; er kniff die Augen zusammen und sagte mit unumstößlicher Sicherheit: «Deshalb sind Sie heute morgen in den Garten hinübergeklettert. Sie haben nicht angenommen, daß Krug kommen würde, sein Garten ist aufgeräumt, es ist Herbst, kühl, er hatte hier nichts zu suchen. Dafür suchten Sie um so mehr, und Sie wollten systematisch vorgehen. Sie begannen im Geräteschuppen.»
Die Frau war nur noch weißes Entsetzen. Eine Haarsträhne hing ihr in die Stirn, sie strich sie nicht zurück.
«Ja», sagte der Inspektor, «und plötzlich war er hinter Ihnen! Er rief Sie an. Sie drehten sich um. Da stand Krug vor Ihnen – er, den Sie haßten! Und er fragte Sie nicht, was Sie suchten, für ihn waren Sie ein Eindringling, eine üble Gestalt, denn natürlich wußte er, was Sie über seine Rolle auf dem Steueramt herumerzählten, und deshalb ließ er sich auf keine Erklärungen ein. Er verlangte von Ihnen, Sie sollten zur Polizei mitkommen.»
«Sie sahen keinen Ausweg mehr», sagte er hart; «als Krug sich umdrehte, griffen Sie nach dem Hammer und schlugen zu.»
Da flüchtete die Frau in die hinterste Ecke der Laube, sie warf die Hände vor das Gesicht und schrie: «Nein, nein!»
Der Inspektor schwieg. Er dachte nichts mehr, er sah in die rötliche, blakende Flamme.

Dann drehte er sich um und ging an die Tür.
Hinter sich hörte er das dumpfe Schluchzen der Frau.

4 «Wie Sie das erzählen . . .», sagte der Kriminalrat, und in den Ton mischten sich Bewunderung und Abscheu. «Sie hätten Schriftsteller werden sollen. Alles die alten Mätzchen.» Er hob das Blatt Papier hoch und sagte schneidend: «Sie wollen mir doch nicht weismachen, daß die Frau die Mörderin ist, diese Frau Grüneiche, und daß dies hier irgendein Beweismittel darstellt?»
«Natürlich nicht», erwiderte der Inspektor und lächelte schwach, «aber ich glaubte, es würde Sie interessieren, wie ich zu diesem Blatt kam.»
«Wenig», sagte Adam, «solange Sie keine handfeste Spur haben.»
Beckenbauer zog das Blatt über den Tisch zurück, betrachtete es, als hätte er es noch nie gesehen, und führte dann aus: «Sehen Sie, Herr Kriminalrat, ich würde wahrscheinlich genauso urteilen, wenn sich nicht noch folgendes zugetragen hätte: Ich wollte aufgeben. Ich hörte immer nur, wie die Frau schluchzte. Das klang echt. Allerdings fiel mir auf, daß das Geräusch schnell leiser wurde, zu schnell für meine Begriffe.»
Adam wurde wieder aufmerksam.
«Ich drehte mich um», berichtete er weiter, «die Frau war wieder an den Tisch gekommen. Ich sah ihr an, daß sie über irgend etwas nachdachte, daß sie aber im Zweifel war. Deshalb machte ich ihr möglichst eindringlich klar, daß sie sich tatsächlich in einer üblen Falle befinde, die sie sich selbst gestellt hatte. Nur dann könnte sie ungeschoren und ohne sich ein Bein abzubeißen herauskommen, wenn wir eine Spur hätten, die zu einem anderen mutmaßlichen Täter führte. Ich sagte mir nämlich», ergänzte er seine Überlegungen, «daß die Frau nicht nur einen psychologischen Grund gehabt haben könnte, nächtlicherweile in des Nachbarn Garten zu lustwandeln.»
Der Ton mißfiel dem Rat; er rügte: «Ich finde nicht, daß ein Mord auf diese Weise bagatellisiert werden sollte; das würde uns auch die Presse vorwerfen.» Und, als er den verständnislosen Blick Beckenbauers bemerkte: «Nehmen Sie es mir nicht übel,

aber das ist Gossenjargon. Ich wünsche eine knappe, sachliche Darstellung.»
Der Inspektor kniff die Lippen. Er erklärte kurz: «Ich habe ihr gesagt, daß sie schon einmal im Garten des Krug gewesen wäre, daß sie etwas gefunden hätte oder auf etwas aufmerksam geworden wäre und daß sie in der Dunkelheit weitersuchen wollte, weil sie sich da unbeobachtet glaubte.»
«Ja, und?» fragte Adam ungeduldig.
«Das Ergebnis haben Sie in der Hand», erwiderte der Inspektor, «im Prinzip mußte sie es zugeben. Sie bestritt lediglich, im Garten gewesen zu sein. Sie behauptete, das Blatt am Zaun gefunden zu haben. Dort hätte es sich in der Hecke verfangen.»
«Lassen wir die Frau», sagte Adam, «was halten Sie von dem Blatt?»
«Ich habe es heute früh untersuchen lassen. Die Analyse ergab, daß es mindestens zehn, wenn nicht zwölf Jahre alt ist. Es ist kein Durchschlagpapier, wie es heute bei den Staatsanwaltschaften oder Gerichten Verwendung findet, kein solches Florpapier, sondern ein stärkeres, stark holzhaltiges, ungeglättetes Siebziggrammpapier. Solches Papier wurde damals gelegentlich benutzt. An drei Rändern ist es eingegilbt, die Vergilbung wird nach der Mitte des Blattes zu immer schwächer, es dürfte also bis in die jüngste Zeit Bestandteil einer eingehefteten Akte gewesen sein.»
Während er sprach, drehte Adam das Blatt hin und her, hielt es prüfend gegen das Licht und nickte schließlich. «Trotzdem», sagte er endlich, «läßt sich damit nicht viel anfangen. Offensichtlich ist es die letzte Seite eines Protokolls. Die Buchstaben am Schluß sind eindeutig: v., g., u.* Es ist eine der Durchschriften, und es ist nicht unterzeichnet. Und die paar Zeilen – was sollen sie wohl besagen?»
Beckenbauer kannte sie auswendig. Er zitierte: «‹. . . und versichere, daß mir unbekannt war, daß sein richtiger Name Volkmann lauten soll. Ich bin auch jetzt noch davon überzeugt, daß das nicht der Fall ist und daß es sich um einen Irrtum handeln muß.› Offensichtlich», kommentierte der Inspektor den Text, «ist es die Aussage eines Beschuldigten oder eines Mittäters oder

* vorgelesen, genehmigt, unterschrieben.

eines Zeugen über einen mutmaßlichen Täter.» Er lächelte schief. «Ich drücke mich knapp aus, Herr Rat! Und die Staatsanwaltschaft oder die Polizei oder der Untersuchungsrichter, wer immer das Protokoll angefertigt haben mag, muß Grund zu der Annahme gehabt haben, daß dieser Täter unter einem falschen Namen lebte.»

«Und Sie glauben, daß er mit dem Mörder Krugs identisch ist?» fragte der Kriminalrat.

Beckenbauer zuckte die Schultern. Er sah Adam nicht an. «Ich weiß nicht einmal mit Sicherheit», sagte er zögernd, «ob das Blatt überhaupt aus seinem Besitz stammt. Es kann hundert Möglichkeiten geben, wie es an die Hecke gelangt ist. Zweifellos handelt es sich dabei um eine alte Geschichte, die entweder verbüßt oder verjährt, jedenfalls vermutlich erledigt ist, und eigentlich kann ich mir schwer vorstellen, daß jemand, der einen Mord begeht, zu seiner Identifikation so eine Sache mit sich herumträgt und dann auch noch achtlos wegwirft.»

Adam war enttäuscht. «Wozu also der Wind?» fragte er.

«Die Frau Grüneiche», erklärte Beckenbauer, «war davon überzeugt, daß dieses Papier etwas mit dem Mord zu tun hätte; was, wußte sie auch nicht. Ich habe sie sogar bewundert; denn in dem Bestreben, sich zu entlasten, entwickelte sie geradezu kriminalistische Fähigkeiten.» Er lächelte. «Sie schlußfolgerte so: Das Blatt kann von der Straße nicht hereingeweht sein. Am Tag vorher ist es noch nicht dagewesen, und über Nacht und am frühen Morgen ist kein Wind gegangen. Es muß also aus einem der Kleingärten kommen. Aber da gibt es niemanden mit Vorstrafen; wenn man die Leute seit Jahren und Jahrzehnten kennt, sickert so etwas durch. Weil es aber fast windstill gewesen ist und sich das Blatt auf der Seite von Krugs Garten in der Hecke verfing, muß es auch von dort stammen – entweder also von Krug, was nicht anzunehmen ist, oder von einer andern Person, und da kommt ja nur der Mörder in Betracht, weil Krug so einsam lebte.»

Adam nickte. «Scheint ganz vernünftig, die Frau.»

Beckenbauer sagte bedenklich: «Zu vernünftig, meine ich. Denn bei meinem ersten Besuch hielt sie das Blatt zurück. Und warum? Sie wollte suchen, um noch etwas zu finden, was wir vielleicht übersehen hätten. Denn sie war überzeugt, daß wir eines Tages

doch eine Belohnung ausschreiben, und dann erst wollte sie mit dem Beweismaterial herausrücken. Das gestand sie selbst.»
«Was», sagte Adam empört, «also nur aus Geldgier? Ist ihr denn klargewesen, daß sie in des Teufels Küche geraten kann, wenn sie es unterläßt, uns gleich auf diese Spur hinzuweisen?»
«Ach», meinte Beckenbauer beiläufig, «da hätte sie schon eine Ausrede gefunden, und, Herr Kriminalrat, mit des Teufels Küche möchte ich ja unsere Mordkommission nicht gerade vergleichen. Und schließlich, was die Geldgier anbelangt – warum schreiben wir denn dann überhaupt Belohnungen aus?»
«Sie sollten sich auf diesen Fall konzentrieren», sagte Adam irritiert, «und nicht mit allgemeinen Sophistereien antanzen!»
«Ich versuche es», antwortete der Inspektor mit gespielter Bescheidenheit.
«Ja also», rief Adam unwirsch und wollte ihm das Blatt zuwerfen, aber es überschlug sich am Luftwiderstand und pendelte sanft vor Beckenbauers Hände, «was soll mit dem Wisch geschehen?»
«Volkmann», sagte Beckenbauer und ließ das Papier in den Hefter gleiten.
Selbstredend begriff der Kriminalrat sofort. «Und?» fragte er.
«Drei», erwiderte Beckenbauer, «drei, die in Frage kommen. Den Vornamen wissen wir ja nicht. In der Kartei finden sich sieben Volkmann, die Gewaltverbrechen begangen haben. Aber nur drei sind über dreißig, und jüngere kommen nicht in Betracht, wenn ich in Rechnung stelle, daß das Protokoll mindestens zehn Jahre alt ist. Vier scheiden also von vornherein aus. Und das ist der Rest.»
Er zupfte aus der Mappe drei gelbe Karteikarten, an deren rechten oberen Ecken je ein Paßfoto angeklammert war.
Kriminalrat Adam griff danach. Er legte sie vor sich auf den Tisch und las eine nach der anderen genau, betrachtete auch sorgfältig die Fotografie, und Beckenbauer gestand sich in diesem Augenblick, daß Adam, sowenig erfreulich die Zusammenarbeit manchmal war, als Kriminalist eben doch einiges geleistet hatte. Hätte er nicht der Versuchung nachgegeben, sagte sich der Inspektor, politische Karriere um jeden Preis machen zu wollen, so wäre in der Fachwelt vermutlich noch von ihm gesprochen worden.

Adam schob die Blätter von sich und hob den Kopf. «Auf welchen tippen Sie?» fragte er.
Beckenbauer zuckte die Schultern.
«Mord, Mordversuch ist nicht dabei», überlegte Adam, «Raub, bewaffneter Überfall, Widerstand gegen die Staatsgewalt natürlich, versuchte Erpressung, versuchte Gefangenenbefreiung . . .»
Er zog nochmals die Karten heran. «Alfons, Max, Udo – dieser Udo», er deutete auf die Karte, «das ist der mit der Gefangenenbefreiung. Ob der nicht etwa in der Laube einen Unterschlupf für einen Komplizen suchte? Daß er daraufhin die Kleingärten prüfte und dabei von Krug überrascht wurde? An den Alfons nämlich glaube ich weniger, der ist stets mit einer Schußwaffe umhergelaufen, der hätte vermutlich nicht nach dem Hammer gegriffen.»
«Kann man's wissen, weiß man's denn?» fragte Beckenbauer auf seine schnodderige Art zurück und steckte die Karten wieder in die Hülse. «Ich habe Anweisung gegeben, sie mir alle drei zu bringen, so man ihrer habhaft werden kann.»
Er sah auf die Armbanduhr. «Sie dürften bereits einsitzen, ich will jetzt ihre Alibis prüfen. Wollen Sie es sich mit anhören, Herr Kriminalrat?»
Dabei stand er auf.
Aber Adam schüttelte den Kopf. «Es hätte mich interessiert, Beckenbauer», sagte er freundlich, «aber dieser Mord ist leider nicht die einzige Affäre, mit der ich mich zu beschäftigen habe. Auf jeden Fall erstatten Sie mir sofort Bericht.»
Als der Inspektor zurück zu seinem Zimmer ging, seufzte er leise und dachte: Vorgesetzter müßte man sein.

5 Vor seinem Schreibtisch sitzend, sortierte er die drei Karteikarten und legte das Aktenblatt griffbereit in die Schublade.
Dann schob er den Aschenbecher zurecht und legte eine Schachtel ‹Ernte 23› vor sich hin. Er dachte dabei: Na, die sind stärkeren Tobak gewohnt; doch den wollte er ihnen schon, wenn es not tat, auf andere Art und Weise vorsetzen.
Er rief bei dem Wachhabenden an und bestimmte, daß die drei in der Reihenfolge Alfons, Max und Udo zur Einvernahme vorzu-

führen wären. Zu seinem Ärger erhielt er den Bescheid, daß der Udo Volkmann nicht greifbar gewesen wäre. Also würde er sich vorerst mit den beiden anderen begnügen und dann, falls kein Ergebnis dabei herauskäme, sich selbst auf die Suche nach Udo machen müssen.
Gleich darauf klopfte es, und der Wachtmeister führte Alfons Volkmann herein.
Er war klein, gedrungen, vierschrötig. Der kugelrunde, kahlgeschorene Schädel saß fast unmittelbar auf dem Rumpf, die kurzen Arme erweckten den Eindruck, als stünden sie ein Stückchen vom Leibe ab, denn er trug eine dick wattierte Jacke graubrauner Färbung.
Er stellte sich unmittelbar an den Schreibtisch und starrte mit seinen kleinen Augen den Inspektor böse an, ohne irgendein Wort zu äußern.
Achtung, dachte Beckenbauer. Der Mann ist nicht nur widerspenstig, er ist auch Vernehmungen gewohnt. Um so höflicher sagte er mit einer Handbewegung: «Wollen Sie nicht Platz nehmen, Herr Volkmann, bitte.»
«Nee», erwiderte der und blieb ungerührt stehen.
«Tut mir leid», sagte Beckenbauer, «ich meine, bei einer Zigarette unterhielte es sich gemütlicher.»
Alfons Volkmann schwieg.
Der Inspektor griff sich aus der gelben ‹Ernte›-Schachtel ein Stäbchen, zündete es an und sagte scheinbar gedankenvoll: «Ich hoffe, daß Sie uns mit einer Auskunft oder einem Hinweis behilflich sein können. Sie haben leider einige Vorstrafen, Herr Volkmann, wegen Schlägereien, wegen Widerstands und dergleichen mehr; aber wenn man wie Sie in Hamburg Bauhilfsarbeiter ist, dann kommt es schon vor, daß man sich seiner Haut wehren muß, ein Wort gibt das andere, Sie sind auch nicht der Schwächste, und einen kräftigen Harten verschmähen Sie sicher ebenfalls nicht – kein Wunder, bei dem Wetter auf den Baustellen manchmal. Wenn ich mir so Ihr Register ansehe, Herr Volkmann, dann würde ich sagen: Na ja, nicht gerade schön, aber verständlich, das nehme ich nicht tragisch.» Er zog die Brauen hoch und tippte die Asche ab. «Nur eins will mir wenig gefallen, und das ist dieser versuchte Raub mit schwerer Körperverletzung von neunzehn-

hundertvierundfünfzig. Finden Sie nicht auch, daß das ein ziemlicher Brocken war?»
Alfons Volkmann antwortete nicht, er starrte ihn unverwandt an.
«Die Beamten», sagte Beckenbauer langsam, «haben Sie heute früh noch im Bett angetroffen. Sie arbeiten nicht. Sie wohnen Kleine Fischerstraße, die Gegend kenne ich gut. Sie wohnen in Untermiete bei einem Fräulein Mieze Schindler.» Er nahm, scheinbar überlegend, einen nachdenklichen Zug aus der Zigarette. «Sagen Sie, Herr Volkmann», fragte er, «lassen Sie jetzt vielleicht Pferdchen laufen?»
Alfons Volkmann verzog verächtlich den breiten Mund. «Jüngelchen», sagte er, «haben mich noch nie aufs Kreuz gelegt.»
«Von irgendwas muß der Mensch ja leben», sagte der Inspektor ungerührt. «Ich könnte mir vorstellen, daß Ihnen die vier Jahre ‹Zet› gereicht haben und daß Sie jetzt lieber Pferdchen laufen lassen, statt nach einem Hammer zu greifen.»
«War doch kein Hammer, Chef», erwiderte Volkmann empört, «war doch 'n Totschläger, den ich zufällig in der Tasche hatte.»
«Weiß ich», sagte Beckenbauer freundlich, «aber seither schleppen Sie sicher keinen Totschläger mit sich herum, das ist viel zu gefährlich für Sie. Ich möchte wetten, Sie haben da keinen in der Tasche. Oder doch?» Und plötzlich scharf: «Na los, räumen Sie mal die Taschen aus!»
Alfons Volkmann war so verblüfft, daß er dem Befehl folgte.
Was sich da vor den Augen des Inspektors auf der Schreibtischplatte häufte, war – einschließlich der zerfledderten Brieftasche – unappetitlich dreckig, jedoch nicht bedrohlich; Beckenbauer faßte das Zeug nicht an. Er sagte sofort: «Na, sehen Sie, sehen Sie! Kein Totschläger, was habe ich gesagt!»
«Aber ich . . .» Volkmann wollte sich wehren, doch seine Gedanken arbeiteten schwerfällig.
Beckenbauer ließ ihn nicht weiterreden. Er stand auf, tippte Volkmann mit dem ausgestreckten Zeigefinger an die Brust und sagte: «Und weil Sie keinen Totschläger mehr in der Tasche tragen wollen, da haben Sie eben den ersten besten Hammer genommen, als Sie den Krug niedergeschlagen haben, nicht wahr?»
Sofort wendete er den Blick vom Gesicht des Mannes, setzte sich umständlich, drückte die Zigarette aus, und erst dann sah er auf.

Volkmann wehrte sich erbittert: «Wollen Sie mir was anhängen? Ich kenne doch keinen Krug, Herr Kommissar!»
«Erstens», antwortete Beckenbauer, «ist das Jüngelchen kein Kommissar, sondern nur Inspektor. Zweitens wußten Sie möglicherweise nicht, daß der Mann Krug hieß, den Sie niedergeschlagen haben. Dann wissen Sie es jetzt. Und drittens können wir uns darüber später unterhalten, wenn Sie das wollen, oder auch gleich, und ich gebe Ihnen sogar jetzt noch eine Zigarette.»
«Gleich», sagte Volkmann und schien doch Angst zu bekommen, «gleich, Herr Kommissar – Herr Inspektor. Gleich, Chef.»
Er ließ sich auf die Kante des Stuhls nieder. Beckenbauer reichte ihm die Schachtel, und Volkmann wühlte mit seinen dicken Fingern ein Stäbchen heraus.
Nachdem er Volkmann so weit hatte, daß er sich nicht mehr starrsinnig anstellte, ging der Inspektor direkt auf sein Ziel los. Es gab zunächst nur die Frage nach dem Alibi.
«Was haben Sie gestern früh gemacht, wo sind Sie gewesen?» fragte er.
Volkmann antwortete bereitwillig: «Da bin ich um elf, halber zwölfe aufgestanden und bin gleich zu Franz, das ist der Franz Weise, denn wir hatten uns verabredet, daß wir an den Hafen wollten.»
Das interessierte Beckenbauer nicht. Er fragte: «Vorher, vor elf Uhr.»
«Ja, da», antwortete Volkmann gedehnt, «da habe ich natürlich gepennt.»
«Normalerweise pflegt man um die Zeit nicht zu schlafen», meinte der Inspektor. «Aber das soll mir egal sein. Nur Ihnen kann es nicht egal sein; denn Sie brauchen ein Alibi. Sie müßten mir also einen Zeugen angeben können.»
«Nu, die Mieze», sagte Volkmann. Sein stumpfes Gesicht strahlte plötzlich.
Beckenbauer begriff sofort. Herausfordernd fragte er: «Die Dame arbeitet also ebenfalls nicht, Herr Volkmann?»
Der schwieg darauf.
«Also, die Mieze Schindler könnte bezeugen, daß Sie vormittags zu Hause waren und geschlafen haben. War die Mieze in der Wohnung, oder war sie im selben Zimmer wie Sie?»

«Die war im selben Zimmer», murmelte Volkmann, «die hat auch geschlafen. Die schläft immer, wenn ich besoffen nach Hause komme. Und dann ist die ja auch müde, nicht?»
«Ah so», meinte Beckenbauer und fand seine Meinung bestätigt, «dann arbeitet die Mieze also abends, und ich denke, da werde ich mal bei der Sitte anfragen, soll die sich darum kümmern.»
Volkmann rutschte unbehaglich auf seinem Stuhl herum, wagte aber nichts zu erwidern.
«Und trotzdem, Herr Volkmann, bin ich überzeugt», sagte Beckenbauer, «daß Sie den Krug niedergeschlagen haben. Sie haben gekneipt, dann sind Sie morgens leicht beduselt aus der Kneipe gekommen, fühlten sich tapfer, sind nach Groß-Borstel gefahren, weil es dort um diese Zeit menschenleer ist, sind in den Schrebergarten eingedrungen, wurden von Krug überrascht – und da ist's geschehen. Sie wurden wütend und haben den Hammer genommen . . .»
Es gelang dem Inspektor nicht mehr, Volkmann zu schockieren. Schon während er sprach, verzog sich dessen Mund zu einem breiten Grinsen.
«Nee», sagte er, «nee, Herr Kommissar, wenn ich die Sauftour hab', dann hab' ich sie gründlich, und ich hatte die Sauftour. Da suppe ich, bis ich tot umfalle. Und da bringt mich nämlich nichts von ab. Die Mieze, Herr Kommissar, äh, Chef, die hat das früher versucht, da habe ich sie verhauen, und jetzt wartet sie eben, bis ich tot umfalle. So ist das gewesen, gestern, und dann fährt sie mich mit einem Taxi heim und schmeißt mich ins Bett.»
Während Alfons Volkmann so redete, wußte Beckenbauer bereits, daß er nicht log. Um den Schein zu wahren, fragte er kühl: «Wie hieß die Kneipe?»
«Zum Silbernen Dackel», erwiderte Volkmann prompt.
«Wir werden das nachprüfen», sagte der Inspektor, «wir werden auch Ihre Mieze dazu hören. Und die Sitte! Sie können jetzt gehen.»
Volkmann stand schwerfällig auf, aber er wandte sich nicht der Tür zu. Er blieb vor dem Schreibtisch stehen, sah Beckenbauer verlegen an.
«Was ist?» fragte der Inspektor kurz und nahm seinen Aktendeckel vor.

«Die Sitte», sagte Volkmann, «könnten Sie nicht die Sitte lassen, Chef? Die Mieze, die ist nämlich so feingefühlig, und wenn dann die Sitte kommt, und dann erfährt sie, daß ich vielleicht was gesagt habe ...»
Beckenbauer zog das Blatt des Protokolls hervor. Er ergriff die Gelegenheit. Er sagte: «Vielleicht, Herr Volkmann, wenn Ihre Mieze so ‹feingefühlig› ist ... Aber ich bin auch feingefühlig, und ich muß wissen, wer den Krug erdonnert hat. Sie können's mir nicht sagen, Sie waren ja besoffen. Aber vielleicht können Sie mir verraten, wer sich so vor zehn, fünfzehn Jahren Volkmann genannt hat und hat vielleicht gar nicht so geheißen, und auf jeden Fall ist der Staatsanwalt hinterher gewesen?»
Die niedere Stirn Volkmanns zog sich in furchige Querfalten.
«Wenn Sie da nämlich was wüßten und sagten mir das, dann könnte ich vielleicht wegen der Sitte ...» Er machte eine unbestimmte Handbewegung und lehnte sich zurück.
«Ich weiß nichts, wirklich nicht», gab Volkmann zurück, «aber wenn Sie wegen der Mieze noch warten können, dann will ich mich umhören.»
Beckenbauer nickte, es war ihm gleichgültig, ob die Sittenpolizei sofort oder später diese Mieze in ihren Schutz nehmen würde.
Alfons Volkmann verschwand rasch und sichtlich erleichtert, und als der Inspektor allein war und nach dem Hörer griff, um den Max Volkmann rufen zu lassen, dachte er: Dreiunddreißig ein Drittel Prozent sind hin, der Alfons hat wirklich nichts damit zu tun. Bleiben noch sechsundsechzig zwei Drittel Prozent Hoffnung. Na, wollen mal sehen, was unser Mäxchen zu bieten hat.

6 ‹Unser Mäxchen›, wie Max Volkmann von da an bei Beckenbauer hieß, stellte sich ihm von vornherein in ganz anderer Weise vor als sein Namensvetter.
Er war klein, schmal, beinahe zartgliederig zu nennen, trat mit einer Art schüchterner Eleganz vor den Schreibtisch, verneigte sich leicht und setzte sich auf die einladende Handbewegung Beckenbauers sofort hin, zögerte auch nicht, mit spitzen Fingern die Zigarette zu nehmen, die er, während er rauchte, in der hohlen Hand barg.

Die großen Augen, mit denen er den Inspektor erwartungsvoll ansah, waren braun und hatten den demütigen Ausdruck von Hundeaugen. Nase und Mund waren klein, die gelichteten braunen Haare lang über die kahle Stelle des Vorderschädels gezogen.

Er lächelte zaghaft und entblößte dabei winzige schadhafte Zähne.

Beckenbauer musterte ihn ruhig und schwieg und dachte bei sich: Kommen lassen. *Den* kommen lassen.

Er täuschte sich nicht. Die Zungenspitze des kleinen Mannes fuhr schlangenhaft rasch über die Oberlippe, feuchtete sie und verschwand. «Herr Inspektor», sagte unser Mäxchen, und seine Stimme war leise, «zwar ist es mir eine Ehre, Sie kennenzulernen, nur bin ich durchaus nicht im Bilde, warum Ihre Beamten mich so unsanft aus meinem Domizil entfernten.»

Sieh da, dachte Beckenbauer, belustigt, ein gebildeter Mann, und er antwortete ebenso: «Ich habe mich zu entschuldigen, wenn dies tatsächlich unsanft geschehen sein sollte.»

Unser Mäxchen verneigte sich leicht zum Zeichen, daß bereits alles vergeben und vergessen wäre.

«Wenn hingegen», fuhr Beckenbauer fort, «damit gemeint sein sollte, daß Sie *sofort* mitkommen mußten, dann entspricht das meiner Weisung.»

Unser Mäxchen schwieg jetzt. Der Inspektor sagte: «Wenn jemand mit einem Hammer erschlagen wird, so ist das eine Sache, die keinen Aufschub duldet!»

Beckenbauer wußte nicht, ob er die Reaktion des andern als Schuldbekenntnis und Schaupielerleistung oder als echte Unschuldsbeteuerung deuten sollte.

Unser Mäxchen nämlich sprang schon nach den Worten ‹Hammer erschlagen› auf, streckte beide Arme gegen den Inspektor, die Handflächen nach vorn gerichtet, und flehte: «Ich habe damit nichts zu tun, lassen Sie mich frei, ich habe so schreckliche Angst, ich kann solche Sachen doch gar nicht hören.»

Er schwieg, zog die Arme zurück, faltete die Hände kurz vor der Brust, und als Beckenbauer steinern schwieg, fragte er: «Mit den Händen hier kann man doch keinen Hammer . . .»

Das Wort schien ihm zu stocken; er legte beide Hände vor das

Gesicht und schüttelte den Kopf wie ein Pudel, der einen Floh im Ohr hat.
Der Inspektor hütete sich zu lächeln. Er ahnte, daß er von zwei großen, sanften braunen Augen durch die Ritzen zwischen den Fingern beobachtet wurde und dachte: Wenn das geschauspielert ist, dann ist es eine großartige Leistung; wenn nicht ... Aber gleich dachte er: Es *muß* geschauspielert sein. Und so sagte er: «Sie hätten zur Bühne gehen sollen, Herr Volkmann. Sie spielen ausgezeichnet Theater. Ich könnte darauf hereinfallen, wenn ich nicht wüßte, daß Sie zwar nur wegen Erpressung verurteilt sind, aber in Tateinheit mit Körperverletzung.»
Das fassungslose Kopfschütteln hörte auf.
«Tja», sagte Beckenbauer, «mit diesen kleinen Händchen haben Sie den Hals der Dame ganz schön gewürgt, nachdem Sie ihr gedroht hatten, ihre Untreue dem Herrn Gemahl anzuzeigen, und sie trotzdem ihren Schmuck nicht herausrückte.»
Unser Mäxchen ließ die Hände sinken; sein Antlitz – denn so mußte es in diesem Augenblick genannt werden – war traurig. Er lispelte und senkte verschämt die Augen: «Nicht, wie Sie denken, Herr Inspektor. Da ging es mir nicht um den Schmuck, da hat es mich überkommen.»
Er sah nicht auf.
«Ah so», sagte Beckenbauer. «Und wie hat es Sie da überkommen?»
«Ja», bestätigte Volkmann verschämt und sah nicht auf, «denn es war eine *schöne* Dame, Herr Inspektor, eine *wunder*schöne Dame.»
Er schwieg.
Er setzte hinzu: «Muß ich noch mehr sagen?»
Beckenbauer mußte lächeln. «Nein», meinte er, «verschonen Sie mich.» Und unversehens sagte er scharf: «Der Herr Krug, der war gewiß kein schöner Mann, und alt war er auch. Trotzdem haben Sie ihn mit dem Hammer niedergeschlagen!»
Jetzt gab unser Mäxchen das Schaupielern auf. Er sagte kurz: «Ich war's nicht, machen Sie mit mir, was Sie wollen! Ich kenne den Krug überhaupt nicht.»
«Und Sie hatten auch nichts über ihn gehört?» fragte Beckenbauer. «Ich stelle mir so vor ...», er lehnte sich zurück und sah an

die wasserfleckige Zimmerdecke, als ob er träumte, «Sie hatten von ihm gehört. Zum Beispiel, daß er Witwer und ein angesehener Mann war, der deshalb nicht nach Hause, sondern gelegentlich in seinen Schrebergarten weibliche Geschöpfe einlud, man hatte Ihnen das erzählt, und da dachten Sie sich: Dafür soll er blechen! Sie gingen in den Garten, erwarteten ihn, hofften, ihn möglicherweise in flagranti zu ertappen. Wenn nicht, dachten Sie, wäre das auch nicht schlimm. Sie würden auf den Busch klopfen, und dann würde die Börse schon aufgehn. Und wirklich kam der Krug, und Sie versuchten es, aber entweder stimmten Ihre Angaben nicht, oder der Herr Krug wußte für solche Fälle Bescheid und drohte Ihnen mit Anzeige wegen Erpressung. Na, Sie ließen natürlich nicht locker.» Beckenbauer blieb ernst. «Sie sind zwar klein, aber oho, nicht wahr? Doch mit Krug war nichts zu machen. Die Sache zog sich hin, es wurde immer heller. Sie mußten befürchten, andere Leute kämen hinzu, und plötzlich wußten Sie: Das wäre Rückfall, eine dicke Sache, und da bekamen Sie schreckliche Angst.»

Unser Mäxchen hatte ihm artig zugehört, ohne ihn zu unterbrechen.

Jetzt senkte Beckenbauer den Blick: «Tja, das ist alles. Oder beinahe alles. So ist es dazu gekommen.»

Er griff ein zweites Mal nach der Zigarettenschachtel, bot Max Volkmann daraus an, und der bediente sich. Dabei war er ganz ruhig.

Später sagte er: «Sie meinten, es wurde heller, Herr Inspektor?»

«Ja», erwiderte der, «denn die Tat ist gestern am frühen Morgen begangen worden.»

Nun erst machte Beckenbauer nähere Angaben. Wenn es irgend anging, verfuhr er so, um dem Angeschuldigten die innere Ruhe zu nehmen, Argumente für seine Verteidigung zu finden. Auch, meinte er, könnte ein falscher Zungenschlag so eher möglich sein und als Indiz von Wichtigkeit überraschend in die Waagschale fallen.

Unser Mäxchen nahm einen tiefen Zug. Während der Inspektor redete, hatte er ihm angesehen, daß er angestrengt nachdachte.

«Ich bin im Büro von Klierbaum Ex- und Import angestellt», sagte Volkmann jetzt ruhig. «Dort beginnt die Arbeit um acht.

Ich war eine Viertelstunde vorher da, dafür gibt es Zeugen. Wenn Sie so freundlich wären, einmal an die Karte zu kommen ...»
Er stand auf und ging zu dem riesigen Stadtplan Hamburgs, der hinter dem Inspektor an der Wand hing. Beckenbauer drehte sich dorthin um und verfolgte mit den Augen, was unser Mäxchen zeigte.
«Nehme ich den frühesten Zeitpunkt, also sechs Uhr morgens, an», erklärte unser Mäxchen, «dann hätte ich zu Fuß die Strecke bis zum Büro niemals schaffen können; überzeugen Sie sich selbst. Klierbaum liegt in der Forststraße, entgegengesetzt von Groß-Borstel.» Er deutete mit den Fingern die Straßen entlang. «Straßenbahn wäre nicht in Frage gekommen – dreimal umsteigen, das hätte ich nicht riskiert. Die Busverbindung ist ebenso miserabel. Also bliebe bloß ein Taxi. Gekommen konnte ich mit dem nicht sein, da ich ja nicht gewußt hätte, wie lange die Auseinandersetzung dauert, und hinbestellen können hätte ich mir aus dem gleichen Grunde ebenfalls keins. Wäre also nur die Möglichkeit geblieben, bis zur nächsten Taxistelle zu laufen und von dort aus zumindest bis in Büronähe zu fahren.»
Er ging zu seinem Stuhl zurück, setzte sich, zuckte die Schultern. «Sie haben meine Fotografie», sagte er, und sein kleiner Mund lächelte, «Sie können feststellen, welche Taxifahrer zur fraglichen Zeit dort waren, Sie kennen jetzt auch die Route – also, fragen Sie dort nach. Ich bin absolut sicher, daß Sie damit gar nichts erreichen. Höchstens sagen die Fahrer aus, daß ich nicht Kunde war. Meine Physiognomie ist doch unverwechselbar!»
Beckenbauer schwieg. Unser Mäxchen hatte nur ausgesprochen, was er selber gedacht hatte.
«Überdies», ergänzte Max Volkmann und tippte zierlich das Aschestäbchen ab, «wäre ich nie auf den Gedanken gekommen, Herrn Krug in seinem Garten zu stellen, hätte ich jene Absicht gehabt. Ich wäre in seine Wohnung gegangen, und zwar abends. Er war alleinstehend, und dort wäre man vor Zeugen auf jeden Fall sicherer gewesen. Und hätte er Besuch gehabt, so wäre ich eben wieder abgeschwirrt.»
«Nun», sagte Beckenbauer, leicht ermüdet, «dann schwirren Sie ab, Herr Volkmann.»
Max Volkmann erhob sich, er verneigte sich graziös. Er lächelte.

Der Inspektor hatte den Eindruck: Hätte er jetzt ein Stöckchen mit Silberkrücke gehabt, er würde es gewirbelt haben.
Als der kleine Mann bereits an der Tür war, rief ihn der Inspektor zurück. Er fragte: «Übrigens, Herr Volkmann, welches war eigentlich der Grund, daß Sie sich vor ein paar Jahren einen anderen Namen gegeben haben?»
Unser Mäxchen hörte auf, den imaginären Stock zu wirbeln. Er beugte sich vor und flüsterte: «Herr Inspektor, damals, in der Erpressungssache, da habe ich mich zunächst Mannenherz genannt. Ich wollte mir Mut machen, wenn Sie das verstehen; als ich aber bemerkte, daß der Dame angst und bange wurde, na, da habe ich mich sofort wieder Volkmann genannt.»
«Das wollte ich nur wissen», sagte Beckenbauer, erstaunt darüber, daß sein ins Blaue abgegebener Schuß einen Vogel heruntergeholt hatte, wenn der auch nur eine Ente war. «Das wäre wirklich alles. Und die Sache mit dem Taxi, die werde ich überprüfen.»
Als Max Volkmann die Tür hinter sich geschlossen hatte, war sich der Inspektor längst darüber klar, daß die Umtaufe in Mannenherz nichts mit dem Aktenblatt zu tun hatte, das er so sorgfältig verwahrte. Das ging nicht nur aus den paar Zeilen Text hervor, sondern auch daraus, daß die Erpressung noch nicht so lange zurücklag.
Er massierte unzufrieden sein Kinn. So vielversprechend sein Renkontre mit dieser Frau Grüneiche gewesen war, so wenig hatte es bis jetzt eingebracht.
Sechsundsechzig zwei Drittel Prozent im Eimer, dachte er bedauernd, bleibt ein ganzes Drittel Hoffnung übrig. Na, dann wollen wir mal sehen.
Er stieß sich mit einem Ruck vom Stuhle hoch, verschloß Schreibtisch und Zimmertür und trabte die Treppen des Präsidiums hinunter, um sich auf die Suche nach Udo Volkmann, dem Gefangenenbefreier, zu begeben.
Und es war ihm so, als röche er eine heiße Spur.

3. Kapitel

1 Beckenbauer war seit mehr als zwei Jahren glücklich verheiratet. Er liebte seine Frau und war davon überzeugt, daß sie das reizendste und klügste Geschöpf der Welt wäre. Es verblüffte ihn deshalb besonders, daß jene junge Dame, die ihm die Wohnungstür Udo Volkmanns öffnete auf ihn beinahe ebenso anziehend und charmant wirkte.

Er wies sich aus.

Sie war nicht erschrocken, sondern führte ihn ohne viel Worte in ein Wohnzimmer, dessen Ausstattung nun allerdings eine seltsame Mischung von schweren, protzig verzierten Möbeln und allerlei kunstgewerblichem Krimskrams an Vasen, Gipsschnitten, Leuchten und in ihren Zwecken nicht eindeutig bestimmbaren glänzenden Messingschalen war.

Beckenbauer konnte sich zunächst nicht erklären, was diese junge Dame bei dem Ganoven Udo Volkmann zu suchen hatte, und er war sehr überrascht, als sich herausstellte, daß sie seine Ehefrau war. Mit ihrer angenehmen Altstimme fragte sie ihn ruhig nach seinem Anliegen.

«Ich hatte gehofft», erwiderte er, «Ihren Mann anzutreffen. Es handelt sich lediglich um eine Auskunft.»

Sie hatte Spott in den Augen. «Immer wieder erscheint jemand», sagte sie, «der eine Auskunft will. Aber, glauben Sie mir, mein Mann hat keine Auskunft zu geben. Seit wir verheiratet sind, geht er seiner Arbeit nach und kümmert sich um sonst nichts. Ich weiß», setzte sie hinzu, und der Inspektor wunderte sich über ihre Ausdrucksweise, «daß Kriminalisten das unverständlich ist; aber er liebt mich.»

«Hm», machte Beckenbauer, «um so angenehmer. Wann kommt er von der Arbeit nach Hause?»
«Er ist Vertreter», sagte sie sorglos. «Er ist ständig mit dem Wagen unterwegs, um die Kunden zu besuchen.»
Beckenbauer hatte sie während des Gesprächs unauffällig gemustert. Sie benahm sich absichtlich zurückhaltend, und weder das helle Haar, das sie hochfrisiert trug, noch die für seinen Geschmack etwas zu kräftige Gestalt noch das eher rundliche Gesicht mit den kühlen grauen Augen gehörten zu seinem Typ – ihn verlockten weit mehr kleinere, lebhafte Frauen, die keck zu reden wußten, die möglichst auch noch das Haar knabenhaft kurz geschnitten trugen. Und dunkel mußten sie sein. Nein, es war der Mund, ein ziemlich breiter Mund mit vollen Lippen, die leicht rissig waren und mit dem Lippenstift nur eben angefärbt, ein Mund, mokant und leidenschaftlich zugleich, der ihn anzog.
Die Pause, die er hatte entstehen lassen, war zu groß. Er bemerkte es erschrocken und sagte hastig: «Was vertritt er denn?»
Er ärgerte sich über diese Frage, denn die Antwort darauf konnte ihm gleichgültig sein, und an der Art, wie sie die Brauen hochzog, merkte er, daß ihr das aufgefallen war.
Und nun lächelte sie auch noch spöttisch, als sie erwiderte: «Chemikalien. Für einen Grossisten.»
Das war einsilbig.
Sein Verdacht und seine Hoffnung, eine Spur gefunden zu haben, schwanden. Das war keine Spur, die brannte. Dieser Udo Volkmann war zu einem braven Bürger geworden, alle Anzeichen deuteten darauf hin. Beckenbauer hätte sich darüber freuen müssen. Indessen war er enttäuscht, und er wußte nicht recht: War er es, weil die Hoffnung schwand, das Verbrechen klären zu können, oder weil er keinen Vorwand haben würde, dieser Frau wieder zu begegnen. Und darüber, daß er so etwas überhaupt dachte, ärgerte er sich wieder.
Nur um die Zeit zu füllen, fragte er: «Welche Gebiete bereist er?»
«Die ganze Bundesrepublik», antwortete sie sofort.
«Aha», machte er, «und jetzt, im Augenblick, meine ich?»
Sie hob die Schultern. «Er arbeitet nach keinem festen Reiseplan», erwiderte sie, «das ist ein Nachteil. Die Benzinkosten, die entstehen, sind zu hoch. Ich habe ihm das oft gesagt. Aber er läßt

sich da nicht beirren. Er meint, er müsse dem plötzlichen Einfall vertrauen. Vielleicht hat er recht, denn er bringt ja gute Aufträge nach Hause.»

«Sie sind viel allein», sagte Beckenbauer.

Darauf erwiderte sie überhaupt nichts, sie verzog nicht einmal die Lippen, und er verfluchte seine Plumpheit.

Schweigen trat ein, und endlich meinte sie abschließend: «Soll ich meinem Mann etwas ausrichten?»

«Nicht nötig», murmelte er, während er aufstand, «ich denke, die Sache hat sich erledigt.» Und er hatte auch wirklich dieses Gefühl.

An der Entreetür kam ihm plötzlich ein Einfall. Er drehte sich noch einmal um und fragte: «Übrigens, wann ist Ihr Mann diese Woche weggefahren?»

«Gestern früh», sagte sie arglos.

Er war hellwach. «Ach», meinte er, «um welche Zeit?»

Jetzt bemerkte er, daß sich ihre Lider verengten. Sie sagte: «Gegen fünf, halb sechs morgens.»

Es durchzuckte ihn: Das stimmt ja!

Sie merkte sein Zögern und setzte hinzu: «Ich habe ihm noch vom Fenster aus nachgewinkt. Wir haben nur eine Laternengarage.»

«Wer hat mehr?» versuchte er, dem Gespräch einen harmlosen Anstrich zu geben. «Ich auch nicht.» Und nun glaubte er, seine Überfalltaktik anwenden zu müssen. «Nur noch *eine* Frage: Seit wann kennt eigentlich Ihr Mann den Herrn Krug?»

Sie stand im Türrahmen und hatte die linke Hand leicht daran gestützt.

«Krug? Nie gehört. Bei uns ist der jedenfalls nie gewesen.»

Diese linke Hand fiel Beckenbauer auf.

«Er könnte einer der Kunden Ihres Mannes sein», schlug er vor. Und sah diese außergewöhnlich schmale Hand mit den langen Fingern, deren ovale Nägel auf das sorgfältigste gepflegt und lakkiert waren.

«Die Kunden gehen mich nichts an», erwiderte sie abschließend. Das Gespräch langweilte sie jetzt.

Der Inspektor jedoch versuchte es zu verlängern. «Na schön. Aber spricht Ihr Mann nicht gelegentlich über seine Geschäfte mit Ihnen? Sie wissen doch über seine Einkünfte ganz gut Be-

scheid, scheint mir. Und er hat Ihnen sicher auch erzählt, womit er in der Vergangenheit sein Geld verdient hat.»
Ihre Finger krümmten sich, aus der ausgestreckten, schönen schlanken Hand wurde eine lässige Faust, und gleich darauf sank sie vom Türrahmen herunter und griff rückwärts nach der Klinke.
«Mich interessiert das nicht», sagte die Frau jetzt mit merkbarer Schärfe.
«Schon gut, schon gut», meinte der Inspektor, grüßte und lief schnell treppab.
Er hörte, wie hinter ihm die Tür leise geschlossen wurde. Er hatte wieder das Empfinden, als brenne die Spur. Er ging eilig zu seinem VW, gab übermäßig Gas, so daß der Motor kurz aufheulte.
Ich muß Christ sprechen, dachte er, der weiß in jenen Akten Bescheid. Und er hoffte, daß Oberinspektor Christ erreichbar wäre; denn es war immerhin möglich, daß Udo Volkmanns Frau ihre Hand absichtlich vom Türrahmen zurückgezogen hatte, weil sie seinen Blick bemerkt hatte, es war also nicht ausgeschlossen, daß eine Aktion Christs erfolglos blieb, handelte er nicht schnell.

2 Joachim Christ, nicht mit der Aufklärung von Morden, sondern von Eigentumsdelikten beschäftigt, war in vielem das Gegenteil von Beckenbauer. Die jahrelange Freundschaft, die sie verband, beruhte nicht nur auf der gleichen Leidenschaft für ihren Beruf, sondern vor allem auf der Verläßlichkeit, mit der jeder auf die Unterstützung durch den andern rechnen konnte.
Während Beckenbauer verzweifelt nach ihm herumtelefonierte, stand Christs Gestalt vor seinem geistigen Auge: schlank, beinahe schmal, hochgewachsen, blauäugig, stets freundlich und lächelnd, nie aus dem Gleichgewicht zu bringen – und selbstverständlich Junggeselle. Seine Erfolge bei Frauen waren Beckenbauer klar; auf einen solchen Jung-Siegfried-Typ, an dem nicht einmal er eine verwundbare Stelle wußte, mußten die Mädchen ja fliegen.
Schließlich erwischte der Inspektor seinen Freund in der Kantine, und erlöst rief er in den Hörer: «Achim, ich brauche dich, und

zwar mit den Akten des Einbruchs bei Juwelier Garniel, vor drei, vier Jahren etwa. Du erinnerst dich? Gut!»
Christ trompetete fröhlich zurück: «Sofort, alter Junge!» Beckenbauer legte auf und lehnte sich zurück. Christs frische Stimme munterte ihn mehr auf als eine Flasche Coca-Cola.
Tatsächlich schmiß ihm Christ kurz darauf die verstaubte Akte auf den Tisch und lümmelte sich in den Stuhl.
Beckenbauer konnte sich nicht enthalten, den abgetakelten Witz zu machen: «Merci, sagte der Graf, denn er sprach fließend französisch . . .»
Und schon blätterte er hastig in den Papieren und stockte bei einer Fotografie von Schmuckstücken.
Während er sie genau betrachtete, stopfte sich Christ eine kurze Pfeife mit Lincoln und rauchte behaglich, ohne etwas zu fragen.
«Da!» sagte Beckenbauer aufgeregt. «Das ist er!» Er drehte die Akte zu Christ hin und deutete mit dem Finger auf die Abbildung eines Ringes.
Christ hob eine Braue, musterte ihn, nuckelte an der Pfeife und schwieg.
«Ich hab' ihn genau erkannt, ich habe ihn eingehend angesehen, und ich hatte ihn ungefähr so in Erinnerung. Als damals die Abbildung in die Presse kam, war er mir aufgefallen wegen dieser eigenartig mit sich selbst verflochtenen Schlange, die den Ring bildet und die sich dann selbst mit zwei Köpfen entgegenzüngelt, winzige Rubine als Augen. Eine phantasievolle Arbeit.» Inspektor Beckenbauer hielt inne und dachte nach. «Ich habe damals lange gegrübelt, was das eigentlich bedeuten sollte, und ich bin nie dahintergekommen.»
Christ zog das linke Bein auf das Knie des Rechten, umfaßte den Knöchel mit der einen Hand und deutete mit dem Pfeifenstiel auf Beckenbauer. «Und wenn du mir jetzt noch verrätst, wer diesen Ring trägt, dann kriegst du einen Groschen, denn du hast dich um die Gerechtigkeit verdient gemacht.»
Beckenbauer betrachtete nochmals das Foto.
Endlich sagte er halblaut: «Die doppelköpfige Schlange. Genau das ist's. Dieser Udo Volkmann weiß über seine Frau Bescheid.»
Das ruhige Gesicht mit dem verräterischen Mund war vor ihm aufgetaucht.

«Kommst du mit?» fragte Christ, nachdem ihm der Inspektor den Hergang erzählt hatte.
«Wohin?» fragte Beckenbauer.
«Haussuchung!» sagte lakonisch der Lange.
«Du hast keinen Durchsuchungsbefehl.»
«Habe ich bis dahin.» Christ stand vor dem Schreibtisch. Beckenbauer zögerte. «Lieber nicht», entschloß er sich, «falls das ein Schlag ins Wasser wird. Wenn sie Lunte gerochen hat . . . Ich wäre dann auch *meine* Fährte los.»
Schon stelzte Christ mit langen Schritten davon. Der Inspektor hoffte, Christ würde zurückkehren und gute Beute heimbringen, bevor Kriminalrat Adam von sich hören ließ; er würde sie ihm apportieren können wie ein wohlerzogener Jagdhund. Ohne Beute jedoch vor dem Kriminalrat zu stehen, bedeutete, daß er die Hoffnung auf eine vorzeitige Beförderung aufgeben konnte.
Beckenbauer war, auch wenn er es nach außen nicht zeigte, ehrgeizig; er hatte nur wenig Glück.

3 Dieses Mal hatte Inspektor Beckenbauer keinen Aktendeckel unter den Arm geklemmt, als er dem Zimmer Kriminalrat Adams zustrebte. Heut hab' ich kein Glück, dachte er erbittert, kaum ist Christ zehn Minuten weg, läßt der mich rufen. Und er grübelte darüber nach, wie er dem Kommissar das magere Ergebnis seiner Ermittlungen doch noch schmackhaft machen könnte.
Die Atmosphäre bei Adam war jedoch von Anfang an frostig.
Noch während der Inspektor den Lagebericht gab, sprang der Kriminalrat auf und wanderte hin und her, schien kaum zuzuhören. Tatsächlich beschäftigte er sich mit der neuesten Nachricht, die ihm vertraulich mitgeteilt worden war: Schmidt-Schnauze wolle sich keinesfalls mit einem zweiten Platz an der Sonne begnügen, und sein erster Platz, der Posten des Verteidigungsministers, sei dadurch blockiert, daß die CDU ihren lispelnden Außenminister nicht preisgeben wolle.
Alles das wußte Beckenbauer natürlich nicht, aber er spürte die schlechte Laune seines Chefs. Als er geendet hatte, blieb der stehen, wandte sich auf dem Absatz zu ihm um und fragte: «Das

nennen Sie eine heiße Fährte? Ich möchte wissen, was Sie dann eine kalte nennen, Herr Beckenbauer!»
Der Inspektor schwieg; das «Herr» vor seinem Namen war ihm Warnung genug; Adam begnügte sich bei guter Laune mit dem Familiennamen; diese Art patriarchalischen Wohlwollens war seiner militärischen Vergangenheit angemessen.
Der Kriminalrat setzte sich und starrte ihn stumm an. Er sagte: «Ob der nun den Ring geklaut hat oder nicht, ob er ihn gehehlt hat oder nicht, das ist für uns doch ganz und gar belanglos. Daß der Volkmann kein unbeschriebenes Blatt ist, das wissen wir längst. Aber was der gemacht hat, gehört nicht in unser Dezernat.» Seine Stimme wurde sarkastisch. «Ist ja nett von Ihnen, daß Sie Ihrem Freund Christ eine Ermittlung abnehmen wollen, aber mir wäre es lieber, Sie fänden unsern Mörder. Mein Gott, Herr Beckenbauer», Adam mischte viel Mitleid in den Ton seiner Stimme, «nun überlegen Sie doch einmal: Jener Einbruch fand vor vier Jahren statt – unser Mord gestern. Wenn Sie kein anderes Indiz haben als einen wahrscheinlich gestohlenen Ring, dann ist das doch wahrhaftig zuwenig, um darüber zu reden.»
In diesem Augenblick läutete das Telefon, Adam griff nach dem Hörer; seine Miene verdüsterte sich noch mehr.
«Eine Minute», sagte er in die Muschel, «er möchte sich eine Minute gedulden. Ich bin gleich für ihn frei.» Während er langsam den Hörer auf die Gabel zurücklegte, sah er gedankenvoll zum Fenster hinaus. Dann blickte er ebenso ruhig den Inspektor an und sagte: «*Ein* Unglück kommt selten allein.»
Beckenbauer schwieg.
Erst nach einer Pause erklärte der Kriminalrat und seufzte fast unhörbar dabei: «Der Journalist Grob. Der hat mir noch gefehlt. Einer von den scharfen! Und verfügt über Protektion. Ich hab' da ein dummes Gefühl. In der letzten Zeit hat uns die BILD-Zeitung permanent angegriffen, weil wir die Serie der Kleingarteneinbrüche nicht aufklären konnten. Na, das ging mein Dezernat wenig an.» Er blickte eine Sekunde vor sich hin und tröstete sich dann: «Wer nimmt schon dieses Blatt ernst. Und Grob schreibt nicht für BILD, wie ich weiß.»
Er erhob sich, und der Inspektor verließ den Raum. Er sah noch, wie Adam auf die Taste des Summers drückte.

Im Vorzimmer erspähte Beckenbauer den Journalisten aus den Augenwinkeln. Grob saß ruhig an dem runden Tisch, der für Besucher bestimmt war, und rauchte eine Zigarette. Die Unruhe, die Adam bei der Ankündigung Grobs befallen hatte, verstand Beckenbauer nun überhaupt nicht mehr. Der Mann sah doch ganz gemütlich aus.

4 Als Peter Grob eintrat, stand der Kriminalrat bereits neben seinem Schreibtisch, ging ihm zwei Schritte entgegen und schüttelte ihm die Hand. Dann wies er auf einen Sessel.
«Der Hunger der Presse nach Informationen», versuchte er zu scherzen, «ich weiß, ich weiß. Nun, welchen Kummer haben Sie heute, Herr Grob?»
Aus seinem Etui bot er ihm eine Zigarette an.
Grob nahm, rauchte, antwortete aber nicht gleich, sondern schien zu grübeln. Der Kriminalrat betrachtete den Fünfzigjährigen genau.
Das sah man ihm an, daß er weltgewandt war. Der zwang sich zu nichts, der beherrschte sich, das war einer, der seine Taktik zielbewußt festlegte. Zustatten kam ihm seine sanftmütige Miene, der vertrauenerweckende Ausdruck der Augen, das immer noch blonde, zurückgekämmte Haar. Leicht zu erkennen war der erstklassige Schneider, die geschmackvoll abgestimmte, unauffällige Kleidung überhaupt. Und ein Mann mit dem Riecher für Karriere! Adam fühlte seine Hochachtung wachsen.
Wer hatte vor zehn Jahren von ihm gehört? Niemand. Dann tauchten erste Berichte über Großbritannien in der Frankfurter Allgemeinen auf, schließlich tauchte er selbst auf, Peter Grob, der Mann mit dem verständnisvollen, gewinnenden, entgegenkommenden Lächeln – und schon saß er im Fernsehen, in den Illustrierten, und die Crew kannte ihn.
«Wissen Sie», sagte Grob endlich, «meine Berichterstattung wird häufig falsch eingeschätzt. Man sagt mir nach, ich suchte ausgefallene Informationen, ich wollte Sensation machen.»
Adam schüttelte heftig den Kopf, um anzudeuten, daß er keineswegs und niemals dieser Ansicht gewesen war.
Aber Grob kümmerte sich darum nicht, sondern fuhr unbeirrt

fort: «Merkwürdig ist, daß niemand das dachte, solange ich Korrespondent für Großbritannien war. Doch das ist eben der Bonner Zuschnitt, den die Bundesrepublik immer noch hat. Von Australien her wirkt sie einfach provinziell. Was man für England oder Frankreich gelten läßt, das will man hierzulande immer noch nicht gültig haben. Lassen wir das», sagte er. «Ich freue mich, daß Sie nicht die Ansicht über meine Arbeitsmethode teilen.» Er wurde ernst. «Tatsächlich suche ich nur genaue Daten, Details – das gibt Atmosphäre. Und das ist es auch, worum ich Sie bitten möchte.»

«Wenn das alles ist . . .», sagte Adam und rieb die Hände umeinander. Er wunderte sich im stillen, warum Grob dann zu *ihm* kam und nicht zum Statistischen Landesamt ging oder zu irgendeinem Polizeiposten.

«Sehr schön», sagte Grob befriedigt und zückte nicht, wie es üblich war, ein Notizbuch.

Adam bemerkte es erleichtert.

«Es ist bekannt», erläuterte Peter Grob und blickte wie unbeteiligt durch den Raum, «daß Ihr hoher Chef, Herr Schmidt, ein engagierter und enragierter und . . .» – wie ein Blitz huschte ein Lächeln über seine Züge und verschwand – «couragierter SPD-Mann ist.»

Der Kriminalrat verhielt sich, auch innerlich, ganz still. Grob sah ihn plötzlich an und richtete sich etwas auf. «Wie», fragte er, «wirkt sich das auf die Personalpolitik in der Hamburger Polizei, in diesem Falle des Morddezernats, aus?»

Auf diese Art war Adam nicht zu überrumpeln. Er antwortete ruhig: «Überhaupt nicht, Herr Grob.»

«Aber», warf der sofort ein, «niemand kann über seinen Schatten springen, auch Herr Schmidt nicht. Unwillkürlich, so möchte ich meinen, müssen seine Ansichten bei der Auswahl der Beamten, die ihm unterstehen, eine Rolle spielen.»

«Nein», erwiderte Adam fest und wußte, daß ihm nur unerbittliches Leugnen helfen konnte, «Sie irren. Der Herr Innensenator hat nichts mit der Auswahl seiner Beamten zu tun, das gehört nicht zu seinen Obliegenheiten. Dazu ist das Personalbüro da.»

«Natürlich», stimmte ihm der Journalist zu, «nur, wird man seine Winke dort wohl beachten?»

«Da müssen Sie, Herr Grob, im Personalbüro fragen», sagte der Kriminalrat, jetzt absichtlich distanziert, «das geht mich nichts an. Allerdings, wenn Sie wirklich meine Meinung wissen wollen: Ich bezweifle das. Der Herr Innensenator hat ganz sicher andere Sorgen.»
Nun lächelte Grob wieder, jedoch so, als wollte er den vor ihm Sitzenden ein wenig verspotten. «Das will ich glauben», sagte er, «in Bonn steht für ihn viel auf dem Spiel.» Er wurde sofort wieder ernst. «Um so mehr müssen wir uns hier im Lande Hamburg bewußt sein, daß er immer noch für uns zuständig ist. Hamburg kann es sich nicht leisten, seine Polizei zu vernachlässigen, gerade Hamburg nicht.»
«Ich teile Ihre Ansicht», pflichtete ihm Adam bei und versuchte, seine Antworten so einzurichten, daß sie wie eine Gummiwand wirkten, an der die Fragen abprallten, ohne Schaden anzurichten. Im übrigen fühlte er sich erleichtert; es schien, als hätte er sich getäuscht, als wäre gar kein Stoß gegen *ihn* geplant, sondern irgendwohin. Plötzlich spürte er dringend das Bedürfnis, den lästigen Frager loszuwerden, der ihm, wie er meinte, nur seine Zeit stahl.
Er ging ans Fenster und öffnete es. Von unten drang der Lärm der Straße herein.
Peter Grob sagte etwas, aber der Kriminalrat verstand ihn nicht. Er lehnte immer noch am Fenster.
«Ich meinte», hob Grob die Stimme höflich, «es wäre besser, das Fenster zu schließen, damit wir einander richtig verstehen!»
Da war Adams Erleichterung weg: Hatte sich das drohend angehört, oder hatte er sich getäuscht?
Jedenfalls schloß er das Fenster.
«Wieviel SPD-Mitglieder haben Sie in Ihrem Dezernat?» fragte Grob. Jetzt zückte er zum ersten Male sein Notizbuch.
Der Kriminalrat versuchte es mit einer Art Vertraulichkeit. Er setzte sich und erklärte mit einem Augurenlächeln: «Aber schaun Sie, die Frage ist an eine falsche Adresse gerichtet. Außerdem wissen Sie doch genausogut wie ich, daß wir eine Art von stillschweigendem Proporz haben, das gilt für die Stadtverwaltung ebenso wie für Rundfunk oder Fernsehen. Ist der Abteilungsleiter Mitglied der SPD, dann ist sein Stellvertreter Mitglied der CDU und

umgekehrt. Ich könnte mir unschwer vorstellen», schloß er nachdenklich, «daß es bei der Polizei ähnlich ist.»
«Mir gefällt der stillschweigende Proporz nicht», sagte Grob überraschend kalt und abweisend. «Ich will weder einen stillschweigenden noch einen offiziellen. Außerdem stimmt Ihre Angabe nicht, Herr Kriminalrat. Ich bin darüber orientiert, daß Ihr beurlaubter Amtsvorgänger Mitglied der SPD ist, und Sie sind es auch.»
«Ich fürchte», griff Adam an, «daß Sie mit diesem Fragespiel die Arbeit der Polizei erschweren und nicht erleichtern.»
«Es ist bekannt», fuhr Grob unbeirrbar fort, «daß die SPD von Geburt an eine Schwäche für die geistig, seelisch, physisch Anormalen hat, eine Art falsches Mitleid, und ich befürchte, daß dieses falsche Mitleid die Leitung des Morddezernats an durchgreifenden, aufräumenden Maßnahmen hindert.»
Jetzt empörte sich der Kriminalrat aufrichtig. «Das ist eine Unterstellung!» sagte er schneidend. «Und wenn nicht Sie neben mir säßen, Herr Grob, würde ich sogar sagen: eine Verleumdung!»
Überraschend lächelte Grob mild. Er blickte Adam freundlich an und fragte: «Würden Sie diese Tonart auch dann noch anschlagen, wenn ich bemerke, daß im laufenden Jahr siebenunddreißig Prozent aller Kapitalverbrechen im Lande Hamburg geklärt werden konnten und dreiundsechzig Prozent unaufgeklärt blieben?» Jetzt hob er die Stimme: «Die Verbrecher dieser dreiundsechzig Prozent laufen frei herum und bedrohen unsere Bürger, und dies nur, weil da irgendwo gemauschelt wird, Herr Kriminalrat.»
«Ich verbitte mir . . .», begann Adam wieder und fühlte sich unsagbar elend dabei.
Grob unterbrach ihn kurz. «Lassen wir das.» Seine Stimme wurde monoton. «Ich fürchte, wir werden in diesem Punkt zu keiner Einigung gelangen. Deshalb will ich Sie lediglich um Informationen über unaufgeklärte Fälle bitten. Die Presse hat bereits mehrfach auf die rätselhaften Einbrüche in Schrebergärten hingewiesen.»
«Die BILD-Zeitung», betonte der Kommissar herablassend.
«Die Presse», wiederholte Grob ungerührt.
«Außerdem fallen Einbrüche nicht in mein Dezernat», rief Adam aus.

«Und wenn dabei ein Mord geschieht?» bohrte Grob und fuhr betont sachlich fort: «Da hätten wir beispielsweise den Fall Alfons Krug. Wie weit ist Ihr Dezernat bei der Aufklärung dieses Falles gelangt?»
Während der Kriminalrat redete, versuchte er, sich die Darlegungen Beckenbauers mit allen Details ins Gedächtnis zu rufen, und obwohl er noch wenige Minuten vorher diese Details als belanglose Bagatellen abgetan hatte, bemühte er sich jetzt, ihnen Bedeutung und Gewicht zu geben. Jedes geringe Zeichen, auch jener ominöse Ring, wurde zum Symbol dafür, wie geschickt, verschlagen, unerbittlich und konsequent das Morddezernat an die Aufdeckung eines Falles heranging, wie es auch in scheinbar aussichtslosen Positionen den Mörder unvermutet mit Fallen umgab, wie es die moderne Technik in den Dienst der Aufklärungen stellte, wie reibungslos und sachlich die verschiedenen Abteilungen zusammenarbeiteten, kurz, wie da ein vollkommenes Räderwerk funktionierte. Doch während er sprach und sprach, hatte er das verteufelte Gefühl, daß es dem Journalisten Peter Grob gar nicht darauf ankam, daß seine Fragen nur Vorwand gewesen waren, daß er zwar einen Schuß abgegeben hatte, aber einen Schuß aus einer Pistole mit einem Schalldämpfer, und daß diese Pistole gar nicht auf seine Brust gerichtet war, sondern irgendwo andershin – wo, darüber grübelte er nach, während er sprach und sprach, doch es wollte ihm nicht einfallen.
Der Journalist hörte sich dies alles mit unbewegtem Gesicht an; er machte keine Notizen, er hatte sein Büchlein auf den Schoß sinken lassen. Kriminalrat Adam gewahrte das dann und wann mit Seitenblicken, von denen er glaubte, sie wären unauffällig, und während er automatisch weiterredete, drängte sich ihm der Gedanke auf, daß es Leute gab, die sich die Empörung der Taxifahrer zunutze machten, um die Todesstrafe wieder durchzudrücken, daß es jenen Leuten aber gar nicht um die Taximorde ging, sondern eben um den Tod, mit dem man zu gegebener Stunde abermals jenen reinen Tisch machen könnte, wie er schon einmal zwölf Jahre lang gemacht worden war.
Alfons Krug – das war für den Journalisten zweifellos nur der Nagel, an dem etwas aufgehängt werden sollte, möglicherweise zunächst ein Inspektor namens Beckenbauer oder ein Kriminal-

rat Adam, vielleicht dann einer, den sie Schmidt-Schnauze nannten, endlich aber etwas, das man Demokratie oder Grundgesetz oder wie immer nennen mochte, um dann eine Pistole ohne Schalldämpfer auf ein ganz bestimmtes Ziel richten zu können.
Er endete, der Kriminalrat Adam, er war fertig, Schweißperlen standen ihm auf der Stirn.
Peter Grob verabschiedete sich freundlich von ihm, und wie ihm Adam von der Tür her aus nachsah, hielt er sich selbst für einen Narren, sich solche Gedanken zu machen.
Trotzdem wünschte er sehr, daß die Spur Udo Volkmann tatsächlich, wie Beckenbauer behauptet hatte, eine heiße Spur wäre; aber er glaubte es nicht.

5 Zu dieser Zeit saß Beckenbauer im Zimmer seines Freundes Joachim Christ.
Als er von Adam zurückgekehrt war, hatte sein Telefon geschrillt, und dann hatte Christ gerufen: «Mensch, Beckenbauer, pennst du denn? Komm ’rüber!»
Aufgeregt hatte der Inspektor gefragt: «Na, was ist? Stimmt meine Vermutung?»
Lakonisch hatte Christ geantwortet: «Komm ’rüber!»
Und nun saß er Christ gegenüber. Zwischen ihnen lag die aufgeschlagene Akte, und neben der vergrößerten Fotografie des Ringes lag der Ring selbst – die Schlange mit dem doppelten Kopf, die sich mit zwei Zungen entgegenzüngelte.
Erleichtert blickte Beckenbauer auf. «Stimmt», sagte er, «das ist er!»
«Und?» fragte Christ düster. «Die Dame behauptet, ihn vor drei oder vier Jahren von einem Freund geschenkt erhalten zu haben.»
«Der Freund war Udo Volkmann», erwiderte Beckenbauer heiter.
«Die Dame sagt nein», erläuterte Christ.
Sie schwiegen.
Beckenbauer suchte verzweifelt nach einem Ausweg. «Dann ist sie jedenfalls der Hehlerei schuldig. Der Ring, gerade dieser Ring, war in der Presse abgebildet. Soweit ich mich erinnere,

wurde er auch im Fernsehen gezeigt. Sie muß ihn gekannt haben.»
«Die Dame sagt nein», meinte Christ wiederum. «Wie sollen wir das widerlegen?»
«Und sonst habt ihr nichts gefunden?» fragte der Inspektor.
«Dann läge es vor dir, mein Lieber», antwortete Christ spöttisch, «wir haben die Wohnung um und um gedreht, keine Spur, kein Stäubchen von einer Spur. Dieser Udo Volkmann ist zu klug oder zu gerissen, um die Sore aufzubewahren, der hat sie längst eingeschmolzen und verscherbelt, wenn er es überhaupt war. Der Ring ist das einzige Zeichen einer Schwäche, die er damals schon für diese Frau gehabt hat – verständlicherweise übrigens, oder? – Aber», meinte er weiter, «es ist genauso glaubhaft, daß ihr irgendein anderer den Ring schenkte.» Er zuckte die Schultern. «Ich halte sie für eine Frau, die sich möglichst teuer verkauft, und unter verkaufen versteht sie Heirat. Ich bin sicher, daß sie es vor dem Volkmann zwei, drei Etagen höher versucht hat. Warum sollte sie also den Ring nicht geschenkt bekommen haben? Und daß sie sich heute nicht mehr an den noblen Spender erinnert – na, ich würde es ihr freilich nicht sagen, aber für glaubwürdig halte ich das durchaus. Das war ein Geschäft auf Kalkül, nicht aus Leidenschaft, und alte, beglichene Rechnungen vergißt man.»
Beckenbauer wußte dem nichts entgegenzusetzen. «Wozu sollte ich dann überhaupt zu dir kommen?» fragte er und setzte ungerecht und zornig hinzu: «Ich muß meinen Täter suchen!»
Christ sah ihn an. «Wenn der Ring wirklich nicht von Volkmann stammt», sagte er, «dann heißt das doch nur, daß er am Einbruch oder der folgenden Hehlerei nicht beteiligt war. Stammt er aber von ihm, dann beweist das lediglich, daß er vor vier Jahren tätig war, nicht aber heute und schon gar nicht in der Sache Alfons Krug. Und würde er jetzt einbrechen, hehlen, stehlen – wer will behaupten, daß er einen alten Mann erschlagen hat?»
Der Inspektor mußte zugeben, das war schlüssig. Daran war nichts zu deuteln. In der ersten Sekunde wußte er nichts zu erwidern, dann fiel ihm ein: «Du vergißt das Papier.»
«Ah!» sagte Christ und strahlte plötzlich. «Das Papier, ja, ich habe es nicht vergessen. Und da es den Namen Volkmann trägt, müssen wir uns mit Udo beschäftigen, und da wir das nicht kön-

nen, wollen wir es mit seiner Frau tun. Ein bißchen länger, als ich bisher Gelegenheit hatte, und von einer andern Seite. Gegen meine Fragen ist sie abgestumpft. Versuche du dein Glück.»

Beckenbauer rieb seine Wange. Fast hatte er den Eindruck, gegängelt zu werden, es war ihm unbequem; aber als er aufhörte, seine Wange zu reiben, da war ihm klar, daß es ihn einfach störte, gerade dieser Frau, die ihn beeindruckt hatte, inquisitorisch gegenüberzusitzen.

Christ schüttelte den Kopf. «Na, nicht so», meinte er und zeigte damit, daß er den Freund gut kannte. «Zunächst werde *ich* sie fragen. Du kannst dich dort in die Ecke setzen, da ist es dunkel. Vielleicht bemerkt sie dich nicht.»

Beckenbauer befolgte unter dem versteckten Lächeln Christs den Rat und setzte sich auf den Holzstuhl unmittelbar neben einem Aktenschrank an der Wand, während Christ ins Telefon rief: «Frau Carmen Volkmann zur Vernehmung, bitte.»

6 Kriminalrat Adam juckte es in den Fingern, wieder nach dem Hörer zu greifen, um Beckenbauer zu sich zu beordern, nochmals selbst alle Details zu prüfen, vielleicht einen neuen Plan auszuarbeiten, möglicherweise eine umfangreiche Kommission zusammenzustellen und die Leitung einem andern zu übertragen.

Er war sicher, daß dieser Grob den Fall aufgreifen würde, und Adam wollte gewappnet sein.

Für das Dezernat war dieser Fall einer von vielen, nicht besonders erwähnenswert. Um so mehr ärgerte sich der Kriminalrat darüber, daß der Journalist ausgerechnet an dieser unbedeutenden Stelle Lärm zu schlagen beabsichtigte. Das hatte er nicht erwartet. Aber wie die Dinge lagen, mußte Adam sich eingestehen, daß Grob Erfolg haben und die ganze Sache höchst unangenehm werden konnte. Denn BILD-Zeitung hin, BILD-Zeitung her: Fest stand, daß ihre Leser durch die ständige einseitige Berichterstattung über die Kleingartendiebstähle bereits empört waren — nicht wenige Hamburger Abonnenten waren ja Kleingärtner —, und wenn jetzt ein seriöses Blatt oder das Fernsehen diesen Fall Krug aufgriffe, dann konnte es einen Skandal geben. Der Boden

dafür war vorbereitet, die Politiker waren in diesen kritischen Wochen allergisch gegen jede unnötige Belastung.
Er fragte sich, ob er selbst sich in die Ermittlungen einschalten sollte? Doch welchen Erfolg konnte das haben? Er wußte, daß Beckenbauer ein fähiger Kriminalist war, und wenn der Rat selbst auch über die längere Erfahrung verfügte, zu neuen Ergebnissen könnte er kaum gelangen. Vor der Öffentlichkeit aber würde die entscheidende Verantwortung dann auf ihm lasten.
Sein Zorn richtete sich gegen Grob. Adam hielt ihn für einsichtig genug zu erkennen, daß es sich im Falle Krug um eine Randerscheinung handelte. Warum also machte er dann einen Präzedenzfall daraus oder wollte es tun? Es galt jedenfalls, Beckenbauer gegen unqualifizierte Angriffe zu schützen, er würde sich als der Vorgesetzte vor ihn stellen.
Doch gleich zweifelte er seine eigene Schlußfolgerung an. Was würde er damit bewirken? Nichts, als daß sich die Speerspitzen auf seine eigene Brust richteten! Also war es vielleicht günstiger, grübelte der Kriminalrat, notfalls die Versetzung Beckenbauers zu beantragen. Das war der Fraß, den er dem Grob vorwerfen konnte. Es mußte aussehen wie eine Strafversetzung, es brauchte aber keine zu sein. Allerdings glaubte Adam nicht, daß Beckenbauer sehr glücklich darüber wäre.
So! Kriminalrat Adam würde also nicht eingreifen, würde sich zurückhalten. Aber, überlegte er sofort, könnte man ihm das nicht als Nachlässigkeit auslegen? Könnte Grob nicht behaupten, er hätte seine Dienstaufsichtspflicht versäumt?
Er konnte die Sache drehen und wenden, wie er wollte: Wurde der Fall Krug nicht bald geklärt, konnte dieser Journalist ihm ein Bein stellen.
Immer wieder schloß sich für ihn der Kreis: Der Täter *mußte* gefunden werden! Für ihn war es die einzige Möglichkeit, einem Angriff gewandt auszuweichen. Mehr noch; es war ein Triumph, den er gut gebrauchen konnte.
Er schnauzte seine Sekretärin aus dem Zimmer, die ihm einen Kaffee gebracht hatte; sie verschwand verängstigt.
Er schlürfte von dem Trank und fluchte leise: «Zu heiß! Und kein Zucker!» Er schob die Tasse angewidert von sich.
Also, wie war das? Beckenbauer setzte auf die warme Fährte des

Udo Volkmann. Beckenbauer war, das hatte sich mehrfach gezeigt, ein Kriminalist mit Fingerspitzengefühl. Sein eigenes Empfinden hingegen sagte ihm: Der kann es nicht sein.
Adam blies die Backen auf: Einer *muß* es gewesen sein, dachte er, warum eigentlich nicht dieser Volkmann? Auf jenem Papier steht sein Name, zumindest sein Nachname, ein alter Kunde ist er ebenfalls, und kein ungefährlicher ... Und wenn er der Verdächtige nur bis zur Verhandlung war – so lange hätte er, der Kriminalrat, Ruhe vor der Presse, und bis dahin wäre die Angelegenheit mit Schmidt-Schnauze entschieden.

7 Carmen Volkmann ahnte nicht, welche Wolken sich über ihr zusammenzogen. Selbstsicher und kühl saß sie vor Christs Schreibtisch und beantwortete die Fragen schnell und präzise.
«Seit wann kennen Sie Ihren Mann?»
«Seit ungefähr vier Jahren.»
«Wann haben Sie geheiratet?»
«Vor zwei Jahren.»
«Sie kannten ihn also schon geraume Zeit vorher. Waren Sie da verlobt?»
«Wir kannten uns eben und haben dann geheiratet.»
«Nun gut. Vielleicht frage ich besser, seit wann Sie mit Ihrem Mann intime Beziehungen hatten.»
«Warum interessiert Sie das?»
«Es interessiert mich nicht. Ich muß es nur wissen. Es ist doch ein großer Unterschied, ob ich einen Mann flüchtig kenne, ob ich mit ihm befreundet bin oder ob ich mit ihm schlafe, nicht wahr?»
«Finden Sie?»
«Eigentlich ja. Seit wann also?»
«Ich weiß das wirklich nicht mehr genau.»
«Sie werden mir aber sagen können, ob das bald zu Beginn Ihrer Begegnung war oder erst viel später.»
«Das war bald zu Beginn so.»
«Und er hat Ihnen diesen Ring hier nicht geschenkt?» Christ hob ihn hoch, hielt ihn einen kurzen Augenblick zwischen zwei Fingern und legte ihn wieder hin.
«Nein.»

«Also haben Sie ihn von jemand anderem erhalten. Sagen Sie, Frau Volkmann, ist das nicht ein bißchen merkwürdig?»
«Das finde ich nicht.» Sie zuckte die Schultern. «Eine Frau erhält manches geschenkt.»
«Selbstredend. Und das ist nur natürlich. Besonders, wenn sie anziehend ist, nicht wahr? Nur . . .», er machte eine kurze Pause und fuhr dann schnell fort, «. . . es ist ein kostbarer Ring, und ein solches Geschenk ist doch nur üblich, falls der Mann, der ihn der Dame verehrt, sich ihrer besonderen Gunst erfreut. Wenn Sie so wollen: Wenn er mit ihr das Bett teilte.»
«Sicher», erwiderte sie ruhig.
«Ich darf also Ihrer Antwort entnehmen, daß Sie zu dem Mann, der Ihnen den Ring schenkte, in einem intimen Verhältnis standen?»
«Ich war damals immerhin vierundzwanzig.»
«Ich habe mir das schon ausgerechnet. Nur frage ich mich, ob das Ihrem jetzigen Mann sehr angenehm gewesen ist.»
«Ich habe ihm doch nie erzählt, daß ich als Jungfrau zu ihm gekommen bin.» Das klang spöttisch.
«Das glaube ich Ihnen. Immerhin ist es für einen Mann kein besonders erfreulicher Gedanke, wenn die Frau, mit der er verkehrt, gleichzeitig intimen Umgang mit anderen Männern hat.»
«Das war doch vor seiner Zeit.»
Jetzt sah Christ sie nachdenklich an. Er sagte sanft: «Hier irren Sie freilich. Sie haben eben gesagt, daß Sie Ihren Mann vor vier Jahren kennenlernten und gleich darauf mit ihm intim waren. Das ist genau der Zeitpunkt, zu dem der Ring entwendet wurde. Vorher können Sie ihn also schlechterdings nicht bekommen haben. Außerdem haben Sie bei der Haussuchung erklärt, daß es drei bis vier Jahre her sei, daß Sie den Ring erhielten, also ganz richtig auch zu einem Zeitpunkt, da Ihr jetziger Mann bereits eine Rolle in Ihrem Leben spielte.»
Zum ersten Male schien sie verwirrt. Sie sagte: «Dann muß das mit meinem Mann eben später gewesen sein.»
«Nein», sagte Christ deutlich. «Ich habe vorhin gemeint: Sie irren. Jetzt sage ich Ihnen: Sie lügen! So etwas vergißt eine Frau nicht, wenn sie diesen Mann später heiratet. So. Und wenn das so ist – und ich brauche ja Ihren Mann nur separat zu vernehmen,

Frau Volkmann, dann wird sich das bestätigen –, so müßte er auch von dem andern gewußt haben, denn diesen kostbaren Ring haben Sie nicht versteckt. Sie tragen ihn ja! Sie können mir auch nicht erzählen, daß es damals einen Riesenkrach mit Ihrem Mann gegeben hätte, denn das hätte sich so bei Ihnen eingeprägt, daß Sie mir das gesagt hätten. Natürlich steht es Ihnen frei, das jetzt abzustreiten. Aber ich mache Sie darauf aufmerksam, daß ich Sie wegen dringenden Tatverdachts der Hehlerei und Verdunkelungsgefahr in Untersuchungshaft nehmen lasse, wenn Sie dabei bleiben, bis ich Ihren Mann aufgetan und verhört habe. Denken Sie darüber mal nach.»

Christ schwieg. Er wartete. Er erhielt zunächst keine Antwort. Beckenbauer sah die Hände der Frau, die auf ihrem Schoß lagen. Diese Hände, bislang ganz ruhig, bewegten sich jetzt nervös.

Da hörte er Christ leise und zuredend sagen: «Sie schaden Ihrem Mann nicht, wenn Sie die Wahrheit sagen; denn er könnte ja behaupten, den Ring in gutem Glauben gekauft zu haben.»

Carmen Volkmann fand ihre Gelassenheit wieder; ihre Hände lagen ruhig.

Sie antwortete: «Nein. Ich habe ihm das später gesagt, das von dem andern Mann, und wir haben uns in aller Ruhe geeinigt. Den Ring habe ich ihm erst danach gezeigt.»

«Wie Sie wollen», erwiderte Christ, «ich glaube Ihnen trotzdem nicht.» Er sah sie kühl an. «Bis zur Einvernahme Ihres Mannes bleiben Sie in Untersuchungshaft, das veranlasse ich. Oder wollen Sie Ihre Aussage noch ändern?»

Sie rührte sich nicht, sie antwortete nicht.

Christ wartete noch einige Sekunden; dann wandte er sich an Beckenbauer und sagte: «Jetzt bist du dran.» Dabei stand er auf und ging zu dem Stuhl an der Wand.

Der Inspektor wußte, daß Carmen Volkmann ihn erkannt haben mußte, als sie das Zimmer betrat. Sie war nicht überrascht, als er sich vor ihr am Schreibtisch niederließ. Ihre Augen musterten ihn kühl und ohne Neugier. Er zwang seine Stimme zur Gelassenheit: «Wo ist Ihr Mann beschäftigt?»

Plötzlich war ihr das bekannt. Ohne eine Spur von Verlegenheit antwortete sie: «Bei Geisenheiner KG, Fabrik für Farben und Chemikalien.»

«Und für diese Firma ist er gestern früh auf Tour gegangen?»
«Ja.»
Aus dem Hintergrund kam Christs ruhige Stimme: «Stimmt leider nicht, Frau Volkmann. Ihr Mann ist seit drei Monaten für diese Firma nicht mehr tätig. Ich habe mich dort telefonisch erkundigt.»
Ein einziges Mal flatterten ihre Augenlider. Dann hatte sie sich gefaßt. Ohne sich nach Christ umzuwenden, sagte sie: «Das habe ich nicht gewußt.»
«Ihr Mann hat Ihnen demnach schwerwiegende Dinge verschwiegen», stellte Beckenbauer trocken fest, «das entwertet natürlich Ihre Behauptung, Sie wüßten genau, daß er weder Einbrüche noch Diebstähle noch sonstwas verübe.»
Der Inspektor sah sie an. Sie erwiderte seinen Blick; es war nichts daraus zu lesen.
Er sagte: «Und deshalb steht für mich fest, daß er zwar frühmorgens mit seinem Wagen von zu Hause weggefahren ist, aber nicht zu irgendwelchen Kunden, sondern in den Schrebergarten, um dort den Krug zu erpressen und . . .»
Carmen Volkmann unterbrach ihn heftig: «Aber das stimmt nicht! Wir sind an den Alsterpavillon . . .» Und schwieg.
Beckenbauer kniff die Lider zusammen. Da endlich schaute sie beiseite.
Christ stand auf, kam quer durch das Zimmer und stellte sich neben den Schreibtisch.
«Tja», sagte Beckenbauer langsam, «das genügt mir für heute. Sie lügen ständig. Gestern erklärten Sie mir, Sie hätten ihm aus dem Fenster nachgesehen, heute sind Sie mit ihm gemeinsam weggefahren, und morgen und übermorgen erfinden Sie wieder etwas anderes.»
Er sah Christ an und nickte.
Der griff nach dem Telefonhörer. «Lassen Sie Frau Carmen Volkmann abführen», ordnete er an, «wir brauchen sie noch.»
Dann war Schweigen.
Die Frau ging neben dem Beamten aus dem Zimmer, ohne die beiden Kriminalisten noch einmal anzusehen. Ihre Lippen waren fest aufeinandergepreßt.
«Na», sagte Christ, nachdem sich die Tür hinter ihr geschlossen

hatte, «ein zähes Luder. Das wird ein harter Brocken. Von ihr erfahren wir nicht, wo der Mann steckt. Lieber stirbt sie, als daß sie es verrät. Wir werden die Wohnung überwachen lassen. Viel mehr können wir nicht tun.»
Beckenbauer spielte mit dem Ring. Er sagte: «Es ist auch meine Spur, Achim, vergiß das nicht, und wenn der Volkmann wirklich Krugs Mörder ist, dann könnte er schon auf der Flucht sein. Nein, das Haus überwachen genügt mir nicht. Wer sagt uns, daß er zurückkommt? Möglicherweise hat er mit seiner Frau irgendein Zeichen vereinbart und erscheint so lange nicht, wie das Zeichen nicht gegeben wird. Nein, nein! Ich lasse eine öffentliche Fahndung ausschreiben, Fernsehen und Presse bekommen das Foto ... Wir werden ihn schon aufstöbern.»
Er stand auf.
Christ lächelte.
«Weidmanns Heil», sagte er, «uns beiden!»

4. Kapitel

1 Es wäre übertrieben, zu behaupten, daß Joachim Christ für seinen Onkel Gustav Schätzle eine besondere Zuneigung empfand. Zwar war auch seine Mutter eine geborene Schätzle, Schwäbin reinsten Geblüts; aber Vater Christ hatte sie bereits in jungen Jahren – ‹in zu jungen Jahren›, wie der Onkel mißbilligend bemerkt hatte – zu sich ins Rheinländische geholt. Als Christs Vater später darauf bestanden hatte, daß man nach dem Tode der Eltern deren kleinbäuerliches Anwesen verkaufte, weil er den Anteil für die Erweiterung seiner Drogerie benötigte, da hatte der Onkel zornig bemerkt: «Dös isch koi reelles Geschäftsgebahre» und hatte sich aus Sindelfingen nach Stuttgart versetzen lassen, wo er später Hauptwachtmeister der Verkehrspolizei geworden war.
Joachim Christ kehrte an diesem Abend gegen einundzwanzig Uhr in sein möbliertes Zimmer zurück. Bereits auf dem Wohnungsflur bemerkte er, daß sein Fernseher lief, und er fragte sich zweifelnd und mißtrauisch, welche seiner jüngsten Freundinnen in seinen Wohnraum eingedrungen wäre und es sich dort gemütlich machte. Es konnte nichts Gutes bedeuten.
Mit diesem Schreck im Magen öffnete er die Tür und sah Onkel Gustav Schätzle vor dem Bildschirm halb im Sessel liegen, die kurzen Beine weit von sich gestreckt, die Hände über dem Bauch gefaltet, die Zigarre im Mund – bequem jedenfalls.
«Um Gottes willen», entfuhr es ihm, «was willst du denn hier?»
Das herauszubekommen, gelang Christ auch in der folgenden Stunde nicht ganz.
Zwar berichtete der Onkel – während der Bildschirm weiter

flimmerte – breit, ausführlich und gemütlich, unterbrochen von zahlreichen ‹Woischt› und ‹Hano› und ‹Gruhscht› von einer Dienstreise. Doch diese Dienstreise erschien Christ einigermaßen fragwürdig, und er hatte den Eindruck, daß sie mehr ein Vorwand gewesen war, um Onkel Schätzle nach Hamburg zu führen. Was ihn dorthin lockte, war klar, denn er erzählte, bereits auf der Reeperbahn gewesen zu sein, indessen hätten die enormen Preise ihn gehindert, von diesen Abwechslungen Gebrauch zu machen. Dann hätte er eine Übernachtung in einem Hotel oder einer Pension geplant – er sprach das Wort ‹Pennsiohn› aus, als stammte es von pennen. Aber es wäre ein ‹Schkandahl›, was man dort verlangte, und da hätte er sich gedacht, der Neffe hätte doch sicherlich eine Couch frei, zumal er ja – der Onkel lächelte verschmitzt – Junggeselle wäre.
Christ war entsetzt. Das würde eine lange Nacht werden, und keine angenehme. Der Onkel konnte auf eine ebenso zähe wie liebenswürdige Art seine Vorteile wahrnehmen und jeden Pfennig sparen, und hier übernachten bedeutete für ihn gleichzeitig, genüßlich ein oder zwei Flaschen Wein zu trinken und endlos zu ‹schwätze›.
Also trug Christ den Rauchtisch herüber, holte den Wein, setzte sich ebenfalls, und während er über den Fall Udo Volkmann nachgrübelte, ließ er vor seinen Augen das Geschehen auf dem Bildschirm und an seinen Ohren das Geschwätz des Onkels vorbeiziehen, das sich abwechselnd auf eben diesen Bildschirm und auf das Jugendleben von Christs Mutter bezog.
Plötzlich setzte Schätzle das Weinglas, an dem er genippt hatte, klirrend auf den Rauchtisch zurück, fuhr aus seiner halb liegenden Haltung auf, starrte auf den Apparat, schüttelte den gewaltigen nackten Schädel und knurrte ungläubig: «Dös koa doch nit wahr sei!»
Christ versuchte vergeblich, sich klarzumachen, was das ungläubige Staunen des Onkels hervorgerufen haben konnte. Über den Bildschirm lief ein Reisebericht, und im Augenblick sprach der Verfasser den Kommentar. Gleich darauf verschwand er wieder, und ein paar baufällige Hütten tauchten auf.
Schätzle wandte sich an den Neffen, seine blauen Augen waren weit aufgerissen.

«Das ist er! Das ist er!» sagte er. «Man hat doch ein ‹vischuelles› Gedächtnis als Hauptwachtmeister beim Verkehr, noi, da kann ich mich nicht irren!»
Joachim Christ begriff nichts.
Aber Schätzle berührte den Wein nicht mehr, er starrte nur auf den Bildschirm und wartete, daß ‹jener› nochmals erscheine, von dem er behauptete, er wäre ein Engländer und vor Jahren im Stuttgarter Raum an einem Verkehrsunfall schuldig geworden.
Das Gesicht zeigte sich nicht mehr. Der Abspann kam bald und wies den Namen Peter Grob aus.
Christ lächelte und schüttelte den Kopf. Das war kein Engländer.
Der Onkel griff erregt nach einer Zigarre, und während er sich wieder zurücklegte, sie anzündete, einen Schluck Wein nahm, das Glas nachfüllte, erklärte er: «Dös muß i dir verzähle.»
Und er begann, während der Nachrichtensprecher auftauchte und später die Meldungen mit der Mitteilung beendete: «Die Polizei bittet um Ihre Aufmerksamkeit . . .»
Jetzt war es Joachim Christ, der sich aufrichtete. Das Gesicht Udo Volkmanns sah ihn an.

2 Udo Volkmann hatte das nicht erwartet, es kam völlig überraschend für ihn, und es schockierte ihn. Er saß in einem kleinen Lokal am Rande von Bielefeld, das er schon seit vielen Jahren kannte und das vier oder fünf Reisenden Übernachtungsmöglichkeit bot. Es war eine schlichte, einfache, aber saubere Gaststätte mit einer adretten Wirtin, die gediegene Hausmannskost servierte und Stammgästen auch ständigen billigen Mittagstisch bot. Dazu schenkte sie einen guten Schoppen aus.
Die Gaststube war dunkel getäfelt, und an den Wänden hingen Fotografien einer Fußballmannschaft und Urkunden eines Skatvereins, der in der Stadt einen guten Ruf genoß und hier seinen Stammtisch aufgeschlagen hatte. Um ihren Fußballgästen die Möglichkeit zu geben, Spiele, die nicht im Orte stattfanden, zu verfolgen, hatte die Wirtin einen Fernsehapparat aufgestellt.
Hier hatte Udo Volkmann sich immer sicher gefühlt; auch damals, vor vier Jahren, war er an dieser Stelle untergeschlüpft.
In dieser Sekunde jedoch traf es ihn wie der unvermittelte An-

sprung eines Polizeihunds: Dort drüben, schräg links vor ihm und etwas erhöht, flimmerte ihm sein Gesicht entgegen. So kalkig und reglos erschien es ihm befremdlich; er hatte nie gewußt, daß er so aussah, so, mit diesen dicken, aber farblosen Augenbrauen, dem schmalen Gesicht, dem kleinen Mund, und mit Augen, die kalt blickten.

Halb unbewußt verbarg er den Mund hinter der Hand. Scheu spähte er um sich, um festzustellen, ob jemand auf ihn aufmerksam geworden war; aber das schien nicht der Fall zu sein.

Dann verlöschte das Bild, Volkmann atmete auf.

Den Text, der dazu gesprochen worden war, hatte er nicht gehört; er grübelte darüber nach, wie sie dazu gekommen sein mochten, nach ihm zu fahnden. Es war ihm alles so sicher erschienen, als wäre er unentdeckbar. Hatte er irgendeinen Fehler gemacht, eine Spur hinterlassen? Er fand nichts Verräterisches, und er konnte sich auch nicht vorstellen, daß ihn jemand gesehen hatte, es war ja noch dunkel gewesen.

Jetzt wünschte er nur zu zahlen und auf sein Zimmer zu gehen, um in Ruhe darüber nachzudenken, wie er sich verhalten müßte.

Die Wirtin schenkte an der Theke Bier ein; aber dorthin wollte er nicht gehen, fünf Tütenlampen beleuchteten das silberne Metall grell. Also klimperte er mit einem Markstück ungeduldig am Porzellan, es tickte hell wie ein Fernschreiber, und er ließ es erschreckt bleiben.

Die Wirtin hatte es gehört und kam freundlich herbei. Volkmann hatte nicht den Eindruck, daß sie schon etwas wußte. Den Zimmerschlüssel reichte sie ihm gleichgültig und mit abgewandtem Gesicht über die Theke.

Rasch ging er in sein Zimmer hinauf; er knipste nicht die Deckenleuchte an, sondern nur die Nachttischlampe, die einen braunen seidenen Schirm hatte und wenig Licht verstreute; instinktiv mied er jede Helligkeit.

Dann stellte er sich vor den Spiegel und überprüfte sein Gesicht. Er kam zu dem deprimierenden Schluß, daß es unverwechselbar war. Jeder Polizist, jeder Zivilist mit einigem Personengedächtnis konnte ihn wiedererkennen.

Ein neuer Schreck fuhr ihm in die Glieder. Wenn sie das Foto im Fernsehen gezeigt hatten, mußte er damit rechnen, es in der mor-

gigen Presse zu finden. Aus jedem aufgeschlagenen Blatt im Gasthaus, im Kaffee, in der Straßenbahn, im Autobus konnte es zu Vergleichen mit ihm herausfordern.
Er überlegte, daß er seine Frisur ändern, sich einen Bart ankleben lassen könnte, aber im gleichen Moment wußte er auch schon, daß dies ein vergeblicher Wunsch war, denn er kannte hier keinen vertrauenswürdigen Friseur. Es mußte auffallen und konnte zu einer Anzeige führen.
Jetzt bereute er, im Alleingang gehandelt, keinen Komplizen gehabt zu haben. Er war sich klug vorgekommen, als er sich entschlossen hatte, auf einen Partner zu verzichten. Niemand würde ihn verraten können, keiner könnte versehentlich oder auch absichtlich seinen Weisungen entgegenhandeln und verräterische Spuren hinterlassen. Doch nun hatte er niemanden, an den er sich wenden konnte.
Niemanden?
Er dachte an seine Frau. Sie wußte, daß er seinen Job als Vertreter aufgegeben hatte, sie wußte auch, welches ‹Ding› gedreht worden war. Sie war sein Mitwisser. Er war überzeugt, daß sie sein Vertrauen verdiente. Ihn durchzuckte die Regung: Ich ruf' sie in Hamburg an.
Doch gleich darauf fuhr er entsetzt vor sich selber zurück, als hätte er glühendes Eisen angepackt. Hatte er seine Gedanken so wenig unter Kontrolle? Wenn sie sein Bild veröffentlichten, wenn sie eine Suchaktion eingeleitet hatten, dann war es selbstverständlich, daß sie schon längst in seiner Wohnung gewesen waren. Möglicherweise war die Leitung angezapft, und jedes Gespräch wurde auf Band genommen, vielleicht hockte sogar einer in der Wohnung und erwartete ihn.
Niemanden hatte er also, und es würde für ihn verdammt schwierig sein, die nächsten Wochen zu überleben, ohne sich der Polizei in die Hände zu geben. Davor aber graute ihm, es graute ihm vor der Strafe, die er zu erwarten hatte. Geld besaß er nur wenig, es reichte nicht weit. Kleidung und dergleichen hatte er kaum mitgenommen, er hatte damit gerechnet, bald zurückzukehren. Die Beute aber zu verscheuern, durfte er in der nächsten Zeit nicht wagen. Daß ein Hehler sie jahrelang hinlegte, bis die Gefahr vorüber war, konnte er kaum erwarten, und sie zu verkaufen, er-

schien zu gefährlich, wenn die Sore so heiß war. Vor allen Dingen aber: Fand er einen, der sich auf das Geschäft einließ, so erhielt er nur einen Bruchteil dessen, was er erwartet hatte, und wurde etwas entdeckt, so hatten sie die Beweise gegen ihn vollständig in ihren Händen. Solange sie nicht an die Beute kamen, mochten sie ihn immerhin auffinden – der lückenlose Nachweis, daß er der Täter war, war zum mindesten schwieriger zu führen. Was also sollte er machen?

Eines stand für ihn fest: Sich zunächst nicht aus dem Zimmer bewegen, sich hinlegen, nachdenken und erst dann einen Entschluß fassen.

Er schlug die Bettdecke zurück; die Vorstellung zu ruhen tröstete ihn nicht, ihn erwartete kein tiefer, erholsamer Schlaf.

Mechanisch entledigte er sich seines Jacketts und knöpfte langsam die Weste auf.

In diesem Augenblick pochte es an die Zimmertür.

Er zuckte zusammen, erstarrte.

Es pochte wieder.

Volkmann streifte die Schuhe von den Füßen, eilte katzenhaft leise zum Fenster und blickte hinab. Das Zimmer ging auf die Straße, er würde den Passanten geradewegs in die Arme springen.

Die Klinke bewegte sich behutsam. Udo Volkmann fühlte, wie er bleich wurde. Dicht vor der Tür schon, zögerte er immer noch. Dann drehte er rasch den Schlüssel herum und riß sie auf.

3 Es war Christ unerklärlich, warum er eigentlich seinem Onkel die Geschichte des Juwelenraubs und des Mords erzählt hatte. Schätzle hatte sie sich angehört. Und als Christ geendet hatte, sagte er nur: «Hano. Da wünsch' ich dir aber Weidmanns Heil!»

Schätzle kam jedoch immer wieder auf jenes Ereignis auf der Autobahn zurück, das sich vor ungefähr zwei Jahren zugetragen hatte, und er blieb mit solcher Zähigkeit dabei, daß allmählich vor Christ ein so deutliches Bild entstand, als hätte er es miterlebt. Hauptwachtmeister Schätzle fuhr mit einem anderen Beamten im Streifenwagen auf der Stuttgarter Autobahn zwischen Vaihingen und Degerloch entlang. Es war ein glühender Sommertag, zudem gegen Mittag. Im Wagen herrschte brütende Hitze. Schätzle hatte sich bequem in die Ecke zurückgelehnt, und nur mit Mühe tauchte er immer wieder aus einem Eindösen auf, um die Strecke zu beobachten. Sie hatten Meldung erhalten, daß möglicherweise ein Taximörder aus Pforzheim auf der Autobahn nach München zu flüchten versuchte.

Der einzige Wunsch, den Schätzle jetzt spürte, war der nach einem Glas kühlen Biers, es durften auch zwei sein. Sehnsüchtig rechnete er die Zeit aus, die sie noch bis Stuttgart zurück benötigten – in Eßlingen sollten sie von der Autobahn gehen, um dort die Bundesstraße 10 bis Cannstatt zu kontrollieren. Danach sollten sie nach Zuffenhausen abbiegen und in Richtung Hauptbahnhof weiterfahren.

Da fiel ihm etwas Ungewöhnliches auf. Er beugte sich vor und starrte auf die andere Seite der Autobahn hinüber. Sie waren an der Stelle angelangt, wo die Bahn einen leichten Knick macht und sich fast mit der Solitude-Rennstrecke berührt.

Dort parkte ein schwarzer Mercedes. Er stand neben einem Strauch seitlich der Autobahn. Der Fahrer machte sich an dem Motor zu schaffen. Der Deckel des Kofferraums war aufgestellt. Es sah aus, als hätte der Wagen eine Panne.

Was Schätzle eigenartig vorkam, das war die Tatsache, daß der Wagen mit dem Kühler der Fahrbahnrichtung entgegen stand. Das war ungewöhnlich. Eigentlich drehte sich ein Wagen um einhundertundachtzig Grad nur dann, wenn er einen andern, der in gleicher Richtung fuhr, gerammt hatte. Aber ein solcher zweiter Wagen war nicht zu sehen.

Der Mann neben dem Mercedes richtete sich in diesem Augenblick auf, blickte zu dem Polizeiwagen hinüber, und Schätzle sah durch das Rückfenster, wie er ihn weiter beobachtete.

Da gab er Befehl zum Wenden; kühn und unvermittelt, aber doch vorsichtig lenkte der Fahrer den Wagen um und ließ ihn über die Grasnarbe des Mittelstreifens hoppeln.

Das war jedoch wegen des Tempos, mit dem sie gefahren waren, schwerer möglich, als Schätzle wünschte, und der Mercedes geriet ihm infolge der Krümmung der Autobahn aus dem Gesicht.

Als er ihn wieder entdeckte – von hinten her herannahend –, waren Motor- und Kofferraumhaube geschlossen, das Auto war auf

die Fahrbahn zurückgezogen, der Mann saß am Steuer, und eine winzige Wolke, deutlich sichtbar im Mittagsglast, verriet, daß der Motor lief.
«Schnell!» rief Schätzle. «Schnell!»
Der Wagen schoß heftig voran, aber ehe er den Mercedes erreicht hatte, setzte der sich schon in Bewegung und wogte breitspurig davon.
Den Bruchteil einer Sekunde zögerte Schätzle, ob er ihm mit Vollgas nachjagen sollte; dann entschied er sich anders.
«Langsam!» rief er ebenso laut. «Ich muß sehen . . .»
Und sah es!
Sie waren an dem Strauch angelangt, hinter dem der Mercedes halb verborgen gewesen war. Dort lag ein Motorrad und streckte das Vorderrad in die Luft, und daneben lag der Fahrer. Der Sturzhelm und die Autobrille waren ihm vom Kopf gezogen, das junge Gesicht wirkte seltsam nackt, aus einer Stirnwunde rann Blut. Der Körper in der schweren Kombination wirkte plump und verrenkt. Solange der Mercedes davor geparkt hatte, hatte Schätzle von dem Unfall nichts wahrnehmen können.
Der Wachtmeister bremste. Schätzle rief ihm zu: «Steigen Sie aus, kümmern Sie sich um den Mann, ich fahre weiter. Ich veranlasse alles!» Und schon saß er selbst hinter dem Steuer und sah weit vor sich, untertauchend gerade in einer Schlange anderer Wagen, den Mercedes.
Schätzle blickte nicht mehr zurück. Er schaltete das Funkgerät ein und verständigte die Zentrale von dem Vorfall; sie gab ihm Anweisung, hinter dem Mercedes zu bleiben. Außerdem würde man versuchen, das Auto durch einen zweiten Funkstreifenwagen beim Abzweig Heilbronn abzufangen und zu stellen.
Von einem bestimmten Zeitpunkt an hatte Schätzle den Eindruck, daß der Flüchtige ihn im Rückspiegel erkannt haben mußte; denn er drehte rücksichtslos auf, und es gelang dem Hauptwachtmeister nicht, sich ihm zu nähern. Da er dauernd das gellende Signal betätigte, wichen zwar die Wagen vor ihm zur Seite, und im Vorbeihuschen erkannte Schätzle neugierige Gesichter, aber der dunkle Punkt vor ihm schien sich in dem Asphalt aufzulösen, der weit hinten aussah, als verwandelte er sich in ein schwarzes, aufglänzendes Gewässer.

Plötzlich jedoch, kurz vor der Abfahrt Heilbronn, veränderte sich das Bild. Der dunkle Punkt gewann überraschend schnell an Festigkeit, er verbreiterte sich zu einem kleinen Balken, nahm Konturen an, wurde wieder ein Wagen. Der verfolgte Mercedes wechselte behutsam durch den Strom der nachfolgenden Wagen auf den Parkstreifen am Rand der Autobahn hinüber und hielt dort.
Gewandt lenkte Schätzle seinen Wagen unmittelbar vor den Kühler des anderen und stand an der Tür des Mercedes.
«Steigen Sie aus!»
Langsam schob der Mann vor dem Steuer die Tür auf, umständlich schob er sich heraus – und da stand er vor Schätzle, blond und mit sanftmütiger Miene, glattrasiert, gepflegt und gediegen.
«Parken verboten?» fragte er kurz, entnahm seinem Etui eine Zigarette und sagte, während er sie anbrannte: «Aber ich parke nicht. Eine Panne. Ich muß an einem der Hinterräder einen Platten haben.»
Das hatte Schätzle längst bemerkt. Er erwiderte: «Kommt mir vor, als hätten Sie vor ganz kurzer Zeit bereits eine Panne gehabt.»
«Ich?» fragte der andere erstaunt und schüttelte die Flamme des Streichholzes aus.
«Ja, Sie», antwortete Schätzle kurz, «Ihre Papiere bitte.»
Er prüfte sie genau; darüber war er sich allerdings klar, daß es sich nicht um den gesuchten Taximörder handeln konnte. Der war lang und hager und trug schwarzes Igelhaar, dazu zog sich eine Schmarre vom linken Mundwinkel zum Kinn.
«Sie sind Engländer?» fragte Schätzle und schämte sich gleich dieser Frage, denn das war aus dem dargebotenen Paß ja ersichtlich.
Er erhielt auch sofort die spöttische Antwort: «Wie Sie sehen, bin ich britischer Staatsangehöriger.»
Schätzle starrte weiter in die Papiere. «Und der Wagen gehört nicht Ihnen?»
«Nein», bestätigte der andere, «den hat mir ein Hamburger Freund geliehen.»
Obwohl er ein ungutes Gefühl hatte, mußte sich Schätzle damit zufriedengeben. Er reichte die Papiere zurück und sagte: «Sie

steigen in meinen Wagen. Wir fahren zum Unfallort.» Er wollte noch hinzufügen, daß es schlimm ausgeschaut habe, unterließ es aber, als er die überhebliche Miene des andern bemerkte.

Den Täter neben sich, führte er seinen Wagen wieder auf die Fahrbahn, gab per Funk Nachricht an die Zentrale, lenkte das Fahrzeug auf dem Leonberger Kreuz um und gab Gas, um möglichst rasch zu dem zertrümmerten Motorrad zurückzukehren. Jetzt erst fühlte er wieder den Schweiß rinnen, spürte den brennenden Durst, die Sehnsucht nach seinem Glas Bier. Nur mit flüchtigem Blick streifte er gelegentlich seinen neuen Beifahrer, der ausschaute, als ginge ihn das alles nichts an, als berührte es ihn nicht. Der schwitzte nicht. Gelassen saß er da, rauchte ruhig und spielte mit gelben Lederhandschuhen, die er trotz der Hitze bei sich trug.

Die Unfallstelle war jetzt einseitig abgesperrt. Ein Funkstreifen- und ein Sanitätswagen waren da. Schätzle atmete auf, als er die Kollegen bei der Arbeit sah. Dort gab es für ihn nicht mehr viel zu tun. Er würde sich um seinen üblen Gast kümmern müssen und schließlich noch in absehbarer Zeit zu seinem Bier kommen.

Er fuhr zurück, bremste, stieg aus, schlug laut den Schlag zu und verschwendete keinen Blick an den Täter. Wenige Sätze genügten, um ihm den Hergang des Vorfalls klarzumachen: Der Mercedes hatte mit überhöhter Geschwindigkeit den Motorradfahrer zu knapp überholt, hatte ihn gestreift; er war gestürzt, und zwar in die Böschung hinein. Die Verletzung war so schwer, daß der Tod sofort eingetreten war. Die Papiere ergaben, daß es sich um einen Stuttgarter Elektriker handelte. Der Mercedes selbst wies am rechten vorderen Kotflügel die Rammspuren auf, war aber sonst nicht beschädigt, das hatte Schätzle bemerkt. Zeugen des Unfalls waren nicht vorhanden, das Ermittlungsergebnis war jedoch einwandfrei.

Schätzle ging zu seinem Wagen zurück, setzte sich hinein und sagte zu dem Täter: «Ihr Opfer ist tot!»

Der Mann erwiderte nichts, er kniff die Lippen und blickte vor sich hin. Auch der Hauptwachtmeister schwieg jetzt.

Dann endlich schlug die Rechte mit den gelben Handschuhen auf den Rücken der linken Hand, und Schätzle hörte gemurmelt: «Es tut mir leid, es tut mir wahrhaftig leid! Ich bin in Großbritannien

einen Hillman gefahren, müssen Sie wissen. Dies ist die erste größere Fahrt mit dem Mercedes ...» Er schwieg, als wäre das Entschuldigung genug.
Schätzle seufzte und sagte: «Nun ja, das Gericht wird entscheiden. Ich nehme Sie jetzt ins Präsidium mit, dort fertigen wir ein kurzes Protokoll an. Dann geben wir das an die Staatsanwaltschaft.»
Er sah den Engländer nicken. Der fügte sich widerspruchslos. Alles andere erfolgte schweigsam und flüssig, es gab keine Schwierigkeiten. Der Täter nahm auf dem Rücksitz Platz, der zweite Polizeibeamte stieg ein, sie fuhren zu dem Mercedes zurück. Sie wechselten das Rad, der Fremde übernahm den Wagen, Schätzle auf dem Beifahrersitz neben sich.
Im Präsidium notierten sie die Personalien des Briten, ebenso des Hamburger Freundes, der Besitzer des Fahrzeugs war. Die Papiere waren in Ordnung, der Vorfall war für Schätzle erledigt, und er genehmigte sich, wie er breit lächelnd gestand, nicht nur ein Bier oder zwei, sondern sogar drei.
Aber Christ lächelte nicht über diese Bemerkung. Es war ihm völlig gleichgültig, wieviel Biere sich Schätzle an einem Sommertag vor zwei Jahren genehmigt haben mochte, die Flasche Wein, die auf dem Rauchtisch stand, war jedenfalls leer.
Christ fragte: «Wozu erzählst du mir das? Es ist doch alles okay; ich wünschte, mein Fall würde sich genauso einfach klären.»
«Es ist eben *nicht* in Ordnung», gab Schätzle zurück, «denn kurze Zeit später erhielten wir die Mitteilung, daß jener Mercedes völlig zertrümmert an einem Abhang in der Nähe der Solitude aufgefunden wurde. Von unserm englischen Fahrer fehlte jede Spur. Er war auch in Hamburg nicht zu ermitteln, und der angebliche Freund, dem der Wagen gehörte, war kein Freund, sondern ein Bestohlener, der den Diebstahl seines Mercedes ordnungsgemäß gemeldet hatte. Deshalb», erläuterte der Hauptwachtmeister, «interessierte mich der da drin doch so sehr», und er deutete dabei mit seiner Hand auf den Bildschirm, auf dem gerade die Worte erschienen: Ende der Sendung.

4 Im gleichen Augenblick schämte er sich. Vor der weit aufgerissenen Tür stand die völlig verdutzte Wirtin. Udo Volkmann sah ihr an, daß sie nicht begriff, warum er so starrte.
Rasch bemühte er sich um ein Lächeln und sagte und lächelte dabei noch alberner: «Ein Späßerchen.»
«Na», erhielt er zur Antwort, «das sind mir komische Späßerchen. Sie haben mich zu Tode erschreckt, Mann!» So pflegte sie nur zu reden, wenn sie ernstlich erzürnt war, und Volkmann dachte geängstigt: Wenn sie nur nichts gemerkt hat, wenn sie nur nichts gemerkt hat . . .
Doch sie war bereits wieder besänftigt. Sie streckte ihm eine Flasche Bier hin. «Hatt' ich ganz vergessen. Sie wollten doch immer eine vor dem Schlafengehen.»
Erleichtert atmete er auf. «Nett von Ihnen», murmelte er, «ich hätt's zu spät gemerkt, erst im Bett, und ich kann ohne das nun mal nicht einschlafen.»
Doch die Wirtin ging, ohne darauf zu hören. Udo Volkmann stand immer noch in der geöffneten Tür, starrte der Frau blöde nach, starrte dann auf die Flasche in seiner Hand und wurde sich erst allmählich bewußt, welch auffälliges Bild er ergeben mußte: ohne Jacke, auf Socken, mit diesem Bier!
Von der Gaststube tönte halblaut der Lärm der Zecher und Skatspieler herauf. Jetzt wurde es da gemütlich, und Volkmann, der verloren hinter der Tür stand, dachte voll Sehnsucht daran. Sonst würde er bei ihnen sitzen, zweifellos mittun, ein Grand mit Vieren, ein Null ouvert, was kostet die Welt!
Sogleich fiel ihm das Foto auf dem Bildschirm wieder ein, *sein* Foto. Entmutigt warf er die Flasche auf die Bettdecke. Sie überschlug sich und blieb liegen. Wie ein Hase, dachte er unwillkürlich, der erschossen wurde. Und er dachte wieder an sich und an seine Frau Carmen und deren heiße Liebesbezeigungen, und er fürchtete, für lange Zeit nicht nach Hamburg zurückkehren zu können.
Während er sich langsam entkleidete, die Flasche auf den Nachttisch stellte, die Bettdecke hob, seinen Pyjama hervornahm und anzog, fürchtete er sich vor den kommenden Tagen und überlegte krampfhaft: Mir muß etwas einfallen! Er begann die Jacke zuzuknöpfen.

In diesem Augenblick klopfte es an der Tür.
Verdammt, dachte Volkmann, was will sie nun wieder? Unmutig ging er zur Tür zurück, die halboffene Jacke flatterte um ihn. Er drehte den Schlüssel um und öffnete.
Es war nicht die Wirtin.
Der Polizist, der irgendwelche Papiere in der Linken hielt, grüßte und fragte: «Sie sind Herr Udo Volkmann?»

5 Wahrscheinlich haben sie ihn bereits, dachte Beckenbauer und wühlte sich in seinem Bett auf die andere Seite. Einen Fehler machen die Burschen immer. Die Fahndung, die hat Erfolg. Welches Gesicht! Das merkt sich leicht.
Er sann eine Zeitlang über die merkwürdige Tatsache nach, daß solche Fahndungen über den Fernsehschirm weitaus größere Wirkung hatten als Fahndungen nur über die Presse. Beide Male wurde das Foto gezeigt, beide Male wurde es durch den gleichen Text ausgewiesen, aber offenbar hatte sich die Presse durch den jahrzehntelangen Mißbrauch, den sie mit Sensationsmeldungen trieb, bereits abgenutzt. Wie konnte eine nüchterne Beschreibung, ein vager Verdacht, neben detaillierten Darstellungen aufsehenerregender Abenteuer irgendwelcher Sexbomben und Playboys, wie konnte sie denn daneben bestehen?
Sie lasen darüber hin, dachten bestenfalls: Da hat die Polizei doch wieder versagt ...
Versagt, dachte er, stand plötzlich auf und stellte die Heizung ab, weil ihm heiß wurde. Versagt! Und dachte zornig: Adam ist ein cleverer Bursche! Der merkt sich das für die Begutachtung meiner Beförderung. Und auf einmal schien es ihm höchst verdächtig, daß der Kriminalrat sich so aus diesem Fall heraushielt, obwohl er ihn offenbar interessierte. Aber das Rätsel würde er wohl nicht lösen können.
Seine Frau schlief fest, er hörte ihre ruhigen, tiefen Atemzüge. Beim Abendbrot pflegte er ihr aus seinem Tagesablauf zu berichten. Das hatte er auch heute getan. Aber er war dabei unaufmerksam gewesen, und als ihm eine Scheibe Weißbrot fehlte, zeigte er sich verärgert. Da hatte sie gefragt: «An wen denkst du eigentlich? An den Mörder, den Ermordeten, oder denkst du an Frau

Carmen?» Er hatte verbissen geantwortet: «An keinen der drei. Ich denke an Adam!»
Und mit diesem Namen ‹Adam› waren sie wie durch eine Zauberformel mitten in dem Dschungel seiner Erfolge und Niederlagen, seiner Träume und Ernüchterungen, seiner Wünsche und Enttäuschungen. Dieser Name stand ihm für eine wesensfremde Welt, die er ablehnte und mit der er sich trotzdem Tag um Tag, ja Stunde um Stunde auseinandersetzen mußte. Er durfte sie nicht einmal offen bekämpfen, wollte er sich nicht von vornherein zum beruflichen Scheitern verurteilen.
Natürlich wollte er ein erfolgreicher Kriminalist sein, aber er wollte seine Erfolge seiner beruflichen Tätigkeit verdanken und nicht irgendwelcher Protektion und permanenter Liebedienerei. Natürlich wollte er dem Gesetz zur Geltung verhelfen, aber er wollte nicht Gefahr laufen, daß dieses Gesetz nur zum Schein der Gerechtigkeit diente.
Natürlich wollte er diesen Staat verteidigen, aber es mußte ein Staat sein, der den Prinzipien der Demokratie treu blieb.
Das alles wollte er aufrichtig, und für diese Überzeugung wollte er offen und ohne Winkelzüge eintreten dürfen, mochte es auch für ihn selbst und andere unbequem sein. Da gab es viele Fälle, die gerade ihn, den jungen Kriminalisten, stutzig machten, aber selbst die Spiegel-Affäre betrachtete er als eine Art Schönheitsfehler der Demokratie, den man bekämpfen mußte, der auszumerzen ging. Im Grunde seines Herzens war er ein törichter Idealist geblieben.
An dieser Haltung änderte auch nicht, daß er in den vergangenen Jahren hatte erfahren müssen, wie ihn Adam nur kühl angesehen oder abschätzig geäußert: «Da bin ich ganz anderer Ansicht, Herr Beckenbauer», wenn er etwas dergleichen sagte. Und jede außerplanmäßige Beförderung war ausgeblieben, obwohl Bekkenbauers Ermittlungsergebnisse nachweisbar überdurchschnittlich waren.
Äußerlich ähnelte Beckenbauer allerdings nicht dem Image des smarten, schnellen, rassigen, kühnen, siegreichen Polizeibeamten, das ein erfindungsreicher Polizeipsychologe ausgetüftelt hatte, und er strebte es auch nicht an.
Adam hingegen züchtete und pflegte bei sich selbst diesen Typ

aus jedem Ansatz heraus, der sich dafür zu eignen schien, und er unterdrückte bewußt alles, was dem widersprach. Gerade das empfand Beckenbauer als widerwärtig.

Gewiß, anfangs hatte es ihn beeindruckt, daß Adam Mitglied der SPD wurde. Doch bald begriff er, daß dies keinerlei Bekenntnis zu irgendwelchen Prinzipien oder Ideen bedeutete, sondern eine simple Zweckhandlung war, weil der Rat sich bei der Partei die größten Chancen ausgerechnet hatte, die in Hamburg die meisten Wähler hatte und die Regierung trug. Wäre der CDU diese Rolle zugefallen – er hätte ohne Zögern in deren Geschäftsstelle die Beitrittserklärung unterzeichnet.

Beckenbauer hätte darüber mit seiner Frau gesprochen, und sie hatte schließlich gemeint, danach müsse er sein Verhalten einrichten – so oder so.

Jetzt, während er sich schlaflos und schweißnaß im Bett wälzte, fragte er sich deshalb: Und wie verhalte ich mich im Fall Volkmann?

Die Frage setzte stillschweigend voraus, er werde diesen Fall nicht klären können, und von diesem Pessimismus versuchte er sich nun frei zu machen. Denn wenn er gelassen überlegte, war überhaupt kein Grund zu der Annahme vorhanden, er werde den Mörder nicht fassen. Der gesamte Polizeiapparat war inzwischen in die Fahndung einbezogen, die Grenzübergangsstellen, die Flugplätze waren informiert. Außerdem hatte dieser Udo Volkmann ein zu prägnantes Gesicht. Irgendeiner würde sich erinnern. Wahrscheinlich haben sie ihn bereits, dachte er.

Sofort schlich sich der leise Zweifel ein, ob er nicht nur Wunschträume denke. Und was, wenn sie ihn nicht hatten und nicht bekamen?

6 Kriminalrat Adam saß in seinem Arbeitszimmer zu Hause. Er war allein, rauchte einen Zigarillo und drehte ihn manchmal gedankenverloren zwischen den Fingern, und hinter ihm tickte eine Uhr. Er dachte über den Fall Alfons Krug nach, aber eigentlich auch nicht über den Fall Krug, sondern mehr über den Inspektor Beckenbauer, und er fragte sich, ob der den Täter dingfest machen würde.

Dabei verhehlte er sich nicht, daß er Beckenbauer nicht mochte. Dieser noch ziemlich junge Mann mit den leicht glotzenden Basedowaugen und dem pickeligen Gesicht verriet zwar manchmal eine überraschende Auffassungsgabe – man brauchte ihm nicht viel zu erläutern –, und er verfügte auch über jene schöpferische Kombinationsgabe, mit der die Details der Ermittlungsergebnisse zu einem Gesamtbild zusammengeschaut wurden, aber er hatte es an sich, unpassende Bemerkungen zu machen, die sich nicht auf den Fall bezogen, sondern auf Allgemeines. Und das liebte der Kriminalrat nicht. Zwar war Beckenbauer in der letzten Zeit mit Worten zurückhaltender geworden, dafür hatte er sich einen starrenden Blick angewöhnt, der seinen Augen den Ausdruck eines hinhaltenden Widerstands verlieh. Nein, den Beckenbauer würde er niemals zu vorzeitigen Beförderungen empfehlen.

Hinter diesen Gedankengang machte Adam einen deutlichen Punkt. Er beugte sich vor und tippte die Asche des Zigarillos in den Becher. Damit aber, dachte er, wäre jedoch noch nichts geklärt, nichts, was den Fall Krug anging, und dieser Fall konnte ihm in jederlei Hinsicht zu schaffen machen, wenn sich dieser verdammte Grob der Sache so annahm, wie es sich in dem Gespräch mit ihm abgezeichnet hatte.

Was konnte den Grob zu diesem unvermuteten Angriff veranlaßt haben? Darüber war Adam sich klar: Das hatte keineswegs nur journalistische Gründe. Er mußte diesen Angriff in größeren Zusammenhängen sehen, und in diesem politisch kritischen Augenblick konnte es nur bedeuten, daß Grob entweder selbst ein politisches Ziel verfolgte oder irgend jemandem Schützenhilfe leistete. Aber wem und warum und mit welchem Plan?

Die Hamburger SPD-Führung anzugreifen, nur weil sie hier allein die Politik machte, erschien in diesem Augenblick zwecklos. Ein solcher Angriff mußte auf dem Hamburger Terrain steckenbleiben, und da sie vor keinen Wahlen standen, konnte sich das nicht auswirken. Nein, das war detaillierter ausgetüftelt. Vermutlich wollte Grob nachweisen, daß die Hamburger Polizei ihre Aufgaben nicht erfüllte, weil die leitenden Männer weniger nach ihren Fähigkeiten als vielmehr nach ihrer Zugehörigkeit zur SPD ausgewählt wurden. Verantwortlich dafür war der Innensenator, also Schmidt-Schnauze. Die Kette war logisch. Folglich, das

stand für den Kriminalrat fest, galt Grobs eventueller Angriff dem Innensenator.
Der aber machte sich im Bonner Felde zu schaffen. Sein Operationsplan lag offen: Er wollte den schwer angeschlagenen Hassel ablösen, er wollte Verteidigungsminister werden. Das war die erste Stufe. Als der sicherste Weg dorthin war ihm die kleine Koalition erschienen, denn da gab es keinen Rivalen neben ihm. Deshalb hatte er die scharfen Töne angeschlagen, die ihm schon früher den Beinamen ‹Schnauze› eingetragen hatten.
Was also, überlegte Adam weiter, konnte Grob zu seinem Angriff veranlaßt haben? Mit Schmidt-Schnauze wurde dessen Plan torpediert, also die kleine Koalition SPD-FDP. Es konnte freilich auch sein, daß Grob mit dem Innensenator die gesamte SPD-Führung treffen wollte, also auch die große Koalition CDU-SPD. In beiden Fällen aber mußte er im Auftrag entweder einer Gruppe der CDU handeln oder aber noch weiter rechts stehender Kreise, also im Sinne jener Kräfte, die auf Biegen und Brechen kein Rosa in Bonn sehen wollten.
Der Kriminalrat stand auf, ging zum Telefon hinüber, nahm das Telefonbuch, suchte die Nummer Grobs, streckte die Hand zum Hörer aus – und ließ sie wieder sinken.
Was hätte er dem Journalisten sagen, was ihm als Äquivalent dafür anbieten können, daß er von seiner Absicht abließ?
Außerdem, bedachte er, war es zu zeitig. Es galt, sich keine Blöße zu geben. Männer wie Grob waren zu allem fähig. Er hätte den Anruf für seine Zwecke nutzen können. Verhandeln mit ihm – das mußte in diesem Falle der letzte Ausweg bleiben.
Er ging an seinen Schreibtisch zurück, der Zigarillo war kurzgebrannt, er drückte den Stummel aus. Mit der flachen Hand rieb er die Kopfhaut.
Noch war nichts verloren, tröstete er sich. Noch konnte die Polizei den Volkmann greifen.
Außerdem, erinnerte er sich auf einmal, war ja die Frau im Gewahrsam.
Er verzog die Lippen, kniff die Augen zusammen. Als Lockvogel mußte man sie ansetzen!
Warum war das dem Beckenbauer nicht eingefallen?

7 «Ja», hatte Udo Volkmann erwidert, «gewiß. Der bin ich.» Der Polizist blickte in die Papiere, die er wegen der schlechten Beleuchtung dicht unter die Augen hob.

Daran erinnerte sich Volkmann jetzt, und er spürte noch nachträglich dieses seltsame Gemisch aus Schreck, Entsetzen, vagen Fluchtgedanken, Trotz, erkünstelter Frechheit und Freude darüber, daß seine schlecht durchblutete Haut weder zum Erröten noch zum Erblassen neigte. Jetzt wäre er blaß geworden und hätte sich dadurch verraten. Wie schwach man sein kann, grübelte er und fröstelte dabei erbärmlich, wie unsicher! Stark mußte man sein, sicher, unverfroren. Geradeaus blicken, trotz Foto in der Presse, trotz Foto auf dem Bildschirm. Und Polizisten genau in die Augen sehen und nicht beiseite, wie er es getan hatte. Volkmann lächelte in der Dunkelheit. Er entsann sich, wie der Beamte ihm die Papiere überreicht hatte, er hörte dessen Worte: «Sehr unvorsichtig von Ihnen, Herr Volkmann. Sie haben den Wagen draußen geparkt, nicht abgeschlossen und die Wagenpapiere darin gelassen. Dreißig Prozent machen das so, wir überprüfen gerade heute nacht. Diebe haben es leicht. Wenn Sie Ihren Wagen wohlbehalten wiedersehen wollen, schließen Sie ihn noch jetzt ab.»

Dann hatte er gegrüßt, hatte sogar geschmunzelt, weil er Volkmanns bettbereiten Aufzug bemerkte, und er war gegangen, an den anderen Türen vorüber, die Treppe hinunter.

Udo Volkmann hatte mit seinem Ausweis in der Hand dagestanden und ihm leer nachgesehen.

Er hatte erst aufgeatmet, nachdem der Beamte endgültig verschwunden war. Dann hatte er die Türe geschlossen, langsam den Schlüssel umgedreht, war zu seinem Bett gegangen, hatte die Flasche Bier geöffnet, sie an den Mund gesetzt und in einem Zuge ausgetrunken.

Nun lag er ausgestreckt auf dem Rücken und starrte ins Dunkel. Er wußte, daß er nicht viele solcher Schocks vertragen würde, er fürchtete sich davor, und er erwog den Gedanken, sich zu stellen. Dann erinnerte er sich an seine Frau. Er war sich ihrer sicher, seit sie geheiratet hatten; er wußte nicht, ob er sich ihrer sicher sein könnte, wenn er für lange Zeit hinter Gittern verschwand.

Nein, er war sogar überzeugt, daß sie dann ihre alten Wege ging.

Welche Möglichkeiten hatte er, unauffällig nach Hamburg zurückzukehren, sie zu sehen, mit ihr zu sprechen, ein Übereinkommen für die Zukunft zu finden, vielleicht gemeinsam zu verschwinden? In Südamerika sollte es leicht möglich sein unterzutauchen, aber er befürchtete, seine Carmen würde davon nicht entzückt sein.
Er versuchte, sich den Kriminalbeamten vorzustellen, der hinter ihm her war; es mußte ein scharfer Hund sein. Gefährlich, ihm in die Zähne zu laufen. Wahrscheinlich so einer, der Karriere machen wollte. Udo Volkmann tat sich selber leid.
Nur gut, daß ihnen die alte Sache entgangen war, der Einbruch in den Juwelierladen. Wenn er daran dachte, faßte er wieder Mut. Ein tolles Stückchen, unverfroren, frech, während der Mittagszeit, mit der Pistole und ohne Komplizen.
Warum eigentlich sollte es ihm nicht gelingen, auch jetzt unbemerkt zu entkommen?
Doch gleich fiel er wieder zusammen. Unbemerkt – das eben war es! Irgendwer hatte ihn gesehen, irgendwie waren sie auf ihn verfallen; sie waren sich ihrer Sache so sicher, daß sie eine öffentliche Fahndung durchführten.
Und damals ohne Komplizen, und diesmal ohne Komplizen. So richtig das war, weil niemand ihn verpfeifen konnte – es war eben falsch für den Fall, daß er einen Unterschlupf benötigte.
Im Dunkeln griff er nach der Flasche auf dem Nachttisch und setzte sie an den Mund. Sie war leer. Enttäuscht ließ er sie auf den Fußboden fallen. Sie polterte und rollte laut durch den Raum. Wieder erschrak er. Man hätte es unten hören können, man konnte aufmerksam auf ihn werden; vielleicht war dieses Rhinozeros von Polizist in der Gaststube und genehmigte sich einen und ihm fiele bei dieser Gelegenheit ein, daß nach dem Udo Volkmann, dessen Wagenpapiere er in der Hand gehalten hatte, gefahndet wurde.
Alles blieb still, er lauschte angestrengt, es rührte sich nichts, keine Schritte auf der Treppe ...
Er schloß die Augen, um einzuschlafen; aber sowie er seine Angst vergaß, tauchte das Bild seiner Frau Carmen vor ihm auf; es zog ihn an, er stellte sich die Wiederbegegnung vor: Carmen! Er

faßte den Entschluß, in aller Frühe zu ihr nach Hamburg zu fahren.
Und erschrak vor diesem Entschluß. Wie, wenn sie Carmen als Lockvogel benutzten?

5. Kapitel

1 Kriminaloberinspektor Joachim Christ hatte keine gute Nacht verbracht. Schätzle war in plauderselige Stimmung geraten, der Wein war gut gewesen, und Christ, der von den Anstrengungen des Tages ermüdet war, hatte ihn überreden müssen, sich endlich niederzulegen, und auch nachdem er ihn so bequem wie möglich auf der Couch untergebracht hatte, schlief Schätzle keineswegs ein, sondern er gab sich Erwägungen darüber hin, ob er nun am nächsten Tage gleich nach Stuttgart zurückfahren oder noch ein paar Stunden für Hamburgs Reeperbahn opfern sollte. Vorsichtig fragte er bei Christ an, ob er abends nicht sein Mentor sein wollte. Der Oberinspektor begriff sofort, daß es dem Onkel mehr darauf ankam, die Rolle des eingeladenen Gastes als die des großzügigen Verwandten zu spielen, und in der Erinnerung an sein nicht eben gehaltvolles Portemonnaie lehnte er deutlich ab und schützte eine Dienstbesprechung vor.

Da gab Schätzle auf, er hatte plötzlich keine Lust mehr auf Hamburg, auch ihn rief der Dienst, und er schlief ein, so tief und gut, daß er laut zu schnarchen begann.

Wären die Geräusche die eines gleichmäßigen Sägens gewesen, Christ hätte sich damit abgefunden und sich daran gewöhnt. Aber Schätzle schnarchte anders, er schnarchte sozusagen auf schwäbisch, laut, stark, explosiv, unterbrochen von kürzeren oder längeren Pausen. Dazwischen verursachten irgendwelche Härchen ein fiepend-zirpendes Geräusch. Christ fand es grauenhaft.

Er versuchte es mit lautem Husten, er rief den Namen des Onkels, er pochte mit der Hand auf den Fußboden, er knipste die Nachttischlampe an. Alle diese Versuche führten nur dazu, daß

die Schnarchgeräusche sekundenlang verstummten, daß dann jedoch die Nase des Onkels zu neuen Taten begeistert wurde und die unvorstellbarsten Laute von sich gab.
Da kapitulierte Christ.
Als er endlich wieder in seinem Arbeitszimmer saß, schmerzte sein Kopf, und er spürte keine Lust, dem Udo Volkmann härter als bisher an den Kragen zu gehen. Im Grunde genommen, sagte er sich, hatte er sich voreilig engagiert; es gelte doch lediglich, die alte Sache zu klären, und was so lange gelegen hatte, das konnte noch länger schmoren. Der Verdacht, es läge eine neue Tat vor, die in sein Ressort fiel, war mehr als vage. Eigentlich war er nur wegen seines Freundes Beckenbauer vorgeprellt – und das hatte er nun davon: Arbeit.
Er prüfte die Eingänge. Einige wenige Meldungen von Polizeistreifen und Stationen, so verfaßt, daß sie erkennen ließen, wie ungläubig die Verfasser den Berichten gegenüberstanden, die sie entgegengenommen hatten. Ein Fernschreiben aus Waldshut, wo der Volkmann gesehen worden sein sollte. Höchst unwahrscheinlich. Und eine Menge der üblichen wichtigtuerischen Hinweise von Männern und Frauen, aber kein einziger, der handgreiflich war. Trotzdem mußte er den ganzen Wust sichten. Manchmal schon hatte sich überraschenderweise doch herausgestellt, daß ein Körnchen Wahrheit darin steckte.
Er begann mit dieser Goldgräberarbeit und ermüdete noch mehr. Einen Brief hielt er lange in der Hand und schüttelte immer wieder den Kopf über so viel Spintisieren. Da wollte doch ein Mann namens Gossenlauge den Volkmann tatsächlich am Mordmorgen zwischen zehn und elf Uhr in der Bar Antwerpen beobachtet haben; dort sollte der Volkmann mit einer jüngeren Frau in übermütiger und verliebter Laune Sekt gekübelt haben. Gossenlauge behauptete, ein Irrtum wäre ausgeschlossen, er hätte genau beobachtet und Zeit genug dazu gehabt. Aufgefallen wäre ihm der Volkmann, weil dessen Schuhe so kotig gewesen wären.
Christ hatte das Blatt noch nicht beiseite gelegt, als Beckenbauer anrief und aufgeregt fragte, ob irgendein Ergebnis vorliege. Er möge selbst sehen, meinte Christ und hängte auf.
Es behagte ihm wenig, jetzt dem Freund zu begegnen; er wußte ja genau, welches Anliegen der hatte.

«Also», rief Beckenbauer, kaum daß er die Tür geöffnet hatte, «wir müssen mit aller Energie vorgehen, mein Lieber!» Er setzte sich und fuhr eifrig fort: «Wir lassen die Frau frei, diese Carmen Volkmann; es ist sowieso zweifelhaft, ob der Untersuchungsrichter den Haftbefehl verlängert, und wir lassen sie beschatten. Einmal muß sie ja mit ihrem Mann in Kontakt treten.»
«Wir?» fragte Christ gedehnt und lehnte sich zurück.
«Adam hat mich zu sich zitiert», berichtete Beckenbauer. «Ich hatte das erwartet. Als Lockvogel müßten wir sie benutzen, hat er angeordnet. Na ja, ich habe meinen Anschiß weg, weil ich das bisher nicht getan hatte.»
«Wir?» fragte Christ wieder und regte sich nicht.
«Ja, freilich», meinte Beckenbauer, «wer denn sonst?»
«Weißt du», sagte Christ und stützte nun die Ellenbogen bequem auf die Schreibtischplatte, «dein Chef ist nicht mein Chef, und mein Chef willigt in eine solche Überwachung nicht ein. Lassen wir die Frau 'raus, dann müssen wir sie nicht nur beschatten – wir müssen die Leitung anzapfen und die Gespräche aufnehmen, wir müssen jeden Kontakt überprüfen, den sie aufnimmt, auf jeden Briefkasten aufpassen, in den sie eine Postkarte wirft. Und das alles wegen einer höchst zweifelhaften Sache, die vor Jahren passiert ist.»
Beckenbauer wurde zwar sofort klar, daß Christ recht und er ihn überfordert hatte; er versuchte es trotzdem: «Der Untersuchungsrichter ...»
«... hält den Haftbefehl aufrecht», behauptete Christ, «zumindest, bis wir den Volkmann gefunden haben. Und das kann lange dauern.»
«Aber wenn die Frau als Lockvogel ...»
«Soll sie ja gar nicht», warf Christ kühl ein. «Das ist so eine hübsche Vorstellung von Adam. Wenn der Volkmann Dreck am Stecken hat, wird er sehr vorsichtig sein, sie zu sprechen oder ihr zu schreiben. Hat er keinen, taucht er eines Tages ganz einfach auf. Und dann mein Lieber ...», Christ hob warnend die Hand, «... sind wir nämlich geplatzt! Welche Indizien haben wir denn?»
Beckenbauer mußte ihm recht geben. Er schwieg und dachte nach. Christ dauerte das zu lange. Er schob ihm die Anzeigen

über den Tisch. «Kannst du prüfen», sagte er mitleidig. «Ich hab' alles durchgesehen. Routinemäßig zu erledigen.»
Mechanisch griff Beckenbauer nach den Papieren. Christ wandte sich seiner eigenen Arbeit zu, er betrachtete den Fall Udo Volkmann schon gar nicht mehr als seinen Fall. Er verstand, daß Beckenbauer in einer Zwickmühle war; so leid es ihm tat, er sah nicht, wie er ihm helfen könnte.
Der Eifer, mit dem Inspektor Beckenbauer in den belanglosen Papieren wühlte, störte ihn; er sah auf und sagte: «Ich würde die Sache auffliegen lassen. Erkläre Adam: Nichts zu machen. Erledigt! Das ist zwar schmerzhaft, geht aber schnell vorüber. Und er wird gezwungen, entweder seine eigenen Pfoten hineinzuhängen, wozu er keine Lust hat, weil er sie sich nicht verbrennen will, oder einen andern zu beauftragen. Du aber bist den Schamott los.»
Beckenbauer schien das nicht zu hören. Er wurde plötzlich aufgeregt und sagte: «Hast du denn das übersehen?»
Christ musterte das Schreiben in Beckenbauers Hand. «Um Gottes willen», entsetzte er sich, «du meinst diesen Gossenlauge oder wie er heißt? Na, ich will nicht hoffen, daß du darauf 'reinfällst. Das ist ein typischer Wichtigtuer.»
«Wieso?» beharrte Beckenbauer. «Wenn er den Mann eine Stunde lang beobachten konnte, dann hatte er Zeit, sich das Gesicht einzuprägen.»
«Es gibt viele Leute mit vielen Gesichtern», erwiderte Christ. «Überlege doch nur, daß der Mord am frühen Morgen erfolgte, der Barbesuch aber zwischen zehn und elf Uhr. Glaubst du, daß ein Mörder den Nerv hat, sich anschließend an seine Tat mit einem weiblichen Wesen an Sekt zu berauschen? Und speziell in diesem Falle, wo der Mord zweifellos nicht eingeplant war, sondern im Zuge einer Erpressung oder dergleichen sozusagen Nebenprodukt?»
«Feststeht», überlegte Beckenbauer, «daß Volkmann nicht allein aus der Wohnung gegangen ist, sondern mit seiner Frau. Warum sollten sie nicht gemeinsam . . .» Er grübelte. «Möglicherweise war Carmen der Lockvogel für den alten Krug, der sollte dann in flagranti von Volkmann ertappt werden, dafür büßen und zahlen . . . Und vielleicht hat er sogar gezahlt, und sie haben den

Zeugen beseitigt. Oder er war widerspenstig, und man nahm sich, was man nicht gutwillig erhalten konnte.» Er machte eine unbestimmte Handbewegung.
Christ lächelte. «Dann müßte die Frau ebenso schmutzige Schuhe gehabt haben.»
«Vielleicht . . .» Beckenbauer zuckte die Schultern. «Gossenlauge hat möglicherweise ihre Füße nicht gesehen, und wir haben auf ihre Schuhe nicht geachtet.» Er sagte entschlossen: «Das lasse ich nachholen. Ich lasse feststellen, ob sich an irgendwelchen Schuhen Erdspuren aus dem Garten befinden.»
«Das wäre immerhin ein Anhaltspunkt», gab Christ widerwillig zu.
«Also, wie ist's?» fragte Beckenbauer. «Machst du mit?»
«Ist doch nicht meine Sache, der Mord», erwiderte Christ widerspenstig und dachte an die vielen Akten, die er noch zu bearbeiten hatte.
Beckenbauer sah ihn mit einem Blick an, als hätte der Freund ihn verraten. Christ begriff, wieviel für den andern auf dem Spiele stand.
Und als Beckenbauer sich schweigend erhob und zur Tür ging, stand er hastig auf, folgte ihm und murmelte seufzend: «Gut, nehmen wir das Malheur unter die Lupe.»

2 Um diese Zeit revoltierte Carmen Volkmann bereits seit mehr als einer Stunde.
Sie lag in einer Eingangszelle des Polizeigefängnisses mit fünf anderen Frauen zusammen. Schon als sie eingeliefert worden war, hatte sie verächtlich gedacht: Kleine Fische!
In der Tat handelte es sich um Ladendiebstähle, gewerbliche Unzucht, Belästigung von Passanten im Zustand der Trunkenheit und ähnliche unbedeutende Delikte.
Von Anfang an versuchte Carmen Volkmann die Überlegene und Verschlossene zu spielen, sie grüßte nicht, sie beantwortete keine Fragen, sie fragte auch selber nichts, sie hatte sich auf ihre Pritsche zurückgezogen, saß dort und blickte starr vor sich hin, und das einzige, was sie ganz heftig quälte, war der Hunger nach einer Zigarette. Trotzdem sah sie nicht einmal auf, als die andern

nach Einschluß Tabak, den sie aus einer Kautabakrolle aufgeweicht und getrocknet hatten, in Zeitungspapier rollten, und als eine Gewiefte mit dem Stahlmesser am Boden eines Trinkgefäßes aus Steingut Funken auf ein Stückchen Lunte pinkte.
Natürlich reizte Carmen so die Gefährtinnen der Nacht, aber sie wehrte sich nicht gegen die Beschimpfungen.
Sie legte sich auch nicht auf die Pritsche, um zu schlafen, und mit Mühe blieb sie bis zum nächsten Morgen wach; im winzigen Spiegel sah sie befriedigt die Ringe um die Augen. Sie wischte den Rest Schminke vom Gesicht. Jetzt sah sie fahl, sah sie krank aus.
Carmen meldete sich zum Arzt. In einer Reihe mußte sie mit sechzehn anderen antreten. Der Arzt, gefolgt von einer Kalfaktorin, musterte sie alle, hörte sich ihre Klagen an, richtete kein Wort an sie, sondern verständigte die gehorsame Kalfaktorin wegen der Medikamente, die zu verabreichen wären.
«Ich will keine Pillen», sagte Carmen Volkmann erbost. «Ich bin haftunfähig.»
Der Arzt ging an ihr vorbei.
Die Wachtmeisterin, die ihn begleitete, lächelte nur verächtlich.
Beim Untersuchungsrichter, der den Haftbefehl überprüfte, sagte Carmen wieder: «Ich bin krank. Das ist alles, was ich zu sagen habe. Es ist Freiheitsberaubung. Ich habe nichts getan.»
Der Richter, ein alter und gleichgültiger Mann, hatte diese Einwände viele tausend Male in seinem Leben gehört. Er erwiderte: «Mag sein, Frau Volkmann. Aber wir wollen doch der Reihe nach vorgehen. Zuerst haben Sie gesagt, Sie hätten vom Fenster aus beobachtet, wie Ihr Mann wegfuhr. Dann verhaspelten Sie sich und sagten, Sie wären mit ihm zusammen aus dem Hause gegangen. Was stimmt denn nun?»
Er erhielt keine Antwort.
«Haben Sie meine Frage verstanden?» sagte er geduldig.
Carmen Volkmann schwieg.
Der Richter betrachtete sie nachdenklich; dann blickte er auf die Akten, machte eine Notiz, rieb mit dem linken Zeigefinger die graue stachlige Braue und bemerkte gleichgültig: «Also bleibt die Haft wegen Verdunkelungsgefahr aufrechterhalten.»
Zum Gerichtsdiener gewandt, ordnete er an: «Führen Sie die Nächste vor!»

Auf dem Wege zur Zelle sah Carmen Volkmann an ihrer Umgebung vorbei; ebenso hätte sie den Jungfernstieg entlanggehen können, sie wirkte völlig unbefangen.
Dabei hatte sie ein einziges Ziel im Auge. Sie hörte das Rasseln des Schlüsselbundes in der Zellentür hinter sich – da war sie an den Schränkchen angelangt, die das Eigentum der fünf Inhaftierten enthielten.
Jetzt ging alles überraschend schnell. Sie riß die Schranktüren auf, schmetterte die Trinkbecher, die Zahnputzgläser, die Eßschüsseln zu Boden und warf die Bestecke an die Wand. Das letzte Messer schmiß sie gegen die vergitterten Scheiben. Sie hängte sich an die Schränkchen, und es gelang ihr, eines von den Haken zu reißen. Dann stürzte sie sich auf die eisernen Bettstellen, zerrte die Decken herunter, zog die Liegebretter heraus, trampelte darauf herum – und es klirrte und knirschte, knallte und splitterte.
Ihr Gesicht war von Anstrengung verzerrt.
Die Frauen waren so verblüfft, daß sie zunächst schwiegen und sich nicht rührten. Als es aber an ihr Eigentum ging, begannen sie zu protestieren. Es gab lautes Geschrei und Gekreisch, sie fielen Carmen an, sie wehrte sich. Bald lag ein ineinander verfilzter Knäuel von Gliedmaßen auf der Erde, ein sich wälzendes, keuchendes, schwitzendes Gebilde, das wenig Menschliches mehr an sich hatte.
Keine der Frauen hatte bemerkt, daß bald nach dem ersten Lärm der Deckel des Spions an der Tür beiseite geschoben wurde und ein Auge neugierig die Szene erspähte.
Die Oberwachtmeisterin blickte aufmerksam in die Zelle und rief zwei Kolleginnen.
Endlich hielten sie den Augenblick für gekommen, die Revolte niederzuschlagen. In diesem Augenblick lag die Volkmann mit dem Gesicht zum Boden, zwei andere Frauen saßen auf ihrem Rücken, eine dritte hatte sich in das Haar verkrallt.
Die Oberwachtmeisterin schloß lautlos auf und schrie: «Ruhe! Aufhören!»
Die Reaktion wartete sie nicht ab, in der gleichen Sekunde war sie bei der Volkmann. Sie packte ihren Arm und drehte ihn auf den Rücken.

Das ging blitzschnell vor sich. Die Frauen stoben beiseite. Carmen Volkmann wurde unsanft zur Tür hinausgeschoben.
«Na also», sagte die Oberwachtmeisterin stolz und befriedigt, drückte den Arm der Volkmann ein wenig höher, damit es ihr weh täte, und knurrte: «Vorwärts! Das machst du nicht noch einmal, mein Mäuschen!»

3 Das war ein so angenehmes, ruhiges Wiegen in dem Zug, daß Gustav Schätzle versucht war, den Kopf auf die Brust sinken zu lassen und hinzudämmern. Dabei war er nicht müde; er hatte sich in der Nacht satt geschnarcht, und als sich Christ über die Störung bitter beklagte, hatte er lediglich verschmitzt und befriedigt gelächelt. *Er* fühlte sich ausgeruht und erfrischt.
Von ihm aus hätte diese Fahrt bis in alle Ewigkeit weitergehen dürfen. Es war so angenehm, die Landschaft zu betrachten, die sich draußen vorüberdrehte und sich aus seen- und tümpelbestandener Flachheit ins wohltuend Hügelige verwandelte. Städte und Dörfer trugen ihre Namensschilder in den Bahnhöfen wie an die Brust geheftete Orden, rotbemützte Vorsteher hoben bedeutsam die Signalkellen – im Grunde genommen erschien dem Hauptwachtmeister dies alles wie ein freundliches Kinderspiel, in das er auf eine schlaraffisch-nichtstuende Art einbezogen war.
Über den Neffen lächelte er. Wie konnte der diesem dubiosen Juwelendieb nachrennen! Schätzle blähte sich leicht. Das waren nun die Dezernate der Wichtigtuer; da sah man es, nachlaufen mußten sie ihren Fällen wie hechelnde Hunde, wohingegen die Verkehrspolizei doch etwas ganz anderes war. Da rannte man niemandem nach, da pfiff man ihn still, da gab es keinen Fall, da machte man ihn selbst und bestimmte die Grenzen des Strafbaren.
Köln gefiel ihm wenig und minderte seine Laune um ein geringes. Der Zug hatte für seinen Geschmack zu lange Aufenthalt. Er lehnte sich zum Fenster hinaus, zog sich aber bald grollend wieder auf seinen Sitzplatz zurück. Nein, die Kölschen Mädche mochte er nicht, die von den Rheinländern so besungen wurden. Da war nichts dran, an den Dingern, so dünn wie Grünspargel, und sie waren nicht zuverlässig, waren nur Strohfeuer. Seine erste

Liebe war so eine gewesen, plötzlich war sie verschwunden gewesen und hatte nicht einmal mehr eine Karte geschickt.
Aber das war gut so, sinnierte er, denn so war er an die einzig Richtige geraten, eine Schwäbin! Schwäbische Mädchen, ja, die waren treu, das waren geborene Hausfrauen mit ihren etwas zu kurzen, stämmigen Beinen und dem gebärfreudigen Becken, das waren keine Strohfeuer, vielleicht nicht ganz heiß, aber ausdauernd.
Er griff aus der Aktentasche eine Banane, entkleidete sie behaglich und schmatzte sie, wieder zufrieden, in sich hinein. Als der Zug anfuhr, schleuderte er die Schale durchs Fenster auf den Bahnsteig – das hätte er in Stuttgart niemals getan. Wie leicht konnte jemand ausgleiten und stürzen!
Das wäre dann auch so ein Fall, dachte er, während er aus einem mürben Apfel einen saftigen Biß abriß, in dem der Neffe auf vergebliche Suche nach dem Täter hätte gehen können. Plötzlich hielt er im Kauen inne. Schätzle erinnerte sich an die Fahrerflucht bei Stuttgart, und er fand, daß er überheblich wäre. Hatten sie nicht damals auch ergebnislos gefahndet? Verdammt, und hatten den Täter sogar in ihren Händen gehabt, und er war ihnen entwischt!
Auf einmal empfand er keine Freude mehr an der vorübergleitenden Landschaft, sogar der knirschende Apfel schmeckte ihm fade. Er warf, seinem Sparsamkeitssinn zuwider, ein reichlich mit Fleisch umgebenes Kerngehäuse aus dem Fenster.
Dann drückte er sich in die Ecke, schloß die Augen und grübelte. Der Neffe mochte sagen, was er wollte, jener Fernsehreporter oder was immer er sein mochte war identisch mit dem, der damals den Unfall gebaut hatte, und mochte dieser Mensch in Hamburg noch soviel Ansehen besitzen, mochte er mächtige Freunde haben, vor denen sogar Christ kräftigen Wind zu haben schien, der hatte sich strafbar gemacht, zunächst natürlich mit dem Unfall, an dem er einwandfrei Schuld trug, dann aber zusätzlich mit der Fahrerflucht, und das war kein Kavaliersdelikt, bei dem man die Augen zudrücken konnte.
Schätzle fiel wieder ein, was Christ ihm – in überdrüssigem Ton übrigens, der ihn geärgert hatte – gesagt hatte: «Mein lieber Onkel, bring du den Grob nicht ins Spiel. Zufällig weiß ich, daß er

gerade jetzt in unserer Hamburger Polizei auf Hexenjagd ist. Dem dürfen wir nichts tun. Der hat Freunde beim ‹Stern› und beim Fernsehen, und wenn er dort Freunde hat, dann muß er woanders noch stärkere haben, sonst kommt der Mann aus England nicht ohne weiteres in solche Stellen hinein. Der, lieber Onkel, würde uns mit dreifacher Münze heimzahlen.»
Grob hieß der Kerl, richtig! Aber der Neffe täuschte sich. Auch hier würde es nach Recht und Gerechtigkeit gehen.
Schätzle blähte die Nüstern – ein Schweißhund, auf eine Fährte gesetzt.
Sobald er in Stuttgart ankam, wollte er sich die Akte hervorsuchen, und dann mußte man weitersehen. Das war doch zu mysteriös gewesen damals: ein zertrümmerter Wagen, ein Mensch, der sich aufgelöst hatte, ohne die geringste Spur zu hinterlassen.

4 Peter Grob stand vor dem Springer-Haus und zögerte. Es ging ein scharfer Salzwind, und er fror.
Die Nacht mit Gret-Marianne war angenehm gewesen, aber schließlich anstrengend. Sie hatten die Eden-Bar besucht, hatten mäßig getrunken und Pläne geschmiedet. Das war eine brauchbare Frau, jung, charmant, man konnte sie präsentieren, und dazu eine Intelligenzbestie, die haarscharf ausrechnete, wo und wie man am besten landen konnte. Dazu besaß sie den Geschmack, der gefragt war, war rechtzeitig und sozusagen nahtlos übergegangen von nüchterner Sachlichkeit auf blausamtene Romantik, trug das Haar daher neuerdings tizianfarben, und sie brachte in die Kostüme unauffällig eine weiche, fallende Linie.
Grob schätzte sich glücklich, Gret-Marianne Upenhof, Lichtgestalterin beim Fernsehen, gewonnen zu haben – auch wenn sie nach solchen Barnächten, in denen die Finten für die nächste Zeit ausgeklügelt wurden, Erhebliches forderte, weil sie das, wie sie sich ausdrückte, zur Beflügelung benötigte.
An dem aktuellen Unternehmen, das Grob vorhatte, fand sie allerdings wenig Geschmack. «Nicht zuviel Politik», hatte sie gewarnt, «irgendwann brauchen wir die Leute.»
Indessen, so fand Peter Grob, war dies eine Frage des Prinzips. Es galt nicht nur hochzukommen, es galt auf eine bestimmte Art

hochzukommen; denn diejenigen, auf deren Schultern er jetzt stand, würden später fordern, daß er sie nachzöge.
Ging es also jetzt, im Salzwind vorm Springerhaus, nur um die Entscheidung: BILD-Zeitung oder WELT?
Er tat ein paar Schritte hin und her, die Hände in den Manteltaschen vergraben.
Das war kein Material für die WELT – zu dem Schluß kam er –, zu geringfügig, zuwenig fundiert, zu örtlich gebunden. Jedenfalls dem Anschein nach. Das würden ihm die Redakteure vorhalten. Und wenn er seinen Angriffsplan aufdeckte, würden sie vermutlich in dieser politisch kritischen Situation vorziehen, die Sache nicht zu bringen. Mit geschickt formulierten Leitartikeln ließ sich da bei diesen Lesern, die sich für intellektuell hielten, weit mehr erreichen.
Blieb BILD! Futter war das für die, das stand außer Frage. Nur, er verschoß sein Pulver. Er würde genau auf Adam zielen müssen – Personen wollten die haben, keine Grundsätze. Für Schmidt-Schnauze blieb da nichts übrig.
Und beide Pressen? Grob hielt den Schritt an. Er schüttelte den Kopf. Die Erwägung war absurd. Die WELT-Redakteure waren stolz darauf, daß sich zwischen ihnen und der BILD-Redaktion in jeder Etage des Springer-Hauses eine feuersichere Eisentür befand. Daß über allen, im obersten Stockwerk, Herr Axel Springer ungehindert von einer Seite auf die andere gelangen konnte, weil dort seine Residenz war, schienen sie nicht zu wissen. Und deshalb würden sie einen Exklusiv-Bericht verlangen.
Der Wind schien kälter zu werden, jedenfalls heftiger. Hinter der hohlen Hand zündete Peter Grob eine Zigarette an. Es wäre besser, nochmals mit Gret-Marianne darüber zu sprechen.
Möglicherweise riet sie: Setz dich noch einmal mit Adam in Verbindung. Wenn der Mensch Angst hat, könnte irgend etwas anderes für dich herausspringen, aus Angst geben Menschen stets gern über andere Informationen.
Denn Gret-Marianne Upenhof kannte das Leben, das wußte Grob. Langsam schlenderte er weg, noch unentschlossen.

5 «Die Herren sind von der Kripo?» hatte Gossenlauge gesagt und die Entreetür weit geöffnet. «Bitte, eintreten zu wollen.»
Nun saßen ihm Beckenbauer und Christ gegenüber, und Gossenlauge, Ende Dreißig, mit Stirnglatze und Menjoubärtchen, bohrte mit dem Zeigefinger im behaarten Gehörgang und musterte sie schlau.
Der Inspektor fand, auch dieser Gossenlauge wäre ein bezeichnendes Stück Hamburg. Er konnte eigentlich nirgends anders wohnen als in einem dieser schmalbrüstigen, spitzgiebeligen und ein wenig verkommenen Häuser am Nicolaifleet, die von Fremden ‹malerisch› genannt wurden. Hier waren die Wohnungen billig und schlecht, und unklare Existenzen wie Gossenlauge boten sie willkommene Unterkunft. Fast konnte Christ sich nicht vorstellen, daß dieser Mann in seiner schmierigen Eleganz jemals vor den modernen kalten Hochhäusern am Klosterwall oder auch nur vor dem klar überschaubaren Sprinkenhof gestanden hatte. Gossenlauge gehörte zum Fleet!
«Sie haben uns da ein Briefchen geschrieben», sagte Christ beiläufig und zog das Blatt aus der Aktenmappe, «und Sie geben darin an, den vermutlichen Mörder in der Antwerpen-Bar beobachtet zu haben.»
«Mörder», Gossenlauge bewegte beide Hände abwehrend vor der Brust hin und her, «habe ich nicht geschrieben. Nur den Mann auf dem Bildschirm, den habe ich gesehen.»
«Auch recht», antwortete Christ, «um eben den handelt es sich. Es ist für Sie ja auch gleichgültig . . .»
«Nein», sagte Gossenlauge und streichelte mit spitz zusammengelegten Daumen und Zeigefinger sein Menjoubärtchen, schmal, wie mit dem Augenbrauenstift gezogen, «das möchte ich nicht sagen. Ist dieser Volkmann ein Mörder, so haben Sie zweifellos eine Prämie auf seine Ergreifung . . .»
«Noch nicht!» schnitt ihm Christ das Wort ab.
Gossenlauge hob die Schultern und ließ sie wieder fallen, als wollte er sagen: Ich kann warten, bis es soweit ist.
Beckenbauer erkannte die Situation. Er vermittelte: «Es steht nicht fest, ob er wirklich der Mörder war. Wir suchen ihn zunächst wegen eines schweren Einbruchs. Sollte sich herausstellen, daß er tatsächlich der Mörder ist, und sollte dann eine Belohnung

ausgeschrieben werden, so fällt sie selbstredend Ihnen zu, falls er durch Ihre Angaben aufgegriffen wird.»
Gossenlauge dachte nach.
Christ murmelte scheinbar gleichgültig: «Übrigens kommen wir auch so voran. Wir lassen nämlich gerade untersuchen, ob der Schmutz an den Schuhen aus dem Garten stammt.»
Das war eine Lüge, denn Volkmanns Schuhe hatten mit ihm das Weite gesucht, und die Schuhe seiner Frau wurden gerade erst von den Beamten gepruft. Christ kannte das Ergebnis noch nicht. Aber Gossenlauge fiel darauf herein. «Verdammt», sagte er fassungslos, «da hab' ich nicht achtgegeben!»
Die beiden Beamten schwiegen.
Gossenlauge atmete tief. «Also», entschloß er sich, «was wollen Sie wissen?»
Für Christ und Beckenbauer ergab sich folgendes Bild: Gossenlauge, dessen Beruf ihnen nicht deutlich wurde, hatte an jenem Vormittag einen riesigen Kater; der kam ihm ganz schwarz und mit glühenden Augen vor und mußte sich irgendwo in seinem Gehirn mit spitzen Krallen zu schaffen machen, wo er sie vermutlich schärfen wollte. Gossenlauge pflegte dieses Tier, das ihn monatlich zwei- oder dreimal besuchte, nicht mit sauren Heringen zu vertreiben, sondern mit einem gemeinen Harten oder auch zweien oder dreien, je nach der Größe des Tiers.
Weil er den Kellner in der Antwerpen-Bar kannte und weil er wußte, daß sie um diese Zeit aufgeräumt wurde und fast niemals Gäste da waren, begab er sich dorthin.
Zu seiner Überraschung fand sich aber doch ein Paar: ein älterer Mann, eine junge Frau oder ein Mädchen, die den runden Tisch ganz in der Ecke gewählt hatten. Der Kellner flüsterte Gossenlauge zu, sie wären erst vor einer Viertelstunde erschienen, hätten sich sofort dort hingesetzt und Sekt verlangt. Sie tranken ihn in offensichtlich fröhlicher Laune, nicht, als wollten sie sich anregen, sondern als wollten sie einen Erfolg begießen.
Diesen Eindruck hatte Gossenlauge gehabt. Sie hatten sich durch nichts stören lassen, berichtete er, ihm selbst keinerlei Beachtung geschenkt, aber auch der Aufräumefrau nicht, die, mürrisch und knurrend, diesen Tisch aus ihrem Reinigungsfeld aussparen mußte.

Gossenlauge hatte seinen Harten hintergekippt, und nach dem zweiten war ihm so gut geworden, daß er die Bar verlassen wollte, als zufällig sein Blick auf die Schuhe des Mannes gefallen war, und die faszinierten ihn geradezu. Selten hatte er so drekkige Schuhe gesehen.

Es waren schwarze Halbschuhe, keineswegs nur staubig oder vielleicht bespritzt, vielmehr wie eingerieben mit einer rötlichen klebrigen Erde und braungelbe Stellen dazwischen wie von Lehm. Es sah aus, als wäre der Mann über einen umgestürzten Acker gelaufen.

Und das gegen zehn Uhr morgens und in der Bar Antwerpen!

Gossenlauge hatte sich also an einen anderen Tisch gesetzt und einen dritten Harten verlangt – nach einem dritten Harten sehe er immer besonders klar.

Nein, die Schuhe der Frau waren nicht in seinem Blickfeld gewesen, sie hatte an der Wand gesessen, von dem Tisch und ihrem Begleiter verdeckt. An ihr selbst war auch nichts Auffälliges gewesen, mit *jenen* Damen hatte sie wohl nichts zu tun, lediglich ihr Mund war ihm aufgefallen, ein ziemlich großer Mund mit vollen Lippen, die sie nur ganz leicht angeschminkt hatte, so daß er wie rissig wirkte.

Beckenbauer wechselte mit Christ einen Blick.

Christ forderte Gossenlauge auf: «Reden Sie ruhig weiter. Ich will nur mal . . .»

Er verschwand. Draußen ging die Entreetür. Gossenlauge fühlte sich irritiert. Er fragte: «Was hat er denn? Er glaubt doch nicht etwa, daß *ich* . . .»

Beckenbauer beruhigte ihn, aber Gossenlauge wurde schweigsam. Zerstreut zündete er sich eine Zigarette an, bot erst dann mit einer vagen Entschuldigung dem Inspektor die Schachtel, der jedoch freundlich ablehnte.

Der Inspektor wiederholte Christs Worte: «Reden Sie ruhig weiter.»

Doch Gossenlauge mochte nicht weiterreden, er sagte es auch, er wollte Christs Rückkehr abwarten.

Beckenbauer schickte sich in das Schweigen. Unauffällig versuchte er das Zimmer zu mustern, aber er merkte bald, daß ihm dies mißlang, denn Gossenlauge starrte ihn unentwegt an.

Gleich darauf wurde er erlöst; es läutete draußen, Christ kam zurück. Er blieb in der offenen Tür stehen, nickte Beckenbauer zu und sagte: «Ihre Schuhe sind ebenso beschmiert. Sie wurden im Abstellraum gefunden. Ich glaube, wir sollten uns die Dame gleich vornehmen.»
Beckenbauer schöpfte neue Hoffnung. Er stand auf, ging zu Christ hin, aber im selben Augenblick war Gossenlauge neben ihnen und sagte aufgeregt: «Und ich, meine Herren? Vergessen Sie nicht, daß Sie *mir* den Hinweis verdanken. Ich werde mitkommen, ich werde die Frau identifizieren, ich werde . . .»
Er wollte an ihnen vorbei in den dunklen und schmalen Flur.
Christ hielt ihn sanft zurück und sagte ebenso sanft: «Gedulden Sie sich, Herr Gossenlauge. Die Polizei, die vergißt nichts. Wir rufen Sie, wenn wir Sie benötigen.»
Damit wandte er sich nach draußen, gefolgt von Beckenbauer, und hörte im Treppenflur noch Gossenlauge, der sich dabei übers Geländer beugte, ihnen leise nachrufen: «Und die Belohnung, meine Herren, wenn die ausgelobt wird . . .»

6 Beckenbauer und Christ waren gerade noch rechtzeitig im Polizeigefängnis angekommen, um zu verhindern, daß Carmen Volkmann in der Tobsuchtszelle landete.
Jetzt saßen sie ihr im kahlen Besuchszimmer gegenüber.
Sie machte tatsächlich einen mitgenommenen Eindruck. Hatte sie ihren Anfall zuerst gespielt, so hatte sie sich schließlich hineingesteigert, und als es zu der Schlägerei mit den anderen Zelleninsassinnen gekommen war, hatte sie sich mit aller Kraft gewehrt. Das hatte deutliche Spuren hinterlassen.
Beckenbauer überließ Christ das Verhör, weil der Oberinspektor die Ermittlungen führte; der aber wartete zunächst ab, ob die Frau zu reden begänne.
Wirklich schien es, als wäre Carmen Volkmann zu Zugeständnissen bereit. Nach einiger Zeit versuchte sie zu sprechen, aber die Stimme versagte ihr.
Der Oberinspektor lächelte beruhigend und meinte: «Aber, aber, Frau Volkmann, fassen Sie sich! Ich begreife schon, daß es Ihnen hier nicht gefällt. Nur – reden müssen Sie!»

Sie setzte wieder an, ihre Stimme war brüchig, als sie gestand: «Ich habe gelogen. Ich habe meinen Mann nicht vom Fenster aus wegfahren sehen. Ich bin mit ihm hinuntergegangen, und wir haben in einem Café gefrühstückt. Wir machen das manchmal so, wenn es abends besonders gemütlich war.»
Jetzt, begriff Beckenbauer, hatte sie sich wieder in der Gewalt. Ihre Augen hatten einen Ausdruck angenommen, der ihre Worte eindeutig machte.
Christ nickte. «Das verstehe ich. Eine Nachfeier sozusagen, man will nicht zu Hause herumwirtschaften, man will sich bedienen lassen. In welchem Café waren Sie?»
«Das habe ich vergessen.»
«Aha», meinte Christ scheinbar versonnen, «also vergessen. Und wohin ist Ihr Mann gefahren?»
«Ja, wissen Sie», sagte sie langsam, «darüber habe ich auch schon nachgedacht. Nachdem er nämlich die Vertretung aufgegeben hatte, war er häufig unterwegs, immer längere Zeit, und darüber sprach er nie mit mir.»
«Und Sie fragten ihn nicht?»
Sie zögerte. Das war Absicht, merkte Beckenbauer, sie wollte den Eindruck erwecken, als habe sie mit ihrem Mann leichte Differenzen gehabt und sei deshalb von ihm über gewisse Dinge nicht orientiert worden.
Wie erwartet, antwortete sie: «Nein. Ich habe ihn nie gefragt. Er haßte es, wenn ich eifersüchtig war.»
«Und machte Ihnen dann Szenen?»
«Ja.»
«Aber hier ging es doch um berufliche Reisen, nehme ich an?»
«Sicher. Das glaube ich auch. Nur, hätte ich danach gefragt, hätte er angenommen, ich glaubte ihm nicht und vermutete eine Frau dahinter.»
«Die Sie nicht vermuteten, wenn ich Sie richtig verstehe. Aber er mußte doch Geld nach Hause bringen?»
«Ja. Nicht sehr viel. Auch unregelmäßig.» Sie zögerte wieder, dann warf sie hastig hin: «Aber bei Vertretern ist das meistens so.»
«Sie glauben also, daß er wieder eine Vertretung hat?»
«Ja, was sollte er sonst tun?»

«Nun», erwiderte Christ und lehnte sich zurück, «das kann ich Ihnen genau sagen, Frau Volkmann. Einbrechen beispielsweise oder jemanden totschlagen . . .»
Sie wollte aufbegehren. Da richtete Christ sich auf und brachte sie mit einer Handbewegung zum Schweigen. Er wiederholte: «Oder jemanden totschlagen, wie an jenem Vormittag mit Ihnen zusammen . . .»
«Nein!»
Christ kümmerte sich nicht um den entsetzten Einwurf.
«Erschlagen den alten Mann, den Alfons Krug, mit einem Hammer, Frau Volkmann – und Sie haben dabeigestanden, Sie haben alles gesehen, Sie waren der Lockvogel, Sie standen Schmiere . . .»
«Nein!» schrie sie. «Nein, das ist nicht wahr!»
Christ beobachtete sie ruhig. Er fragte: «Sie bleiben dabei, daß Sie mit Ihrem Mann morgens Ihre Wohnung verließen, seinen Wagen bestiegen, in einem Kaffee frühstückten und sich dann trennten?»
Sie nickte.
Der Oberinspektor sagte beiläufig: «Von Ihrer Wohnung in der Clärchenstraße nach Groß-Borstel ist es ein Katzensprung. Sie kennen doch Groß-Borstel?»
Carmen Volkmann schwieg, verneinte die Frage jedoch nicht.
«Vielleicht», half Christ nach, «sind Sie mit Ihrem Mann gelegentlich dorthin gefahren, um sich zu erholen? Groß-Borstel liegt ja im Grünen.»
Das schien harmlos, und Carmen Volkmann bejahte eifrig. Sie sagte sogar: «Wir waren ziemlich oft dort.»
«Eben», sagte Christ und beugte sich ein wenig vor. Beckenbauer verschlug es den Atem: Das würde eine Entscheidung bringen können.
Der Oberinspektor fragte: «Das könnte sehr gut erklären, wieso an Ihre Schuhe genau der gleiche Lehmboden kommt, der sich im Schrebergarten des Krug befindet. Wir haben das untersuchen lassen. Der Garten ist nämlich in Groß-Borstel, und Sie kannten das Gelände.»
Sie starrte Christ an, wußte keinen Rat.
Er sagte freundlich: «Sie beide hatten die Gelegenheit ausbaldo-

wert, Sie beide sind die Mörder Krugs. So kommt der Schmutz an Ihre Schuhe. Stimmt das?»

Plötzlich brach sie in Schluchzen aus, legte den Kopf auf die Arme, schüttelte ihn nur.

«Nun», sagte Christ plötzlich sehr kühl, «dann werden Sie sich das weiter in Ihrer Zelle überlegen müssen.»

Er forderte Beckenbauer auf: «Komm!»

Die beiden Männer standen auf und verließen den Besuchsraum. Draußen gab Christ einer Beamtin den Wink, Carmen Volkmann wieder in ihre Zelle zu bringen.

Als sie vor dem Gebäude standen, fragte der Inspektor aufgeregt: «Wieso ging die Untersuchung so schnell?»

«Ging nicht schnell», erwiderte Christ mit einem flüchtigen Seitenblick, «ich habe auf den Busch geklopft. Jetzt müssen wir warten, bis das Gutachten wirklich vorliegt.»

Beckenbauer war tief enttäuscht. «Und Adams Lockvogel?» fragte er.

«Wird vorerst nichts draus», antwortete Christ, während er in den Wagen stieg. «Wir sind noch keinen Schritt weitergekommen.»

Er stellte den Motor an, schaltete, gab Gas. «Wie ich die Sorte kenne, wird sie es sich überlegen und um ein neues Gespräch nachsuchen. Denn darüber wird sie sich klarwerden: Eine Erklärung für den Dreck an den Schuhen ist sie mir schuldig. Irgendwo müssen die beiden ja zwischendurch gewesen sein. Und wenn sie mit einem neuen Schwindel kommt, dann habe ich meinen nächsten Schuß schon parat.»

Er wandte den Kopf zu Beckenbauer und schmunzelte ihn an.

7 Stundenlang hatte Udo Volkmann wach gelegen und gegrübelt, und immer deutlicher war er sich der Gefahr bewußt geworden, in der er schwebte. Je länger er sich in diesem winzigen Gasthaus aufhielt, um so bekannter mußte den Stammgästen sein Gesicht werden. Und da war jener Polizist, der seine Papiere in der Hand gehabt hatte – bestand nicht die Möglichkeit, daß der sich nachträglich des Namens erinnerte? Und schließlich: Noch hatte er sich nicht polizeilich angemeldet, die Wirtin pflegte es so ge-

nau nicht zu nehmen. Blieb er jedoch einige Tage hier, so würde auch das erfolgen müssen.
Also weg!
Jedoch nicht nach Hamburg; der Verdacht hatte sich in ihm gefestigt, daß Carmen zumindest überwacht wurde, um seiner habhaft zu werden. Hier mußte er Zeit verstreichen lassen, bis die Polizei dessen müde wurde und von der Aussichtslosigkeit eines solchen Versuchs überzeugt war.
Also möglichst weit weg.
Aber wohin, wohin?
Dann war ihm ein Schulkamerad eingefallen, der auch nach der Schulentlassung immer wieder Kontakt mit ihm gesucht hatte. Und dieser Arendt war vor einigen Monaten nach Stuttgart gegangen: ein unerhörter Glücksfall für ihn, denn er hatte eine um zehn Jahre ältere Lehrerin geheiratet, die in Zuffenhausen ein kleines Häuschen besaß und vom Vater her über einiges Erspartes verfügte.
Während Volkmann die Autobahn entlangfuhr, legte er sich seine eigene Geschichte zurecht. Zwar kannte er Margareta Arendt geborene Schäufele nur aus den Erzählungen seines Freundes Friedrich, aber er konnte sich von ihr ein Bild machen. Dieses Bild war das eines biederen, gebildeten älteren Fräuleins, das in die kritischen Jahre gekommen war, in der CONSTANZE nach einem Partner inserierte und eine Vorliebe für tragische Geschicke zeigte.
Tragisch also mußte das Geschick sein, und seine, Udo Volkmanns, Tragik bestand darin, angeblich eine zu lebenshungrige junge Frau geehelicht zu haben, für die er als Vertreter zuwenig verdiente, um die überspannten Ansprüche befriedigen zu können. Sie wünschte eine nicht abreißende Folge von Parties, sie wünschte Schmuck und selbstredend den Zweitwagen für die Dame, sie verlangte einen prächtigen Bungalow mit gepflegtem Garten, und sie liebte ihn heiß, solange er auf dem Wege schien, zumindest einen Teil dieser Wünsche erfüllen zu können. Selbstredend verabscheute sie Kinder, sie wollte keine, mit Kindern altere eine Frau zu sichtbar, und außerdem verdürben sie die Figur. Ach ja, wie viele Stunden hatte er zugebracht – Udo Volkmann dachte sich so in die Geschichte hinein, daß er sich selbst zu be-

mitleiden begann –, um ihr den hübschen Kopf zurechtzurükken. Aber alles mißlang.
Dann war ihm der erste Verdacht der Untreue gekommen; sie hatte ihn empört zurückgewiesen. Dann war ihm der zweite Verdacht der Untreue gekommen – sie hatte ihn spöttisch entkräftet. Endlich war ihm aufgefallen, daß sein Chef von einem bestimmten Zeitpunkt an die Kundentouren etwas eigenartig legte – nicht so jedenfalls, wie es zweckmäßig gewesen wäre, sondern so, daß er selbst möglichst lange von Hamburg abwesend sein mußte –, und war es darum, daß er einen einzigen, weit abgelegenen Kunden besuchen mußte, der seit Jahren nichts bestellt hatte, der aber endlich einmal, wie es der Chef ausdrückte, «tiefengründig» bearbeitet werden sollte.
Udo Volkmann hupte lustig und sinnlos.
Er war unruhig geworden, neuer Verdacht peinigte ihn. Eines Nachts brach er unvermittelt seine Tour ab, raste gen Hamburg, raste zu seiner Wohnung und parkte den Wagen in angemessener Entfernung. Leise drehte er den Schlüssel in der Entreetür. Als er den Flur betrat, roch er Zigarrenrauch.
Seinen Chef fand er im Bett, er machte keine gute Figur, so völlig bar jeder Bekleidung. Er wollte sich unter der Decke verstecken, aber Udo Volkmann zwang ihn aufzustehen, er sollte sich in seiner ganzen jämmerlichen Blöße offenbaren.
Wie er dann vor dem Bett stand, hätte Volkmann ihn mit einem Degen erstochen, hätte er einen zur Hand gehabt.
So hieß er ihn warten, befahl ihm, sich nicht zu rühren, er werde ihn sonst mit der Pistole, die er im Schreibtischfach liegen habe, erschießen, aber er hatte keine Pistole.
Immerhin hatte der Mann vor Angst geschlottert und dem Befehl gehorcht.
Udo Volkmann war zum Badezimmer gegangen, wo er es lustig duschen und plätschern hörte. Carmen war die Reinlichkeit in Person, sie konnte zwei oder drei Stunden lang die Badewanne blockieren und kam dann mit kräftig frottierter Haut strahlend, jung und schön von Gestalt gleich Eos, der Morgenröte.
Natürlich hatte sie von dem Zwischenfall vor dem Bett nichts bemerkt in all dem Gewässer. Udo Volkmann pochte.
Carmen sang: «Geduld, mein Liebling, Geduld!»

Er drückte sanft die Klinke. Sie sang noch einmal.
Und obwohl ihn seine Gefühle zu erdrosseln drohten, sein Hals wie gewürgt war, blieb er kaltblütig genug, sich in den Flur zurückzuziehen und die Tür zum Schlafzimmer einen Spalt offenzulassen. Immer noch stand der Chef dort vor dem Bett, schlotternd und mit angstvoll aufgerissenen Augen.
Wenige Sekunden später verstummten die Geräusche im Bad, die Tür ging auf, Carmen wehte herein, rosig, frisch, strahlend, einen himmelblauen Morgenmantel lose um die Schultern gelegt, die Glieder, den Leib frisch und jung, und ehe der Schlotternde sie warnen konnte, hing sie an seinem Halse und sang: «Liebling, ich möchte so gern . . .»
Weiter kam sie nicht. Udo Volkmann trat ein. Er sah rot. Im Vorbeigehen hatte er eine Kohlenschippe gepackt. Ehe Carmen etwas äußern konnte – nur einen spitzen Angstschrei stieß sie aus –, hatte er sie im Genick gefaßt, sich auf den Bettrand fallen lassen, die Strahlende übers Knie gelegt und ihren hübschen Popo mit kräftigen Schlägen der flachen Schaufelseite bearbeitet.
Der Rosige wurde schwarz.
Der Chef ergriff die Gelegenheit, fuhr in seine Kleider, aus der Wohnung und im Auto weg.
Carmen strampelte und gillte, es nützte ihr nichts. Dann lag sie heulend auf dem Bett. Nun verließ auch er die Wohnung, aufgewühlt und zutiefst beleidigt, setzte sich in seinen Wagen und machte sich auf den Weg zu seinem einzigen, einzigen Freund: Friedrich Arendt!
Udo Volkmann lächelte behaglich. Wenn diese Story bei der Dame Margareta, genannt Marga, nicht ankam, wollte er einen Besen fressen. «Ach, Sie Ärmster!» hörte er sie in Gedanken bereits sagen. «Bleiben Sie ein paar Tage unser Gast. Überdenken Sie alles, kommen Sie innerlich zur Ruhe, Sie sind bei Freunden, die Sie gern beraten, die Sie verstehen, die Ihnen helfen wollen.»
Er würde bleiben, er würde sich von ihr beraten und trösten lassen – und in den Pausen, wenn sie Dienst tat, seinen Freund Friedrich in seine Kalamitäten einweihen und mit ihm gemeinsam überlegen, wie man die Sore am sichersten in gesunden Zaster verwandeln könnte . . .

Als er später die lange, gerade Straße vom Hauptbahnhof Stuttgarts nach Zuffenhausen hinüberfuhr, war er guter Laune und pfiff vor sich hin.

8 «Da hast du das Gutachten», sagte Christ, ließ sich auf dem Stuhl vor Beckenbauers Schreibtisch nieder und reichte ihm ein maschinebeschriebenes Blatt.
Beckenbauer nahm es und las. Dann legte er es langsam zurück. «Und nun?»
Christ zuckte die Schultern.
«Es war so vielversprechend», meinte Beckenbauer enttäuscht.
«Einwandfrei», sagte der Oberinspektor und nahm das Blatt wieder an sich. «Das Gutachten sagt klipp und klar, daß der Lehm an den Schuhen der Carmen Volkmann nicht aus dem Garten des Krug stammt. Folglich ist es unwahrscheinlich, daß sie dort gewesen ist.»
«Aber wo dann?» ereiferte sich Beckenbauer. «Es ist doch auffällig, daß sie mit derart dreckigen Schuhen zusammen mit ihrem Mann, der ebenso dreckige anhat, morgens in eine Bar geht, um Sekt zu trinken. Das sieht doch ganz nach einer Siegesfeier aus.»
Christ zuckte die Schultern. Er starrte auf das Papier und sagte nachdenklich: «Heute können wir sie noch drinnen schmoren lassen. Morgen müssen wir sie der Freiheit wiedergeben. Die Verdachtsgründe sind nicht ausreichend. Natürlich knöpfen wir sie noch einmal vor, aber . . .»
«Und lassen sie beschatten», ergänzte Beckenbauer.
Christ musterte ihn mit seinen blauen Augen gelassen. «Du vergißt, mein Lieber, daß dies kaum noch dein Fall ist. Sie *war* nicht in Krugs Garten, das steht fest. Und ich selbst bin daran wenig interessiert, denn was habe ich wirklich gegen die beiden Galgenvögel in der Hand?»
Beckenbauer verstand. Tatsächlich nichts! Natürlich mußte der Eindruck entstehen, daß die beiden etwas zu verbergen hatten. Aber was, das war völlig ungeklärt geblieben. Hinsichtlich des Schlangenringes konnte man die Behauptung nicht widerlegen, er sei das Geschenk eines Fremden.
Verdammte Kiste! Der Inspektor hörte Adam sagen: «Zielstrebig

müssen die Ermittlungen durchgeführt werden, Herr Beckenbauer.» Und dann gedankenvoll zum Fenster hinaus: «Eignungsprüfungen sollte man für Kriminalisten einführen, eine alte Forderung von mir.»
Christ betrachtete ihn verständnisvoll. «Ich werde versuchen, meinen Alten zu überreden, die Carmen Volkmann tatsächlich als Lockvogel anzusetzen. Aber, offen gestanden, ich fürchte, das bringt dir nur eine geringe Spanne Zeit als Gewinn ein. In dieser Spanne mußt du alles daransetzen, um eine wirklich heiße Spur des Mörders auszumachen.»

6. Kapitel

1 Gleich Schwalben auf Telefondrähten saßen fünf Damen nebeneinander, unter ihnen Carmen Volkmann, die anderen vier ihr ähnlich in der Gestalt, den Gesichtszügen, der Frisur. Diese vier waren allerdings keine Beschuldigten, sondern harmlose Kriminalbeamtinnen in Zivil.

Beckenbauer bemerkte, wie Carmen Volkmann die anderen musterte. Sie bemühte sich, ebenso unbeteiligt und gleichgültig auszusehen wie sie.

Christ hatte die Beschuldigte heute früh aus dem Gefängnis holen lassen. Als sie in sein Zimmer geführt wurde, hatte er den Eindruck, daß sie die Überlegene nur noch mühsam spielte.

In der Tat hatten die Ereignisse in der Untersuchungshaft, hatten die Behauptungen der beiden Kriminalisten ihr zu schaffen gemacht. Dazu kam die Ungewißheit, was nun geschehen werde. Das war nahezu ein Alpdruck geworden, als sie aus dem Polizeiwagen ausgestiegen war und vor dem neuen Polizeipräsidium stand, diesem gewaltigen, unpersönlichen Gebäude, an dem alles kalt, abweisend, bedrückend war.

Während der Fahrstuhl aufwärts stieg, wurde ihr beklommen zumute, und als sie das merkte, entschloß sie sich zur Gegenwehr durch Frechheit und Keßheit. Aber auf ihre giftigen Fragen hatte der Oberinspektor nur geantwortet: «Gedulden Sie sich. Eine Gegenüberstellung, weiter nichts.» Und hatte ihr das Ergebnis der Untersuchung noch verschwiegen.

Jetzt warteten die beiden Kriminalbeamten auf Gossenlauge.

Da trat er auch schon ein. Christ und Beckenbauer begrüßten ihn, und Gossenlauge tat so, als bemerkte er die fünf Damen nicht. Aber in seinem Gesicht war ein Schimmer der Wichtigkeit und des Triumphs: Also brauchten sie ihn, klärten seine Angaben möglicherweise den Fall, konnte er vielleicht die Belohnung erhalten, und wenn er sie nicht erhielt, würde sich ein sensationelles Interview mit der BILD-Zeitung immer noch bezahlt machen. Er kannte sich da aus. Zart strich er über sein Menjoubärtchen.

«Jetzt», sagte Beckenbauer, «haben wir nur eine Frage an Sie, Herr Gossenlauge. Sie wollen bitte die fünf Damen genau prüfen, und wir möchten von Ihnen wissen, ob sich die darunter befindet, die Sie in der Bar Antwerpen gesehen haben.»

Gossenlauge wandte den Kopf zu den Frauen.

«Sie können nahe zu ihnen hingehen», forderte ihn Beckenbauer auf, «uns liegt daran, daß ein Irrtum völlig ausgeschlossen ist. Sie können auch verlangen, daß die Damen sich anders hinsetzen, falls Sie die Betreffende in anderer Position gesehen haben.»

Gossenlauge nickte geschmeichelt. Wichtigtuerisch runzelte er die Stirn und ging dann schweigend an den Frauen vorüber, blieb vor jeder stehen und musterte sie eingehend. Dann und wann zog er eine bedenkliche oder überlegende Miene.

Die beiden Beamten hätten nicht sagen können, ob er Carmen Volkmann wiedererkannte.

Schließlich wandte sich Gossenlauge wieder ihnen zu und sagte leise: «Die Dame in der Bar habe ich etwas von links im Profil gehabt. Wissen Sie, sie saß an der Seite des Mannes und blickte ihn immerzu an oder prostete ihm zu oder schmiegte auch ihren Kopf an seine Schulter. Richtig zärtlich sah das aus.»

«Na», sagte Christ leise und spöttisch, «das letztere können wir leider nicht praktizieren.» Aber das war nur für Gossenlauges Ohren bestimmt, der amüsiert lächelte.

Beckenbauer bat die Damen: «Würden Sie sich bitte etwas nach rechts auf den Stuhl setzen. Sie können die Beine kreuzen, alles, wie Sie wollen; ich möchte sagen: Wie es Ihnen am bequemsten ist.»

Carmen Volkmann gehorchte, aber die Beine schlug sie nicht übereinander.

Wieder begann Gossenlauge seinen gewichtigen Rundgang.

In diesem Augenblick trat ein Angestellter ein und gab Christ

einen Eilbrief. Christ drehte ihn um, las den Absender, schüttelte den Kopf und steckte den Brief achtlos in die Jackettasche.
Gossenlauge kam zu den beiden zurück. Er kehrte den Frauen den Rücken zu und flüsterte: «Die vierte von links ist es.»
«Ist die Dame», sicherte sich Beckenbauer, «die Sie in der Bar Antwerpen gesehen haben?»
«Ja.»
«Ein Irrtum ist ausgeschlossen?»
«Ausgeschlossen!»
«Kommen Sie bitte mit zu der Dame, die Sie wiedererkannt haben wollen.»
Er ließ Gossenlauge vorangehen. Dann standen sie vor Carmen Volkmann.
«Dieser Herr behauptet», sagte Beckenbauer, «er habe Sie in der Bar Antwerpen mit Ihrem Mann beobachtet, als Sie Sekt tranken.»
Carmen Volkmann sah scheinbar unbeteiligt vor sich hin.
«Stehen Sie auf!» verlangte Beckenbauer.
Sie befolgte seinen Befehl.
Gossenlauge nickte bekräftigend, als ihn Beckenbauer nochmals fragend ansah.
«Also erledigt», sagte Beckenbauer. «Herr Gossenlauge, Sie hören wieder von uns. Vielen Dank für Ihre Bemühung!» Er reichte ihm die Hand.
«Meine Damen, Sie können gehen!» mischte sich Christ mit freundlichem Lächeln ein, nachdem Gossenlauge das Zimmer verlassen hatte. «Nur Sie, Frau Volkmann, bleiben bei uns.» Er sagte spöttisch: «Wir können uns von Ihnen nicht trennen. Ja, bitte dort, nehmen Sie da Platz.»
Er wies auf einen Stuhl vor dem Schreibtisch.
Sie war weder geschlagen, noch spielte sie die Verlegene und Bescheidene. Kaum saß sie, wurde ihr Blick herausfordernd; aber sie schwieg.
Mit einem Wink forderte Christ seinen Freund auf, das Verhör zu übernehmen, und der setzte sich Carmen Volkmann gerade gegenüber. Langsam zündete er sich eine Zigarette an, und dann, als hätte er es vergessen, hielt er Carmen Volkmann die Schachtel hin. An der Art, wie sie zugriff und den ersten Zug tief einatmete,

erkannte er, daß sie diesen Genuß entbehrt hatte, und er hoffte, sie werde der Vernehmung jetzt aufgeschlossener gegenüberstehen. Er nahm ein Lineal, hielt es zwischen beiden Händen, schien zu überlegen, legte es hin, griff wieder zur Zigarette und sah bei seiner ersten Frage der Frau voll ins Gesicht.

«Sie werden nicht bestreiten wollen, daß es zwischen Ihren Aussagen Differenzen gibt?»

Sie sah ihn an und schwieg.

In der Pause bis zu seiner nächsten Frage hörte er, wie Christ hinter ihm den Brief aus der Tasche zog, hörte das Knistern, als er ihn glättete. Der Inspektor konzentrierte sich wieder auf die Frau.

«Es ist durch die Zeugenaussage des Herrn Gossenlauge erwiesen, daß Sie mit Ihrem Mann am Mordtag etwa von neun Uhr fünfundvierzig bis elf Uhr in der Bar Antwerpen Sekt tranken.»

«Ist das verboten?» fragte sie angriffslustig.

«Das nicht», erwiderte Beckenbauer sanft, «nur ungewöhnlich ist es, finden Sie nicht?»

«Mein Mann», antwortete sie kühl, «*ist* ein ungewöhnlicher Mann.»

«Das stimmt», meinte er, «aber mich interessiert die Bar im Augenblick nicht. Daß Sie Ihrem Mann aus dem Fenster nachschauten, war gelogen, das werden Sie nicht mehr leugnen. Es ist vielmehr richtig, wie Sie ja später auch ausgesagt haben, daß Sie gemeinsam die Wohnung verließen, gemeinsam mit dem Wagen wegfuhren. Das war gegen sieben Uhr morgens?»

«Jaa, so etwa . . .», sagte sie absichtlich zögernd und machte mit der gespreizten rechten Hand eine schaukelnde Bewegung.

«Es soll mir jetzt nicht auf die Minute ankommen, das würde sich notfalls durch Zeugenaussagen erhärten lassen. Nur sind es von Ihrer Wohnung bis zur Bar höchstens zwanzig bis dreißig Autominuten. Wären Sie direkt hingefahren, dann hätten Sie schon vor acht dort sein müssen. Wo waren Sie also in der Differenzzeit?»

«Mein Mann wollte einen Anzug kaufen. Deshalb haben wir Schaufenster angesehen.»

«Wo?»

«Gleich bei der Bar.»

«Auf der Reeperbahn sind doch solche Geschäfte nicht. Da werden Geschäfte anderer Art gemacht.»
Sie sah zur Seite. «Es war eine Seitenstraße. Ich weiß nicht, wie sie heißt.»
Beckenbauer notierte in Gedanken: Prüfen, welche Geschäfte sie von der Bar aus mühelos erreichen konnten. Er fragte: «Sie haben Passendes gefunden?»
«Nein.»
«Wie erklären Sie, daß Ihre Schuhe so schmutzig sind? Schließlich gibt es ja auf der Reeperbahn keine Brachfelder!»
Das sollte aggressiv klingen.
Aber das hatte sie längst bedacht, sie lächelte jetzt sogar. «Wir fahren jedes Wochenende aus der Stadt, und dann laufen wir ein Stück – Wald, Wiese, Wasser, mein Mann mag das. Und da gibt es schließlich noch keinen Asphalt.»
«Nein», bestätigte Beckenbauer, «nur vergessen Sie, daß der Schmutz an den Schuhen nicht so alten Datums ist. Der ist frisch, der war höchstens vierundzwanzig Stunden alt, auch das hat die Untersuchung ergeben.»
Darauf zuckte sie nur die Schultern. «Die täuschen sich eben.»
Christ hüstelte. Der Inspektor verstand das Zeichen. Er stand auf. «Wir haben Ihre Haftentlassung veranlaßt, Frau Volkmann, Sie können nach Hause gehen. Wenn Sie wollen, lassen wir Sie mit einem Wagen hinbringen, wir müssen sowieso einen Beamten zum Entsiegeln der Wohnung mitschicken.»
Auch sie erhob sich. Beckenbauer schien es, als huschte für den Bruchteil einer Sekunde ein Anflug von Triumph über ihr Gesicht; sie hatte sich jedoch rasch wieder in der Gewalt und erwiderte trocken: «Ich habe das gewußt. Ja, ich fahre mit dem Beamten.»
Als Christ und Beckenbauer allein im Zimmer waren, legte der Oberinspektor den zerknitterten Brief auf die Schreibtischplatte. «Der ist von dem Onkel, der mich besuchte; ich hab's dir erzählt. Ist sonst ohne Interesse, nur dieser Passus hier.»
Er wies auf ein paar Zeilen.
Beckenbauer beugte sich vor. Die Schrift war schwer entzifferbar, eine dünne, nach rechts fliegende Schrift in einem Gemisch von deutschen und lateinischen Buchstaben.

Er las: «Ich muß mich bei Dir entschuldigen. Beinahe wäre ich auf eine falsche Fährte geraten und hätte Dir Unannehmlichkeiten bereitet.
Tatsächlich habe ich mich bei dem Fernsehreporter getäuscht. Man wird eben alt, und das Erinnerungsvermögen läßt nach. Es ließ mir keine Ruhe, und ich habe noch gleich am Nachmittag, nach meiner Ankunft, also vor vier oder fünf Stunden, die Akten jenes Verunfallten hervorgesucht.
Der Mann, der den Unfall verursacht hatte und der spurlos verschwunden war und nur bei der Solitude den zertrümmerten Wagen zurückließ, der hieß nämlich gar nicht Grob, wie Dein Fernsehfritze. Er wies sich aus als Klaus Volkmann.»

2 Udo Volkmann fühlte sich bei seinem Freund Friedrich Arendt – früher genannt der junge Fritz – wohl und sicher. Die beiden Herren lagen halb in bequemen Sesseln, die Beine weit von sich gestreckt. Zwischen ihnen stand ein niedriger Tisch, auf dem eine Kognakflasche stand.
Der junge Fritz war von Bewunderung für den anderen erfüllt. Er hatte ihn schon immer bestaunt, denn Udo Volkmann galt in seinen Kreisen als Gentleman, als Mann, der die Gabe der Rede beherrschte. Zu ihm hatte einst ein Kriminalbeamter halb spöttisch gesagt: «Das geht Ihnen ja wie Honigseim vom Munde. Sie sind ja ein richtiger Pöt», und seitdem genoß Udo Volkmann Ansehen und hörte es nicht ungern, wenn er «Pöt» gerufen wurde.
Unser junger Fritz hingegen – im gleichen Alter wie Udo Volkmann – konnte sich solcher eleganten Vorzüge nicht rühmen. Er war klein und robust und hatte einen Oberkörper wie ein Gorilla. Dazu trug er Vollglatze – mit Würde. In dem Gesicht fiel nur der unmäßig breite Mund auf, wie geschaffen dafür, große Mengen von Speisen und alkoholischen Getränken zu vereinnahmen, nicht aber, gewandte Sätze zu formen.
Udo Volkmann kannte ihn ja; aber als er Arendts Frau Margareta, genannt Marga, zum ersten Male sah, fragte er sich verblüfft, was sie bewogen haben könnte, den jungen Fritz zu heiraten. Vermutlich war es eben doch der Brustkasten gewesen, der zweifellos jene Haarfülle aufwies, die das Haupt vermissen ließ.

Gegensätze ziehen sich an: Frau Marga war sehr zierlich, um nicht zu sagen klein und dürr, sie hatte einen winzigen Vogelkopf, aber er war umwuchert von gekräuseltem Haar. Es war wirklich nichts Liebreizendes an ihr, fand Udo Volkmann und bewunderte im stillen nun doch den Freund, denn auch die spitze Nase und der winzige Mund, den sie selbstredend nicht schminkte, erschienen keineswegs verlockend.
Dagegen waren Augen und Bewegungen wieselflink, und sie sprach ebenso schnell, fragte, wartete nicht auf die Antwort, erzählte, berichtete, lachte.
Nur bei tragischen Geschichten schwieg sie, dann saß sie andächtig, mit gefalteten Händen, und sie vergaß sogar, sich selber Kaffee nachzuschenken. *Das* erlebte sie alles in tiefinnerstem Herzen mit.
So nahm sie auch Teil an dem tragischen Ehegeschick, das der Udo Volkmann sich ausklamüsert hatte, und ihre Fähigkeit, andächtig lauschen zu können, trug dazu bei, daß die sagenhafte Geschichte unterderhand zu einem dramatischen Kolossalgemälde heranwuchs, in dem Udo Volkmann die zentrale, leidende Figur bildete.
Als er geendet hatte – es standen ihm beinahe Tränen in den Augen –, hatte sie ihre Hand still auf die seine gelegt und geflüstert: «Sie bleiben bei uns, Udo. Sie sind unser lieber Gast, bis Sie über das Schwerste hinweggekommen sind.»
Dann hatte sie den jungen Fritz angeblickt, und der hatte, die kurze Pfeife im breiten Mund, großzügig zustimmend genickt.
Udo Volkmanns Rechnung war aufgegangen, jetzt saß er bei dem Freunde, während dessen Frau in der Schule über den achten Heinrich unterrichtete.
«Tja», summierte der junge Fritz die Rechnung, die Udo Volkmann gemacht hatte, «nach Hamburg kannst du zur Zeit nicht. Entweder sitzt Carmen, oder sie wird beschattet. Das würde ich als Kriminaler genauso machen. Der Boden ist zu heiß.»
Udo Volkmann nickte.
Der junge Fritz paffte die kurze Pfeife. «Masse ist genug da – das war ein Fischzug! Aber unter die Leute kannst du's jetzt nicht bringen.»
Udo Volkmann schüttelte den Kopf.

«Du könntest natürlich», ergänzte Arendt, «aber der Verlust!» Er schüttelte entsetzt den Kopf. «Nee, nee! Du bleibst bei uns. Was die Marga ist, die ist lieb und doof, die bemuttert dich, paß mal auf, und die merkt auch nichts, die nimmt dir den Quatsch ab. Dann bleibst du noch ein paar Tage in unserer Wohnung . . .» Danach kippte er einen Kognak und lächelte beifallheischend. «Nicht übel, die Wohnung, ein warmes Nest, das kannst du mir glauben. Fritze hält das hier als Arbeitsloser noch lange aus! Ja, und wenn ein bißchen Gras drüber gewachsen ist, dann gehst du spazieren.» Er schwärmte: «Wunderschön hier, da in der Rotwegsiedlung 'rum und zum Neckar 'runter . . . Vertrittst dir die Beine. Und ich nehme mal unauffällig Fühlung auf, ja?»
Udo Volkmann nickte. Ganz vernünftig, was sein Freund so darlegte.
«Na, und dann», fuhr der junge Fritz fort und biß einen großen Harten in zwei Schlucke, «dann machen wir Kassensturz und fifty-fifty!»
Volkmann war empört. «Für das bißchen Gastfreundschaft?» fragte er gereizt. «Das ist Gaunerei!»
Friedrich Arendt lächelte breitmäulig. «Nicht nur Gastfreundschaft», rechnete er vor, «sondern eine sichere Bleibe. Dabei mache ich mich strafbar. Und dann auch noch wegen Hehlerei. Und das alles für dich. Das kann ich nur, weil ich Marga auf mich genommen habe, nicht wahr, die ist so schön harmlos. Dafür hast du die Carmen. Und da ist fifty-fifty nicht zuviel.»
Udo Volkmann dachte darüber nach. Er goß sich Kognak ein und trank ihn, er goß sich einen zweiten ein und nippte daran; er hatte schon eine ganze Menge getrunken, so viel, daß er das Glas neben den Rand des Tisches setzte. Es fiel herunter, und der Freund hob es gemütlich auf, stellte es auf den Tisch und schenkte es erneut voll.
«Tja», sagte Udo Volkmann schließlich gedankenvoll und streckte die Beine weit von sich, «das ist woll wahr. Nu schön, einverstanden.»
Sie hoben die Gläser und waren glücklich und verschlagen.
Dann murmelte Udo Volkmann: «Aber Carmen. Sekt haben wir noch getrunken, Fritze, und sie war so toll dabei.» Ihm fiel etwas ein. «Ich rufe an!» sagte er.

«Du bist verrückt!» fuhr der junge Fritz empört auf. «Du verrätst uns *beide*!»
«Nicht heute», besänftigte ihn Udo Volkmann mit lallender Zunge, «auch morgen nicht, vielleicht übermorgen.»
So besoffen war Friedrich Arendt nun doch wieder nicht, um nicht mehr begreifen zu können, daß der Udo durch solch einen Anruf die Polizei aufmerksam machen mußte, und das sagte er ihm auch. Umgekehrt müßte es sein, die Carmen müßte das Zeichen geben, und da sie nicht wissen konnte, wo er sich aufhielt, würde man später einmal einen Hamburger Freund auf den Weg schicken.
Das hörte sich Udo Volkmann geduldig an und machte dabei ein schlaues Gesicht. Aber als Arendt geendet hatte, beugte er sich mit dem ganzen Oberkörper über den Tisch, so daß die Flasche umfiel, die glücklicherweise leer war, und flüsterte: «Esel, Eselchen. Der *kleine* Fritz! Natürlich rufe ich an! Und schon morgen.» Dann dämpfte er die Stimme so sehr, daß Friedrich Arendt den Kopf schief hielt, um ihm das behaarte Ohr zuwenden und so besser hören zu können.
Im gleichen Augenblick strahlte Arendt, patschte sich mit der Rechten auf den prallen Schenkel und rief: «Das ist groß! Das ist pötisch!»

3 Peter Grob war die Höflichkeit und die Ruhe selbst. So jedenfalls erschien es Kriminalrat Adam. Als der Journalist um ein zweites Gespräch bat, hatte er ihn sofort empfangen, auch strenge Anweisung gegeben, nicht zu stören. Es war ihm unklar gewesen, was Grob eigentlich wollte. Jedenfalls war er auf der Hut. Höflichkeit und Ruhe beantwortete er ebenso, und zunächst blieb das Gespräch bei allgemeinen Bemerkungen über das Polizeiwesen in der Bundesrepublik, in Großbritannien, in den früheren Kolonialgebieten, die Grob von England aus bereist hatte, und er war sogar so freundlich, lächelnd zu äußern, die britische Polizei sei schlechter als ihr Ruf, der dank der ausgezeichneten Kriminalliteratur entstanden sei, die bundesrepublikanische hingegen sei besser, obwohl es da an der entsprechenden Erscheinung mangele.

Adam verneigte sich leicht wegen der Schmeichelei, hatte aber dabei ein ungutes Gefühl.
Grob hob bedauernd die Hände und ließ sie niedersinken. Damit leitete er die Szene ein, die er sich auf Gret-Marianne Upenhofs Ratschlag hin vorskizziert hatte.
Man werde, so meinte der Journalist, noch auf lange Zeit zu keiner guten Kriminalliteratur gelangen; die Schriftsteller hierzulande strebten lorbeerumkränzte Stirnen an, das entspreche einem geheimnisvollen Mythos, der die ganze Bevölkerung beherrsche. Die Literaten empfänden es als Herablassung, kriminalistische Stoffe zu packen – ein törichter Irrtum. Man brauche natürlich nicht gerade an Schillers «Verbrecher aus verlorener Ehre» zu erinnern, aber andere bedeutende Köpfe hätten sich ebenfalls mit der Abfassung solcher Schriften beschäftigt.
Hier nun, und dies sei sein eigentliches Anliegen, für das er die Unterstützung des Kriminalrats erbitte, könnten die Massenkommunikationsmittel, allen voran das Fernsehen, gründlichen Wandel schaffen.
Es gäbe Ansätze wie die «Hafenpolizei» oder das «Stahlnetz»; es werde da jedoch nach einer allzu bekannten Masche gestrickt, wenn auch gekonnt, zugegebenermaßen.
Ihm schwebe etwas ganz anderes vor. Sozusagen das Negativbild. Wie verhalte sich die Polizei in allen den Fällen, die sie nicht klären konnte, warum sei das so, wo lägen die objektiven und subjektiven Gründe? Wobei eine solche Sendereihe seiner Ansicht nach darauf abzielen müsse, gleichgültige oder unfähige Kriminalbeamte anzuprangern, aber auch, und hier sehe er das Schwergewicht, die unzureichende Ausstattung der Polizei mit Fachkräften und technischem Hilfsgerät aufzuzeigen.
Während er sprach, brauchte Peter Grob nicht zu denken. Er hatte diese Sätze lautlos unzählige Male geprobt, nicht nur die Wortwahl, die Satzfügung, auch den Tonfall, die Pausen bedacht. Erst nach diesen allgemeinen Darlegungen, die den Kriminalrat einlullen *mußten*, sollte der Schuß ins Schwarze abgefeuert werden.
Während er sprach, sah der Journalist die Szene vor sich, in der er mit Gret-Marianne die Angelegenheit geplant hatte.
Es war Dämmerung. Gret-Marianne liebte die Dämmerung. Das

Ungewisse, Unbestimmte, Verwischte, behauptete sie, rege sie an, lasse ihrer Phantasie Spielraum, ungezügelten beinahe, und als Lichtgestalterin benötige sie einfach kapriziöse Einfälle.
Bei solchen Gesprächen drapierte sie sich vorteilhaft auf der Couch, den Kopf sinnend in der aufgestützten Hand, die Zigarette gleichsam geistesabwesend in den Ascher tupfend, den sie vor ihren locker bekleideten Busen gestellt hatte.
Der Besucher durfte auf einem dreibeinigen, lehnenlosen Schemel vor dieser Couch Platz nehmen und ihren Überlegungen und Gedankenflüchten lauschen, und da man auf diesem Hocker unbequem saß, nahm man auf ihm bald von selbst eine poetische Haltung ein.
Nur wer die weihevolle Stimmung der blauen Stunde voll zu würdigen wußte, dem gelang des Rätsels Lösung: Daß nämlich die Lichtgestalterin ihre Gewänder mit einem einzigen Knopf oder Reißverschluß schloß und daß sie ihnen entstieg wie Venus Anadyomene dem Schaum des Meeres, hatte man nur den richtigen Griff. Peter Grob hatte ihn bereits am ersten Abend gehabt.
Seither saß er nicht mehr unbequem auf dem Dreibein. Auch als er mit ihr die Taktik gegenüber Adam besprach, lag er auf der Couch, und sie kauerte zu seinen Füßen (es sprach für sie, daß sie auch da die besinnliche Pose zu wahren wußte). Und bei einem Martini on the rocks hatte sie den Plan entwickelt, nach dem er nun verfuhr.
«In aller Gelassenheit mußt du das äußern», hatte Gret-Marianne Upenhof erläutert. Sie hatte einen Schluck Martini genommen, das Glas halb erhoben gehalten und sinnend darüber weggeblickt, als sie das sagte, was Peter Grob jetzt gegenüber Kriminalrat Adam äußerte.
«Und da der Fall Alfons Krug die Menschen anrühren wird – ein alter, hilfloser Mann, der vorzeitig hinscheiden muß –, habe ich mir vorgenommen, diesen Fall als den Prototyp aller ähnlichen Fälle zur Sendung vorzusehen.»
Adam war unfähig, etwas zu erwidern. Er hatte einen Schuß erwartet, jedoch nicht diesen Schuß ins Schwarze. Beckenbauer ganz gewiß, aber möglicherweise auch er selbst waren von diesem Grob dazu auserkoren, eine vermutlich nicht sehr heldische Rolle in dessen Fernsehsendung zu spielen. Sich selbst auf dem Bild-

schirm zu sehen, sich sprechen zu hören, Gedanken zu äußern, die man gar nicht hatte – welch gräßliche Vorstellung! Das war übler als jeder Angriff in der Presse, das war nicht nur fatal, das konnte vernichtend sein. Und das in diesem Augenblick!
Genau in diesem Augenblick öffnete sich unhörbar die Tür hinter Peter Grob.
Der Journalist bemerkte nichts, er starrte gespannt Adam an. Der Kriminalrat wollte gerade zu einer deutlichen Rüge ansetzen und Beckenbauer, der ihn gegen seine ausdrückliche und strenge Anordnung zu stören wagte, hinausweisen, da hob der einen Finger an den Mund, trat vollends ein und schob die Tür sacht zu.
Peter Grob fragte: «Nun, Herr Rat, das scheint Ihnen wohl nicht zu schmecken? Das macht mich betrübt.»
Doch ehe Adam antworten konnte, sagte Beckenbauer im liebenswürdigen Ton eines überraschten Anrufs: «Hallo, Klaus Volkmann – *Sie* hier?»
Peter Grob fuhr herum.

4 «Kein Zweifel, er ist's», sagte Beckenbauer zu seinem Freunde Christ, als er wieder bei ihm anlangte, und er machte den Eindruck, als wäre er außer Atem geraten, so erregt war er.
«Du bist verrückt», erwiderte Christ ruhig.
«Wie der herumgefahren ist!»
«Mein Gott, der ist eben erschrocken», beharrte Christ bei seiner Ablehnung. «Der hat niemanden erwartet, der glaubte sich mit seinem Kriminalrat ungestört; weiß der Himmel, was er ihm gerade erzählt hat.»
«Du hättest den Ausdruck in seinen Augen sehen müssen», meinte Beckenbauer und schüttelte den Kopf, «das war nicht nur Überraschung oder Unwillen – das war pures Entsetzen! Entsetzen darüber, daß ihn da jemand mit seinem wirklichen Namen anrief.»
«Du spinnst ja», sagte Christ verächtlich. «Nein, mein Lieber, ich fürchte, Adam hält dich mit Berechtigung von einer Beförderung zurück.»
Beckenbauer antwortete darauf nichts. So überschwenglich er eben noch an einen Erfolg geglaubt hatte, ja, davon überzeugt

gewesen war, so närrisch erschien er sich jetzt selbst, so leichtgläubig, so hoffnungslos unlogisch.
Was hatte sich denn wirklich ergeben?
Da war ein Mann erschlagen worden. Da war ein zweiter Mann geflüchtet; doch es gab keinen Beweis dafür, daß er den Ermordeten auch nur gekannt hatte, und das einzige Verdachtsmoment war ein seltsamer Ring, der aus einem alten Diebstahl stammte. Aber nicht einmal diesen Diebstahl konnte man dem Geflüchteten anlasten. Da war schließlich ein dritter Mann, ein reputierlicher Presse- und Fernsehreporter, der ihm und seinem Chef Adam lästig zu werden begann, ein Mann namens Grob, der angeblich vor Jahren in der Nähe Stuttgarts einen tödlichen Unfall gebaut hatte, von dem sich jedoch herausstellte, daß er von einem Mann namens Volkmann verursacht worden war. Nichts wies darauf hin, daß er auch nur das Geringste mit dem Mord in dem Schrebergarten zu tun hatte.
Das einzige, was er in der Hand hatte, war der Durchschlag aus einer Akte, auf dem der Name «Volkmann» zu finden war, sonst nichts. Ob dieser Volkmann indessen mit dem Geflüchteten oder mit jenem Unfalltäter identisch war, konnte nicht nur nicht bewiesen werden, sondern war höchst zweifelhaft, sogar unwahrscheinlich.
Da gab es schließlich noch ein weiteres Moment. Er hatte Grob mit dem Namen Klaus Volkmann angerufen. Darauf hatte der Journalist anscheinend gehört und reagiert. Doch war das nicht wirklich nur scheinbar gewesen, konnte nicht ihn selbst ein Wunschdenken getäuscht haben, war es nicht durchaus vorstellbar, daß Grob nur in flüchtigem Erschrecken den Kopf gewandt hatte?
Und selbst dann, so schloß er weiter, falls dieser seriöse Reporter auf diese abenteuerliche Weise identifiziert worden wäre – was hätte er selbst davon gehabt? Nun gut, der Stuttgarter Verkehrspolizei und der Baden-Württembergischen Staatsanwaltschaft wäre geholfen gewesen; aber ihm selbst? Leute namens Volkmann gab es viele, auch solche, die nicht hasenrein waren. Hatte er nicht allein in Hamburg drei dieses Namens vernommen, die alle etwas auf dem Kerbholz gehabt hatten, und nicht einmal wenig? Wahrscheinlich hatte keiner von ihnen mit dem Mord zu

tun. Eine geringe Möglichkeit bestand noch im Hinblick auf jenen, der den Vornamen Udo trug. Doch diese Möglichkeit zu erwähnen lohnte fast nicht.
Beckenbauer zweifelte an sich selbst. Nein, so arbeitete kein guter Kriminalist, er war zu Recht nicht befördert worden, es war nicht nur böser Wille des Kriminalrats. Christ hatte es ihm ebenfalls bestätigt. Er war ein Stümper, er würde ein Stümper bleiben!
Christ beobachtete Beckenbauer, er sah dessen Mienenspiel und ahnte, was es bedeutete.
Unvermittelt sagte er: «So ist es nun auch wieder nicht, mein Lieber. Nahe liegt es freilich nicht, aber warum sollte das Fernliegende unmöglich sein?»
Der Inspektor sah ihn erstaunt an.
«Nehmen wir einmal an», erläuterte Christ, «mein Onkel hätte sich nicht geirrt und der Mann auf dem Bildschirm namens Grob wäre tatsächlich derselbe, der seinerzeit den Unfall verschuldete, dann gäbe es eine Erklärung, daß nämlich dieser Grob aus Gründen, die uns unbekannt sind, damals Papiere auf den Namen Klaus Volkmann besaß, falsche Papiere also oder aber Papiere eines andern mit gefälschtem Foto oder dergleichen. Es könnte weiter so sein, daß dieses Blatt Papier, das am Zaun von Krugs Schrebergarten lag, aus jenen Akten stammte, die damals aufgenommen wurden, ein Vernehmungsprotokoll oder dergleichen. Es stehen ja auch die Buchstaben v. g. u. darunter. Also . . .»
«Aber welchen Grund», warf Beckenbauer grübelnd ein, «sollte denn dieser Grob oder Volkmann haben, den Krug zu ermorden?» Er sprang auf und ging im Zimmer hin und her. «Das ist doch widersinnig! Der Mann verdient gut, der Mann verfügt über Beziehungen, der hat eine Position im Leben. Und der arme Krug war ja nun wahrhaftig eine Null, ein Nichts, völlig ohne Bedeutung. Warum sollte Grob oder Volkmann den Krug erschlagen?»
«Motiv!» sagte Christ. «Weiß der Himmel! Wäre es uns bekannt, uns wäre wohler. Zugegeben. Immerhin ist auch zu bedenken: Kann Krug beispielsweise nicht irgend etwas über den Grob gewußt haben?»
Beckenbauer blieb stehen und starrte Christ entgeistert an. Die gleichen abenteuerlichen Gedankengänge, die er selbst für sich

soeben als eines Kriminalisten unwürdig bezeichnet hatte, machte sich jetzt der Freund zu eigen.
«Na ja», hob der Oberinspektor die Schultern, «wenn er falsche Papiere benutzte? Wäre immerhin denkbar, nicht wahr?»
«Also umgekehrt?» fragte der Inspektor. «Daß also nicht Krug erpreßt werden sollte, sondern daß er versucht hätte, diesen – bleiben wir mal dabei – Grob zu erpressen? Daß es dem zuviel wurde, er vielleicht zu einer gütlichen Unterredung in den Garten kam, Krug hart blieb – und schon war es geschehen?»
«Tja», sagte Christ verlegen, nun doch erschrocken über den hemmungslosen Mut seiner Theorie, «was Besseres fällt mir im Augenblick nicht ein.»
«Nichts sehr Gutes.» Beckenbauer schüttelte den Kopf und nahm seine Wanderung wieder auf.
«Deine Theorie», sagte der Inspektor schließlich leise und setzte sich müde wieder hin, «ist nichts als blauer Dunst. Und ich möchte mir nicht wieder selbst blauen Dunst vormachen. Am besten, ich hänge den Beruf an den Nagel; ich bin noch jung, ich kann noch . . .» Er hielt verblüfft inne.
Der Freund lachte schallend.
Plötzlich wurde er sich des Unsinns bewußt, den er geäußert hatte, er lächelte gezwungen und räumte ein: «Ich gebe ja zu, es würde mir schwerfallen.»
In diesem Augenblick läutete das Telefon.
Der Oberinspektor griff nach dem Hörer, lauschte, zog ein Blatt Papier vor sich hin und notierte mit einem Kugelschreiber Stichworte. Schließlich sagte er: «Ja, sofort! Alles klar. Ich veranlasse das schon und fahre gleich hin.»
Er hängte ab, vervollständigte seine Notizen, blickte auf «Schwerer Einbruch in Ottensen!» erklärte er. «Eine Villa ausgeraubt, Fabrikant Merckel, schwerreiche Leute. Schmuck weg, Silberbestecke weg, Uhren weg, alles, was sich verscherbeln läßt. Die waren an der Riviera, kommen zurück, ihre Villa scheint unberührt, und kaum ziehen sie eine Schublade auf, merken sie die Bescherung. Die Einbrecher scheinen genau Bescheid gewußt zu haben. Ich fahre hin – kommst du mit?»
«Andere Sorgen», knurrte Beckenbauer.
«Ja so», fiel Christ ein, «dein Fall Krug.» Er sagte entschlossen:

«Jetzt gehst du zu Adam, sagst ihm Bescheid über Volkmann-Grob und daß du in Stuttgart ermitteln willst.» Er machte eine Handbewegung. «So gewinnst du Zeit, und der Grob wird auch behutsamer werden, wenn er merkt, daß gegen ihn was im Gange ist. Ob berechtigt oder nicht, ich kenne keinen, der besonders gern die Polizei zum Gegner hätte.»
Er ging zur Tür, Beckenbauer folgte ihm und sagte: «Und ich keinen, der es gern mit der Presse anlegte.»
Draußen auf dem Gang, als der Freund dic Tür verschloß, bemerkte er noch: «Zu Adam gehen, was du dir vorstellst! Der läßt mich sowieso rufen. Ich bin sicher, daß in meinem Zimmer schon das Telefon wie verrückt klingelt.»

5 Doch es klingelte nicht.
Dafür stand Beckenbauer eine andere Überraschung bevor, die noch unangenehmer war.
Gerade wollte er die Tür seines Büros aufklinken, als sie sich von innen öffnete und Kriminalrat Adam auf die Schwelle trat.
Er ging sogleich wieder in das Zimmer zurück und sagte leise und drohend: «Wo waren Sie, Herr Beckenbauer? Ich habe Sie überall gesucht. Sie haben zu hinterlassen, wo man Sie finden kann, wenn Sie dem Präsidium den Rücken kehren. Ich werde Ihnen einen Verweis geben müssen!»
«Ich war . . .», wollte der Inspektor erklären, während er hereinkam und die Tür schloß; aber der Kriminalrat ließ ihn nicht zu Wort kommen.
«Ist mir völlig gleichgültig», sagte er, «Sie haben sich nicht abgemeldet, das genügt mir.»
Beckenbauer schwieg und trat hinter seinen Stuhl. Adam stand ihm gegenüber und musterte ihn. Der Inspektor bemühte sich, dem Blick standzuhalten und deutlich zu machen, daß er wartete, bis Adam sich setzte.
Das tat der schließlich stumm.
Beckenbauer versuchte erneut zu erklären: «Ich war auf dem Wege zu Ihnen, Herr Rat . . .»
Der schnitt ihm böse das Wort ab. «Ich hatte durchaus den Eindruck, daß Sie auf dem Wege zu sich selbst waren! Herr Becken-

bauer, haben Sie auch nur eine schwache Vorstellung davon, in welche unangenehme und üble Situation Sie mich vorhin gebracht haben?»

Der Inspektor wußte nicht, was er darauf antworten sollte. Er blickte den Kriminalrat an und bemerkte dessen tiefe Erregung. Nur mühsam wahrte er den Anschein, als führte er dieses Gespräch kalt, überlegen, als Vorgesetzter. In Wahrheit war er aufgewühlt, zu sachlicher Diskussion unfähig, und das kleine Ziertüchlein, das sonst dezent, stets korrekt glatt und leicht schräg die Brusttasche geschmückt hatte, war halb herausgezogen und hing faltig nieder – ein deutliches Anzeichen dafür, wie sehr Adam aus seiner Ordnung geraten war.

«Ihr Fall Krug ist es», sagte Kriminalrat Adam gefährlich leise, «der ein Politikum darstellen wird, wenn Herr Grob seinen Plan verwirklicht. Ich befürchte ernstlich, daß er das nach Ihrem dummen Intermezzo tun wird. Nein, unterbrechen Sie mich nicht, es war horrend dumm! Ich begreife überhaupt nicht, mit welcher Vorstellung Sie sich über meine strikte Anordnung hinweggesetzt haben. Meine Sekretärin hat erklärt, sie hat Sie ausdrücklich darauf hingewiesen, daß mein Gespräch mit Grob unter gar keinen Umständen gestört werden dürfe.»

Den Inspektor überkam langsam Empörung.

Der Kriminalrat schien das nicht zu bemerken. «Ich kann Ihnen versichern», er räusperte sich, denn seine Stimme versagte vor Zorn, «daß Ihr Benehmen Auswirkungen haben wird! Ich weiß noch nicht, aus welchem Grunde Grob uns gerade jetzt angreifen will; aber daß er es tun wird, erscheint mir absolut sicher. Daß es ihm dabei gelingt», er hob die Stimme und deutete mit dem Zeigefinger gerade auf Beckenbauers Brust. «Sie zu erschießen, da bin ich völlig sicher. Denn *Sie* haben versagt! *Sie* sind im Fall Krug um keinen Schritt weitergekommen! Und wenn Grob der Öffentlichkeit erläutert, daß Mörder frei herumlaufen, nur weil die Polizei . . . Na, danke!» Er atmete heftig und kniff die Lippen zusammen.

Es fiel ihm ein, daß er zu weit gegangen sein könnte, und er versuchte, eine Art von väterlicher Güte in seine Stimme zu bringen. «Sie wissen, daß ich mich stets vor meine Leute zu stellen pflege, wenn sie ungerechtfertigt angegriffen werden. In Ihrem Falle jedoch ...» Er verstummte vielsagend und zuckte die Schultern.

Beckenbauer nutzte den Augenblick, er sagte: «Ich bin dabei, den Fall zu klären, Herr Rat.»

Adam zog die Brauen hoch, er blickte forschend, aber ungläubig.

«Deshalb bin ich hereingekommen, deshalb habe ich gestört, deshalb habe ich Volkmann gerufen.» Jetzt triumphierte der Inspektor. «Und Grob hat sich umgedreht!»

«Ja und?» fragte der Rat unsicher.

«Grob ist Volkmann, Volkmann ist Grob», erklärte Beckenbauer und hatte plötzlich das Gefühl, kurz vor einem Sieg zu stehen. «Und Volkmann ist der Mörder Krugs! Ich muß nach Stuttgart fahren und dort ermitteln, welcher Name ...»

Er kam nicht weiter. Das Gesicht Adams vereiste. Der Kriminalrat erhob sich langsam. Er sagte nichts, aber unter seinem Blick erstarb auch jedes Wort Beckenbauers.

Der Kriminalrat bewegte sich langsam zur Tür hin, blieb dort stehen, atmete tief auf, drehte sich gefährlich langsam halb um und sagte fast unhörbar, aber schneidend: «Wenn Sie nur eine einzige Silbe dieses Verdachts gegen irgend jemanden äußern, werde ich ein Disziplinarverfahren gegen Sie in die Wege leiten und Sie bis zur Entscheidung vom Dienst suspendieren. Ihre Vermutung ist heller Wahnsinn! Grob würde vor Gelächter bersten, wenn er davon erführe, und er hätte für seinen Fernsehplan gerade den richtigen Aufhänger. Ja, um Sie aufzuhängen, mich aufzuhängen, die ganze Hamburger Polizei aufzuhängen, weil er nämlich dem Herrn Senator etwas anhängen will, von rechts gesehen, und *Sie* liefern ihm dazu die Munition! So. Ich behalte mir vor, welche weiteren Schritte in der Ermittlung Krug getan werden, ich will das bis morgen bedenken, möglicherweise überstelle ich die Sache der Staatsanwaltschaft zur Entscheidung, was überhaupt weiter ermittelt werden soll.»

Adam richtete sich auf, gab sich Haltung und verließ den Raum. Die Tür schloß er leise.

Und doch zuckte Beckenbauer zusammen.

Er blieb am Schreibtisch stehen, er fühlte sich ungerechtfertigt gemaßregelt. Stummer Zorn stieg in ihm auf, begann ihn zu würgen: Wer war dieser Peter Grob, daß er unangreifbar schien?

6 Gret-Marianne Upenhof zog langsam die Gardine vor. Es war danach zwielichtig im Zimmer, mehr dunkel als hell, Grob konnte die Gestalt nur ahnen. Er schloß die Augen, lag halb auf der Couch, führte das Glas an den Mund, roch den Duft des Martini, ließ ein paar Tropfen über die Zunge rinnen, und der Geruch, der Geschmack, die Ruhe und der kaum hörbare Schritt der Freundin ließen ihn ruhig aufatmen. Während er, immer noch mit geschlossenen Augen, das Glas zurückstellte, wußte er, daß er niemals in seinem Leben das Abenteuer gesucht hatte, sondern nur eine Art von Geborgenheit. Er empfand eine Spur von Selbstbewußtsein, weil es ihm stets gelungen war, solche Frauen wie Gret-Marianne für sich zu gewinnen: Die boten ihm die Höhle, die er benötigte, die nicht verteidigt werden mußte. Solche Frauen waren geschmeidig genug, um jeden Gegner von einem Angriff abzuhalten, die brauchten nur zu lächeln und das Glas zu heben, und schon war jeder davon überzeugt, daß diese schönen und charmanten und gewinnenden Gestalten ihre Hände nur dem reichten, der es verdiente.
Er hörte das leise Geräusch, das der Knipser der Stehlampe verursachte.
Peter Grob richtete sich auf, öffnete die Lider und sah Gret-Marianne Upenhof an. Sie stand lächelnd neben der Lampe, die ihr nur wenig über die Hüfte reichte. Diese Stehlampe hatte einen fast geschlossenen, gelbgetönten hellen Schirm, und das Licht, das sie so verbreitete, war wie flüssig und erzeugte auf dem bronzefarbenen losen Kleid, das die Frau trug, angenehme Reflexe.
Sie sagte: «Ich habe nicht den Eindruck, Peterle, daß du bester Laune bist.»
Grob schwieg und sah zu ihr hinüber. Durfte er dieser Frau alles sagen?
Nein, nicht alles, vielleicht aber dies: «Der Adam hat so einen kleinen bissigen Köter, Gret.»
Er ließ sich zurücksinken und starrte zur Decke. «Der erinnert mich an einen winzigen weißen Hund, der die Oberlippe so ekel-

haft zurückziehen konnte, und ich war sieben oder acht. Der Hund gehörte unserm Nachbarn. Einmal wurde ich mit einem Auftrag hingeschickt, da war der Hund los und stürzte auf mich zu. Ich rannte aus Leibeskräften. Er dicht hinter mir und immer lauthals kläffend. Da stand ein Wäschepfahl, ich packte ihn mit der Rechten und raste immer rundum, wie ein Karussell, und der Köter dicht hinter mir, ich brüllte aus Leibeskräften. Niemand kam, und endlich erwischte er mich. Er hing mit seinen spitzen Zähnen an meinem Hosenboden, ich schrie und schrie und rannte immer weiter, bis endlich irgend jemand erschien und das Tier verjagte. Zunächst dachte ich, es wäre nichts geschehen, aber als ich heimkam, war die Unterhose voller Blut, mir war ein Fetzen Fleisch herausgebissen, die Stelle sieht man heute noch. An den Köter erinnert mich dieser Beckenbauer – ein fieser Möpp!»
«Aber Peterle», sagte sie beruhigend, «was kann er dir tun? Ich denke, *du* greifst an!»
Er ließ Zeit verstreichen, ehe er antwortete: «Tun! Wenn einer einem was tun will ...»
Er richtete sich halb auf, ließ die Beine baumeln, griff nach dem Glas und schenkte sich ein. «Er versucht, mir den Autounfall bei Stuttgart anzuhängen.»
Sie zog die Brauen hoch. «Ach!» sagte sie nur. Dann ging sie langsam zur Couch hinüber und setzte sich neben ihn. Mit der Linken griff sie nach seinem Nacken und streichelte ihn kaum merkbar.
«Mach dir keine Sorgen», sagte sie leise, «du warst nicht in Stuttgart, und du hast keinen Autounfall gehabt, das müßte ich schließlich wissen; denn seit du aus London zurück bist, wohnst du ja bei mir.» Sie lächelte. «Abgesehen von den ersten sechs Wochen.»
«Du bist die prächtigste Frau der Welt», sagte er erleichtert und faßte nach ihrer Hand, ohne Gret-Marianne anzublicken.
«Freilich bin ich das», meinte sie, «du hast es mir oft genug gesagt, Peterle. Und eine Frau hört das gern.»
Sie stand auf und zündete sich eine Zigarette an.
«Ich möchte nur wissen», bemerkte sie wie nebenbei, «wie vielen Frauen du das vor mir gesagt hast?»

«Keiner!» erwiderte er überzeugt. «Wahrhaftig keiner, Gret-Marianne.»
Sie ging an die Hausbar und holte eine Flasche Scotch. «Übrigens», sagte sie, «solltest du jetzt um so schärfer auf Adam losgehen. Und dir Rückendeckung beim Intendanten verschaffen. Mache ihm deinen Plan süß.»
Sie beugte sich nieder und goß sich ein Glas ein. «Wenn ich dir dabei behilflich sein kann?» Sie fügte unbestimmt hinzu: «Ganz ohne Einfluß ist ja die Lichtgestalterin auch nicht – oder?»

7 Obwohl der Dienstschluß längst vorüber war, hockte Beckenbauer immer noch vor seinem Schreibtisch; er hatte kein Licht gemacht.
Er stützte den Kopf in die Hände und versuchte nachzudenken, doch er konnte sich nicht konzentrieren. Die Fäden hatten sich hoffnungslos verwirrt, er bekam den Knäuel nicht mehr auseinander.
Dazu kam Adams Drohung. Er wußte, der würde sie wahr machen, und da der Kriminalrat einen erheblichen Einfluß besaß, konnte ein solches Verlangen seines Vorgesetzten für ihn das berufliche Todesurteil bedeuten. Er würde sich wehren, am Erfolg zweifelte er jedoch.
Beckenbauer war sich keineswegs sicher, daß er mit seinen Ermittlungen auf dem richtigen Wege war. Im Gegenteil. Er stellte das immer wieder in Frage, auch wenn einmal die Flamme der Hoffnung hoch aufschlug. Zudem fühlte er, daß er sich gegen sachliche Vorwürfe nicht wehren würde, er konnte einiges einstecken.
Aber soviel er auch grübelte, er vermochte in seinem Verhalten höchstens einen taktischen, jedoch keinen grundsätzlichen Fehler zu entdecken.
Er kam zu keinem Entschluß, wie er nunmehr vorgehen sollte. Wie immer er sich auch an die Sache heranpirschte, er fand keinen Weg, in den Ermittlungen im Fall Alfons Krug auch nur einen Schritt weiterzukommen.
Der Inspektor hatte keine Lust, nach Hause zu gehen. Er war mißgestimmt, seine Frau würde das merken, sie würde ihn fra-

gen, und jede Frage würde ihn noch mehr verstimmen. Das würde kein guter Abend werden.
Da klingelte das Telefon.
Er konnte den Apparat im Halbdunkel kaum erkennen, starrte den schwarzen schrillenden Kasten an und hatte nicht einmal dazu Lust, den Hörer abzunehmen.
Kriminalrat Adam würde noch zorniger werden, aber er würde es schließlich doch aufgeben und den Hörer auflegen – und morgen war ein anderer Tag.
Adam war indessen überaus ausdauernd. Das Telefon schrillte weiter. Es wurde Beckenbauer so unerträglich, daß er aufstand und den Mantel überzog – und immerzu schrillte dieses verfluchte Telefon –, um das Zimmer und das Haus zu verlassen. In einem leeren Raum mochte das Telefon weiter schreien, dann waren eben keine Ohren da, es zu hören.
Schon stand Beckenbauer an der Tür. Er blickte noch einmal über das Zimmer hin – und da brachte er es doch nicht über sich, nicht zu hören, wenn er gerufen wurde.
Er ging an den Schreibtisch zurück und nahm den Hörer auf. «Ja», sagte er, «was ist denn?»
«Na endlich!» hörte er Christs Stimme. «Sei heute abend ab neun Uhr in der Bar Antwerpen, hörst du? Ich komme irgendwann auch dorthin und bringe dir eine Überraschung mit. Aber lasse dir nicht anmerken, daß ich dich hinbestellt habe und du auf mich wartest. Unsere Begegnung dort ist rein zufällig. Verstanden?»
«Ja», antwortete Beckenbauer mit Anstrengung.
«Wirst du dort sein?»
«Ja.» Beckenbauer wollte etwas fragen, aber da hatte Christ bereits eingehängt.
Langsam legte der Inspektor den Hörer auf die Gabel.

7. Kapitel

1 Bevor Beckenbauer die Bar Antwerpen betrat, wandte er sich unwillkürlich noch einmal um und spähte über die Reeperbahn. Er musterte die Passanten und fand nichts Auffälliges an ihnen. Hier nahm man einen schlendernden Gang an, und der Blick wurde musternd, gleichgültig, ob es sich um Neugierige oder Einheimische, um Pärchen oder einzelne handelte. Die Lichtreklamen, quer über die Häuser gejagt, versprachen Sensationen, von Paprikas Zigeunerkeller bis Moulin rouge, und die Schaukästen mit den mehr oder weniger nackten, auf jeden Fall aufreizenden Schönheiten trieben die Lüsternheit und die Preise hoch.
Daran war nichts Besonderes, es war nur das Geschäft einer Fleischbeschau, das hier seit Jahrzehnten betrieben wurde. Auffällig war vielmehr, wenn sich einer so gebärdete, als hätte er damit nichts zu tun, und es war Beckenbauer so erschienen, als hätte er so einen Unbeteiligten entdeckt. Der Inspektor schüttelte den Kopf. Er mußte sich getäuscht haben. Es war ihm so vorgekommen, als hätte in der Nähe der Tür ein Polizeibeamter in Zivil gestanden, den er oberflächlich kannte. Aber er war nicht zu erblikken, Beckenbauer sah nur fremde Gesichter. Vielleicht war er auch tatsächlich dagewesen, und er hatte sich verdrückt, weil es ihm unangenehm war, von dem Inspektor beim Besuch dieser Bar überrascht zu werden. In dem täuschenden Licht der blendenden und lockenden Reklamen war das allerdings nicht schwierig.
An der Garderobe dachte er schon nicht mehr daran. Mit dem flüchtigen und genauen Blick des Polizeibeamten musterte er die Bar; doch er fand nichts Verdächtiges oder auch nur Ungutes.
Die Bar Antwerpen war keinesfalls verrucht, nicht einmal beson-

ders auffällig, eigentlich ziemlich solide, und die losen Mädchen benahmen sich verhältnismäßig zurückhaltend und unaufdringlich.
Selbst die Sittenpolizei, die sonst in dieser Gegend reichlich zu tun fand und eine erschreckende Zahl minderjähriger Dirnen stellte, hätte hier keinen Grund zum Eingreifen gehabt.
Das Programm hatte noch nicht begonnen. Es würde eine Mischung aus Tanz und ein bißchen Striptease sein, aber nicht zuviel, dazu ein paar sentimentale Chansons, gerade von allem genug, um das zu erzeugen, was ‹Stimmung› genannt wurde.
Keinesfalls würde es sehr vergnüglich werden. Beckenbauer fand einen freien Tisch in der Nähe der improvisierten, winzigen Bühne. Die Getränkekarte musterte er nur flüchtig, klappte sie dann jedoch entschlossen zu, weil die Preise zu hoch waren. Der Inspektor verlangte von dem Ober so barsch ein Bier, daß der an der Theke mit bedeutsamem Brauenheben vermutete, es könnte eine Lokalkontrolle durchgeführt werden. Um so höflicher war er.
Immerhin schmeckte das schäumende, kräftige Bier dem Inspektor. Er überlegte, aus welchem Grund ihn der Freund hierher bestellt hatte. Schließlich vermutete er, Christ hielte ihm wieder einmal einen Löffel Honig unter die Nase, damit er mit langer Zunge danach schleckte wie ein leckermäuliger Bär. War er mit seiner Leistung unzufrieden gewesen, hatte Christ das oft so gemacht. Natürlich war der Honig entweder unerreichbar oder überhaupt kein Honig gewesen, und dann hatte der Freund gelacht und gesagt: «Siehst du, aber drüber weggekommen bist du.»
Allmählich füllte sich das Lokal, die losen Mädchen hatten ihre Partner gefunden, an der Bar hockten sie wie Spatzen auf einem Draht.
Er war erlöst, als der Saal phasenweise verdunkelt wurde, die Combo leise und eindringlich spielte und die winzige Tanzfläche sich füllte.
Immer häufiger sah Beckenbauer nach der Garderobe hinüber, die am Eingang des Raumes untergebracht worden war. Das vergebliche Warten ermüdete ihn. Ob er nicht doch lieber heimgehen sollte?
In dieser Sekunde erblickte er aus den Augenwinkeln Christ. Er

kam eben durch die Tür herein und hielt sie offen, und gleich danach trat eine Frau ein, die offensichtlich zu ihm gehörte. Bekkenbauer konnte ihr Gesicht im Halbdunkel nicht erkennen. Die Gebärde, mit der sein Freund der Dame den Mantel von den Schultern hob, war liebkosend.

Die Fremde kämmte sich vor dem länglichen Spiegel, betrachtete sich mit dem üblich prüfenden Blick, schien zufrieden, wandte sich Christ zu und schob ihren Arm unter den seinen.

Sie waren gerade an den ersten beiden Tischen vorüber, da verstummte die Combo, es wurde allmählich hell, und plötzlich sah der Inspektor: Das war Frau Carmen Volkmann!

2 Udo Volkmann war unruhig. Im Hause Arendt war doch nicht alles so golden, wie der junge Fritz dem Freunde das vorgegaukelt hatte und wie Volkmann das nach den ersten dürrmütterlichen Bemühungen der Frau Marga erhofft hatte.

Denn als sie aus dem Schuldienst heimgekehrt war, hatte sie einigermaßen fassungslos in dem völlig verräucherten Zimmer gestanden, hatte die leeren Flaschen gemustert, dann die beiden Männer, die albern lachend in den Sesseln hingen, und hatte mit deutlicher Drohung gesagt: «Ich habe dem Fritz das Trinken verboten, Herr Volkmann. Ich würde lieber auf Ihre Gesellschaft verzichten, wenn mein Fritz sich das Rauchen und Trinken wieder in diesem Maße angewöhnt. Ich kann mir nur schwer vorstellen, daß Ihre Gattin davon begeistert gewesen ist.»

Udo Volkmann war klug genug, solche Worte zu verstehen. Er lachte nicht mehr. Auch der kleine Fritz machte ein demütiges und ernstes Gesicht.

«So!» hatte Marga gesagt und die Fensterflügel weit aufgerissen, so daß die scharfe Herbstluft über das Fensterbrett wie über ein Wehr in das Zimmer strömte. «So! Das fürs erste. Und fürs zweite geht ihr beide eine Stunde spazieren und lüftet eure Köpfe aus. Dann wird ein kräftiges Abendbrot gegessen, und dies hier . . .», mit einer Handbewegung über das Tischchen hin, «wiederholt sich nicht mehr!»

Die beiden Männer hatten stumm gehorcht, wenn es ihnen auch schwergefallen war. Eine Viertelstunde später bereuten sie, daß

sie ihre Mäntel vergessen hatten. Sie froren jämmerlich. Udo Volkmann wollte umkehren, aber der kleine Fritz hielt ihn davon ab. «Sonst wird sie erst recht böse», erklärte er niedergedrückt.
Hoch gepriesen hatte Friedrich Arendt dem Freund die Spaziergänge. Und Udo Volkmann bemühte sich, das Beste aus allem zu machen; so versuchte er, dem, was er sah, einigen Reiz abzugewinnen. Aber es gelang ihm nicht, und je länger sie schweigend nebeneinanderher schritten, desto niedergedrückter wurde er. Dies hier sollte er möglicherweise vier Wochen aushalten oder gar sechs oder acht?
Flache, schiefergraue Wolken steckten wie Dachziegel in dem Himmel, der niedrig war. Die Bäume und Sträucher in der Siedlung waren bereits nackt; um so deutlicher und häßlicher sprangen die Mülltonnen hervor, und die Wäsche, die auf vielen Balkonen hing, sah an diesem Herbsttage aus, als fröre sie.
Als sie die kleine Eisenbahnbrücke überschritten, kam gerade ein Personenzug; der schien es eilig zu haben, dieser Stimmung zu entkommen.
Und wieder Häuser, neue Häuser, kleine, mittlere, hohe, Wäsche auf den Balkonen, Mülltonnen, Kinder, die spielten und mit sich nichts Rechtes anzufangen wußten. So schön das sein mochte, wenn im Frühjahr und Sommer das Grün alles einbettete, zusammenband, versteckte oder heraushob – in der Nacktheit dieses Herbsttages wirkte es ernüchternd und trostlos.
Der Neckar, den sich Udo Volkmann stets als ein heiteres schwäbisches Flüßchen vorgestellt hatte mit Weinhängen und freundlichen Ausflugsschiffen, zeigte sich gleichfalls höchst ungemütlich, quirlte graubraunes Wasser träge dahin, in dem keine glänzenden Fische schwammen, und die Weinhänge, die ja wirklich vorhanden waren, sahen nur nach Arbeit aus, da die Weinbauern die herabgespülte Erde mühsam in Körben auf dem Rücken wieder hinauftrugen und auf die Terrassen schütteten.
Tatenlos standen die Männer am Ufer. Friedrich Arendt spuckte ins Wasser. Er atmete tief auf, dann sagte er, als müßte er sich gegen einen Angriff verteidigen: «Aber sonst habe ich es wirklich gemütlich.» Er spie ein zweites Mal ins Wasser, und weil Volkmann sich nicht äußerte, verstärkte er seine Meinung. «Ich hab's

nicht nötig zu arbeiten, ich werde mit allem versorgt, das Essen ist gut . . .» Er wußte nicht weiter.
Volkmann schwieg verbissen. Er hatte keine Lust zu antworten. Die Enttäuschung war zu groß; nach seinem gelungenen Lügengespinst hatte er sich mehr erhofft; aber er hatte erkennen müssen, daß diese Frau Marga in ihren strengen Alltagsgewohnheiten nicht zu beeinflussen war. Entweder er fügte sich, oder . . .
Dieser Gedanke machte ihn wütend: Oder! Ja, sie würde nicht zögern, ihn auf die Straße zu werfen. Und gerade das konnte er sich nicht leisten.
Fritz betrachtete ihn mißtrauisch von der Seite. Er hatte dem Freund imponieren wollen, und das war mißlungen. Er mußte ihm ziemlich erbärmlich vorkommen.
Diesen Eindruck wollte er verwischen. «Gut, jetzt frieren wir eben! Aber dafür werden sie dich nicht fassen, und wenn die Suche abgeflaut ist, dann bist du ein reicher Mann.»
Udo Volkmann drehte langsam den Kopf, sah den Kleineren lange an, kniff die Augen und sagte verächtlich: «Das würde sich Carmen nie erlauben. Da habe ich meine Prinzipien. Wenn ich saufen will, saufe ich. Das war immer der Unterschied zwischen uns beiden.» Er machte eine kurze Pause, wandte sich dann entschlossen um und sagte: «Und was den reichen Mann anbelangt, da mache dir mal keine Sorgen, der werde ich so oder so.»
Friedrich Arendt trottete betroffen hinter ihm her.
In Wahrheit hatte Udo Volkmann Angst. Auf dem ganzen Weg zu Arendts Wohnung und auch nachher grübelte er darüber nach, was zu tun wäre. Das, was er in halbtrunkenem Zustand dem Freund anvertraute, hatte inzwischen viel von dem Reiz eingebüßt.
Doch noch weniger reizvoll erschien es Volkmann, daß er die Stellung bei Marga Arendt geborene Schäufele auf längere Zeit halten sollte. Das machte ihn unruhig: Der Zweifel, wie er sich entscheiden sollte.
Aber je mehr er sich damit beschäftigte, um so deutlicher wurde ihm: Ich muß etwas über Carmen erfahren, und das kann ich nur durch einen Handstreich; ich muß etwas Überraschendes tun, ich werde etwas Überraschendes tun, ich werde die Polizei überrum-

peln, ich werde in Hamburg anrufen, und sie werden mich trotzdem nicht fassen!

3 Zweifellos war Carmen Volkmann überrascht, als sie Beckenbauer im aufflammenden Licht am Tisch sitzen sah; doch sie verbarg ihre Überraschung gut, lediglich Christ warf sie einen mißtrauischen Blick zu.
Christ war jedoch ein guter Schauspieler. Das Zögern, als er den Freund entdeckte, die zweiflerische Kopfbewegung zu Carmen hin, dann der freudig-beschwingte Schritt, der Ausruf «Du hier?» – das alles schien echt zu sein.
Beckenbauer erhob sich und mimte Staunen und Verlegenheit; er tat, als hätte er Carmen Volkmann noch nie gesehen.
Der Ober war sofort neben ihrem Tisch und nahm mit geneigtem Kopf Christs Bestellung auf eine Flasche Sekt entgegen.
«Frau Carmen und ich», erläuterte Christ dann, «hatten eine etwas ungute und zweifelhafte Begegnung . . .» Er fügte zögernd hinzu: «Wie dir ja bekannt ist. – Ich war heute bei ihr, um mich für den Ärger zu entschuldigen, den ich ihr bereitet habe. Frau Carmen war so charmant, meine Einladung zu einem Versöhnungstrunk nicht abzuschlagen.»
Carmen Volkmann lächelte, und daß sie nicht sagen würde, was sie dachte, war Beckenbauer klar. Darauf konnte es Christ auch keinesfalls ankommen, so ein Neuling war er nicht; der mußte genau wissen, daß er die Frau so nicht zum Plauschen veranlassen konnte. Deshalb war es dem Inspektor nach wie vor rätselhaft, was diese merkwürdige Begegnung eigentlich bezwecken sollte.
Carmen Volkmann sagte aufrichtig: «Dann können ja auch wir uns wieder vertragen, Herr Beckenbauer?» Sie sah vor sich hin. «Ich hatte Sie eigentlich im Verdacht, daß Sie mich beschatten lassen.» Das war eine Frage.
Christ kam dem Freund zuvor und antwortete mit deutlichem Vorwurf in der Stimme: «Aber Frau Carmen! Sagen Sie selbst, hätten wir das nötig, jetzt, da Sie genau bei uns sitzen?»
Es wurde wieder dunkel. Trotzdem erkannte Beckenbauer, wie bei Carmen Volkmann der Zweifel schwand. «Ja», stimmte sie zu, «das ist richtig.»

Christ hob das Glas, sie tranken einander zu.
Beckenbauer spielte seine Rolle gut, fand er. Er hatte den Überrumpelten so gemimt, daß es glaubwürdig war, und er beteiligte sich jetzt an der leichten Plauderei, als wäre er zu keinem anderen Zweck hierhergekommen.
Doch was war der Zweck? Er wußte es nicht. Christ mochte Frauen gegenüber ein Windhund sein; aber so ein Windhund war er nun auch wieder nicht, daß er mit Frau Carmen, die nach wie vor unter Verdacht stand, hier aufkreuzte und Siegesfahnen schwang, um bei Beckenbauer Eindruck zu schinden.
Als hätte er seine Gedanken erraten, sagte Christ: «Frau Carmen war über meinen Vorschlag ziemlich überrascht. Das kann ich gut verstehen. Aber ich habe versucht, sie davon zu überzeugen, daß Kriminalbeamte auch Menschen sind und manchmal sogar nette.»
Er machte eine Pause. Dann fragte er: «Ist mir das gelungen, Frau Carmen?»
Sie sah keinen der beiden Männer an, sondern zur Bühne hinüber und sagte: «Sonst wäre ich doch nicht hier.»
Der Drummer spielte einen leisen und aufreizenden Rhythmus, während im Scheinwerferlicht die erste Darbietung menschlichen Fleisches vor sich ging – von dem gleichen erotischen Zauber, den eine unbekleidete Schaufensterpuppe ausströmt, dachte Beckenbauer.
Christ sagte: «Auch vor der Hinrichtung bekommen die Delinquenten ja ein leckeres Mahl, nicht wahr?» Er lachte dabei, aber Beckenbauer klang dieser Satz merkwürdig; er sagte nichts dazu, und auch Frau Carmen schwieg.
Während das reizlose Schauspiel weiter abrollte, sagte Frau Carmen plötzlich: «Herr Christ, würden Sie meinen Mann verhaften, wenn er für Sie greifbar wäre?»
Das war eine direkte Frage, und der Inspektor war gespannt, was Christ antworten würde. Er hörte ihn sagen: «Auf Grund des Ringes, den Sie getragen haben? Das würde wohl nicht ausreichen.»
Carmen war zu gewitzt, um sich mit dieser Antwort zufriedenzugeben; es hatte den Anschein, als hielte sie das für einen Trick, denn sie zögerte nicht, genauer zu fragen: «Und auf Grund wel-

cher Tatsachen sonst, Herr Kriminalrat?» Es sollte ironisch klingen.
In diesem Augenblick war die Schaustellung beendet, das Licht flammte auf. Das Mädchen war von der Bühne verschwunden. Beifall plätscherte und die Combo mischte sich nervös zuckend ein.
Beckenbauer blickte den Oberinspektor an; der tat, als dächte er angestrengt nach.
Das erfüllte Carmen Volkmann mit Mißtrauen. Je länger Christ schwieg, um so deutlicher veränderte sich der Ausdruck ihrer Augen. Das war nicht mehr eine obenhin und flüchtig plaudernde Frau, sie war hellwach, gespannt aufmerksam, von Mißtrauen erfüllt.
Christ langte mit der rechten Hand unter den Tisch. Das tat er langsam. Ruckartig aber brachte er die Hand wieder zum Vorschein. Er hielt sie geöffnet über den Tisch. Auf der Handfläche lag ein kleiner, rötlichgrauer Klumpen. Zuerst wußte Beckenbauer überhaupt nicht, was das sein könnte.
Der Oberinspektor gab auch keine Erklärung. Er drehte die Hand rasch um, so, wie man einen Würfelbecher zum Wurfe kippt. Dann zog er die Hand zurück. Auf dem weißen Tischtuch blieb ein kleiner, schmutziger und feuchter Haufen zurück. Christ sagte: «Erde! Aus dem Garten der Villa in Ottensen, in die eingebrochen wurde.»
Nun sah er die Frau an, die auf das kleine Häufchen starrte und offensichtlich nichts begriff.
Christ lächelte, langte mit der linken Hand in die Jackentasche und brachte ein paar ähnliche Krümel, die trockener waren, zum Vorschein. Er schüttete sie neben die andere Erde und sagte gelassen: «Und dies ist von Ihren Schuhen, Frau Volkmann, die Sie am Vormittag des Mords und des Einbruchs anhatten. Ich habe das chemisch untersuchen lassen. Das Ergebnis: Es ist haargenau die gleiche Erde. Das heißt, Sie sind bei dem Einbruch in Ottensen dabeigewesen, den Ihr Mann verübt hat, und diesen Einbruch, den haben Sie anschließend hier in der Bar Antwerpen gefeiert. Dabei hat Sie der Gossenlauge beobachtet.»
Carmen Volkmann war erblaßt. Sie sah von den beiden Häuf-

chen auf und den Oberinspektor an. In ihrem Gesicht war Schrecken, als sie sich wehrte: «Nein, nein!»
Christ beugte sich nahe zu ihr hinüber und machte ihr eindringlich klar: «Sie haben Glück, Frau Volkmann, und Ihr Mann auch. Dies hier, das ist nämlich ein einwandfreies Alibi dafür, daß von Ihnen beiden niemand mit dem Mord an Krug etwas zu tun haben kann.»
Er kniff die Augen zusammen und drang in sie: «Na, wie ist's, schöne Frau? Mord oder Einbruchsdiebstahl, das ist hier die Frage. Sie waren doch in dem Villengarten in Ottensen, nicht wahr?»
«Ja», sagte sie und sah plötzlich alt aus, «ich war dort.»
Christ sah Beckenbauer an und nickte stumm.
Der Ober hatte vom Nachbartisch die Szene beobachtet. Jetzt trat er heran und sagte leise und vorwurfsvoll: «Aber, mein Herr! Das geht doch nun wirklich nicht!»
Der Oberinspektor strahlte ihn an: «Keine Angst, Herr Ober, wir sind gerade dabei, diese Schweinerei zu beseitigen.»

4 Beckenbauer schüttelte den Kopf, als ihm am nächsten Morgen der Freund in seinem Dienstzimmer gegenübersaß.
«Ich begreife immer noch nicht», sagte er verständnislos, «warum du gestern abend diese Schau abgezogen hast. Der Beweis war doch schlüssig. Dazu bedurfte es eigentlich eines besonderen Geständnisses überhaupt nicht. Außerdem bin ich davon überzeugt, daß die Volkmann es heute früh ohnehin abgelegt hätte, wenn du mit diesen Nachweisen angerückt wärst.»
Christ machte ein Gesicht, als bisse er in einen sauren Apfel. «Was ich gesagt hatte, stimmte. Die Erde, die wir von ihren Schuhen genommen hatten, und die andere zeigte die gleiche Zusammensetzung. Darüber gibt es keinen Zweifel. Nur stammte das eine Häufchen überhaupt nicht aus dem Ottensener Garten. Dort ist Humus aufgefahren worden, schon vor drei, vier Jahren, wie anzunehmen ist, und nirgendwo kommt dieser lehmige Boden zum Vorschein. Mir wäre auch nichts aufgefallen, wenn ich nicht dicht neben der Pforte ausgeglitten wäre, als ich hinausgehen wollte. Da bückte ich mich, um zu sehen, worauf ich getreten

war, und genau dort fand ich diese Erde – wie übrigens überall in der näheren Umgebung des Hauses.»
Er machte eine kleine Pause.
«Hätte ich nun», sagte er, «heute morgen eine formelle Vernehmung durchgeführt, hätte ich natürlich sagen müssen, daß diese Erde nicht direkt aus dem Garten stammte. Dann hätte sie geleugnet, ihn betreten zu haben. Sie konnte ja immer angeben, mit ihrem Mann in der Nähe spazierengegangen zu sein. Ihr dann nachzuweisen, daß sie an dem Einbruchsdiebstahl beteiligt war, wäre mir verdammt schwergefallen. Ich habe ganz einfach damit gerechnet, daß das Barmilieu und die völlig unerwartete Überraschung sie zum Geständnis bewegen würden. Du siehst, die Rechnung ging auf!»
«Verdammt raffiniert», gab Beckenbauer zu, «aber auch gewagt.»
Christ gab gleichmütig zu: «Na gut, sie hätte leugnen und sich beschweren können. Dann wäre ich der Hereingefallene gewesen. Sie hat es nicht getan. *Ihr* Pech! Da haben ihre Nerven eben doch versagt.»
Sie hatten so sehr versagt, daß sie sich ohne Widerstand und unauffällig von dem Polizeibeamten, den Beckenbauer vor dem Eingang gesehen hatte, in Untersuchungshaft hatte abtransportieren lassen. Auch als sie am Morgen von Christ vernommen wurde, hatte sie ihr freches Leugnen noch nicht wiedergefunden. Ja, gab sie zu, sie und ihr Mann hätten das Ding ausbaldowert. Sie hatte, erzählte sie, sich mit einem der Dienstmädchen angefreundet und von ihr erfahren, wann die Besitzer Urlaub machten und daß während dieser ganzen Zeit die Villa unbewacht blieb. Ihr Mann hatte sich eines Tages sogar als angeblicher Kontrolleur des Fernamts eingeschmuggelt, um die Leitungen zu prüfen. In Wirklichkeit hatte er mit ihr telefoniert. Bei dieser Gelegenheit hatte er die Örtlichkeiten genau angesehen. Sie faßten den Plan, wegen der absoluten Stille und der nahen Nachbarschaft nicht nachts einzubrechen, sondern am frühen Morgen, wo die Nachbarn mit ihren Tagesvorbereitungen in Anspruch genommen waren und der Straßenlärm Geräusche überdeckte. Sie hatte deshalb auch gar nicht vor dem Haus Schmiere gestanden, sondern dahinter, weil sie eigentlich nur befürchteten, daß die Müllabfuhr

zu dieser Zeit anrücken könnte, und die Mülltonnen standen hinter dem Haus.
Christ hatte sie eindringlich nach ihrem Mann befragt; aber sie erklärte – und Christ glaubte es ihr –, er wäre mit unbekanntem Ziel losgezogen, um die Sore abzuschlagen. Sie sagte weiter, daß er ihr verschwiegen hätte, wo er das versuchen wollte, damit sie ihn nicht verraten könnte. Sie wisse wirklich nicht, wo er sich aufhalte.
Als sie darüber sprach, löste sich ihre Verkrampfung.
Er werde auch weder schreiben noch anrufen, noch über einen Bekannten den Kontakt aufnehmen. So vorsichtig sei er nun doch.
Sie sah auf, in ihren Augen schimmerte Triumph. «Sie sind schlau, aber so schlau sind Sie nun auch wieder nicht. Die Fahndung war ein Fehler! Ohne die Fahndung hätte er sich irgendwann bei mir gemeldet. Sie werden ihn nicht kriegen.»
«Ich kriege ihn!» behauptete Christ; aber es klang nicht selbstsicher, denn er sah ein, daß die Fahndung den Udo Volkmann tatsächlich gewarnt hatte.
«Wollen wir hoffen», sagte er leichthin, «daß Herr Grob nicht darauf aufmerksam wird.»
«Welcher Herr Grob?» fragte sie gespannt.
«Ach, nichts», erwiderte er und setzte hinzu: «Die Fahndung haben wir ausgeschrieben, weil wir überzeugt waren, daß Ihr Mann mit dem Mord an Krug etwas zu tun hat.»
Sie verzog verächtlich die Lippen. Auf eine so alberne Unterstellung brauchte sie gar nicht zu antworten.
«Wieviel werde ich kriegen?» fragte sie.
Christ hob die Brauen. «Leider nicht viel, glaube ich.»
Endlich hatte sie sich wieder völlig in der Gewalt. «Ich würde», sagte sie und blickte Christ herausfordernd an, «später einmal eine neue Einladung in die Bar Antwerpen ganz gerne annehmen.»
Christ zuckte nur die Schultern.
Jetzt sagte er zu Beckenbauer: «Im Grunde genommen hat sie damit eine ganze Menge Terrain gutgemacht. Was kann ihr schon passieren? Sie ist nicht vorbestraft, und Schmiere stehen – lieber Himmel! Sie hat die Beute nicht einmal *gesehen.* Das glaube ich

ihr. Sie wird durch den Anwalt geltend machen, daß sie unter dem Einfluß des Mannes stand, und man wird es ihr glauben müssen. Sie kann ein hübsch unschuldiges Gesicht machen. In drei Monaten ist die wieder draußen», fügte er zornig hinzu. «Nein, die Partie haben wir verloren, es führt kein Weg zu Udo Volkmann. Vorerst!»
«Die Partie habe *ich* verloren», korrigierte ihn Beckenbauer, und als der Oberinspektor beschwichtigen wollte, betonte er: «Natürlich. Du hast wenigstens deine Carmen – was habe ich? Du hast einen im Grunde aufgeklärten schweren Einbruchsdiebstahl. Was habe ich? Du bist einem Manne auf der Spur, von dem du sicher bist, daß er der Täter ist. Aber ich?»
Er machte eine Pause.
«Ich bin keinen Millimeter weitergekommen. Gerade weil du Erfolg hattest, hatte ich Mißerfolg. Udo Volkmann scheidet aus meinen Ermittlungen aus. Sein Alibi ist hundertprozentig. Ich habe also nicht einmal einen mutmaßlichen Täter, ich weiß überhaupt nicht, wohin ich zielen soll. Die Routinesachen laufen, zum Teil sind sie erledigt. Das einzige, was ich habe, ist eine kräftige Rüge und eine Drohung. Möglicherweise hat mich dieses verdammte Aktenblatt mit dem Namen Volkmann auf eine ganz falsche Fährte gehetzt.»
Christ wußte, daß alles stimmte, was der Freund sagte. Aber sollte er das bestätigen? Er brachte es nicht über sich. Er suchte nach tröstlichen Worten. Doch er fand keine. Und er wußte auch, daß Adam der Mann war, seine Drohungen zu verwirklichen. Beckenbauer war für ihn der Blitzableiter.
Nichts war für einen Kriminalisten entmutigender als eine abgerissene Fährte, als zu wissen, daß der Täter inzwischen alle Möglichkeiten nutzte, sich zu decken, zu tarnen, zu entfernen. Da lagen die Trümpfe in der Hand des anderen!
Kein Wort des Trostes?
In diesem Augenblick läutete das Telefon.
Der Inspektor nahm den Hörer ab und reichte ihn gleich darauf dem Freund hinüber. «Für dich», sagte er lakonisch.
Christ nickte und sprach in die Muschel: «Ja, hier Christ.» Dann sagte er «Bitte» und begann mit einem Bleistift zu spielen. Doch allmählich verwandelte sich sein Gesicht, der Inspektor bemerkte

es mit Erstaunen. «Was?» rief der Oberinspektor halblaut. «Sie, Volkmann? Ja . . . Ja, von wo aus rufen Sie denn überhaupt an?»

5 Als Udo Volkmann die Frage «Von wo aus rufen Sie denn überhaupt an?» hörte, zog er eine verächtliche Grimasse. Er preßte den Hörer ans Ohr und schwieg. Er vernahm, wie die Frage wiederholt wurde, und es erfüllte ihn mit Genugtuung, daß die Stimme des andern dringlich klang.

«Das möchten Sie gern wissen», sagte er gelassen. «Und ich möchte gern wissen, was meine Frau macht.»

Volkmann fühlte sich beflügelt und hatte das Empfinden, seine Rechnung ginge auf. Hier stand er in der kleinen Kneipe in der Rotwegsiedlung – nebenan lärmten die Bauarbeiter – und hatte durchgewählt und dem Wirt großzügig einen Fünfzigmarkschein hingeschoben. Das war ihm die Sache wert! Er hatte auch nicht bei einem Freund und schon gar nicht in seiner Wohnung angerufen, wo man diesen Anruf möglicherweise aufzeichnete, sondern . . . Ach ja, dem kleinen Fritz hatte er gesagt: «Ich rufe in die Höhle des Löwen hinein!»

Da hatte er nun den Löwen an der Leitung, der Löwe schien aufgeregt und ratlos, und Volkmann freute sich darüber.

Es war eine Pause entstanden; Volkmann ahnte, daß sein Gesprächspartner die Muschel mit der Hand zudeckte und sich mit einem anderen beriet.

Jetzt hörte er wieder die Stimme. «Sie sprechen mit Oberinspektor Christ, Einbruchsdezernat», vernahm er, «Ihre Frau ist in Untersuchungshaft. Wir haben sie überführt, und sie hat gestanden, daß sie bei Ihrem Einbruchsdiebstahl in Ottensen beteiligt war. Ich sage es Ihnen absichtlich genau, Herr Volkmann. Ihre Frau hat, während Sie die Villa ausräumten, hinter dem Haus in der Nähe der Mülltonnen gestanden. Wir wissen auch, daß Sie selbst die Gelegenheit ausbaldowert haben. Sie haben sich als Kontrolleur des Fernsprechamts ausgegeben und behauptet, Sie wollten die Telefonleitungen überprüfen. Und weiter ist uns bekannt, daß Sie anschließend mit Ihrer Frau die gelungene Tat in der Bar Antwerpen mit einem Glas Sekt gefeiert haben. Genügt Ihnen das?»

Jetzt erblaßte Udo Volkmann. Sein Siegesgefühl brach zusammen; er war nicht nur enttäuscht, er war entsetzt. Sollte er sich in Carmen so geirrt haben? Sie mußte gesprochen haben, sie hatte gesungen, aus Leibeskräften gesungen. In diesem Augenblick haßte er sie.

«Hören Sie noch?» kam Christs Stimme wieder. «Legen Sie nicht auf, Volkmann!»

«Nein», erwiderte er verzweifelt und trotzig, «ich gebe nicht auf!» Voll Haß sagte er: «Da sind Sie ja der Dame ganz schön auf den Leim gekrochen! Seit ich verheiratet bin, geht sie fremd, das habe ich lange nicht gewußt. Als ich es gemerkt habe, gab ich meinen Job auf, und dann bin ich abgerückt, weil ich es zu Hause nicht mehr aushielt. Ist Ihnen denn nicht aufgefallen, was für einen Ring sie trägt? Dann sehen Sie ihn sich an! Der stammt auch aus einem schweren Einbruch. Das ist der gleiche Kerl, mit dem sie fremd gegangen ist und mit dem sie auch das Ottensener Ding gedreht hat. Jetzt will sie es auf mich schieben, und Sie fallen darauf 'rein.»

Er schwieg erschöpft. Das war gut gekontert!

Christs Stimme klang ganz ruhig. «Das mag sein, Volkmann. Um so weniger begreife ich, daß Sie sich nicht stellen wollen. Der Fall wäre in kürzester Zeit aufgeklärt, und für Sie wäre alles erledigt.»

«Ja», sagte er, «das behaupten Sie jetzt. Aber bin ich einmal in Hamburg, dann nehmen Sie mich hopp, und ich sitze in Untersuchung, bis Sie den anderen haben. Nein! Fragen Sie Carmen.»

Er wartete keine Antwort mehr ab; das hatte keinen Zweck, meinte er und hängte ein. Danach blieb er noch eine Weile neben dem Telefon stehen und dachte gar nichts. Dazu war er zu müde, erschöpft, entmutigt. Carmen hatte gesungen!

Dann fiel ihm ein: Aber ihnen fehlte jede Spur! Wie gut, daß er Carmen nicht verraten hatte, wohin er sich wenden würde.

Er ging langsam zur Theke, dort stützte er sich auf. «Ein Helles!» verlangte er und grübelte darüber nach, daß er nun zu Friedrich Arendt zurück müßte, zum kleinen Fritz, und zu dessen Frau Marga geborene Schäufele. Wie lange würde er dort aushalten müssen, ehe er die Sore versilbern konnte. Auch jetzt wollte er den kleinen Fritz nicht damit beauftragen. Überhaupt erschien ihm jeder Verkauf brandgefährlich, diese Brüder in Hamburg waren offenbar scharf hinter ihm her. Dazu kam möglicherweise

noch der schwere Einbruch in den Juwelierladen. Wenn Carmen das eine gesagt hatte, konnte sie auch das andere verraten haben. Das wären dann schon zwei schwere Einbrüche auf seinem Konto, und Rückfall wurde doppelt hart bestraft.
Seine Gedanken verwirrten sich. Er warf ein paar Münzen auf die Theke. Sie klirrten laut. Dann stand er im Freien.
Er schlenderte auf Romeo und Julia zu, die beiden Hochhäuser mit den romantischen Namen; er dachte flüchtig daran, daß hier kleine Eigentumswohnungen ihre guten vierzigtausend Mark kosteten. Er hatte gehofft, eines Tages wenigstens so viel Geld zu besitzen, um mithalten zu können und etwas vorzustellen. Aber er würde es niemals haben, wenn dieser Hamburger Coup endgültig mißlang.
Er ging in das hangabwärts sich hinziehende, strauchbestandene Schulgelände hinein und blieb vor dem phantastischen Lochophanten stehen, diesem weit über zwei Meter hohen, klobigen Steinmonument, das aussah wie ein Elefant und doch keiner war, um das sich die Träume der Kinder woben, die durch das große Loch im Bauch, der auch wieder kein Bauch war, krochen. Carmen wollte später Kinder haben, wenigstens eins. Eigentlich hatte er dafür reich sein wollen. Nun konnte dies alles durch ein einfaches Ferngespräch hingeschmolzen sein wie Schnee in der Sonne.
Volkmann straffte sich und ging schneller. Was hinter ihm bleiben mußte, sollte auch hinter ihm bleiben! Er würde sich nicht umsehen, weder nach seiner Hamburger Wohnung noch nach seiner Frau Carmen.
Und er tröstete sich: Sollten sie nach ihm nur weitersuchen! Wenn er zäh blieb, fanden sie ihn nie. Denn sie hatten keine Spur.

6 Nachdem Udo Volkmann eingehängt hatte, wählte Christ sofort die Zentrale und bat um die Feststellung, aus welcher Stadt angerufen worden war.
Zu Beckenbauer sagte er: «Hat auch seine Nachteile, der Direktverkehr.»
Das Verfahren zur Feststellung des Anrufortes war kompliziert und unsicher. Der Oberinspektor war deshalb erlöst, als das Telefon wieder läutete, Christ nach dem Hörer griff und gleich da-

nach sagte: «Stuttgart! Vermutlich aus irgendeinem Vorort. Aber Stuttgart bestimmt.» Dann lehnte er sich zurück und sagte: «Ich fahre hin. Den kaufe ich mir. Und ich erwische ihn irgendwo, das kannst du mir glauben!»
Beckenbauer sagte: «Das glaub' ich dir schon. Aber mir nützt das nichts.» Er überlegte, und ihm fiel ein: «Es sei denn, du nimmst dir bei dieser Gelegenheit meinen Klaus Volkmann unter die Lupe, der den Unfall gebaut hat.»
Der Oberinspektor lachte als Antwort. Er versprach nichts, aber Beckenbauer kannte seinen Freund und wußte, daß er es tun würde.

8. Kapitel

1 «Hier bin ich!» sagte der Oberinspektor, schwenkte ein leichtes Köfferchen, trat unbefangen ein, umarmte seinen Onkel und gab dem Überraschten einen lauten Kuß auf die stachelige Wange.
«Das sehe ich!» jubelte Gustav Schätzle im gleichen überschwenglichen Ton und fragte: «Wo übernachtest du?»
«Bei dir», flötete Christ, war gewandt an dem Onkel vorüber und in das Eßzimmer gegangen, setzte sich bequem auf das grünsamten gepolsterte Sofa und erklärte: «Einen Hunger habe ich!»
«Möchst an' Moscht?» fragte Schätzle freundlich.
«Nö», wehrte Christ ab, «an' Sekt!»
Da seufzte der Onkel zwar, akzeptierte aber den Neffen, ging in den Keller und holte eine Flasche Wein.
«Ich habe gedacht», sagte Christ listig, «du hast sicher eine Couch frei.»
Schätzle kapitulierte endgültig. «Mama ist zu ihren Eltern im Allgäu, Käse holen, also hast du Glück. Du kannst hier auf dem Sofa schlafen . . .», er bemerkte Christs kritischen Blick auf das doppellehnige Gestell, «oder im Ehebett neben mir.»
Christ hob entsetzt die Hände. «Dann lieber auf dem Nagelbrett eines Fakirs!» Er erinnerte sich der Schnarcherei des Onkels.
Schätzle war nun mit dem Besuch versöhnt, brachte aus der Küche herbei, was im Kühlschrank vorhanden war, und die beiden Männer aßen Abendbrot.
Der Onkel war sichtlich stolz, als Christ erklärte: «Schön wohnst du! Ist nicht so übel, das Schwabenländle.»
Christ schmeichelte damit nicht. Ihm gefiel es tatsächlich hier.

Der Onkel hatte vor geraumer Zeit eine kleine Villa in Stuttgart-Botnang gepachtet. Das Häuschen lag an dem Hang überm Tal, von der Stadt durch die Hügelkette getrennt, war umgeben von Wäldern und ziemlich ungestört vom Verkehr, der über die einzige Talstraße floß, noch dazu spärlich. Vom Nachbargrundstück war der geräumige, hangabwärts sinkende Garten durch eine Mauer getrennt, und Schätzle rühmte, daß ihm niemand in den Topf sehen könnte.
«So», beendete Christ das Geplausch, «und jetzt brauchst du mir nur noch zu verraten, wo der Volkmann steckt, dann bist du mich morgen los.»
«Volkmann», sagte Schätzle verächtlich, «du hast einen Sparren, Achim! Der saß doch angeblich bei euch in Hamburg.»
«Nicht der», erläuterte Christ, «der andere.»
Schätzle sah ihn verständnislos an.
«Ja», erklärte Christ, «der seinerzeit den Einbruch begangen hat, *Udo* Volkmann! Er muß sich in der Stuttgarter Gegend aufhalten. Er hat vor wenigen Tagen einen zweiten schweren Einbruch zusammen mit seiner Frau begangen. Entweder verkauft er hier von der Beute, oder er dreht ein neues Ding. Auf jeden Fall muß ich ihn fassen. Und bei dieser Gelegenheit», fuhr Christ fort, «möchte ich mir doch gern einmal die Akte über jenen Verkehrsunfall ansehen.»
Schätzle war ganz wach. «Erstens, mein Lieber», erwiderte er, «handelt es sich da um keinen Einbruch – was geht's also dich an? Und zweitens ist der Fall ja insoweit erledigt, als ich mich getäuscht habe.»
«Vielleicht doch nicht», antwortete Christ überzeugend, «dir konnte nicht auffallen, daß wir nach einem Volkmann in dem Mordfalle fahnden, einem Volkmann, der offenbar früher einmal einen anderen Namen oder ein Pseudonym geführt hat. Gerade das jedoch veranlaßte meinen Freund Beckenbauer, den Grob plötzlich mit Volkmann anzureden.»
«Und?» fragte Schätzle und beugte sich gespannt vor.
«Er hörte darauf», sagte Christ knapp.
Schätzle hob das Glas, trank einen großen Schluck, setzte das Glas wieder ab und murmelte: «Donnerwetter! Ja, wirklich, Donnerwetter. Ihr jungen Hunde seid gar nicht so dumm, wie ich

dachte!» Er blickte Christ an und sagte: «Morgen kannst du in die Akten Einblick nehmen.»

2 Es war einer jener kalten klaren Tage, an denen man Geräusche kilometerweit hört.

Christ und sein Onkel standen vor dem Häuschen. Schätzle warf nur einen schmähenden Blick auf Christs Wagen. Er hielt den Neffen an der Schulter zurück, als er den Schlag öffnen wollte.

«Wir laufen», sagte Schätzle und atmete tief durch, «wir haben genügend Zeit. Ein Spaziergang in der frischen Morgenluft gibt Kraft für den ganzen Tag.»

Christ mußte sich fügen, wenn auch voller Ungeduld.

Irgendwo mußte Udo Volkmann Unterschlupf gefunden haben, und er war ein zu gerissener Ganove, um vorzeitig daraus aufzutauchen. Wie also sollte man ihn finden? Auch der Kollege vom Stuttgarter Einbruchsdezernat würde kaum einen Hinweis geben können. Nachdenklich und schweigend ging der Oberinspektor neben dem Onkel einher, den schmalen Weg talabwärts, wartete mit ihm an der Haltestelle, bis endlich die Achtzehn kam, sie kreischend durch die Kurven hangaufwärts zum Bopser und wieder talabwärts in den Stadtkern transportierte.

Schätzle liebte sein Stuttgart; er stand neben dem Neffen auf dem Perron und rühmte die weite Aussicht über die Stadt hin, machte auf diese und jene Sehenswürdigkeit aufmerksam und bemerkte überhaupt nicht, daß Christ weder hinsah noch hinhörte, sondern in sich versunken grübelte.

In seinem Dienstzimmer zog Schätzle einen schmalen blauen Schnellhefter aus einem Rollschrank und sagte: «Das ist alles.»

Christ nahm die Blätter an sich und begann zu lesen. Er stockte, hob den Kopf, hatte den Finger auf einer Zeile des Aktenstücks und fragte: «Sag mal, ihr habt immer nach dem Volkmann gesucht?»

«Natürlich», bestätigte Schätzle und wandte nicht einmal den Kopf, weil er sich in seiner Arbeit gestört fühlte.

«Und den habt ihr nicht gefunden, der hatte sich in Rauch aufgelöst», stellte Christ fest, «aber habt ihr auch seinen Freund in Hamburg gefragt?»

«War kein Freund», Schätzle schüttelte über soviel Unverständnis den Kopf, «war ein Bestohlener! Dem hatte dieser Volkmann den Wagen geklaut, der hat doch in Hamburg Diebstahlsmeldung erstattet.»
«Und ihr habt ihn euch nicht angesehen? Erinnerst du dich überhaupt an dessen Namen?»
Schätzle schlug leicht auf den Tisch. «Aber nein! Wozu denn nur das alles?»
«Nun», erwiderte Christ bedachtsam, «dann sollte man das vielleicht nachholen. Darf ich von hier aus in Hamburg anrufen?» Er stand schon neben dem Onkel und hob den Hörer auf.
Ohne etwas zu erwidern, wählte Schätzle zur Zentrale durch.
Noch ehe die sich meldete, sagte Christ, den Hörer am Ohr, zum Onkel hin: «Der angebliche Freund hieß nämlich Peter Grob! Eigenartiger Zufall, was?»

3 Die Vorhänge waren zugezogen, das Zimmer war düster. Zur besorgten Marga Arendt hatte Udo Volkmann gesagt: «Ich habe furchtbare Migräne.»
Migräne! Ja, das kannte sie. Dafür hatte sie tiefes Verständnis. Sie litt ja selbst unter diesem gräßlichen Übel.
Ob es Föhnwind war oder Lärm im Klassenzimmer, ob eine zu lange Konferenz oder feuchtschwüle Witterung, ob das Kreischen der Elektrischen oder der Geruch von heißem Asphalt – es gab kaum etwas, das ihr nicht auf den Kopf geschlagen wäre. Migräne! Dann mußte sie liegen, ein kühlendes Tuch auf der Stirn.
Der kleine Fritz hatte versucht, sich darüber hinwegzusetzen. Anfangs flötete er laut. Das Flöten war ihm längst vergangen, er flüchtete – heimlich – in die nächstgelegene Kneipe und kam nicht vor Mitternacht heim.
Udo Volkmanns angebliche Migräne hatte also einen großen Vorteil: Marga empfand für ihn. Sie scheuchte den kleinen Fritz aus der Wohnung und legte kühlende Tücher für Volkmann bereit. Sogar auf das allabendliche Fernsehen verzichtete sie.
So hatte Udo Volkmann Zeit gehabt, nachzudenken – abends, nachts und jetzt am Morgen. Er hatte hinter dem geschlossenen

Vorhang hinausgelugt: Der klare blaue Himmel reizte ihn nur – *er* durfte ihn nicht genießen!
Den kleinen Fritz schickte er in die Stadt und ließ ein Strafgesetzbuch kaufen. Mit Kommentar. Dann wälzte er Paragraphen, und je länger er das tat, um so länger wurde die Haftzeit. Es gab da Straftaten, von denen er überhaupt nicht gewußt hatte, daß es welche waren, und er hatte sie begangen, sozusagen im Vorübergehen. Was stand nicht allein alles auf sein Eindringen in die Villa als Fernmeldemonteur. Vorspiegelung falscher Tatsachen! Anmaßung von Amtsgewalt! Sogar Urkundenfälschung, denn er hatte spaßeshalber – Idiot, der er war – eine Quittung mit falscher Unterschrift gegeben.
Er erinnerte sich, vorher zu Carmen lachend gesagt zu haben: «Kommt mir einer quer, hau' ich ihn auf den Dez!»
Wenn das ruchbar wurde! Es gab da ungeahnte Möglichkeiten der Auslegung. Und Carmen würde zweifellos behaupten, er hätte sie dazu überredet, und das stimmte sogar. Anstiftung! Wozu hatte er sie angestiftet?
Er ließ den Wälzer erschöpft sinken. Verfluchte Geige! Es hatte den Anschein, als sollte er die Welt *nur* noch durch Gitterstäbe sehen können.
Es kamen ihm Bedenken. Ob die Hamburger entgegen seiner Annahme nicht *doch* festgestellt hatten, woher der Anruf gekommen war?
Jetzt hatte Udo Volkmann tatsächlich Migräne. Er fieberte. Es konnte sein, daß dieser Beamte, den er am Telefon zum Narren gehalten hatte, bereits unterwegs nach hier, daß er in Stuttgart und sogar schon in jener Kneipe war. Der Wirt konnte eine genaue Beschreibung geben. Allein schon wegen des Fünfzigmarkscheins mußte er sich erinnern. Verdammte Großzügigkeit – geizig mußte man sein! Außerdem kannte der Wirt den kleinen Fritz genau, und er hatte sie zusammen gesehen.
Volkmann gelangte zu der Überzeugung, daß er sofort weg müßte. Wohin, das wußte er nicht. Auf jeden Fall brauchte er dazu Geld, und Geld konnte er nur bekommen, wenn er wenigstens einen Teil der Sore absetzte.
Der kleine Fritz öffnete fast lautlos die Tür einen Spalt und streckte besorgt den Kopf herein.

Udo Volkmann flüsterte: «Fritzchen, sie werden mich kaschen. Ich muß weg. Und ich muß was verkaufen.»
Der kleine Fritz trat ein und zog vorsichtig die Tür hinter sich zu. Dort blieb er stehen und flüsterte ebenfalls: «Doch nicht in Stuttgart?»
«Wo sonst?» fragte Volkmann verzweifelt.
Der kleine Fritz dachte nach. Das strengte ihn an, er war es nicht gewohnt. Er schluckte. Volkmanns Plan gefiel ihm nicht. Aber schließlich sagte er: «Das verkaufen wir in Echterdingen. Dort ist der amerikanische Flugplatz, da werde ich das mit Handkuß los.»
«Ist das weit?» fragte Volkmann unsicher.
«Komm, wir gehen», erwiderte der kleine Fritz und fügte verächtlich hinzu: «Im Schwabenländle gibt's nichts Weites.»

4 Gret-Marianne Upenhof hatte ihr Bad genommen und war gerade dabei, hingegeben ihr Haar zu bürsten, als es läutete.
Sie rief über die Schulter: «Peterle, machst du auf?» Peter Grob lag noch in den Kissen und hatte versucht, mit drei Spalttabletten den schwarzen Kater zu töten. Er setzte das Glas Wasser ab und rief undeutlich zurück: «Unfähig dazu, Gret-Marianne.»
Unwillig legte sie den Kamm weg, strich die Haare gefällig über die Schulter und ging öffnen.
In der Tür stand ein junger Mann. Er gefiel ihr, junge Männer gefielen ihr stets. Sie sah ihn fragend an.
«Beckenbauer», stellte er sich vor.
Sie schwieg und wartete auf sein Anliegen.
«Gnädige Frau», sagte er und war bemüht, besondere Höflichkeit in den Tonfall zu legen, «darf ich Sie sprechen? Es handelt sich lediglich um einige Auskünfte.» Er zog seinen Ausweis hervor und zeigte ihn hin.
Da öffnete sie die Tür weit und führte ihn in das Zimmer. Sie fragte: «Whisky?», und als er verneinte, schenkte sie sich selbst ein, während sie in ihrer romantischen Pose auf der Couch Platz nahm, die schönen Beine anzog, sagte sie freundlich: «Ich brauche das am frühen Morgen. Fernsehfunk ist anstrengende Nachtarbeit. Sie müssen entschuldigen, daß ich mich in dieser Toilette zeige.»

Beckenbauer entschuldigte mit einer leichten Verneigung.
Aus dem Schlafzimmer tönte eine verärgerte Stimme herüber: «Gret-Marianne, wer ist da?»
«Ach», erwiderte sie leichthin, «nichts Besonderes.» Und als falle ihr jetzt erst ein, daß sie mit dieser Bemerkung Beckenbauer klassifizierte, sagte sie zu ihm: «War nicht bös gemeint.»
Der Inspektor ahnte, daß die Stimme die Peter Grobs war. Als die Badezimmergeräusche hastiger wurden, wußte er, daß er ihn bald zu Gesicht bekommen würde.
Noch war Beckenbauer unentschlossen, ob er alle Trümpfe aus der Hand geben sollte.
Er fragte: «Ich habe aus der Einwohnerkartei ersehen, daß Herr Grob, seit er in Hamburg ist, bei Ihnen wohnt. Ich könnte mir denken, daß Sie sich an einen Vorfall erinnern, der sich vor etwa zwei Jahren abspielte. Damals wurde Herrn Grob ein Wagen gestohlen. Sie hatten die Verlustanzeige erstattet.»
«Ja», sagte sie und fuhr mit der Hand über die Stirn, «ich erinnere mich.» Sie hob die Augenbrauen und war froh, daß sie sie bereits nachgezogen hatte. «Nur, wissen Sie», erklärte sie leise, «uns Fernsehleuten stößt vieles zu . . .»
Den Satz beendete sie nicht.
Der Inspektor nickte verständnisvoll. «Ich kann es mir vorstellen», sagte er, «es ist zweifellos viel aufregender, als wenn man als kleiner Kriminalbeamter durch die Welt geht. Indessen», er sah sie aufmerksam an, «war das doch immerhin so sensationell, daß Sie sich etwas von den näheren Umständen gemerkt haben müssen.»
Sie wiegte leicht den Kopf, als wollte sie sagen: Was heißt schon sensationell?, und reichte mit weit hingestrecktem Arm ein Zigarettenetui herüber. Als der Inspektor ihre Zigarette ansteckte und sich dann auf seinen Stuhl zurücksetzte, meinte sie: «Mein Gott, ja. Es war ärgerlich. Ein fast neuer Mercedes. Aber die Versicherung sprang ein, die Umstände waren klar, man war kulant. Nur gewöhnt man sich an einen Wagen ebensosehr wie an einen Hund oder eine Katze, und man ist traurig, wenn er perdu ist.» Sie stippte die Asche ab. «Ja», sagte sie vor sich hin, «ich war wirklich traurig.»
«Es war nicht Ihr Wagen», bemerkte Beckenbauer, scheinbar

etwas erstaunt. «Vermutlich sind Sie jedoch viel damit gefahren.»
«So ist es», bestätigte sie mit sanfter Ironie, «das haben Sie gut erraten.»
«Also waren Sie damals nicht mit Herrn Grob unterwegs?» fragte er und stellte eine erste Falle.
Ihre Antwort klang so ungereizt und natürlich, als hätte sie keinerlei Fallenstellerei bemerkt. Sie sagte: «Aber nein, natürlich nicht, ich habe doch hier die Anzeige erstattet. Herr Grob war zwar ebenfalls in Hamburg, er war aber mit einer Reportage beschäftigt.»
Der Inspektor zog ein Blatt mit Notizen aus der Tasche, tat, als wenn er sie läse, und sagte dabei langsam, unterbrochen von längeren Pausen: «Die Verkehrspolizei Stuttgart hat um Nachermittlung ersucht. Es scheint, man hat den Fall neu aufgegriffen. Vielleicht haben sie jemanden in Verdacht. Sie fragen von dort an, wieso die Anzeige so spät erfolgte. Der Wagen muß nachts oder sehr zeitig morgens entwendet worden sein. Und erst *nach* dem Unfall, ungefähr eine Stunde später, wurde der Verlust angezeigt. Das heißt, daß entweder erst dann der Diebstahl bemerkt wurde oder es Gründe gab, ziemlich viel Zeit verstreichen zu lassen, denn der Wagen war ja stundenlang nach Stuttgart unterwegs. Selbst wenn wir annehmen, daß der Dieb nicht übernachtet hat ...» Er zuckte die Schultern, sah die Frau an, fragte: «Wie ist das zu erklären?»
«Sehr einfach», erwiderte sie, «ich ging morgens ins Studio, ich kam abends zurück. Peter Grob war wohl zu einer Party gegangen, und er hatte bei seinen Freunden übernachtet. Das tut er öfters.»
«Ohne Wagen?» fragte Beckenbauer.
«Offensichtlich», erwiderte sie, ohne eine Erklärung dafür zu geben.
«Und Sie nahmen den Wagen ebenfalls nicht?»
«Nein.»
«Sie erstatteten also Anzeige, als Sie zurückkamen und den Wagen nicht vorfanden?»
«Nein», sagte sie lächelnd und drückte die Zigarette aus, «als Peter Grob zurückkam. Ungefähr», sie zögerte, «eine Stunde oder

zwei Stunden später. Ich glaubte zuerst, Peter Grob wäre in der Zwischenzeit dagewesen und hätte den Wagen genommen.»
«Ja», sagte der Inspektor ausdruckslos und hörte drüben das Badewasser aus der Wanne gurgeln. Jetzt mußte er sich beeilen. Er fragte: «Gnädige Frau, wo war der Wagen geparkt?»
«Auf der Nebenstraße, Laternengarage», erklärte sie.
«Sie sind eine leidenschaftliche Autosportlerin», meinte Beckenbauer, «warum sind Sie nicht hingegangen, als Sie die Wohnung verließen, und mit dem Wagen ins Studio gefahren? Das lag doch nahe.»
Gret-Marianne Upenhof schloß einen Augenblick die Lider und sah den Inspektor dann groß an: «Finden Sie nicht, daß Sie mich etwas viel fragen? Gut, sei es denn! Nein, das lag nicht nahe. Ich nahm den Wagen nie, wenn ich damit rechnen mußte, daß Peter Grob ihn benötigte.»
«Und er?» fragte Beckenbauer rasch. «Warum ist *er* nicht am Abend zuvor mit dem Wagen gefahren?»
Sie blickte ihn hochmütig an. «Polizeivorschrift», sagte sie.
Der Inspektor hob die Schultern.
«Ganz simpel», erklärte sie, «wenn Peter Grob nicht sicher ist, ob er nach der Party nicht doch heimkommt, verzichtet er auf den Wagen, weil er getrunken hat.»
«Sehr schön», erwiderte Beckenbauer und lächelte scheinbar zufrieden, «ein disziplinierter Fahrer, das ist nicht allzu häufig. Wenn man bedenkt, wie viele Verkehrstote uns erspart blieben ...»
Er schwieg. Seine innere Spannung konnte er kaum verbergen. Natürlich waren alle Fragen klar beantwortet worden und schnell. Trotzdem erschien es ihm merkwürdig, daß keiner der beiden nach dem Wagen gesehen hatte.
«Warum», fragte er, «ist aber Herr Grob nicht morgens zurückgekehrt, um seine geschäftlichen Angelegenheiten mit dem Wagen zu erledigen? Es ist doch wahrhaftig sehr unbequem, solche Dinge per pedes zu machen.»
«Da müssen Sie ihn selbst fragen», erwiderte Gret-Marianne Upenhof und richtete sich auf mit einer Gebärde, als wäre sie tödlich gelangweilt.
Im gleichen Augenblick hörte Beckenbauer hinter seinem Rücken

Grobs Stimme: «Weil nämlich Peter Grob in solchen Fällen nicht per pedes seine Angelegenheiten erledigt, sondern mit einem Taxi, das genauso schnell wie sein eigener Wagen ist und in dem er sich als Fahrer nicht nach einer anstrengenden Party zu bemühen braucht, denn solche Parties, Verehrtester, sind, falls Sie es nicht wissen sollten, keineswegs nur gesellschaftliche, sondern vor allen Dingen berufliche und, wenn Sie so wollen, geschäftliche Zusammenkünfte.»

Der Inspektor drehte sich während Grobs langer Rede gemächlich um und betrachtete den Journalisten.

Der Mann, den er in der Tür erblickte, war tadellos gekleidet, er sah frisch und ausgeruht aus, und er zeigte nicht die Spur einer Unsicherheit.

Beckenbauer erhob sich. Grob kam langsam auf ihn zu, blieb dicht vor ihm stehen, reichte ihm jedoch nicht die Hand und bemerkte: «Ich hoffe, Sie sind neulich durch den Vorfall bei Kriminalrat Adam nicht in allzu große Ungelegenheiten geraten. Das wäre mir unangenehm. Der Kriminalrat war so ungehalten, wir waren in ein wichtiges Gespräch vertieft, die Störung kam überraschend . . . Setzen wir uns doch!»

Und dann, flüchtig zu ihr hin: «Gret-Marianne, einen Whisky-Soda, wenn du so lieb sein willst.»

Als habe er sich nicht unterbrochen, fuhr er, gleich wieder zu Beckenbauer gewandt, fort: «Ja, ein erstaunlicher Fall damals, ein Toter, ein völlig zertrümmerter Wagen, der Täter spurlos verschwunden . . .» Er schien Gedanken nachzuhängen, nahm eine Zigarette, pochte den Tabak auf dem Handrücken fest, zündete sie an und vergaß, Beckenbauer anzubieten.

Er blickte irritiert auf seinen Whisky-Soda, den Gret-Marianne Upenhof kredenzte, nahm, ohne zu danken, das Glas, tat einen kräftigen Zug, atmete tief und schien zu erwachen, als er zu dem Inspektor sagte: «Und das Erstaunlichste ist, daß die Polizei nichts feststellen kann.»

Grob sah zerstreut zum Fenster hinaus, dann dem Rauch der Zigarette nach, verzog den Mund und sagte ins Leere hinein: «Eigentlich nicht so erstaunlich, wenn ich an jüngste Erfahrungen denke. Auch dies paßt wieder genau zu meiner These.»

Beckenbauer äußerte nichts, er hörte zu und dachte: Laß ihn re-

den. Vielleicht kommt ein falscher Zungenschlag. Dabei lächelte er höflich. Bei einem flüchtigen Seitenblick nahm er wahr, daß Gret-Marianne Upenhof so tat, als langweilte sie dies alles entsetzlich. Aber sie tat nur so, merkte Beckenbauer, während sie in Wirklichkeit seine Reaktion auf Grobs Worte sorgfältig registrierte.
Unversehens verstärkte Grob seinen Angriff: «Und wie witzig, daß *Sie* sich mit der Ermittlung eines Autounfalls beschäftigen! Auch das paßt zu meiner These: Nicht genügende Ressortklarheit in der Hamburger Polizei. Denn Ihre Ermittlungen haben sich doch ausschließlich auf Mord und Totschlag zu richten.»
Beckenbauer war hellwach.
Da ist sie, meine Gelegenheit, sagte er sich, jetzt darf ich sie nicht verschenken.
Er erwiderte langsam: «Sie hätten recht, Herr Grob, wenn nicht auf der Autobahn damals ein Toter geblieben wäre. Niemand kann sagen, ob jener Motorradfahrer aus Versehen angefahren wurde oder ob nicht möglicherweise mit voller Absicht.»
«Das ist doch grotesk!» rief Grob. «Aus einem Autounfall einen Mord zu konstruieren!» Der Journalist schüttelte den Kopf. «Das war ein glühheißer Tag damals», sagte er, «die Autobahn blendete wie ein See, auf den die Sonne scheint . . .»
Er verstummte.
Gret-Marianne Upenhof rekelte sich hoch, sie sagte herausfordernd freundlich zu dem Inspektor: «Aber jetzt nehmen Sie eine kleine Erfrischung?»
«Jetzt ja», sagte Beckenbauer und fühlte sich erleichtert. Sie stand schon am Büfett.
«Mit Soda?» fragte sie.
«Ja, bitte, mit Soda.»
Gelassen fragte er den Journalisten: «Sie waren in Hamburg damals. Woher wußten Sie, daß die Autobahn spiegelte?»
Grob hatte sehr wohl gemerkt, daß ihm ein Fehler unterlaufen war. Er machte eine weltmännische Gebärde und sagte leichthin: «Weil die Autobahn dann stets spiegelt.»
Der Inspektor trank nicht, er sah in sein Glas. «Immer bei so grellem Sonnenschein – ja. Aber nicht überall. Nur dort, wo es hügelig ist, die Fahrbahn ansteigt oder sich senkt und die Sonnenstrah-

len reflektiert werden, in einem ganz bestimmten Winkel nämlich. Nein, das konnten Sie von Hamburg aus trotz Fernsehen nicht wissen. *Sie*, Herr Grob, saßen damals am Steuer, *Sie* verschuldeten den Unfall, *Sie* begingen Fahrerflucht!»
«Unsinn! Völliger Unsinn», wehrte sich Grob.
Der Inspektor zuckte die Schultern. «Wir werden den Prozeß machen», erklärte er. «Und wenn Sie auf der Anklagebank sitzen, werden wir schon die Wahrheit herausbringen.»
Gret-Marianne Upenhof, die sich neben Grob gestellt hatte, legte zärtlich die Hand auf seine Schulter und sagte sanft: «Peterle, ich möchte dich gern unter vier Augen sprechen.»
Beckenbauer erhob keinen Einspruch.

5 Nachdem Christ telefonisch seinen Freund Beckenbauer informiert hatte, verabschiedete er sich von Schätzle und ging zu Kommissar Maiski vom Diebstahldezernat, der ihn unterstützen sollte.
Maiski erwartete ihn bereits. Er war ein kleiner, betulicher Mann mit riesiger Glatze, einem Schnauzer und Augen, die gelegentlich verschlagen blicken konnten. Dem Oberinspektor gefiel er.
Maiski hörte sich den Bericht an, lehnte sich weit zurück und starrte die Decke an.
Endlich sagte er: «Wir haben hier verschiedene Stellen, wo er die Sore absetzen könnte. Natürlich können wir nachforschen. Aber es ist schwierig. In Echterdingen haben wir den amerikanischen Flugplatz, in Echterdingen ist natürlich nichts los, und die Boys kommen nach Stuttgart, wenn sie dienstfrei haben. Nichts einzuwenden. Nur sind die meisten Damen nicht registriert. Die Sitte kann an sie nicht 'ran. Da heißt's einfach: Ich bin verlobt, wir werden heiraten, und notfalls wird der Boy herbeigeschleift, und der bestätigt das. Die Damen sind in der Lage, sehr hohe Mieten zu zahlen, alles spielt sich in Privatwohnungen ab, es ist nichts nachzuweisen.» Er machte eine Pause. «Und einige dieser Damen», er strich den Schnauzer, «wissen sehr genau, wo Barthel den Most holt. Kleine Geschenke erhalten die Liebe. Ist aber die Sore erst einmal in diesen Kanälen, taucht sie kaum wieder auf, und wir haben das Nachsehen.»

Diese Auskünfte überzeugten Christ zwar, stimmten ihn aber nicht gerade glücklich. Er sagte: «Tja, dann werden wir uns eben doch damit begnügen müssen, die bekannten Stellen abzugrasen.» Es klang skeptisch.

Maiski blies die Backen auf, das sah komisch aus in dem kleinen Gesicht, so, als hätte er zwei Äpfelchen zwischen Wangen und Zahnfleisch geschoben. Er sagte: «Kommen wir nicht andersherum 'ran? Volkmann muß doch hier irgendwo untergeschlüpft sein. Er ist Hamburger, er kennt Stuttgart kaum, und selbst die Ganoven bei uns haben ein schwäbisches Nationalbewußtsein, die trauen so leicht keinem Fremden, noch dazu einem Norddeutschen mit spitzer Aussprache. Er könnte also nur in einem Hotel untergekommen sein oder bei einem früheren Freunde.»

«Hotel ...», zögerte Christ, «noch hatte er vermutlich kaum Geld. Und falsche Papiere besitzt er mit größter Wahrscheinlichkeit nicht.»

«Also bei einem Freunde», konstatierte Maiski. «Dann forschen wir zunächst mal nach dem.» Er tat jedoch nichts, saß da, ließ den Kopf etwas hängen und zupfte nachdenklich an seinem Schnauzbart.

Christ sah ihm ungeduldig zu, hielt es aber für richtig, ihn nicht zu stören.

«Sie haben keine Spuren?» fragte Maiski plötzlich, als hätte er auf eine Erklärung Christs gewartet.

«Nein.»

Maiski seufzte. «Dann muß ich in der Kartei nachsehen», sagte er, «vielleicht haben wir Glück, daß dieser unbekannte Freund aus irgendeinem Grunde erfaßt ist. Wenn freilich nicht, dann haben wir Pech gehabt.»

6 Gret-Marianne Upenhof und Peter Grob kamen aus dem Nebenzimmer zurück; Gret-Marianne schön, gleichmütig und träge wie zuvor, Peter Grob, wie es Beckenbauer schien, mit einer Spur von Unsicherheit in den Bewegungen, die er mit gekünstelter Weltmännischkeit zu überdecken versuchte.

Der Journalist sagte: «Frau Upenhof hat mich überzeugt, daß ich nicht Katz und Maus spielen soll. Ich wäre immer die Maus und

Sie die Katz. Eine ungemütliche Situation für die Maus. Zudem ist die Katze das Raubtier und nicht die Maus. Die Maus hat nichts zu verbergen.»
Das sollte geistreich klingen, möglicherweise sogar literarisch; aber der Inspektor spürte, daß es nur äußerste Verlegenheit war, daß sich dahinter Unwillen, ja Furcht versteckten.
Tatsächlich war es der Lichtgestalterin, die in den Fall nicht mehr als nötig verwickelt werden wollte, schwergefallen, den Journalisten von der Zweckdienlichkeit eines Geständnisses zu überzeugen. Gret-Marianne Upenhof hatte liebevoll gesagt: «Erzähl ihm eine Geschichte, Peterle, du kannst so gut Geschichten erzählen. Weißt du, sonst stöbert er noch mehr herum, und das wäre nicht gut. Wenn er jedoch seine Geschichte hat, wird er zufrieden sein. Natürlich, es wird zur Gerichtsverhandlung kommen, aber Kornwall ist ein guter Anwalt, und außerdem hat Kornwall allen Grund, dich herauszuhauen, er weiß schon warum. Also erzähle ihm eine Geschichte.»
Grob hatte sich gewehrt, er war nicht für solche Geschichten zu haben. Fahrerflucht angelastet zu bekommen, auch wenn sie zwei Jahre zurücklag, das war nicht angenehm, und der Tote neben dem Motorrad war noch unangenehmer.
«Aber Peterle», Gret-Marianne Upenhof war ihm mit ihren Fingerkuppen tröstend über die glattrasierten Wangen gefahren, «die Presse mischt sich nicht darein. So viel Disziplin haben die Kollegen, auch die, die dich nicht mögen. Und, Peterle, eines ist ja ekelhaft an der Sache: Sie werden mich verhören, da kann ich ausweichen, aber ich werde vor Gericht vernommen, und da muß ich schwören, und Meineide sind eine unheilige Sache – nein, lache nicht –, darauf kann ich mich nicht einlassen, da hab' ich Gewissensgründe. Meine Mutter war sehr fromm, wie du weißt. Also, und die Zeugenaussage verweigern darf ich nicht, wir sind nun einmal nicht verwandt und verschwägert, und ich nehme nicht an, daß du beabsichtigst, mich bis zu dem Termin zu heiraten.»
«Du weißt, wie sehr ich dich liebe», hatte Peter Grob geantwortet. Geläufig. Es war eine Spielregel, das zu sagen. Soweit war alles in bester Ordnung – bis auf diesen verdammten Kriminalbeamten da draußen, der wartete, daß er ihm seine Geschichte er-

zählte, also würde er ihm eine erzählen. Er antwortete schweren Herzens: «Nun gut, gehen wir wieder hinein, sonst denkt er noch, ich wollte mit dir etwas ausbrüten. Aber ich werde ihm die Wahrheit ebenso sagen, wie ich sie dir damals gesagt habe.»
Trotzdem zögerte jetzt Grob und drehte das leere Glas unschlüssig. Gret-Marianne Upenhof merkte es, stand auf, füllte es, und zwar pur, und setzte es wieder vor ihn hin. Grob trank einen langen Schluck und sagte dann: «Es fällt mir nicht leicht.» Doch dann gingen ihm die Worte so glatt vom Mund, als hätte er sie seit langem genau überlegt.
Beckenbauer hörte sich die fließend erzählte Geschichte an, ohne zu unterbrechen.
Peter Grob war, wie er erklärte, von einem Trip aus Großbritannien gekommen; er hatte sich im Commonwealth umsehen, Eindrücke sammeln wollen, um Material für Berichte zu haben. Alle Welt fuhr in Asien, Afrika, Australien umher, die Staatsmänner ebenso wie die Reporter, und wer da nichts zu bieten hatte, galt schon nichts mehr. Man brauchte sich daraufhin nur einmal die Frühstücksrunde dieses Herrn Höfer anzusehen, der, nebenbei bemerkt, Peter Grob immer noch nicht eingeladen hatte.
Nun galt es natürlich, erst einmal die günstigsten Verbindungen herauszusuchen. Über einen Kontakt zum Hamburger Fernsehen war er mit Gret-Marianne bekannt geworden.
In dem riesigen Lokstedter Gebäudekomplex war sie ihm sozusagen in die Arme gelaufen; sie waren einander vor einem Studio begegnet, das wegen Aufnahme gesperrt war; wenig später saßen sie gemeinsam in der Kantine und verstanden sich so gut, daß er bereits am Abend in ihrer Wohnung sein Domizil aufgeschlagen hatte. Er kaufte den Wagen, den raschen Mercedes, weil er Ansehen verlieh. Man mußte heute schon einen Mercedes haben, um etwas vorzustellen. Doch, offen gestanden, er hatte nicht über nennenswerte Barmittel verfügt, hatte sich durch die Reisen weitgehend verausgabt.
Er war die Rhein-Route gefahren, hatte die bedeutenderen Tageszeitungen aufgesucht, die Zeitschriften und selbstredend die Rundfunk- und Fernsehanstalten, war bis nach Baden-Baden gelangt und dann hinüber nach Stuttgart. Diese Tour war anstrengend gewesen. Grob mußte nicht nur die Verhandlungen führen

und sich geschickt auf seine Gesprächspartner einstellen, es wurde von ihm auch erwartet, daß er den einen oder anderen zu halb privaten Gesprächen einlud, und das war dann stets ein teurer Spaß gewesen. Kurz gesagt, er war ziemlich nervös.
Da war es denn passiert, dieses verdammte Unglück auf der Stuttgarter Autobahn. Es war Mittag und sehr heiß gewesen, die Autobahn machte dort eine Steigung, die Sonne spiegelte sich verteufelt auf dem glatten Belag, die Reifen schmolzen ja fast vor Hitze, und so hatte er den Motorradfahrer einfach nicht gesehen.
Er hatte ihn von hinten beim Überholen gestreift, der Mann war zur Seite geschleudert worden und unglücklicherweise so gestürzt, daß ihm nicht mehr zu helfen war; die Autopsie mußte einen glatten Schädelbasisbruch ergeben haben.
Grobs Mercedes war durch die Berührung mit dem Motorrad herumgedreht und von der Fahrbahn geschleudert worden. Der Wagen deckte das Motorrad gegen jede Sicht. Der Journalist war herausgesprungen und hatte nach dem Verletzten gesehen, war begreiflicherweise völlig durcheinander gewesen und hatte, als er den Umfang des Unglücks bemerkte, sich für Minuten neben sein Auto gesetzt, um erst einmal darüber nachzudenken, was er nun zu tun hätte und wie er sich verhalten sollte.
Wie gesagt, dem Toten war nicht mehr zu helfen. Das stand einwandfrei fest, und er konnte das vor Gericht beschwören. Obwohl der Umfang der Verletzung kaum vom Fahrverhalten abgehangen hatte, fürchtete er eine harte Strafe. Ein Toter war nun einmal ein Toter.
Man mußte es schon als totale Verstörung bezeichnen, was ihn überkommen hatte. Seine finanzielle Situation war nicht eben günstig, seine Verbindungen waren erst angesponnen; er mußte in den nächsten Tagen, Wochen, Monaten hart arbeiten, um auf den grünen Zweig zu kommen. Er war also mit sich zu Rate gegangen, wie er sich der Polizei gegenüber verhalten sollte.
Da bemerkte er auf der gegenüberliegenden Bahnseite einen Streifenwagen, der sehr schnell fuhr. Er glaubte bereits, daß nichts bemerkt worden war, denn er flitzte vorbei. Seine Erleichterung war nur von kurzer Dauer. In einiger Entfernung wendete der Wagen.
Nun erfaßte ihn Panik.

Ihn scherte weder der Unfall noch der Tote, er mußte Zeit gewinnen. Der Polizei stellen konnte er sich immer noch, er sprang also in seinen Wagen, wendete und fuhr mit Vollgas weg.
Durch den Rückspiegel beobachtete er, wie der Streifenwagen an der Unfallstelle hielt, bald darauf jedoch die Verfolgung aufnahm, aber da war er schon weit entfernt, denn er fuhr wie der Teufel.
Hätte er nicht plötzlich die Panne am Hinterreifen gehabt und halten müssen, dann wäre er entkommen.
So sah er sich einem Verkehrspolizisten gegenüber, einem älteren Mann, der ihn auf grobschwäbisch anfuhr, und erst in diesem Augenblick kam er auf den Gedanken, sich einem solchen Verhör zu entziehen. So erklärte Grob sein weiteres Verhalten.
Den Ausweis auf den Namen Volkmann hatte er bei sich, den er zufällig in Hamburg vor seiner Abreise mitgenommen hatte. Es war der Ausweis eines naturalisierten Briten, mit dem er sich in einem Hotel getroffen hatte. Erst unterwegs hatte er bemerkt, daß er das Papier eingesteckt hatte, und sich vorgenommen, diesen Ausweis zurückzugeben, sobald er nach Hamburg zurückkam. Allerdings war der Volkmann dann bereits wieder nach England abgereist.
Unter dem Namen Volkmann hatte er seine Aussage in Stuttgart zu Protokoll gegeben. Der Wagen lief natürlich auf seinen eigenen Namen, auf Peter Grob. Und wieder erst, nachdem er das Polizeipräsidium verließ, kam ihm der Einfall, den Täter sozusagen in Luft aufzulösen.
Er fuhr, immer noch durcheinander, zur Solitude hinauf. Dort in der Nähe hielt er an und jagte den Wagen einen Hang hinunter, es gab Totalschaden.
In seiner Stuttgarter Unterkunft verbrannte er den Volkmann-Ausweis. Von dort aus rief er auch Gret-Marianne Upenhof an und bat sie, die Verlustanzeige aufzugeben.
Peter Grob hatte geendet.
Beckenbauer sagte zunächst nichts, obwohl ihn Grob gespannt ansah.
Da lächelte der Journalist und sagte: «Eine unglaubliche Geschichte. Aber unglaubliche Geschichten haben oft den Vorzug, wahr zu sein.»

Beckenbauer kümmerte sich um den Einwurf nicht. Er zog sein Notizbuch und fragte: «Wo haben Sie in Stuttgart gewohnt?»
Grob zögerte den Bruchteil einer Sekunde, der Kriminalbeamte dachte: Achtung, Achtung!, notierte aber stillschweigend Grobs Auskunft: «Bei einem Freund. Walter Eisenhelm, Stuttgart-Botnang ... Ja, warten Sie mal, wie hieß doch gleich die Straße?»
Beckenbauer hatte den Eindruck, als sollte dadurch die Spur verwischt werden. Er steckte das Notizbuch zurück. «Macht nichts», sagte er, «das können wir leicht feststellen.» Der Inspektor erhob sich, auch Grob stand auf. Aber ehe sich Beckenbauer verabschiedete, tat er, als fiele ihm noch etwas ein: «Wußte eigentlich Ihr Stuttgarter Freund, was geschehen war, haben Sie es ihm erzählt?»
Grob runzelte die zu glatte Stirn. «Sollte ich ihn mit hineinziehen?» fragte er empört. «Nein, ich habe ihm lediglich erklärt, daß ich Totalschaden hatte.»
«Aber Frau Upenhof», warf ihm Beckenbauer scheinbar entrüstet vor, «die haben Sie hineingezogen.»
Grob schwieg.
Gret-Marianne Upenhof rekelte sich und erwiderte an seiner Stelle mit sachtem Spott: «Natürlich! Eine Frau ist stets der beste Freund; wußten Sie das nicht?»
«Kann sein», sagte der Inspektor leichthin und verabschiedete sich. Gret-Marianne Upenhof schien auf einen Handkuß zu warten, aber Beckenbauer beließ es bei einer Verbeugung.
Grob begleitete ihn hinaus. Er schloß hinter sich leise und fest die Tür, und im Korridor sagte er: «Ich fürchte, ich werde mich bei Ihnen dadurch revanchieren müssen, daß ich meinen Fernsehplan umbaue.»
Beckenbauer tat, als hätte er nichts gehört. Ohne sich umzudrehen, ging er die Treppe hinunter.
Grob sagte ins Leere: «Ein Späßchen natürlich, nur ein kleiner Spaß!» Es entstand eine Pause, er schien auf Antwort zu warten. Dann hörte Beckenbauer, wie die Korridortür deutlich geschlossen wurde.
«Eine unangenehme Situation, mein Lieber», sagte Gret-Marianne Upenhof.
Peter Grob zündete sich im Stehen eine Zigarette an und erwi-

derte: «Unsinn! Ich kenne weiß Gott schwierigere Situationen.» Er sah die Frau an und sagte scharf: «Den greife *ich* an, bevor *er* zum Angriff kommt!»
Sie krümmte den Mund und sagte: «Warum so gereizt, Peterle? Laß sie nur antanzen. Ich stehe zu dir, und einer schönen Frau schlägt man kaum etwas ab. Notfalls werde ich mit deinem Adam sprechen; wenn es sein muß, gebe ich ihm einen vergifteten Apfel.»
Doch Grob war sich nicht klar darüber, ob sie es wirklich tun würde.

7 Hochgemut kehrte Udo Volkmann von seiner Fahrt ins Wagnis zurück. Von jener Furcht und jener Ergebenheit ins Schicksal, die ihn in den letzten Stunden bedrückt hatten, war nichts mehr in ihm. Endgültig lag nun vor ihm die Freiheit. Mochte Carmen in Hamburg ihn verraten und verkauft haben – so drückte er es in Gedanken aus –, dann war sie eben seiner nicht wert und nicht des ungebundenen Lebens, das er vor sich sah.
Sie fuhren mit der Straßenbahn, er und sein Freund Friedrich Arendt. Der kleine Fritz wollte teilhaben an der Beute, und Volkmanns Großzügigkeit war erheblich. Er ließ sich nicht lumpen, er war eben kein Haderlump. Wer ihm half, konnte seines Dankes gewiß sein.
Allerdings stellte Volkmann alles so dar, als wäre er es gewesen, der einen großartigen Plan ausgeheckt hatte, und nicht der kleine Fritz. Friedrich Arendt, der den Freund genau kannte, war klug genug, ihm den Ruhm nicht streitig zu machen.
In Zuffenhausen gingen sie in eine Edeka-Filiale und holten zwei Flaschen Wein. Udo Volkmann wollte seine ganze Liebenswürdigkeit aufbieten, um Marga Arendt dazu zu überreden, doch ein Glas mitzutrinken, und wenn sie das tat, würde sie freundlicher sein und zugänglicher.
Volkmann sprang die Winkeltreppe empor, er wartete nicht, bis der Freund mit den Schlüsseln nachkam, er läutete heftig und lange.
Langsam nur öffnete sich die Tür.
Marga war verstört und ernst und erwiderte seinen hellen Gruß

nicht. Da verstummte Udo Volkmanns Übermut, fast glitten die Flaschen aus seinem Arm.
Er trat nicht in den Korridor, sondern sagte: «Ja, ich bin es. Sie können mich verhaften.» Das sagte er zu den beiden ernsten Herren, die dort warteten, zu einem großen, blauäugigen und zu einem kleineren, älteren mit hängendem Schnauzbart.
Marga Arendt wandte sich ab und schluchzte erstickt: «Die Schande, die Schande! In meinem Hause!»

8 Am Abend dieses Tages zeigte sich Gustav Schätzle von seiner freundlichsten Seite.
«Die einfachste Sache von der Welt», sagte er und streckte die kurzen Beine weit von sich, «könnt ihr eben in Hamburg nicht erledigen. Da heißt es immer: das großartige Hamburg und Tor zur Welt und was weiß ich alles. Aber wenn es darum geht, einen simplen kleinen Einbrecher zu fangen, dann müßt ihr nach Stuttgart kommen.»
«Ja», erwiderte Christ lakonisch, «weil sie sich hier am sichersten fühlen.»
Schätzle hörte nicht darauf. «Der Maiski, das ist so ein alter Fuchs», sagte er bewundernd. «Der weiß, wo die Hasen stecken, der hat einen unheimlichen Riecher. Ein Blick in die Kartei – und obwohl dieser Arendt hier nichts ausgefressen hat, sagt er sich gleich: Dort könnte er stecken. Eine Witterung hat der!» Er fügte traurig hinzu: «Nur der unmögliche Name Maiski, das klingt doch nicht ehrlich. Dann noch *der* Schnauzbart. Deswegen ist der bei uns nicht aufgestiegen. Aber er läßt und läßt sich den Bart nicht abnehmen.» Seine Miene hellte sich auf. «Das ist aber auch wieder schwäbisch. Was wir mal haben, daran halten wir fest.»
Er beendete die Meditation und sagte: «Dann werden wir also den Volkmann nach Hamburg überstellen. Ist ein schöner Triumph für dich. Bis auf das Geld für die beiden Flaschen Wein, die der Bruder gekauft hat, hast du ja die ganze Sore gefunden, beziehungsweise das Geld für den Rest.»
Christ nickte; auch er war zufrieden, mit dem Ergebnis konnte er sich in Hamburg sehen lassen.
Nur eins bedrückte ihn: Der Anruf seines Freundes Beckenbauer,

der nun zwar gleichfalls einen Teilerfolg melden konnte, aber eben doch nicht mehr. Was dieser Peter Grob dargelegt hatte, würde man kaum widerlegen können.
«Woischt», sagte der Onkel gelassen, «ich glaub' dem das nicht. Der hat mir ein zu glattes Gesicht. Das ist so ein Gerissener. Da würde ich an deiner Stelle doch mal diesen Walter Eisenhelm einvernehmen, der wohnt hier in Botnang.» Mit Hochachtung in der Stimme, fügte er hinzu: «Der hat den Doktor. Ich glaube, er schreibt. Und seine Frau schreibt auch. Ein hübsches Mädelchen haben die, aber das ist aus der ersten Ehe der Frau, der Mann ist im Kriege gefallen oder vermißt...» Es sah ganz so aus, als wollte Schätzle sein Schwätzchenwissen über die Nachbarschaft ausführlicher ausbreiten.
Christ kannte das, ihm graute davor, da kamen immer so viele Menschen darin vor, deren Namen er noch nie gehört hatte. Deshalb fragte er: «Was hat denn der Eisenhelm für einen Leumund?»
«Ausgezeichnet», meinte der Onkel, «tadellos, wenn ich so sagen darf. Ein Mann mit blütenweißer Weste. Ein In-sich-Gekehrter. Eben ein Gelehrter oder dergleichen. Ich wundere mich eigentlich», überlegte er, «wie dieser Grob zu dem Eisenhelm kommt. Denn der Grob, das ist nicht der Typ, den der Eisenhelm mag.» Er zuckte gleichmütig die Schultern. «Na, Gegensätze ziehen sich an.»
Christ juckte die Unruhe in den Fingerspitzen, er kannte das. Es war ein Zustand, den er nicht liebte. Er fühlte sich etwa wie ein Jäger auf der Jagd, der den Abzug drücken möchte und das Wild nicht richtig erkennen kann. Einen Schuß ins Ungewisse – den wollte sich der Kriminalist auch wieder nicht leisten.
Er fragte vorsichtig: «Es ist kurz nach sieben. Ob ich mal dort vorbeigehe?» Als er den kritischen Blick des Onkels bemerkte, setzte er rasch hinzu: «Nur um einen Termin für eine Besprechung zu vereinbaren. Schließlich hat ja der Mann einen Beruf.»
«Glaub' ich dir nicht», erwiderte Schätzle resolut, «aber geh halt hin. Möglicherweise kannst du dann ruhig schlafen. Aber», warnte er, «bleib nicht über Nacht! Nach den Nachrichten kommt heute das Millowitsch-Theater, und das will keiner auslassen.»

Draußen war es dunkel und ungemütlich naßkalt, Christ schauerte zusammen, obwohl er einen warmen Mantel angezogen hatte. Ein scharfer Wind fuhr den Berghang hoch. Die Häuschen, die vom Straßenrand zurückgesetzt waren, ließen sich kaum mehr erkennen. Der Weg war schmal, steinig, ausgewaschen von den abschießenden Regengüssen.
Die Straßenbahn ringelte sich ins Botnanger Tal hinunter. Trotz aller technischen Perfektion und Eleganz quietschte sie dabei erbärmlich. Christ empfand Widerwillen gegen diese Stadt, so hübsch sie auch war, so schön es sein mußte, im Sommer in dieser Hanglage zu wohnen; aber sie hatte für seinen Geschmack zu viele Schätzles, Hunderttausende von Schätzles.
Er ließ die Taschenlampe aufblitzen, um nach dem Straßenschild zu sehen; nein, er mußte noch weitergehen; er stieg bergauf, einen ellenbreiten Weg zwischen zwei Betonmauern empor. Endlich war er angelangt.
Durch den Vorgarten mußte er sich tasten, so dunkel war es geworden, und die Spur des Mondes zwischen den Wolken war völlig verschwunden.
Die Tür öffnete ihm ein langer, schmaler Mensch, eine von jenen Gestalten, denen auch der beste Schneider keine Schultern zu verleihen vermag. Christ konnte sich vorstellen, daß auch das Gesicht langgezogen und schmal sein mußte, obwohl er es nicht erkennen konnte, weil nur ein dünner Lichtstreif durch einen Türspalt in den Flur fiel.
«Ich bitte um Verzeihung», sagte Christ und ärgerte sich gleichzeitig, daß er zu gewählt sprach, «zu so später Stunde zu stören.»
Die Gestalt schwieg.
«Ich hätte gern Herrn Eisenhelm gesprochen», erklärte er.
Immer noch schwieg die Gestalt, schien sich aber ein wenig vorzubeugen, wie um besser hören zu können.
Der Oberinspektor hob die Stimme. «Ich habe Grüße von Herrn Peter Grob zu übermitteln», sagte er.
«Ja, bitte», erwiderte die Gestalt, machte aber keine Miene, sich von der Tür zu entfernen.
Jetzt schwieg Christ, und er spürte in sich eine Art von Bosheit: Soll *er* jetzt zum Zuge kommen.
Die Stimme der Gestalt war schleppend-nachdenklich. «Wir ha-

ben gerade unser Abendbrot zu uns genommen», hörte Christ, «um diese Zeit pflege ich keine Gespräche mit Fremden zu führen. Es wäre mir sehr recht, wenn Sie mich morgen besuchen wollten.»
«Herr Peter Grob», betonte Christ, «schickt mich.»
«Der Name sagt mir nichts, offen gestanden», kam die träge Stimme zurück. «Ist Herr Grob Germanist?»
«Nein», erklärte Christ schroff, «Autofahrer! Und ein schlechter dazu.»
Die Gestalt war verblüfft; sie griff mit der Rechten zum Kopf und wühlte im losen und langen Haar. «Ich verstehe nicht», klang die Stimme müde, «was Sie damit sagen wollen. Nein, ich begreife es wirklich nicht.»
«Nun gut», sagte Christ und beschloß, alle Umwege aufzugeben. «Kriminalpolizei!»
Die Gestalt schien angestrengt nachzudenken, dann trat sie beiseite, eine Handbewegung wies ins Hausinnere. Christ ging hinein und wurde in jenes Zimmer geleitet, dessen Tür spaltbreit offenstand.
Dieser Raum beeindruckte Christ stark, weil er den Anschein völliger Leere erweckte, obwohl er mit genügend Möbeln vollgestellt war; ja, von der einen Wand her ragte sogar eine Couch in das Zimmer, und vor der Glaswand, die auf eine Veranda führte, fand sich ein geschlossener Flügel. Das Zimmer war schwach erhellt. Die Wandleuchte war aus mattiertem Glas, und Christ kam es vor, als läge ein leichter grauer Nebel im Raum.
Jetzt erst blickte er den Mann an, der vor ihm stehengeblieben war, ohne ihm Platz anzubieten, mit lauschend vorgeneigtem Kopf und leicht emporgehobenen Brauen. Es war das Gesicht eines Sechzigjährigen, dessen fadfarbenes Haar weit aus der Stirn zurückgewichen war, was ihm den Ausdruck der Nachdenklichkeit verlieh. Die vielen Furchen in der Stirn, die eingefallenen Wangen und eine gewisse Müdigkeit in den angestrengten Augen verliehen diesem langen Gesicht einen ratlosen Ausdruck.
Eisenhelm fragte endlich: «Womit kann ich dienen?»
Christ erwiderte sachlich: «Es geht um Ihren Freund Peter Grob.» Er sah den anderen forschend an, aber Eisenhelm zeigte

keinerlei Regung. «Herr Grob war vor etwa zwei Jahren bei Ihnen . . .»
Christ machte eine Pause, er wollte den anderen zu Wort kommen lassen.
Eisenhelm bewegte verneinend den Kopf. «Ich kann mich nicht erinnern», erwiderte er mit seiner tiefen, tonlosen Stimme, die wie aus einem Brunnen kam. «Oder sollten Sie diesen jungen Germanisten meinen, der die Dissertation über Hölderlins Weltweite und Weltverschlossenheit zu schreiben beabsichtigte? Ich habe nie wieder von ihm gehört. Leider», fügte er bekümmert hinzu.
«Nein», sagte Christ und wußte nicht, ob der andere tatsächlich nicht begriff oder ob er raffiniert schauspielerte. Er wollte sich Klarheit verschaffen und sagte direkt: «Es ist jener Grob, der hier bei Stuttgart einen Mann tötete und bei Ihnen wohnte.»
Erschreckt sah Eisenhelm auf. «Einen Mann tötete?» fragte er fassungslos. «Und bei mir soll er gewohnt haben?» Er regte sich auf. «Es muß ein Irrtum sein, Herr Christ. Ich habe diesen Herrn nie beherbergt.»
Das klang echt. Christ holte tief Luft. Er konnte sich andererseits nicht vorstellen, daß Grob so plump gelogen, daß er sich selbst eine Falle gestellt haben sollte. Er mußte damit rechnen, daß nachgeforscht würde.
Der Oberinspektor sagte: «Denken Sie bitte nach, Herr Eisenhelm. Versuchen Sie, sich zu erinnern. Es war im Juli vor zwei Jahren . . .»
Da legte Eisenhelm die lange Hand an die Schläfe, eine Erleuchtung war ihm gekommen, er sagte erlöst: «Zu jener Zeit war ich in Griechenland.» Und von dieser Sekunde an wurde er eifrig; er schob Christ einen Sessel hin, bedeutete ihm, sich niederzulassen, setzte sich selber, schlug die langen Beine übereinander, saß da wie eine dünngliedrige Spinne. «Dieses Griechenland – und mitten im Sommer, unvorstellbar! Kennen Sie Griechenland? Nein? Sie sollten es kennenlernen. Dann weiß man, warum es die Alten dorthin zog, und die erleuchtete Klarheit und Dunkelheit der Rilkeschen Verse erscheint einem wie auf jenen Hügeln geschrieben . . .»
Christ vermerkte verwirrt, daß es ganz so aussah, als beabsich-

tigte Eisenhelm, noch lange über Griechenland zu sprechen. Weiß Gott, das war es nicht, was er wollte.
Er erinnerte sich deutlich, von vielem Ungeziefer in Griechenlands Hotels gelesen zu haben, und er hatte einen Widerwillen gegen Kerbtiere aller Art. Er unterbrach ihn. «Aber wenn Sie von Stuttgart abwesend waren – wie können Sie wissen, daß Herr Grob nicht hier wohnte?»
Eisenhelm schwieg verblüfft. «In der Tat», bedachte er dann, «wie kann ich es wissen? Ich kann es nicht wissen, da haben Sie recht. Ich will sofort meine Frau dazu hören.» Er schlenkerte sich mit erstaunlicher Gewandtheit aus dem Sessel, stelzte zur Tür, öffnete sie und sagte höflich und halblaut zu einer Person, die offenbar im Nebenzimmer saß: «Anastasia, hättest du die Freundlichkeit, auf einen Augenblick hereinzukommen?»
Dann trat er von der Tür zurück und hielt sie mit ausgestrecktem Arm offen.
Anastasia Eisenhelm erschien.
Im gleichen Augenblick, da er sie sah, erkannte Christ sie wieder. Porträtfotos von ihr zierten die Umschläge großformatiger Bücher, die in den Auslagen vieler Buchhandlungen zu sehen waren: «Fragen eines jungen Mädchens», «Teenager müssen nicht älter werden», «Gepflegt sein zwischen 15 und 50». So und ähnlich lauteten die Titel, und diese Bücher hatten hohe Auflagen.
Die Frau mußte sich den Fünfzig nähern, aber sie wußte es geschickt zu verbergen. Das Haar wallte schlicht bis zu den Schultern herunter, es schimmerte unaufdringlich golden, die zarten Querfalten auf der Stirn, wie leichte Risse nur, waren weggepudert, die zu vollen Wangen fielen nicht auf, weil betonte Backenknochen das Gesicht kennzeichneten, die blauen Augen blickten groß, allerdings, wie es Christ schien, eine Spur gläsern. Er verbeugte sich höflich.
«Ja?» fragte Anastasia Eisenhelm leise, hob die Stimme und ließ sie schweben.
«Der Herr», sagte Eisenhelm, nun doch wieder erregt, «behauptet, vor etwa zwei Jahren habe ein Herr Grob bei uns gewohnt. Ich kann mich daran nicht erinnern, Anastasia.»
«Aber nein», erklärte sie und wandte sich an ihren Mann, «wie könntest du auch, Walter. Du warst damals in Griechenland, und

Herr Grob kam mich besuchen; er hatte wohl die Absicht, über junge deutsche Mädchen in London zu schreiben. Ein heikles Thema, er wollte sich Rat holen.»

Jetzt lächelte sie Christ an. «Ich bin so etwas wie eine Beichtmutter für die weiblichen Teenager.» Sie sah zu ihrem Mann hin. «Doch das interessiert dich nicht, Walter, obwohl die jungen Mädchen ein Faible für Rainer Maria Rilke hatten und ich stets der Meinung war, diesen Gedanken solltest du in deine Studien einbeziehen.» Sie sagte munter: «Ich denke, Walter, in einer halben Stunde werde ich Herrn Christs Fragen beantwortet haben, er wird ja nicht gerade wissenschaftliche Darlegungen von mir zu so später Stunde erwarten.»

Mit einer geschickten Bewegung hatte sie sich liebevoll so zu ihrem Mann gesellt, daß der einen Schritt beiseite tat und völlig unbeabsichtigt in den Nebenraum gelangte. Anastasia Eisenhelm konnte die Tür vor ihm zuziehen, konnte ihn unauffällig ausschließen, nicht ohne ihm noch einmal zuzuwinken.

Doch in derselben Sekunde, in der die Tür geschlossen war, veränderte sich ihr gesamtes Verhalten. Ihr Gesicht wurde ernst, ja besorgt. Sie setzte sich hin, schüttelte ihre Mähne, sah Christ mit ihrem leicht gläsernen Blick an und fragte leise: «Es ist ihm doch nichts zugestoßen?»

Christ hatte den Eindruck, als hielte sie ihn für eine Art von Komplizen.

Er lächelte offen und erwiderte: «Nichts, gnädige Frau, was Sie nicht wüßten.»

Sie schien erleichtert zu sein, sah vor sich hin, äußerte jedoch nichts.

Christ wartete geduldig. Grobs Schicksal schien sie so sehr anzugehen, daß sie sicherlich noch fragen und erzählen würde.

Anastasia Eisenhelm war ihm nicht unsympathisch, er bewunderte sie sogar. Wie sie ihren Mann unauffällig in den Nebenraum komplimentiert hatte, um ungestört zu sein, war geschickt gewesen. Sicherlich hatte sie diesen Mann nicht aus übergroßer Liebe geheiratet. Er paßte wenig zu ihr mit jener Weltfremdheit, die aus jedem Wort, jeder Gebärde sprach. Diese Frau hier war nicht weltfremd, die packte zu, sie war sogar resolut, und ihr festes Gesicht, ihr kräftiger Körper unterstrichen das. Sie war das,

was Christ ‹kompakt› nannte, nicht ätherisch, nicht schlank, sondern kraftvoll, mit deutlichen Brüsten und Schenkeln und festem Fleisch. Sie mußte, dachte Christ, vor zwanzig Jahren, ja noch vor zehn Jahren auf Männer sehr anziehend gewirkt haben.
Er sah auf einmal Peter Grob vor sich, diesen leicht eleganten, etwas verwaschenen, schönen Typ, den er bei sich ‹Friseurgeselle› nannte, und er hatte plötzlich das sichere Gefühl, daß zwischen diesen beiden mehr gewesen sein mußte als nur eine flüchtige Bekanntschaft. Wie immer der Grob sein mochte, er hatte jene weltmännische Gewandtheit, die einer Frau wie Anastasia Eisenhelm Eindruck machen konnte.
Auf jeden Fall mußte Grob hier etwas zu verbergen haben; denn hatte er nicht von einem Mann namens Eisenhelm gesprochen und die Frau unerwähnt gelassen, während er doch gerade mit ihr Kontakt gehabt hatte? Ganz sicher war sich Christ seiner Sache freilich nicht. Beckenbauer hatte ihm das Ermittlungsergebnis ja nur telefonisch mitgeteilt, ein Mißverständnis war nicht ausgeschlossen.
Besser aber, als Christ gedacht hatte, beherrschte Anastasia Eisenhelm die Kunst des Schweigens und Verschweigens; sie blickte vor sich hin und schien schließlich sogar den Oberinspektor vergessen zu haben.
Endlich fragte Christ, dem zuviel Zeit nutzlos verstrich: «Darf ich rauchen?»
Sie zuckte zusammen, als wache sie aus tiefer Versunkenheit auf, und sagte wie verstört: «Aber gewiß. Entschuldigen Sie . . .» Mit einem Griff unter den Tisch holte sie die Zigaretten hervor, reichte sie dem Oberinspektor, zündete sich selbst eine an, bekam wieder aufmerksame, leicht gläserne Augen, lächelte andeutungsweise und erklärte: «Diese abendlichen Stunden, diese blauen Stunden, wie ich sie in meinen Büchern nenne, verführen so leicht zum Träumen. Zu leicht!» Sie überlegte kurz, dann fuhr sie, für Christ mit überraschender Offenheit, fort: «Jede Botschaft von Peter, sein unerwartetes Auftauchen damals, jeder Artikel, den er schreibt, oder wenn er im Fernsehen eine Sendung hat – immer ruft es bei mir die Erinnerung herauf, beschwört sie geradezu, ich kann mich nicht losreißen. Sie müssen das verstehen . . .», sie kokettierte, «auch bei einer so alten Frau. Wenn Pe-

ter damals nicht so überraschend nach England gegangen wäre, wäre vermutlich alles anders gekommen. Ich habe eben dann meinen jetzigen Mann geheiratet, meine Tochter wuchs heran, ein Mann im Hause war notwendig, wenn er auch ein bißchen weltabgewandt ist. Aber ein kluger Kopf, ein gütiger Mensch, was kann sich eine Frau Besseres wünschen.»
Christ entgegnete nichts.
Da spottete sie über sich selbst: «Frauen lieben halt das Romantische, und Peter Grob ist ein romantischer, abenteuerlicher und auch arg umhergetriebener Mensch.» Sie schloß die gewölbten Augendecken fast völlig und sagte langsam: «Ich bin sicher, auch er hat seine blauen Stunden, und in solchen Stunden erinnert er sich an mich . . .»
Christ dachte: Ist sie so putendumm, oder spielt sie es nur, um mehr von mir zu erfahren?
Er entschloß sich zu einem Test und fragte hart: «Also vermute ich richtig, gnädige Frau, daß Sie es waren, die damals, als er den Autounfall baute, seine Hamburger Freundin anrief?»
Der Ausdruck ihres Gesichts änderte sich sofort. Es war, als hätte sie einen Schlag erhalten.
«Seine Hamburger Freundin?»
Christ spürte, daß seine Gelegenheit gekommen war. Er log munter: «Hat er Ihnen nicht von ihr erzählt? Das ist ja ein unverzeihliches Versäumnis! Ich kenne die beiden seit fast anderthalb Jahren, und ich bewundere die junge Dame aufrichtig. Sie ist Lichtgestalterin beim Hamburger Fernsehfunk, eine große Begabung. Dazu eine schöne Frau – und attraktiv außerdem. Ich war eigentlich zuerst ziemlich erstaunt, Grob ist doch schon älter, der Altersunterschied ist erheblich. Allerdings ergänzen sich beider geistige Qualitäten. Offen gestanden, sie sind ein schönes Paar, das Eindruck macht, wo immer es auftaucht. Und Grob läßt sich ja nicht nehmen, sich bei jeder Gelegenheit mit ihr in der Öffentlichkeit zu zeigen.»
Anastasia Eisenhelms Gesicht blieb starr. Sie preßte die Lippen aufeinander und versuchte, sich zu beherrschen.
«Ja», sagte Christ verträumt, «ich bin sicher, daß die beiden längst geheiratet hätten, aber sie halten das wahrscheinlich nur für eine verächtliche Formalität.»

Immer noch starrte sie ihn an, und ihre blauen großen Augen schienen jetzt völlig aus Glas zu sein. Ihre linke Wange zuckte. Sonst regte sie sich nicht.

Da spürte sie plötzlich die Glut der niedergebrannten Zigarette an ihren Fingern, beugte sich rasch vor, drückte sie im Ascher aus und sagte: «Verächtliche Formalität? Ich kann Ihnen sagen, welches die verächtliche Formalität ist. Daß nämlich der *eine* Mann auf zwei verschiedene Namen hört!»

9. Kapitel

1 Beckenbauer erwog nüchtern die Ereignisse, und er fand, daß sich die Dinge zu seinen Gunsten zu entwickeln schienen. Er saß nach dem Abendbrot am Tisch, der Fernseher lief, seine Frau saß neben ihm; er aber dachte darüber nach, wie Adam auf seinen Bericht reagiert hatte. Der Kriminalrat hatte ihn kühl empfangen und ihn ebenso kühl angehört. Der Inspektor fühlte nicht die Spur von Wohlwollen, nicht einmal von Interesse. Das, was er sagte, wurde einfach zur Kenntnis genommen.
Adam verzog keine Miene. Er lauschte nur, und Beckenbauer war es, als spräche er gegen eine Wand. Er wurde unwillig, und am liebsten hätte er aufgehört zu sprechen. Aber Adam war sein Vorgesetzter, und die gleichgültigen Augen des Kriminalrats sahen ihn abwartend an und zwangen ihn dadurch, weiterzureden.
Als er geendet hatte, schob Adam die Unterlippe vor und hob die rechte Augenbraue. Er sah männlich aus – wie eine Reklame für SIR-Rasierwasser. Aber das empfand Beckenbauer nur für den Bruchteil einer Sekunde. Denn gleich darauf sagte der Kriminalrat: «Diffizil, das Ganze, finden Sie nicht? Da können wir uns schön in die Nesseln setzen.» Er blickte die Decke an und meditierte: «Angenommen, die Sache entpuppt sich als relativ harmlos . . .» «Aber ein Toter *ist* nicht harmlos, und Fahrerflucht *ist* nicht harmlos!» warf Beckenbauer ein.
Adam schien ihn nicht gehört zu haben. Er meditierte weiter: «Denn relativ harmlos ist alles, was nicht Mord oder Totschlag heißt, jedenfalls für uns. Allenfalls Raub und schwere Körperverletzung mit Vorsatz. Tja.» Er schwieg, blickte weiter zur Decke, machte jedoch Kinnbewegungen, als kaute er Gummi und schöbe

ihn mit der Zunge von einer Stelle zur andern, ohne ihn schlukken zu können. «Tja», wiederholte er, «die Sache kann für uns unangenehm werden, mein lieber Beckenbauer.» Er sah den Inspektor an. «Ich fürchte, Herr Grob hat entsprechenden Rückhalt, sonst könnte er nicht so rücksichtslos taktieren, wie er es manchmal tut . . .», er verbesserte sich verbindlich, als wäre Grob anwesend, «tun *muß*, möglicherweise. Immerhin, wenn Sie, Herr Beckenbauer, auf Mordverdacht ausgehen, und das tun Sie doch, und in Wirklichkeit handelt es sich um einen simplen Verkehrsunfall . . .», er hob bedauernd die Schultern, «das könnte eine böse Presse geben, mit wer weiß welchen Folgen. Nun ja, Sie tun Ihre Pflicht.» Nach kurzer Pause setzte er hinzu: «Ich erkenne Ihren Eifer an. Vielleicht führt er uns ans Ziel. Aber ich muß Sie auch ausdrücklich mahnen, nicht übers Ziel hinauszuschießen.»
Er stand auf, streckte sogar dem Inspektor die Hand hin. Der empfand deutlich: Er wurde verabschiedet!
So war das gewesen, und Beckenbauer konnte es wenden, wie er wollte: Es blieb ein ungutes Gefühl zurück. Trotzdem, er mußte eben alles auf die eine Karte setzen und trotzig innerlich dabei beharren: Dieser Peter Grob *muß* mit dem Fall Krug zu tun haben, also verfolge ich die Spur weiter. Führt sie ins Nichts – gut, ich nehme die Konsequenzen auf mich.
Seine Frau wandte sich ihm zu. «Ich finde das doch ganz spaßig, diesen Mord! Warum bist du nur so schwermütig?»
Beckenbauer starrte sie verständnislos an. Ganz spaßig fand sie das? Er brauste auf: «Begreifst du nicht, daß der tote Krug *mir* das Genick brechen kann?»
«Der tote Krug?» fragte sie. «Aber, Lieber, du siehst einen Krimi auf dem Bildschirm, oder siehst du ihn nicht?»
Doch er war mit seinen Gedanken bereits wieder zu sich zurückgekehrt und grübelte: Wenn Adam sich so verhält, du lieber Himmel, der muß doch *mehr* über den Grob wissen, als er mir verrät. Der muß doch wissen, *wer* hinter dem Manne steht? Von allein ist der doch nicht so schön, daß Adam alles Risiko einfach seinem Inspektor überläßt.
Trotzdem war er sich seiner Sache nicht sicher. Er vermutete jedoch, Grob müßte inzwischen bereits wieder mit Kriminalrat Adam gesprochen haben.

2 Als Christ zurückkehrte, schlief Schätzle vor dem angestellten Fernseher. Sein Schnarchen durchdrang das ganze Häuschen. Der Oberinspektor blieb im halbverdunkelten Zimmer stehen und überlegte, ob er das, was er erfahren hatte, mit dem Onkel besprechen oder ob er sich gleich schlafen legen sollte.
Vielleicht war es doch zweckmäßig, sich von Schätzle beraten zu lassen. Der kannte den Stuttgarter Boden und würde möglicherweise nützliche Fingerzeige geben können.
Er trat hinter ihn und rüttelte ihn an der Schulter.
Schätzle schlug nach seiner Hand und grunzte, noch halb im Traum befangen.
Erstaunlich war, daß er sich sogleich zurechtfand, nachdem er erwacht war. Mit ihm war seine ganze Neugier erwacht. Er sah den Neffen mit hellen Augen erwartungsvoll an.
«Also, was wollte der Grob bei dem Doktor?» fragte er.
«Du ahnst es nicht», erwiderte Christ, indem er sich niederließ, «dem Doktor ist er unbekannt, der Doktor ist ein Weltfremdling, der zu jener Zeit verreist war.»
«Ah!» machte Schätzle, als verstünde er alles.
Christ fuhr fort: «Grob war nämlich bei der Frau zu Gast, bei Anastasia Eisenhelm, und wahrscheinlich war er nicht nur flüchtig zu Gast, sondern wollte eine alte Bekanntschaft erneuern, um über die Frau Verbindungen aufzunehmen. Die hat ja gute Beziehungen zu Verlagen.»
«Bist ein cleverer junger Mann», sagte der Onkel und versuchte trotzdem, seine Bewunderung zu verbergen. «Wie hast du das herausgekriegt?»
«Eifersucht», erwiderte Christ lakonisch, «macht die Menschen gesprächig.»

Als Anastasia Eisenhelm der Satz von der Formalität herausgerutscht war, erblaßte sie. Vielleicht sollte es nur eine kleine Rache sein, ein Beinstellen. Nachdem sie es jedoch ausgesprochen hatte, wußte sie, daß es eine Fallgrube werden konnte.
Sekundenlang überlegte sie. Falls sie etwas verhehlen wollte, würde dieser Kriminalist um ein zweites Gespräch mit ihrem Mann nachsuchen, und wer weiß, was dann trotz dessen Weltfremdheit geschah. Sie hatte ihm niemals die Existenz des Peter

Grob verraten, sie hatte das Geheimnis vergangener Jahre gehütet.
Irgendein Opfer mußte gebracht werden. Eins allerdings war ihr klar: *Sie* wollte das Opfer nicht sein.
Christ hatte auf die Eröffnung geschwiegen, er hatte nichts gefragt, er hatte sie nur angesehen. Kommen lassen, dachte er, nur kommen lassen.
Ihre Erregung war ihm nicht entgangen. Auch ihre Ratlosigkeit hatte er bemerkt.
Doch da atmete sie schon tief auf, sie schien sich entschlossen zu haben.
«Ich weiß, was ich sage», erklärte sie leise, aber kräftig und fest, «ich muß Sie nur bitten, das alles als vertrauliche Mitteilung zu behandeln. Ich habe geheiratet. Mein Mann bedeutet mir viel, er ist sozusagen der Ruhepunkt meines Lebens geworden. Und wenn ich ihn auch nie geliebt habe, das gestehe ich Ihnen ganz offen, so bewundere ich ihn einfach deshalb, weil er sich mit Dingen beschäftigt, die niemanden mehr interessieren und die er trotzdem in den Mittelpunkt seines Lebens gestellt hat. Rilke, mein Gott, Briefe an einen jungen Dichter!»
Sie riskierte ein kleines mokantes Lächeln, und Christ erwiderte es zum Zeichen dafür, daß er sie begriffen hatte.
«Den Peter Grob», fuhr sie leise fort, «den habe ich einmal geliebt, wahrhaftig.»
Christ empfand, daß hier nicht geheuchelt wurde.
Anastasia Eisenhelm lächelte mühsam. «Es war eine Liebe auf den ersten Blick», sagte sie, «die Phrase habe ich sogar später in ein Polizeiprotokoll aufnehmen lassen. Ich konnte es nicht anders ausdrücken, und ich kann es auch heute nicht anders ausdrücken. Er tauchte überraschend in der Redaktion auf, in der ich damals tätig war. Das ist fast zwanzig Jahre her. Er schien selbstsicher und lächelte oft, ein offenes Jungenlächeln, wenn Sie verstehen, was ich meine.
Er stammte aus Ostpreußen, war nach fünfundvierzig mit den Trecks nach Süddeutschland gekommen und in München gelandet, ohne zu wissen, an wen er sich wenden sollte. Denn flüchtige Bekannte aus seiner Studienzeit von dreiunddreißig – er hat nämlich in München zwei Semester Jus hinter sich gebracht –

waren verschollen. Er verbrachte seine Tage in einem Bunker, und er muß schrecklich heruntergekommen und deprimiert gewesen sein.»

In großen Zügen konnte Anastasia Eisenhelm nachzeichnen, was sich zugetragen hatte, und das genügte, um dem Oberinspektor ein Bild des Journalisten zu prägen, wie er es bisher noch nicht kannte.

Die Einzelheiten, die Feinheiten freilich, kannte nur Grob, und sein ganzes Leben lang würde er sich daran erinnern, wie eines Tages im gleichen Bunker der Baron Traugott auftauchte, schlesischer Adel, ebenfalls durch die Zeitverhältnisse dorthin verschlagen. Grob atmete auf.

Der Baron hatte bereits einen Plan. Er ging von dem Gedanken aus, daß für die vielen elternlosen Kinder, die der Krieg hinterlassen hatte, eine Heimstatt zu schaffen wäre. Da die öffentliche Fürsorge dieses Problems nicht Herr werden könnte und da man diesen Kindern außerdem das geben müßte, was er ‹Nestwärme› nannte, sollte nach dem Beispiel des Schweizer Kinderdorfs Trogen ein deutsches Kinderdorf geschaffen werden. Wo, das wußte er noch nicht, aber das würde sich finden.

Der Baron lächelte unmerklich; er musterte Grob, einen abgeschlagenen, flüchtigen Grob, dessen Kleidung abgetragen war wie die eines wandernden Handwerksburschen. Der Baron sagte: «Wir werden Familien bilden, man wird uns dabei unterstützen. Ich werde eine Art Dorfvater und Bürgermeister spielen, und wir werden ausgesorgt haben. Bei allem Altruismus darf man sich selbst nicht vergessen.»

Grob war es schwach im Magen. Er hatte seit langem nichts mehr gegessen, und die Zigaretten, die er rauchte, waren aus Eigenbautabak gedreht, ein gräßliches Kraut, das gräßliches Geld gekostet hatte.

Er sagte verzweifelt: «Aber was soll ich dabei tun, Baron? Ich eigne mich nicht zum Dorfvater, nicht mal zum Hausvater, ich habe so gar keine väterlichen Gefühle.»

Der Baron lächelte und schwieg. Er erinnerte sich, daß der Jüngere ihn bei gelegentlichen Besuchen auf seinem ostpreußischen Gut stets ein wenig verächtlich betrachtet hatte, als wäre er mit

einer Spur Trotteligkeit behaftet; jetzt fühlte sich Baron Traugott überlegen, aber er spielte es nicht aus.
Grob sah sich scheu um, es waren so viele Menschen in diesem Bunker; er flüsterte: «Ich habe Angst, Baron, nackte Angst! Ich weiß, daß die Polen mich auf die Auslieferungsliste gesetzt haben . . .»
«Ich verstehe Sie», erwiderte der Baron, «Sie sollen nicht Hausvater spielen. Dazu brauche ich biedere Leute. Aber ich benötige einen gewandten Mann, der den Plan eines Kinderdorfs in der Presse propagiert – ein bißchen sensationell, ein bißchen sentimental. Der Stoff gibt es her. Sie sind der Richtige dafür.»
Er sah vor sich hin und dachte nach. Dann fuhr er fort: «Die andere Sache, die bringe ich in Ordnung. Lehren Sie mich die deutschen Kleinbürger kennen.»
Noch verriet er Grob nicht, welchen Plan er hatte. Er fuhr mit ihm wenig später in Süddeutschland herum, und in einem Dorf auf der schwäbischen Alb glaubte der Baron gefunden zu haben, was er suchte. Da gab es ein verlassenes Arbeitsdienstlager, dessen Baracken vorerst für die Unterbringung der Kinder dienen konnten. Die hügelige Landschaft tat es dem Baron an. Und es existierte ein Bürgermeister, den der Titel ‹Baron› untertänig und ergeben stimmte. Nach dem dritten Glas Zwetschgenwasser stellte der dem jungen Freund des Barons die Carte d'identité aus, weil dem in den Kriegswirren angeblich jeglicher Ausweis abhanden gekommen war. Und diese Carte d'identité enthielt den falschen Namen, den falschen Geburtsort, das falsche Geburtsdatum: Volkmann war gestorben, Peter Grob geboren.

Anastasia Eisenhelm erzählte den Kern dieser Geschichte mit leiser Stimme, als handelte es sich um ein Märchen.
Trotzdem war Christ davon überzeugt, daß sich alles so zugetragen hatte. Diese Frau log nicht. Sie mußte von dem allem in manchen heimlichen Stunden mit Grob erfahren haben.
«Er hat stets», flüsterte Anastasia Eisenhelm weiter, «eine fast unerklärliche Anziehungskraft auf Frauen ausgeübt. In jenem Dorf hat Peter nur eine einzige Nacht in dem Gasthof zum Schwarzen Adler zugebracht, aber er hat es verstanden, ein kleines Mädchen von der Lebensmittelkartenstelle so zu betören, daß die ihm die

Karten überall dorthin nachsandte, wo er sich gerade aufhielt. Sie kaufte sogar Waren und schickte ihm Pakete. Sie hat ihn nie mehr gesehen.» Es war etwas wie Bitterkeit in ihrer Stimme, als sie fortfuhr: «Und trotzdem hat Peter Grob wie in einem Eiskeller gelebt. Er hatte alle Vorsichtsmaßnahmen getroffen. So hat er sich als Geburtsdatum den siebenten Juli neunzehnhundertvierzehn ausgesucht. Er meinte: ‹Da kann man aus dem Schlaf gerissen werden, das weiß man immer: siebenter siebenter vierzehn!› Trotzdem hatte er Angst, irgend jemand könnte dahinterkommen, man könnte ihn an Polen ausliefern und ihm dort den Prozeß machen. Aber», korrigierte sie sich, «niemand hat ihm seine Angst angemerkt, er wußte sie hinter Weltgewandtheit, Liebenswürdigkeit und Frechheit zu verstecken. Nur hat er immer versucht, festen Fuß zu fassen. Jenes Kinderdorf sollte nur Absprungspunkt werden. Und heute glaube ich, daß er sich meiner einfach bedient hat, um in die Redaktion einzudringen, in der ich damals arbeitete.»
Anastasia Eisenhelm schwieg; sie bebte, als sie aufsah und sagte: «Bedient! Ja, er hat sich meiner bedient. Jetzt erst sehe ich das. Ich war nicht mehr für ihn als das dumme Mädel, das ihm die Karten nachschickte.»
Christ saß scheinbar in sich versunken da, er sah die Frau nicht an, rauchte langsam und nachdenklich und streifte gelegentlich die Asche ab. Er kannte solche Situationen, in denen, aus einer tiefen Gemütsbewegung heraus – Haß, Liebe, Verzweiflung, Vereinsamung, Rache –, jemand eine Generalbeichte ablegt, ablegen *muß*, sich selbst nicht daran hindern kann; die Worte sprudeln wie aus einer Quelle, sie läßt sich nicht verstopfen.
Jetzt ein unbedachtes Wort – und sogar ein Wort des Mitleids konnte unklug sein –, eine auffällige Bewegung nur, und Anastasia Eisenhelm würde nicht nur schweigen, sie würde möglicherweise sogar abstreiten, irgend etwas geäußert zu haben.
Da redete sie schon weiter. «Werkzeug bin ich gewesen, wie die kleine dumme Gans auf der Kartenstelle und wie dieses Weib jetzt in Hamburg, diese Lichtgestalterin; ich kenne den Typ, widerlich! Aber damals – es ist meine Sternstunde gewesen, so empfand ich es wirklich; ich unterwarf mich ihm, seine Schmeicheleien waren für mich Befehle. Wissen Sie, das ging so weit . . . Ja,

in der Druckerei der Zeitung war damals ein Mann namens Ebert als Geschäftsführer eingesetzt gewesen, und um Grob den Weg zu bahnen, wollte ich bei dem ...»
Sie unterbrach sich. Der Oberinspektor fürchtete schon, daß sie nicht weitersprechen würde, doch er irrte. Zwar war ihr die Erinnerung unangenehm, sie mußte sich jetzt eine Blöße geben, aber sie gab sich die Blöße, indem sie gestand: «Ich wollte mit ihm ein Verhältnis. Für Grob. Dabei habe ich ihm zuviel von Grob erzählt. Ich merkte zu spät, daß Ebert hellwach wurde. Ich war eigentlich schuld.»
Christ dachte, noch jetzt habe sie ein schlechtes Gewissen, und wunderte sich.
Was nun folgte, mußte sich überstürzt haben. Ebert war ein Verfolgter der Nazis. In Grob wurde ihm ein Stück Faschismus lebendig. Es gelang Ebert, in München den wirklichen Namen, die richtigen Lebensdaten Grobs in Erfahrung zu bringen. Daraufhin erstattete er Anzeige beim Generalstaatsanwalt in Stuttgart. Es erfolgten Haussuchungen, Anastasia Eisenhelm wurde vernommen. Man fand Stempel der französischen und amerikanischen Militärregierung und viele Blanko-Briefbogen aller möglichen Dienststellen. Grob war eine halbe Stunde vor der Haussuchung gewarnt worden, floh in die britische Zone und entkam von da nach England, wo seine Mutter lebte.
«Ich sah ihn nicht mehr», schloß Anastasia Eisenhelm ihren Bericht. «Ich hörte viele Jahre nichts von ihm. Er war vorsichtig. Da heiratete ich wieder. Vor zwei Jahren kam er, als mein Mann nicht da war.»
Sie sah auf. Die Augen waren nun ganz aus Glas. «Jedenfalls habe ich in Hamburg angerufen, damit von dort der Diebstahl des Wagens gemeldet werden sollte.»
Sie atmete tief auf, als wäre sie eine Last losgeworden, griff nach einer Zigarette und sagte: «Diese Dame in Hamburg ist jung, mag sein. Trotzdem fürchte ich für sie, daß Peter Grob sie nicht heiraten wird. Oder kann.»
In dieser Sekunde hatte Christ das Gefühl, daß Anastasia Eisenhelm bereit war, den Journalisten ans Messer zu liefern.
Der Oberinspektor hatte die Absicht gehabt, sie darauf aufmerksam zu machen, daß sie sich selbst strafbar gemacht habe.

Er unterließ es, lachte freundlich und verständnisvoll und bestätigte: «Ja, das glaube ich auch.» Beiläufig fragte er dann: «Und welches ist nun eigentlich der richtige Name?»
Sie zögerte nicht mit der Antwort: «Klaus Volkmann», sagte sie. «Ich bin damals bei der Vernehmung auch danach gefragt worden.»

3 Beckenbauer hatte allerdings geirrt, Grob hatte keineswegs mit Kriminalrat Adam gesprochen; er hatte nicht interveniert, sondern es für klüger gehalten, still abzuwarten.
Adam indessen war nicht der Mann, der untätig zusah, wie Fallen gestellt wurden, in denen er sich möglicherweise fangen konnte. Es war ihm klar, daß diese ganze Affäre auf ihn zurückschlagen konnte, sofern er sich nicht so gewandt benahm wie Schmidt-Schnauze.
Wohin der Angriff Grobs zielte, war ihm deutlich. In diesem Falle, auch dazu war er bereit und entschlossen, gab es wirklich nur eins: Beckenbauer fallenlassen.
Zwar gehörte es auch zu dem Image eines vorgesetzten Kriminalisten, daß er bereit war, sich vor seine Männer zu stellen, und Adam hatte das stets dann getan, wenn gegen Demonstranten ‹einer gewissen Sorte› hart vorgegangen worden war. Doch in diesem Falle konnte er seinerseits kaum damit rechnen, ‹von oben› gedeckt zu werden. Blieb aber nur die Wahl, sich selbst oder seinen Inspektor zu opfern, so fiel die Entscheidung nicht schwer.
Doch falls Beckenbauer mit seinem Verdacht recht hatte, gab das eine neue Verwicklung.
Nur dann konnte und mußte er sich an Beckenbauers Seite stellen und gegen Grob Front machen. Vielleicht war Grob sogar zu Fall zu bringen. Dann war aller Kehricht beseitigt, und seinem eigenen Weg nach oben würde nichts entgegenstehen, zumal der Ruhm ihm, nicht Beckenbauer, zufallen würde.
Blieb nur die verzweifelte Frage: Stand zu vermuten, daß Grob in einem Augenblick zum Angriff antrat, in dem er selbst so verletzlich war? Das widersprach allen Regeln der Taktik. Es deutete darauf hin, daß Grob mit der ganzen Sache überhaupt nichts zu

tun hatte. Es hatte nur simple Namensverwechslungen gegeben, und sein Kopfwenden beim Anruf ‹Volkmann› war tatsächlich nur ein unwilliges Umdrehen nach dem Störenfried gewesen. Griff er unter solchen Umständen den Journalisten an – er wagte kaum, sich die Folgen auszumalen.

Und falls Grob doch das Widersinnige tat? Wenn er angriff, obwohl er Entdeckungen zu fürchten hatte? Wenn er es tat, um in den Gehirnen Verwirrung zu stiften, auch in dem des Kommissars Adam? Er hatte schon Verbrecher kennengelernt, die sich unter den auffälligsten Umständen der Polizei gestellt hatten und mit frecher Stirn alle Indizien auf sich nahmen, aus der einzigen Erwägung heraus, daß kein Kriminalist solche Kombinationen wagen würde, weil er es für ganz unwahrscheinlich hielte, ein so gefährdeter Mann gäbe sich preis.

Grob hatte diesen Eindruck auf ihn nicht gemacht. Er hielt ihn, wenn er es genau bedachte, zwar für überaus schlau, jedoch auch für feige. Dieser Friseurtyp, die gewellten Haare . . .

Adam schüttelte unwillkürlich den Kopf. Der sollte einen Menschen niedergeschlagen haben? Und sich danach in Angelegenheiten der Mordkommission einmischen? Beckenbauer mußte wahnsinnig sein!

Immerhin blieb die fragwürdige Auto-Affäre. Die erschien nicht ganz sauber. Was ging es ihn an? Nichts.

Trotzdem konnte es nur gut sein, sich über diesen Grob Klarheit zu verschaffen. Schon wählte er eine Rufnummer, und er hatte Glück. Bertie Singer, der stellvertretende Chefredakteur, war daheim und hatte ausnahmsweise selber den Hörer abgenommen.

Er hörte die gelangweilte, nasale Stimme: «Hier Singer, Bertie. Ja?»

«Bertie», sagte er dringlich, «ich muß dich sprechen. Hast du Zeit?»

«Ich habe nie Zeit», dehnte sich die Antwort, «das weißt du doch. Ich habe hier einen Augenzeugenbericht aus der Irrenanstalt Kniebohr, man wird ja selbst ganz verdreht; aber ich glaube, die Leser sollten informiert sein, es kann ja jeder mal irre werden – findest du nicht?»

«Es ist dringend, Bertie!» betonte der Kriminalrat verzweifelt.

«Ich will mal sehen . . .», vernahm er und dann nichts mehr. Er

wartete. Dann rief er den Namen des Freundes. Danach klopfte er an den Hörer, die Muschel, schüttelte das Ding in der Luft, hielt den Hörer wieder ans Ohr und vermutete schließlich, weil alles still blieb, eine Störung.
Kurz bevor er auflegte, raschelte es, und dann schleppte Bertie sich mühsam in den Gehörgang: «Hallo, mein Lieber, übermorgen ging's vielleicht, wie?»
«Bertie», flehte Adam, «übermorgen bin ich erschossen!»
«Na, wunderbar», erwiderte Bertie Singer, und Adam sah ihn vor sich, wie er in diesem Augenblick verzweifelt nach Streichhölzern herumtastete, um sich die Zigarre anzustecken. «Das gibt wenigstens 'ne Story! Adam in der Mördergrube oder so ähnlich!» Plötzlich wurde die Stimme aufmerksam: «Übrigens gar kein schlechter Titel, meinst du nicht auch?» fragte er interessiert. «Was ist denn wirklich los?»
«Um Gottes willen», stöhnte der Kriminalrat, «das kann ich dir nicht am Telefon sagen.»
Am anderen Ende der Leitung war Schweigen. Dann kam ein Stöhnen und danach die gelangweilte Stimme: «Du hast es geschafft. Komm her.» In der gleichen Sekunde wurde der Hörer aufgelegt.
Bertie Singer bewohnte ein Appartement im siebten Stock eines Neubaus. Das angenehme Sirren des Fahrstuhls beruhigte Adam. Als er leicht auf die Klingel tippte, wußte er schon, daß er nonchalant auftreten mußte.
Bertie Singer, der knapp Vierzigjährige, streckte vorsichtig seinen Kugelkopf in die Türöffnung. Er öffnete kaum den weltmüde nach unten gekrümmten Mund. «Du bist's», stellte er fest und ließ Adam ein.
Während der Kriminalrat sich in dem kleinen Flur seines Mantels entledigte, stand Bertie Singer daneben, redete nicht, sondern betrachtete ihn nur und kratzte sich gedankenlos über dem rechten Ohr. Adam sah ihn im Spiegel. Es erschien ihm plötzlich unwahrscheinlich, daß Bertie Singer aus seiner Wohnung ausgezogen war und dieses Appartement gekauft hatte, nur weil er von seiner Frau getrennt leben wollte wegen eines jener jungen Mädchen, das unter seinem Schutze und mit seiner Hilfe auf seine Chance wartete. Dieser Mann sah so völlig gleichgültig und tempera-

mentlos aus, daß man ihm eine solche Entscheidung kaum zutrauen mochte. Er tat auch nichts, um sich angenehm zu machen. Das begann bereits bei seinem Äußeren. Er trug vor den zu kleinen Augen immer noch die längst unmodern gewordene schwarze, klobige Hornbrille, er ließ die Mundwinkel hängen, als könnte er nicht lächeln, und der Einfachheit halber ließ er die Haare zu einer winzigen Bürste zurückstutzen, so daß der runde Schädel rundum wie nackt wirkte und als eine zu kleine Kugel über dem großen Körper schwebte.
Es war Adam auch unerfindlich, wie Bertie Singer zum stellvertretenden Chef hatte aufrücken können; denn Singer war faul.
Welche Qualitäten waren es also gewesen? Vielleicht jene, derentwegen er selbst, der Kriminalrat Adam, eine Art Freundschaft mit ihm hielt? Jene Witterung nämlich für alle internen Vorgänge in der High society, die ihn befähigte, ungeniert die intimsten Auskünfte zu geben. Nie hatte ihn ein Betroffener dafür zur Rechenschaft ziehen können; denn diese ‹inside informations› stimmten immer.
«Du hast Glück», maulte Bertie Singer endlich, «ich wollte heute eigentlich bei Edda» – Adam wußte, Edda war seine Frau – «Kaffee trinken. Aber sie war wieder mal unausstehlich, will durchaus mit mir nach Ägypten fahren, und zwar mit dem Wagen. Wer fährt mit dem Wagen nach Ägypten – ich nicht; da war sie unausstehlich.»
Das kleine Zimmer roch nach kaltem Zigarrenrauch; Singer rauchte nur Zigarren. In einem Sessel saß ein Mädchen, zeigte die schönen Beine und netzte die Lippen mit zartem Rot.
«Setz dich», sagte Singer und bemerkte beiläufig: «Rokki kennst du ja.» Rokki war jenes junge Mädchen, das Adam jetzt die Hand reichte und dabei lächelte. Sie galt als Sekretärin Singers. Im übrigen beachtete Singer die Rokki nicht. Ihr war das offenbar gleichgültig, ebenso wie ihr der Besuch Adams gleichgültig zu sein schien; sie schlug die Beine übereinander und betrachtete interessiert ihre schimmernden Fingernägel.
Singer hatte sich in den Sessel geworfen, sog erwartungsvoll an der Zigarre und blickte Adam durch die dicken Gläser der Brille an.

Der Kriminalrat war an den Begriff des Dienstgeheimnisses gewöhnt und deutete bedenklich mit dem Kopf auf Rokki.
Singer zog die Mundwinkel noch verächtlicher nieder. Er nahm nicht einmal die Zigarre aus dem Mund, sondern sagte, weil er das Zeichen mißdeutet hatte: «Die? Ach ja, soweit ganz brauchbar. Und gar nichts im Kopf. Ein Glück.»
Rokki sah auf, lächelte ihn freundlich an, schwieg und betrachtete weiter die Fingernägel.
Nun endlich nahm Singer die Zigarre aus dem Mund, wies mit ihr auf Adams Brust und verlangte ungehalten: «Schieß endlich los. Hab' keine Zeit.»
Der Kriminalrat erstattete peinlich genau Bericht.
Bertie Singer hörte zu, wälzte manchmal die Zigarre ein Stückchen im Mund weiter, nahm sie wohl auch heraus, um sie abzutupfen, kratzte sich die nacktgeschorenen Schädelteile und begleitete die Rede des andern mit kleinen Grimassen.
Als Adam geendet hatte, beugte sich Singer vor, starrte auf die Tischplatte und sagte: «Nun willst du meinen Rat?»
Adam nickte.
Der andere rieb das Kinn. Plötzlich sagte er: «Nö!», schüttelte energisch den Kopf und wiederholte: «Nö!»
Adam war es in diesen Sekunden zumute wie vor einem schweren Urteil. Er fühlte sich beklommen, er wußte selbst nicht, warum; möglicherweise war es dieses verdammte ‹Nö›, das so bedeutungsvoll klang und dem zunächst nichts folgte.
Er starrte Bertie Singer an, der jetzt seufzend seine Zigarre ausdrückte.
Es irritierte ihn auch, daß sich Rokki plötzlich bewegte, wenn auch nur wenig. Sie stellte beide Beine schräg und parallel nebeneinander, und der Kriminalrat, der eine Abneigung gegen Miniröckchen hatte, dachte, dieser Rokki stände es trotzdem erfreulich gut. Daß er das dachte, irritierte ihn noch mehr, zumal er plötzlich Singers Blick so auf sich gerichtet fand, als könnte der Gedanken lesen.
Aber das war's wohl nicht, vielmehr war der Freund zu einer Schlußfolgerung gekommen. Er sagte: «Dein Beckenmacher, oder wie er heißt, ist ein Esel, und wenn's dem Esel zu wohl ist, geht er aufs Eis tanzen, und ich denke, du willst kein Esel sein.

Laß die Pfoten von Grob. Ich kenn' ihn. Der Chef kennt ihn auch. Alle Leute, die's wissen müssen, kennen ihn. Man weiß über ihn Bescheid. Aber sieh mal: Wir machen eine Reportage – Spandau! Verstehst du? Spandau! Soll ich da hingehen? Mir mißtrauen sie. Soll ich den Kogon hinschicken? Den schmeißen sie 'raus, der ist für sie Vaterlandsverräter oder so was. Also schicken wir Grob. Der zieht bei denen das andere Spiel Karten aus dem Ärmel – und schon sind wir alle d'accord! Verstehst du?»
Adam schüttelte verzweifelt den Kopf.
Singer seufzte über soviel Unverstand.
«Fünfundvierzig ist perdu», sagte er, «achtundvierzig ist perdu, Entnazifizierung ist perdu, ist alles, alles perdu! Jedes Pferd wird mal alt. Nach dem Heuss kommt der Lübke, nach dem Lübke wissen wir nicht.» Endlich sagte er klar: «Alle wissen über den Grob Bescheid. Aber wir brauchen ihn wieder, und er braucht uns. Morgen kommt die NPD – keiner will doch erschossen werden! Also nach außen: Das ist Grob, tüchtig, harmlos, baut vielleicht einen Autounfall, handelt unbedacht, du verstehst. Was früher war, muß vergessen sein.» Er sagte drohend: «Wenn du mir die Reportage über Spandau versaust, verstehst du, kommst du zu *der* Tür nicht mehr 'rein.»
Adam fühlte sich ausgeleert, aber er hatte verstanden; er nickte.
«Na», sagte Bertie Singer und zündete sich melancholisch eine neue Zigarre an, «dann komme ich um mein Grab des Kriminalrats.»
Sein Interesse war völlig erloschen, er hatte das Neueste erfahren. Es konnte einigermaßen wichtig werden, er hatte es also gespeichert wie ein Computer. Möglich, daß er es eines Tages in allen Zusammenhängen, die er nicht einmal dem Kriminalrat verraten hatte, wieder von sich geben würde und daß ihm das nützlich sein könnte. Vorerst blieb es in sein Gehirn gebannt.
Kriminalrat Adam spürte, daß er überflüssig geworden war. Er erhob sich, er wußte nicht recht, was er tun sollte, verneigte sich aber jedenfalls vor dem Mädchen wie ein Gentleman.
Rokki sah ihn an und lächelte; sie lächelte stets, wenn sie angeschaut wurde.
Adam lächelte verlegen zurück.
Er spürte Singers Hand leicht drängend auf seiner Schulter; der

Redakteur schob ihn sachte zur Tür und murmelte dabei um die Zigarre herum: «Ich hab' sie noch nicht abgelegt, alter Freund.» Adam wußte, daß Rokki das gehört haben mußte, doch wie er über die Schulter zurückblickte, konnte er in ihrem Gesicht keine Regung wahrnehmen; sie hatte die Beine wieder auf den Sitz gezogen und beugte sich vor, um eine Zigarette zu nehmen. Dabei sah sie so elegant und unwirklich aus wie ein Reklamefoto.

4 Christ kam sich wie ein Einbrecher vor, als er in den Kellergewölben des alten Justizgebäudes zu suchen begann. Die Gänge waren niedrig und kreuzgewölbt wie in alten Ritterburgen, die Wände schienen aus Quadern gefügt und fühlten sich eiskalt an. Von der Decke hing hier und da eine Glühlampe unter einem emaillierten Metallschirm. Das Licht, das sie verbreitete, war gering, denn die sparsame Justizverwaltung hatte die Glühlampen auf 25 Watt hinuntergegeizt.
«Wenn der Schuß nicht nach hinten losgehen soll», hatte Schätzle am Abend zuvor bedächtig erklärt, «ist das die einzige Möglichkeit. Jetzt bist du aufgeregt, weil dir die Anastasia Eisenhelm einen ganzen Roman erzählt hat. Du bist halt ein junger, unerfahrener Mensch. Aber wenn der Fall vor Gericht kommt, wird die Eisenhelm zwar bereit sein zu schwören, falls sie es sich nicht bis dahin anders überlegt hat. Wer weiß denn, ob Grob sie nicht besucht und ob sie nicht wieder auf ihn hereinfällt? Aber . . .», er rieb heftig seinen Schädel, «schlimmstenfalls erklärt der Gauner: Das war meine Geliebte, die ist befangen, die beschuldigt mich aus Eifersucht. Na, und was dann? Du wirst nämlich erklären müssen, daß sie tatsächlich erst ausgepackt hat, nachdem du ihr von seiner Hamburger Freundin erzählt hast.»
Er hob die Rechte, spreizte die Hand und schaukelte sie skeptisch.
Christ, der sonst nicht gerade empfindlich war, fühlte, wie sein Elan zusammenfiel. Er wußte, welche seltsamen Wege das Strafgesetzbuch oft wies.
«Es liegt auf der Hand . . .», begann er.
Der Onkel dämpfte ihn. «Es liegt nur eins auf der Hand, daß sie seine Geliebte war. Na und? Das gehört heute zum guten Ton.»

Er runzelte die Stirn, trank einen Schluck Most, grübelte und sagte erhellt: «Die Akten! Es müssen doch Akten dasein.»
Christ erwiderte resignierend: «Akten. Das ist längst verjährt.»
«Das schon», sagte Schätzle, «der Fall ist verjährt, aber die Akten nicht. Du bist hier im Schwabenländle, mein Lieber, wir schmeißen nichts fort, und Papiere schon gar nicht.»
Und nun wanderte Christ zögernd durch die hallenden Gänge, ein wenig beklommen, aber gespannt.
Der Oberinspektor blieb stehen und sah sich um. Er war um mehrere Ecken gebogen, sozusagen in Querstollen gelaufen, er zweifelte, daß er wieder herausfinden könnte; dann straffte er sich, warf die unbehagliche Beklommenheit ab und dachte, das wäre eine kafkaeske Situation, wenn man wollte; aber er wollte nicht, er wollte lediglich die verdammte Akte finden, um dem verdammten Grob ins Genick springen zu können.
Endlich gelangte er vor die Tür mit den Jahrgängen, die in Frage kamen, mit dem Delikt, das in Frage kam. Seltsam mutete das heutzutage an: Vergehen gegen die Militärregierung, Fragebogenfälschung. Es war antiquiert, es war in das Wirtschaftswunder kaum mehr hineinzudenken.
Er betrat den Raum und sah sich enggestellten Holzregalen gegenüber, die bis an die Decke reichten und vollgepfropft waren mit Leitzordnern und Schnellheftern. Er bog in Augenhöhe eines der Aktenschwänzchen herunter, eine winzige Staubwolke stob unter den Fingern hoch. Christ dachte: Oder ist es doch nicht so antiquiert, ist es ins Wirtschaftswunder zwar nicht hineinzudenken, aber unsichtbar darin enthalten?
Er sah, daß er an einen falschen Jahrgang geraten war, und nun begann er planmäßig zu suchen.
Es dauerte überraschenderweise nicht lange, bis er an die richtige Stelle gelangte, und er pries in Gedanken die schwäbische Ordnungsliebe.
Etwas wie Fieber überkam ihn. Jetzt galt es, in der alphabetischen Reihenfolge zu suchen. G. kam in Frage, und V. kam in Frage: Grob oder Volkmann.
Unter Grob fand sich nichts.
Christ begab sich ein paar Meter weiter. Er suchte: Va ..., Ve ..., Vi ..., Vo ..., Voc ..., Vog ..., Vok ... Die Bewegun-

gen seiner Hände wurden fahrig; das Licht war hier besonders schlecht, er mußte sich dicht an die Zettel beugen. Volk . . ., Volker . . ., Volkmann! *Volkmann!*
Der Hefter war einmal grün gewesen, in den Fälzen war es noch erkennbar. Christ schlug den Karton auf. Da, das Deckblatt, Name: Volkmann, Eduard!
Seine Spannung erlosch. Der Hefter war der unterste im Stoß gewesen. Wütend stopfte er ihn wieder hinein.
Der Oberinspektor faßte hoch auf den nächsten Stapel. Jetzt handelte es sich um einen Volkmann, Friedrich.
Christ hatte erwartet, eine ganze Staubwolke werde von diesem obersten Hefter herabfliegen; er wunderte sich, daß der Karton wie abgewischt ausschaute. In dem nächsten waren die Straftaten eines Volkmann, Walter, festgehalten.
Klaus, dachte Christ. Klaus hieß der doch oder heißt er. Er glaubte zunächst, bei der Einordnung wäre die alphabetische Reihenfolge versehentlich nicht eingehalten worden, aber bereits der nächste Hefter, den er von oben herunterhob, handelte von einem Volkner.
Sicherheitshalber kontrollierte der Oberinspektor noch einige Akten, doch es blieb dabei: Die Akte Klaus Volkmann war nicht auffindbar. Die Schnellhefter, die er jetzt herausgezerrt hatte, lagen neben ihm auf dem Zementboden.
In diesem Augenblick erinnerte er sich daran, daß der Staub vom obersten Aktenstück weggewischt gewesen war, und ihm fiel etwas ein.
Er bückte sich, packte den kleinen Aktenstoß und warf ihn in das Regal zurück.
Im Gerichtsgang des Parterres sagte er wie beiläufig zu dem alten Gerichtsdiener, der dort wachte: «Nichts gefunden.»
Der Wächter hob mühsam den Blick und fragte: «Das war ein gewisser Volkmann?»
Der Oberinspektor nickte. Der Wächter scharrte mit der Gummizwinge seines Stocks vor sich auf dem Fußboden. «Volkmann», murmelte er, «Volkmann. Ja, doch, das war ein Volkmann, der gesucht wurde.»
Christ sagte leichthin: «Wenn die Akte von jemandem gesucht worden ist, sagen Sie's mir bitte. Ich will nur wissen, ob sie frü-

her eingestampft wurde oder ob sie jetzt jemand herausgeholt hat.»
«Herausgeholt», erklärte der Gerichtsdiener sofort, «der Herr war Jurist, wie er sagte. Nun, gegenüber einem Juristen kann ich ja keine Bedenken haben.»
«Freilich nicht», sagte der Oberinspektor und verließ rasch das Justizgebäude. Draußen wehte ein scharfer Wind, hart und kalt. Es drängte ihn, aufzugeben. Er, Joachim Christ, hatte ja seinen schweren Jungen. Hier vertat er seine Zeit auf der Suche nach einem Papier, das verschwunden war, und dieses verschwundene Papier konnte ihm manchen Ärger bereiten, wenn er sich weiterhin damit beschäftigte, ja, es konnte ihn seine Karriere kosten. Trotzdem zögerte Christ, sich zu Schätzle zu begeben und ihm ‹Ende der Aktion› zu melden.
Er dachte an Beckenbauer, der sein Freund war. Sie kannten einander von früher Jugend an. Aber erst seit der Hochwasserkatastrophe wußte der Oberinspektor, wie tief die Zuneigung Bekkenbauers zu ihm wurzelte. Damals hatte er ihn in Wilhelmsburg unter Lebensgefahr aus den Fluten gerettet, als er selbst bei der Hilfeleistung für ein ertrinkendes Kind in eine fast hoffnungslose Lage geraten war. Einen solchen Freund gab man nicht auf, einem solchen Freund versuchte man beizustehen, das war selbstverständlich, das war eine Frage des Anstands.
Außerdem reizte ihn dieser verdammte Fall Alfons Krug einfach deshalb, weil er so verwickelt war, auf Irrwege führte, schließlich unlösbar zu sein schien. Das war eben eines der seltenen Verbrechen, wo die Routine versagte, wo das Gesetz der großen Zahl außer Kraft geriet, wo nur die individuelle Ermittlung, der spontane Einfall weiterhelfen konnten.
Konnten sie weiterhelfen?
Christ, im scharfen Wind stehend, kam sich verdammt hilflos vor. In den Keller gestiegen war er in der sicheren Erwartung, dort handfestes Material aufzutun; aus dem Keller gekommen war er mit Staub an den Händen. Dazu hatte er im Ohr das Geständnis einer Frauenstimme. Aber Anastasia Eisenhelm hatte geheiratet, und sie würde diese Verbindung nicht gefährden wollen.
Sie hatte nicht nur einen Ruf als Frau zu verlieren, sondern auch ihr Ruf als Herausgeberin von Schrifttum für Teenager stand auf

dem Spiel. Da mußte sie Idol sein und bleiben, wollte sie ihre Erfolge fortsetzen, die sich in bare Münze verwandelten.
Und schließlich hatte sie eine herangewachsene Tochter, die sie liebte; sie würde sicher nicht nackt vor ihr stehen wollen, ja, noch schlimmer . . .
Alles sprach also dafür, daß diese Frau, wenn es darauf ankam, nicht aufrechterhalten würde, was sie ihm verraten hatte.
Christ beschleunigte seinen Schritt, steckte die Hände in die Manteltaschen, drängte sich durch das anschwellende Gewühl der Menschen, sprang gerade noch rechtzeitig über den Zebrastreifen, gelangte zum Schloßplatz und stieg in die Achtzehn ein.
Im Botnanger Tal wanderte er gemächlich in die Kleinhäusersiedlung hinauf, zum Hause des Onkels.
Der Oberinspektor wußte, daß andere Kriminalisten in unklaren Fällen ein optisches Hilfsmittel benutzten, auf einem Zettel ihre Vermerke anbrachten, um dadurch das Gewicht der Fakten und Gegenfakten, der Gründe und Gegengründe festzustellen. Er hatte das immer verschmäht, sondern hatte es vorgezogen, sich von einer Tatsache zur anderen hinzutasten wie über ein straff gespanntes Seil, eine Art Seiltänzer mit verbundenen Augen, nur mit den feinfühligen Sohlen nach dem nächsten Halt spürend. Und ihn findend.
Da wurde ihm plötzlich bewußt, daß er in jenem Keller nicht nur eine Akte gesucht hatte, mit der er die Aussage der Eisenhelm erhärten konnte, sondern eine lückenhafte Akte, in der jenes vergilbte Blatt fehlte, das sich in Beckenbauers Händen befand.
Er gestand sich, daß die Schlußfolgerung kühn war: Aus der Akte sollte ein Teil entnommen worden und ein Blatt nach Hamburg in den Schrebergarten Krugs gekommen sein.
Wenn allerdings das gesamte Aktenstück von einem angeblichen Juristen aus dem Keller entwendet worden war, dann mußte dafür ein Motiv vorhanden sein. Dieses Motiv galt es aufzudecken. Auf jeden Fall mußte er handgreifliches Material in der Hand haben.
Christ besann sich auf eine neue Möglichkeit, ging zum Telefon und rief den Onkel an.
«Keine Akte», meldete er kurz, «Akte verschwunden oder nie dagewesen.» Bevor Schätzle sein Erstaunen schwerfällig und ge-

wunden ausdrücken konnte, fragte Christ: «Wer war damals der Staatsanwalt, der die Sache bearbeitete?» Er horchte und meinte befriedigt: «Mehr will ich nicht wissen. Wenn der pensioniert ist, um so besser. Dann ist er wenigstens unabhängig.»

5 «Laß es nun in der Schwebe», sagte Gret-Marianne Upenhof mit einer ihrer schönen, müden Bewegungen. «Adam erwartet, daß etwas auf ihn zukommt. Laß ihn warten.»
Grob drückte die halbgerauchte Zigarette aus. «Ich habe lange genug gewartet», sagte er gereizt, «ich bin über Fünfzig, ich habe endlich meine Chance. Ich habe gar keine Lust, sie mir von einem popligen Kriminalisten verderben zu lassen!»
«Aber Liebling», sagte Gret-Marianne vorwurfsvoll, «du bist doch der einzige, der davon spricht.»
«Du wolltest zu Adam gehen . . .»
Lange sagte sie nichts. Dann blickte sie in sein gespanntes Gesicht, die Spur eines ironischen Lächelns lag auf ihren Lippen: «Du weißt, was das bedeuten – könnte?»
Grob zuckte die Schultern.
Sie schwieg wieder lange. Endlich setzte sie hinzu, und jetzt war das Lächeln von ihrem Munde verschwunden: «Du weißt es also. Und du würdest das – riskieren?»
Der Journalist verzog das Gesicht, als verdrieße es ihn, über Dinge zu reden, die er für selbstverständlich hielt. Unablässig sah ihn Gret-Marianne Upenhof an.
Da hob er wieder die Schultern. «Wenn es brennt . . .», sagte er, «man soll die Bedeutung von irgendwas nicht überbetonen. Ich bin nicht der erste Mann, den du hast.» Er brach ab. Ungeduldig fügte er hinzu: «Sei nicht so schwerfällig. Sieh mich nicht so an. Mir ist ungemütlich genug zumute.» Plötzlich schrie er: «Mach doch nicht aus allem eine Tragödie!» Und erschrak selber über sein Schreien, wandte sich ab und ging zum Fenster.
«Peterle», hörte er es sanft hinter sich, «ich mach' keine Tragödie draus, und ich tu's, wenn's notwendig ist, kannst dich drauf verlassen. Ich will nur nicht, daß du's mir eines Tages vorwirfst. Manche Männer sind so gebaut.»
Darauf antwortete er nicht. Aber er ging zum Tisch und goß sich

ein Glas ein. Während er den Kopf hob und trank, ruhten seine Augen auf ihr, und Gret-Marianne Upenhof merkte an dem Ausdruck genau, daß sie ihm gefiel und daß er erleichtert war. Sie lächelte ihm zu.

Grob setzte das Glas ab, atmete befreit auf und sagte ruhig: «Verzeih, Gret-Marianne. Ich habe mich hinreißen lassen. Das ist nicht meine Art. Ich bin einfach nervös geworden. Die Unverschämtheit dieses Beckenbauer . . . Er hat uns aufs Kreuz gelegt, er hat uns richtig ausgetrickst!»

«Außerdem», sagte sie nachdenklich, «solltest du die Sache überhaupt gelassener betrachten. Angenommen, es gelingt ihnen, dir diesen blöden Unfall nachzuweisen – einschließlich Fahrerflucht. Nehmen wir das Schlimmste an. Es kommt zu einem Prozeß, das ist nicht schön. Aber dir in deiner Position werden sie keinen Schauprozeß machen, da bin ich sicher. Zweifellos werden auch eine ganze Menge Leute, die Einfluß haben, intervenieren. Wer will sich schon einen Starreporter ausspannen lassen, nicht wahr? Also kein Grund, sich aufzuregen.»

Er hörte ihr aufmerksam zu, hatte in sein Glas Kognak gegossen, schwenkte es mit der Hand, sog den Duft ein.

«Ja», sagte er, «ja, da hast du sogar recht. Ich bin mit Schirach wegen der Memoiren ins reine gekommen – wer macht mir das nach?»

An dem Ausdruck seiner Augen allerdings glaubte sie zu erkennen, daß da nicht nur der Unfall war, nicht nur die Fahrerflucht, sondern etwas anderes, von dem er nicht sprechen wollte, was er ihr verschwieg.

«Liebling», sagte sie, «setz dich zu mir.» Sie rückte ein Stückchen beiseite. «Liebling», sagte sie, «mir ist danach.»

Und wenig später flüsterte sie: «Peterle, manchmal denk' ich, du willst dabei was vergessen, deshalb bist du so. Peterle, denk nicht an den Beckenbauer, denk nicht an den Adam, das sind kleine Fische, die angeln wir schon.»

6 Als Joachim Christ nachmittags in der schlanken Straßenbahn nach Zuffenhausen zockelte, überlegte er, daß es doch vernünftiger gewesen wäre, seinen Wagen zu benutzen. Stunden hatte er

vertan, nur weil er mit dem Vorortzug nach Eßlingen gefahren war, um den pensionierten Staatsanwalt Schneider aufzusuchen. Schneider hatte ihn zwar verwundert, aber freundlich empfangen. Er bewohnte dort draußen eine Villa und verbrachte seine Zeit mit dem Anbau seltener Stauden. Das beruhige, hatte er schmunzelnd gemeint, und die innere Ruhe, die habe er nötig gehabt. Ihn hätten die Hunde gebissen, wo sie ihn nur packen konnten. Er stamme aus Schlesien, komme aus der Sozialistischen Arbeiterpartei von damals und habe gewisse Gedanken nicht abtun können, und so habe er die Unklugheit besessen, noch während seiner Dienstzeit einen Artikel über die restaurativen Kräfte zu publizieren, durch die er die Demokratie bedroht sehe. Nun ja, und dann sei er um seine vorzeitige Pensionierung eingekommen. Schneider rückte sich zurecht. Christ hatte den Eindruck, daß diese Erlebnisse ihm heute noch zu schaffen machten. Er betrachtete den untersetzten, grauhaarigen Mann, dessen freundliche und klare Augen keine Brille benötigten. Ihm fiel ein Wort Tucholskys ein: Man solle, wolle man den Wert eines Menschen schätzen, sich fragen, ob man ihn zum Vorgesetzten haben möchte oder nicht. Der Oberinspektor fand, er würde Schneider gern zum Vorgesetzten haben, der Mann flößte ihm Vertrauen ein.

«Freilich», dachte Schneider nach, «ich erinnere mich gut an den Fall, besonders deshalb, weil vor kurzem ein VVN-Mann bei mir war. Ebert heißt der, Erich Ebert. Der hat seinerzeit die Sache ins Rollen gebracht.»

Christ blickte auf. «Der war bei Ihnen?»

«Ja», antwortete Schneider, «diese Leute haben immer noch Vertrauen zu mir. Wie lange ist das her?» überlegte er. «Das mögen so drei Wochen sein. Ich könnte es genau in meinem Terminkalender feststellen.»

Der Oberinspektor wehrte ab. «Das wird sich ergeben», sagte er. Es drängte ihn, mehr zu erfahren, mehr zu wissen. War dies die heiße Spur, nach der Beckenbauer und er gesucht hatten?

«Was wollte Ebert von Ihnen?» fragte Christ.

«Daß ich die Sache Grob wieder aufrolle», antwortete Schneider, wiegte aber bedauernd den Kopf. «Nicht möglich, mußte ich ihm erklären, bei allem guten Willen nicht möglich. Der Fall ist verjährt, und ich selbst bin pensioniert, ich könnte also gar nichts aufgreifen, und mein Nachfolger ...»

Er schwieg.

Christ sah ihn fragend an.

Staatsanwalt Schneider erläuterte entmutigt: «Wissen Sie, Herr Christ, das habe ich einmal versucht, in einem anderen Fall. Mein Nachfolger hat mich abfahren lassen, er hat mich politisch belehrt. Ja», sagte er, «ich weiß natürlich, daß er der CDU angehört, aber ...» Dann raffte er sich zusammen. «Soweit ich die Sache in Erinnerung habe, hat mich Ebert seinerzeit gefragt, wie er sich in dem Fall Grob verhalten sollte und ob er etwas unternehmen könnte. Nachdem er mir die Tatsachen mitgeteilt hatte, habe ich davon amtlich Kenntnis genommen und Haussuchungen veranlaßt. Das Material reichte aus, um Volkmann ein paar Jahre hinter Gitter zu bringen. Mehrfache Fragebogenfälschung, und zwar gegenüber deutschen und alliierten Stellen, Mißbrauch amtlicher Papiere, gefälschte Ausweise. Er wäre vors Militärgericht gekommen. Dann wäre der ganze Fall weiter aufgerollt worden, das wußte er genau. Er stand auf der polnischen Kriegsverbrecherliste, er wäre damals zweifellos ausgeliefert worden. Was er dort drüben während des Krieges angestellt hat, das weiß ich allerdings nicht. Jedenfalls hatte er solche Angst, daß er nach England floh. – Heute freilich», fuhr Schneider fort, «liegen die Dinge anders. Die politischen Verhältnisse haben sich geändert. Kein Militärgericht mehr, das sich der Sache annähme. Und eine Auslieferung erscheint ausgeschlossen. Was riskiert also Grob-Volkmann? Im Grunde genommen nichts. Das habe ich auch Ebert gesagt, als er mich jetzt besuchte. Schlimmstenfalls gäbe es einen kleinen Tumult, aber der wäre bald vergessen. Ebert meinte allerdings, was in Polen vorliege, sei so gravierend, daß es dem Grob zumindest unmöglich gemacht werde, hier noch weiter in der Öffentlichkeit zu arbeiten, wenn es nicht gar zu einem gerichtlichen Verfahren komme.»

Schneider hob sacht zweifelnd die Schultern, sein Blick schweifte ab. «Ich kann das nicht beurteilen. Ich konnte Ebert nur raten, zu versuchen, an die Akten zu kommen, an die von damals. Ich bin auch überzeugt, daß sie allein bei der heutigen politischen Lage nicht ausreichen. Was er danach unternommen hat, ob er überhaupt noch etwas unternommen hat, das entzieht sich meiner Kenntnis.»

So also war das gewesen. Christ war leicht benommen wieder in den Zug nach Stuttgart gestiegen und hatte darüber nachgegrübelt, ob es überhaupt einen Sinn hätte, die Sache Grob weiter zu verfolgen, wenn ein Mann wie Schneider resignierte. Erst am Hauptbahnhof hatte er sich entschlossen, auf jeden Fall noch Ebert in Zuffenhausen aufzusuchen. Nun war er also auf dem Wege dorthin. Die schlanke Straßenbahn glitt und rüttelte, und die Autos schossen mit leisem Fauchen seitlich vorbei. Der Oberinspektor gestand sich offen, daß sein Unternehmen ebenso gewagt wie aussichtslos schien.

Immerhin hatte er wenigstens dieses lausige Bürschchen, den Udo Volkmann, erwischt und konnte ihn als Trophäe mit heimbringen nach Hamburg.

Er erinnerte sich daran, weil hier in der Nähe Friedrich Arendt wohnte. Jetzt ging er den Weg hügelauf in die Rotwegsiedlung, vorbei an Romeo und Julia, den beiden Hochhäusern, vorbei an den Häuserblocks, die in die weiträumigen Grünanlagen gestaffelt waren, vorüber am Sportplatz und der neuen Schule, bis hin zur Gundelsheimer Straße, die nun schon wieder fünfzehn oder zwanzig Jahre alt war und keinen frischen Eindruck mehr machte.

Erich Ebert wohnte im zweiten Stock. Er schien nicht die Absicht zu haben, den Fremden einzulassen, denn er öffnete die Tür nur einen Spalt breit, aus dem der schmale weißhaarige Kopf sah. Gleichzeitig war Ebert bemüht, einen Hund, der sich hinausdrängen wollte, zurückzuhalten. Der Oberinspektor hatte den Eindruck, einen Mann vor sich zu haben, den böse Erfahrungen vorsichtig und mißtrauisch gemacht hatten.

Erst als der Name ‹Grob› fiel, änderte sich Eberts Verhalten. Er entschuldigte sich, schloß die Tür, aber nur, um den Hund zu entfernen, den Christ später immerfort leise ‹singen› hörte. Dann durfte der Oberinspektor eintreten.

Auf den ersten Blick erkannte er bereits im winzigen Flur jenes unverwechselbare Milieu braver, tüchtiger, nicht wohlhabender Leute, die ihr Heim schmücken möchten und es auf jeden Fall sehr sauberhalten.

Während er ablegte, betrachtete der Oberinspektor Ebert unauffällig durch den schmalen hohen Spiegel. Es war ein hagerer Mann über Fünfzig, mit auffällig schmalen, nervigen Händen und einem ausdrucksvollen Gesicht, in dem jede Einzelheit eigentlich unschön war. Die zusammengekniffenen Augen, die große Nase, die aufgeworfenen Lippen, die eingefallenen Wangen – das wirkte aber insgesamt ausdrucksstark, nicht zuletzt wegen des gütigen Blicks der Augen.
Ebert geleitete den Oberinspektor in ein kleines Zimmer, das mit dunklen Möbeln vollgestellt war. Auffällig waren die vielen Bücher in zwei Regalen. Ebert bemerkte den erstaunten Blick Christs und erklärte: «Ich bin krank und kann nicht mehr arbeiten. Aber ich habe schon immer viel gelesen, und auch jetzt will ich kein altes Eisen sein. Ich habe ja Gelegenheit, meine Kenntnisse weiterzugeben.» Und scheinbar unvermittelt fügte er hinzu: «Ich wohne bei meinem Sohn.»
Christ nahm das zur Kenntnis, ging indessen gleich auf die Sache los und schloß seine Erzählung: «Ich komme allein nicht weiter.»
Ebert überlegte, er schien sich darüber klarwerden zu wollen, ob er mit Christ offen sprechen könnte. «Da sind so viele Halunken im Spiel, Sie müssen schon entschuldigen. Also gut. Die Vorgeschichte Volkmanns, der sich Grob nennt, die kennen Sie. Er fiel mir auf, als er plötzlich wieder überall publizierte: Fernsehen, Presse, Illustrierte vor allem, als wäre er das unschuldigste Lämmchen. Dem Lämmchen wollte ich an den Pelz, weiter nichts, ich wollte zeigen, daß Verbrecher nicht ungestraft so tun können, als wären sie friedfertige Demokraten. Schneider konnte mir nicht helfen. *Ich* war es selbst, der die Akten Grob aus dem Gerichtsgebäude geholt hat.»
Er lehnte sich zurück und lachte so schallend, daß Christ zusammenfuhr. Nachdem er sich beruhigt hatte, fuhr Ebert fort: «Ich habe mich im Justizgebäude als Jurist ausgegeben. Man hat es mir geglaubt, ohne irgendeinen Ausweis zu verlangen. So leicht ist es in westdeutschen Landen, verschlossene Türen zu öffnen.»
«Und?» fragte Christ gespannt.
«Die Akte war wunderbar», begeisterte sich Ebert jetzt noch. «Vollständig, wie es nur eine Justizbehörde zusammentragen kann, mit Berichten, mit Beweisstücken, mit Zeugenaussagen.»

«Und was haben Sie unternommen?»
«Mit der Akte bin ich nach Hamburg gefahren», sagte Ebert düster, «ich wollte die Akte dem Grob unter die Nase halten. Denn so frech, wie er auftritt, so feige ist er auch.»
«Könnte ich die Akte sehen?» fragte der Oberinspektor.
«Nein», erwiderte Ebert kurz.
Christ sah ihn verständnislos an.
«Ich habe sie nicht», sagte Ebert wütend und sprang auf, «ich habe sie nicht. Grob hat sie!»

7 Das Gespräch dauerte bis in die Nacht, denn Joachim Christ verstand manches nicht, er mußte viel fragen, und Ebert erzählte weitschweifig, weil er es für notwendig hielt, dem anderen alles möglichst deutlich zu machen.
Zwischendurch aßen sie ein bescheidenes Abendbrot zusammen mit Eberts Angehörigen: seinem schweigsamen Sohn, der hübschen und liebevollen Schwiegertochter und der fünfjährigen Katrin.
Abends fragte Ebert, ob er Licht machen sollte, aber Christ verneinte. In der Dunkelheit vermochte er sich besser zu konzentrieren.
Es ging auf Mitternacht, als Ebert endlich seinen Bericht beendete, sich reckte und sagte: «Sie werden gerade noch den Lumpensammler erreichen.»
«Gut», sagte Christ, «morgen früh gegen sechs bin ich wieder bei Ihnen.»
Schätzle war zu einem Schwätzchen aufgelegt, doch der Oberinspektor hatte keine Lust. Ihm ging das Gespräch mit Ebert durch den Kopf. Er hatte das Gefühl, sich einer Lösung zu nähern.
Also zog er es vor, das grimmige Knurren des Onkels mit anzuhören und nach kurzem zu erklären, er fahre morgen früh nach Hamburg zurück, er werde gegen halb sechs aufbrechen.
Schätzle kniff die Augen zu.
Er fragte nur: «Und den Udo Volkmann – sollen wir ihn wieder laufenlassen?»
Den hatte Joachim Christ tatsächlich völlig vergessen. Er bat: «Wenn ihr ihn überstellen wolltet?»

Da bewies Schätzle seine Großmut. Er warf sich in Positur und antwortete: «Wir sind zwar nicht im Dienst, aber ich nehme deinen Antrag dienstlich zur Kenntnis und werde morgen früh alles Notwendige veranlassen.»
Zum Dank dafür stillte Christ des Onkels Neugier und begann zu erzählen.
Schätzle wurde aufgeregt, sein Gesicht färbte sich rot, und er tat einen tiefen Zug aus seinem Glas.
Nachdem Joachim Christ seinen Bericht beendet hatte, saß Schätzle ganz still. Erst nach geraumer Weile fragte er: «Aber was hat das alles mit eurer Sache in Hamburg zu tun? Willst du einen Kriegsverbrecher fangen? Du redest immer von deinem Freund, dem Beckenbauer. Ich sehe überhaupt nicht, wie du ihm damit helfen willst. Grob war es ja gar nicht, der hier nach den Akten gesucht hat. Er hat sie schlummern lassen. Wozu also dies alles?»
«Und», fuhr der Onkel fort, «was den Verkehrsunfall und die Fahrerflucht betrifft, mein lieber Joli, natürlich wird es nachgewiesen werden. Was die Staatsanwaltschaft jedoch daraus macht, das kommt nicht nur auf den Staatsanwalt an, sondern auch auf die Beziehungen, die Grob hat. Bitt schön!»
Freilich, das alles *wußte* Christ, er hatte es nur nicht wahrhaben wollen und suchte nach neuen Argumenten. «Aber in Hamburg war Grob an seinen Akten erstaunlich interessiert, wie Ebert versichert.»
«Sehen wir davon ab», entgegnete Schätzle prompt, «daß Ebert Partei ist und dir natürlich viel erzählen kann, bleibt als Rest die Frage: Wärst du an Grobs Stelle an diesen Akten *nicht* interessiert, wenn sie schon einmal aus dem Keller geholt sind? Wenn einer damit herumwedelt, dann ist das einfach unangenehm, gleichgültig, ob viel Flurschaden angerichtet werden kann oder nicht. Und das Unangenehme, das wollte Grob aus der Welt schaffen, begreiflicherweise.»
Dagegen ließ sich allerdings nichts mehr einwenden.
Der Oberinspektor ging zu Bett; doch er konnte nicht einschlafen, er kam von den Gedanken des Onkels nicht los, und als der erste schwache Dämmer über den Himmel rauchte, war er zu dem Schluß gekommen, daß alles vergeblich war. Und töricht dazu.

Immerhin, Ebert war zweifellos ein braver Mann, der es ehrlich meinte; ihn durfte er nicht enttäuschen. So erhob er sich und kleidete sich an. Dem Onkel, den er laut schnarchen hörte, legte er einen Zettel mit einem Abschiedsgruß hin.
Dann setzte er sich in seinen Wagen, fuhr hangaufwärts, durchquerte die Stadt, grüßte im Frühdämmer Julia und Romeo und stand in der Gundelsheimer Straße vor Eberts Haus, der ihn bereits aufgeregt erwartete.
Christ erwiderte Eberts Morgengruß nicht, er schob den Gang ein, und erst als er um die Ecke bog, sagte er: «Schönen guten Morgen, Herr Ebert. Jetzt beginnt also unsere Reise ins Abenteuer.»

10. Kapitel

1 Das ‹Seemannsgarn› hätte Beckenbauer kaum als ‹Hotel› zu bezeichnen gewagt, es schien ihm eher ein dürftig kaschiertes Absteigequartier in der Gurlittstraße zu sein. Ebert versicherte jedoch, er habe sich darin wohl gefühlt. Christ warf ihm einen zweifelnden Blick zu und sagte: «Dann wollen wir es uns von innen anschauen.»

Auf der Fahrt nach Hamburg hatte der Oberinspektor kaum gesprochen, er hatte Ebert das Wort überlassen, und was er darlegte, schien gar nicht abenteuerlich und durchaus glaubwürdig. Er war auf den Namen Grob gestoßen, hatte sich an Vergangenes erinnert und wollte nur das wieder erreichen, was ihm schon vor Jahren gelungen war, nämlich Grob von der öffentlichen Wirkungsmöglichkeit auszuschließen. Also war er ein erstes Mal nach Hamburg gefahren, war auch damals im ‹Seemannsgarn› abgestiegen, weil zufällig ein Zimmer frei war, hatte nach Grobs Anschrift gefahndet und ihn in der Wohnung der Gret-Marianne Upenhof gestellt, die allerdings nicht dagewesen war.

Grob hatte ihn zunächst nicht erkannt, selbst an den Namen Ebert wollte er sich nicht erinnern.

Als ihm klar wurde, worum es ging, hatte er gemeint, er von sich aus gebe Ebert freie Fahrt für jede Denunziation. Er habe davor keine Angst. Ebert möge aber bedenken, so warnte er ihn, daß keinerlei Beweise vorgelegt werden könnten, und selbst wenn das der Fall wäre, müsse er ihn darauf aufmerksam machen, daß die Angelegenheit verjährt sei, und schließlich stelle er dem Ebert anheim, Anzeige zu erstatten. Er sagte wörtlich: «. . . wenn Sie Lust haben!»

Dann hatte er auf die Uhr geschaut, eine Verabredung vorgeschützt und Ebert hinauskomplimentiert.
Ebert war zornig, weil Grob so getan hatte, als wäre er selbst unantastbar und Ebert ein hoffnungsloser Querulant.
Manchmal streifte Christ Ebert mit einem flüchtigen Blick. Er sah dessen graue Haare, das zerfurchte Gesicht, er sah auch das schäbige, alte Mäntelchen, das der anhatte, und er dachte, wie mutig Ebert war, den Kampf mit dem gerissenen Journalisten, der in Wirklichkeit Jurist und mit allen Winkelzügen vertraut war, aufzunehmen.
Da Ebert bei Grob nichts erreichte, ging er zum Angriff über; aber er mußte böse Erfahrungen machen.
Der Intendant des Fernsehens ließ sich nicht sprechen, Ebert mußte zwei Stunden warten, ehe eine Dame der Personalabteilung sich um ihn kümmerte. Diese ältere und würdige Dame besaß genug Anstand, ihn nicht zu unterbrechen und geduldig zuzuhören. Als er geendet hatte, drückte ihre Miene sogar eine Art Mitgefühl aus.
Schließlich sagte sie bedauernd: «Ich verstehe Ihre Empörung, Herr Ebert. Trotzdem kann ich nichts für Sie tun. Es ist uns bekannt, daß Grob einen Künstlernamen trägt, ein Pseudonym. Sogar der Intendant selbst hat sich der Sache angenommen, eine Unterredung mit Grob gehabt und Anweisung gegeben, dieses Pseudonym zu wahren. Warum, das kann ich nicht sagen. Ich habe also wirklich keine Möglichkeit, ihm den Fall noch einmal vorzutragen. Offenbar ist bei jener Unterredung alles geregelt worden. Wenn Sie sich Ihrer Sache so sicher sind, Herr Ebert, würde ich mich an Ihrer Stelle zuständigkeitshalber an einen Juristen wenden.» Vorsichtig fügte sie hinzu: «Ich begreife allerdings nicht recht, was Sie eigentlich bewegt, Herrn Grob so nachzustellen. Sie selbst haben doch von dem Manne nichts zu leiden gehabt, die Geschichte ist recht düster, und außerdem sind seither zwei Jahrzehnte vergangen, mein Gott, einmal muß man doch einen Schlußstrich machen.»
Als Ebert den riesigen, glatten Komplex der Gebäude verließ, hatte er den sicheren Eindruck, daß die Luft von einem lautlosen Gelächter erfüllt sei.
Das machte ihn jedoch nur entschlossener.

Er begab sich zu jener großen Illustrierten, die wegen ihrer aggressiven Artikel bekannt war, und dort wurde er tatsächlich ohne Umstände vom Chefredakteur empfangen, nachdem er nur den Namen Grob genannt hatte.
Dieser Mann hörte ebenfalls stillschweigend und geduldig zu. Doch als Ebert seinen Vortrag geschlossen hatte, fragte er ironisch: «Und warum erzählen Sie mir das alles, mein Bester?»
Ebert meinte, das müßte ihn doch interessieren.
«Aber nein», erhielt er zur Antwort, «es interessiert mich nicht im geringsten; denn – Sie werden staunen – das alles kenne ich in großen Zügen von Herrn Grob selber, wir haben es offen und freundschaftlich besprochen und sind mit uns zu Rate gegangen. Ich kann von Herrn Grob, der sich mit seiner Vergangenheit durchaus ernsthaft und tiefgründig auseinandergesetzt hat, nur die größte Hochachtung haben. Wir sind völlig d'accord in der Ansicht, daß Fehler gemacht worden sind, aber die Einsicht in die Fehler annulliert sie. Und außerdem, das gestehe ich freimütig, ist Herr Grob ein angenehmer und wertvoller Mitarbeiter für uns. Wir werden ihn keineswegs fallenlassen; er hat nicht nur eine Nase für die Dinge, die unser Blatt interessieren, er kann auch schreiben. C'est tout!»
Damit stand er auf, und Ebert fand sich vor der Tür, bevor er einen Einwand machen konnte.
Indessen war Ebert nicht der Mann, der schnell aufgab. Während er erzählte, beobachtete ihn Christ immer wieder, und seine Hochachtung vor dem alten zähen Burschen wuchs. Der Oberinspektor war noch jung, er hatte von dem Widerstand gegen die Nazis gehört, aber erst jetzt begriff er, mit welcher Entschlossenheit dieser Kampf geführt worden war.
Ebert erkannte die Schwäche seiner Position; er sah ein, daß Grob mit seiner Bemerkung über die mangelnden Beweise recht hatte.
Die Zeit, als in Westdeutschland das Wort eines Antifaschisten gegolten hatte, war vorbei. Jetzt war es notwendig, auch formaljuristischen Anforderungen nachzukommen. Also Beweise! Sie waren vorhanden und ließen sich herbeischaffen. Deshalb begab er sich zur Staatsanwaltschaft.
Weiß Gott, er konnte sich nicht beklagen. Man hörte ihn auch

dort an. Der Staatsanwalt, zwanzig Jahre jünger als Ebert selbst und mit einem Gesicht, das scharf geschnitten war, schüttelte während Eberts Darstellung immer wieder den Kopf. Dann faßte er seine Ansicht kurz zusammen: «Sie sind ein einziger Zeuge, und nicht einmal ein Augenzeuge. Das genügt nicht zur Erhebung eines Ermittlungsverfahrens.»

Ebert fuhr nach Stuttgart zurück. Sein eigensinniger Kopf zwang ihn zu versuchen, das herbeizuschaffen, was als Beweis gefordert wurde. Er wandte sich an Staatsanwalt Schneider, der vor Jahren das Verfahren eingeleitet hatte, und danach war *er* es, der nach den Akten im Gerichtskeller gesucht und sie gefunden hatte. Anschließend war er sofort wieder nach Hamburg gefahren, hatte erneut den Kampf mit Grob aufgenommen und hatte auch diese Auseinandersetzung verloren.

Nun also betraten die drei Männer das Lokal ‹Seemannsgarn›. An den nackten Tischen saßen Seeleute und tranken in Ruhe ihren Schnaps und ihr Bier. Beckenbauer fand sich durch die Ordnung überrascht, die er nicht erwartet hatte. Er hörte hinter sich Christ zu Ebert sagen: «Von hier aus, von der Tür her, haben Sie ihn gesehen?»

Ebert antwortete: «Ja, genauso war es. Es war schon spät, so gegen zehn oder elf Uhr abends.» Christ wandte sich um und sah Ebert voll an. Ebert bemühte sich um Beherrschung, aber er konnte nicht verbergen, daß die Erinnerung an jene Ereignisse ihn neu erregte.

«Und Sie sind ihm nicht nachgelaufen?» fragte Beckenbauer zweifelnd.

Ebert schüttelte den Kopf. «Ich war zu überrascht. Ich konnte mir sein Auftauchen nicht erklären, ich vermutete einfach nichts Schlimmes.»

«Sie sind also in Ihr Zimmer im ersten Stock gegangen?» fragte Christ.

Ebert nickte.

«Also sehen wir uns das an», beschloß Christ.

Er ging voran, die Treppe empor in den ersten Stock. Beckenbauer und Ebert folgten ihm.

2 Der Oberinspektor spähte aufmerksam den schmalen dunklen Gang entlang, von dem rechts und links die Türen in die Gästezimmer führten.

Es war nichts Besonderes zu bemerken, und er konnte sich kaum vorstellen, daß sich hier eine dramatische Affäre lautlos abgespielt haben sollte. Christ, müde von der langen Fahrt, wollte nichts mehr verzögern. Er fragte: «In welchem Zimmer haben Sie gewohnt, Herr Ebert?»

Ebert deutete auf die dritte Tür rechts. Skeptisch bemerkte Christ: «Und woher wußte Grob, daß Sie gerade dort wohnten?» Und ehe Ebert antworten konnte, setzte er seinen Gedankengang fort: «Denn er wird ja weder den Wirt noch eins der Mädchen gefragt haben. Das wäre aufgefallen. Außerdem hatten Sie ja zweifellos abgeschlossen.»

Es gefiel Beckenbauer nicht, daß Ebert auf diese Frage keine Antwort gab, sondern nur schweigend vor sich hin starrte. Deshalb fragte er nochmals dringlich: «Herr Ebert, das muß Ihnen doch bekannt sein? Auch in einem Gerichtsverfahren würden Sie danach gefragt werden.»

«Ich weiß das», erwiderte Ebert düster, gab jedoch immer noch keine Erklärung ab.

Christ wollte nicht äußern, was er dachte: Es sei möglich, daß Ebert sich Vorgänge eingebildet habe, nur weil er eine Aktion gegen Grob hervorrufen wollte. Deshalb sagte er: «Setzen wir uns, und trinken wir ein Bier.»

Er kletterte die Stiege wieder hinab.

Keiner der drei hatte Durst; aber so konnten sie an dem runden, nackten Tisch beisammensitzen und ungestört reden.

Der Oberinspektor flüsterte Beckenbauer zu: «Weißt du, ich fühle mich befangen. Ebert hat mir auf dem Weg von Stuttgart hierher alles erklärt. Bei einer zweiten Befragung hab' ich auch nicht mehr Einfälle als bei der ersten. Also frage du.»

Damit war Beckenbauer einverstanden. Er nahm noch einen Schluck aus dem Glas. Der Schaum stand ihm auf der Oberlippe, er wischte ihn ab. «Sie sind mit den Akten wieder nach Hamburg gefahren?»

«Ja», erwiderte Ebert.

«Dann schildern Sie die Vorgänge einmal im Zusammenhang

und mit allen Einzelheiten. Versuchen Sie sich daran zu erinnern. Wie war das also genau?»
«Als ich hier ankam», erzählte Ebert mit konzentriertem Gesichtsausdruck, «war es bereits dunkel. Ich ließ mir den Zimmerschlüssel geben. Denn ich wollte mich frisch machen und umkleiden, ich wollte nicht abgespannt und durch die Fahrt mitgenommen bei Grob erscheinen. Schließlich habe ich mich dort drüben an den Tisch gesetzt», er deutete in Richtung Theke, «und habe mir Bratkartoffeln mit Ei geben lassen, weil so etwas schnell geht. Ich hatte zwar keinen Hunger, aber ich dachte, es wäre schlecht, dort mit leerem Magen aufzukreuzen. Dabei habe ich mir noch einmal überlegt, wie ich die Sache am besten anpacke, bin dann wieder in mein Zimmer gegangen und habe die Aktentasche auf den Tisch gelegt. In dieser Tasche waren die Akten, und ich wollte sie nicht mit zu Grob nehmen.»
«Warum nicht?» fragte der Inspektor. «Gerade die Akten waren ja das Beweisstück. Und ursprünglich hatten Sie wohl auch die Absicht, sie Grob zu zeigen, sonst hätten Sie die Tasche ja erst gar nicht ins Gastzimmer mitgenommen.»
«Ursprünglich ja», bestätigte Ebert. «Aber dann sagte ich mir: Bei einem solchen Menschen ist alles möglich. Zeige ich ihm die Akten, reißt er sie mir vielleicht aus der Hand. Und was mache ich dann?»
«Ist das nicht ein bißchen gewagt?« warf der Oberinspektor dazwischen. «Einen gewalttätigen Eindruck macht Grob eigentlich nicht.»
Ebert sah vor sich hin. «Mag sein», erwiderte er, «aber eine ganze Menge Menschen macht einen friedlichen Eindruck, und niemand ahnt, was sie während der Nazizeit alles fertiggebracht haben. Auf jeden Fall wußte ich doch, daß Grob kein unbeschriebenes Blatt war.»
«Na schön», meinte Beckenbauer, «lassen wir das auf sich beruhen. Jedenfalls sind Sie dann ohne die Akten zu Grob gegangen.»
«Nein», sagte Ebert, «ich habe dort angerufen.»
«Ach», Christ war erstaunt, «das haben Sie aber bisher nicht erzählt.»
«Mein Gott, ich habe es für unwichtig gehalten.»

«Nichts ist unwichtig», beharrte der Oberinspektor. «Und Grob war am Apparat?»
«Nein, eine Frau. Sie fragte, was ich wollte. Ich erwiderte, ich möchte Grob sprechen, und sie meinte darauf, das ginge jetzt nicht, er wäre im Bad. Ich machte aber die Sache dringend und bat sie, Grob meinen Namen zu nennen.»
«Und was erwiderte die Frau?» fragte Beckenbauer.
«Sie blieb ganz sachlich und versprach, es ihm auszurichten.»
«Warum haben Sie eigentlich überhaupt angerufen?» fragte der Inspektor.
«Ich wollte wirklich nur wissen, ob er daheim ist», versicherte Ebert, und Beckenbauer glaubte es ihm.
«Erzählen Sie weiter», forderte er ihn auf.
«Ich ging nach dem Telefonat sofort hin. Es war inzwischen bereits neun oder zehn Uhr geworden.»
«Ich fürchte», bemerkte der Oberinspektor, «da stimmt etwas nicht ganz. Das muß doch viel später gewesen sein. Wenn ich die Entfernung von hier bis zu Grobs Wohnung bedenke ...» Er schüttelte den Kopf.
«Nein, die Zeit stimmt», behauptete Ebert, «ich habe ein Taxi genommen.»
«Und das ließen Sie dort warten?» fragte Beckenbauer.
Ebert verneinte. «Ich wußte ja nicht, wie lange ich mich bei Grob aufhalten würde.»
«Und was dann?»
«Grob öffnete mir, er war sehr zuvorkommend. Wir gingen ins Zimmer, und er bot mir gleich Schnaps und Zigaretten an. Ich nahm natürlich nichts, ich hatte nur die eine Sache im Kopf. Das erste, was ich ihm sagte, war: Ich habe die Akten! Ich habe sie aus dem Gerichtskeller geholt und habe sie mitgebracht. Entweder verschwinden Sie hier, oder ich erstatte bei der Staatsanwaltschaft Strafanzeige.»
«Was meinte er dazu?» fragte Beckenbauer gespannt.
«Ich war eigentlich überrascht», bekannte Ebert langsam. «Er erwiderte ganz ruhig, ich hätte das schon einmal versucht, und seinetwegen könnte ich das ein zweites Mal tun. Er fürchte sich nicht davor, und er sehe keinerlei Grund, sich wegen längst verjährter Dinge, wie es Fragebogenfälschung wäre, aufzuregen.»

Ebert sah Beckenbauer an. «An dieser Reaktion erkannte ich, daß er zur Staatsanwaltschaft einen direkten Draht hatte. Er hatte vorgebaut.» Das klang erbittert.
«Menschenskind, Ebert», entfuhr es Beckenbauer, «und da haben Sie aufgegeben?»
«Ich gebe so schnell nicht auf», sagte Ebert, «ich drohte ihm, die Akte an eine wirksamere Stelle zu geben, wenn es hier nicht möglich sei. Ich sagte: Ostberlin! Ich sagte: Globke! Da wurde er zum ersten Male nervös. Er sagte, ich brauchte keine weiteren Namen zu nennen, er wüßte selbst, wen die Bolschewisten abgeschossen hätten. Mich habe er schon immer für einen üblen bolschewistischen Spion gehalten, und diese Drohung beweise ihm das.»
Christ sah Beckenbauer bedeutsam an und sagte zu ihm: «Das kommt mir bekannt vor, diese Tonart. *Da* liegt nämlich die Denunziation – und nicht dort, wo jemand einen wirksamen Hebel ansetzt.» Er fragte Ebert: «Und Sie hätten die Akten wirklich nach Ostberlin gegeben?»
«Ja.» Ebert zögerte mit dieser Antwort nicht.
Beckenbauer sah damit das Zwischenspiel als beendet an und führte Ebert wieder auf seinen Bericht zurück: «Danach haben Sie Grob verlassen?»
«Wenig später», erwiderte Ebert, «denn vorher fragte er mich noch, ob ich wüßte, daß ich mich mit der Entwendung der Akte strafbar gemacht hätte. Er mußte merken, daß mich das nicht berührte, denn ich lachte ihn einfach aus. Er wurde gereizt, sprang auf, ich sollte sofort seine Wohnung verlassen, ich wollte nur bluffen, solche Akten gäbe es überhaupt nicht, und ich müßte ihn doch kennen, auf solche Tricks falle er nicht herein.»
In der Erinnerung an diese Szene wurde Ebert so ruhig, wie er damals gewesen war, und setzte hinzu: «Im Hinausgehen sagte ich nur, umgekehrt müsse er wissen, daß *ich* keine Tricks benutze, und die Akte läge im ‹Seemannsgarn›, Zimmer drei, auf dem Tisch.»
Als er merkte, daß die beiden Kriminalisten einander ansahen, fuhr er fort: «Freilich, das war ja mein Fehler. Ich selbst habe ihm verraten, wo die Akten lagen.»
«Allerdings», bestätigte der Inspektor, und es war ihm nicht nach

Ironie zumute, «und dann war das für Grob eine einfache Sache. Sie gingen, nahmen ein Taxi und fuhren hierher zurück.»
«Nein», unterbrach ihn Ebert, «jetzt kommt mein zweiter Fehler. Ich fragte Grob nach dem nächsten Taxistand.»
«Also wußte er, daß Sie einige Zeit benötigen würden», schlußfolgerte Beckenbauer. «Er konnte annehmen, daß er selbst mit seinem eigenen Wagen ein paar Minuten eher im ‹Seemannsgarn› sein würde. Genauso war es. Und als Sie eintraten, kam er mit den Akten, die er aus Ihrem Zimmer geholt hatte, die Treppe herunter. Diese Begegnung mit Ihnen war sein einziges Pech.»
«Doch woher hatte er den Schlüssel?» fragte Christ verständnislos.
«Den bekam er auf seine freche Tour», erklärte Ebert. «Er ging nämlich zu dem Zimmermädchen, sagte ihr, er solle in meinem Auftrag diese Akte holen, sie liege im Zimmer drei auf dem Tisch. Und da er das mit absoluter Sicherheit sagte, schloß ihm das Mädchen selbst auf und sah dem Diebstahl zu.»
«Daß er das wagte?» fragte Christ. «Er mußte doch damit rechnen, das Mädchen würde ihn bei einer Gegenüberstellung wiedererkennen.»
«Er hätte es abgestritten», meinte Ebert, «das Mädchen wäre verwirrt worden, und sie hätte selbst nicht mehr ihre Behauptung mit Sicherheit aufrechterhalten. Überlegen Sie nur, wie viele Gesichter in einem Monat an einem Zimmermädchen vorübergehen.»
«Leuchtet mir ein», bestätigte Beckenbauer und rekonstruierte den Vorfall weiter. «Sie sind dann hinter ihm hergefahren, nachher. Sie rannten wieder auf die Straße, erwischten glücklicherweise ein Taxi und jagten seinen Schlußlichtern nach.»
«Doch dann verlor ich ihn aus den Augen», ergänzte Ebert, «und damit war die Akte weg, das Beweisstück verloren, ich konnte nichts mehr gegen Grob unternehmen.»
«Abwarten», sagte Christ, «wir wollen trotzdem versuchen, die Strecke abzufahren. Wir tun das nach Einbruch der Dunkelheit; denn auch damals war es schon dunkel.»

3 Christ verschmähte es, seinen eigenen Wagen zu nehmen; er wollte die Verfolgung so genau wie möglich rekonstruieren. Also

winkte er ein Taxi herbei. Er und Beckenbauer nahmen auf den Rücksitzen Platz, Ebert setzte sich neben den Fahrer.

«Wir geben Ihnen keinerlei Hinweise», sagte Beckenbauer zu Ebert. «Sie müssen versuchen, sich allein zurechtzufinden.» Aufmerksam beugte Ebert sich vor und gab dem Fahrer flüsternd Anweisungen.

Beckenbauer hatte einen bestimmten Verdacht gehabt; aber als der Wagen statt nach rechts nach links an der Alster einbog, fühlte er sich enttäuscht. Gleichzeitig fürchtete er, es werde Ebert kaum möglich sein, den Wagen richtig durch das lichtblitzende Labyrinth zu dirigieren.

Der Inspektor atmete auf, als sie zunächst die Lombardsbrücke überfuhren. Zwar war auch hier schon der Wagenstrom verwirrend, aber Ebert irrte nicht: Da war unverwechselbar auf der anderen Seite der Alsterpavillon mit dem breiten Lichtstreifen des Jungfernstiegs dahinter und den dunkel aufragenden Türmen des Rathauses und St. Nicolais. Und zur rechten Seite dehnte sich die Außenalster. Ein beleuchtetes Motorschiff, wie es für Rundreisende benutzt wurde, tuckerte gemütlich entlang, wie möglicherweise auch damals eines entlanggetuckert sein mochte.

Sie näherten sich dem Ende der riesigen Brücke, und zu Beckenbauers Erleichterung ging es nicht in die Neustadt hinein, sondern der Wagen fuhr scharf rechts ab und dann das Alsterufer entlang.

Das war eine schnelle und ruhige Fahrt. Auch hier konnte Ebert kaum irren. Der Inspektor lehnte sich sogar mit dem Gefühl der Behaglichkeit zurück, denn wenn er auch im Dunkeln nur die hellen Fenster der Villen sah und drüben über der Außenalster ebenfalls nur Lichtflecke, so war in ihm doch die Erinnerung an erholsame Spaziergänge in den sonnigen Promenaden dieses schönen Teils der Stadt wach.

Übrigens, fiel ihm ein, mochte das der gleiche Weg sein, auf dem seinerzeit Grob zu dem ‹Seemannsgarn› gerast war. Das versetzte ihn erneut in Unruhe; denn wenn Grob nach dem Aktendiebstahl — sofern er ihn tatsächlich begangen hatte — auch so zurückgefahren war, konnte sein Ziel tatsächlich die Wohnung Gret-Mariannes gewesen sein. Dann aber fiel des Inspektors Verdacht in sich zusammen.

Aber nein! Sie blieben auf dem Harvestehuder Weg und entfernten sich so von der Außenalster. Insgeheim bewunderte Christ die Sicherheit Eberts. Da gab es kein Zögern. Mit welcher Aufmerksamkeit mußte er damals Grob gefolgt sein! Er hatte nicht nur auf die Schlußlichter des anderen Wagens gestarrt, sondern sich selbst Wegweiser gesetzt, als ahnte er bereits, daß einmal alles darauf ankommen würde, diesen Weg nicht zu verfehlen.
Spätestens an dieser Stelle aber schien Grob bemerkt zu haben, daß er verfolgt wurde. Denn nun wurde die Strecke absichtlich irreführend; es gab viele unnötige Abbiegungen in Seitenstraßen, und manchmal wußte der Inspektor selbst nicht, wo sie sich befanden.
Plötzlich aber beugte er sich vor und blickte über Eberts Schultern. Das war doch . . . Ja, sie näherten sich jener Straßenkreuzung, die übermäßig mit Signalanlagen bestückt war und beinahe wie eine Barriere wirkte.
Das Taxi mußte anhalten, die Warnbake blinkte unaufhörlich. Wagen nach Wagen zog vorüber, der Querverkehr war außerordentlich stark.
Auf einmal atmete Ebert erleichtert auf, wandte den Kopf und sagte in das Dunkel hinter sich hinein: «Hier habe ich ihn verloren. Hier ist er mir entkommen.»
«Also wenden wir», sagte Christ.
Doch in diesem Augenblick schalteten die Signale auf freie Fahrt, und der Chauffeur zog seinen Wagen über die Kreuzung hinweg. Während das geschah, sagte Beckenbauer leise und erregt zu Christ: «Wir wenden nicht! Weißt du nicht, wo wir sind? Dicht bei der Kleingartensiedlung, in der Krug ermordet wurde.»

4 Der Nordwind drückte kalt gegen die Fenster des Büroraums, in dem Kriminalrat Adam saß. Es war noch zeitig am Morgen. Adam spürte keine Lust, nach den Akten zu greifen oder sich von seinen Mitarbeitern berichten zu lassen. Er saß untätig da, den Kopf nachdenklich gesenkt, die Hände auf der Schreibtischplatte gefaltet.
Er kam sich verlassen vor. Bisher hatte er dieses Gefühl nicht gekannt, und er dachte daran, daß er älter wurde. Diese Vorstel-

lung verwarf er jedoch sogleich wieder. Er war als tatkräftiger Mann bekannt, es ging das Gerücht von Erfolgen bei Frauen um, ein Gerücht, dem er mit einem zugleich abwehrenden und vieldeutigen Lächeln zu begegnen pflegte. Endlich erinnerte er sich auch der Protektion durch Schmidt-Schnauze, deren er sicher war, wenn er nicht irgend etwas verbockte.
Verbockte! Im gleichen Moment wußte er, woher dieses merkwürdig leere und würgende Gefühl stammte. Es war unheimlich: Er hatte zu lange weder etwas von Beckenbauer noch von Grob gehört.
Adam richtete sich auf, griff entschlossen nach dem Hörer und befahl den Inspektor zu sich.
Und da er ihn voreingenommen und mißgestimmt empfing, hatte er einen schlechten Eindruck von ihm. Es kam ihm vor, als hätte Beckenbauer zuwenig geschlafen; es erschien ihm, als hätte er eine Kneiptour hinter sich oder irgend etwas in dieser Richtung.
Der Kriminalrat deutete unmutig auf einen Stuhl und sagte im gleichen Augenblick ungnädig: «Haben Sie ihn?»
Beckenbauer sah ihn verständnislos an.
Adam wiederholte unwillig: «Ob Sie ihn haben oder wenigstens eine Spur von ihm? Von dem Täter? Von Krugs Mörder?»
Der Inspektor schüttelte den Kopf. «Vorerst nichts», sagte er, und in seinem Innern lehnte sich alles gegen die Art, wie Adam ihn behandelte, auf.
Der Kriminalrat sagte: «Beeilen Sie sich! Es ist der einzige Ratschlag, den ich Ihnen geben kann.» Er log: «Grob hat angerufen. Es ist ihm offenbar gelungen, die Presse zu interessieren. Dann gnade uns Gott, das wissen Sie ja.»
Der Inspektor nickte ernst. Er konnte das um so beruhigter tun, als er wenige Minuten zuvor Grob angerufen und sich bei ihm angemeldet hatte.
Beckenbauers Reaktion reizte den Kriminalrat noch mehr. Er sagte: «Ein Kopfnicken wird Ihnen wenig nützen, wenn Sie der Presse Rede und Antwort stehen sollen.»
«Gewiß», erwiderte Beckenbauer folgsam und kam sich vor wie ein störrischer Esel, der sich mit allen Vieren gegen das Weitergehen stemmt.
«Zum Teufel!» fauchte Adam. «Punkt sechzehn Uhr empfange

ich Sie wieder, und ich hoffe, daß Sie dann mehr zu sagen wissen!»
Der Inspektor nahm das als Verabschiedung, stand auf und sagte: «Ich will es versuchen.» Munter sprang er die Treppen hinunter, trat in den scharfen Salzwind vorm Portal, den er als wohltuend empfand, und stieg in seinen Wagen, um zu Grob zu fahren.
Bevor er auf den Klingelknopf drückte, schloß er für den Bruchteil einer Sekunde die Augen und wiederholte den Plan, nach dem er vorzugehen beabsichtigte. Er hatte ihn in einem langen nächtlichen Gespräch mit Christ erprobt.
Als er die Augen öffnete, stand Grob bereits in der offenen Tür und lächelte ihm ermutigend zu: «Treten Sie ein.»
Leicht verwirrt folgte der Kriminalinspektor dieser Aufforderung.

5 Peter Grob war über Beckenbauers Anruf wenig erfreut gewesen. Er hatte versucht, sich darüber klarzuwerden, was der Besuch bedeuten sollte, hatte es aber aufgegeben und beschlossen, die Sache einfach auf sich zukommen zu lassen.
Immerhin startete er einen kleinen Angriff, als sie einander in dem Zimmer gegenübersaßen, das der Inspektor bereits kannte, strich sich nachdenklich über den rechten Nasenflügel, verzog dabei leicht den Mund und meinte: «Ich könnte mir denken, daß Ihnen möglicherweise an einer grundsätzlichen Klärung der Fragen liegt, die ich an die Polizei zu stellen habe. Allerdings muß ich Sie vermutlich enttäuschen. Als Journalist habe ich vom Einzelfall auszugehen.» Er lächelte, als vertraute er dem andern ein Geheimnis an. «Wir Publizisten nennen das den ‹Aufhänger›, und ich fürchte, in diesem Fall müssen Sie das sein.»
Der Trick versagte.
Beckenbauer tat, als hätte Grob überhaupt nicht geredet, er fragte: «Warum haben Sie bisher verschwiegen, daß Sie Ihre alten Akten Herrn Ebert entwendet haben?»
Der Hieb saß.
Der Inspektor sah, wie sein Gegenüber geradezu einschrumpfte, jeden Blick in seine Augen vermied und langsam nach der Ziga-

rettendose griff. Aber es war nicht Furcht, die diese Reaktion hervorrief, es war eine Art gespannter Konzentration, die alle inneren Kräfte zusammenzog und versammelte, um abzuwehren und zu verteidigen und – vielleicht – anzugreifen.
«Ich hätte mir denken können», sagte Grob und starrte in die Streichholzflamme, ehe er sie nachdenklich ausblies und das angekohlte Hölzchen mit spitzen Fingern in den Ascher legte, als handelte es sich dabei um eine Kostbarkeit, «ja, ich hätte mir wirklich denken können oder müssen, daß dergleichen auf mich zukommen würde. Denn . . .», jetzt sah er mit seinen blauen Augen den Inspektor unverwandt an, «dieser Mann ist ja manisch! Er hat Wahnvorstellungen. Während andere fürchten, verfolgt zu werden, hat er die Vorstellung, verfolgen zu müssen, und zwar ausgerechnet mich. Ein Psychiater wäre hier angebracht.»
Beckenbauer äußerte sich nicht dazu.
Grob dachte sekundenlang nach und bemerkte dann in abschließendem Ton: «Er rührt diese alte Geschichte auf. Sie ist längst ausgestanden. Ich habe darüber mit allen zuständigen Stellen gesprochen – warum sollte ich nicht?»
«Ja», sagte der Inspektor, «warum eigentlich sollten Sie nicht?»
Der Journalist sah ihn aufmerksam und mißtrauisch an, aber er konnte der ausdruckslosen Miene des Inspektors nicht ablesen, ob die Anmerkung ironisch oder konstatierend gemeint war.
«Eins ist richtig», sagte er vorsichtig, «kurz vor der Währungsreform bin ich nach Großbritannien gegangen. Private Gründe waren ausschlaggebend, meine Mutter lebt dort, ich hatte sie viele Jahre lang nicht gesehen.» Er versuchte ein Schmunzeln. «Außerdem waren die Rationen höher als in unseren Besatzungszonen, und ich bin ein sinnenfreudiger Mensch, der gern ißt und trinkt.» Er wurde wieder ernst. «Freilich haben dazu die Anzeigen Eberts beigetragen; doch das kann man nur begreifen, wenn man sich an die allgemeine Unsicherheit, die Vogelfreiheit damals, erinnert. Die Amerikaner . . .», er unterbrach sich mit einem ganz kurzen, hüstelnden Lachen, «haben sogar einen Generalmusikdirektor ins Internierungslager eingeliefert, weil der Mann in seinem Titel den General hatte. Na ja, das ist ausgestanden, und ich möchte niemandem raten, die vergangenen Zeiten heute beschwören zu wollen.»

«Ich habe nicht die Absicht», erwiderte Beckenbauer sofort, wobei er im Nacken ein Frösteln spürte. «Sie werden jedoch immerhin Verständnis dafür haben, daß ich den Angaben Eberts nachgehen muß. Deshalb habe ich mich bei Ihnen angemeldet, deshalb bin ich hier.»

Grob lächelte offen. «Genau», sagte er, «ich habe es nicht anders aufgefaßt. Fragen Sie also.»

Er lehnte sich zurück, machte es sich gemütlich, rauchte zufrieden und blies den Rauch in dünnem Strahl schräg nach oben.

Beckenbauer zog sein Notizbuch aus der Tasche, blätterte darin, tat, als suchte er etwas, und hielt, während er sprach, den Blick auf die Seiten geheftet, um Grob das Gefühl zu nehmen, beobachtet zu werden.

«Ja, hier», sagte er, «Ebert behauptet also, in Stuttgart Ihre alten Akten entwendet zu haben, damit nach Hamburg gekommen zu sein, um Sie mit dem Material zu konfrontieren. Er hätte die Akten im ‹Seemannsgarn› deponiert, dann wäre er zu Ihnen gegangen. Und als er zurückkam, wären Sie ihm zuvorgekommen, in sein Zimmer eingedrungen und ihm noch auf der Treppe begegnet. Danach hätte er festgestellt, daß die Akten gestohlen worden waren, zweifellos, wie er behauptet, von Ihnen.»

Grob schüttelte leicht den Kopf, als wollte er andeuten, so viel Wahnsinn wäre ihm unfaßbar; er tippte die Asche ab, schlug die Beine übereinander und sagte: «Hören Sie, Inspektor, einmal angenommen, ich ginge auf die Darstellung ein. Dann muß ich Sie auf einen Punkt hinweisen. Aber den haben Sie längst selbst bemerkt, da bin ich sicher. Woher hätte ich nämlich wissen können, in welchem Zimmer Ebert in diesem sagenhaften Hotel, das ich übrigens nicht kenne, gewohnt hat? Ferner: Wie sollte ich in den Besitz des Schlüssels gelangen, ohne daß mich irgend jemand vom Personal später identifiziert hätte? Darauf wird Ihnen Ebert die Antwort schuldig geblieben sein.»

«Vielleicht», sagte Beckenbauer unbestimmt.

Grob nickte erfreut.

«Nur», sagte der Inspektor, «ist uns inzwischen eine Erklärung bekannt. Ebert hat Ihnen gegenüber nämlich seine Zimmernummer erwähnt, und das Hausmädchen hat Ihnen selbst das Zimmer geöffnet. Ob Sie von ihr identifiziert werden oder nicht, erscheint

uns zweitrangig, sofern es stimmt, daß Ebert selbst Sie gesehen hat.»
«Wobei das Märchen einen Haken hat», erwiderte Grob sofort, «daß ich nämlich das ‹Seemannsgarn› nicht kenne.»
«Gewiß, Sie sagen es», bestätigte Beckenbauer unbestimmt. Er fügte hinzu: «Tatsache ist allerdings, daß Ebert die Akten in Stuttgart herausgeholt hat, ich habe mich davon überzeugt.»
«Leider auch keine Tatsache», entgegnete Grob behaglich, «diese Akten habe nämlich *ich* gesucht!»
Es befriedigte ihn offensichtlich, daß der Inspektor sich nun wirklich überrascht zeigte.
«Ja, dieser Ebert rückte mir doch schon vorher auf die Pelle.» Grob begann regelrecht zu plaudern. «Ich weiß natürlich, wie solche an sich harmlosen Dinge in der Öffentlichkeit breitgetreten werden können. Dazu kommt immer die Gefahr, daß so etwas für die SBZ ein gefundenes Fressen ist. Deshalb bin ich hinuntergefahren und habe die Akten geholt. Das war eine einfache Sache. Ich habe sie dann hier herauf in meine Wohnung genommen.»
Während der Journalist sprach, überlegte Beckenbauer, ob sich für die eine oder andere Version Beweise herbeischaffen ließen. Er bezweifelte es. Jener alte Gerichtsdiener würde vermutlich weder Ebert noch Grob eindeutig wiedererkennen.
«Und nun kommt Eberts Trick», redete währenddessen der Journalist weiter, «er muß das herausbekommen haben, besuchte mich eines Abends hier in meiner Wohnung, ich zeigte ihm die Akten als Beweis dafür, daß seine Bemühungen ergebnislos bleiben würden, ging ins Nebenzimmer, und als ich zurückkam, war er samt Akten verschwunden.»
Er wartete auf eine Reaktion Beckenbauers; sie blieb aus.
So zündete er sich eine neue Zigarette an und beendete seine Darstellung. «Natürlich rannte ich ihm sofort nach, sah, daß er in ein Taxi stieg, fuhr mit meinem Wagen hinterher, und das muß er bemerkt haben. Er ließ sein Taxi völlig sinnlos durch halb Hamburg rasen, wohl in der Hoffnung, mich abzuschütteln. Aber ich blieb ihm an den Fersen. Schließlich gelangten wir in eine ziemlich dunkle Gegend, eine finstere Gegend, möchte ich beinahe sagen. Dort hatte ich die Absicht, dem Spuk ein Ende zu machen,

ihn zu überholen, mich querzustellen. Ich sagte mir, dieser Taxifahrer würde ein scharfes Risiko nicht eingehen. Und genau dort hatte ich Pech.»

Er machte eine kurze Pause. «Ganz unerwartet gab es eine Hauptstraße, stark beleuchtet, mit erheblichem Querverkehr. Sie wirkte beinahe wie eine Barriere. Der Weg war frei. Das Taxi huschte hinüber, und im gleichen Moment wurde umgeschaltet, die Warnbaken versperrten mir den Weg. Ich konnte nicht mehr über die Kreuzung, mußte stehenbleiben und warten. Und dort habe ich ihn verloren, dort ist er mir entkommen. Denn als die Kreuzung freigegeben wurde, war das Taxi verschwunden.»

Er schwieg.

Der Inspektor sah ihn an. «Ach», sagte er, «da haben Sie aber wirklich großes Pech gehabt. Wußten Sie übrigens, wo das war?»

Grob schüttelte den Kopf.

«Sie waren dicht bei der Kleingartensiedlung», sagte Beckenbauer, «in der Krug ermordet wurde.»

«Teufel!» entfuhr es Grob. Er sprang auf, trat ans Fenster, blickte hinaus und sagte ein zweites Mal: «Teufel!»

6 Sehr langsam fuhr Beckenbauer zurück. Der Wind hatte sich zum Sturm verstärkt, er drückte mit Kraft von der Seite gegen den Wagen.

Nachdem Grob ‹Teufel, Teufel!› gerufen hatte, hielt Beckenbauer es für zwecklos, ihn weiter zu vernehmen. Er konnte voraussehen, daß jetzt nur noch Schulterzucken und vage Vermutungen kommen würden, und er hatte keine Lust, seine Zeit darauf zu verschwenden.

Grob war auch bei der Verabschiedung sehr höflich gewesen und hatte den Wunsch geäußert, es möge dem Inspektor bald glükken, Licht in diese dunkle Affäre zu bringen, die ihm sehr unangenehm wäre, weil er selbst damit zu tun hätte.

Der Kriminalinspektor versuchte sich vorzustellen, was jetzt in jener Wohnung vor sich gehen mochte. Es war ihm klar, daß Grob auch gegenüber Gret-Marianne Upenhof seine Karten nicht voll aufgedeckt hatte. Und er zweifelte daran, daß diese Frau ihren Freund weiter deckte, wenn sie die Wahrheit erfuhr.

Das war nicht der Typ, überlegte er, das war viel mehr eine Art von Schlachtenbummlerin, die Gefechte interessant fand und durchaus auch daran teilnahm, die aber dem Gefechtsstand den Rücken kehrte, wenn es ernsthaft gefährlich wurde – eine Partnerin auf Zeit.

Während er mechanisch seinen Wagen durch das Gewühl steuerte, dachte er mit einem unbestimmten Grauen an das Gespräch mit Adam, das kommen *mußte.* Es war ihm unmöglich, sich dessen Reaktion vorzustellen; daß sie für ihn nicht glücklich sein würde, dessen war er sich sicher.

Flüchtig blickte er auf die Uhr, er hatte noch viel Zeit. So entschloß er sich, Joachim Christ aufzusuchen, obwohl er dabei ein schlechtes Gewissen hatte, weil er den Freund von dessen eigentlichen Aufgaben abhielt.

Aber der Oberinspektor hatte sich so für die Sache engagiert, daß er seine eigenen Dinge hintanstellte.

Christ war aufgesprungen, hatte Beckenbauer um die Schultern gefaßt und zu einem Stuhl geführt. «Setz dich», rief er. «Ich platze vor Neugierde, was dieser Gangster ausgeheckt hat, wie er der Falle entschlüpfen will, welche Reden und Ausreden er gesponnen hat – ein toller Kerl, das muß man ihm lassen.» Er strahlte dabei, und er fügte sofort hinzu und beugte sich dabei verschwörerisch vor: «Freie Wildbahn, mein Lieber, an deiner Seite. Dieser Fall Udo Volkmann hat mir eine Menge Lorbeeren eingebracht. Man hat mir eine Woche Zeit gegeben, die Sache endgültig zu erledigen und Bericht an die Staatsanwaltschaft zu erstatten. Ich darf während dieser Woche nicht mit anderen Fällen behelligt werden.» Er lehnte sich zurück: «Wie hab' ich das gemacht?» Und dann sachlich: «Also, was erklärt Freund Grob?»

Beckenbauer bemühte sich, die Begegnung ganz sachlich und in allen Details wiederzugeben, vor allem seine Reaktionen darzustellen und die Rede des andern möglichst wörtlich zu wiederholen. Während er berichtete, sah er Christs Enthusiasmus sich verflüchtigen. Der Oberinspektor schob unbewußt die Schreibunterlage hin und zurück und sagte schließlich: «Verdammte Kiste! Der Mann ist nicht totzukriegen. Ich halte es übrigens für ein Versäumnis, daß du keine Haussuchung durchgeführt hast. Die

Genehmigung hättest du dir besorgen müssen. Du mußtest damit rechnen, daß er die Akten nicht freihändig präsentiert.»
«Aber, mein Lieber», wehrte sich Beckenbauer, «glaubst du, daß in seiner Wohnung auch nur eine einzige Ecke des Aktenstücks vorhanden ist? Wenn er's nicht durch den Schornstein gejagt hat, dann hat er es woandershin gebracht.»
«Kann man nicht wissen», zweifelte der Oberinspektor, «weil er nicht mit Ebert rechnete. Außerdem», überlegte er, «hättest du dabei vielleicht seine Holde aufgetan. Wer weiß, was die offenbart hätte.»
Beckenbauer hob die Schultern.
«Na», sagte Christ leichthin, «die Anastasia Eisenhelm hat auch ein paar Katzen aus dem Sack gelassen, nachdem ihr einiges über den Helden ihres Lebens klargeworden war. Das ist nun einmal so.»
Beide Männer schwiegen.
Endlich schlug Christ vor: «Zuerst nochmals Ebert. Wir müssen ihm den gleichen Hieb wie Grob versetzen und sehen, was er dazu sagt. Dann erneut Grob, und zwar mit Haussuchungsbefehl bewaffnet. Erst dann können wir die weitere Taktik festlegen, falls das noch notwendig sein sollte. Auf jeden Fall müssen wir die Sache bis sechzehn Uhr durchgezogen haben, damit du deinem geliebten Adam seinen Apfel darreichen kannst.»
Das sollte scherzhaft klingen. Beckenbauer spürte aber, daß Christ sich Sorgen machte, und er gestand sich, daß er nur zuviel Grund dazu hatte.
Da sprach der Oberinspektor diesen Grund bereits aus, während sie aufstanden und sich zu Beckenbauers Wagen begaben: «Sowohl die Darstellung Eberts als auch die Grobs erscheint denkbar. Ob die eine oder die andere wahrscheinlicher ist, kann dahingestellt bleiben. Beide Versionen laufen für unsere Schlußfolgerungen darauf hinaus, daß der eine oder der andere, Ebert oder Grob, das Aktenstück in die Laube Krugs verbracht hat — und zwar wegen des Verfolgers. Dort wollte der eine oder der andere, je nachdem, möglicherweise auch ein Dritter, die Schriftstücke am Morgen unbemerkt aus dem Versteck holen. Dabei wurde der Betreffende von Krug überrascht. Es kam zu einem Wortwechsel, in dessen Verlauf Krug niedergeschlagen wurde,

wobei kein Mord beabsichtigt zu sein brauchte. Die Tat selbst läßt auch darauf schließen, warum dieses eine Blatt im Garten der Frau Grüneiche gefunden werden konnte. Das hatte sich aus der Akte gelöst, und in seiner Angst, entdeckt zu werden, in seiner Hast hat das der Täter nicht bemerkt. Außerdem war es früh am Morgen, vielleicht noch düster. Nur, wie können wir wirklich nachweisen, wer von beiden das Aktenstück in Krugs Garten versteckt hatte?»

Als sie im Wagen saßen, fügte Christ noch hinzu: «Ich fürchte, wir müssen auf viele Sträucher schlagen. Hoffentlich haben wir Glück.»

7 Peter Grob war offensichtlich verblüfft, als er die beiden Männer vor der Tür stehen sah. Das hatte er nicht erwartet.

Er faßte sich rasch, ließ sie ein und sagte dabei mit dem Versuch leichter Ironie: «Doppelt genäht hält besser!»

Christ sprang sofort darauf an. «Das hoffe ich für Sie!»

Der bedeutungsvolle Ton – der Oberinspektor hatte sich nichts dabei gedacht – ließ Grob aufhorchen. Er rückte die Sessel zurecht und fragte dabei langsam: «Ich verstehe wirklich nicht ganz, was Sie meinen.»

«Ach», sagte Christ leichthin, «ich hoffe, daß Sie einen Zeugen haben. Bis jetzt steht Ihre Aussage nur auf Ihren zwei Augen, und das ist nicht besonders gut.»

«Wissen Sie», erwiderte Grob sofort, «solche plumpen Tricks verfangen bei mir nicht.» Er schien etwas hinzusetzen zu wollen, schwieg aber dann und sagte erst nach einer Weile: «Ich könnte Sie aus der Wohnung weisen, wenn ich wollte. Ich will nur nicht, weil ich eine weiße Weste habe.»

«Herr Grob», erwiderte der Oberinspektor mit einer wegwerfenden Handbewegung, «wenn Sie *das* meinen – wir haben einen Durchsuchungsbefehl.»

Er wollte den andern reizen, und es schien, als wäre ihm das gelungen, denn zum ersten Male rötete sich Grobs Gesicht vor Zorn.

Beckenbauer fand, daß sie eine kriegerische Atmosphäre nicht brauchen konnten. Deshalb beschwichtigte er: «Lassen Sie uns

ganz nüchtern zur Sache kommen, wir wollen uns nicht gegenseitig die Zeit stehlen.»
Der Journalist nickte zustimmend.
«Daß wir weiter ermitteln müssen, Herr Grob, daß uns das Gesetz dazu zwingt, ist Ihnen einsichtig. Sie sind mit solchen Vorgängen vertraut. Erlauben Sie mir also ein paar Fragen.»
Grob machte eine einladende Handbewegung.
«Gehört dieses Blatt zu dem Dossier, das Ihre Person betrifft?»
Er zog jenes vergilbte Papier heraus, auf dem sich die letzten Sätze einer Aussage befanden und das mit den Zeichen v. g. u. endete.
Der Journalist nahm es an sich, betrachtete es genau, wendete es hin und her und tat, als wenn er genau prüfte.
Beckenbauer wie Christ wußten, daß es ihm darauf ankam, Zeit zu gewinnen.
Grob gab das Blatt zurück. Er nickte nachdenklich. «Das scheint mir so. Mit aller Bestimmtheit kann ich es nicht sagen, ich kenne das Dossier ja auch nur flüchtig, seit ich es aus dem Stuttgarter Keller holte. Es könnte sich bei dieser Seite um einen Text der Aussage von Frau Eisenhelm handeln. Offen bleibt natürlich, ob das Blatt tatsächlich in dem Dossier eingeheftet war oder ob es in einer andern Akte oder Gott weiß wo, vielleicht sogar im Schreibtisch dieses Halunken Ebert, lag.»
Beckenbauer antwortete darauf nicht, sondern steckte die Seite mit besonderer Sorgfalt wieder ein, so als wollte er sagen: Das werden wir sicher herausbekommen.
Dann sah er wieder auf und fragte: «Sie werden sich zweifellos besonders gut an jenen Abend erinnern, als Ebert, wie Sie mir erzählten, zu Ihnen kam und das Dossier stahl. Haben Sie irgendeinen Zeugen dafür?»
«Ich war allein», erwiderte Grob knapp.
«Schön», meinte der Inspektor, «allein im Zimmer oder allein in der gesamten Wohnung?»
«Allein in der Wohnung», antwortete Grob ebenso wortkarg und mochte denken: Jedes Wort zuviel kann ein Fehler sein.
«Ich nehme jedoch an, daß Sie jemandem davon erzählt haben?» kam die nächste Frage.
Der Journalist zog es vor, so zu tun, als wartete er auf eine Fort-

setzung des Satzes, so daß Beckenbauer nichts anderes übrigblieb, als deutlicher zu werden.
«Sie waren vermutlich aufgeregt. Es war ein außergewöhnlicher Vorfall, ein frecher Diebstahl, ein Eingriff in Ihr Leben oder doch der Versuch dazu. Und Sie wohnen ja nicht nur bei Frau Upenhof, Sie sind mit ihr befreundet, wie Sie uns sagten. Haben Sie vielleicht mit ihr über den Vorfall geredet?»
Grob erklärte: «Natürlich, ich habe ihr zwar nicht in allen Einzelheiten gesagt, worum es sich handelte, dazu hatte ich keine Veranlassung. Es gibt Dinge, die soll man auf sich beruhen lassen, nicht wahr? Aber von dem Diebstahl als solchem, ja, das habe ich ihr erzählt. Ich war sehr aufgeregt, sie kam wenig später aus dem Dienst nach Hause . . .»
Christ fragte plötzlich dazwischen und schien sehr erstaunt: «Sie war im Dienst, im Fernsehen?»
«So war es», erwiderte Grob gereizt.
«Sagten Sie nicht vorhin, Frau Upenhof wäre daheim gewesen?» fragte der Oberinspektor weiter.
Beckenbauer sah ihn kurz an und verstand, daß der andere den Journalisten verwirren wollte.
Doch das schien nicht zu gelingen. «Nein», antwortete Grob.
«Sie war also im Dienst, im Fernsehen», murmelte Christ vor sich hin, zog sein Notizbuch und schrieb ein paar Worte hinein. Als er es wieder einsteckte, sagte er wie zu sich selbst: «Das werden wir am besten aktenkundig machen; zweifellos finden sich im Fernsehen entsprechende Anwesenheitslisten oder dergleichen.»
«Ich weiß nicht, was das mit der Sache zu tun hat», begann Grob aggressiv.
Aber der Oberinspektor ließ den Angriff ins Leere laufen, indem er nachgiebig und vage antwortete: «Zugegeben, nicht viel. Aber immerhin . . .»
Grob schüttelte den Kopf, als begriffe er nichts mehr.
«Frau Upenhof ist jetzt auch im Fernsehen?» fragte Beckenbauer und gab seiner Stimme einen versöhnlichen Ton.
«Aber ja», erwiderte Grob, und dann lenkte er ein: «Dieser Beruf verlangt mehr, als man annehmen möchte.»
«Sehr schön», sagte der Inspektor befriedigt und sah Christ an, als wollte er seine Beistimmung einholen. «Befragen wir doch am

besten Frau Upenhof gleich einmal. Dann ist die Sache aus der Welt geschafft, und wir haben die Unterlagen vollständig beieinander.»

Grob blickte schnell von dem einen zum andern, sprang auf und sagte hastig: «Ich rufe sie an! Ich werde versuchen, daß sie sich frei machen kann, um herzukommen.» Er wollte in das Nebenzimmer gehen.

Doch da stand schon Christ neben ihm, hielt ihn mit freundlicher Bestimmtheit zurück und sagte: «Das machen wir lieber nicht telefonisch. Ich fahre hin und hole sie ab, das ist für die Dame zudem bequemer.»

Ehe der Journalist Einspruch erheben konnte, sagte der Oberinspektor leichthin zu Beckenbauer: «Gib mir die Wagenschlüssel.»

Der Inspektor zog sie aus der Hosentasche und warf sie ihm zu.

Christ fing sie auf, verschwand und klapperte dabei leicht und spielerisch mit den Schlüsseln.

Peter Grob war so zornig, daß er auch dann noch schwieg, als der Oberinspektor schon verschwunden war. Langsam ging er zum Sessel zurück, ließ sich hineinfallen, zündete sich eine Zigarette an und rauchte. Beckenbauer würdigte er keines Blickes mehr.

Der Inspektor wußte aus Erfahrung, daß bei Peter Grob jetzt jener Augenblick eingetreten war, in dem ein Mensch sich treiben läßt; in diesen Sekunden dachte der Journalist ohne Zweifel weder an seine Verteidigung noch an das Ergebnis der Unterredung mit Gret-Marianne Upenhof. Er wartete, bis diese Dinge auf ihn zukamen, und sammelte ganz einfach Widerstandskraft, indem er nichts tat. Beckenbauer hätte ihn darin stören können, und zunächst hatte er auch die Absicht. Ein paar Fragen, so zwecklos sie sein mochten, konnten Grob aus dieser Ruhe stören, ihn bewegen, ihn in Atem halten.

Indessen verzichtete er darauf. Es würde auf jeden Fall besser sein, wenn er als Partner Christ an seiner Seite hatte. Dann war stets ein stummer Beobachter da, der Unsicherheiten feststellen konnte. Außerdem schätzte der Inspektor die Intelligenz Grobs hoch ein. Das war kein dummer Mensch, es war durchaus möglich, daß ihn Fragen auf schwache Stellen seiner Verteidigung aufmerksam machten.

Das Schweigen dauerte lange und wurde unangenehm bedrük-

kend. Aber er kam nicht dazu. Grob wurde plötzlich bewußt, daß ihn dieses Schweigen belastete. Mußte es ihm nicht gleichgültig sein, ob er die Upenhof per Telefon herbeirief oder ob dieser Oberinspektor hingefahren war, um sie zu holen?
Und da ihm Christ gefährlicher als Beckenbauer erschien, hielt er es für richtig, dem Inspektor zu schmeicheln. Er lächelte ihm zu und sagte scheinbar zögernd: «Ich bin ein bißchen verärgert. Ich habe zu Frau Upenhof ein sehr gutes Verhältnis, das werden Sie gespürt haben. Um so unangenehmer ist es mir, sie mit einer Angelegenheit zu belasten, die sie im Grunde genommen gar nichts angeht. Ich nehme an, Sie haben das empfunden, Inspektor, und wäre es nach Ihnen gegangen, wäre es ja wohl nicht zu der Taktlosigkeit Ihres Herrn Kollegen gekommen.» Er drückte die Zigarette aus, bot aber sofort Beckenbauer eine an und bediente sich selbst ebenfalls, und dabei murmelte er. «Er ist gleichaltrig mit Ihnen, scheint mir. Aber man hat ihn zum Oberinspektor befördert. Tja», fügte er gedankenvoll hinzu, «die Übereifrigen, die Taktlosen kommen in Ihrem Verein offenbar besser weg.»
Als hätte er eben erst den Entschluß gefaßt, setzte er hinzu: «Ich werde den Fall Krug doch nicht als Aufhänger nehmen. Die Schläge würden vermutlich genau auf Sie abgelenkt, Inspektor.» Er betrachtete sinnend seine glimmende Zigarette. «Es wird mir etwas anderes einfallen, ich werde den Richtigen erwischen.»
«Ach, das hoffe ich ja auch», sagte Beckenbauer strahlend, und Grob wußte nicht genau, wie das gemeint war. Er kniff die Lippen zusammen.
Da läutete es schon.
Peter Grob behandelte Gret-Marianne Upenhof mit ausgesuchter Höflichkeit; er führte sie nicht zu ihrem Sessel, er geleitete sie. «Gret-Marianne», sagte er schließlich, «die beiden Herren sind von der Kriminalpolizei, wie du weißt, und sie wollen in jenem Fall eruieren, als mir hier aus dem Zimmer meine Akte gestohlen wurde.»
«Ja?» sagte Gret-Marianne Upenhof und sah ihn freundlich an.
«Du sollst ihnen dabei helfen», erklärte Grob.
Nun sah Gret-Marianne Upenhof mit der gleichen Freundlichkeit Christ und Beckenbauer an, mit jener verständnislosen

Freundlichkeit, die bereitwillig zu sagen scheint: Ja, aber gern, falls ich kann; ich begreife nur noch nicht, wie ich könnte.
Beckenbauer beschloß, die Sache kurz zu machen. Er sagte deutlich: «Herr Grob behauptet, ein Herr Ebert habe hier aus diesem Zimmer kürzlich ein bedeutungsvolles Aktenstück entwendet. Hat Herr Grob Ihnen davon erzählt?»
Die Frau blickte ebenso freundlich wie bisher auf die beiden Kriminalisten, beachtete aber den Journalisten gar nicht, und sie sagte: «Das ist durchaus möglich, möchte ich meinen.»
«Ja, was?» fragte Christ. «Hat er erzählt, oder hat er nicht erzählt?»
«Mit Sicherheit kann ich das nicht sagen», erklärte Gret-Marianne Upenhof. «Es ist möglich, daß er es erzählt hat, nur bin ich sehr vergeßlich. Sachen, die mich nicht interessieren, behalte ich nicht. Das liegt so in meiner Natur, nicht wahr? Und ich finde, das ist gut so.»
«Mag sein», sagte Beckenbauer, «vielleicht ist es für Sie gut, für Herrn Grob in diesem Falle allerdings weniger.»
«Was soll denn das heißen?» unterbrach Grob böse.
Doch weder Beckenbauer noch Frau Upenhof beachteten den Zwischenruf.
«Und zwar deshalb», fuhr Beckenbauer gelassen fort, «weil Herr Grob seine Behauptung dann nicht durch Zeugen erhärten kann – und wenn es indirekte Zeugen wären. Seine Aussage steht nämlich gegen eine andere Aussage. So liegen die Dinge.»
Er schwieg und sah Gret-Marianne Upenhof fragend an. Sie blickte träumerisch an Grob vorbei zum Fenster hinüber, und es dauerte geraume Zeit, ehe sie, immer noch zum Fenster gewandt, erwiderte: «Ich glaube mich zu erinnern.»
Plötzlich sah sie Grob an und sagte fragend: «War es nicht eines Abends?»
Er nickte.
Christ fuhr dazwischen. «Frau Upenhof», sagte er deutlich, «wenn Sie die Güte hätten, sich nicht vor Ihren Antworten mit Herrn Grob zu verständigen.»
Der Journalist empörte sich: «Aber das ist doch . . . Frau Upenhof hat keineswegs . . .»
Christ ließ ihn nicht ausreden, sondern fuhr unbeirrt fort: «Ich

möchte Sie bitten, gnädige Frau, bei Ihren Antworten nur mich oder Herrn Beckenbauer anzusehen. Wir müßten Sie sonst im Präsidium befragen, und wir möchten Ihnen die Umstände ersparen.»

Gret-Marianne Upenhof schien keineswegs erzürnt zu sein. Sie lächelte unbestimmt und geduldig und erwiderte verständnisvoll: «Aber natürlich, ich richte mich ganz nach Ihren Wünschen. Ich bin nur in diesen Dingen so völlig unerfahren, müssen Sie wissen . . .»

Sie ließ den Satz verschweben.

«Am einfachsten ist es, Sie erzählen uns alles, woran Sie sich erinnern.»

Doch Gret-Marianne Upenhof schien sich an nichts zu erinnern; jedenfalls schwieg sie, immer das gleich freundliche und entgegenkommende Lächeln auf dem Gesicht. Nach einiger Zeit strich sie mit sanfter Gebärde über ihr Haar. Das war zunächst alles.

Christ und Beckenbauer warteten. Grob hingegen wurde nervös, er zündete sich erneut eine Zigarette an. Der Inspektor hatte den Eindruck, der Journalist bezähme sich nur mühsam.

Endlich nickte Gret-Marianne Upenhof und sagte leise: «Herr Grob hatte ein Aktenstück. Ich weiß nicht, worum es sich dabei handelte. Wir haben uns über diese persönlichen Dinge niemals ausgesprochen. Zwischen uns herrschte der Grundsatz, keiner möge den anderen in seinem Lebensraum beengen. Ich habe ihn deshalb auch niemals danach gefragt. Und eines Abends kam ein Mann, ich war nicht im Zimmer. Ich las. Ja, ich erinnere mich genau, es war der ‹Clown› von Böll, und ich war nicht ganz aufmerksam, ich wurde ständig an ein eigenes Erlebnis erinnert . . .»

Sie hing plötzlich wieder ihren Gedanken nach. Dann rief sie sich selbst in die Wirklichkeit zurück. «Ach ja», sagte sie, «Bücher können einen schon aufrühren, nicht wahr? Plötzlich war es mir, als hörte ich Streit. Ich legte das Buch hinweg . . .» (sie sagte ‹hinweg›), «und ich ging in dieses Zimmer hinein. Da war der Mann aber schon fort, Herr Grob war sehr aufgeregt, und es schien mir, als handelte es sich um diese Akte, die der Mann wohl mitgenommen hatte . . .»

Wieder strich sie mit der Hand über die schönen Haare, dann sagte sie beinahe verzagt: «Das war alles.»

Der Journalist hatte, während die Frau sprach, kaum an sich halten können. Jetzt sprang er auf, stützte sich mit beiden Händen auf den Tischrand, beugte sich vor und schrie Gret-Marianne Upenhof an: «Aber das ist doch alles Unsinn, was du da erzählst! Das ist doch . . .» Er schüttelte den Kopf, als begriffe er nichts, als verstünde er auch nicht, warum die Frau das berichtet hatte.

Grob wandte sich an Beckenbauer und stöhnte geradezu: «Sie ist eine Träumerin, mein Gott! Sie träumt so vor sich hin und glaubt, das wäre die Wahrheit. Und dann kommen solche Sachen zustande. Sie müssen mich jetzt für einen Lügner halten – das ist ja erbärmlich.»

Er stieß sich vom Tisch ab, trat ans Fenster und wandte allen den Rücken zu.

Gret-Marianne Upenhof war zusammengezuckt. Sie hatte Grob während seines Ausbruchs fasziniert angestarrt, dann hatte sie die beiden Kriminalisten milde angesehen und geschwiegen.

Christ sagte zu ihr: «Sie hören es, gnädige Frau. Herr Grob hat uns den Vorfall ganz anders dargestellt. Sie sind angeblich überhaupt nicht hiergewesen, sondern im Fernsehstudio.» Er fügte aber gleich bedenklich hinzu, an Beckenbauer gewandt: «Wo sie allerdings nicht war, wie ich den dortigen Unterlagen entnommen habe.»

Grob machte eine heftige Bewegung. In Christs Stimme kam ein warnender Ton. «Mein Kollege und ich, wir können nicht wissen, wie das alles tatsächlich verlaufen ist. Wir sind auf Ihre Hilfe und Ihre Wahrheitsliebe angewiesen. Ich möchte nicht sagen, daß eine falsche Aussage vor der Polizei strafbar ist, ich möchte auch nicht sagen, daß Sie, gnädige Frau, eine falsche Aussage machen wollen.» Nach einer winzigen Pause fuhr er fort: «Eine irrige Aussage ist immerhin möglich, das wäre Ihrerseits zu bedenken. Und weiter: daß es einen unguten Eindruck macht, wenn jemand plötzlich gezwungen ist, eine solche irrige Aussage vor dem Richtertisch im Angesicht eines Saals voll von neugierigem Publikum zu korrigieren.»

Zum ersten Male ließ Gret-Marianne Upenhof etwas wie Nervosität erkennen; ihr Lächeln wirkte gezwungen, ihre liebenswürdige Gelassenheit durchbrach ein rascher, forschender Blick.

Nur, um das zu kaschieren, griff sie nach einer Zigarette und zündete sie sehr umständlich an.
Sie fragte leise: «Glauben Sie wirklich, daß es zu einer Gerichtsverhandlung kommen wird?»
Christ erwiderte laut: «Jawohl, davon bin ich überzeugt.»
Der Inspektor bemerkte, daß Grob sich wieder bewegte und daß er diese Bewegung sogleich bändigte.
Um ihn aus seiner verstockten Reserve zu locken, fügte Beckenbauer hinzu: «Es wird zweifellos wichtig sein zu wissen, ob Sie damals beim Fernsehen oder hier nebenan waren. Es kann entscheidend sein, ob Sie tatsächlich überhaupt etwas von diesem angeblichen Streit um die Akte erfahren haben, Frau Upenhof.»
Es war ihm gelungen. Grob drehte sich mit einem Ruck um. Er kam mit raschem Schritt an den Tisch. Sein Gesicht war leicht gerötet. Er sagte langsam und drohend: «Wir Journalisten nennen das Zeugenbeeinflussung durch polizeiliche Vernehmung. Es ist unstatthaft, daß Sie auf diese üble Weise Frau Upenhof unter Druck zu setzen versuchen. Ich werde mich mit einer Aufsichtsbeschwerde an Herrn Kriminalrat Adam wenden. Bisher habe ich diesem Treiben geduldig zugesehen, jetzt . . .» Er bezwang sich mühsam, ehe er sagte: «Ich muß Sie bitten, die Wohnung zu verlassen.»
Christ blickte den Inspektor an. Der Oberinspektor bemerkte erstaunt, daß Beckenbauer diesem massiven Angriff mit leichter und freundlicher Gebärde begegnete und entgegenkommend sagte: «Wir gehen, Herr Grob. Und was den Herrn Kriminalrat betrifft, so werde ich ihn bestimmt informieren. Übrigens werden Sie Gelegenheit haben, ihm Ihre Beschwerde bereits heute nachmittag um vier vorzutragen. Ich muß Sie für diese Zeit zu einer Vernehmung ins Präsidium bitten.»
Beckenbauer stand auf, ging zur Tür, stockte nochmals und fügte, die Brauen hoch in die Stirn gezogen, hinzu: «Dies ist eine amtliche Vorladung, Herr Grob, damit es keinerlei Mißverständnisse gibt.»
Dann verließ Beckenbauer den Raum. Christ folgte ihm hastig, nicht ohne sich vor Gret-Marianne Upenhof höflich verneigt zu haben.

8 «Hast du nicht alles verdorben?» fragte Christ den Inspektor, als sie im Wagen dem Präsidium zufuhren, «das war eine glatte Kampfansage. Grob weiß, woran er bei dir ist.»

«Genau das wollte ich», erklärte Beckenbauer, «er *muß* wissen, daß ich sein Gegner bin. Überlege dir einmal genau, was in ihm vorgeht. Als er Ebert die Akte stahl . . .»

«Falls er sie gestohlen hat», warf Christ ein.

«Nehmen wir an, er tat es. Alles deutet doch darauf hin. Als er sie also stahl, mußte er glauben, jede Gefahr abgewandt zu haben. Dann tauchten wir auf. Es gelang uns, Licht in die Unfall-Affäre zu bringen. Er mußte mehrmals bekennen, gelogen zu haben. Wir hetzten ihm nochmals den Ebert auf den Hals und rekonstruierten den Fall so, wie er sich vermutlich zugetragen hat. Glaubst du nicht, daß er von Tag zu Tag nervöser werden mußte? Daß seine Unsicherheit wuchs? Er mußte erfahren, daß seine Stuttgarter Freundin plötzlich auspackte. Muß er nicht fürchten, daß auch Gret-Marianne Upenhof die Sache eines Tages zu gefährlich erscheint? Seine Selbstsicherheit, Achim, ist nur noch gespielt, die hat er längst verloren.»

«Was hast du wirklich gegen ihn in der Hand?» Der Oberinspektor blieb beharrlich.

«Nichts», bekannte Beckenbauer, «nichts als eben seine Nervosität; die muß ich verstärken, damit er einen entscheidenden Fehler macht. Meine Aufgabe ist, einen weiteren schwachen Punkt bei Grob herauszufinden, ihn damit zu überrumpeln und so zu überführen.»

«Leicht gesagt», meinte Christ zweifelnd, «schwer getan.»

«Weiß ich», bestätigte der Inspektor, «und ich weiß auch, daß heute sechzehn Uhr die entscheidende Stunde ist. Bis dahin werde ich noch einmal die Akten Grob wälzen.»

Vor dem Präsidium blieb Beckenbauer wider Erwarten im Wagen sitzen, hielt den Freund am Arm zurück und sagte, ohne ihn anzublicken: «Sei mir nicht böse, Achim. Aber bei mir geht es auf Biegen und Brechen. Ich weiß ganz genau, daß ich im Augenblick keinen letzten Beweis in der Hand habe. Ich will in Gegenwart Adams die Vernehmung Grobs durchführen. Und du kannst mir einen Gefallen tun: Komme du schon eine halbe Stunde früher zu mir herüber.»

Christ antwortete nicht, legte nur flüchtig seine Rechte auf den Unterarm Beckenbauers und drückte ihn kurz und heftig.

9 Während dieser Zeit saß Erich Ebert untätig in der Gaststube des ‹Seemannsgarns› und wartete, daß einer der beiden Kriminalisten von sich hören ließe.
Er fragte sich, ob es überhaupt einen Sinn gehabt hatte, noch einmal nach Hamburg mitzufahren; aber die Hoffnung ließ sich nicht ganz ersticken, daß es doch noch gelänge, Grob zu stellen. Er freilich dachte weniger an einen Mord im Schrebergarten als vielmehr an die Zeit des Faschismus, wo jener Mensch die Schuld an Verbrechen auf sich geladen hatte. Indessen: wer wollte davon noch etwas wissen! Die Alten wollten daran nicht erinnert sein, die Jungen wußten nichts davon. Er trank von seinem Bier und überlegte, ob er nicht besser daran täte, mit dem nächsten Zuge heim nach Stuttgart zu fahren.
Doch da läutete das Telefon, das sich in der Nähe der Theke befand. Der Wirt ging hin und hob den Hörer ab, und Ebert hatte das ungewisse Gefühl, daß möglicherweise jetzt *er* gerufen würde.
So war es, der Wirt winkte ihm zu; dann hörte Ebert Beckenbauers Stimme: «Wir haben Sie lange warten lassen. Ich werde Sie noch länger warten lassen müssen, Herr Ebert. Jetzt möchte ich Sie nur bitten, heute nachmittag um halb vier in mein Dienstzimmer zu kommen.»
Es entstand eine kleine Pause. Ebert wollte etwas fragen, es würgte ihn im Halse. Sein Partner schien es zu spüren, er fuhr fort: «Nein, wir haben bisher nichts erreichen können. Ich kann nur soviel sagen: Entweder schaffe ich es bis heute nachmittag, oder ich muß aufgeben.»
Ehe Ebert etwas erwidern konnte, wurde der Hörer auf der anderen Seite eingehängt.
Der Inspektor nahm den Hörer wieder auf und wählte Kriminalrat Adam an.
Der war mißgestimmt; die Verhandlungen in Bonn liefen offenbar nicht zugunsten der Konzeption Schmidt-Schnauze. Es sah ganz so aus, als würde der in Hamburg bleiben, und falls er in

Hamburg blieb, könnte er natürlich auch keinen Kriminalrat nachziehen.
Trotzdem wollte er Beckenbauers Bericht hören und ließ ihn zu sich kommen.
Als Beckenbauer endete, wußte er, daß er richtig gehandelt hatte; denn der Kriminalrat erwies sich als völlig im Bilde, war ihm also genau gefolgt und erklärte brüsk: «Also nichts, das schlüssig wäre. Es wäre mir lieber gewesen, Sie hätten mir nicht schon vormittags, sondern erst, wie angeordnet, um sechzehn Uhr Bericht erstattet, und ich hätte dann handgreifliches Material vorgelegt bekommen.»
Er machte eine Pause.
Beckenbauer erwiderte nichts.
Adam fuhr fort: «Ich fürchte, falls Grob Aufsichtsbeschwerde einlegt, werden Sie nicht nur mit einer Rüge davonkommen. Ich halte es durchaus für möglich, daß Sie in ein anderes Ressort strafversetzt werden. Was das für Ihre Beförderung bedeutet, brauche ich Ihnen nicht auseinanderzusetzen.» Er sah auf und sagte: «Und ich bitte mir aus, daß Sie künftig Herrn Grob mit aller gebotenen Sachlichkeit und Höflichkeit behandeln. Schließlich ist er kein hergelaufener Haderlump. Außerdem erscheint mir Ebert verdächtig anzeigefreudig! Ablenkungsmanöver, könnte man fast meinen.»
«Herr Rat», sagte Beckenbauer bescheiden, «dürfte ich Sie sehr bitten, sich nachmittags gegen halb vier in mein Büro zu bemühen?»
Adam erwiderte ärgerlich: «Ich sehe dazu wirklich keine Veranlassung.»
Der Inspektor schob die Unterlippe vor; er wußte, daß er dann einen bescheidenen Eindruck machte. Er bat nochmals: «Es könnte sein, daß ich Ihnen dann den Täter vorführen kann. Und wenn nicht, Herr Kriminalrat, dann werde ich wirklich jede Maßnahme, die gegen mich getroffen wird, auch innerlich als berechtigt akzeptieren.»
Adam kniff die Augen. Er überlegte. Er entschloß sich: «Einverstanden, Beckenbauer.»
«Ich danke Ihnen sehr», erwiderte der.
In seinem Büro verschloß Beckenbauer die Tür. Er wollte nicht

gestört werden. Deshalb hatte er auch die Telefonzentrale gebeten, seine Nummer als ständig besetzt zu melden.
Der Tisch war mit allen Papieren bedeckt, die den Fall Alfons Krug betrafen. Zunächst las der Inspektor nochmals mit größter Aufmerksamkeit die Vernehmungsprotokolle der Zeugen und der Tatverdächtigen und bemühte sich, darin irgendwelche Spuren zu entdecken. Darüber vergaß er das Mittagessen. Die Fotos, die am Tatort angefertigt worden waren, betrachtete er durch ein Vergrößerungsglas. Er erwog, ob es zweckdienlich wäre, nochmals jenen Garten aufzusuchen, doch er gab es auf, weil das Stückchen Erde ihm so gegenwärtig war, als stünde er davor.
Was gab es an Beweisstücken? Das gefundene Aktenblatt legte er bald wieder weg. Das Tatwerkzeug wog er lange in der Hand. Es war ein gewöhnlicher Bankhammer, wie ihn jeder Schlosser besitzt, mit einer breiteren gehärteten Bahn und einer spitzen Pinne zum Zuschlagen.
Endlich legte er Akten und Beweisstücke in den Schreibtisch zurück, schloß Fächer und Schubladen, sah auf die Uhr, stellte fest, daß es halb drei war, und beschloß, eine Stunde spazierenzugehen.
Er wanderte ziellos durch die Straßen, den giftigen Wind im Gesicht, den er nicht spürte.

10 Als der Kriminalrat nachmittags in Beckenbauers Büro den Oberinspektor sitzen sah, wurde seine Miene frostig. Der Inspektor hingegen begrüßte Adam mit betonter Freundlichkeit und erklärte: «Ich habe Kollegen Christ zu der Vernehmung gebeten, weil er es war, der in Stuttgart den Autobahnunfall klärte.»
Erst auf Grund dieser Erläuterung gab der Kriminalrat Christ die Hand und drückte sie sogar kräftig. Kriminalistische Erfolge beeindruckten ihn stets.
Nachdem er an der anderen Seite des Schreibtisches Platz genommen hatte, faßte er, offensichtlich für den Oberinspektor, seine Meinung noch einmal zusammen. «Im Gegensatz zu Ihrer Ansicht, Herr Beckenbauer, bin ich immer noch davon überzeugt, daß Herr Grob mit dem rätselhaften Mord nichts zu tun hat. Er mag dies und jenes verbockt haben, das gebe ich zu. Ich

pflichte sogar bei, wenn Sie argumentieren, er habe es mit unserem Gesetzbuch nicht immer so ganz genau genommen. Indessen muß man seine Persönlichkeit doch wohl mit in Betracht ziehen. Er ist Journalist, er ist auch ein bißchen Schriftsteller oder will es sein, und erfahrungsgemäß nimmt es diese Gattung Mensch mit den Spielregeln der Gesellschaft nicht allzu genau.»
Er dachte einen Augenblick nach, ehe er fortfuhr: «Einen Autounfall kann jeder bauen, das kann Ihnen, meine Herren, ebenso passieren wie mir. Ich könnte mir auch vorstellen, daß man in der ersten Panik Fahrerflucht begeht. Aber Mord, nein, dieses Delikt liegt außerhalb seines seelischen Breitengrades.»
«Es ist schwer vorstellbar, zugegeben», bestätigte Beckenbauer höflich, «noch dazu mit diesem Mordinstrument.» Er nahm den Hammer aus der Schublade und legte ihn vor sich auf die Schreibtischplatte. Unwillkürlich starrten alle drei Männer darauf. Dann jedoch fuhr der Inspektor fort: «Aber jeder Mord ist schwer vorstellbar. Und wenn wir von Grob absehen wollen . . .»
«Und wohl auch müssen!» bekräftigte der Kriminalrat.
«. . . dann bleibt als weiterer Verdächtiger nur Ebert.»
«Ich habe den Eindruck, daß dieser Mensch manisch ist», erklärte Adam. «Es ist doch unnatürlich, mit welcher Hartnäckigkeit er seit Jahren Grob verfolgt. Er hat sich in die Rolle eines Rächers hineingespielt, und solche Menschen schrecken oft vor nichts zurück. Allerdings», räumte der Kriminalrat ein, «habe ich mir von dem Mann ja noch kein persönliches Bild machen können.»
In diesem Augenblick klopfte es, und Ebert trat ein. Er sah die drei Kriminalisten und blieb überrascht an der Tür stehen. Der Inspektor ging freundlich auf ihn zu, begrüßte ihn und stellte ihn dem Kriminalrat vor.
Als sie wieder saßen, sagte Beckenbauer: «Sie wissen, Herr Ebert, daß es gewisse Verdachtsmomente gegen Sie selber gibt.»
Ebert nickte.
«Uns kommt es darauf an, den Fall restlos zu klären. Ich möchte Sie deshalb bitten, noch einmal den ganzen Vorgang im Zusammenhang zu erzählen.»
Wieder nickte Ebert und begann.
Während er berichtete, prüfte Christ unauffällig die Wirkung

dieser Worte und auch die der Persönlichkeit Eberts auf den Kriminalrat, und er hatte den Eindruck, daß Adam zwar scharf beobachtete, aber doch die Darstellung glaubwürdig fand.
Tatsächlich rang der Kriminalrat mit sich. Vom Eintritt an hatte er Ebert durchaus als angenehm empfunden, als einen Menschen, auf den die Bezeichnung ‹seriös› paßte. Vergeblich suchte er in dessen Art, sich zu geben, und in seinem Bericht nach den Anzeichen des Querulanten. Nein, dieser Ebert sprach ruhig, leise, aber bestimmt, er wog seine Worte, und einmal korrigierte er sogar einen Satz, der ihm nicht genügend klar zu sein schien.
Würdigte er Eberts Verhalten in dieser ganzen Angelegenheit, so konnte Adam keine Spur einer Gesetzesverletzung finden.
Oder doch?
Unerwartet fragte er mitten in einen Satz Eberts hinein: «Aber Sie hätten die Akten nicht aus dem Keller stehlen dürfen. Und wer einmal stiehlt . . .»
Ebert machte sofort eine Pause, sah den Kriminalrat an und gestand: «Vielleicht hätte ich das nicht tun sollen. Ich war nur verzweifelt, weil Grob sich so frech über alles hinwegsetzte.»
«Und fürchten Sie nicht, daß man Sie wegen Diebstahls zur Rechenschaft ziehen wird?»
Christ und Beckenbauer waren gespannt, was Ebert antworten würde.
Er sagte: «Ich fürchte es nicht, Herr Kriminalrat. Man kann mich deshalb ruhig verurteilen, wenn ich nur dazu helfen konnte, Grob unschädlich zu machen.»
Jetzt glaubte Kriminalrat Adam, die Spur gefunden zu haben. Er sagte scharf: «Das also fürchten Sie nicht! Und Sie haben auch nicht viel zu fürchten, das wissen Sie genau, Herr Ebert; denn Sie sind nicht vorbestraft, und falls Sie gerichtlich zur Rechenschaft gezogen würden, bin ich sicher, daß man die Strafe auf Bewährung aussetzt. Aber auch das fürchten Sie wohl nicht, daß ein Unschuldiger hinter Gitter kommt, der Journalist Grob nämlich? Ihn wollen Sie ans Messer liefern!»
Ebert schloß sekundenlang die Augen. Beckenbauer spürte, daß er sich mit Gewalt zur Ruhe zwang. Auch ihm erschien in diesem Moment unbegreiflich, daß Ebert einen Fremden über Jahre hinaus verfolgte.

In das Schweigen hinein sagte der Oberinspektor, leise auffordernd: «Das ist uns allen dreien wirklich ein Rätsel, Herr Ebert. Sie müssen verstehen, daß keiner von uns ohne Motiv einen Menschen jagen würde – und das tun Sie doch. Die Motive, die uns bewegen, sind unpersönlich: Wir wollen die Gesellschaft vor Verbrechern schützen, und wir wollen Verbrechen sühnen helfen. Aber Sie und Grob? Ihre Pflicht haben Sie bereits erfüllt, als Sie Anzeige erstatteten. Daß dieser Anzeige nicht nachgegangen wurde, ist nicht mehr Ihre Sache. Was also treibt Sie?»
«Mein Vater», Ebert sah keinen der drei Kriminalisten an, «ist bei Kriegsausbruch nach Polen verschleppt und dort ermordet worden. Er war Gewerkschaftler. Vielleicht hat Grob dabei mitgewirkt, ich weiß das nicht.» Jetzt richtete er seine Augen auf Christ, als könnte der am besten begreifen, was er meinte. «Jedenfalls will ich von mir aus alles tun, um zu verhindern, daß sich so etwas wiederholt. Und dazu gehört, daß Männer wie Grob nicht mehr in der Öffentlichkeit wirken dürfen.»
Es entstand eine Pause. Endlich sagte der Kriminalrat: «Ja, meine Herren, das wär's wohl.» Es klang, als sei er zufriedengestellt.
«Glauben Sie mir nun?» fragte Ebert rasch und sah Adam an.
Der Kriminalrat erwiderte absichtlich kühl: «Darüber beraten wir anschließend, Herr Ebert.»
«Also entlassen Sie mich?»
«Ja», erwiderte Beckenbauer, «nur noch eins. Diesen Hammer hier . . .», er reichte ihn Ebert über die Schreibtischplatte, «den haben Sie niemals gesehen?»
Ebert hielt das Werkzeug in der Hand, betrachtete es, sah den Inspektor an und antwortete erstaunt: «Nein. Nie.»
«Oder gar in der Hand gehabt?» Beckenbauer erhob sich bei dieser Frage und ging um den Tisch herum.
Als Antwort erntete er nur ein Kopfschütteln.
Doch als Ebert den Hammer wieder hinlegen wollte, forderte Beckenbauer ihn auf: «Tun Sie mir etwas zu Gefallen.» Er trat zu einem Tischchen an der Wand. Darauf lagen ein gerahmter Delacroix und ein X-Haken. «Das Bild hier», erklärte der Inspektor und hob es auf, «ist heute heruntergefallen. Ich bin ungeschickt. Schlagen Sie mir den X-Haken ein?» Und mit einem Lächeln zu Adam hin: «Mein hoher Chef achtet auf Ordnung.»

Ebert schien zwar erstaunt, aber er erfüllte Beckenbauers Bitte. Mit drei, vier Schlägen saß der Haken fest. Der Inspektor hängte das Bild auf, nahm den Hammer an sich und entließ Ebert. Dann nahm er das Bild wieder von der Wand, zog den X-Haken heraus und kehrte zum Schreibtisch zurück.

Adam sagte nichts, sah ihn aber fragend an.

Der Inspektor erklärte: «Ich werde das später erläutern.» Und mit einem Blick auf die Uhr: «Jede Sekunde muß Grob eintreffen.»

Tatsächlich gehörte es zu den Gepflogenheiten Grobs, pünktlich zu sein. Es war, als wollte er durch diese Gewohnheit seine Zuverlässigkeit in jeder Hinsicht betonen. Beckenbauer empfing ihn ebenso höflich wie Ebert. Der Journalist, der seine Verblüffung über die Anwesenheit des Kriminalrats gut verbarg, gestattete sich eine kleine Variante, mit der er den Ernst der Situation zu mindern suchte. Er sagte, zu Adam gewandt: «Das nimmt sich ja aus wie die heilige Inquisition.» Er fügte leger hinzu und sah dabei den Inspektor an: «Also, schießen Sie los!»

«Ich möchte eigentlich lediglich einige Tatbestände rekonstruieren», meinte Beckenbauer bescheiden, «deshalb habe ich ein paar Fragen zu wiederholen, und Herr Oberinspektor Christ wird mich dabei ergänzen, weil er einen Teil der Ermittlungen führte.»

«Was ich recht eigenartig finde», warf der Journalist dazwischen.

Aber der Inspektor achtete darauf nicht. «Das Autobahnunglück bei Stuttgart», sagte er. «Sie behaupteten zunächst, davon nichts zu wissen.»

Grob schwieg.

«Sie werden schon etwas sagen müssen», forderte ihn Beckenbauer auf und legte in seine Stimme Schärfe, «Sie haben nämlich erst Ihre Schuld bekannt, als von der Spiegelung die Rede war.»

«Das hat mit Krug nichts zu tun, ich habe keinen Grund, mich zu äußern.»

«Sie haben also bewußt die Unwahrheit gesagt. Sie haben weiter behauptet, Herr Eisenhelm könnte nähere Auskunft geben.»

«So ist es.» Grob gab seinen hinhaltenden Widerstand auf.

«Aber», sagte nun Christ, «Herr Eisenhelm kennt Sie überhaupt nicht. Vielmehr gab mir seine Frau die nötigen Informationen.»

«Ich wollte ihr Ungelegenheiten ersparen.»
«Oder sich selbst, Herr Grob», fuhr der Oberinspektor fort, «denn es konnte unangenehm für Sie werden, wenn Ihre Geliebte, Fräulein Upenhof, von der Existenz der früheren Geliebten Eisenhelm erfuhr und wenn Sie weiterhin erfuhr, daß Sie diese Beziehung wieder aufzunehmen versucht hatten.»
«Das ist doch . . .» Die Stimme des Journalisten klang empört. «Was ist das? Eine Unterstellung, meinen Sie?»
«Genau das!»
«Dann sind Sie wiederum unaufrichtig», sagte Christ kühl, «denn Frau Eisenhelm hat mir bestätigt, daß Sie das wollten und das Vorhandensein von Frau Upenhof verschwiegen.» Er wartete, aber es erfolgte keine Antwort.
Beckenbauer griff ein. «Jedenfalls ließen Sie von Fräulein Upenhof Ihren eigenen Wagen als gestohlen melden, während Sie selbst ihn bei der Solitude vernichteten. Wenn Sie meine Ansicht dazu hören wollen: Das ist eine gerissene Irreführung, und ich selbst würde einem solchen Mann *alles* zutrauen!»
Grob wandte sich an den Kriminalrat, der schweigend und mit verschlossener Miene neben ihm saß. Er bat hilfesuchend: «Ihre Beamten vermischen zwei Tatbestände. Das geschieht, um mir einen Mord zuzuschieben. Die Sache auf der Autobahn hat mit der Sache Krug nichts zu tun. Es ist unstatthaft, von dem einen auf den andern Fall zu schließen.»
Adam antwortete nicht, er griff auch nicht ein, und so fuhr Beckenbauer kalt fort: «Niemand hat bisher von dem Mordfall gesprochen außer Ihnen, Herr Grob. Zunächst stellen wir die anderen Vorgänge klar. Ich will mich jedoch künftig jeden Urteils enthalten, das sichere ich Ihnen zu.»
Mit einem Neigen des Kopfes beantwortete Grob diese Feststellung, als sei er mit dieser Zusicherung zufriedengestellt und wolle sagen: D'accord.
«Ich fasse zusammen», erklärte Beckenbauer, «und wenn Sie Einwände gegen einen Punkt haben, wollen Sie sie anschließend vorbringen. Erstens also: Nach fünfundvierzig haben Sie unter unrichtigen Personalangaben gelebt, Fragebogen falsch ausgefüllt und sich dem Zugriff des Staatsanwalts durch Flucht entzogen. Einer Ihrer Namen, der richtige, befindet sich auf einem Akten-

blatt, das im Garten des ermordeten Krug aufgefunden wurde, nämlich Volkmann. Wie erklären Sie das?»
«Dafür habe ich nur eine Erklärung. Ebert hat die Akten im Grundstück des Krug versteckt, dabei hat sich das Blatt gelöst.»
Grob machte eine unbestimmte Handbewegung. «Das ist keine Beschuldigung. Es ist eine Annahme. Genausogut könnte das Blatt aus irgendeiner anderen Akte stammen. Es gibt viele Leute, die Volkmann heißen.»
Das sollte objektiv klingen.
«Sie bleiben dabei», schaltete sich wieder Christ ein, «daß Sie selbst dieses Aktenstück aus Stuttgart geholt haben?».
Statt die Frage direkt zu beantworten, erwiderte Grob: «Ebert hat mir bereits einmal viel Ärger gemacht. Ich hatte gar keine Lust, mich ein zweites Mal schrecken zu lassen. Und, meine Herren», er sah dabei den Kriminalrat an, «die Angelegenheit bekam ja einen üblen politischen Anstrich. Weil nämlich Ebert in der Bundesrepublik nichts erreichen konnte, beabsichtigte er, die Akte nach Ostberlin zu geben. Glauben *Sie* vielleicht, unserm Bundespräsidenten ist die ständige Herummäkelei an seiner Vergangenheit angenehm? Mir wäre das jedenfalls höchst zuwider. Die Bolschewisten müssen eben Schreckgespenster haben, und eins davon sollte ich sein.»
Dazu nickte der Kriminalrat und dachte, daß Grob damit recht habe und seine Handlungsweise verständlich sei.
Christ bemerkte den Stimmungsumschwung Adams und kam deshalb gleich wieder auf die Sache zurück. «Sie haben also die Akten entwendet?»
«Ja.»
Der Oberinspektor dehnte seine Worte. «Aber der Gerichtsdiener, den ich in Stuttgart sprach, beschrieb mir nicht Ihre Person, sondern die Eberts.»
«Dann hat er eben geirrt. Ein alter Mann . . .»
«Wir könnten eine Gegenüberstellung vornehmen.» Beckenbauer lauerte auf eine Reaktion des Journalisten; sie kam nicht. So fuhr er fort: «Und wenn ich Ihrer Darstellung folge, hat Ebert dann in einem unbeobachteten Augenblick das Aktenstück aus Ihrer Wohnung entwendet?»
«Ja.»

«War nun eigentlich Fräulein Upenhof dabei oder nicht? Haben Sie ihr davon erzählt oder nicht? War sie in Lokstedt oder im Nebenzimmer?»
Grob schwieg. Auch Adam merkte, daß gerade diese Fragen dem Journalisten unangenehm waren. Er benötigte eine Pause, die zu lang war, ehe er erwiderte: «Ich wollte das um der Dame willen verschweigen, Herr Inspektor. Ich bestreite nicht, daß es in unseren Aussagen eine Reihe von Widersprüchen gab. Tatsächlich war sie nicht im Fernsehen, wie ich behauptet hatte, sie war aber auch nicht im Nebenzimmer, wie sie selbst sagte.» Er tat, als falle ihm das Geständnis schwer. «Sie war weder da noch dort. Ich aber wußte und weiß, wo sie war.»
«Wo?» fragte Beckenbauer.
«Bei ihrem Freund», erwiderte Grob. «Ja, es gab Unstimmigkeiten zwischen uns. Offen gestanden: Sie wollte geheiratet werden, und dazu war sie mir denn doch zu . . .» Er verzog den Mund, als schmecke er den Hautgout eines Wildes. «Kurz, ich wollte nicht. Da ging sie ihre eigenen Wege. Andererseits habe ich ihr viel zu verdanken und wollte sie nicht bloßstellen.»
«Also gentlemanlike», bemerkte Christ, und der sarkastische Ton war nicht zu überhören.
«Wenn Sie nichts dagegen haben!» gab Grob sofort zurück.
«Überdenke ich alles, Herr Grob», faßte der Inspektor zusammen, «komme ich nur zu *einem* Schluß. Was immer Sie uns erzählt haben – es war ein Märchen. Nur dann, wenn Ihnen keine andere Wahl blieb, haben Sie ein Stückchen Wahrheit zugegeben.»
Obwohl Beckenbauer ruhig und sachlich gesprochen hatte, rötete sich Grobs Gesicht. Noch entgegnete er nichts.
Da griff der Inspektor nach dem Hammer, hob ihn hoch, hielt ihn dicht vor die Augen des Journalisten und fragte im Ton einer Feststellung: «Den kennen Sie doch, Herr Grob?»
Grob zwang sich, von dem Tatwerkzeug wegzublicken. Das hatte der Inspektor erwartet, aber er blieb ungerührt und hielt immer noch den Hammer hin.
Es war für Grob unmöglich, davon weiterhin keine Notiz zu nehmen. Er wandte sich an Adam und sagte beschwörend: «Herr Kriminalrat, diese Art der Vernehmung unterstellt mir einen

Mord. Sie kennen mich. Ich bitte Sie dringend, mich in Schutz zu nehmen! Ich möchte hier entlassen werden, weil ich meinen Anwalt aufsuchen will.»
Christ bewunderte Beckenbauers Ruhe, der immer noch ungerührt den Hammer hinhielt. Denn es war ihm klar, daß Grob jetzt versuchte, die Sympathien des Kriminalrats, die er seit Beginn der Untersuchung auf seiner Seite wußte, zu aktivieren, und es war ihm ferner klar, daß Beckenbauer kapitulieren mußte, falls Adam die Partei des Journalisten ergriff, wenn auch nur dadurch, daß er das Verhör beendete.
Das erwartete Grob.
Adam sah ihn unverwandt an. In ihm ging etwas vor, aber es war nicht deutlich, was eigentlich. Doch schon die Tatsache, daß er seine Entscheidung hinauszögerte, verwirrte Grob. Er drängte: «Herr Kriminalrat, haben Sie denn vergessen . . .»
Er konnte den Satz nicht beenden. Adam atmete tief auf und erklärte: «Ich bedaure für Sie, Herr Grob, daß Sie tatsächlich zu oft die Unwahrheit gesagt haben. Ich muß schon bekennen, daß das auf mich einen schlechten Eindruck machte.» Er runzelte die Stirn, es fiel ihm schwer, das folgende auszusprechen: «Ja, auch ich halte Sie für verdächtig.»
Der Journalist zuckte zusammen. Er starrte immer noch Adam an, der jedoch nichts hinzufügte.
Da sagte Beckenbauer in das kurze Schweigen hinein: «Ich habe das Zimmermädchen aus dem ‹Seemannsgarn› befragt, Herr Grob. Ihre Rechnung geht nicht auf. Sie erinnert sich genau, daß ein Fremder ein Aktenstück aus Eberts Zimmer verlangte und daß er wußte, wo es lag. Und sie hat eine Personenbeschreibung gegeben, die haarscharf auf Sie, nicht etwa auf Ebert oder sonstwen, zutrifft.»
Er stand auf. «Kommen Sie!» forderte er den Journalisten auf. «Wir fahren hin, und wir werden feststellen, ob das Mädchen Sie wiedererkennt.»
Der Oberinspektor wußte, daß dies ein Bluff war. Beckenbauer wäre auch in diesem Fall gezwungen gewesen, die gleiche Gegenüberstellung durchzuführen wie bei Carmen Volkmann.
Aber der Journalist war so verwirrt, daß ihm diese simplen Spielregeln nicht mehr einfielen. Er weigerte sich aufzustehen und

wehrte sich heiser: «Nein! Ich gehe nicht mit. Ich verlange meinen Anwalt. Ich verlange . . .»
Wieder sah er den Kriminalrat an, doch der zuckte die Schultern.
Der Inspektor schien seinen Plan aufzugeben. «Einen Anwalt wollen Sie? Den sollen Sie haben», sagte er, «ich verzichte vorerst auf die Gegenüberstellung. Aber vorher», er hob die Stimme, «haben Sie die Freundlichkeit, mir das Bild da drüben aufhängen zu helfen.» Der Inspektor stand auf, den Hammer in der Hand, ging um den Schreibtisch, hielt dem verwirrten Grob das Instrument hin und forderte ihn drängend auf: «Kommen Sie!»
Der Journalist rührte sich nicht. Er starrte fasziniert auf den Hammer. Da hörte er die Stimme des Kriminalrats zwingend: «Na los, Mann, schlagen Sie den albernen Nagel ein! Sie haben doch nichts zu fürchten – oder?»
Grob schluckte Speichel herunter. Er stand auf. Er griff nach dem Hammer, ging zu der Wand, nahm, fast traumwandlerisch, den X-Haken, hielt ihn ungeschickt hoch und schlug zu.
In diesem Augenblick hörte er hinter sich Beckenbauers Stimme: «Genügt mir. Ich verhafte Sie, Grob-Volkmann, unter dem dringenden Verdacht, den Mord an dem Rentner Alfons Krug begangen zu haben!»
Christ sah ihn schnell durch das Zimmer gehen, die zweite Tür öffnen. Der Inspektor rief: «Führen Sie den Mann ab!»

11 Über den Abgang Peter Grobs war Kriminalrat Adam erstaunt gewesen. Obgleich er von der Schuld des Journalisten überzeugt war, hatte er irgendeine Art von Gegenwehr erwartet, und wäre es nur eine drohende Äußerung gewesen. Grob jedoch hatte sich stumm von den beiden Kriminalbeamten abführen lassen. Es war, als hätte er plötzlich überhaupt keine Kraft mehr, seine Schultern hingen nach vorn, die Augendeckel klappten tief herunter, er schlurfte entlang. Es hatte den Anschein, als nehme er nichts mehr wahr von dem, was um ihn herum vorging.
Erst als sich hinter ihm die Tür geschlossen hatte, wandte sich Beckenbauer wieder seinem Schreibtisch zu.
Er murmelte: «Nun hat er selbst sein Spiel verloren gegeben.»
Etwas wie Zweifel regte sich in dem Kriminalrat. «Hoffentlich

hat er es wirklich verloren gegeben. Denn wenn er freikommt, pelzt er uns eine Schlagzeile auf: ‹Mordkommission verhaftet widerrechtlich Journalisten!› oder so ähnlich. Bessere public relations könnte er sich nicht wünschen.»
Der Inspektor fühlte sich erschöpft, die Nervenanspannung hatte nachgelassen. Er erwiderte leise: «Ach nein. Vorbei mit public relations, vorbei mit allem Journalismus. Für ihn gibt es jetzt nur noch ein einziges Problem: Kommt das Gericht zu dem Schluß, daß es Mord oder daß es Totschlag war? Darauf wird er alle Kraft konzentrieren müssen.»
«Ich gebe zu, wir haben ihn weit getrieben», sagte Adam, und Christ bemerkte das verbindende ‹wir› mit Genugtuung. «Aber», fuhr Adam fort, «der letzte Beweis fehlt uns.»
Beckenbauers Antwort war an Christ gerichtet. «Unsere Zwickmühle war doch, daß beide Möglichkeiten nicht ausgeschlossen werden konnten. Sowohl Grob als auch Ebert konnten der Täter sein. Im Zweifelsfalle – für den Angeklagten! Als ich heute nachmittag die Röntgenaufnahmen noch einmal genau betrachtete und sie mit dem Hammer verglich, mit dem der Mord begangen wurde, fiel mir folgendes auf. Dies hier», er nahm den Hammer auf, «ist kein gewöhnlicher Schlosserhammer. Er hat vielmehr eine spitze und eine stumpfe Seite. Das Röntgenbild bewies jedoch, daß weder mit der spitzen noch mit der stumpfen Seite zugeschlagen worden war.»
«Sondern?» fragte Christ gespannt.
«Mit der breiten Seite! So.» Beckenbauer ließ den Hammer ein Stückchen durch die Luft sausen. «Und das ist ganz ungewöhnlich, denn normal liegt der Hammer um neunzig Grad gedreht in der Hand. Das konnte natürlich Zufall sein, bedingt durch die Schnelligkeit, mit der die Tat vollbracht wurde. Möglicherweise, so sagte ich mir, ist es aber *kein* Zufall, sondern der Mann, der den Hammer handhabte, war von Jugend an so ungeschickt, daß er stets mit der Breitseite zuzuschlagen pflegte, um nur ja richtig zu treffen. In diesem Fall aber», der Inspektor hob die Stimme, «so schlußfolgerte ich, würde der Täter *stets* den Hammer so handhaben.»
Bewunderung war in Christs Blick. «Stimmt! Grob hat den X-Haken mit der Breitseite des Hammers einschlagen wollen.»

«Während Ebert den Hammer wie üblich benutzte», ergänzte der Inspektor.
«Das Motiv Grobs ist mir allerdings immer noch unklar.» Adam faßte sich an die Stirn, schüttelte den Kopf und ließ die Hand wieder sinken.
«Es war nur eine Finte», erläuterte Beckenbauer, «daß er über die Hamburger Polizei in der Presse oder im Fernsehen berichten wollte. Er sagte sich: Einen Angriff erstickt man am leichtesten durch einen Gegenangriff. Im übrigen ging es ihm selbstredend nicht um Krug. Weder kannte er ihn, noch wollte er ihm irgend etwas zufügen. Er wollte lediglich seine kriegsverbrecherische Tätigkeit in Polen kaschieren, wollte sich möglichen Anschuldigungen aus Ostberlin entziehen, wollte seinen guten neuen Job behalten und, selbstredend, wollte wieder öffentlich wirken können. Das hing alles miteinander zusammen. Dabei kam ihm Ebert auf die Schliche. Grob wollte jenes verfängliche Aktenstück um jeden Preis an sich bringen, stahl es aus dem ‹Seemannsgarn› und versteckte es, weil er sich verfolgt sah, im Geräteschuppen Krugs. Als er es früh wieder abholen wollte, überraschte ihn der Rentner. Und da schlug Grob ihn nieder.»
Beckenbauer lächelte zum ersten Male und wog den Hammer liebevoll in seiner Hand. «Daß er dabei, wie von Jugend an gewohnt, mit der breiten Seite zuschlug, das war der einzige Fingerabdruck, den er hinterließ. Pech für ihn.»
Es war still.
Endlich legte der Inspektor den Hammer auf die Tischplatte. «Aber nun wollen wir doch Ebert erlösen», sagte er heiter, «nur mit seiner Hilfe ist der Fang geglückt.»
Er ging schnell auf das Zimmer zu, in dem Ebert wartete. Kriminalrat Adam räusperte sich. Er fühlte sich zwar erleichtert, denn er brauchte kein Hindernis für seine Karriere mehr zu befürchten, aber es paßte ihm auch nicht recht, daß ein Inspektor einen so großartigen Einfall gehabt hatte, wie er eigentlich nur einem Kriminalrat zukam. Sein Blick fiel auf das Bild, das nicht an der Wand hing, und er sagte strafend: «Den X-Haken, Beckenbauer, den schlagen Sie aber noch ein. Ich möchte in meinem Dezernat keine solchen Nachlässigkeiten!»

Mögliche Übereinstimmungen von Handlungen und Personen mit der Wirklichkeit sind rein zufällig und vom Autor nicht beabsichtigt.
Das gilt auch für die Gestalt des Grob, die sich nicht, wie man irrigerweise vermuten könnte, mit der Person des westdeutschen Journalisten Grubbe deckt.